달빛조각사

달빛 조각사 3

ⓒ 남희성, 2007

**발행일** 2024년 9월 20일 초판 2쇄 | **발행인** 김명국 | **발행처** 주식회사 인타임 출판 등록 107-88-06434 (2013년 11월 11일) 주소 서울시 구로구 디지털로31길 38-21 이앤씨벤처드림타워 3차 507호 전화 070-7732-2790 팩스 02-855-4572 이메일 in-time@nate.com | ISBN 979-11-03-32689-0 (04810) 979-11-03-32686-9 (세트) | 이 책은 주식회사 인타임이 저작권자와의 계약에 따라 발행한 것이므로 내용의 전부 또는 일부를 사용하려면 반드시 양측의 동의를 받으셔야 합니다. 잘못된 책은 구매처에서 바꿔 드립니다.

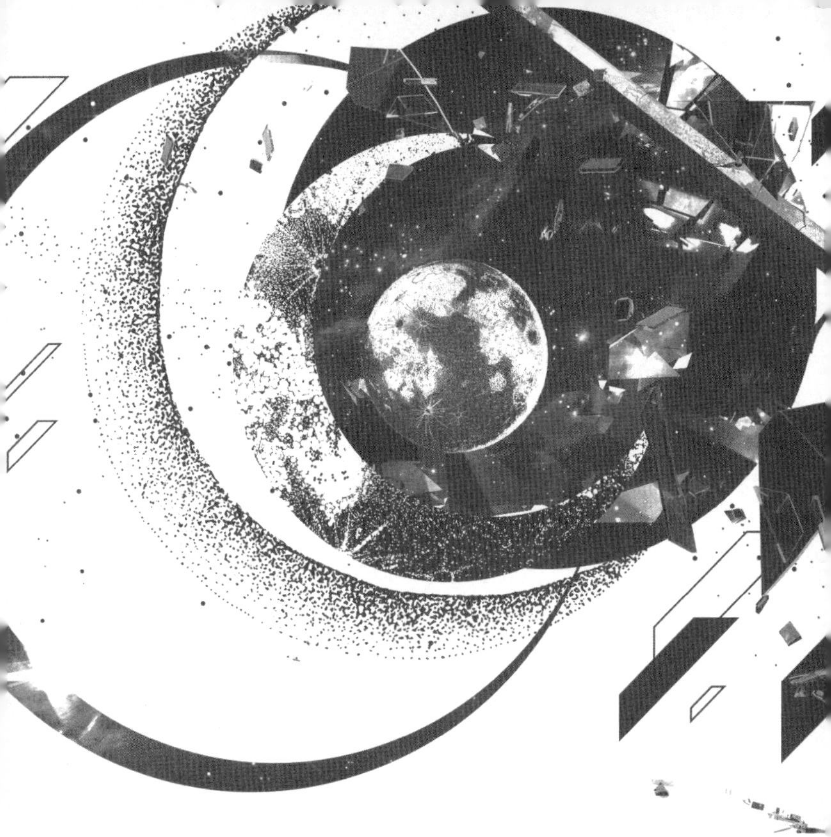

# 달빛조각사 3

남희성 게임 판타지 소설

The Legendary Moonlight Sculptor

INTIME

# contents

오크들의 전쟁 ......... 7
명예의 전당 ......... 34
선택의 길 ......... 55
열광 ......... 85
면접 ......... 109
처음 가 본 영화관 ......... 141
믿을 놈 하나 없다 ......... 172
카리취의 질주! ......... 213
탈로크의 갑옷 ......... 242
과거의 인연 ......... 268
기묘한 동행 ......... 300

| | |
|---|---|
| 그녀의 조각상 | 315 |
| 전의 | 360 |
| 불사의 군단 | 388 |
| 리치 샤이어 | 422 |
| 퀘스트 | 452 |
| 죽음을 거부할 수 있는 힘 | 489 |
| 세상 속으로 | 516 |
| 들어온 돈, 나가야 할 돈 | 533 |
| 죽음의 산행 | 564 |
| 영광의 홀 원정대 | 607 |
| 로디움 | 624 |

## 오크들의 전쟁

"취이익!"

위드는 오크들과 합류하면서 많은 고민을 했다.

'과연 어떻게 오크들과 친해질 수 있을까.'

인간인 위드였기에 오크들과 친해지는 방법을 찾기란 매우 힘들어 보였다.

오크들의 무리에 적응은 하겠지만, 친밀도를 높이는 건 다른 차원의 문제인 것이다.

오크들과 친해지기 위해서는 그들을 기피하지 않고 받아들여야 했다. 오크들을 인간처럼, 혹은 동료처럼 여겨야만 했다.

이것은 정말 쉽지 않은 일이라고 위드는 생각하고 있었다.

그러나 실제로 오크들을 겪어 본바, 무척이나 익숙했다.

'아, 이건… 너무나도 익숙하다.'

위드는 순식간에 그들에게 동화되어 갔다.

오크들! 그들은 검치와 별다를 바가 없었던 것이다.

무식! 과격!

수틀리면 무기부터 꺼내 들고 보는 화끈함!

강자에게도 무조건 개돌격하는 무모함까지!

말보다는 주먹이 서너 배쯤 빨랐다.

"이것 너 먹어라. 취익!"

위드는 음식을 해서 오크들에게 나누어 주었다.

어쩌면 식탐까지도 똑같은지, 오크들은 너 나 할 것 없이 좋아했다.

그렇지만 위드가 오크들의 부류에 완전히 융화되기란 쉬운 일만은 아니었다.

우선 오크들의 집단에도 규율이 있고, 강자들이 존재했다.

일반 오크들, 오크 투사와 오크 정찰병!

이들은 유로키나 산맥의 오크 중에서도 하위 계층에 속했다. 숫자상으로는 가장 많지만 지배를 당하는 계급이었다.

그 위로는 오크 전사와 오크 대장, 오크 장로, 오크 로드들이 있다.

오크 전사들은 100명 안팎의 작은 패거리를 이끌고 다녔다. 그리고 오크 대장들은 한 마을을 통솔하고, 오크 로드는 부족 전체를 다스린다.

이런 기존 세력들은 위드를 좋게 보지 않았다.

"카리취, 놈은 우리 마을에서 태어난 오크가 아니다. 취익!"

태생을 따지는 것부터 시작해서.

"놈은 우리보다 더 적게 먹는다. 췍!"

식욕을 비교하며.

"카리취는 너무 부담 가게 잘생겼다. 취이잇!"
용모를 질투하기까지 한다!
"취취취. 암컷 오크들을, 취익. 지켜야 한다."
결국 이 모든 문제는 암컷 오크들 때문인 것이다.
시기심과 질투!
"아아, 취! 나는 오크가 되어서도, 취이이익! 세상이 날 내버려두질 않는구나."
위드는 탄식했다.
왜 신은 나를 내버려두지 않는가!
이처럼 잘난 나에게 왜 매번 시련을 주는가!
절망감이 찾아올 정도였다.
'역시 잘난 놈은 어딜 가나 시기를 받는구나.'
이 모든 것이 위드 자신의 뛰어남 탓이라고 판단하고 안타까워하고 있었다.
그 혐오감 넘치는 얼굴로, 역사상 최악의 용모로 번뇌에 잠겼다. 그리고 해결책을 찾았다.
위드는 암컷 오크들에게는 관심이 없었던 것.
"췩! 나는 암컷들이 싫다. 너희들이 다 가져라. 취익!"
그러자 수컷들은 더더욱 분개했다.
"췩. 완전 잘난 척이다."
"재수 없다. 취치치치잇!"
"마을에서 추방하자! 취췻!"
오크들의 분노는 수그러들 줄을 몰랐다.

마을에 있는 오크 전사나 오크 대장들의 미움을 받는 위드지만, 나름대로 따르는 오크들도 많았다.

"성품이 너무 이기적이다! 취이이잇! 존경할 만한 오크다. 취익!"

"취취취이잇! 잘 싸운다."

"얍삽하고, 취익. 웬만해선 안 죽을 것 같다."

위드는 일반 오크들과 함께 사냥을 다녔다.

마을에서는 많은 전투를 치른다.

유로키나 산맥의 대형 몬스터들, 마을의 평온과 발전을 위하여 이런 몬스터들을 토벌하는 것이었다.

매일 아침마다 마을 앞에서 토벌대가 구성되었고, 위드는 반드시 거기에 속했다.

"취이익!"

토벌대에는 주로 오크 투사나 일반 오크들이 배속되었다.

위드는 일반 오크들 사이에 끼어서 사냥을 했다.

주로 잡는 것은 미노타우로스!

레벨 300대의 몬스터로, 위드보다 레벨이 제법 높았다.

위드는 글레이브를 잡은 손에 힘을 더했다.

'이 사랑스러운 경험치들.'

미노타우로스는 제법 까다로운 몬스터에 속하는 편이다.

핏빛 도끼를 휘두르는 그들은 비슷한 레벨의 다른 몬스터에 비해서 공격력이 훨씬 강하고, 생명력도 많다. 거기에 민첩하기까지 하니 굳이 잡으려고 들지 않는 몬스터 중의 하나였다.

미노타우로스가 자주 출몰하는 사냥터는 인적이 거의 끊길 정도로 기피받고 있는 것이다.

그러나 위드는 몬스터라면 뭐든 좋았다.

장사를 하는 사람이 손님을 싫어하는 법이 없듯이, 모든 몬스터를 반갑게 맞이했다.

경험치는 매출액!

아이템은 순익!

매출액이 많아야 이득도 커지는 법이고, 아이템을 벌어야 현금을 벌 수 있다.

나름대로 위드만의 확고한 신념을 가지고 있었던 것이다.

"이 더러운 오크들!"

미노타우로스는 오크들을 보면서 조금도 물러서지 않았다.

일반 오크들은 레벨이 120도 되지 않았고, 오크 투사라고 해도 210 정도에 불과했다.

고위 몬스터의 투지로 오크들을 공포에 질리게 하고 있는 것이다.

"오크들아, 죽여 주마!"

두두두두!

질주하는 미노타우로스!

하반신이 황소인 미노타우로스는 이리저리 날뛰며 도끼를 휘둘렀다.

오크들은 그 도끼에 맞을 때마다 비명을 지르며 죽었다.

오크 투사나 일반 오크들은 미노타우로스의 적수가 아니었던 것이다.

"취이이이익!"

위드는 곧바로 글레이브를 들고 땅을 박차고 뛰어올랐다.

거대한 몸집이 10미터도 넘게 높이 날아올라서 미노타우로스를 덮쳤다.

"취잇. 네 상대는 나다!"

오크로 변신을 한 이후로 지혜나 지식 스탯이 낮아진 대신 힘과 민첩은 올라갔다. 그렇기 때문에 전체적으로는 그리 변한 것이 없더라도 육체적인 능력이 좋아졌다.

물론 지혜나 지식 스탯이 낮아진 만큼 마나의 양도 줄어들어 조각 검술을 쓰기도 허덕일 정도였다.

철저하게 오크답게, 단순 무식하게 싸워야 했다.

"취! 이! 익!"

미노타우로스가 도끼를 휘두르자 위드는 글레이브로 도끼를 받아치며 힘으로 밀어붙였다.

쿠우웅!

위드와 미노타우로스가 서로 부딪치자 굉음이 일어났다.

지금까지 돌진하던 미노타우로스가 그 자리에 멈춘 것이었다.

검과 글레이브는 비슷하지만 차이가 크다.

글레이브는 폭이 넓고 무거운 만큼, 휘두르는 방식에 있어서 많은 차이를 주어야만 했다.

찌르기 공격은 효율적이지 못하다. 파괴력이 강한 만큼 빈틈도 많다.

챙! 쨍강!

글레이브가 미노타우로스의 도끼와 부딪칠 때마다 금속성이 일고 불꽃이 튄다.

"크어!"

글레이브와 부딪칠 때마다 한 걸음씩 뒤로 밀려나자 미노타우로스는 화가 머리끝까지 솟구쳤다.

평상시라면 녹슨 글레이브가 부서져 버렸을지도 모를 일이다. 하지만 미리 써 놓은 검 갈기 스킬 덕분에 글레이브는 여전히 날카롭게 빛났다.

위드가 미노타우로스와 호각으로 싸우자 오크들은 힘을 냈다.

"취이이익!"

미노타우로스의 마지막은 처참했다.

무섭게 달려드는 오크들!

수백 마리의 오크들이 글레이브를 들고 달려와서 미노타우로스를 사납게 난도질했다.

몇 마리의 오크를 더 죽이기는 했지만, 미노타우로스는 곧 목숨을 잃었다.

한 손으로 열 손을 막을 수 없다는 말처럼 오크들은 숫자로 모든 전투를 승리로 이끈 것이다.

그때부터가 본격적인 사냥의 시작이었다.

수백 마리의 오크들이 몰려다니면서 대형 몬스터들을 글레이브로 때려잡는다. 이 과정에서 무수한 오크들이 죽었지만 살아남은 오크들은 더욱 강해졌다.

그런 식으로 강해진 오크들 덕분에 오크들의 전체적인 전력은 상승하고 있었던 것이다.

오크들이 가공할 몬스터들의 위협 속에서도 살아남은 것은 그 번식력 덕분이었다.

 죽어 가는 동족들 속에서 더 강해지는 오크들!

 어른 오크 1,000마리가 죽더라도 어린 오크들이 금방 그 자리를 메운다.

 그 속에서 위드는 과거 동료들을 대하듯 1명도 잃지 않으려 애쓸 필요가 없었다.

 무기를 수리해 주고, 음식을 챙겨 주고, 설거지를 하고, 상처가 나면 붕대까지 감아 주던 인생이 끝난 것이다.

 함께하는 오크들이 죽거나 말거나 그저 싸우기만 하면 된다.

 대난전!

 오크 패거리 수백과 전투를 함께하는 것이었다.

※ ※ ※

 단순 무식한 오크들.

 오크들의 전술에는 다른 것이 없었다. 일단 무조건 숫자로 밀어붙였다. 10마리로 안 되면 100마리가 가고, 그것도 안 되면 부족 전체가 움직인다.

 그런 위험한 전투에서 오크들은 위드의 주변에 몰려들었다.

 "취칫. 무식한 카리취가 우리를 다스리는 게 좋다."

 "카리취는 복잡하지 않으니 편하다. 취익!"

 높은 투지와 낮은 지혜와 지식!

 남다른 통솔력과 카리스마를 가진 위드는 오크들을 다스릴 능력이 있었다.

다른 이들과 똑같은 성장이 아니다.

전투 능력을 기반으로 한 성장이 아니라 카리스마와 통솔력을 열심히 올려놓은 덕분에 오크들을 지휘하기가 편했다.

위드는 오크들의 존경을 받으면서 사냥을 했다.

사실 오크들의 무리 속에 묻혀서 사냥을 하는 데엔 나름대로 어려운 점이 있었다.

오크들과는 하나의 파티가 아닌 만큼, 마지막에 몬스터를 잡은 놈이 절반 이상의 경험치를 가져갔다.

그 전에 때려 놓은 것은 일정량의 경험치로 축소되어서 들어올 뿐이다.

그러나 위드는 딱히 경험치에 욕심을 내진 않았다.

'괜히 욕심 많은 오크들을 거스를 필요는 없지.'

무리해서 경험치를 획득하기 위해 몬스터의 마무리만 하다가는 오크들과의 친밀도가 하락할 우려가 있다.

또한 꼭 직접 잡기 위해 눈치를 보느라 사냥 속도도 상당히 느려질 것이었다.

대신에 위드는 최대한 많은 전투를 했다.

가장 먼저 몬스터를 공격하고, 몬스터의 생명력을 최대한 깎아 놨다.

마지막 공격까지 할 수 있으면 좋겠지만, 그게 힘들더라도 욕심을 버리고 다른 오크에게 양보했다.

오크들과 함께 사냥을 하면서 마지막 마무리만 열심히 한다면 지금보다 몇 배는 더 빨리 레벨을 올릴 수 있을지도 모른다. 그러나 그랬다가는 오크들에게 미움을 받는 것은 물론이고, 위드 자신에게도 그다지 좋지 않았다.

스킬의 성장이 느려지는 만큼 결과적으로 약해지는 것이다.

기본적인 검술 스킬도 마스터하기 위해서는 상상할 수 없을 정도로 많은 숙련도를 필요로 한다. 그런데 레벨만 높고 스킬은 낮다면 갈수록 사냥하기가 힘들어질 것이었다.

대신에 레벨은 상대적으로 낮은데 스킬이 아주 높다면 사냥하기는 정말 쉽다.

같은 레벨에서 검술을 마스터한 사람과 막 검술을 익힌 사람의 차이는 정말로 큰 것이었다.

스킬과 스탯을 쌓아 나가면서 같은 레벨에서 가장 강해지는 길!

이것이야말로 훗날의 초고속 레벨 업을 위해 필요한 일이라고 위드는 보고 있었다.

'지금 좀 더 고생하면 나중이 편해진다.'

위드는 레벨보다는 스킬과 스탯의 성장에 더욱 신경을 썼다. 강해지는 데에는 레벨 외에도 스킬이 더 필요하기도 하니까!

언제나 파티 사냥만 하는 이들이라면 이런 부분에 집착하진 않을 것이다.

심지어는 검술 스킬이 중급도 되지 않았는데 레벨 250을 넘기는 이들도 있을 정도다.

자연스럽게 성장하는 대로 스킬을 놔두거나, 설령 좀 더 투자하더라도 스킬 레벨이 1~2개쯤 더 높은 정도였다.

그런데 위드는 무조건 스킬들의 성장을 최우선시했다.

오크들은 많은 사냥감을 잡아 더더욱 기뻐하고, 위드를 좋아했다.

어느덧 오크들과 함께하는 위드의 레벨도 295가 되었다.

몬스터로 넘쳐 나는 곳에서 조각술이나 기타 생산 스킬을 전혀 육성하지 않고 오로지 전투에만 전념한 결과였다.

정령의 호수 지하에서 페일 들은 파티 사냥에 열중했다.

과거에는 전멸을 면치 못한 장소지만 이번에는 확실히 준비하고 왔다.

우선 일행의 레벨이 다들 올랐고, 새로운 멤버인 제피나 화령의 합류로 전체적인 전력이 향상된 덕에 정령의 호수에서의 사냥이 무난하게 가능했다.

물의 정령과 괴상하게 생긴 물고기 몬스터들!

주로 사냥하는 대상이었다.

다른 파티원들이 접속을 종료했을 때에도 페일과 메이런은 단둘이 데이트를 했다.

페일은 의외로 수다쟁이 기질이 있었다.

"그러니까… 실은… 그래서……."

마음에 드는 여자를 만나서 하는 말들.

자신이 살아온 인생에 대해서 떠드는 것도 있지만, 〈로열 로드〉의 모험에 대한 이야기도 많았다. 아무래도 페일이나 메이런이나 〈로열 로드〉를 즐기고 있고, 이곳에서 처음 만난 만큼 주요 화제도 같았다.

그러면서 페일은 천공의 도시 라비아스에 올랐던 이야기를 해 주었다.

"와아! 대단해요."

메이런은 눈을 빛냈다.

초보 여행자들의 만남, 그리고 토벌대. 퀘스트로 발견한 천공의 도시.

"그런데 위드 님은 어떻게 조각사의 직업을 선택하게 되셨어요?"

"그건 제가 알기로 말입니다……."

페일은 위드에 대한 이야기들도 많이 해 주었다.

그러면서 모라타 지방의 뱀파이어들을 퇴치한 것도 위드라는 사실을 말하게 되었다.

---

**오크들의 식량**

마을의 주변에는 겁 없는 몬스터들이 들끓고 있다. 오크들과 함께 이들을 소탕하고, 그들의 고기를 가져와서 어린 오크들을 배불리 먹여라.

난이도: C.

보상: 성과에 따라 장비와 보석, 광석 지급.

제한: 오크 종족에 한정된다. 특수한 마법이나 기술을 써서 오크로 몸을 바꾼 상태여야 한다.

---

오크 마을에도 퀘스트는 있었다.

오크 로드나 오크 장로가 부여하는 임무였다.

오크 로드는 부족의 중심이 되는 다른 마을에 있기에 만나 볼 수 없지만, 오크 장로로부터는 여러 퀘스트를 받을 수 있었다.

위드는 열심히 퀘스트를 깨면서 전투를 치렀다.

보상으로 썩 좋은 아이템이 나오지 않아도, 깊은 산에서 나는 다양한 재료나 보석들을 얻을 수 있다.

그 외에도 다양한 몬스터들을 잡아 보는 것은 귀중한 경험이었다.

레벨 300이 넘는 몬스터들은 사냥하기에 굉장히 까다롭다. 자신들만의 특성을 가지고 있기에 처음 사냥할 때엔 낭패를 겪기 일쑤였다.

위드는 오크들과 함께 전투를 치르면서 여러 몬스터들을 상대해 볼 수 있었다.

몸집이 작고 정령술과 공격 마법을 사용하는 다크 엘프들과도 싸워 보았다.

오크와 다크 엘프는 서로를 잡아먹지 못해 안달하는 앙숙 관계.

위드는 다크 엘프들을 보이는 족족 잡아 가며 오크들로부터 신용을 얻었다.

그러면서 유로키나 산맥을 속속들이 다녀 보았다.

다크 엘프들의 성채는 로자임 왕국의 세라보그 성만큼이나 튼튼하고 각종 마법적인 장치가 설치되어 있어, 접근하는 것만으로도 무척 위험했다.

"이번에도 살아 돌아왔군. 취치익!"

오크 장로는 따뜻한 시선으로 위드를 맞이했다.

위드는 조달해 온 고기들을 내놓고 퀘스트를 완료했다. 이번에 받은 것은 산에서 나는 양질의 철광석들이었다. 비록 원석 상태지만 조금만 가공을 하면 꽤나 괜찮은 철을 추출할 수 있다.

　오크 장로는 두 눈을 끔벅였다.

　"취익. 카리취를 볼 때면 내 젊은 시절이 기억난다."

　"고맙다, 장로. 취익!"

　위드는 나름대로 공손하게 오크 장로를 대했다.

　반말은 오크라는 종족적인 특징이었다.

　마을에 적응하기 힘들 때 환영해 준 오크가 바로 장로였다.

　그는 위드가 살 집을 마련해 주기도 하고, 여러 임무를 부여하기도 했다.

　오크 장로는 마을에서 다소 특수한 위치로, 과거 매우 뛰어난 전사였던 오크들이 늙으면 장로가 된다. 전투력은 감소하였지만 영향력만큼은 젊은 오크 대장이라고 해도 무시할 수 없을 정도였다.

　"취치익. 이제 우리가 사는 산맥에 대해서 이야기를 해 주지."

　오크 장로는 위드에게 많은 이야기를 들려주었다.

　유로키나 산맥의 역학 관계, 몬스터들의 기원이나 종류, 주요 서식지!

　하품이 나올 만도 했지만 위드는 그 이야기들을 아주 잘 새겨들었다.

　오크 장로들은 가끔씩 눈이 번쩍 뜨일 만한 이야기를 해 주었다.

여러 몬스터들의 약점도 이야기해 주고, 몬스터들을 상대로 싸울 때의 조언 같은 것도 해 주었던 것이다.

위드는 사냥을 하는 한편 유로키나 산맥에 대한 정보를 열심히 습득했다.

"다크 엘프들은 우리 오크의 적. 요즘 들어 이상한 일이 벌어지고 있다. 취이잇!"

"무슨 이상한 일인가. 취칙!"

오크 장로는 매우 불쾌하다는 듯이 얼굴을 찌푸렸다.

"취이이익! 카리취, 너도 알겠지만 놈들이 인간들처럼 성을 쌓는다."

"취칫. 그런데?"

"성벽이 너무 높고 크다. 췩! 다크 엘프의 마을을 공격하지 못하게 되니 다른 몬스터들이 우리 오크들을 노리고 있다. 추위익!"

오크들의 마을로 침범하는 몬스터 무리들의 숫자가 갈수록 많아지고 수준도 더욱 강해지고 있었다.

위드로서는 기쁜 일이었다.

수준 높은 몬스터를 많이 사냥하는 즐거움이 있으니까!

"취치칙! 그리고 우리 오크 마을 위에 큰 성이 지어지는 것도 마음에 들지 않는다. 그래서 우리들은 다크 엘프들을 응징하기로 결정했다. 서로 다른 부족을 이끌고 있는 스물다섯 오크 로드들이 결전의 날을, 취익. 준비하고 있다. 하늘이 열 번 밝아지고 어두워진 다음에 우리는 다크 엘프의 성을 침공한다. 카리취, 너도 함께하자!"

오크들의 전쟁 21

띠링!

> **오크 종족의 번영**
> 오크들은 유로키나 산맥의 오랜 지배자였다. 그러나 다크 엘프들은 오크들을 인정하지 않았다. 오크들은 이제 오만한 다크 엘프들을 응징하여 자신들이 유로키나 산맥의 지배자임을 증명하려고 한다. 그러나 다크 엘프들은 호락호락하지 않다. 산맥의 곳곳에 자신들의 근거지를 마련하고, 마법과 엘프 특유의 궁술로 숲과 산에서 오크들을 상대로 언제나 승리를 거두어 왔다. 다크 엘프들은 적극적으로 전쟁을 통해 오크들을 이 산맥에서 몰아내려고 할 것이다.
> 난이도: 종족 퀘스트
> 보상: 공헌도에 따라 보석과 광석 지급.
> 제한: 오크 종족에 한정된다. 특수한 마법이나 기술을 써서 오크로 몸을 바꾼 상태여야 한다.

오크와 다크 엘프 간의 전쟁!

유로키나 산맥에 사는 두 종족의 운명이 걸려 있었다.

어느 한 종족은 몰락에 가까운 변화를 맞이하게 될 수밖에 없는 상황! 오크들에게 속해서 열심히 사냥을 하고 있는 위드로서는 상당히 안타까웠다.

'신나게 레벨과 재료 아이템들을 모으고 있었는데…….'

오크들에게 속해서 스킬을 올리고 경험치를 잘 쌓고 있었으니 이러한 급격한 변화는 껄끄러울 수밖에 없다.

유로키나 산맥 전역이 오크와 다크 엘프들의 격전지가 되어 버리는 것이다.

위드가 가만히 있자 오크 장로가 재촉해 왔다.

"카리취! 네가 용맹한 오크라면, 취치칙! 이 전쟁에 빠져서는 안 된다."

퀘스트를 거부하면 오크 마을에서 추방당할 수 있습니다.
수락하겠습니까?

"아니다. 취익! 새까만 놈들과의 싸움을 해 보겠다."

퀘스트를 수락하였습니다.

종족 전쟁을 앞둔 위드는 조각 변신술을 해제하고 산맥을 내려갔다. 그곳에는 부란과 베커 등이 왕실 기사들과 함께 기다리고 있었다.
"대장님, 오셨습니까?"
호스람, 데일, 왕실 기사들의 장비는 모두 새것으로, 번쩍번쩍 빛났다.
"그래. 배고프지?"
"예. 조금 허기가 지는데요."
부란이 눈치를 보며 대답했다.
위드는 유배자의 마을에서 정기적으로 식량을 조달해서 병사들을 먹이고 있었다.
'식충이 같은 녀석들.'
부모가 자식을 대하는 마음. 밥 한 공기라도 꾹꾹 눌러서 먹이고 싶은 마음은 추호도 없었다. 그저 조금이라도 덜 먹여 식비를 아끼고 싶은 위드는 이 순간 병사들이 돼지들로 보였다.

오크들의 전쟁 23

먹고 자고, 제대로 일도 하지 않는 돼지들!

그러나 위드는 환하게 웃었다.

"그러면 먹어야지. 멧돼지 고기를 구해 왔으니 맛있게 먹자."

위드는 배낭에서 고기를 꺼냈다.

열심히 산맥을 뛰어다니며 찾아온 야생 멧돼지 고기!

"우와! 고맙습니다, 대장님."

고기가 나오자 부란 등의 눈이 휘둥그레졌다.

위드는 각종 조미료와 음식 재료들을 이용해 푸짐한 만찬을 차렸다. 검치 들에게 털린 이후로 다시 담근 술도 개봉했다.

"많이 먹어라."

"고맙습니다. 우걱우걱!"

영문도 모르는 채로 맛있게 먹는 병사들.

그러나 돼지도 잡기 전에는 배불리 먹인다는 사실을 안다면 결코 마음 편하지 못했을 것이었다.

다소 입맛이 까다로운 왕실 기사들은 어김없이 투덜거렸다.

"굉장히 오랜만에 먹는 고기군."

"궁정에서는 매일 먹고 살았는데."

"그래도 이 음식만큼은 정말로 마음에 들어."

"그런데 마늘과 양파가 왜 이리 많은 거야."

왕실 기사들은 의문을 가졌다. 요리에 마늘과 양파가 심할 정도로 많이 들어서, 음식의 풍미를 떨어뜨릴 정도였다.

병사들과 기사들, 사제들이 음식을 먹을 때에, 위드는 무기와 방어구들을 손질했다.

"다림질, 검 갈기! 방어구 닦기!"

위드는 일체의 장비들을 꼼꼼하게 손질했다. 내구력이 떨어져 있는 검들은 정성스럽게 수리도 했다.

그러고 나자 사제들과 왕실 기사들도 식사를 마쳤다.

위드는 그들을 향해 말했다.

"전투준비를 해라."

"예."

"뭐, 그렇게 하지."

사제들은 기사와 병사들의 능력치가 최고조에 이르도록 축복을 걸고, 각종 가호를 부여해서 방어력을 높였다.

위드는 외쳤다.

"콜 데스 나이트!"

"불렀는가, 주인."

데스 나이트 소환!

위드는 붉은 생명의 목걸이를 벗었다. 그리고 검은 생명의 목걸이를 착용했다.

뱀파이어 로드 토리도가 봉인되어 있는 목걸이.

레벨 400이 넘는 극강의 뱀파이어가 목걸이 안에 있었다.

"후우."

위드는 길게 심호흡을 했다.

병사들과 기사, 사제들을 못 믿는 건 아니지만 이번의 일은 그야말로 목숨을 걸어야 했다.

"콜 뱀파이어 로드!"

위드가 그렇게 외치는 순간, 목걸이의 중심에 있는 검은 보석에 붉은 점이 떠올랐다.

마치 한 방울의 피가 떨어진 것처럼 말이다.

그리고 칠흑처럼 어두운 로브를 입고 창백한 얼굴을 하고 있는 미공자가 나타났다.

훤칠한 키에 망토를 두른 기품 있는 남자!

뱀파이어 로드 토리도였다.

토리도는 미소를 지었다.

"오오, 아름다운 세상을 오랜만에 보는군. 이것은 햇빛인가?"

토리도의 송곳니가 날카롭게 빛난다.

2개의 눈동자는 피처럼 붉었고, 음유한 마기가 퍼져 나온다.

그 가공할 위압감!

병사들의 다리가 후들후들 떨렸다.

까마귀 떼가 구름처럼 몰려들어 햇빛을 차단하고, 주변에는 짙은 안개가 끼었다.

서늘한 기운이 감도는 안개!

위드는 데스 나이트를 조종해서 토리도의 전면으로 내세웠다. 큰 피해를 봤던 지난번의 실수를 되풀이하지 않아야 했다.

석상화와 안개, 흡혈박쥐를 부리는 기술. 놀라운 속도와 체력, 힘. 거기에 흑마법도 자유자재로 쓰는 토리도였지만, 제일 무서운 것은 흡혈이었다.

흡혈을 통해 무한한 생명력과 마나를 유지할 수 있는 토리도이기에 무슨 수를 써서라도 속전속결로 승부를 봐야 했다.

'데스 나이트도, 나도 강해졌다. 예전과는 다르지. 우리들이 주력으로 싸워서 생명력을 떨어뜨려 놓고 사제들의 집중 공격이 가해지면 제아무리 뱀파이어 로드라고 해도 죽을 수밖

에 없을 것이다.'

레벨 400이 넘는 극강의 몬스터라고 해도 이쪽은 왕실 기사나 사제들이 단단히 뭉쳐 있는 조직이었다.

검 갈기나 방어구 닦기, 낚시 스킬 등을 통해 위드도 한층 강해졌고 레벨도 많이 올랐다.

더군다나 지금은 대낮이고, 던전도 아니지 않은가!

보스 몬스터들이 잡기 까다로운 것은 대체로 던전 내에서 50%의 능력 강화가 부여되어 있기 때문이었다.

성기사 300과 사제 100.

최고의 정예들을 마음껏 학살하던 토리도이지만, 밤이 아닌 이상 제 실력을 발휘하진 못하리라. 안개로 햇빛을 막았다곤 해도 밤에만 부여되는 권능, 육체 강화는 이루어지지 않을 테니 말이다.

충분한 승산이 있을 것이라고 봤지만 그래도 쉽게 만날 수 있는 몬스터가 아니다 보니 주의를 바짝 기울여야 한다.

최악의 순간에는 조각 파괴술까지 쓸 작정으로 서윤의 조각상이 있는 근처에서 토리도를 소환했다.

'이것까지 쓸 일은 없으면 좋겠지만……'

한데 토리도는 움직이지 않고 가만히 있을 뿐이었다.

"오오!"

토리도가 보는 곳에는 서윤의 조각상이 있었다.

용병 차림을 하고 있는 서윤.

"아…름답다! 이것이 정말로 조각상이란 말인가? 지상에서 가장 예쁜 여자를 석상으로 만들어도 이런 미모는 따라가지 못할 것만 같구나."

"……."

한눈에 서윤에게 반해 버린 토리도.

"예술! 예술! 예술! 권태로 가득한 짜증 나는 삶을 열정적으로 바꾸어 주는 것이 예술의 힘이다. 밤의 귀족들은 예술을 사랑하지. 내가 주로 고성에 머무른 이유도, 오래된 것에는 그만한 정취가 있기 때문이다. 이런 예술품은 모두 나의 것이다. 나의 욕망을 위해 싸우겠다. 위대한 혈족의 계승자인 나 토리도는 너희 인간들을 벌하리라."

마침내 벌어진 뱀파이어 로드와의 전투!

위드는 데스 나이트와 함께 토리도에게 뛰어들었다.

"축복, 조각 검술!"

오크로 변신하지 않은 상태였기에 스킬을 마음껏 쓸 수 있었다. 대신관의 반지에 있는 기능을 통해 축복을 사용하고, 스킬도 곧바로 시전했다.

기존의 검술이 끊임없이 움직이며 적의 허점을 공략하는 것이었다면, 이제는 조금의 변화도 생겼다.

가진 모든 힘을 쥐어짜 내서 한 점을 향해 휘두르는 것으로!

단 하나에 집중한다.

최대한의 공격력을 이끌어 내는 이런 공격법은 성공해도 위기에 빠질 우려가 많았다. 균형이 무너지고 자세가 망가져 허점을 고스란히 노출시키는 것이었다.

그럴 때에는 검과 몸을 동시에 썼다.

과도하게 힘이 실린 검에 몸을 함께 움직였다. 어깨 밀치기나 몸통 박치기는 물론이고, 온몸을 던지다시피 하여 싸운다. 오크로서의 경험이 위드의 전투술을 더욱 강화시켜 준 것이었다.

"소드 카이저!"

위드는 내친 김에 그가 사용할 수 있는 궁극 스킬까지 시전했다.

일 검을 위해 모든 마나를 폭발시켜 버린 것이었다.

차가운 로트의 검은 토리도의 가슴에 깊숙이 박혔다.

쩌저저적!

검이 박힌 가슴부터 얼어붙기 시작하는 토리도.

로트의 검의 효과였다.

아가사의 검처럼 성스러운 가호 등을 사용할 수는 없지만, 그 대신 공격력과 전투에 있어서의 효과만큼은 확실하다.

몸이 결빙되면 약한 몬스터는 아예 죽어 버리고, 설혹 죽지 않더라도 잠깐 동안 움직임이 느려지고 만다.

첫 번째 공격부터 토리도의 생명력을 크게 앗아 갔다. 제아무리 레벨 400이 넘는 뱀파이어 로드라고 해도 위드가 혼신의 힘을 다한 공격은 간과할 수 없는 수준이었다.

토리도의 생명력이 대번에 30% 가까이 떨어졌다. 이어서 터진 데스 나이트의 스킬.

"데스 블레이드!"

일시적으로 몸이 얼어붙은 토리도가 정신을 차리려고 할 때, 데스 나이트는 흑색의 검으로 토리도의 옆구리를 베었다. 위드는 그 틈을 타서 로트의 검을 빼내 안전하게 물러날 수 있었다.

"크아아아! 이 미개한 것들이!"

큰 부상을 입은 토리도는 분노로 날뛰었다.

송곳니가 더욱 길어지고, 눈은 혈광으로 번뜩인다.

"블레이드 토네이도!"

토리도의 몸에서 피가 쭉 뿜어 나왔다.

칼날처럼 변한 피가 폭풍이 되어 좌중을 휩쓴다.

그러나 위드는 미리 대비를 하고 있었다.

병사들과 기사들은 멀찍이 물러서 있어서 피해를 받지 않았고, 위드는 데스 나이트와 함께 오히려 토리도에게 더욱 다가갔다.

폭풍의 중심부는 고요한 법!

피의 칼날들을 뚫고 토리도를 직접 타격한 것이었다.

위드와 데스 나이트는 죽이 척척 맞았다. 과도한 공격으로 생긴 서로의 빈틈을 적당히 메워 주는 한편, 토리도의 생명력을 열심히 깎아 놓았다.

그러는 동안에 사제들도 쉬지 않았다.

프레야 교단의 사제들은 토리도가 나타나는 순간부터 필생의 대적을 상대하듯이 긴장을 하고 있다가, 스킬들을 펼쳐 냈다.

"치료의 손길!"

토리도의 전신에서 흰빛들이 터져 나온다.

일반인들에게는 말 그대로 치료의 손길. 생명력을 회복시켜 주는 것이었지만, 토리도에게는 역으로 생명력을 하락시키는 죽음의 손이었다. 토리도는 결국 정상적인 싸움을 포기하고 흡혈 스킬을 시전하려고 했다.

데스 나이트의 피를 마실 수는 없으므로 위드가 그 대상이었다. 그런데 위드는 토리도가 잡으려고 할 때마다 이리저리 미꾸라지처럼 잘도 빠져나갔다. 움직임과 동선을 보면서 사전에 피할 준비를 마쳐 둔 위드였다.

그러는 사이에도 사제들의 스킬은 끊임없이 시전되고 있었고, 토리도는 정말로 죽음의 직전에 이르렀다.

"희, 희생양이 필요해… 내게 피와 생명력을 줄 희생양이 필요하다."

몇 분 되지도 않아서 미라처럼 비쩍 말라 버린 토리도!

준수했던 용모를 찾을 수가 없었다.

이제는 찬밥 더운밥을 가릴 처지가 아니었다.

토리도는 사제들을 보호하고 있는 왕실 기사들과 병사들을 향해 뛰어들었다.

흡혈 스킬을 사용하기 위해서!

"으아악!"

병사들이 긴급하게 피신을 했지만, 어쩔 수 없이 1명은 토리도의 손아귀에 붙잡혔다.

뱀파이어 로드에게 붙잡힌 병사의 눈가에 절망이 떠올랐다.

"피, 피를 내놔라!"

토리도는 붙잡은 병사의 피를 빨아 마셨다. 그러나 일반 병사들로는 기갈이 해소되지 않았다. 약한 병사들이 토리도의 생명력을 보충시켜 주기에는 무리였던 것이다.

병사의 피를 마시는 순간에도 사제들의 치료의 손길에 생명력이 떨어지고 있었다. 토리도는 이윽고 피를 마시는 자세 그대로 생명력이 고갈되어 역소환되었다.

그리고 피를 빨리던 병사는 사제들의 도움으로 아슬아슬하게 되살아날 수 있었다.

아무도 죽지 않고 토리도를 물리치는 데 성공한 것이었다.

위드는 그날부터 충분한 휴식을 취했다 생각되면 어김없이 토리도를 소환했다.

소환한 뱀파이어 로드와의 전투!

경험치를 올려 주진 않지만, 너무나도 강한 몬스터와 싸우는 것이기에 공격 스킬의 숙련도가 더욱 빠르게 올랐다.

데스 나이트는 침울한 얼굴을 했다.

과거에 자신도 당해 본 일이기에 남의 일 같지가 않았던 것이다.

위드는 7일간 토리도와 전투를 치렀다.

기고만장하던 토리도 역소환을 거듭할수록 의기소침해졌다. 그러고는 마침내 고개를 숙였다.

"그대에게는 위대한 혈족을 지배하는 나에게 명령할 권한이 있다. 높은 예술성과 지도력을 믿고 몸을 의탁하겠다."

그러면서 토리도는 자신의 피 한 방울을 위드에게 주었다.

뱀파이어의 피!

흡혈을 할 때에 피가 섞이게 되면 뱀파이어의 노예가 된다.

그러나 토리도가 준 것은 순수한 뱀파이어의 정혈이었다.

피의 맹세.

앞으로 충성을 다하겠다는 맹세였다.

> 특수 아이템, 뱀파이어의 정혈을 습득하였습니다.
> 복용할 경우 마나의 최대치를 300 늘려 줍니다. 영구적인 스탯의 추가나 감소가 생깁니다. 매력 +20. 카리스마 +10. 흑마법의 친화도 2%. 신앙 -50.

전설의 달빛 조각사라는 직업을 얻을 때도 한 번 얻었던, 마나의 최대치를 올려 주는 아이템.

위드는 이것으로 언제나 토리도를 소환할 수 있게 되었고, 동시에 종족 전쟁에 대한 준비도 마쳤다.

## 명예의 전당

 이현은 아침부터 들뜬 기분을 감추지 못했다.
 놀랍게도 주식회사 유니콘! 〈로열 로드〉를 창조한 회사로부터 메일로 연락이 온 것이었다.
 "나를 꼭 한 번 만나고 싶다라."
 메일을 보낸 사람은 홍보부의 장윤수 팀장으로 되어 있었다.
 오크와 다크 엘프의 전쟁 퀘스트가 현실 시간으로는 딱 하루 남아 있었다.
 "다녀오면 시간이 조금 빠듯한데… 그래도 다녀와야겠지."
 이현은 웬만한 일에는 나서고 싶지 않았지만, 유니콘에서 직접 연락이 온 만큼 미적거리지 않았다.
 50년 전부터 유니콘 사는 전 세계적으로 높은 점유율을 보인 게임들을 다수 만들어 냈다.
 매일 사용료로만 천문학적인 금액을 벌어들이고, 캐릭터 산업이나 만화, 영화, 애니메이션, 디즈니랜드와 같은 테마

파크까지 진출하여 엄청난 이익을 창출해 냈다.

세계에서 가장 많은 현금을 가지고 있다는 말이 나올 정도로 돈을 쓸어 가던 유니콘 사.

그런데 승승장구하던 유니콘 사에서 최초로 겪은 좌절이 바로 〈마법의 대륙〉이었다. 다른 회사에서 개발한 〈마법의 대륙〉이 서비스되면서 유니콘 사에서 제작하고 운영하던 각종 게임들은 된서리를 맞았다.

이용객들이 급감하면서 여러 관련 기업들의 매출액도 동반 하락했다.

만약 이때에 아무런 시도도 하지 않았다면 그저 그런 회사로 남아 버렸을지도 모르지만, 유니콘 사에서는 자금과 기술을 총동원해서 놀라운 작품을 만들어 냈다.

〈로열 로드〉.

가상현실을 창조해 낸 것이었다.

그 결과 작금에 이르러서 유니콘 사는 과거의 사세를 회복한 것은 물론이고 더욱 많은 돈을 벌어들이고 있었다.

"왜 오라고 하는 것인지… 나쁜 얘기는 아닐 것 같은데. 우선은 가 보면 알겠지."

이현은 세수를 하고 근처의 세탁소로 갔다. 깨끗한 옷을 빌리기 위해서였다.

과거에 세탁소에서 일한 적도 있던 이현은 어렵지 않게 옷을 빌려 입고 유니콘 사가 있는 곳으로 출발했다.

유니콘 본사가 있는 곳까지 가기 위해서는 전철과 버스를 몇 번이나 갈아타야 했다.

번거로운 과정이었지만 그보다는 거리에 비례해서 올라가는 요금 때문에 더욱 불만이 많았다.

"최소한 3,000원은 나오겠군."

이현은 불안한 마음이 들었다.

사실 지금까지 인생이 잘 풀린 적이 있었던가!

캐릭터를 팔아서 대박을 친 줄 알았더니, 그 돈은 인출해 보기도 전에 곧바로 빼앗겼다.

게다가 전설의 달빛 조각사로 전직해서 하게 된 생고생.

〈로열 로드〉에서 최상의 유니크 아이템들은 수천만 원을 호가하는 경우도 있지만, 운이 없기 때문인지 아직 구경해 보지도 못했다.

"설마 기념품으로 인형 따위나 주면서 집에 가라는 건 아니겠지. 아닐 거야. 절대로 그럴 일이 없어."

유저들을 상대로 한 행사!

충분히 가능성이 있는 일이었다.

이현은 버스에서 내렸다. 유니콘 사가 있는 거리에는 온통 고층 빌딩들이 즐비했다.

한눈에도 비싸 보이는 건물들.

주위를 오가는 사람들의 복장은 고급스럽고, 도로 위를 굴러다니는 차들 역시 국산보다는 외제가 많았다.

그중에서도 유니콘의 본사는 압도적인 덩치를 자랑했다.

다른 건물들의 4~5배나 되는 규모나 높이.

빌딩 앞의 공터에서는 각종 행사들이 열리고 있고, 나무 그

늘 아래의 벤치에는 이곳을 찾은 외국인들이 모여 앉아 이야기를 나누고 있다.

여러 매체에서 나온 기자들도 많았다.

유니콘 사에서 하는 소소한 움직임은 그대로 뉴스가 되는 경우가 많았으니까.

오로지 이현만이 이곳에 어울리지 않는 사람 같았다.

이현은 조금 주눅이 들어서 유니콘 사의 건물로 다가갔다. 그러나 입구에 서자 경비원들이 건물 안으로 들어가는 것을 제지했다.

"실례지만 무슨 일로 오셨습니까? 이곳은 보안 때문에 허가받지 않은 사람은 출입이 불가능합니다만……."

"홍보부 장윤수 팀장님의 초대를 받고 왔습니다. 제 이름은 이현입니다."

"잠시만 기다리십시오. 저희들이 확인을 해 보도록 하겠습니다."

경비원들은 건장한 사내들로 구성되어 있었고, 깍듯하게 이현을 대했다.

'그만큼 여유가 있다는 것이겠지.'

이현이 잠시 서서 기다리는 사이에, 뒤에서 수군거리는 소리가 들렸다.

설마하니 이런 유니콘 사에 이현이 들어갈 수 있을 리가 없다는 투의 이야기들이었다.

그러나 경비원들은 금방 돌아왔다.

"장윤수 팀장님께서 확인해 주셨습니다. 이렇게 빨리 오실 줄은 몰라서 미처 저희들에게 말하지 못했다고, 죄송하다고 하시더군요."

"괜찮습니다."

"홍보부가 있는 곳은 43층입니다. 그러면 좋은 방문이 되시기를."

이현은 건물 안으로 들어갔다.

엘리베이터를 타고 43층으로 올라가는 도중에도 이현은 사은품을 나누어 주고 돌아가라는 건 아닐지 걱정했지만, 사실 그것은 기우였다.

본사의 팀장 정도 되는 인재를 그런 하찮은 일에 놀릴 일이 없는 것이다.

유니콘 사의 홍보부에서는 여러 사업들을 열고, 방송 광고 전략들을 개발한다. 장윤수 팀장은 그중에서도 핵심적인 중장기 홍보 전략을 수립하는 프로젝트 팀에 속해 있었다.

— 43층. 홍보부가 있는 곳에 도착하였습니다. 좋은 시간 되십시오.

43층에서 엘리베이터가 멈추고 문이 열렸다.

"반갑습니다. 제가 장윤수 팀장입니다."

장윤수 팀장이 몇 명의 부하 직원들과 함께 마중을 나와 있었다.

이현은 장윤수 팀장과 함께 조용한 상담실로 향했다. 그곳에서 여직원들이 커피를 드실 거냐고 물었을 때에, 이현은 어김없이 대답했다.

"꿀물 부탁드립니다."

"저기, 그건 없는데……."

"없으면 인삼차라도 괜찮습니다."

원기 회복과 자양 강장을 위해서는 좋은 음식을 먹어야 한다.

이현은 격렬한 운동을 하고 있었지만 아무래도 먹는 게 부실하다 보니 가끔씩 힘이 부족했다.

다행히 인삼차는 있었는지, 이현은 곧 들여온 인삼차를 마시면서 장윤수 팀장과 대화를 나누었다.

장윤수 팀장은 활달하고 밝은 사람이었다.

그는 유니콘 회사에 대한 간략한 소개를 하고 자신의 팀이 맡은 업무 등을 이야기해 주었다.

복잡한 전문 용어나 외국어들이 다수 섞여 있었기에 이현은 전혀 알아듣지 못했다.

'알 필요도 없을 것 같군.'

이현은 마음을 느긋하게 가졌다.

본래 이런 종류의 대화는 아는 쪽이 먼저 지치기 마련이다.

모르는 쪽이 더 마음 편하다.

그저 상대방이 자신에게 무엇을 바라는지, 그게 어떤 이득이 있는지만 확인하면 되는 것이다.

'적어도 인형이나 사은품을 받아 가라고 오라고 한 것 같진 않아. 대체 나를 왜 불렀을까.'

이현이 지루해한다는 것을 눈치챘는지, 장윤수 팀장은 곧 본론을 이야기했다.

"아시다시피 저희 유니콘 사에서는 최고의 유저들의 플레이 영상을 홈페이지에서 서비스합니다."

이현도 그건 알고 있었고, 몇 번 보기도 했다.

명예의 전당.

소위 최고 수준의 유저들의 활약상을 담은 별도의 공간이 〈로열 로드〉의 홈페이지에 있었다. 그들이 벌이는 전투나 퀘스트, 모험을 하는 동영상들을 직접 볼 수 있는 것이다.

명예의 전당에 오른다는 것은 대단한 영광이었다.

"많은 사람들이 명예의 전당에 올라오려고 하지만, 저희들은 일정한 인원을 유지합니다. 대상이 많을수록 관심이 분산되기 마련이거든요. 일단 저희들의 기준은 명성이 6,000을 넘는 유저에 한해서 개인을 홍보할 수 있는 장을 마련해 드립니다."

"그래서 제가 그 대상에 선정이 된 것입니까?"

"맞습니다. 어떠십니까, 명예의 전당에 자신의 플레이 영상을 공개하실 의향이 있습니까? 매주 1개씩 자신이 깬 퀘스트나 치열했던 전투의 동영상을 올려 주시면 됩니다."

소위 최고 지존들의 퀘스트와 모험.

공인된 최고 레벨인 바드레이를 비롯해서, 500여 명의 유저들이 명예의 전당에 등록되어 있다.

그들은 자신의 플레이 동영상을 그곳에 공개하여 사람들에게 보여 줄 수 있었다.

그러나 이현에게는 그다지 관심 밖의 일이었다.

"저는 유명해지는 것을 바라지 않습니다. 〈로열 로드〉에서 누가 저를 알아보는 것도 좋아하지 않고요."

"그렇습니까?"

장윤수 팀장의 눈이 동그래졌다.

무척 의외라는 표정이었다.

인간이라면 누구나 자신이 대단한 사람이 되길 원한다.

〈로열 로드〉에서 최고의 목표도 황제였다.

전 대륙을 일통한 군주!

그 꿈을 이루어 줄 수 있는 새로운 공간.

그런데 명성을 높일 기회를 초개와 같이 발로 걷어차 버리는 이현이 신기할 수밖에 없었다.

"정말 대단한 분이로군요."

장윤수 팀장은 감탄했다.

"사실 지금까지 봐 온 분들은 대체로 거의 두 가지 부류의 사람들이었습니다. 첫 번째, 자신의 능력이라면 이 정도의 보상은 당연하다는 부류."

대체로 고레벨의 유저나 길드의 마스터들은 명예의 전당에 오르는 것도 그리 기뻐하지 않았다.

"두 번째는 비굴한 사람들이죠. 명예의 전당에서는 아무래도 500명이 경쟁자가 되기 마련입니다. 일반 유저들이야 명예의 전당에 오른 자체만으로도 대단히 우러러보지만, 그들 가운데에서는 또 치열한 경쟁을 하고 있거든요. 그래서 조금이라도 눈에 잘 띄는 곳에 배치해 달라고 애걸하는 이들이 많았습니다. 그런데 이현 님께서는 욕심과 거리가 먼 초연한 태도를 보여 주시는군요."

장윤수가 깊이 감복해서 말했다.

이현은 가만히 그의 이야기를 듣고만 있었다.

'역시 여기까지 온 건 차비가 아까운 일이었어.'

후회가 막심하던 찰나.

장윤수가 말을 이었다.

"사실 명예의 전당에 오르면, 명성 외에도 얻을 수 있는 게 한둘이 아닌데 말입니다. 우선 우리 회사 측에서도 약소하나마 홍보비를 지급해 드리게 되겠죠. 인기도에 따라서 차등 지급이 될 테지만 그래도 평균적으로 매달 몇백만 원씩은 받아 가더군요."

"며, 몇백만 원요?"

"예. 조회 수 순위가 좀 낮은 분들도 그 정도는 받아 갑니다. 아무래도 〈로열 로드〉의 유저들 숫자가 워낙 많고, 명예의 전당이 인기가 높은 코너라서요. 운영과 홍보에 도움이 되는 만큼 본사에서도 약간의 보상을 해 드립니다. 그런데 이 금액은 대중 매체와 관련된 비용에 비하면 푼돈이라고밖에 말할 수 없는 돈입니다."

"……."

장윤수는 힘주어 말했다.

"기회를 얻는 것이죠. 스스로를 홍보하고 유명 인사가 되는 기회! 명예의 전당에서 유명인이 되면 각종 게임 관련 방송사에서 영입 경쟁을 벌이게 될 겁니다. 그러면 몸값은 천정부지로 치솟겠죠."

방송사에서는 초반에 상위 랭커들 위주의 방송들을 만들어 왔다. 그런데 그들의 이야기는 식상하기 짝이 없었다.

단순히 레벨만 높을 뿐인지라 어떤 사냥터가 효율적인지, 혹은 어떤 직업으로 전직하는지에 대해서 이야기를 늘어놓는다. 초반에는 효과적이었지만, 방송 자체의 질이나 재미는 떨어질 수밖에 없었다.

그들의 동영상이라고 해 봐야 강한 몬스터를 때려잡는 게 전부였던 것이다.

더군다나 당시 높은 수준에 이르렀던 랭커들은 지금은 평범한 수준으로 전락하고 말았다.

길드의 원조나, 아니면 명성이나 스킬의 효과를 무시한 채로 레벨만 급히 올리는 성장을 하여서 후반으로 갈수록 다른 이들보다 뒤처지는 결과가 나오고 있었다.

그로 인해 방송에 노출된 게이머들의 수준이 그리 높지 않게 되자 방송사들은 이제 각 분야에서 뛰어난 이들을 적극적으로 영입하려고 했다.

명예의 전당에 오른 유저들은 1순위 영입 대상이었다.

"우리 유니콘 사에서도 홍보를 위해 그러한 일을 적극적으로 장려합니다. 명예의 전당 자체가 영웅들을 만들자는 취지에서 설립된 것이니까요. 그런데 이런 모든 기회를 떨치고 순수하게 〈로열 로드〉를 즐기시는 분을 만나게 되었으니 어떻게 제가 놀라지 않을 수가 있겠습니까? 이현 님, 참 대단하시군요."

"……."

이현은 주위를 둘러보았다.

사무실에 있는 홍보 팀 직원들 다수가 존경 어린 눈으로 이현을 보고 있었다.

"돈과 명예를 초개처럼 버리는 태도라니……."

"마땅히 배워야 할 덕목이야."

"역시 사람은 돈의 노예가 되지는 말아야 하는데."

이현은 덥석 장윤수의 손을 잡았다. 직원들이 떠드는 이야기에는 조금도 신경이 쓰이지 않았다.

이현이 말했다.

"저도 명예의 전당 윗자리로 올려 주시면 안 될까요?"

※

이현이 떠나고 나자 홍보부에서는 업무를 개시했다.

장윤수 팀장은 인삼차가 깨끗하게 비워진 찻잔을 보며 생각에 잠겨 있었다.

"이현이라······."

"왜 그러세요, 팀장님?"

홍보부의 직원 서정희가 다가와서 물었다.

"아니. 그냥 꽤 오랫동안 잊을 수 없을 것 같은 인물이어서 말이야."

장윤수 팀장을 오랫동안 봐 왔던 서정희는 그 말이 잘 이해가 되지 않았다.

장윤수 팀장이 어떤 사람이던가.

〈로열 로드〉를 개발하고 서비스할 때에 실질적인 홍보 전략을 만든 중추적인 인물이었다.

황제가 될 수 있는 게임!

이것 역시 장윤수의 머릿속에서 나왔다.

그런 장윤수가 한 사람을 만나 보고 이렇게까지 오랫동안 생각에 잠겨 있는 것은 처음이었다.

"겨우 유저 1명한테 마음을 쓰시다니 팀장님답지 않아요."

"내가? 과연 그럴까."

장윤수는 고개를 저으며 1장의 서류를 내밀었다.

"이걸 본다면 서정희 씨도 아무렇지 않게 여길 수는 없을걸."

서정희는 서류를 조심스럽게 받아서 읽어 보았다.

장윤수가 내민 것은 이현의 신상 파일이었다.

〈로열 로드〉는 완벽한 내부 정보 보안을 자랑한다. 그렇기에 유니콘 사의 직원이라고 해도 레벨, 직업, 능력치, 아이템 등 세세한 정보는 알 수 없었다.

이현의 신상 파일에 나와 있는 것은, 그가 게임을 시작한 날짜였다.

이현은 현재의 시점으로부터 정확히 9개월 전에 〈로열 로드〉에 가입했다.

"말도 안 돼! 그럼 시작한 지 아직 1년도 되지 않았다고요?"

서정희가 비명을 지르듯이 외쳤다.

그러자 홍보부의 모든 시선이 장윤수와 서정희에게 쏠렸다.

"나도 직접 보기 전에는 믿을 수가 없었지. 단 9개월 만에, 적어도 명성으로는 명예의 전당에 오를 정도가 되었다는 이야기인데……."

"믿을 수 없는 일이에요."

"아마도 9개월간 굉장히 열심히 〈로열 로드〉를 했겠지."

서정희는 장윤수의 말을 들으면서 더욱 화가 났다.

그녀는 〈로열 로드〉가 막 탄생한 시기부터 플레이를 해 왔다. 자랑은 아니지만 지금도 퇴근하면 곧바로 캡슐로 들어가서 접속하곤 하는 것이다.

홍보부에서 받는 월급이 적지 않은 편이라서 좋은 아이템으로 무장도 했다.

그런데도 그녀의 명성은 2,500을 넘지 못했다.

전투 전문 마법사로 전직을 한 뒤 늘 퀘스트를 하고 사냥을 다니는데도 말이다.

"명성치는, 열심히 한다고만 해서 얻을 수 있는 게 아니란 걸 아시잖아요."

"맞아."

"누구는 피부 미용도 포기하고 날밤을 새우고 있는데……."

"그래서 재미있다는 거야."

"네?"

"기대되는군. 그의 직업이나 어떤 퀘스트를 진행하고 있을지가 말이야. 아마 일주일 후에 공개할 동영상을 보면 알 수 있겠지."

명예의 전당에는 일주일에 한 번씩 자신의 동영상을 등록할 수 있게 되어 있었다.

장윤수는 두 팔을 쭉 펴며 웃었다.

"역시 이 일을 선택한 보람이 있군. 정말 오랜만에 관심을 가져 볼 만한 이가 나타났어."

오크 장로가 말한 대로 열 번의 해와, 열 번의 달이 떠오른 다음 날 이른 아침!

드디어 결전의 날이 밝았다.

"취익!"

"취이익!"

"취취췩!"

위드는 오크들과 함께 다크 엘프의 성을 보고 있었다.

"산맥의 아침. 붉은 해가 떠오르고 거센 바람이 분다. 취췻. 구름도 다가온 전투를 예감하는지 무거워 보이고, 나는 다크 엘프들과의 전투의 최전선에 서 있다. 췩!"

위드는 한쪽 발을 바위 위에 올리고, 가슴을 쭉 펴고 고개는 치켜들었다.

나름대로 목소리를 착 깔아서 하는 독백!

"싱그러운 아침에 나는 희망을 품는다. 취취췻. 우리의 용기와 승리를 향한 열망. 버리기에는 고귀한 정신. 영혼. 나는 노래하고 싶다. 추이익! 저 다크 엘프들이 강하다면 더욱 노래를 부르라. 우리의 승리를 기원하는 노래를. 모두가 포기하지 않는다면 승리할 수 있으리라."

위드는 한참이나 분위기를 잡고 독백을 했다.

명예의 전당에 영상을 보내게 되면 수많은 사람들이 시청자가 된다. 그러므로 멋진 모습을 보여 주려고 했다.

그런데 이게 마음먹은 대로 되지 않았다.

그윽하고 깊이 있는 눈을 하려고 했지만 도저히 무리였다.

조각 변신술!

부리부리한 눈동자를 번뜩이며 인상을 쓰는 오크 카리췩의 모습이었던 것이다.

독백을 하면서 멋진 시라도 낭송하고 싶었지만, 아는 시구절도 없다.
"취취익! 내 팔자다."
위드는 겉멋을 부리는 것을 포기한 채로 다크 엘프의 성을 주시했다.
밤새 내린 비로 인해 산맥에는 자욱한 안개가 끼었다.
신비로운 분위기.
나무와 새들이 안개 속에 있었다. 물기를 머금은 나뭇잎들은 생동감이 넘치고, 일찍 깨어난 새들이 먹이를 찾기에 분주하다.
아침이 되어 안개가 조금씩 걷히고 있지만, 아직은 날씨가 추웠다.
높은 지대인 만큼 기온이 많이 낮았다.
이렇게 추운 날에는 어김없이 찾아오는 감기 기운!
"에취! 취이익!"
벌써부터 추위를 느끼는 오크들!
감기를 방지하기 위해 위드는 재봉 스킬을 이용해 만든 큰 망토를 두르고 있었다. 그러나 다른 오크들은 평상시처럼 간단한 방어구들을 입고 있을 뿐이었다.
성은 가파른 산의 정상에 세워져 있었다. 주변의 삼면은 절벽이고, 그나마 나머지 한 곳도 다크 엘프의 마을을 지나야만 통과할 수 있다.
산의 비탈면을 따라서 똬리를 틀 듯이 지어진 집들은 유사시 공격자들에게는 큰 장애물로 작용하리라.

그런데 마을이 아니라 당장 외성을 뚫는 것도 만만치는 않은 일이었다.

7미터가 넘는 성벽에 가시덩굴이 빽빽하게 쳐져 있다. 다크 엘프들이 생명 마법을 이용해서 성벽 전체에 인위적으로 만든 것이었다.

성벽의 앞에는 짙푸른 녹연이 피어오른다.

극독이 흐르는 강.

근처에 다가가기만 해도 중독이 되어서 생명력이 하락하고 심지어는 죽기도 한다.

이러한 장애물만 해도 뚫기가 만만치 않은데, 성벽 위에는 피부가 새까만 다크 엘프들이 활과 정령술, 마법을 준비하고 있었다.

오크들이 진군해 오는 순간 그들의 광역 마법이 여지없이 작렬할 것이었다.

외성과 마을을 뚫어야 비로소 네크로맨서들이 만든 신전으로 들어갈 수 있다.

'해도 해도 너무하는군.'

절로 불평이 쏟아져 나왔다.

저런 곳을 대체 어떻게 뚫으란 말인가?

위드의 주변에는 그의 부족 오크 2만 마리 정도가 있을 뿐이었다. 그런데 성벽에서 전투를 준비하는 다크 엘프들도 최소한 1만은 되어 보인다.

다크 엘프들이나 오크들이나 본래의 전투력은 호각이라고 해도, 이런 대규모 공성전에서는 마법과 궁술에 능한 엘프들이 유리하다는 것이 정석이었다.

게다가 든든한 성에서 지키고 있으므로 오크들의 공격은 자살 행위나 다름이 없었다.

"카리취. 너만 믿는다. 취익!"

오크 장로는 위드의 등을 두들겨 주었다.

카리스마와 흉험한 얼굴.

건장한 오크 카리취라면 저런 난공불락의 요새도 뚫을 수 있다는 믿음이 오크들 사이에 퍼져 있다.

"장로, 나만 믿어라. 취췻!"

"믿는다. 취췻. 오늘 내로 승리, 거두자."

"꼭 오늘이어야 하나? 췩!"

"우리 밥 없다. 취취취."

"……."

대책 없는 오크들!

애초에 2만 마리씩이나 동원되었지만, 그들이 전투식량을 준비했을 리가 만무했다.

며칠만 지나면 굶어서 제풀에 나가떨어질 지경인 것이다.

'식량도 없고, 거기에 감기까지 걸린 오크들이라!'

위드는 도망치고 싶었지만 그럴 수도 없었다.

오크들이 그를 지켜보고 있었기 때문이다.

'이런 식으로 또다시 죽게 되는군.'

퀘스트로 인해 죽음의 고비에 몰리기도 수차례! 이번의 위기야말로 헤어 나올 길이 막막하였다.

'적어도 그냥은 죽지 않겠다!'

위드가 각오를 다질 때였다.

바람도 없는데 나무들이 일제히 요동을 친다. 그리고 돼지 머리를 한 오크들이 배후에서 나타났다.

"취익! 취바르 부족이 왔다."

오크 로드 취바르가 이끄는 지원군 1만!

1만의 오크들이 도착한 것이었다.

그러나 그것은 단지 시작에 불과할 뿐이었다.

저 멀리서 숲이 움직였다.

"가르체 부족이 2만을 데려왔다."

"홀취 부족도 15,000이 왔다."

다크 엘프의 성이 있는 곳은 유로키나 산맥에서도 고산지대에 속해 있었다.

위드는 바위 위에 서서 주위를 둘러보았다.

온 천지 사방에서 오크들이 모여들고 있었다.

이 순간 유로키나 산맥에는 나무보다 오크들이 많다. 그것도 훨씬 더 많다.

"취익! 취익!"

위드에게서 주체할 수 없는 콧바람이 튀어나온다.

해일처럼 모여드는 오크들의 군대.

갓 성년이 되어 최초로 전쟁에 참여한 오크도 있지만, 대부분은 성년 오크. 전투 오크 들이었다.

오크 투사와 전사들이 이끄는 대규모 오크 원정대였다.

"바랑취의 8,000 오크가 왔다. 취치치칫!"

"게르바게의 9,000 오크도, 취칙! 가, 같이 왔다."

명예의 전당 51

"살취는 오크 투사들만 1,000을 데려왔다."

각 오크 연락병들은 소식을 전하기에 바빴다.

일부 오크들은 이미 다크 엘프 요격대와 한차례 전투를 벌이고 상처투성이로 도착했다. 다크 엘프들은 성을 지키는 것만이 아니라 적극적으로 공세도 취했던 것이다.

스물다섯 오크 로드의 부대가 도착해야 했지만, 다섯 부족이 오지 못했다. 그런데도 다크 엘프의 성 주변은 오크들로 온통 미어터지고 있었다.

해가 하늘의 가장 높은 곳에 떠오를 때 최종적으로 집결한 오크들의 숫자는, 무려 40만이 넘었다.

글레이브를 들고 녹슨 헬멧과 장갑을 입은 오크들이 지르는 함성과 콧바람에 귀가 먹먹할 정도였다.

성 위에 있는 다크 엘프들이 일제히 마법과 정령술을 준비했다.

바람, 불, 물, 땅의 정령들을 불러내고 오크들의 공격에 대비했다.

다크 엘프들의 이마에는 식은땀이 흐르고 있었다. 이런 대군 앞에서 긴장하지 않을 자는 아무도 없을 것이다.

위드가 속해 있는 마을은 오크 로드 불취의 소속이었다.

불취는 터벅터벅 위드에게 다가왔다.

"카리취, 너의 용맹, 익히 들었다. 취익!"

"고맙다. 췩!"

불취는 매우 강한 오크였다.

위드도 불취에 대해서는 몇 차례 들은 적이 있었다.

오크 로드 중에서도 상위급에 속하며, 와이번을 잡은 적도 있다고 했다.

불취가 입가에 있는 칼자국을 실룩이며 말을 이었다.

"네가 우리 오크들에게 공격하라는, 취치치치익! 명령을 내려라."

"내가 그래도 되는가? 취칙!"

"자격 있다. 취익! 오크들의 전통이다. 제일 얼굴 흉악한 오크가 공격을 개시하면서 적을 공포에 질리게 하는 것이다."

이곳에 모여든 오크는 40만을 넘었다.

그런데도 위드보다 인상이 더럽고 못생긴 오크는 1마리도 없다는 것이었다.

위드에게 새롭게 매력 스탯이 생성되고, 또 달빛 조각사라는 직업이 부여하는 매력 스탯이 추가로 있었다. 지금까지 만들었던 조각품들을 통해서 모든 스탯이 조금씩 상승한 것도 있다.

그런데도 이 매력이 별로 소용이 없었다.

호박에 줄 긋는다고 수박이 되는 게 아닌 것처럼 위드의 용모는 도저히 매력 스탯으로 해결이 불가능한 수준이었던 것이다.

불취는 친근하게 웃었다.

"대단한 영예다. 취익! 네가 부럽다. 어서 해라."

"……."

위드는 불취의 치켜세움에 어깨를 으쓱했다.

사방에 있는 오크 대군이 오로지 그의 진군 명령만을 기다리고 있었다.

위드는 글레이브를 높이 치켜들고 소리쳤다.

"오크! 오크! 오크!"

위드가 먼저 외치자, 40만 오크 대군이 따라서 '오크!'를 외쳤다.

산맥의 전역이 오크들의 고함 소리로 가득 찼다.

땅이 흔들리고, 그 울림은 멀리까지 퍼져서 계속 메아리쳤다.

오크들의 포효 소리.

돼지 머리를 하고 있지만, 건장한 체구의 전사들이 있는 힘껏 고함을 지른다.

북을 치고 뿔피리를 분다고 해도 이보다 박력 있진 않을 것이다.

산맥이 오크들로 뒤덮여 있었다.

오크들이 말하는 소리, 오크들이 취익대는 소리가 산맥을 가득 채웠다.

"오크! 오크! 오크!"

위드는 있는 힘껏 소리를 드높였다.

오크들이 외치는 소리 또한 갈수록 커진다.

오크들의 사기가 최정점에 이르렀을 때, 위드는 힘차게 글레이브를 휘둘렀다.

"다 부숴 버려라! 취이이이이이익!"

"쿠어! 쿠어! 쿠어!"

오크들이 물밀듯이 다크 엘프의 성을 향해 몰려 들어갔다.

## 선택의 길

"취이익! 콜록!"

감기 걸린 오크 40만의 대진군!

나무들, 바위들이 장애물이 되어서 오크들의 움직임이 원활하지는 못하였다. 그렇다고 해도 몇만의 오크들이 한꺼번에 다크 엘프의 성으로 진격해 들어갔다.

다크 엘프들의 대응도 무척이나 기민했다.

"파이어 필드!"

"아이스 스톰!"

"체인 라이트닝!"

불이 대지를 뒤덮고, 얼음의 폭풍이 불었다.

뇌전이 지그재그로 달리며 오크들의 육신을 폭발시킨다.

수천 마리의 오크들이 목숨을 잃었지만, 오크들은 계속 진군할 뿐이었다.

다크 엘프들은 마법을 퍼붓다가 오크들이 일정 거리 안에 들어오자 활을 쏘았다.

다크 엘프들은 기본적으로 정령술과 마법을 사용할 수 있다. 그렇기에 그들이 쏘는 화살에는 각종 마법의 속성이 걸려 있었다.

화살에 맞은 오크들은 결빙되거나, 아니면 눈이 멀었다.

함정이 설치되어 있어서 땅이 꺼지고 독화살이 발사되기도 했다.

그런데도 오크들은 진군을 멈추지 않았다.

모든 함정과 마법, 화살 공격을 오로지 숫자로 감당해 내며 달려드는 것이었다.

"취이이익!"

"오크! 오크! 오크!"

오크들의 집념!

오크들의 눈동자에는 오로지 투지만이 가득했다.

땅의 정령이 일어나서 막고, 불길이 이글거린다.

화려한 폭발이 끊이지 않았다.

다크 엘프들은 오크들의 접근에 사력을 다한 마법으로 대응했다.

협소한 지형으로 인해 한 방향만 막으면 되지만, 그 길로 끝도 없는 오크들이 몰려들고 있으니 공포에 질리지 않을 수가 없었다.

글레이브를 허공에서 돌리고, 괴성을 지르며 전진하는 오크들!

오크들은 막대한 피해를 감수하면서도 성벽 아래까지 진출했다.

"취이익! 우리도 쏘자."

"화살을 쏘자. 취치칙!"

이제 오크들도 화살을 쏘았다. 화살이 없는 이들은 돌팔매질이라도 했다.

조악한 오크의 활은 명중률과 사정거리가 현저하게 떨어지기에 성벽 아래에서 위로 올려 쏴야 했다.

오크들은 가지를 잘라 낸 통나무도 들고 왔다.

수십 마리의 오크들이 가져온 통나무를 성벽에 대고 기어 올라간다.

통나무에서 떨어지는 오크들, 악착같이 기어올라 성벽에 도착한 오크들!

다크 엘프의 성은 난전으로 접어들었다.

***

위드는 여전히 카리취의 모습으로 다크 엘프의 성이 잘 보이는 바위 위에 앉아 있었다.

독 연기가 피어오르고 마법과 정령술이 난무하는 현장.

다크 엘프의 독술과 정령술은 오크들에게 큰 피해를 주었다.

존재하는 거의 모든 정령들이 이 자리에 모인 것 같았다. 불의 정령 카사, 물의 정령 운디네, 바람의 정령 실프, 땅의 정령 노움!

다크 엘프들이 불러낸 정령들이 하늘을 날아다니고 땅을 뒤집었다.

온 사방이 격전지였고, 다크 엘프들의 일부는 성문을 열고 나와 유격대로 활약하면서 오크들을 주살했다.

"취익!"

"카리취! 몸이 근질근질하다."

"우리도 공격하자. 취췩!"

위드가 공성전이 시작된 이후로 그 자리에 멈추어서 그대로 있자, 조바심이 난 오크들이 재촉해 온다.

위드는 불취 부족 오크들 500마리를 거느리고 있었다.

"취칙. 아직 기다려라."

전투가 한참 격렬하게 벌어지고 있는데도 위드는 움직이지 않았다.

추악한 오크의 모습으로 그대로 앉아 있기만 했다.

'이건 말도 안 되게 무모한 전투로군.'

위드는 한숨이 나올 것만 같았다.

다크 엘프의 성은 아무리 무식한 사람이라 해도 섣불리 공격을 결정하기 힘들 정도였다.

성벽과 지형은 어디서나 효과를 발휘하는 법이다.

하물며 산의 정상에서 마법과 정령술을 펼치는 다크 엘프들을 상대로, 정면공격을 감행하다니!

게다가 하늘도 오크들의 편이 아니다.

밤이슬을 맞으면서 모여든 오크들은 감기에 걸려서 체력이 떨어져 힘을 쓰지 못하고 있었다.

아무리 유로키나 산맥의 오크들이 강하다고 해도 이 정도의 악조건이라면 제 실력을 발휘하지 못한다.

위드라면 무슨 수를 써서든지 꼼수를 만들어 냈을 것이다.

이대로 전쟁이 지속된다면 이기더라도 오크들의 피해가 너무 크지 않겠는가.

그런데 그 덕분에 전투는 더욱 격렬하고 재미가 있었다.

무식하게 개돌격하는 오크들!

사력을 다해서 막으려는 다크 엘프들.

수만, 수십만의 전투가 유로키나 산맥에서 벌어지고 있으니 그 자체로 하나의 장관이었다. 오데인 요새의 공방전과는 비교할 수도 없을 정도로 박력 있는 전투였다.

종족부터 다른 오크들과 다크 엘프들의 전투이다 보니 더욱 긴장감이 어렸다.

'초기의 전투는 아무래도 다크 엘프들이 유리하군.'

위드는 냉정함을 잃지 않고 전투를 분석했다.

얼핏 보기에는 오크들이 신나게 전공을 세우고 있는 것 같았다.

다크 엘프의 성을 향해 기세를 올리며 진격해 들어가는 오크들의 앞에는 그 어떤 것도 멀쩡하지 못할 것만 같다. 수만의 오크들이 줄을 이어서 성으로 쳐들어가고, 그 뒤로는 그보다 훨씬 많은 오크들이 기다리고 있다.

오크들은 다크 엘프의 성을 짓밟을 기세로 경사 높은 산을 달려 올라가고 있는 것이다.

그러나 다크 엘프들은 조금도 밀리지 않았다.

오크들의 숫자가 수십만에 이르러도 길이 협소하여 그 병력을 효율적으로 쓸 수는 없었다.

전투에 실제 동원되는 병력은 많아야 2만.

그 불리함이란 이루 말할 수 없을 정도다.

아래에서 위로 쏴야 하는 화살 공격도 효과를 거두지 못하고, 산을 뛰어올라야 하기에 체력이 좋은 오크라고 할지라도 쉽게 지치고 만다.

다크 엘프들은 지형과 마법, 정령술에 의존하면서 거의 피해 없이 오크들을 물리치고 있었다.

"오크들, 무식하다."

"돼지 같은 오크들! 이곳이 너희들의 무덤이다."

다크 엘프들은 오크들을 조롱하면서 전투를 이끌었다.

보통 인간이라면 이런 전투에서 듣는 욕설 정도는 어지간하면 참아 넘긴다.

그런데 이들은 오크였다.

단순 무식하고 성질 나쁜 오크.

"취이익!"

"너, 너, 너 기다려라! 취취췻. 까만 놈."

격장지계도 아니었는데, 오크들은 완전히 흥분하여 덤벼들다가 화살에 맞아 죽었다.

오크들은 성문을 두들기고, 성벽을 기어오르려고 하지만 그때마다 다크 엘프들에 의해 격퇴됐다. 초기에 발생하는 피해의 대다수는 오크들이 입고 있었던 것이다.

짧은 시간에 오크들이 거의 4만 가까이 죽어 나간 것에 비해 다크 엘프들은 눈먼 화살에 맞은 수십 정도가 고작이었다.

하나 그렇다고 해서 다크 엘프들의 승리를 예상하기에는 아직 일렀다.

　전쟁은 초기였고 남아 있는 오크들의 숫자가 너무 많았던 것이다.

　전술과 전략, 지형. 이 모든 변수를 무시할 정도로 많은 오크들!

　질보다 양!

　1마리를 죽인다고 해도 2마리, 3마리가 이어서 달려드는 데에는 장사가 없었다.

　다크 엘프들이 집단적으로 마법을 영창했다.

　다크 엘프들 중에서도 로브를 입고 있는 이들 100명이 함께 마법을 외운 것이었다.

　"플레어!"

　다크 엘프들로부터 거센 불길이 뿜어져 나왔다.

　멀리 있는 위드의 얼굴이 달아오를 정도로 화끈한 화력!

　불길은 성의 근처에 다가온 오크들을 한 번에 모조리 통구이로 만들어 버렸다.

　"취익!"

　"취익! 취익!"

　호전적인 오크들. 그러나 이런 엄청난 마법 공격 앞에서 오크들은 투지를 상실했다.

　아직 다크 엘프의 외성도 부수기 전인데 오크들이 겁에 질려 버리고 만 것이었다.

　여전히 오크들은 다크 엘프의 성을 공격하고 있었지만, 그 기세는 조금 전만 못했다.

사기가 극도로 낮아졌기 때문.

그때 위드가 자리에서 일어났다.

'기다리던 때가 왔군.'

위드는 그가 다스리는 오크들을 둘러보았다.

"취칫. 이제 우리가 가자!"

"카, 카리취!"

"무모하다. 취익!"

방금 전까진 왜 전투를 하지 않느냐고 안달을 내던 오크들이 선뜻 나서려고 하지 않았다.

"괜찮다. 취익! 나만 믿어라."

그러나 위드는 오크들을 데리고 억지로 앞장을 섰다.

다른 오크 로드가 이끄는 오크들은 위드와 오크들에게 쉽게 길을 터 줬다.

성벽에서 전투를 벌이게 된 위드와 오크들.

이 무렵에는 다크 엘프들의 마법과 정령술도 많이 약화되어 있었다.

마나가 거의 소진된 탓이었다.

위드는 바로 이때만을 기다리고 있었다.

"공격! 공격해라. 취이이익!"

위드의 육중한 몸체가 성벽에 걸쳐진 통나무를 밟고 뛰어올랐다.

빠지직!

통나무가 대번에 부러졌지만, 위드는 무사히 성벽 위에 내려섰다. 그러고는 마구 글레이브를 휘둘렀다.

다크 엘프들은 독수리를 능가하는 시력, 그리고 궁술과 날랜 움직임을 자랑한다. 마법도 잘 쓰는 만큼 공성전에 있어서는 거의 최고의 종족이라고 할 수 있다.

그런데 마나가 거의 떨어졌다. 궁술은 바로 근처까지 다가가면 별로 소용이 없다.

날랜 움직임도 동료들이 장애가 되어서 별다른 장점으로 작용하지 못하고 있었다.

위드의 목표는 널려 있었다.

성벽에 있는 다크 엘프들이 모조리 적이었다.

활과 마법을 쓰는 다크 엘프들.

위드는 신나게 다크 엘프들을 공격했다. 부하로 데리고 온 오크들도 다크 엘프들을 열심히 공격했다.

일단 근접전이 벌어지게 되면 소검이나 레이피어를 주로 쓰는 다크 엘프들에게 오크들이 밀릴 까닭이 없다.

위드와 오크들은 잠깐 동안에 많은 다크 엘프들을 사냥할 수 있었다.

그렇게 한창 공적을 세운 다음에 위드는 재빨리 성벽을 뛰어내려서 전장을 이탈했다.

시간이 흐르며 다크 엘프들의 마나가 조금이나마 회복되고 있었던 것.

위드는 전투를 하는 가운데에도 끊임없이 눈치를 봤다.

눈치 보기와 상황 판단.

어떤 궁지에 몰려도 살아날 구멍을 만들어 내는 것이야말로 위드의 장기였다.

"파이어 필드!"

위드가 물러나자마자, 조금 전까지 그가 있던 자리는 불바다가 되었다.

"끄아아악!"

"몸이 타오른다."

다크 엘프들은 자신들의 동료가 있는 곳에도 서슴없이 마법을 시전했다.

인간이 아니기에 할 수 있는 행동이었다. 다크 엘프들이나 오크들이나 생명의 소중함보다는 어떻게 해서든 적을 제압하려는 호전성이 우선이었다.

위드는 오크들을 적극 활용했다.

다크 엘프들의 마나와 체력은 한정되어 있었다.

오크들이 끊임없이 공격을 하니, 일부 다크 엘프들은 틀림없이 체력이나 마나가 바닥까지 떨어졌다.

위드는 그럴 때마다 직속부대를 이끌고 그곳을 공격했다. 그리고 다크 엘프들이 마나를 회복할 때쯤에는 곧바로 퇴각했다.

물론 위드와 직속 오크 부대만이 명령을 받아서 퇴각한 것이고, 다른 오크들은 더욱 무섭게 몰아치다가 다크 엘프의 마법에 당해 전사를 해야 했다.

위드의 머릿속에는 한 가지 생각밖에 없었다.

'40만 오크 대군을 적극 이용해야 한다.'

적이 약한 부위를 찌르고, 반격할 때에는 서슴없이 다른 오크들을 몰아넣는 치사함!

다크 엘프들이 오크들에게 신경을 쓰는 사이에 위드는 조용히 공적을 챙겼다.

그런 식으로 몇 번 더 성공을 거두자, 다크 엘프들을 100마리 이상 잡을 수 있었다.

위드뿐만이 아니라 직속부대가 사냥한 다크 엘프들의 숫자를 합치면 더욱 많으리라.

확인해 보지 않았지만 퀘스트 공적치가 꽤나 올랐다는 것을 알 수 있었다.

야비하다고 해도 좋다!

사실이니까!

주변에 있는 모든 것을 적극적으로 이용해야만 했다.

오크들이 7만 정도 죽었을 때에는 다크 엘프들의 숫자도 3,000 넘게 줄어 있었다.

'곧 끝나겠군.'

살아 있는 다크 엘프들이 7,000이 넘는다고 해도 거의 다 상처 입고 지친 상태.

성벽에 의존하여 버틸 뿐이었다.

그런데도 다크 엘프들은 워낙에 뛰어난 궁술을 가졌다.

그들의 저격술에 오크들의 주력이라고 할 수 있는 오크 투사들이 연이어 암살을 당했다.

공성 병기가 없으니 성벽을 오르기에도 만만치 않고, 오크들은 여전히 지지부진한 전투를 끌어가고 있었다.

"힘내라. 취이익!"

"다크 엘프들을, 취치칫. 공격하자!"

길이 협소하여 전투에 참여하지 못하는 오크들이 괴성을 질러 댔다.

위드는 전투를 마무리 짓기 위해 앞으로 나섰다.

"놈이 온다."

"제일 못생긴 놈이다!"

오크와 다크 엘프들의 시선이 일제히 위드에게 향했다.

그런데 위드는 이번에는 성벽을 오르지 않았다.

성문!

크고 거대한 성문으로 걸어갔다.

위드는 글레이브를 잠시 벗어 두고, 품에서 작은 조각품을 꺼냈다.

토끼 조각상.

걸작으로 만든 다섯 생명 조각상 중의 하나였다.

"조각 파괴술! 이 모든 것들이 힘이 되어라."

위드는 조각상을 자신의 손으로 직접 부쉈다.

그 순간!

위드의 몸에 빛이 어렸다.

> 조각 파괴술을 사용하였습니다.
> 걸작 조각상이 파괴된 고통! 슬픔! 예술 스탯이 5 사라집니다. 명성이 100 줄어듭니다. 예술 스탯이 1:4의 비율로 하루 동안 힘으로 전환됩니다.

> 조각술의 숙련도가 0.1% 상승합니다.

위드가 가진 1,000이 넘는 예술 스탯이 모조리 힘으로 전환

되었다.

그것도 4배로 증폭이 되어서 말이다.

걸작 조각상을 부순 대가로 명성이 줄어들고 예술 스탯이 소모되었다.

그 대가로 위드의 몸에는 무엇이든 부술 수 있을 것 같은 괴력이 흘렀다.

"크아아아!"

위드는 괴성을 지르며 글레이브를 움켜쥐었다.

근육으로 울퉁불퉁한 팔뚝에 핏줄이 섰다. 주체할 수 없는 힘이 넘쳐흐른다.

이 순간, 위드는 예술을 이해하는 조각사가 아니었다.

오크로 변신해서 지식이나 지혜도 바닥이다.

모든 것이 힘!

힘으로 전환이 되어 있었다.

위드는 성문을 향해 있는 힘껏 글레이브를 내리쳤다.

콰아아앙!

글레이브가 산산조각 났다.

숫제 가루가 되어서 주변으로 튀었다.

"취이익?"

**"췩췩췩!"**

완전히 흥분해 버린 오크들.

위드는 주변에 떨어져 있는 글레이브를 닥치는 대로 주워서 성문을 마구 내리쳤다.

위드가 힘을 쓸 때마다 성문에 조금씩 금이 가더니 열 번쯤

지나자 마침내 쩍 하고 갈라졌다.

"우와아아!"

"성문이 뚫렸다. 취익!"

오크들이 무섭게 환호했다.

그러자 다크 엘프들 셋이 매우 빨리 부서진 성문에 모여들었다.

"오크들이 들어오지 못하게 진형을 갖춰라!"

"식물을 자라게 해서 벽을 쌓아!"

"인라지 마법으로 새로운 성문을 만들자!"

다크 엘프들이 창을 들고 위드를 향해 돌격해 왔다.

위드를 처리하고 씨앗을 심기 위해서였다.

인라지 마법!

식물을 순식간에 자라게 하는 엘프 특유의 마법.

그것을 이용해서 부서진 성문을 나무로 완전히 틀어막아 버리려고 했다.

엘프이므로 가능한 전술이었다.

"죽어라, 이 오크야!"

다크 엘프들은 적대감 가득한 눈으로 창을 찔러 왔다. 그들 셋의 합공!

"다 덤벼라. 취이이익!"

위드의 손에서 글레이브가 신묘한 움직임을 보였다.

돌고, 손아귀에서 벗어나는가 싶더니 순식간에 적을 향해 휘둘러진다.

파바박!

창대를 연속으로 후려치는 글레이브!

방어구 닦기나 다림질 스킬을 썼다고는 해도, 저 많은 창들에 맞으면 목숨이 위태롭다.

지금 입고 있는 방어구들은 한마디로 싸구려!

새로 장비를 구하기에는 시간이 모자랐다. 그렇다고 재료 아이템들을 사용해서 좋은 장비를 만들기에는 돈이 아까웠다.

오크로 변한 이후에 중갑옷을 입을 수 있게 된 것까지는 좋았는데, 재료도 그만큼이나 많이 들었던 것이다.

자고로 몸의 면적이 넓으면 옷감이나 철도 많이 드는 법.

위드는 사냥으로 줍거나 아니면 불순물이 많은 철을 이용해서 방어구를 만들어 입고 있었다.

그렇기에 다크 엘프들의 창술에 제대로 맞으면 순식간에 죽을 수도 있다.

"취이이이익!"

조각 파괴술을 전부 힘으로 전환한 만큼 지금 위드에겐 미칠 듯한 힘이 흐른다.

힘과 민첩으로 절반씩 나누었다면 더 강해졌겠지만, 조각 파괴술의 속성상 그것은 불가능했다.

오로지 힘!

창대를 쳐 낸 위드는 가운데 다크 엘프를 노리고 공격했다. 목표가 된 다크 엘프는 창을 돌려 막으려고 했지만, 위드의 글레이브는 그보다 훨씬 강했다.

퍼서석!

다크 엘프의 생명력이 절반 이하로 줄어들었다.

세 다크 엘프를 동시에 상대하면서 위드는 창을 완전히 피할 생각 따위는 버렸다.

날카로운 정면을 피해서 옆으로 몸을 움직였다. 최소한의 희생은 감수한 것이었다.

찔러 오는 창 사이로 뛰어들며 거대한 몸집으로 위에서 아래로 내려찍는 글레이브!

힘과 기술이 절묘하게 조화되었다.

세 다크 엘프는 결국 위드를 이겨 내지 못하고 죽었고, 성문은 위드가 장악했다.

위드는 사자후를 터트렸다.

"오크들이여. 취치이익. 모조리 부숴라. 빼앗아라. 약탈하라!"

> 사자후 스킬을 사용하였습니다.
> 스킬의 영향 범위 안에 있는 모든 아군의 사기가 200% 상승합니다. 존재하는 모든 혼란 상태가 해제됩니다. 5분간 통솔력이 195% 추가 적용됩니다.

그간 다크 엘프들에 의해 피해만 입고 의기소침해 있던 오크들이 대번에 원기를 회복했다.

"취익!"

"싸우자. 취르르르!"

성난 오크들이 일제히 열린 성문을 통해 성안으로 진입했다.

다크 엘프들은 외성을 포기하고 마을에서 맞섰다.

위험한 함정이 곳곳에 설치되어 있었고, 장애물도 만들어져 있었다. 정령술과 마법, 궁술을 이용해 소수의 습격대를 운용하며 오크들을 괴롭혔다.

그러나 오크들은 무식하게 숫자로 밀어붙였다.

함정이나 장애물, 마법을 모두 밀어 버리는 오크들!

그들의 박력 앞에 다크 엘프들은 조금씩 세력을 잃어 갔다.

안전한 성벽 위에서 마나가 회복될 때까지 기다리는 것이 아니라, 그대로 오크들에게 노출된 것이다.

아직도 주력은 온전히 버티고 있으나, 오크들에게 조금씩 밀려서 마을의 외곽에다 방어진을 펼쳐야 했다.

"꾸엑. 이건 내 거다!"

"내가 먼저 집었다. 취췻!"

집으로 들어가서 약탈하는 오크들.

위드는 눈물을 삼키면서 그 광경을 바라봤다.

금이나 은과 같은 보물이라고 할 것은 없어도, 다크 엘프들은 매우 귀한 돌이나 과일 열매, 동물 가죽들을 모아 놓고 있었던 것이다.

팔면 당연히 돈이 되는 물건이고, 로자임 왕국에서는 몇 배나 되는 이득도 볼 수 있다.

본래 약탈한 물건은 원가가 들지 않은 만큼 명성도 얻기 쉬운 일이었다.

위드는 배가 심하게 아파 왔다.

당연히 약탈에 참여하고 싶었지만 그럴 겨를이 없었다.

프레야 교단의 퀘스트를 처리하기 위해, 네크로맨서의 신전!

그곳에 가야 했다.

※

까마득한 절벽 위에 세워진 철옹성!

다크 엘프와 오크들의 전투가 벌어지는 그곳으로 부란과 베커, 호스람, 데일 들은 병사들을 데리고 기어오르고 있었다.

오크들이 침공하는 것과는 정반대의 방향에 미리 매복하고 있다가 위드의 명령에 의해서 절벽을 타는 것이었다.

"끄으응!"

"힘내자."

병사들은 서로를 격려하면서 열심히 절벽을 기어올랐다. 까딱 손이라도 놓치면 그대로 떨어져서 죽으니 살기 위해 안간힘을 다했다.

프레야 교단의 사제들도 거친 바람에 로브를 펄럭이며 절벽을 탔다. 체력이 약한 사제들이 아무 장비 없이 절벽을 오르는 건 극히 위험한 일이었다. 위드가 아무런 안전장치 없이 이들을 부릴 리는 만무했다.

뱀파이어 로드 토리도!

대형 박쥐로 변신한 그가 주위를 선회하며 병사들이 추락하는 만일의 사태에 대비했다.

데스 나이트도 병사들을 따라 오르면서 힘이 빠진 이들을 도와주었다.

만약에 절벽 위에 다크 엘프가 적어도 몇 명이라도 지키고 있었다면 병사들은 몰살을 면치 못했겠지만, 다크 엘프들은 모두 오크들과의 전투에 동원되었다.

그 덕에 병사들은 아무 희생 없이 절벽을 기어오를 수 있었다.

"이제야 왔구나."

위드는 병사들과 약속한 장소에서 기다리고 있었다.

"예, 대장님. 저희들이 왔습니다. 이제 아무런 걱정 하지 않으셔도 됩니다."

부란이 가슴을 탕탕 치면서 대답했지만, 위드에게는 지극히 신뢰가 안 가는 일이었다.

'차라리 오크들이 믿음직스럽지.'

오크들의 규모, 전투 능력!

거기에 비한다면 병사들이나 왕실 기사들은 초라하기 짝이 없었다. 로자임 왕국으로 무사히 귀환시켜 명성치를 되찾아야 하니 죽어서는 안 되는 이들이었다.

한마디로 전투에 별로 도움 안 되는 상전들!

그러나 전투에 적극적으로 참여시켜서 병사들을 성장시켜야 위드에게도 공적치라는 떡고물이 떨어지는 것이니 억지로 이곳까지 끌고 와야 했다.

"네크로맨서의 신전으로 최대한 빨리 가자."

위드는 왕실 기사와, 토리도, 데스 나이트를 앞세워서 길을 뚫었다.

"취췻! 그들은 누구냐!"

오크들을 만나면 위드는 한마디만 외쳐 주면 될 뿐이었다.

"이들은 내 포로다. 건들지 마라. 취잇!"

"인간을 잡다니 부럽다. 췩췩!"

위드가 여전히 오크의 모습을 하고 있었기에, 오크들을 만나면 간단히 해결이 되었다.

네크로맨서의 신전 앞에는 다크 엘프들이 쓰러져 있었다.

위드는 병사들과 함께 신전 내부로 들어갔다.

※

슈샤아악!

음침한 기운이 감도는 신전 내부!

"취치칫!"

어딘가에서 오크들의 콧바람 소리가 들렸다.

이곳에도 오크들이 난입해서 다크 엘프들과 전투를 하고 있는 것이리라.

"시간이 없다. 네크로맨서들만 잡는다."

위드는 병사들에게 명령을 내렸다.

"옛, 대장님!"

오크들과 다크 엘프들! 모조리 죽이면 그 전리품이 만만치 않을 테지만 시간을 아껴야 했다.

'프레야 교단의 퀘스트를 해결하는 게 우선이야.'

괜한 욕심을 부려 시간을 지체하다가 오크들이 네크로맨서들을 다 죽이기라도 하면 큰일이 난다.

위드는 곧바로 네크로맨서들이 있을 신전의 내부로 향했다.

"취익!"

"이 미개한 오크들!"

다크 엘프와 오크들은 서로 싸움을 벌이고 있었기에 위드는 신속하게 움직일 수 있었다.

"이곳은 지나갈 수 없다!"

다크 엘프들이 길을 막으면 사제들이 마법을 외웠다.

"여신의 아름다움은 만인의 눈을 멀게 만든다. 블라인드!"

눈을 멀게 만들고, 토리도와 데스 나이트가 임시로 상대해 주면서 모든 관문을 돌파!

위드는 곧 네크로맨서들이 있는 장소에 도착했다.

그곳에는 큰 지도가 걸려 있었다.

유로키나 산맥의 지도!

다크 엘프의 성이 있는 장소는 검은 점이, 그보다 동쪽에는 붉은 점이 찍혀 있었다.

"뱀파이어 로드 토리도! 토리도가 어떻게 이곳까지! 설마 인간에게 굴복한 것인가. 그리고 신…성력이 느껴지는 이들은 프레야의 사제들!"

검은 로브를 착용하고 있는 네크로맨서들은 놀라움을 표시했다.

네크로맨서들은 총 12명이었다. 그들은 뼈로 된 지팡이와 마력이 느껴지는 구슬을 쥐고 있었다.

위드는 조각 변신술을 해제하고 앞으로 나섰다.

"사악한 네크로맨서들아, 이곳이 너희 무덤이 될 것이다."

위드가 눈짓하자, 토리도와 데스 나이트는 양옆으로 펼쳐지듯 자리를 잡았다.

사제들은 신성 마법을 쓸 준비를 하고, 병사들은 전투가 벌어지면 언제라도 튀어 나갈 준비를 했다.

왕실 기사들은 네크로맨서들을 1명씩 맡았다.

네크로맨서들의 제일 까다로운 마법은 저주와 어둠의 군대를 불러내는 것! 바로 죽은 자들을 언데드로 만드는 것이었다.

스켈레톤과 구울, 좀비, 혹은 그 이상의 강한 언데드 몬스터들!

시체를 이용한 다양한 흑마법은 마법사 계열에서 네크로맨서들을 최강의 존재로 만들어 주었다.

"프레야의 종… 네가 우리의 일을 망쳤구나."

주위를 둘러본 네크로맨서들은 음울한 어조로 말했다.

시체가 없었으므로 네크로맨서들이라고 해도 전투력이 반감될 수밖에 없다.

이미 그들의 사기는 최저까지 떨어져 있었다.

그런데 네크로맨서의 수장인 듯한 이는 싸울 의사마저 보이지 않았다.

"만반의 준비를 하고 왔구나. 결국 이렇게 되고 마는가. 한 번 잘못 끼운 단추는 영영 다시 되돌릴 수 없는 것인가."

"바라볼 님!"

네크로맨서들이 안타까운 듯이 외쳤다.

바라볼은 고개를 저었다.

"평생 신의 섭리를 믿지 않았다. 그러나 이것이 순리라면, 나는 따를 준비가 되어 있다. 나를 죽여라."

바라볼은 천천히 걸어 나와 위드의 앞에 무릎을 꿇었다.

"바라볼 님, 저희들도 함께하겠습니다."

다른 네크로맨서들도 마찬가지로 무릎을 꿇었다. 왕실 기사들이 언제라도 그들의 목을 칠 수 있게 말이다.

"다시 태어날 수 있다면 사악함에 물들지 마라."

위드는 검을 뽑아 들었다.

네크로맨서들의 목을 자르기 직전!

네크로맨서들을 죽이면 프레야 교단의 퀘스트를 완수할 수 있다. 그런데…….

'잠깐… 이건 무언가가 이상하다.'

위드의 머릿속을 스치고 지나친 생각.

얼렁뚱땅 달빛 조각사로 전직한 아픔!

그로 인해, 일이 순조롭게 처리되면 위드는 의심부터 하게 됐다.

'퀘스트의 난이도는 대충 맞는 것 같은데…….'

본래 이 퀘스트는 난이도가 B급이었다.

뱀파이어 로드 토리도와 진혈의 뱀파이어 일족을 처리하는 임무 또한 난이도 B급의 퀘스트였다. 그야말로 죽을 고생을 다하면서 완수한 퀘스트다.

이번에 네크로맨서들을 퇴치하라는 임무도 나름대로 상당히 어려웠다. 이들과 한편인 다크 엘프들을 피해서 이곳까지 들어와야 했으니 말이다.

'그런데 정작 마지막에 네크로맨서들이 너무 순순히 죽어 준다는 말이지!'

위드는 갈등에 갈등을 거듭했다.

퀘스트를 바로 끝낼 수는 있다. 헤레인의 잔과 파고의 왕관을 되찾는 것에 이은 연계 퀘스트!

당연히 프레야 교단으로 돌아간다면 많은 보상을 받을 수도 있으리라.

꼴깍!

바라볼과 네크로맨서들이 들고 있는 뼈 지팡이와 마력 구슬.

'저건 최소한 레어급 아이템인데… 저것들을 내다 팔면 못해도 백만 원은 되겠다. 특별한 옵션이라도 달려 있으면 가격은 천정부지로 뛸 테지. 그런데 저런 아이템이 1~2개도 아니고…….'

강렬한 유혹에 위드는 군침을 삼켰다. 들고 있는 검에 저절로 힘이 실렸다.

바라볼의 목을 베기 위해 조금씩 다가가는 검.

그런데 그렇게 되면 영영 이 찝찝함은 해결할 수 없을 것만 같았다.

쿵쾅쿵쾅!

위층에서 들려오는 오크들의 발걸음 소리.

시간이 많지 않았다.

위드는 검을 거두었다.

"말하라, 네크로맨서들이여. 너희들이 생각하는 신의 섭리가 무엇이며, 잘못 끼운 단추는 무엇을 뜻하는 것인가."

보통 사람들이었다면 재빨리 네크로맨서들을 죽이고 퀘스트를 완수했겠지만, 위드는 시간을 끌었다.

"위드 님!"

"저들을 처단하는 것이 프레야 여신님의 뜻입니다!"

사제들이 조금 투정을 하였지만, 말 그대로 투정일 뿐이었다.

위드의 신앙심은 사제들을 압도하고 있다.

그런 만큼 사제들은 금세 불만을 거두었다.

바라볼은 고개를 들고 물었다.

"나를 죽이지 않는 것인가, 프레야의 종."

"나는 종이 아니다. 그리고 너희들이 하고 싶은 이야기를 해라. 나에게 들려줄 이야기가 있는가?"

"우리들은… 아니다! 너희들이 우리의 이야기를 믿어 줄 리가 없다. 꺼져라, 프레야의 종들! 지옥에 가서도 너희들을 저주하겠노라."

"……"

당장이라도 목을 쳐 버리고 싶었지만, 기왕 인내심을 발휘하기로 했으니 조금 더 참기로 했다.

"기회를 주겠다. 믿음과 신뢰를 받을 수 있는 기회를. 너희들이 진실한 말을 한다면 나 역시 너희들을 믿어 주겠다."

"정말인가? 약속할 수 있는가?"

"그렇다. 그러나 다만 너희들의 이야기를 들어 줄 뿐이지, 너희들을 죽이지 않는다는 약속은 아니다."

바라볼은 잠시 망설이더니 긴 이야기를 시작했다.

"그렇게까지 말하니 이야기해 주겠다. 세상은 바르칸 데모프 님에 대해서 잘못 알고 있다. 바르칸 데모프 님은 불사의 방법에 대해 연구를 하던 진실한 마법사였다. 그런데……."

바르칸은 마법적인 열정으로 가득한 사내였다.

마법에 대한 그의 재능은 전 대륙에서 인정해 줄 정도로 천재적이었다.

 그러던 어느 날, 그는 불사의 연구를 진행하게 된다.

 왜 인간이 죽어야 하는지에 대한 의문. 불치병으로 죽어 가는 인간들을 보살피기 위해 시작한 연구였다. 그런데 그의 제자 샤이어는 세상을 향한 앙심을 품고 있었다.

 "샤이어라는 자는 간악한 술수를 이용해 바르칸 님을 어둠의 힘에 종속시켰다. 그러면서 불사의 연구를 엉뚱한 방향으로 활용하여 언데드 군단을 만들어 냈다. 죽어도 금방 되살아나는 언데드 군단! 어둠의 마나의 힘에 빠져 버린 바르칸 님은 언데드 군단과 함께 이성을 잃고 세상을 파괴했다. 샤이어는 각 어둠의 세력과 결탁해서 불사의 군단을 이끌었지. 바르칸 님의 옆에서 혈겁을 일으키는 데 동참했던 우리 네크로맨서들의 스승들 또한 이 죄에서 자유롭지는 못하리라. 우리들은 벨제뷔트의 신전에 있는 고서적에서 이러한 사실을 알아내고, 피와 죽음을 연구하는 네크로맨서로서 모든 것을 원래대로 만들려고 한다. 어둠의 마나에 잠식된 바르칸 님을 정상으로 되돌리고, 이 모든 악의 근원인 샤이어를 처단하는 것이다."

 띠링!

---

**절망의 평원에 사는 유배자들 퀘스트 완료**

사악함에 사로잡혀 있는 것으로 알려진 네크로맨서들은 본래의 마나가 가진 순수함을 잃지 않았다. 그들은 세상을 향한 복수가 아닌, 잘못된 것을 원래대로 돌리기 위한 노력을 하고 있었다.

---

보상은 프레야 교단의 대사제에게 받으십시오

위드의 입가에 미소가 그려졌다.

퀘스트 성공!

'굳이 죽이지 않아도 되었군.'

파고의 왕관이나 헤레인의 잔 등은 성물을 교단에 반환해야 했기에 교단으로 돌아가야만 끝나게 되지만, 단순한 처치 임무는 임무가 끝난 즉시 해결이 된다. 위드의 얼굴에는 잘못된 선택을 하지 않은 데에 대한 흡족한 미소가 그려졌다.

그러나 그 순간!

'아뿔싸!'

위드는 땅을 치고 통곡이라도 하고 싶은 심정이었다.

아이템들!

네크로맨서들을 죽였다면 그들이 가진 아이템이 떨어질 수도 있었다.

뼈 지팡이나 마력을 증폭시켜 주는 구슬은, 모르긴 해도 마법사들에게 고가에 팔릴 것이다. 거기에 네크로맨서들이 입고 있는 로브도 범상치 않은 물건인 것만 같았다.

하나만 떨어뜨린다고 해도 대박인데, 그밖에 또 어떤 재료 아이템이나 마법 아이템을 가지고 있을지 모른다.

마법사. 그것도 희귀한 네크로맨서는 잡는 놈이 임자인 것이다.

'어설픈 동정심이나 호기심을 발휘하는 게 아니었어. 세상은 돈이 지배하는 것인데… 눈앞에서 큰돈이 날아갔구나.'

위드가 아쉬움에 몸부림을 치고 있을 때, 바라볼이 말을 이었다.

"우리가 이 절망의 평원에 와서 다크 엘프들과 힘을 합쳤던 이유는 샤이어를 제압하기 위해서였다. 과거 불사의 군단이 사라질 때에도 샤이어는 약삭빠르게 도망쳐서 살아남았다. 그리고 이곳 절망의 평원에서 군대를 일으켰다. 불사의 언데드 군단! 과거의 규모에는 미치지 못해도 샤이어의 마력에 의해 만들어진 언데드 군단은 엄청난 수와 가공할 위력을 자랑한다. 또한 한 번의 패배로 죽음을 두려워하게 된 샤이어는 자신의 몸을 리치로 만들어 죽지 않는 불사신이 되었다. 우리는 그 샤이어의 불사의 군단과 싸우려고 한다."

불사의 군단!

모든 교단과 왕국들의 피를 흘리게 만든 그 군대가 이곳 절망의 평원에 있었다.

"우리들은 다크 엘프들과 힘을 합쳐야 했다. 승산을 조금이라도 높이기 위해 고고한 다크 엘프들에게 무릎을 꿇었다. 그리고 다크 엘프들은 그들 종족의 번영을 위해서 우리의 청을 받아들였다. 우리가 지은 성은 불사의 군단이 진군을 개시하는 것을 막기 위해서였다. 불사의 군단을 막기 위해서는 모두가 힘을 합쳐야 한다. 함께 싸워 다오. 평화를 되찾고 어긋난 것들을 바로잡기 위한 조그만 도움이라도 주었으면 한다."

띠링!

**샤이어가 이끄는 불사의 군단**
세상에 숨겨진 비사! 바르칸 데모프를 배후에서 조종하고, 그를 어둠의 길로 빠뜨렸던 자는 제자인 샤이어였다. 그날의 전투 이후 샤이어는 리치가 되어 불사

> 의 군단을 재건하기 위해 몸부림쳤다. 그리하여 다시금 만들어진 불사의 군단! 오크들과 다크 엘프들은 살아남기 위해 전쟁을 그치고 서로 협력할 것이다. 모든 힘을 다 모아서 불사의 군단의 진격을 막고, 샤이어를 처단하라.
> 난이도: A
> 보상: 바르칸의 마법서
> 제한: 30일 내로 불사의 군단이 전쟁을 개시한다.

일순 위드는 숨이 막혀 왔다.

난이도 A! 네크로맨서들을 죽이지 않았더니 난이도 A의 연계 퀘스트가 만들어진 것이다.

불사의 군단과 싸우는 최고 수준의 사건!

난이도 A는 지금까지의 퀘스트 중 가장 높은 것이다.

A급 퀘스트 위에도 숨겨진 무언가가 있다고 추측은 되고 있지만, 실제로 받아 본 유저는 아무도 없었다.

위드가 머뭇거리고 있을 때, 퀘스트를 알리는 창 외에 다른 창 하나가 연속해서 떴다.

> 특수 직업 퀘스트가 발생하였습니다.
> 대륙의 역사에 의해 마법사의 상위 직종인 네크로맨서는 선택할 수 없는 직업이었습니다. 샤이어를 무찌르고, 퀘스트를 완료할 시에는 마법사의 상위 직업에 네크로맨서가 정식으로 선택 가능해집니다.
>
> 배경 설명
> 네크로맨서들은 과거의 잘못으로 인해 지금까지 떠돌이 생활을 해 왔습니다. 생존을 위해 음지를 찾아다니고 연구에만 몰두하였습니다. 그로 인해 후인을 양성하기가 힘들었고, 네크로맨서들은 곧 사라진 직업으로 인식되었습니다. 그들이 명예를 회복하게 되는 날, 각 대도시나 왕국에 정착할 수 있게 됩니다. 그러면 제자들을 받아 네크로맨서 학파가 다시 부흥할 수 있게 될 것입니다.

난이도 A의 퀘스트.

동시에 네크로맨서라는 마법사 상위 직종까지 개방되는 퀘스트였다.

"대장님!"

부란, 베커, 호스람, 데일 등이 감격한 표정을 지었고, 왕실 기사들은 어깨를 활짝 폈다.

정의로운 기사들!

그들에게 불사의 군대와 싸운다는 것은 대단한 영광이었다.

"프레야 여신이시여……."

또한 사제들은 기도를 올리기 바쁘다.

위드는 결정했다.

"나의 선택은……."

# 열광

 절망의 평원에서 진행하게 된 프레야 교단의 의뢰!

 조각 변신술로 오크들과 합류하고, 다크 엘프의 성을 공략하라!

 바르칸 데모프를 추종하는 네크로맨서들을 소탕하는 퀘스트를 하던 위드는 약간의 자비심을 발휘했다. 마지막 순간에 네크로맨서들을 살려 준 것이었다.

 혹시나 무언가가 있을지도 모른다는 예감 때문이었는데 그 덕분에 난이도 A급의 퀘스트가 발생했다.

 불사의 군단.

 리치 샤이어가 이끄는 언데드 군단과의 전쟁이었다.

 오크와 다크 엘프들과의 연합으로 불사의 군단을 물리쳐야 한다.

 네크로맨서 바라볼과 왕실 기사들, 병사들이 위드의 대답만을 기다리고 있었다.

위드는 답했다.

"오크들과 다크 엘프들의 힘을 합친다고 해도 불사의 군단을 이길 수는 없을 것이다. 그러니 나와는 상관이 없는 일이다."

> 다시 한 번 확인하겠습니다.
> '샤이어가 이끄는 불사의 군단' 퀘스트를 받아들이지 않겠습니까? 미공개 직업인 네크로맨서들의 등장과도 연계된 퀘스트입니다.

"나는 불사의 군단과 싸우지 않겠다."

> 퀘스트를 거부하였습니다.

"그런……."

바라볼이 현저히 실망한 얼굴을 했다.

"대장님! 대장님의 결정을 믿을 수가 없습니다."

평소에 위드를 열심히 추종하던 부란이나 베커 들이 격렬하게 항의해 왔다.

왕실 기사들도 차갑게 돌변했다.

"정의에 대해서 모르는 자로군! 기사도를 배워 본 적은 있는 건가?"

"약한 이를 돕고 악인을 처단한다. 하기야 조각사 주제에 기사도를 논한다는 자체가 무리지!"

병사들과 기사들의 충성도와 친밀도가 한순간에 상당히 떨어졌다.

"설마 이런 결정을 내리실 줄이야."

"신앙심이 투철한 위드 님이 악의 세력을 방관하시다니… 믿을 수가 없군."

프레야 교단에서 파견 나온 사제들도 위드를 기피하기 시작했다.

한순간에 모든 이의 미움을 받게 된 위드!

그런데 네크로맨서 바라볼이 다시 말을 이었다.

"자네는 아직 사태의 심각성을 깨닫지 못한 모양이로군. 불사의 군단은 우리 네크로맨서들만이 아니라 전 대륙이 관련된 일이라고 할 수 있네."

"나는 모르는 일이다."

"자네만이 우리들을 이끌 수 있다고 본다. 그러니 우리와 함께 싸워 주게."

띠링!

---

**샤이어가 이끄는 불사의 군단**

세상에 숨겨진 비사! 바르칸 데모프를 배후에서 조종하고, 그를 어둠의 길로 빠뜨렸던 자는 제자인 샤이어였다. 그날의 전투 이후로 샤이어는 리치가 되어 불사의 군단을 재건하기 위해 몸부림쳤다. 그리하여 다시금 만들어진 불사의 군단! 오크들과 다크 엘프들은 살아남기 위해 전쟁을 그치고 서로 협력할 것이다. 모든 힘을 다 모아서 불사의 군단의 진격을 막고, 샤이어를 처단하라.

난이도: A

보상: 바르칸의 마법서.

제한: 30일 내로 불사의 군단이 전쟁을 개시한다.

---

"……."

위드는 잠시 어이없다는 눈으로 바라볼을 보았다.

퀘스트를 거절했는데도 다시금 제안한 것이다.

프레야 교단에 헤레인의 잔을 반환하였을 때부터 거의 반강제적으로 파고의 왕관과 관련된 의뢰를 받아야 했다. 절망의 평원의 네크로맨서들을 처단하라는 임무도 그와 연계된 퀘스트였다.

갈수록 어려워지는 퀘스트! 위드는 고개를 저었다.

"싫다. 나와는 관련이 없는 일이다."

> 다시 한 번 확인하겠습니다.
> '샤이어가 이끄는 불사의 군단' 퀘스트를 받아들이지 않겠습니까? 미공개 직업인 네크로맨서들의 등장과도 연계된 퀘스트입니다. 퀘스트를 받아들이지 않을 경우에는 페널티가 부여될 수 있습니다.

"어허, 이렇게까지 말을 했는데도 아직도 모르는군. 전 대륙이 관련된 일이야. 여기서 도망친다면 우리들처럼 아무도 알아주지 않는 음지의 인간이 되어야 할 걸세. 사람들은 그대의 졸렬함과 용기 없음을 비웃겠지."

네크로맨서 바라볼은 한껏 음침한 어조로 말했다.

오싹!

위드의 몸을 스치고 지나가는 한기.

일단 발을 담그면 절대로 빠져나올 수 없다.

프레야의 대신관이 그랬듯이 바라볼도 집요한 구석이 있었던 것이다. 명성을 하락시킨다는 협박을 서슴없이 한다.

여기서 보통 사람이라면 못 이기는 척 퀘스트를 받아들였을 것이다.

심지가 굳은 이라면 절대로 퀘스트를 받아들이지 않고 떠나 버렸을 수도 있다. 그 대가가 명성의 추락으로 이어지겠지만,

자신의 소신을 꿋꿋이 지키기 위해서라면 못 할 이유도 없다.

그런데 위드는 협박에 약했다.

어떻게 올린 명성이던가. 그것을 모두 날릴 수는 없다.

"불사의 군단을 무찌르는 게 내 일생일대의 소원이었습니다. 리치와 죽지 않는 언데드 군단이 이 땅을 더럽히지 않도록 싸우겠습니다."

> 퀘스트를 수락하였습니다.

화르르르.

진흙과 화마가 휩쓸고 간 다크 엘프의 성채.

오크들을 막기 위해 다크 엘프들이 사용한 정령술과 마법으로 인한 피해로 곳곳에 구덩이가 파여 있었다.

수만 명도 거뜬히 거주할 수 있을 정도로 거대한 성채에는 오크들과 다크 엘프들이 분주하게 짐을 나르면서 움직였다.

"취칫. 엘프. 놀지 말고 그쪽의 돌을 들어라."

"알았다, 오크."

"힘 좋은 내가 먼저 든다. 취익!"

오크들과 다크 엘프들은 힘을 합쳐서 복구 작업을 개시했다.

네크로맨서들이 전면에 나서고, 사제들과 왕실 기사들이 불사의 군대에 대해서 알렸다. 그러자 다크 엘프와 오크들은 극적인 화해를 이루었다.

불사의 군대는 모든 종족의 적이었다.

과거 바르칸 데모프가 지휘하던 그들은 살아 있는 어떤 존재도 용납하지 않았다고 한다. 죽은 다크 엘프들을 되살려서 언데드 헌터로, 오크들은 좀비로 만들었다.

다크 엘프들은 무엇보다도 일족을 제일 소중하게 여긴다.

자존심 강한 오크들도 그들이 좀비가 되는 것을 모욕이라 여겼다.

"취익, 췩! 우리들은 흙으로 돌아간다. 취췩. 죽어서는 다리 펴고 쉬어야 된다."

두 종족은 불사의 군단과 싸우기로 동맹을 맺고 성채를 복구하고 있었다.

프레야의 사제들, 왕실 기사들과 병사들도 복구 작업에 동참했다.

"여기가 비었잖아!"

"이쪽을 좀 더 튼튼히 받쳐."

"이곳의 지반은 너무 약하다."

호스람과 데일은 병사들을 데리고 성채를 꼼꼼히 점검했다.

오크들은 힘은 좋아서 돌이나 무거운 것들은 잘 나르지만 인간들의 손길이 들어가야 훨씬 더 짜임새가 있다.

고고하고 괴팍한 다크 엘프들은 일을 시켜도 정령술을 이용해서 대충대충 때우기 일쑤였다.

위드는 성채의 가장 높은 곳에서 시원한 바람을 맞았다.

무겁고 심각한 얼굴로!

"대장님께서 불사의 군단과의 전쟁을 승리로 이끌 전략을 만드시는 것 같군."

"역시 우리 대장님이야."

부란이나 베커는 엄지손가락을 추켜올렸다.

그러나 위드의 머릿속에는 1달 후면 다가올 전쟁은 전혀 들어 있지 않았다.

'어디 보자, 우선 전리품으로 획득한 아이템들이…….'

공성전의 와중에서 다크 엘프들을 죽이고 얻은 전리품의 가격 계산에 한창이었던 것이다.

그야말로 싸움이 가장 치열한 때에도 적 한 번, 아이템 한 번을 보았다. 바닥에 중요한 아이템이 떨어져 있으면 가차 없이 몸을 날렸고, 화살에 맞아도 미친 사람처럼 웃었다.

돈을 위한 필사적인 투쟁!

진공청소기처럼 무기나 장비들을 긁어모았다.

이제 얻은 아이템을 계산할 시간이었던 것이다.

"감정."

---

**오크 대장 굴취의 글레이브**

오크 대장이 들고 싸우던 글레이브. 무거워서 휘두르기가 쉽지 않지만, 망치와 같은 묵직한 타격을 줄 수 있다.
내구력: 69/80
공격력: 25~51
제한: 힘 350. 레벨 180.
옵션: 흉성 +20. 힘 +10. 민첩 -30. 공격 정확도가 25% 하락한다. 치명적인 일격은 2배의 효과를 갖는다.

---

우선 첫 번째로 감정해 본 아이템은 그다지 쓸모가 없었다.

'글레이브는 잘 팔리지 않으니까.'

아주 특이한 무기를 찾는 마니아들도 있지만 효율성의 측면만을 볼 때 좀처럼 택하기 힘든 무기였다.

일반 게임이라면 어떻게든 쓸 수 있을지 모른다. 올려 놓은 스킬과 스탯이 전부라면 말이다.

그러나 〈로열 로드〉에서는 실제로 몸을 움직여야 했다.

무기는 말 그대로 도구일 뿐이니 가능한 한 자신의 손에 익숙한 것을 사용한다.

그렇기에 오크들의 무기인 글레이브는 구매자가 나오기도 힘들고, 옵션도 일반적으로 잘 팔리는 무기들과는 거리가 멀었다. 보통 적을 얼리는 등 부수적인 마법 공격을 가하거나, 공격력이 뛰어나면서 가벼운 검이 제일 큰 인기를 끌었던 것이다.

위드는 글레이브는 대충 처분하기로 하고, 나머지 물건들을 살폈다.

오크들의 방어구 5개, 엘프들의 머리띠 둘, 의복 일곱 벌이 있었다. 평범한 아이템들이지만 엘프들의 옷은 저항력을 키워 주고 정령과의 친화력을 올려 주기 때문에 인기리에 팔리는 물건이었다.

'좋았어. 일단 오늘의 일당은 달성했군.'

위드는 쾌재를 부르며 농땡이를 피웠다.

아무리 노가다를 전문적으로 잘한다고 해도 돌을 나르기는 싫었다. 공사판에서도 벽돌 등을 나르는 일은 힘들고 고생스럽지 않던가.

오크들이나 엘프들, 병사들까지 열심히 일을 한다.

이럴 때에는, 숨어 있는 건 그리 현명한 선택이 아니었다.

한창 일을 할 때에는 오히려 심각한 표정을 지으면서 상념에 잠겨 있으면 된다.

"우리는 대장님만 믿으면 돼."

"대장님께서는 불사의 군단과 싸워서 이기실 거야."

병사들의 오해로 인한 추앙을 받는 위드!

첨탑 위에 서 있던 위드의 시선이 더욱 폼을 잡기 위해 먼 곳으로 향했다.

유로키나 산맥이 한눈에 내려다보였다.

구름이 강처럼 밑에서 흘렀다.

산과 산이 겹겹이 이어진 곳에는 골짜기처럼 공간이 있다. 그 사이에 구름들이 흐르고 있었다.

다크 엘프의 성채가 있는 곳은 산맥에서도 제일 높은 편이라서 공기가 희박해 쉽게 지치기도 한다.

춥고 메마른 지역.

일부 산맥에는 눈이 덮인 곳도 있다.

해가 조금씩 떨어지면서 하늘에 붉은 노을이 진다. 그런데 그 노을마저도 구름의 아래에 있어서 신비로운 빛깔이 전체적으로 퍼져 나갔다.

위드는 그 광경들을 살피다가 조용히 로그아웃했다.

이현이 캡슐에서 나와 제일 먼저 한 것은 아이템 거래 사이트에 들르는 것이었다.

"오크의 글레이브를 찾는 사람이 있어? 굴취의 글레이브는 그나마 얼마라도 건질 수 있겠군. 엘프의 머리띠 가격은 희소성 때문에 조금씩 오르고 있고… 엘프의 활을 주워야 비싼 값에 팔아먹을 텐데."

이현은 안타까움에 땅을 치고 후회했다.

다크 게이머로서의 자각!

'나는 아직도 멀었구나!'

공성전에서의 승리를 위해 굳이 그가 성문을 부술 필요는 없는 일이었다.

구매자가 많은 활을 들고 있는 다크 엘프를 하나라도 더 잡았어야 했다. 그리하여 최소한 하나의 활이라도 줍는다면 다크 게이머로서의 소기의 목적은 달성하는 것이다.

'너무 몰두해서 탈이야.'

이현은 푸욱 한숨을 쉬었다.

그러면서 꾸준히 각 아이템들의 가격과 정보들을 확인했다. 주식 투자하는 사람들이 매일 자신이 보유한 종목의 가격을 확인하는 것처럼 획득한 아이템의 매매가를 살피는 것이었다.

보통 다른 이들이 경매에 내놓은 아이템들도 거의 순식간에 매각이 확정되어 버렸다.

그런 게시 글들도 이현은 꼼꼼하게 살폈다.

혹시라도 어떤 몬스터에게 획득하였는지를 알 수 있다면 나중에 참고가 되는 것이다.

신규로 올라온 아이템들의 글을 확인한 이현은 〈로열 로드〉

사이트에 접속했다.

        황제가 되기 위한 길!
        꿈이 열리는 대륙!
  〈로열 로드〉에 오신 것을 환영합니다!

〈로열 로드〉의 홈페이지.

이현은 상단에 있는 명예의 전당을 클릭하고 접속했다.

그의 계정 아이디를 입력하고 들어가자 공간이 하나 만들어져 있었다.

하필이면 제일 아래쪽 눈에 띄지 않는 곳!

이현은 자신이 퀘스트를 했던 동영상을 통째로 올렸다.

본래 보기 좋도록 군더더기는 삭제를 하거나, 아니면 편집을 하는 게 보통이었다. 그런데 이현에게는 따로 동영상을 편집할 수 있는 프로그램도 없었다.

어둠의 경로.

소위 말하는 불법 루트는 각 저작권을 가진 프로그램 회사에 의해 전부 막히고, 동영상 편집 프로그램을 구매하려면 최소한 몇만 원을 내야 했다.

그런데 프로그램을 구매한다고 해도 그런 작업을 할 정도로 컴퓨터가 좋지도 않았다.

"굴러가 주는 것만으로도 다행스럽지."

오늘 사망하더라도 이상할 것이 없는 컴퓨터는 덜덜거리는 소리를 내고 있었다.

언제나 그렇듯이 이현은 동영상을 올리고 잠을 청했다.

사람들은 오늘도 〈로열 로드〉의 명예의 전당에 접속했다.

 명예의 전당은 매일 수백만 명의 접속자를 기록할 정도로 인기 있는 코너였다. 물론 대다수는 명예의 전당 아랫부분에는 관심조차 갖지 않았다.

 유명한 유저, 레벨이 높은 이들은 명예의 전당에서도 높은 위치를 차지하고 있다.

 "오늘은 헤르메스 길드에서 무슨 일이 벌어졌을까."

 "그리피스라는 유저는 아직까지도 바다에서 해적질을 하고 있나?"

 일부 유저들의 경우에는 살인, 도적질, 해적질을 하며 자신의 영상을 올리기도 했다. 사람들은 그들의 거침없는 행보에 짜릿한 대리 만족을 느끼기도 했다.

 그래서인지, 이현이 올렸던 동영상은 사람들의 손을 타지 않았다. 최초로 명예의 전당에 올라온 이와 기존부터 있었던 이들 사이의 현격한 이름값의 차이였다.

 그러던 때에 어느 누가 이현의 동영상을 클릭해 보고 기겁을 하고 말았다.

 "맙소사!"

 그가 놀란 것은 동영상의 용량과 길이였다.

 "19시간 49분짜리 동영상이잖아!"

 그는 황당한 나머지 동영상을 종료하고 〈로열 로드〉의 게시판에 글을 올렸다.

> 새로 명예의 전당에 올라온 사람이 있습니다.
> 그런데 그 사람이…….

명예의 전당에 신규로 들어온 이가 무려 19시간짜리 플레이 영상을 올렸다!

〈로열 로드〉의 게시판에는 많은 유저들이 있었다.

이들은 대번에 이현을 비웃었다.

> ㄴ 초보인가 보네요.
> ㄴ 초보가 여기에 글을 쓸 수는 없죠. 명예의 전당에 올라온 게 기뻤나 봐요.
> ㄴ 그래도 전혀 편집도 안 하고 올리다니 영 성의가 없군요.
> ㄴ 아마 1명도 안 볼 걸요.

이현의 일은 그들에게도 그저 웃고 넘길 일에 불과하였다.

그런데 최초로 동영상을 클릭했던 이는 궁금증을 이기지 못했다. 잠깐이지만 봤던 동영상이 잊히지가 않았다.

"무슨 산악 같은 곳이었는데… 거기에 무슨 오크들이 수도 없이 많던데."

얼핏 보아서는 제대로 알 수 없었으나 다크 엘프들, 오크들이 있었던 것 같았다.

"시간 낭비하는 셈 치지, 뭐."

그는 호기심을 참지 못하고 이현의 동영상을 다시 보았다. 어차피 마땅히 할 일도 없었고, 재미가 없으면 바로 꺼 버리면 된다고 생각하면서.

그리고 30분 후.

그는 〈로열 로드〉 게시판에 다시 글을 올렸다.

> 19시간 49분짜리 동영상, 꼭 찾아보십시오.
> 긴말 않겠습니다. 최고입니다.
> 저는 빨리 한번 훑어보았는데, 다시 제대로 보러 갑니다.

그의 글을 보고 사람들이 관심을 가졌다.

일부는 동영상을 찾아서 플레이하기도 했다.

대다수는 별로 의미를 두지 않은 행위, 한번 속아 주자는 정도에 불과했다.

"요즘도 낚시 글이 유행인가?"

"아마 올린 사람 본인일 거야. 아이디는 달라도 친구이거나 아니면 가족의 계정으로 쓴 글이겠지."

"뭐, 재미없으면 악플이나 달면 되고……."

그런데 이현이 올린 동영상에는 오크가 나왔다.

오크 카리취!

아주 건장하고, 근육질로 몸을 장식한 오크였다.

못생기고 굵은 뻐드렁니가 밖으로 튀어나올 정도의 흉물이었다.

―산맥의 아침. 붉은 해가 떠오르고, 거센 바람이 분다. 취췻. 구름도 다 가올 전투를 예감하는지 무거워 보이고, 나는 다크 엘프들과의 최전선에 서 있다. 췻! 싱그러운 아침에 나는 희망을 품는다. 취취췻. 우리의 용기와 승리를 향한 열망. 버리기에는 고귀한 정신. 영혼. 나는 노래하고 싶다. 추이익! 저 다크 엘프들이 강하다면 더욱 노래를 부르라. 우리의 승리를 기원

하는 노래를. 모두가 포기하지 않는다면 승리할 수 있으리라.

오크의 황당한 독백에 사람들은 배를 잡고 웃었다.

"이게 뭐야, 도대체."

"무슨 블랙 코미디인가?"

그러면서 금방 사람들은 빠져들고 말았다.

오크 카리취가 있는 주변은 산의 안개로 자욱했다. 그런데 해가 뜨면서 점점 그 안개가 걷히고 있었다.

그럴 때마다 나타나는 오크들.

"오크다."

"오크들이 엄청 많아."

"저기가 대체 어디지?"

—취이익! 취익!

—쿠와아아!

오크의 독백에 이어서 오크 대군의 포효!

안개가 완전히 걷혔다.

무려 40만 마리의 오크들이 유로키나 산맥에서 모습을 드러내고, 다크 엘프와의 공성전을 개시한다.

다크 엘프들은 정령술과 마법을 이용해서 대적했다.

오크들은 압도적인 수를 이용해서 밀어붙인다.

"무슨 영화를 보는 것 같다."

"이런 스케일의 전투가 있다니……."

사람들이 보아 온 것은 유저들끼리의 공성전이 대다수였다.

현란한 마법들이 쏟아지지만 그뿐이다. 대체로 박력이 없었다.

그런데 여기서는, 오크들이 물밀듯이 공격을 하고, 다크 엘프들은 필사적으로 막아 낸다.
　오크들이 기름을 끼얹고 불을 붙이자 성벽이 검은 연기를 내며 타오른다. 일부 오크들은 기름통을 거꾸로 뒤집어쓰고 스스로 불에 타 죽기도 했다.
　성벽을 억지로 기어오르는 오크들.
　다크 엘프들이 쏘는 화살이 하늘을 덮었다.
"재밌다!"
"최고인데……!"
　사람들은 매우 만족하면서 동영상을 보았다.
　마치 하나의 판타지 영화를 보는 것처럼 각 종족 간의 필사적인 전투를 구경하는 것이다.
　전투는 조금씩 오크들이 유리해져서, 다크 엘프의 성문이 뚫리게 되었다. 최초에 독백을 했던, 못생기고 힘센 오크가 마침내 성문을 격파한 것이었다.
　글레이브가 박살이 날 정도의 괴력!
　다크 엘프 여럿을 물리칠 정도의 박력과 투지!
　힘센 오크는 막무가내로 글레이브를 휘둘렀다.
　압도적인 힘을 바탕으로 온 전신을 함께 움직였다.
　폭발적인 에너지가 느껴지고, 때때로 글레이브의 신묘한 움직임은 놀라운 결과를 만들어 냈다.
　가상현실이 만들어진 이후로 모든 격투기들은 최대의 호황을 누렸다. 가상현실에서 움직이는 유저들이 검사가 되고 권사가 되었으니, 그만큼 무기나 전투에 관심들이 많아진 것이다.

"어떻게 저렇게 움직일 수 있지?"

"주변 전체를 보고 전투를 이끌어 내고 있어."

"이 오크가 있는 곳에서부터 전투의 흐름이 미묘하게 바뀌는 것 같은데."

오크가 싸우는 모습은 구경하는 사람들의 혼을 완전히 쏙 빼놓았다.

거기서 동영상이 그냥 끝났다 하더라도 사람들은 매우 만족할 수 있었을 것이다.

그런데 동영상은 거기에서 끝이 나지 않았다.

그 흉악하게 생긴 오크가 병사들, 사제들과 합류하는 것이었다.

"말도 안 돼!"

"저게 그러면 유저였단 말이야?"

사람들은 깜짝 놀랐다.

오크와 다크 엘프의 전쟁.

그런데 이 모든 것이 한 유저 때문이었다는 것이다.

한 사람이 그 중심에 있었다.

그 흉악한 오크는 사제들과 병사들을 이끌고 네크로맨서의 신전으로 진입했다.

전후의 배경은 잘 몰랐지만, 그곳이 굉장히 중요한 장소라는 것 정도는 분위기로 알 수 있었다.

그때 그 흉악한 오크의 모습이 인간으로 변했다. 이 또한 사람들은 몰랐지만, 조각 변신술을 해제한 탓이었다.

그런데 신전의 내부는 너무 어두웠고, 동영상이 보여 주는 각도가 뒤쪽이라서 얼굴은 알아볼 수가 없었다.

그리고 네크로맨서 바라볼과의 대화.

―평생 신의 섭리를 믿지 않았다. 그러나 이것이 순리라면, 나는 따를 준비가 되어 있다. 나를 죽여라.

바라볼이 무릎을 꿇는다.

네크로맨서들도 마찬가지로 무릎을 꿇었다.

사람들은 드디어 네크로맨서를 죽일 것을 기대했다.

"어서 죽여!"

"이게 무슨 퀘스트인지 궁금하다, 진짜."

"이런 규모의 퀘스트라면 보상은 뭘 줄까?"

사람들은 완전히 몰입해서 동영상을 보고 있었다.

영화와는 다르게 정말 자신들이 체험하는 기분이었다.

명예의 전당에 올라온 동영상들은 대체로 몬스터를 사냥하는 것들이 많다. 명성이 높은 이들만 명예의 전당에 들어올 자격이 있지만, 그들은 자신들의 노하우라고 할 수 있는 퀘스트를 잘 공개하려고 하지 않았다.

그런 만큼 위드가 올려놓은 동영상은 신선하기 짝이 없었다.

그런데 동영상에 나온 주인공은 무엇인가 갈등하더니 검을 휘두르지 않았다.

―말하라, 네크로맨서들이여. 너희들이 생각하는 신의 섭리가 무엇이며, 잘못 끼운 단추는 무엇을 뜻하는 것인가.

―나를 죽이지 않는 것인가, 프레야의 종.

―나는 종이 아니다. 그리고 너희들이 하고 싶은 이야기를 해라. 나에게 들려줄 이야기가 있는가?

―우리들은… 아니다! 너희들이 우리의 이야기를 믿어 줄 리가 없다. 꺼 져라, 프레야의 종들! 지옥에 가서도 너희들을 저주하겠노라.

―…….

동영상의 주인공은 잠시 침묵하더니 말문을 열었다.

―기회를 주겠다. 믿음과 신뢰를 받을 수 있는 기회를. 너희들이 진실한 말을 한다면 나 역시 너희들을 믿어 주겠다.

―정말인가? 약속할 수 있는가?

―그렇다. 그러나 다만 너희들의 이야기를 들어 줄 뿐이지, 너희들을 죽 이지 않는다는 약속은 아니다.

바라볼은 잠시 망설이더니 긴 이야기를 시작했다.

―그렇게까지 말한다니 이야기해 주겠다. 세상은 바르칸 데모프 님에 대해서 잘못 알고 있다. 바르칸 데모프 님은 불사의 방법에 대해 연구를 하 던 진실한 마법사였다. 그런데…….

바라볼은 분개하며 말했다.

―샤이어라는 자는 간악한 술수를 이용해 바르칸 님을 어둠의 힘에 종 속시켰다. 그러면서 불사의 연구를 엉뚱한 방향으로 활용하여 언데드 군단 을 만들어 냈다. 죽어도 금방 되살아나는 언데드 군단! 어둠의 마나의 힘에 빠져 버린 바르칸 님은 언데드 군단과 함께 이성을 잃고 세상을 파괴했다. 샤이어는 각 어둠의 세력과 결탁해서 불사의 군단을 이끌었지. 바르칸 님 의 옆에서 혈겁을 일으키는 데 동참했던 우리 네크로맨서들의 스승들 또한 이 죄에서 자유롭지는 못하리라. 우리들은 벨제뷔트의 신전에 있는 고서적 에서 이러한 사실을 알아내고, 피와 죽음을 연구하는 네크로맨서로서 모든 것을 원래대로 만들려고 한다. 어둠의 마나에 잠식된 바르칸 님을 정상으 로 되돌리고, 이 모든 악의 근원인 샤이어를 처단하는 것이다.

그리고 드러난 진실과 퀘스트의 완료, 새로운 시작.

난이도 A의 퀘스트가 새롭게 뜬 것이었다.

그것도 아직 열리지 않은 미지의 직업 네크로맨서와 관련된 퀘스트.

"네크로맨서다!"

"이 사람이 퀘스트에 성공하면 네크로맨서의 직업을 선택할 수 있게 되는 거야?"

"마법사의 상위 전직 퀘스트가 떴다!"

동영상은 마지막으로 복구 작업이 한창인 다크 엘프의 성채를 보여 주며 끝이 났다.

―――

이현은 오늘도 일찍 자리에서 일어났다.

불과 5시간 정도를 잤을 뿐이지만, 세상은 상당히 바뀌어 있었다. 정확히는 〈로열 로드〉 홈페이지의 분위기가 달라졌다.

아무도 관심을 갖지 않았던 명예의 전당 하단부에 오른 동영상이 모든 것을 뒤흔들어 놓았다.

> ㄴ 오크들의 퀘스트!
> ㄴ 다크 엘프와 벌이는 저런 전투는 생전 처음 봤어.
> ㄴ 오크로 변신을 할 수 있다니… 마법사 4차 전직에 있는 폴리모프 마법이 아닐까?
> ㄴ 설마. 아무래도 무슨 도구를 이용하는 것일 거야.
> ㄴ 몸을 바꿀 수 있는 아이템이라면 최소한 유니크급이겠군.

사람들은 무수한 추측들을 만들어 내고 있었다.

알려지지 않은 조각 변신술은 그들의 상식을 초월한 것이었기 때문이다.

게다가 이현이 퀘스트를 진행한 장소 자체가 그들에게는 전혀 생소한 곳이었다. 산과 골짜기들이 한도 없이 펼쳐져 있고, 구름이 그 아래에 있다.

> ㄴ 대체 저곳이 어디야!
> ㄴ 일단 중앙 대륙은 아닌데…….
> ㄴ 사람들이 많이 사는 큰 성, 도시의 주변에는 저런 지형이 없잖아!

사람들은 이현이 퀘스트를 진행한 곳을 알고 싶어서 안달이 났다.

웬만큼 〈로열 로드〉를 했다는 이들이 총동원되어 그 장소를 추리하고 있었다. 그들 중에는 각각의 분야에서 두각을 드러낸 이들이 많았다.

> ㄴ 나무들을 보면 우선 아주 춥거나 더운 기후에 있는 땅은 아닙니다.
> ㄴ 고산지대인 점을 감안하고, 일단 저런 품종의 나무들이 있으려면…….
> ㄴ 산의 정상 부분에는 눈이 덮여 있군요.
> ㄴ 북부나 남부는 확실히 아닙니다.
> ㄴ 벌레나 새들의 움직임. 현재 베르사 대륙에는 가을이 찾아왔죠. 동영상에서 날아다니는 철새들의 움직임을 보고 판단해 볼 때에는…….

심지어는 오크 연구가도 나타났다.

> 저는 여러 판타지 소설을 즐겨 보았습니다.

> 판타지 소설에 나오는 오크들!
> 강인하고 단순한 이 종족들은 저를 아주 매료시켰지요. 후후후.
> 여태껏 오크를 연구했다는 이야기를 하면 다들 무시하고 귀찮아하더군요.
> 그렇지만 저는 믿고 있었습니다.
> 이 오크들이야말로 판타지의 꽃임을!
> 생각해 보십시오.
> 오크가 없다면 이 판타지 세상이 무슨 재미가 있겠습니까!

오크 연구가는 한껏 거드름을 피우면서 말을 이었다.

> 오크들은 종족적인 특성에 따라서 콧바람이 조금씩 다릅니다.
> 취익, 취익, 취이익, 추익, 취이.
> 어디에 어떤 식으로 강세를 두느냐에 따라서 서식지나 유래들을 살필 수 있습니다.

이 특이한 오크 연구가가 사람들의 관심을 받은 것은 물론이었다.

> 그러면 제가 알려 드리겠습니다.
> 현재까지 밝혀진 베르사 대륙의 87개 종족 오크들의 콧바람과 외모 등을 주로 살펴볼 때에 동영상에 나온 오크들은 동부 출신인 것이 분명합니다.
> 브렌트 왕국의 오크들이 일부 비슷한 콧소리를 내었습니다.

그런데 오크 연구가의 말은 금방 이의 제기를 받았다.

> ㄴ 오크들의 무기나 활동력을 볼 때에는 아닙니다. 브렌트 왕국의 오크들은 레벨이 140 정도에 불과합니다. 여기 동영상에 나오는 오크들은 상당수

> 가 200도 넘어 보이는데요.
> ㄴ 저는 오크에 대해서는 잘 모르지만, 레벨이 350을 넘습니다. 그런 만큼 많은 몬스터를 사냥해 봤는데요, 여기 나온 오크들만큼 강한 녀석들은 본 적 없습니다. 저런 오크들이 떼로 덤벼들면 무시무시하겠어요.
> ㄴ 소름이 쫘악 끼치죠!

오크 연구가는 잠시 후에 다시 글을 올렸다.

> 저도 브렌트 왕국 오크들이라는 확신을 가진 건 아니었습니다.
> 적어도 브렌트 왕국의 오크들과 약간은 관련이 있을 것으로 보입니다.
> 그런데 동영상에 자주 나오는 흉악한 범죄자형 오크만은 어디서 나왔는지 도저히 모르겠더군요. 그 오크의 인상을 보고 있자니 오크에 대한 오만 정이 다 떨어졌습니다. 밥맛도 뚝 떨어졌고요.

오크 연구가의 발표가 있은 이후로, 동영상에 나온 지역을 추측하는 일들은 더욱 활발해졌다.

그러나 이현에게는 전혀 별개의 일.

이현은 컴퓨터를 켜서 명예의 전당에 접속해 보고는 실망감을 감추지 못했다.

"조회 수가 겨우 7만도 되지 않네."

명예의 전당에 있는 다른 동영상들은 조회 수가 수백만이 넘는다. 헤르메스 길드나, 바드레이의 동영상은 1억을 초과했다.

특히나 바드레이가 전사의 탑에서 공인받는 장면은 무려 17억 번이 넘는 조회 수를 자랑하고 있었다.

"7만이라면 아무것도 아니잖아."

이현은 낙담하고 있었지만, 명예의 전당을 잘 아는 이라면 절대로 동감할 수 없는 부분이었다.

아직 동영상을 올린 지 5시간 정도밖에 지나지 않았다.

명예의 전당 하단에 위치한 데다 길이가 너무 길어 한동안 아무도 보질 않았다.

입소문을 타기 시작한 것은 겨우 3시간 전부터. 그때부터 수많은 사람들이 접속을 하고 있었다.

동영상의 길이가 길어서 중요 부분만 보고 다시 제대로 시청을 하고 있는 탓에 조회 수가 쉽게 늘어나지도 않는다.

그렇지만 점점 소문이 퍼지면서 많은 이들이 찾아오고 있었다.

총조회 수가 얼마나 될지, 또한 어떤 파급효과를 불러일으킬지는 아무도 몰랐다.

## 면접

천공의 도시 라비아스.

그곳에 숨겨져 있는 많은 언데드의 던전 중 한 곳에 한 사람이 나타났다.

그녀는 처음에 어두운 던전에 나타나서 당황한 듯이 주변을 둘러보았다. 그러나 곧 예전의 감각을 되찾았다.

"라이트! 패스트 워크."

빛을 불러서 어둠을 밝히고, 빨리 걸을 수 있는 이동 마법을 시전한다.

마법사인가 싶었지만 허리에는 검을 차고 있기도 했다. 비록 가벼운 소검 계열의 무기지만 찌르는 공격만큼은 매섭다.

등에는 활까지 메었다. 그리고 소매에는 성직의 표시가 달려 있다.

육체를 이용한 공격과 마법, 치료 등 다방면으로 못하는 것이 없는 직업.

그녀의 정체는 샤먼이었다.

다인! 위중한 수술을 받기 위해서 떠났던 그녀가 돌아온 것이다.

"여긴 변함이 없네."

다인은 눈을 빛냈다.

오는 날이 장날이라고 그녀 앞에서는 듀라한이 한 손에 머리를 들고 다가오고 있었다.

"여인이여, 물어볼 것이 있다."

듀라한은 잔뜩 느끼하게 말을 건넸다.

공포의 기사라고는 하지만 다인에게 알 수 없는 친근감을 가졌던 것이다.

"말해 봐!"

"나는 지금 머리를 찾고 있다. 내 머리가 어디에 있는지 보았다면 알려 다오."

머리를 들고서 머리를 찾는 공포의 기사!

다인은 해답을 알려 주기로 했다.

"입 다물어."

"뭐라고 하였는가?"

"지금 패 줄게!"

다인은 두 주먹을 불끈 쥐고 사정없이 듀라한의 머리를 두들겼다.

과거에 언데드를 사냥하기 싫어하던 그녀는 없다. 수술을 무사히 마치고 돌아온 그녀에게 듀라한은 몬스터일 뿐이었다.

권사는 아니라도 주먹 스킬을 익히고 있고, 화살 솜씨도 제법 뛰어나다.

치료 계열도 있고, 저주나 공격 마법도 익혔다.

검술까지도 수준급인 그녀!

어느 것 하나 대성하기 힘들고, 대성한다고 해도 본래 직업들만큼의 위력을 발휘할 수는 없는 직업이 샤먼이었다. 하지만 다방면에 재능을 가진 그녀의 직업은 활용하기에 따라서 어떠한 전투에서도 뛰어난 효율을 보인다.

가히 잡캐의 원류라고 할 수 있는 경지.

위드의 캐릭터의 시초가 이곳에 있었다.

다인은 주먹질로 시작해서 발 차기, 검술을 이어서 사용하며 듀라한을 신나게 패 주었다.

"내 머리, 내 머리! 머리가 너무 아프다."

"병원에서만 갇혀 있었더니 스트레스가… 조금만 이해해 줘. 금방 끝날 거야. 블러드 키즈!"

그러면서 피 계열의 저주 마법을 사용했다.

어둠의 몬스터인 듀라한에게 저주는 곧 축복!

두들겨 맞아 꺼져 가던 생명을 회복하고 나서 더욱 실컷 맞아야 했다.

치료하고 패는 무서움.

차라리 바로 죽이기라도 하지, 치료를 해 가면서 때리니 듀라한으로서는 원통하기 짝이 없는 일이었다.

다인은 한참 듀라한을 패다가 마지막에는 화살을 쏘아서 잡았다.

오랜만에 발휘해 본 실력!

주먹질이나 검술, 궁술, 마법까지 그대로였다.

그 대상이 된 듀라한이 불쌍할 정도.

"역시 내 실력은 그리 녹슬지 않았네."

다인은 기쁘게 웃었다.

과거에 〈로열 로드〉를 할 때에도 레벨보다는 스킬에만 신경을 쓰던 그녀였다. 몬스터를 치료하고 싸우던 일을 반복하다 보니, 비정상적으로 스킬의 레벨이 높아졌다.

"반가워! 듀라한, 스켈레톤들아!"

다인은 혼자서 산책 삼아 언데드의 던전을 돌아다녔다. 그러면서 직접 몸을 움직였다. 오랜만에 돌아온 〈로열 로드〉의 공기와 분위기에 흠뻑 빠져 취해 버린 것이다.

병상에 누워 있으면서 얼마나 그리워했던가.

다시 한 번의 숨을 쉬고, 한 끼의 식사라도 하고 싶었다.

삶이 얼마나 환상적으로 아름다운지는 아파 본 사람들만 알 수 있다.

그러나 그녀의 눈에 띄는 몬스터들은 보이는 족족 두들겨 맞아야 했다.

스켈레톤 워리어, 스켈레톤 나이트들.

수술을 받기 직전에도 스켈레톤들이 떠올랐다.

위험도가 높은 수술, 수술 도중에 죽는 경우도 허다했다. 죽게 되어서 혹시라도 뼈다귀만 남는다면 이런 식이 되지 않을까 하고 걱정했던 것이다.

그렇게 돌아다녀 보는 언데드의 던전!

기억 속에는 황량하기만 짝이 없던 공간이었다.

회색과 흑색의 종유석들이 매달려 있거나 부서져 있는 천연 동굴.

그런데 곳곳에 조각상들이 만들어져 있었다.

> 라비아스의 무명 석인을 보았습니다.
> 라비아스에 알 수 없는 조각상들이 생겨났습니다! 그리운 추억의 향기를 물씬 풍기고 있는 조각상들은 위험한 던전에서 휴식과 재충전을 향한 이정표가 되어 줄 것입니다. 다른 사람에게 발견되지 않은 이 조각상들은 이름이 알려지지 않은 조각사에 의해서 완성되었습니다.
> 생명력과 마나가 25% 늘어납니다. 이동속도가 10% 빨라집니다. 조각상 인근의 몬스터 공격력이 5% 줄어듭니다.

"조각상?"

다인은 추억 속의 공간에 조각품들이 놓여 있는 데에 기분이 나빴다.

"뭐 이런 게 다 있어."

막 돌아서려는 순간이었다.

문득 그 조각상들의 모습이 익숙했다.

새치름한 표정과 살짝 치켜뜬 눈, 화가 나면 소매부터 걷어 올리는 다혈질!

여자는 다인을 꼭 그대로 닮아 있었던 것이다.

"설마……."

다인은 남자를 살폈다. 그러자 자신이 수술을 받기 전에 만났던 사람임을 알 수 있었다.

마지막까지 〈로열 로드〉를 하면서 가슴 깊이 새겨 두었던 그 사람.

당시에 다인은 한 사람과 환상적인 파티 플레이를 했다.

샤먼의 다양한 특기들이 위드의 강력한 공격력과 합쳐져서 그들은 언데드가 나오는 던전들을 휩쓸고 다녔다.
"위드구나."
　다인의 눈가에서 주체할 수 없는 눈물이 흘러나온다.
"훌쩍, 다신 울지 않으려고 했는데……."
　수술을 받기 전에 백 번쯤은 상상했다.
　새로운 생명을 찾으면 기쁘게만 살겠다고. 울지 않겠다고.
　그러나 지금 흘리는 눈물은 뭐라고 형용할 수 없는 감동의 눈물이었다.
　그렇게 수술을 받으러 떠나면서 아무도 기억해 주지 않을 거라고 생각했다. 그저 완전히 잊힌 존재가 되어서, 누구도 자신이 존재했는지조차 모르는 줄만 알았다.
　그런데 그녀를 기억해 준 사람이 있었다.
　그녀의 모습을 조각품으로 만들어 놓은 사람이 있었다.
　가슴이 저릿저릿 울렸다.
　심장이 쿵쾅거리면서 뛰고, 손이 가늘게 떨린다.
　온몸으로 벅찬 감동을 표현하던 다인의 시선이 머문 곳은 조각상 아래에 쓰인 많은 낙서들이었다.
　비뚤배뚤 어린애들이 쓴 것처럼 보이는 조악한 글씨체.

　검치. 천상천하 유아독존!
　검둘치. 일인지하 만인지상.
　검삼치 다녀감.
　검사치. 스승님을 모시게 된 것은 제 인생의 영광입니다.

검오치. 여자 친구 구함. 아직 30대 후반밖에 안 됨.

(……)

검백구십사치. 배고파요. 누구 보리 빵 좀 빌려주실 분.

(……)

검삼백이십일치. 어제도 굶어 죽었다.

검삼백이십이치. 우리의 적은 몬스터가 아니라 식량이다.

(……)

검삼백사십오치. 애인 구함. 조건 다 필요 없음. 요리 스킬만 익히고 있으면 됨.

(……)

검오백오치. 안녕하세요. 반갑습니다. 제 이름은 검오백오치입니다. 귀염둥이 막내라고도 하지요. 핫핫핫.

 그렇게 다인은 언데드의 던전을 한 바퀴 돌았다.

 오랜만에 보는 듀라한이나 스켈레톤과의 전투를 이끌고, 위드가 만들어 놓은 라비아스의 무명 석인들도 찾았다.

 다인과 위드가 밥을 먹었던 장소, 쉬었던 장소들에는 어김없이 두 사람의 조각품들이 만들어져 있다.

 "대단해. 이런 조각상이라니……."

 다인의 눈이 맑은 물기를 머금었다. 사소한 것일지도 모르지만 가슴이 아파 올 정도로 감격스러웠다. 그렇게 하나도 남김없이 조각상들을 보았다.

감상에 젖은 그녀가 천천히 계속해서 던전을 돌아다니고 있을 때였다.

"크크크. 여긴 인간에게 허락되지 않은 장소다."

"사자들이 몸을 누이는 곳. 안식의 장소."

"목숨을 버리도록 해라. 영원한 휴식으로 안내해 주겠다."

3마리의 스켈레톤들!

가끔씩 출몰하는 몬스터들은 아주 다부지게 패서 잡았다.

여기에는 절대로 인정사정이 없었다.

그녀의 평온을 방해한 죄로 뼈마디를 분질러 주었다. 하지만 꼭 스켈레톤들의 잘못이라고만 볼 수도 없는 일이다.

그들은 그저 자신의 영역을 지키려고 했을 뿐인데, 다인이 일부러 돌아다니면서 그들을 팼으니까!

조각상이 만들어지지 않은 곳도 그랬거니와 조각상 근처에 탐스럽게 모여 있는 몬스터들은 어김없이 다인의 방문을 받았다.

그녀는 온갖 스킬을 난무하면서 몹들을 사냥했다. 샤먼의 특성이 가득 실린 공격으로 몬스터들을 제압했다.

그녀가 던전을 나온 것은 약 이틀 뒤였다.

"여기가 천공의 도시예요?"

"응. 얼마 전에 모험가들이 새로 발견한 곳이래. 바란 마을에서 공을 세운 사람들만 여기에 올라올 수 있다고 해."

라비아스에는 모험가들이 꽤나 많이 있었다.

다인이 활동할 때에는 위드 외에는 보질 못했지만, 그사이에 이곳도 유저들의 모험에 의해서 밝혀진 것이다.

하늘 위의 도시.

구름이 흘러가는 경치나 상공에서 바람을 맞는 기분이 그만이라서 관광객들이 많이 찾아오는 장소였다.

레벨이 낮은 관광객들은 여길 오기 위해 목숨을 걸었다.

라비아스가 유명해지고, 공식적으로 왕국에도 알려지자 귀족들의 방문도 잦았다. 로자임 왕국의 귀족들, 인근의 브렌트 왕국들의 귀족들도 이곳을 곧잘 다녀간다.

이들을 안전하게 데려오기 위해 별도로 호위하는 퀘스트가 생겨날 정도다.

"사람이 많네."

다인은 천천히 도시 안을 걸었다. 그러자 다양한 종류의 조인족들이 보인다.

"끼룩끼룩. 처음 보는 얼굴이군. 우리 마을에 놀러 왔나?"

도톰한 볼을 가진 새 할아버지가 다인을 향해 부리를 달싹이며 말을 걸어왔다.

그 외에 많은 조인족들.

크로우는 날개를 푸드덕거리고 있었다.

"당신, 인간 중에서 강한 축에 드나? 아무래도 제법 유명해 보이는데 내 부탁이나 하나 들어주지. 여기 라비아스에는 재수 없는 언데드들이 아주 많거든."

"약초를 캐는 법 정도는 알고 있겠지? 모른다면 내가 가르쳐 줄 테니 붉은 약초를 200개 정도 캐 줄 수 있을까? 그 약초는 북쪽 동굴의 구석을 보면 있을 거야. 캐낼 때에는 뿌리를 다치지 않게 조심해야 해."

시굴도 있었다.

다인은 다양한 조인족들을 만나 봤지만, 어떤 조인족도 그녀를 기억하고 있진 못하였다.

달리 새 머리라고 하는 게 아니다. 건망증이 심한 조인족들은 다인을 까맣게 잊어버리고 있었던 것이다.

한가롭게 돌아다니던 중, 다인은 문득 위드가 보고 싶어졌다.

'어딘가에서 모험을 하는 중이겠지. 레벨도 많이 높아졌을까?'

연락을 해 보고 싶었다.

살아서 돌아온 기쁨을 나누고 싶다!

하지만 연락할 수단이 없었다. 수술을 하러 가면서 일부러 친구 등록을 해제해 놓았다. 만약에 그녀가 영영 접속하지 못하게 되면 그 사실을 알지 못하게, 미련을 갖지 않도록 친구 등록을 끊은 것이다.

위드라는 이름을 가진 사람만 수천 명이 넘을 테니 직접 만나 보고 친구로 등록하지 않는다면 연락할 수단은 막힌 셈이었다.

'뭐, 괜찮아. 인연이 된다면 언제든 만날 수 있을 거야. 그런데 만나더라도 함께 다니지 못한다면 슬프겠지?'

레벨의 차이가 너무 벌어져 있을 테니 만나더라도 이야기밖에 하지 못할 수도 있다. 하지만 그리 큰 걱정거리는 아니었다.

그녀가 가진 스킬들의 수준은 레벨에 비해서 대단히 높았다. 레벨은 낮더라도 스킬들이 강하니 어느 정도 빠르게 쫓아갈 수 있다.

'무엇보다 이제는 마음껏 할 수 있어. 죽는다는 걱정을 하지

않아도 돼. 내게는 시간이 있으니까.'

그때 혼자서 서 있는 다인을 보고, 몇 명의 여자들이 다가왔다.

"안녕하세요. 혼자시면 우리와 함께 모험을 하지 않을래요? 제 이름은 그라티. 바람의 정령술사예요."

다인은 흔쾌히 고개를 끄덕였다.

모험!

사냥!

좀 더 강해지고 싶고, 많이 돌아다니고 싶었다.

"베르사 대륙, 라비아스, 몬스터가 있는 곳이라면 어느 곳이나 좋아요."

※

검치 들의 레벨은 그다지 빨리 오르지 못했다. 그 발단은 피라미드 건설 때문이었다.

"끙차!"

"삼백사, 힘 좀 더 내 봐."

"알겠습니다, 사형!"

열심히 피라미드의 돌 쌓기를 하던 그들에게 의뢰가 들어온 것이다.

근처의 꽃 가게를 하는 셀리나라는 예쁜 주민이 와서 말했다.

"실은 저희 집이 지금 많이 허술해서 그런데, 보수를 좀 해 주시겠어요?"

띠링!

> **셀리나의 집 짓기**
> 세라보그 성에는 언제 무너질지 모르는 허름한 집들이 많다. 셀리나의 집을 새로 지어 준다면 그녀의 친구가 될 수 있을 것이다.
> 난이도: D
> 보상: 셀리나의 친구.
> 제한: 일정 수준의 명성, 건축에 대한 경험이 있어야 한다.

원래는 잘 하지 않는 친분 퀘스트였다.

보상이라고는 그저 셀리나와의 친밀도뿐!

막 〈로열 로드〉를 시작하여 4주 동안 성에서 나가지 못할 때에는 가끔 하기도 한다.

그러나 어느 정도 게임을 하는 법을 익히면 그 후로는 보상에 따라 움직이기 마련이었다.

돈을 많이 주거나, 경험치나 아이템을 지급하거나!

하물며 건축 의뢰는 여러모로 몸도 많이 움직여야 하고 고된 퀘스트가 아니던가.

그러나 검치 들은 셀리나를 보며 마구 달려들었다.

"제발 저를 시켜 주세요!"

"머슴처럼 부려만 주십쇼!"

"집요? 궁전처럼 지어 드리겠습니다!"

셀리나의 아름다운 용모에 반한 나머지, 마구 달려들어서 퀘스트를 받으려고 아우성이었던 것이다.

뒤늦게 검둘치와 검삼치 들도 나타났다.

그들은 등에 집을 짓기 위한 각종 도구들을 산더미처럼 짊어지고 있었다.

사범이나 수련생들이나, 연애를 위한 처절한 몸부림은 마찬가지였다.

실제로 500명이나 되는 인부들이 동원되어서 지을 정도로 꽃 가게의 규모가 그리 큰 것은 아니었다.

하루나 이틀 정도만 바짝 일한다면 충분히 돌로 만든 집을 지을 수 있었다.

이미 피라미드를 통해 건축에 대해서 익숙해진 검치 들! 공사판 현장에서 일했던 이들도 많아서, 꽃 가게 정도는 식은 죽 먹기로 끝낼 수 있었다. 그러나 검치 들은 셀리나의 집을 매우 느리게 지었다.

"여기 물이라도 좀 마시고 하세요."

"하하핫! 고맙습니다."

"뭘 이런 걸 다……."

셀리나가 무언가를 내올 때마다 검치 들은 그녀와 한마디의 말이라도 해 보고 싶어서 난리였다.

그녀가 없을 때에는 일부러 일손을 잠시 놓았다가, 나중에 그녀가 나타났을 때에만 열심히 일하는 척을 했다.

약 10일간 꽃 가게를 짓고 있을 때였다. 아무리 농땡이를 피운다고 해도 점점 꽃 가게는 완성이 되어 갔다.

검일백오치가 슬픈 얼굴에 잠겨 있었다.

그에게 검삼치가 다가갔다.

"무슨 일이냐?"

"아, 검삼치 사범님! 실은… 이제 이 가게를 완성하면 셀리나를 못 만나게 되지 않겠습니까?"

"그게 그렇게도 슬펐던 것이냐?"

"예. 저도 압니다. 셀리나는 우리 같은 인간이 아니라는 것을……. 하지만 저는 그녀가 좋습니다. 착한 마음씨와 미소가 너무나도 좋습니다. 뭘 많이 바라는 건 아닙니다. 그저 한 일주일이라도 더 함께 있을 수 있다면 좋을 텐데요."

검일백오치는 셀리나와의 이별을 슬퍼했다.

그러자 검삼치는 검을 뽑아 들며 씨익 웃었다.

"멍청한 놈! 이러면 되는 것이다."

검삼치는 맹렬히 검을 휘둘러서 기껏 지어 놓은 꽃 가게를 마구 부숴 버렸다.

그러자 소란에 모여든 검치 들이 박수를 쳤다.

"역시 사범님이십니다."

"최고입니다."

"그런 묘안이 있었군요!"

검치 들은 열심히 꽃 가게를 만들고 부수길 반복했다. 그러나 셀리나가 보는 앞에서 가게를 부술 수는 없어서 결국 완성이 되고야 말았다.

예쁘고 아담한 꽃 가게를 만들어 준 검치 들은 구슬프게 울었다.

"흑흑."

"이제 더 이상 셀리나와 같이 지내지 못하겠구나."

"어린 시절, 12명한테 두들겨 맞을 때도 안 나오던 울음이 지금 나오네."

그러나 그게 끝이 아니었다.

셀리나의 꽃 가게를 지어 준 이후로 세라보그 성의 여러 주택이나 가게로부터 집을 지어 달라는 의뢰가 들어오는 것이었다.

검치 들이 일을 고르는 기준은 단순했다.

몸매 좋고 얼굴 예쁜 여자들의 일들만 도맡아서 했다.

"보상 따위는 없어도 돼!"

"내 한 방울의 땀은 그녀의 웃음을 보기 위한 것이다."

"히죽. 그녀가 날 보고 웃었어!"

검치 들은 열심히 공사판을 전전하며 많은 벽돌을 쌓았다.

오로지 여자들을 보기 위하여, 그런 숭고한 뜻으로 열심히 집을 지었다.

세라보그 성에서는 갈색으로 그을린 웃통을 벗어 헤친 인부들을 많이 볼 수 있었다.

피라미드 때부터 계산해 본다면 어마어마한 양의 돌을 쌓았을 것이다.

띠링!

반복 행동에 따라서 건축가 계열 스킬, 벽돌 쌓기와 땅 파기를 습득하였습니다.

**벽돌 쌓기 1 (0%)**
벽돌을 가지런히 쌓아 집을 짓는다. 숙련도가 뛰어난 이는 아무리 많은 벽돌이라도 가지런히 쌓을 수 있다.

**삽질 1 (0%)**
땅을 빠르게 파낼 수 있다.

건축가의 스킬들!

생산직으로 분류하기는 상당히 힘든 직업으로, 아직까지는 전직하는 방법이 밝혀지지 않았다.

위드가 뛰어난 손재주로 요리나 대장일, 재봉 들을 익힌 것처럼 검치 들은 노가다를 통해 건축가 스킬을 배우고 만 것이다.

벽돌 쌓기와 삽질은, 다른 것은 몰라도 스탯 힘을 크게 늘려 주었다.

건축가 스킬을 올리기 위하여, 그리고 의뢰를 해결하기 위하여 검치 들은 열심히 삽질을 하고 벽돌을 쌓았다.

그 결과 3달 만에 로자임 왕국 출신의 미녀들과는 모조리 친해져 버리는 기염을 토해 냈다.

검치 들은 그때부터 열심히 거리를 걸었다.

"안녕하세요, 검사백십구치 오라버니!"

"저번에 지어 주신 집은 참 고마워요, 검십오치 오빠!"

사람들은 모두 검치 들이 하는 기행에 어이가 없었다.

오직 검치 들만이 할 수 있는 일!

※

몇 달이 지나자, 열심히 로자임 왕국 미녀 주민들의 집을 지어 준 검치 들은 꽤나 유명해졌다.

그때부터는 각 귀족들이 찾아왔다.

"명성을 듣고 왔네. 이쪽 분야에서는 꽤나 유명하다고 하지? 나의 저택을 지어 주게. 성대한 집을 지어 준다면 섭섭하지 않은 보답을 해 주지."

> **귀족 알리아스 남작의 저택 건축**
> 알리아스 남작은 로자임 왕국의 수도 근처에서 꽤나 큰 마을을 소유하고 있다. 마을 시장의 활성화로 인해 많은 돈을 벌어들인 그는 이번에 새로 저택을 완성하여……

"거절한다."

> 퀘스트를 거부하였습니다.

검치 들은 채 들어 보지도 않고 퀘스트를 받지 않겠노라고 거부했다.

"우리가 네 하인이냐?"

"우리한테 그런 막일을 맡기려고 하다니 어림도 없지!"

"아무리 많은 돈을 준다고 해도 그런 일은 하고 싶지 않아."

검치 들은 배가 뒤룩뒤룩 튀어나온 알리아스 남작을 보며 비웃어 주었다. 그러나 다른 예쁜 마을 여인이 부탁하자 정신없이 고개를 끄덕였다.

"맡겨만 주십쇼!"

"최선을 다해서 지어 드리겠습니다."

검치 들은 그렇게 열심히 막일을 했다.

그러면서 스킬들을 수련하고, 틈틈이 주변의 던전들을 다니면서 사냥도 했다.

그러다가 모든 검치 들이 레벨 220을 넘었다.

"스탯 창!"

캐릭터 이름: 검오백오치
성향: 무
직업: 무예인
레벨: 220
칭호: 없음

명성: 1,632
생명력: 27,060
마나: 4,402
힘: 850
민첩: 455
체력: 230
지혜: 65
지력: 40
투지: 130
지구력: 120
인내력: 180
매력: 20
카리스마: 60
통솔력: 30
행운: 5
신앙: 10
공격력: 1,340
방어력: 195
마법 저항: 불 20% 물 20% 대지 20% 흑마법 20%

그때 검치에게 무명의 도전자가 찾아왔다.

가벼운 방어구에 망토를 하나 착용한 떠돌이!

검치는 매우 가뿐하게 그를 이겨 주었다. 그러자 떠돌이는 말했다.

"그대는 조금씩 완성되어 가는 무예인이군. 그대와 그대 동료들의 명성은 나도 들은 적이 있다. 여인을 도우며 지낸다지? 나는 평생을 무예를 갈고닦으며 살아왔다."

나타난 떠돌이는 바로 검치 들과 같은 직업을 가진 자, 무예인이었다.

떠돌이는 이어서 말했다.

"강해진다는 것의 의미를 알고 있나? 검만 갈고닦아서는 부족해. 나를 꺾었으니 더 넓은 세상을 보고 경험한 후 돌아와라. 그러면 진정한 강함으로 안내해 주겠다."

띠링!

**무사 수행**

세상을 어지럽히는 몬스터들을 사냥하고, 어려움에 처한 이들을 구하라. 여인과 소녀들을 구하고 기사도를 이 땅에 바로 세워라.
베르사 대륙을 여행하면서 많은 것을 보고 돌아온다면 진정한 무예인으로 거듭날 수 있을 것이다.
난이도: 상위 직업 전직 퀘스트
보상: 개발이 가능한 스킬
제한: 직업 무예인 제한. 악명이 없어야 한다.

검치를 비롯하여 검오백오치까지 골고루 떠돌이들이 찾아왔다.

검치는 이제 결단을 내려야 할 때임을 알았다.

"모두 들어라. 지금까지 우리는 이 〈로열 로드〉를 하면서 함께 뭉쳐 다녔다."

"……."

검치 들의 진중한 눈빛!

한 점 흐트러짐 없이 스승의 말을 경청하고 있었다.

"우리들이 뭉쳐서 다닐 때에는 무서운 것이 없었지. 모두가 우리를 두려워하고 피했다. 우리는 하나라서 더욱 강하다."

검치 들이 던전에서 사냥을 하면, 대다수의 유저들은 욕을 하며 떠났다.

몬스터들을 독식하고, 예쁜 여성 유저들만 있으면 훔쳐보고!
요리를 하기 위해 냄새만 피우면 달려들어서 맛있는 밥을 한 끼라도 얻어먹기 위해서 안간힘을 다하는 검치 들!

그들이 나타나면 아무리 북적대던 곳이라도 삽시간에 한적한 사냥터로 변하는 경우가 많았다.

"이제는 더 넓은 세상을 경험해야 할 때다. 각자 대륙을 떠돌면서 협행을 하고, 강한 몬스터들을 꺾어라. 앞으로 6개월 후, 로자임 왕국에서 다시 만나도록 하자."

"알겠습니다, 스승님!"

"훗날 뵙겠습니다."

"건강하십시오, 스승님!"

검치 들은 각자 인사를 하고 길을 떠났다.

보리 빵이 들어 있는 작은 배낭 하나가 짐의 전부였다. 실상 가지고 떠날 것도 그리 없었다.

전 대륙으로 흩어지게 된 검치 들!

스승과 제자의 애틋한 헤어짐이었지만, 떠나는 제자들은 얼굴 가득 웃음을 짓고 있었다.

'이제야 좀 배불리 먹겠구나.'

'배고파서 죽을 뻔했네.'

'어서 토끼라도 사냥해서 구워 먹자.'

검치 들은 무사 수행을 위해 뿔뿔이 흩어져 로자임 왕국을 떠났다.

※

한국 대학교의 수시 전형!

프로게이머 전형으로 원서를 넣을 때만 해도 별로 큰 기대는 하지 않았다.

그런데 정작 합격하고 나니 더 큰 고민이 생겼다.

"어쩌지? 오빠한테 사실대로 말을 해야 하는데……."

이혜연은 서류 합격 통지서를 들고 이리저리 갈등했다.

한국 대학교의 면접날은 바로 오늘이었다. 그러나 자린고비인 이현이 대학교에 가서 면접을 보려고 할 리가 없다.

"미룰 수도 없고 어떻게 해서든 데려가야 되는데……."

이혜연은 한참이나 고뇌에 빠졌다가, 결국 수를 썼다.

정면 승부!

이혜연은 이현의 방문을 열고 들어갔다.

"오빠, 할 말 있어. 오늘 한국 대학교에 면접을 보러 가야 해."

이혜연이 그렇게 말을 했을 때에, 이현은 한창 명예의 전당을 들여다보고 있었다.

"면접? 무슨 면접인데?"

"대학교 입학 면접 말이야."

"뭐야? 정말이니?"

이현은 화들짝 놀랐다.

난데없는 한국 대학교의 면접이라니!

이혜연은 고개를 푹 숙인 채 말했다.

"그게… 사실 내가 원서를 썼거든. 꼭 정시로만 대학을 가야 한다는 법도 없어서… 요즘은 수시로도 많이 들어가."

이현도 수시로 대학을 들어갈 수 있다는 얘기는 들어 보았다. 오히려 정시보다 수시로 합격하는 아이들이 더 많다고도 했다.

이현은 바싹 긴장한 채 물었다.

"그래서?"

"원서를 보냈는데 합격해 버렸어. 허락도 없이 일을 저질러서 미안해, 오빠."

이혜연은 사과를 하면서, 이현이 크게 화를 내더라도 감수할 작정이었다. 제멋대로 굴었다고 야단을 친다고 해도 변명할 말이 없었다.

그런데 이현은 덥석 이혜연의 손을 잡았다.

"면접이라면 서류는 통과된 거니?"

"응. 서류 전형에서 통과한다고 무조건 합격되는 건 아니지만, 거의 그렇다고 볼 수 있는데……."

"잘됐다!"

이현은 환하게 웃었다.

지금까지의 고생이 한순간에 날아가 버리는 것처럼 기뻤다.

서로의 입장 차이가 있다 보니 오해를 하고 있는 것이었다.

이혜연이 한 말들!

한국 대학교에 면접을 보러 가야 한다는 말을 듣고 이현은 자신의 입학이라고는 상상도 하지 못했다. 고등학교 중퇴 이후로 검정고시도 간신히 치른 그이니, 대학에 들어간다고는 애초에 고려조차 해 본 적이 없었던 것이다.

당연히 이혜연이 한국 대학교 수시 모집에 합격한 줄로만 알았다.

"정말 잘됐어. 그래서 면접일이 언제인데?"

이혜연은 왠지 조금 불안해졌다.

이현의 반응이 예상과는 달랐다.

'그래도 화를 내는 것보단 좋긴 한데…….'
이혜연은 머뭇거리다 말했다.
"오늘이야."
"응?"
"지금 면접을 보러 가야 해. 딱 3시간 남았어."
"그게 정말이야?"
이현은 정신이 번쩍 들었다.
여동생의 대학교 면접이라는 생각에 컴퓨터를 끄고 바로 자리에서 일어났다.
"그럼 어서 준비하자. 내가 데려다줄게."

　　　　　　　　※※※

한국 대학교의 가상현실학과.
이현은 아낌없이 택시를 타고 한국 대학교에 도착했다. 평소라면 상상도 할 수 없는 일이었다.
'혜연이가 가상현실에 대해서 관심이 많았구나.'
자세한 것은 몰라도 요즘 들어 각광받는 학문이라는 것을 뉴스 등에서 본 것 같았다.
'가상현실이라면 아무래도 나도 잘 아는 편이니 도와줄 수도 있겠군.'
이현은 쾌재를 부르면서 면접 시간이 되기를 기다렸다.
"괜찮아. 다 잘될 거야."
여동생의 손도 꼭 잡아 주면서 말이다.

이혜연도 이때쯤에는 대충 상황을 눈치챘다.

'오해를 하고 있구나.'

그렇다고 해서 여기서 사실대로 고백을 할 수는 없다.

'오빠 성격에 그대로 돌아가자고 할 거야.'

이혜연은 일단 조용히 있기로 했다. 이미 수레바퀴는 굴러가고 있었다.

때가 되면 일은 알아서 터지는 것이고, 당장 집으로 돌아갈 수는 없는 것.

졸지에 거짓말을 하게 된 이혜연의 이마에는 식은땀이 흘렀다. 나중에 뒷감당을 할 생각을 하니 막막하기만 했다.

"괜찮아?"

"응. 괜찮아, 오빠."

"땀을 많이 흘린다."

"긴장해서 그런가 봐."

"혹시라도 아프면 얘기를 해."

본의 아니게 속이고 있는 마당이니 긴장으로 흘리는 땀인데, 이현은 걱정을 해 주고 있었다.

이혜연의 눈빛이 영악하게 빛났다.

'아! 그러면 되겠구나.'

면접 시간이 3분 앞으로 다가오자 이혜연은 두 손으로 배를 잡았다.

"오빠."

"왜, 왜 그러니?"

"나 배 아파. 잠깐 화장실 좀 다녀올게. 아침에 먹은 게 체했나 봐."

"그건······."

시간이 없었다.

이현은 이토록 중요한 순간에 화장실을 가겠다는 여동생을 말리고 싶었다.

"참을 수 없겠어?"

"아이참, 면접 보는 도중에 실례를 하는 것보단 낫잖아."

"그야 그렇긴 한데… 그러면 빨리 다녀와야 된다."

"알았어, 오빠."

"면접에 늦으면 안 돼."

"금방 다녀올게."

이혜연은 화장실로 가는 척하면서 몰래 밖으로 빠져나갔다. 그것도 모르고 이현은 초조하게 서서 여동생이 돌아오기만을 기다렸다.

의자에서 일어나서 복도를 서성이고, 연방 시계를 쳐다봤다.

1분, 2분······.

마음 같아서는 시간을 멈추게 만들고 싶었지만, 그럴 수도 없다.

'혜연이의 미래가 걸린 일인데… 하필이면 배탈이 나다니. 다 내 책임이다. 아까 먹은 밥에 분명 뭔가 이상한 게 있었던 거야.'

긴장감으로 손끝이 가늘게 떨려 올 지경이었다.

화장실로 간 이혜연은 3분이 지나도록 나타나지 않았고, 교수들과의 면접 시간이 다가왔다.

여자 조교가 와서 말했다.

"면접을 보러 오신 분이죠? 교수님이 기다리고 있습니다."

"죄송합니다. 제 여동생이 아직 오지를 않아서 그러는데 몇 분만 기다려 주실 수 있겠습니까?"

입학 면접부터 늦어 버리다니 그야말로 최악이었다.

이현은 잔뜩 인상을 쓰고 말했고, 조교는 그 얼굴을 보며 가슴이 떨렸다.

독한 눈빛!

어떻게든 기다려 주지 않는다면 한바탕 뒤집어엎겠다는 이현의 다짐이 보였던 것이다.

"아, 알겠습니다. 교수님들께 그렇게 전해 드릴게요."

대답을 하면서도 조교는 의아하기 짝이 없었다.

'여동생은 왜 기다리는 거지? 어차피 면접 당사자밖에는 못 들어갈 텐데…….'

10여 분이 지났지만, 이혜연은 여전히 나타나지 않았다.

그때 그녀는 은밀히 조교를 만나고 있었다.

"부탁 좀 드릴게요. 화장실에서 저를 만났는데 제가 배가 아파서 도저히 시간에 못 맞출 것 같다고, 오빠한테 대신 면접실로 들어가서 면접을 봐 달라고 해 주시겠어요?"

"예?"

"그렇게만 말씀해 주시면 돼요. 그러면 오빠가 면접을 볼 거예요."

조교는 정말 이상한 남매라고 생각했다.

면접을 보기 전에 여동생이 와야 한다면서 기다리고 있는 이현도 이해가 안 갔고, 정작 그 여동생이 하는 말도 이상했다.

어쨌든 교수님들은 면접실에서 기다리고 있는 참이다.

"그렇게만 전해 주면 됩니까?"

"네. 부탁드려요."

조교가 이현에게 가서 말했다.

"이제는 면접을 보러 들어가셔야 됩니다."

"여동생이 안 왔는데……."

"여동생분을 화장실에서 만났습니다. 배가 아파서 시간을 못 맞출 것 같다고, 오빠분에게 면접실로 들어가 달라고 하는군요. 그리고 교수님들께서도 더는 기다리실 수 없습니다. 더 늦어지면 탈락으로 처리하신다고 합니다."

"그건 안 됩니다. 그러면 제가 면접을 보겠습니다."

조교는 영문을 몰랐지만, 어쨌든 이현이 면접을 보겠다니 허락했다.

"따라오세요."

결국 이현은 여동생 없이 혼자 면접장으로 들어갔다.

5명의 교수들이 어떤 서류들을 보고 있었다.

'여동생의 원서를 보고 있겠구나.'

실제로는 이현 본인의 원서였다.

이현이 사정을 말하기도 전에 원서를 읽어 보던 교수들이 질문을 했다.

"우리 학교에 지원을 하게 된 특별한 동기라도 있습니까?"

"장래가 유망한 학교라고 생각해서입니다."

"다른 학교들은 유망하지 않다는 뜻인가요?"

교수들은 집요하게 캐물어 보았다.

이현의 대답은 간단하기 짝이 없었다.

"그건 아닙니다. 그러나 시설이나 교수진이 제일 확실하다고 들었습니다."

"그렇군요."

교수들은 너무나도 교과서적인 대답에 고개를 끄덕였다.

'쓸데없이 요란하지는 않군.'

'기초를 중요시한다는 건가.'

'면접에 성의 있는 태도는 아니군. 면접 시간도 늦더니…….'

그런데 이현이 불쑥 말했다.

"사실 제 여동생은 정말 착한 아이입니다."

"네?"

"여동생이 어릴 때에 부모님이 돌아가시고…….."

이현은 자신의 가족사를 줄줄이 이야기하기 시작했다.

이혜연의 면접이니만큼 당연히 최대한 여동생의 이야기를 해 줘야 했다. 한국 대학교를 지원하고 선택한 이유도 본래는 여동생에게 물어야 할 것인데 자신이 대신 대답한 것으로 착각하고 있는 이현이었다.

'한국 대학교! 절대로 놓칠 수 없다. 내 여동생의 미래가 걸린 일이야.'

그래서 여동생이 면접실로 들어올 때까지 시간을 벌기 위해서 어릴 때에 고생한 이야기부터 늘어놓기 시작한 것이다. 그와 가족들이 어떻게 살아왔고, 여동생이 어떤 식으로 자라 왔는지 말이다.

그런데 여동생을 설명하기 위해서는 필히 이현 본인의 이야기를 하지 않을 수 없다.

사채업자들에게 위협을 당하던 일, 어떻게든 가족을 지키기 위해서 싸웠던 일. 돈을 벌기 위해서 주유소에서 시작하여서 안 해 본 일들이 없던 것들까지 모두 말했다.

교수들은 묵묵히 이현의 말을 경청했다.

보통의 면접과는 한참이나 달랐다.

일반적인 면접에서는 교수들이 질문을 던지면 응시자가 대답하는 형식이다. 그러나 지금은 이현이 두서없이 자신이 살아온 이야기를 하고, 교수진은 듣기만 한다.

"…그리고 지금은 〈로열 로드〉를 하고 있습니다. 1년간의 준비 과정을 거쳤고 이제는 어느 정도 안정적인 기반을 다졌습니다. 다른 게임들의 경우에는, 더 재미있는 게임이 나온다면 얼마든지 옮겨 갈 수 있습니다. 그러나 가상현실을 기반으로 한 〈로열 로드〉는 다릅니다. 직접 숨 쉬고, 움직이고, 행동하면서 만들었던 많은 추억들이 있습니다. 최소한 10년은 끄떡없을 게임이라고 봅니다. 여동생의 대학 등록금은 지금 순조롭게 모으고 있고, 어떻게 해서든 납부 날짜에 늦지 않도록 하겠습니다."

이제는 교수들도 이현이 무언가 잘못 알고 있다는 것을 깨달았다. 이 엉뚱한 면접자가, 본인이 아니라 여동생의 면접인 줄로 착각을 하고 있다는 것을.

하지만 교수들은 그에 대해서 하나같이 별다른 말을 하지 않았다.

교수들이 물었다.

"그러면 가상현실에 대해서는 어떻게 보고 있습니까? 유치한 질문이 되겠지만, 가상현실과 현실을 어떻게 구분하고 있습니까?"

이현의 대답은 간결했다.

"가상현실과 현실을 나누는 자체가 무의미하다고 봅니다."

"호오, 그래요? 그 이유를 말씀해 보시지요."

교수들은 기껏해야 가상의 세계와 현실은 구분되는 것이라거나, 아니면 완벽한 가상현실을 만드는 것이 꿈이라는 대답을 예상했다. 그런데 이현의 독특한 대답에 흥미가 일었다.

"〈로열 로드〉나 지금 서 있는 이곳이나 저에게 있어서 현실이기는 마찬가지이기 때문이죠."

"가상현실과 현실이 같다는 뜻입니까?"

"예. 치열하게 살고, 일하고, 만들어 가야 합니다. 그 안에서 이룬 것들은 지금의 저에게 도움이 됩니다. 가상현실이라고 해서 삶이 가짜가 되는 것은 아닙니다. 지식을 얻을 수 있고, 돈을 벌 수 있습니다. 어디서든 노력하며 산다면 저에게는 다를 바가 없습니다."

"잘 알겠습니다. 이혜연 학생이 어떤 사람인지 충분히 알 수 있을 것 같습니다. 그럼 결과는 추후 통보해 드리겠습니다."

"고맙습니다."

이현이 나가고 난 뒤에 교수들은 회의에 들어갔다.

"생활력이 강하군요."

"요즘 시대에 이 정도로 가족을 먼저 생각하는 이는 흔치 않겠지요."

"가상현실이 발달하면서 가족의 의미가 퇴색되고 있는데, 좋은 심성을 가졌습니다."

"가상현실에 대한 지식도 폭넓은 편입니다."

"다양한 삶의 경험은 많은 도움이 될 겁니다."

교수들은 한참 이야기를 나눴다. 이현을 부정적으로 보는 사람은 아무도 없었다.

"그러면 모두 합의하신 것으로 알겠습니다."

교수들은 이현의 원서에 합격이라는 도장을 찍었다.

"휴우, 겨우 끝냈구나."

이현은 간신히 면접을 마치고 나왔다. 나와서 생각하니 정말 무슨 대답을 했는지 아무것도 떠오르지 않았다.

"잘되어야 할 텐데……."

이현은 여동생을 찾았다.

그새 화장실에서 나왔는지 의자에 앉아 있는 모습을 보고야 안도의 한숨을 내쉬었다.

여동생은 기도를 올리고 있었다.

이현이 다가가자 그녀는 고개를 들었다.

"면접은 어떻게 됐어?"

"응? 그게……."

이현은 여동생을 어떻게 위로해야 할지 몰랐다. 하필이면 그때에 배가 아플 게 뭔가.

"나름대로 내가 잘 설명하기는 했는데… 지금이라도 들어가서 사정을 이야기하고 다시 면접을 보자."

"무슨 사정?"

"당사자가 면접을 봐야지. 내가 말주변이 없어서 실수라도 하지 않았는지 모르겠다."

이혜연은 고개를 갸웃했다.

속인 것을 화내거나 할 줄 알았는데, 오히려 자신이 면접을 못 본 것을 안타까워하고 있지 않은가.

'설마 아직도 모르는 거야? 어떻게 그럴 수 있지?'

이혜연은 우선 대충 맞장구를 쳐 주었다.

"괜찮아. 오빠가 잘했으리라 믿어. 그리고 지금 또다시 면접을 본다고 하면 그게 더 이상할 수도 있잖아."

"그야 그렇지만… 그래, 이미 지나간 일! 미련 갖지 말자."

집으로 돌아가기 위해 대학교 정문을 빠져나올 때, 문득 이혜연이 잠시 멈칫했다.

"왜?"

"나 놓고 온 게 있는 것 같아! 여기서 잠깐만 기다려, 오빠."

"그래."

이혜연은 바로 학교로 들어가서 조교를 만났다. 그리고 할머니가 있는 병원으로 우편물 수령지를 바꾸어 놓았다.

## 처음 가 본 영화관

원래 이현은 여동생과 함께 곧장 집으로 가려고 했다. 평소처럼 볼일을 다 보았으니 집에 돌아가서 〈로열 로드〉를 할 작정이었다.

퀘스트가 코앞이니 준비하는 데에 시간이 모자라서 최근에는 도장도 빠지고 있었던 것이다. 그런데 생각해 보니 그래서는 안 될 것 같았다.

'한국 대학교의 면접! 경사 중의 경사다. 이렇게 중요한 날을 그냥 보낼 수는 없지.'

이현은 마음을 굳게 먹고 지갑을 보았다.

빳빳한 푸른색의 지폐들.

혹시라도 무슨 일이 생길지 몰라서 현금을 넉넉하게 출금해 왔다.

"혜연아."

"응?"

"우리 영화 보자."

이현은 지금까지 영화관을 가 본 적이 한 번도 없었다. 그런데 최초로 시도를 하는 것이었다.

"정말?"

이혜연은 믿을 수 없었다.

그녀의 오빠가 어떤 사람이던가! 길에서 흘리는 돈이 아깝다면서 버스도 타지 않는 자린고비였다. 군것질이나, 하다못해 꼭 필요한 학용품도 사지 않았다.

그런데 영화관을 가자는 것이다.

"그래. 재밌는 영화 보자."

이현의 강력한 의지 속에서 둘은 영화관으로 향했다.

상영관이 여러 개인 멀티플렉스 영화관. 대형 쇼핑몰과 연계되어서 방문객들이 끊이지 않는 장소였다.

이현은 영화관 안으로 들어가자마자 저도 모르게 감탄을 거듭했다.

"대단하다."

그는 한 번도 와 본 적이 없는 장소인데, 사람들이 이렇게나 많다니!

완전히 별천지에 온 것만 같았다.

"오빠, 영화가 정말 재밌나 봐."

"그러게. 어서 보러 가자."

이혜연도 사실 영화관은 처음이었다.

오빠가 용돈을 상당히 넉넉히 주고 있었지만, 어떻게 버는 돈인지 알기 때문에 허투루 쓴 적이 없다. 친구들이 영화관을 가자고 해도 가지 않고 버티다 보니 영화관에 와 본 건 처음이었다.

"영화가 많네."

"가장 최근에 개봉한 대작이 뭐지?"

"〈착하지 말자〉. 저기 포스터에 그렇게 쓰여 있어."

"그거 보자. 재미있겠다."

이현과 이혜연은 한참이나 헤맨 끝에 표를 샀다.

처음에는 극장 안에 들어가면서 돈을 내면 되는 줄만 알았다. 그런데 매표소에서 따로 표를 구매해야 했다.

"이런 식이었군. 뭐, 이럴 줄 알고 있었어. 이래야 정상이지."

이현은 돌연 미소를 머금었다. 자신감에 찬 미소였다. 그러면서 만 원짜리 2장을 당당히 내밀었다.

"〈착하지 말자〉 2장요."

영화관에 온 자긍심!

문화인이라는 데 대한 만족감!

지금 이 순간만큼은 거금이 나가는데도 아깝지 않았다. 사실은 아깝긴 했지만, 그래도 돈을 쓰는 보람이 있었다.

직원은 상냥하게 웃으며 말했다.

"3시 30분. 〈착하지 말자〉 성인 2장. 맞으십니까?"

"네."

"할인 카드나 적립 카드가 있으십니까?"

"네?"

이현은 당황하고 말았다.

할인 카드와 적립 카드!

이름만 들어도 상당히 의미심장한 단어였다.

"그게 뭐죠?"

"아, 네. MK캐쉬백이나 이동 통신사 카드, 신용카드 할인이 가능하십니다."

"그, 그게 얼마나 할인이 되는 건지……."

이현이 머뭇거리면서 물었다.

그러자 직원은 더욱 상냥하게 웃었다. 올해의 미소상에 뽑힐 만큼 환한 미소였다.

"1인당 2,000원입니다."

"……."

그때에 드러난 이현의 썩은 미소!

영화 티켓이 7,000원이니 2,000원의 할인은 무시할 수 없는 것이었다.

1인당 2,000원이라면 총 4,000원이나 할인이 되는 것이 아닌가!

한데 이현에게는 그런 카드가 없었다.

적립 카드가 없는 도매 시장을 주로 이용했고, 신용카드는 발급 요건이 되지 못한다.

뚜렷한 직업이 없는 데다, 사채는 모두 갚았지만 그 기록이 남아서 신용카드가 발급되지 않았다.

하다못해 휴대폰도 없었다.

"혜연아."

도움을 청하는 눈빛으로 여동생을 보았지만, 그녀도 고개를 젓는 것은 마찬가지였다. 휴대폰도 가지고 있지 않은 고등학생이 무슨 카드를 가지고 있겠는가.

결국 이혜연은 이현의 팔을 잡아끌었다.

"오빠, 우리 그냥 영화 보지 말자."

그 순간, 이현은 영화를 반드시 보고 싶어졌다.

돌이켜 보니 가족끼리 단란하게 영화를 본 기억도 없는 것이다.

'오빠가 되어서 동생 영화 한 편 못 보여 주고 살았구나.'

양심의 가책이 느껴져서 서슴없이 2만 원을 직원에게 건네줬다.

그 당당함!

"〈착하지 말자〉. 할인, 적립 없이 2장 부탁드립니다."

"좋은 자리로 정해 드리겠습니다. 손님."

극장 직원은 재미있다는 듯이 남매를 보다가 남아 있던 자리 중에 좋은 자리를 택해 주었다.

3시 30분이 되려면 아직 1시간 20분 정도가 남았다. 이현은 여동생과 함께 영화관 내를 돌아다녔다.

종합 오락실과, 팝콘과 오징어 등을 살 수 있는 상점들이 있었다.

'오징엇값이 거의 영화푯값의 절반이군. 팝콘은 뭐가 이리 비싼 거야.'

상식적으로 말이 안 되는 가격이었다.

영화관에서 파는 팝콘 가격과 콜라 가격이 어떻게 정작 영화 표보다 더 비쌀 수 있는가!

이현은 주변의 사람들이 오락실로 들어가는 것을 보며, 여동생을 이끌었다.
"시간이 될 때까지 오락이나 하고 있자."
"그래, 그럼."
둘은 사람들을 따라 오락실로 들어갔다.
그곳에서 이현은 경악을 거듭했다.
'오락 한 판이 1,000원이 넘는다니……'
〈로열 로드〉가 대세로 자리 잡은 세상이었다.
가상현실에서 무엇이든 이룰 수 있다. 그런데 단지 화면이 나오고 손으로 작동시키는 구형 기계에서 단순 오락을 하는 데에 1,000원씩이나 받았다.
그것도 그때그때 현금을 내는 게 아니라 오락실의 입구에서 목걸이를 지급해 준다. 나갈 때에 그 목걸이에 찍힌 금액을 계산하고 나가는 것이다. 이는 딱 돈이 삽시간에 나가기에 좋은 환경이었다.
'이런 도둑놈들!'
이현은 안타까움에 한숨이 나왔다.
마음 편히 오락도 할 수 없는 세상이었다.
천정부지로 뛰어오른 물가!
피땀 흘려서 번 돈을 오락 몇 판에 날려 버리기에 좋았다.
"오빠, 우리 무슨 게임 할까?"
"저, 저걸로 하자."
이현이 가리킨 것은 제일 싸 보이는 오락이었다.
테니스 게임의 일종으로, 둘이 경쟁을 하면서 상대방을 이기는 것이었다.

오락을 하는데 이현의 손이 덜덜 떨렸다.

아주 잠깐 노는 것인데도 돈이 나간다.

이것은 최대의 공포였다.

돈이 주머니에서 술술 빠져나가는 아픔, 끔찍한 고통!

아마 영화사상 가장 무서운 스릴러를 본다고 하여도 이토록 두렵진 않으리라.

이현은 동생과 오락을 몇 판 했다.

제일 싼 500원짜리 게임.

상식적으로 1시간을 넘게 버텨야 하는데 한 게임에 2분도 걸리지 않는다.

동생과 둘이 하니까 이겨도 손해!

져도 돈이 나가는 건 당연했다.

이현은 얼굴에 경직된 미소를 지었다.

"이거 재미없네. 다른 게임 하자."

"그래, 오빠."

이현은 이제 경쟁을 하지 않는 게임을 찾았다.

'기왕이면 길고 오래 할 수 있는 걸로… 바로 저거다!'

비행기 게임을 찾아낸 것이다.

비행기를 조종해서 미사일을 쏘며 적기를 격추시키는 게임이다.

20세기 때부터 간단한 조작 방법과 게임성으로 크게 유행해서, 사람들이 여전히 즐기고 있는 고전 게임.

"이것 해 보자."

이현은 신나게 게임기 앞에 앉았다.

둘이 함께 할 수 있는 게임이라서 목걸이를 대고 1,000원을 결제했다.

'이걸로 1시간을 버틴다!'

첫 번째 미션은 적의 항공모함을 공격하는 것이었다.

적기들을 격추시키면서 보무도 당당히 날아가는 아군의 비행기!

어렵지 않게 승리를 거두었다.

그런데 두 번째 미션에서부터는 알 수 없는 우주인들이 나왔다.

엄청나게 빠른 UFO를 타고 화면을 가득 뒤덮는 레이저 빔을 발사하는 우주선들!

미사일은 유도탄이라서, 아무리 피해도 쫓아왔다.

"커헉!"

이현은 거친 숨을 내뱉었다.

완전히 당한 것이다. 이토록 어려운 게임이 있다니!

비행기가 격추될 때마다 생살이 찢어지는 것처럼 고통스러웠다.

"깔깔! 너무 재밌어!"

그나마 이현이 참을 수 있었던 것은 여동생이 활짝 웃으면서 즐기고 있어서였다.

'동생이 좋아하니까.'

비행기 게임을 한 번씩 하고, 이제는 색다른 게임을 찾았다.

틀린 그림 찾기!

이거야말로 정말로 오랫동안 할 수 있는 게임이다.

우선 굳이 2명분의 돈을 낼 필요가 없다.

1명만 하고, 2명이 동시에 하나의 화면을 보면서 찾으면 되지 않던가.

스테이지 10단계까지 성공하면 곰 인형도 준다고 한다.

그러나 눈이 충혈되도록 틀린 그림을 찾으면서, 이현은 이번에도 심한 배신감을 느껴야 했다.

이쑤시개 통 속에서 빠진 이쑤시개 찾기!

매우 까다로운 도전이었지만 이현은 해냈다.

돈, 인형을 위하여!

그런데 그다음 단계는 더욱 난이도가 높았다.

모래사장에서 빠진 모래알 찾기!

숲에서 무늬 다른 나뭇잎 찾기!

세계 지도에서 없는 섬 하나 찾기!

개미굴에서 다리 4개 달린 개미 찾기!

완전히 좌절하게 만드는 미션들만 나오는 것이었다.

제한 시간 내에 못 찾으면 생명이 하나씩 줄어들고, 그러면 돈을 넣고 다시 이어서 할 수 있었다.

이현은 실패할 때마다 금액을 결제했고, 틀린 그림 찾기는 무서운 속도로 돈을 먹어 치우고 있었다.

그러나 이현은 끈기로 해냈다.

투입하는 돈만큼 독기가 어렸다.

'무조건 다 찾아 버리겠다.'

어느새 들어간 돈이 인형의 값을 훨씬 초과할 정도가 됐다. 그럼에도 관문을 하나씩 뚫고 있었다.

그렇게 간 최종 스테이지.
이현은 눈도 깜빡이지 않고 기다렸다.
마침내 다음 관문이 나타났다.
은하수에서 별 찾기!
"컥!"
이현은 포기할 수밖에 없었다. 이건 해도 해도 너무하다. 최소한 수만 개의 별 가운데에 어떤 별이 빠져 있는지 어떻게 알 것인가.
'당했구나!'
틀린 그림을 다 찾으면 순진하게 곰 인형을 줄 거라고 믿었던 자신이 바보 같았다.
하긴 언제 제대로 일이 풀린 적이 있었나 싶었다.
'〈로열 로드〉에서나 여기서나 제대로 되는 일이라고는 하나도 없구나.'
이현은 그때부터는 그냥 단순하고 할 만한 게임을 찾기로 했다.
그러나 정말로 오래 할 수 있는 게임들이 별로 없었다.
간단한 게임도 2명이 승부를 결정짓는 경우는 금방 끝나 버렸다.
'좀 더 돈을 안 들이고 오래 할 수 있는 게임은 없을까?'
그때에 이현은 동생이 춤을 추는 게임을 동경 어린 시선으로 보는 것을 느꼈다.
게임을 하기 위해서는 우선 작은 방 안에 들어간다.
그 안에서 지시에 따라 동작을 취하면, 관련된 모든 행동은 중앙의 스크린으로 나온다.

춤으로 배틀을 하며, 점수를 따서 경쟁하는 게임이었다.

'어렵겠군.'

이현은 눈이 핑핑 돌 정도로 빠르게 나오는 지시에 따라 움직이는 이들이 신기하게만 보였다.

손을 움직이고, 발을 지면에서 스치듯 움직일 때마다, 리듬을 타는 몸은 현란한 춤 동작이 되어서 더욱 멋지게 스크린에 나타난다.

춤을 추는 대결!

그들의 주변에는 여고생, 여중생들이 모여서 연방 감탄을 터트리고 있었다.

이혜연도 여고생인 건 어쩔 수 없었는지, 빠져들 듯이 보고 있었던 것이다.

"오빠도 한번 해 봐."

"그럴까?"

이현은 춤에 대해서는 완전히 백지상태! 그런데 하겠다고 나섰다.

동생이 기뻐하는 모습을 보고 싶기도 했고, 속셈은 따로 있기도 했다.

'줄이 늘어서 있군. 그러면 저 줄을 기다리기만 해도 15분은 금방 가겠다.'

판에 끝나더라도 오히려 시간을 절약할 수 있다.

그런 속셈으로 이현은 춤을 추기 위해 늘어선 줄 끝에 가서 섰다. 미리 줄을 서 있는 이들은 대부분 남자들이었다.

귀걸이나 목걸이를 하고, 최신 헤어스타일을 한 남학생들.

'촌놈이 오는군.'

'하는 법이나 알고 있을까?'

'무시해 버릴까.'

'아냐. 창피나 주자.'

남학생들은 은근히 눈짓으로 의기투합했다.

그렇지 않아도 이미 이현과 이혜연에게 관심을 집중하고 있었다.

그들이 오락실 안으로 들어온 순간, 이혜연의 미모에 다들 가슴이 설레었다.

여고생다운 풋풋함과 귀여운 매력이 있었다.

그런데 옆에는 어리바리하고 오락실도 처음 와 보는 것 같은 이현이 있지 않은가.

싸구려 게임만 하면서도 밝게 웃는 이혜연을 보면서 다들 아쉬운 기분이 들었다.

'어디 망신이나 실컷 당해라.'

줄을 서 있던 남학생들은 일부러 자리를 비켜 주었다.

그 덕에 금세 이현의 순서가 찾아왔다.

"오빠, 잘해!"

"그래. 열심히 할게."

이현은 작은 방으로 들어가서 쭈뼛거렸다.

어디에 목걸이를 대고 계산을 하는지도 몰랐고, 춤의 종류도 선택할 수 없었다.

각 지역에 따른 춤이나, 시대별로 다양한 춤들이 있었지만 그 근본적인 지식이 완전히 부족했던 것이다.

결국 이현은 아무것이나 선택했다.

프리 스타일.

익스트림 댄스.

공교롭게도 최고 난이도를 자랑하는 춤이었다.

각 춤들의 가장 어려운 동작들만 모아 놓고, 이를 상징하는 화살표들을 빠른 속도로 정확히 눌러야 한다.

그런 만큼 최고 수준의 실력자들만 선택할 수 있는 춤이었다.

"뭐야, 저 초보자."

"계산을 어떻게 하는지도 모르는 사람이 익스트림 댄스를 택했어."

"완전히 망신이군."

밖에서 스크린을 통해서 보고 있던 이들은 대놓고 이현의 행동을 비웃었다.

실제 게임이 시작되고 나서도, 이현은 그들의 생각대로 엉뚱한 행동들을 보였다. 게임을 할 줄 모르니 상대방의 춤을 과도하게 의식했다.

'그대로 따라 하면 창피는 안 당할 테지.'

익숙하지 않은 춤 동작들을 따라 하려니 몸에 힘이 가득 들어가서 지시대로 움직이려다가 손과 발이 꼬이기도 하고, 심지어 넘어지기도 했던 것.

각종 화살표와 지시 사항들은 이현이 허우적거리는 사이에도 빠르게 지나갔다.

일정한 시간 내에 그곳을 지정하고 눌러야 되는데 이게 쉬운 일이 아니다.

까다로운 동작들을 이행하면서 마음이 앞서다 보니 벌어진 일이었다.

이현의 캐릭터가 가진 생명력이 빠르게 줄어들었다.

배경은 인파로 가득한 클럽의 댄스장.

상대방은 현란한 춤 솜씨로 이현을 압도하고 있었다.

그런데 어느 순간부터 이현이 조금씩 달라졌다.

'춤이다. 그런데 나는 춤을 어떻게 추는지 모른다.'

모르는 것을 갑자기 잘할 수는 없다.

리듬을 타고 음악을 느끼는 게 어떤 건지는 알지 못했다. 춤을 추는 이들을 그저 대단한 문화인으로만 여겼다.

그러나 몸을 움직이는 것이라면 자신이 있었다.

'나는 검을 휘두르고 있는 것이다. 검이 내 손에 없어도 좋다. 상대방의 발걸음이 나를 향해 다가오면 한 걸음 물러나고, 반대의 경우에는 다가간다. 손은 적과 싸우고 있다. 주먹을 쥐어서 적을 향해 내지르기도 하고, 손바닥으로 상대방을 쳐 내기도 한다.'

이현의 동작들이 그때부터 바뀌었다.

과도하게 긴장하고 있던 몸이 풀렸다. 손과 발이 제 갈 곳을 찾았다.

억지로 타인의 행동을 따라 하는 게 아니라, 그때그때 나오는 화살표들을 지시대로 정확히 타격했다.

손을 펴내고, 두 다리를 움직여서 목표를 눌렀다. 발 차기를 하고, 허리를 뒤틀어서 몸을 회전시켰다. 팔은 아주 빠르게 움직였다. 주먹과 팔꿈치가 매우 정확한 속도로 동작하면서 화살 표들을 격타한다.

이현의 움직임은 곧 스크린을 통해서 나왔다.

"뭐, 뭐지?"

"전부 엑설런트야."

"한 박자도 놓치지 않고 있어."

이현의 동작은 춤이라고 볼 수는 없었다.

단지 아주 정확하고 빠르게 화살표를 타격하고 있을 뿐!

그런데 스크린에 나오는 캐릭터는 최고의 댄스를 보여 주었다.

이현의 동작들도 곧 예사롭지 않게 바뀌었다.

'생각만큼은 어렵지 않아.'

춤과 관련된 동작들.

그것은 음악과도 관련이 있었다.

귀로 듣고, 눈으로 보면서 육체가 지시 사항을 뒤따른다.

처음 하는 동작들이었지만, 곧 흐름을 타고 움직였다.

그러면서 이현의 캐릭터는 딱 1칸의 생명력을 남기고 기사 회생하여 상대방을 압도했다.

〈로열 로드〉에서 인내력을 올리기 위하여 일부러 두들겨 맞으면서 사냥하던 방식 그대로 승리를 거둔 것이었다.

"뭐야, 저 사람?"

진 쪽에서는 완전히 어이가 없다는 얼굴이었다.

방금 전까지만 해도 완전히 초보자인 것 같더니 금세 능숙하게 동작들을 취한다.

춤과 비슷하게 화살표를 누르지는 않았다. 익스트림 댄스에서는 워낙에 빠르게 움직여야 했기 때문에 춤을 추듯이 의도적으로 흐느적거리는 건 불가능하다.

그런데 이현의 움직임은 춤을 연상케 만드는 부분들이 많았다. 놀라운 속도로 몸이 흐름을 타면서 한없이 아름답게 움직인다.

"와아, 굉장하다!"

"진짜 잘 추네!"

여중생과 여고생들은 환호를 했다. 그러자 다른 도전자들이 금방 나타난다.

이현의 인기를 끊어 놓기 위해서! 하지만 이현은 싸울수록 똑똑해졌다.

각 동작을 어떻게 해야 하는지를 조금 알게 되었다.

음악의 흐름을 타니 몸이 저절로 위치를 취하면서 화살표들을 가격했다.

그것으로 이현은 무려 10연승을 차지했다. 실은 그 이상도 가능했지만 영화 시간이 다 된 것이다.

이현이 방에서 나왔을 때에는 다들 그를 신기한 괴물 보듯이 했다. 촌스럽다면서 비난하던 소리는 모두 쏙 들어갔다.

어떠한 동작이라도 어김없이 취한다.

그리고 이현의 움직임에는 미묘한 부분이 있어서, 주변인들의 시선을 빨아들이는 힘이 있었다.

마치 몸이 움직이면 그곳에 화살표가 나타난다고 할까.

이현은 여동생을 보며 말했다.

"영화 보러 가자."

"응."

이윽고 시작된 영화 시간.

이현과 이혜연은 푹신한 좌석에 앉아서 영화를 감상했다.

사실 영화는 그다지 재미없었다. 한국 영화의 단순한 스토리, 전형적인 패턴을 따랐다.

뒷골목의 남자들.

싸움을 좋아하고, 우정을 중요시한다.

그런데 조직을 키워서 성장하고 난 이후에는 각자의 이해관계에 따라서 대립한다.

예쁘게 생긴 여자 주인공이 1명 나오면서 그녀와 관련된 삼각관계까지!

어린 시절의 친구들은 번뇌한다.

우정과 권력.

마지막에는 주인공이 끝까지 믿었던 친구가 배신!

여자와 돈, 권력을 차지하기 위해 끝내 배신의 칼을 등 뒤에서 꽂았다.

그때에 남자 주인공의 대사.

―나는 울려도 된다. 하지만 내가 사랑한 그 애만큼은 울리지 마라.

피를 철철 흘리면서 말하는 대사에 비장미가 있었다.

중간에 전혀 뜬금없이 귀신이 나오기도 하고, 형사들이 개입하면서 난감한 스토리로 빠지기도 했다.

그래도 어떻게든 마무리가 되었다.

"이 스토리는 뭐야."

"과장 광고로 신고라도 해야 되는 거 아닐까?"

"작가가 발로 썼나 봐."

"근데 무슨 이런 단순한 영화가 2시간 동안이나 하지?"

"정말 재미없다."

관객들은 하나같이 상당한 혹평을 퍼부었다. 영화 사이트에서 좋은 평들을 보고 와서 당했다는 반응이 대부분이었다. 영화 제작사에서 사람들을 풀어서 좋은 평들을 올리면, 아무래도 관중들이 늘어나기 마련이니까.

하지만 이혜연은 그저 오빠와 함께 영화를 본다는 것만으로도 좋았다.

돈을 아끼는 것도 중요하지만, 실상 추억다운 추억이 없었다. 매달 쪼들리는 생활을 하다 보니 어디로 놀러 가 본 적도 없었다.

이렇게 영화관에 와서 함께 영화를 보는 것만도 충분히 즐거웠다. 영화의 내용이 다소 식상하다고 해서 그 즐거움이 반감되진 않았다.

"오빠, 어땠어? 영화가 좀 이상하긴 했지?"

그러면서 옆자리를 돌아본 이혜연은 깜짝 놀랐다.

이현이 눈물을 뚝뚝 흘리고 있는 것이 아닌가!

우정과 배신!

남자다운 이야기였다.

그러면서 화면 가득 벌어진 박력 있는 전투들은 이현의 몸을 절로 들썩거리게 만들었다.

2시간 동안 완전히 몰입해서 영화를 보았다.

영화가 끝나고, 영화를 제작한 이들의 이름이 올라가는데도 이현은 일어나지 못했다.

"남자 주인공 너무 멋있다. 이런 스토리의 영화가 있다니, 영화도 정말 재미있는 거구나."

"……."

영화를 보고, 이현과 이혜연이 거리로 나왔을 때에는 거의 6시가 다 되었을 무렵이었다.

"오빠, 배고프다. 이제 집에 가자."

이혜연이 그렇게 말했으나, 이현은 고개를 가로저었다.

"아니야. 우리 밥 먹고 들어가자."

무려 외식!

집에서 고추장에 밥 비벼 먹거나, 정 배가 고프면 검술 도장에 간다.

바쁜 일이 없는 날이면 검술 도장에 꼬박꼬박 나가는 데에는 이유가 있었다. 바로 그곳에 가면 한 끼는 공짜로 해결할 수 있다는 사실!

그런데 자린고비 이현이 먼저 외식을 말했다. 평소답지 않은 일이었다. 그만큼 이혜연이 한국 대학교 면접을 본 일을 크게 여기고 있는 것이다.

"그럼 어디서 먹을까?"

이혜연도 기뻐했다. 영화를 본 것만으로는 사실 적이 미진함을 느끼고 있던 참이었다.

이렇게 영화를 보고 밖에서 식사를 하는 일이 없다 보니 그녀도 무척이나 기대가 되었다.

"그런데 어디서 먹지?"

이현과 이혜연은 거리를 거닐었다. 평소에 외식을 해 본 적이 없었으니 어디서 밥을 먹어야 할지도 몰랐다.

이혜연이 주변에 있는 분식집을 가리켰다.

"저기 떡볶이 맛있대. 내 친구들이 가 보고 다들 맛있다고 했어. 김밥이나 튀김, 오뎅도 잘해."

"그래?"

이혜연이 가리킨 곳은 작은 분식 가게였다. 평소라면 이 정도도 성찬이라고 할 수 있다. 하지만 이현은, 오늘만큼은 무언가 특별한 것을 먹여 주고 싶었다.

그래서 크게 용기를 냈다.

그들이 있는 곳은 시내의 한가운데. 영화를 보러 나오다 보니 시내 중심가였다.

"우리 저곳 가자. 저기 레스토랑에서 먹어 보자."

이현이 가리킨 곳은 호텔이었다.

"호텔 레스토랑? 저긴 굉장히 비쌀 텐데……."

"걱정 마. 매일은 아니라도 한 번 사 줄 정도의 돈은 있어."

이혜연은 벌써부터 호주머니 사정이 걱정되었다. 하지만 이현은 호기를 부리면서 아무 걱정 하지 말라며 동생을 이끌고 들어갔다.

호텔의 고층에 위치해서 탁 트인 전망. 야경이 한눈에 펼쳐지고 있었다.

이현과 이혜연은 창가 쪽의 좋은 자리를 잡았다.

'과연 호텔 레스토랑은 다르구나.'

레스토랑이 주는 고급스러운 분위기에 압도당했다.

값비싸 보이는 인테리어, 직원들의 표정에는 웃음과 친절이 넘친다. 깔끔한 그들의 대접을 받으면서 맛있어 보이는 요리를 먹는 이들의 인상에는 부티가 흘렀다.

의자는 편안하고, 모든 것들이 손님 위주다.

주변의 장식들도 비싼 물품 외에는 없는 것 같았다.

'한 번쯤은 이런 곳에서 밥을 사 줘야지. 두 번은 아니더라도, 오늘 같은 날은 크게 무리를 해 보자.'

이현은 호주머니 사정을 떠올렸다.

'20만 원을 출금해서 택시비로 좀 쓰고, 영화도 보고, 오락도 좀 했지. 그래도 아직 13만 원은 남아 있을 거야.'

기껏해야 밥 한 끼였다.

그래도 이현은 혹시나 하는 생각에 주변을 둘러봤다.

바다 가재 코스 요리를 먹고 있는 테이블이 눈에 띄었다.

그 순간 이현은 순식간에 원가 계산을 끝냈다.

'재료값으로는 한 4만 원 들었겠군. 그래도 이런 호텔이니까 인건비나 이윤을 고려해서 7만 원은 받겠지?'

여러모로 살펴볼 때에 밥 한 끼에 7만 원 정도라면 과한 소비이긴 하지만, 오빠가 되어서 못 사 줄 형편도 아니다.

좀 더 열심히 〈로열 로드〉를 할 생각을 하며 이현은 잔뜩 긴장하고 있는 여동생을 달래듯 말했다.

"괜찮아. 오늘 많이 먹으렴. 우리들도 이런 곳에 한 번쯤은 와 봐야지."

"그래도 여기는 너무 비싸 보이는데… 그냥 나가서 김밥이나 먹자, 오빠."

"아냐. 우리라고 늘 밥만 먹을 수 있어?"

이현도 사실 이런 고급 레스토랑을 와 본 건 처음이라서 만만치 않게 긴장을 했지만, 들어와 보고 난 이후에는 오히려 마음이 편해졌다.

'아무리 비싸 봐야 로자임 왕국 왕실에 있는 예술품들만은 못하지.'

잠시 후에 여종업원이 와서 메뉴를 펼쳐 주었다.

"무엇을 시키시겠습니까? 오늘의 주방장 추천 요리로는 굴소스를 곁들인 오마르 새우에……."

"제가 직접 보고 고를게요."

"네. 그러십시오, 손님."

이현은 느긋하게 메뉴를 보았다.

우선은 가격 확인!

바다 가재가 포함된 A코스 요리 12만 원.

원가상으로는 4만 원 정도밖에 안 되어 보이는데 엄청난 폭리였다.

'뭐가 이렇게 비싸!'

이현은 가격을 보고 숨이 턱 막히는 듯했다. 그래도 A코스는 싼 편이었다. 그 이상으로 비싼 요리들이 즐비했다.

20만 원짜리, 30만 원짜리. 와인이나 양주가 포함된 식사는 50만 원을 넘기도 했다.

이현이 가진 돈으로는 와인 한 병도 못 먹는 것이었다.

호텔 레스토랑의 살인적인 가격!

각종 서비스와 최고급 재료들을 사용하며, 요리사 역시 최고 수준이다. 인테리어 비용까지 식사에 다 포함된 셈이었으니 가격은 비쌀 수밖에 없다.

다만 그 가격의 수준이 이현의 예상 폭을 훨씬 크게 초과한 것이다.

'이 돈을 내고는 도저히 못 먹겠다.'

돈이 너무나도 아까운 나머지 저절로 인상이 찌푸려졌다.

순간 이현은 본능적으로 여동생을 살폈다. 둘의 눈이 딱 마주쳤다.

그녀는 매우 불안해하고 있었다.

'안 돼. 여기까지 데리고 왔는데, 비싸다고 다시 나가는 일은 있을 수 없어.'

아무리 돈이 없어도, 돈이 없는 티를 내면서 궁핍하게 만들고 싶진 않았다.

한창 감수성이 예민한 고등학생에게 식당에서 쫓겨난 기억을 주어서는 안 된다고 이현은 판단했다.

다행히 A코스 요리는 12만 원이니 1만 원 정도의 여윳돈은 남을 듯싶었다.

"혜연아, 바다 가재 괜찮지?"

"응. 괜찮긴 한데……."

"그럼 A코스로 주세요."

"두 분 모두 같은 것을 시키시겠습니까?"

"예."

"즐거운 시간 되십시오."

이현은 모르고 있었다.

호텔 레스토랑에서는 메뉴에 찍힌 가격에 봉사료와 부가세가 각각 10%씩 붙는다는 것을.

그러면 실질적으로는 13만 원을 초과하는 가격이었다. 하지만 그건 그나마 작은 부분이었다.

가격대가 워낙에 비싸서 당연히 두 사람이 먹을 수 있는 줄 알았다. 하지만 A코스 요리의 1인분이 12만 원이었다. 그러므로 실질적으로 이현이 시킨 요리의 가격은 25만 원을 훌쩍 초과했다.

"맛있는 음식이 나올 거야. 많이 먹어."

"오빠, 너무 무리하는 거 아냐?"

"괜찮아. 이 정도의 돈은 있어."

이현은 호주머니를 툭툭 쳤다.

곧 음식들이 나왔다. 최고의 주방장이 신선한 재료들로 만들어서 내놓은 요리들.

"와! 정말 맛있어."

"그래. 맛있구나."

이현은 음식이 주는 풍미를 만끽했다.

요리 자체의 맛은 〈로열 로드〉에서 그가 만드는 것들과 그리 큰 차이는 없다.

해산물은 특히 그의 주 전공이 아니던가!

보관이 어렵고 쉽게 상한다. 재룟값도 비싸서 자주 먹을 수 있는 건 아니어도 효과가 커서 전투를 할 때에는 곧잘 먹는 요리였다.

※※※

레스토랑의 근처 테이블에서는 대인 고등학교의 교복을 입은 여고생 2명이 식사를 하고 있었다.
"와! 이 고기 정말 맛있어!"
"소스도 나쁘지 않은데."
"이번에 프랑스에서 왔다는 주방장이 요리 잡지에 자주 나오는 인물이래."
"그래서 그렇구나."
"다음 주에 또 오자."
집이 부유하기도 했지만, 미식가였던 그녀들은 가끔씩 돈을 모아서 이곳 레스토랑에서 식사를 했다.
맛있는 음식을 먹을 때에 최고로 행복하다!
이런 좌우명으로 뭉친 그녀들은 학교가 일찍 끝난 날은 맛집들을 돌아다니는 게 취미 중의 하나였다.
그런데 그녀들의 눈에 다른 테이블에서 활달하게 웃으며 식사를 하고 있는 이혜연이 보였다.
"어? 혜연이 아냐?"
"그러게."
"앗! 저건 쟤 친오빠잖아."
이혜연은 그녀들과 가장 절친한 친구였다.
사실 학교 내에서 이혜연을 싫어하는 사람은 아무도 없다고 해도 과장이 아니었다.

활동력 강하고, 공부 잘하고, 운동 실력도 뛰어난 편이다. 타고난 리더십이 있어서 다른 여고생들은 언제나 그녀를 중심으로 뭉쳤다.

다만 굉장한 짠순이라서 절대로 쇼핑이나 외식에는 참여하지 않았지만 말이다.

'어쭈. 그러면서 자기 오빠랑은 오붓한 시간을 보내고 있었단 말이지.'

이선예의 눈이 장난기로 빛났다.

이혜연이 얼마나 자기 오빠를 자랑하고 다녔는지 모른다. 친구들은 다 설마설마했다. 유독 완벽해 보이는 그녀가 오빠를 심하게 따른다면서 놀리기도 했다.

그런데 축제에 친오빠가 나타났다.

친구들은 다들 저런 평범해 보이는 사람이 무슨 자랑거리가 되냐면서 뒤에서 쑥덕였다. 대인 고등학교의 중퇴생이라는 사실을 알게 된 이후로는 더욱 그랬다.

그런데 공주 세트를 단숨에 뚫어 버리는 광경을 보고, 대인 고등학교 최고의 인기인으로 떠올랐다.

미끄러운 외나무다리를 가볍게 걸어서 넘고, 날아오는 물 풍선을 바람이 흐르는 듯한 발 차기로 격파한다. 끝에는 솔개처럼 뛰어올라 가볍게 벽을 넘는 것으로 공주 세트를 최단 시간에 돌파했다.

마지막에 철창을 열고 동생을 구해 주던 모습은 얼마나 늠름하던가!

그 일이 있었던 이후로 이현은 단연 대인 고등학교 여고생들의 관심을 한 몸에 받았다. 오빠의 일이라면 물불을 안 가리는 이혜연 때문에 감히 접근한 사람은 없었지만.

이선예가 소곤거리듯이 말했다.

"우리 저쪽으로 합석하자."

"혜연이 성질 알면서… 그래도 괜찮을까?"

"괜찮아. 자기 오빠 앞에서는 절대 화 안 내."

이선예는 확신을 가지고 일어나서 이혜연의 자리로 다가와 그녀를 덥석 끌어안았다.

"와, 이런 곳에서 만나네! 우리 같이 앉아도 돼?"

"……."

갑작스러운 친구들의 등장에 이혜연은 마구 인상을 썼다.

"너희들!"

역시나 예상을 조금도 벗어나지 않는 이혜연의 앙칼진 모습.

이선예는 서둘러서 이현에게 인사를 했다.

"안녕하세요. 저희들은 혜연이 반 친구들이랍니다. 합석을 해도 될까요?"

"어서 와라. 얼마든지 되지."

여동생의 친구들이라면 같은 테이블에 앉는 정도는 상관이 없었다. 오히려 여러모로 잘해 주고 싶었다.

"너 진짜!"

이혜연이 눈살을 찌푸리면서 노려보았지만, 이선예는 방글방글 웃었다.

"지금 표정 관리 안 되고 있다, 혜연아. 그래도 괜찮아?"

"쳇!"

이혜연은 어쩔 수 없다는 듯이 손을 들었다. 한창 가족끼리의 행복한 순간에 불청객들의 방문이 달갑지 않았다. 그러나 금방 표정을 풀어야 했다.

앞에는 오빠가 앉아 있지 않은가.

화를 내는 것도 나중의 일이었다.

'학교에서 보자! 너희들, 죽었어!'

그녀들의 사정이 어떻든 간에, 이현으로서는 여동생의 친구들을 보아서 기뻤다.

다양한 음식들이 차례로 나오고, 네 사람은 느긋하게 식사를 즐겼다.

'그래도 학교생활은 잘하고 있구나.'

이현은 여동생이 원만한 학교생활을 하고 있는 것 같아서 기분 나쁘지 않았다. 매일 〈로열 로드〉에서 사냥을 하느라 지친 마음에도 휴식이 되었다.

"와! 예쁘다."

식사를 하는 도중에, 근처의 창가 테이블 옆으로 얼음 조각상이 운반되어 오는 모습이 보였다.

"무슨 이벤트를 하나 봐."

이현도 힐끗 고개를 돌려서 조각상을 보았다.

곱게 땋은 댕기 머리에, 한복을 단아하게 차려입은 여인 상이었다.

'나쁘지 않군.'

얼음 조각상에 대해서도 경험이 조금 있는 이현으로서는 그 조각상이 굉장히 뛰어난 솜씨로 제작되었다는 것을 한눈에 알 수 있었다.

'느낌이 생생하면서도 부드럽다. 틀림없이 거장의 손길이 들어가 있군.'

이렇게 이현과 동생들이 조각상을 보고 있을 때, 여종업원이 다가왔다.

"손님들, 이벤트 때문에 약간 시끄럽습니다. 어르신들의 결혼기념일 파티를 준비하는 중이라서요. 조금만 이해해 주세요. 죄송합니다."

"우리들은 괜찮습니다."

뒷자리에서 약간의 수선스러움이 있었지만, 이현은 동생과 함께 느긋한 식사를 마쳤다. 그리고 마지막 후식으로 나온 과일과 아이스크림까지 먹어 치운 후에, 네 사람은 자리에서 일어났다.

"아, 잘 먹었다."

"정말 맛있네."

계산을 하기 위해 카운터로 간 네 사람.

이선예와 송미영이 먼저 돈을 냈다.

그다음에 이현이 계산을 하기 위해 지갑을 꺼냈을 때였다.

우르르르! 쨍그랑!

뒤에서 무언가 격하게 깨지는 소리가 났다.


V호텔 레스토랑.

매니저와 종업원들은 아침부터 VIP 고객을 맞기 위해 분주한 준비를 했다.

　대한민국에서 손꼽히는 부자.

　맨손으로 시작해서 자수성가하여 큰 부를 이룬 강 회장이 저녁 식사를 예약한 것이다.

　평범한 저녁 식사라면 주방장과 매니저들만 그 사실을 알고 있으면 되겠지만, 오늘은 특별했다.

　소문난 애처가인 강 회장이 그의 부인과 함께 결혼 40주년 기념 식사를 한다고 한다.

　그런 만큼 호텔에서도 많은 준비를 했다.

　우선 강 회장 부인의 취향에 따라 미술품들을 벽에 걸고, 바닥의 양탄자를 새로 깔았다.

　국내외의 유명한 밴드가 연주회를 열기로 하고 1,000개의 촛불로 장식한 기념 케이크도 제작되었다.

　요리 준비에도 만전을 기했다.

　각 재료들은 신선도를 유지하기 위해서 외국의 산지에서부터 비행기로 공수를 해 오고, 주방에도 비상이 걸렸다.

　그러나 제일 중요한 것은 결혼을 기념하는 이벤트였다.

　강 회장 부인이 젊었을 때에 가장 아름다운 모습을 특별한 조각품으로 만들기 위해서, 전 세계적으로 유명한 얼음 조각사를 섭외하여 작품을 만들었다.

　얼음 미인상!

　북극의 만년빙으로 만든 얼음 조각상이었다.

　얼음의 표면은 거친 면을 찾아볼 수 없을 정도였다. 과거 20대의 한참 예쁘던 시절의 얼굴을 얼음으로 만들어 냈다.

달빛 조각사

화려한 샹들리에 아래, 백옥처럼 빛나는 얼음에 불빛들이 굴절되고 반사되면서 그윽한 자태를 드러낸다.

"예쁘다."

"강 회장님은 소문난 애처가이시니 이런 이벤트를 준비하실 수 있는 거야."

호텔 종업원들은 다들 부러움 속에서 이벤트를 준비하고 있었다.

강 회장 내외가 식사를 하는 테이블 앞에 얼음 미인상을 갖다 놓으려는 것이었다.

그런데 바퀴를 단 판 위에 실어 운반을 하고 설치하던 도중에, 이것이 미끄러져서 바닥에 떨어졌다. 그리고 와장창 깨지고 말았다.

## 믿을 놈 하나 없다

"이걸 어떻게 할 거야!"

"죄송합니다."

"죄송하다는 말이면 다야?"

얼음 조각상이 깨진 사건은 호텔의 총지배인까지 불러오게 만들었다.

호텔에서 직접 경영하는 레스토랑이라서 이 사안에 대해 책임을 질 수 있는 인물이 소식을 듣고 모습을 드러낸 것이었다.

총지배인은 땅바닥에 떨어져서 산산조각 난 얼음 덩어리들을 절망스러운 눈으로 보았다.

조각상의 목이 뚝 부러져 있었다. 코나 입, 눈 부분도 손상이 심해서 조각품이라고 할 수 없을 정도였다.

그 외에 여러 부분들도 부서지고 깨어져서, 얼음 미인상은 예전의 형체만 그럭저럭 알아볼 수 있을 정도였다.

"강 회장님의 진노를 어떻게 감당하려고… 그리고 특급 VIP

인 강 회장님이 우리 서비스에 만족하지 못했다는 소문이 나기라도 하면, 우리 호텔의 매출은 크게 줄어들고 말 거야."

"지금이라도 어떻게든 수선을 해 보는 것이……."

"수선? 이 얼음들을 무슨 수로 수선한단 말이야? 이벤트를 전면 취소해. 요리사들은 각자 최고의 요리를 준비해서 강 회장님을 만족시킬 수 있도록 하고, 매니저들은 서비스의 질로 승부할 수 있도록 해 보자."

총지배인은 어떻게든 상황을 수습해 보려고 했다. 하지만 직원들은 안절부절못할 뿐이었다.

"이 이벤트는 강 회장님이 직접 준비하신 겁니다. 그리고 우리 호텔에서 장식을 하기로 한 것이고요."

"그래서 취소할 수 없단 말이야?"

"예. 저희들 마음대로 취소할 수가 없습니다. 강 회장님께 미리 양해를 드리는 수밖에 없습니다, 총지배인님."

"어휴."

총지배인은 깊은 한숨을 내쉬었다.

호텔리어에서부터 고객을 감동시키는 정성 어린 서비스로 지배인이 된 그녀의 나이는 30대 후반이었다.

호텔의 살림을 맡아 하면서 숱한 어려움들을 겪었지만, 지금과 같은 난관은 처음이었다.

강 회장이 어떤 사람이던가.

애처가의 대표라고 할 만한 사람이었다. 결혼 40주년 이벤트를 호텔 측의 잘못으로 망친 것을 알게 되면 불같이 화를 내며 가만있지 않을 것이다.

총지배인은 얼굴을 찡그렸다.

이 사태를 수습할 수 있는 방안이 없었다. 그나마 최대한 악화되지 않기 위해 노력할 뿐이었다.

"그러면 조각사를 구해! 어떻게든 시간 내로, 강 회장님이 도착하기 전에 이 얼음들을 최대한 고쳐 놔. 부서진 부분들은 어떻게든 다듬고, 얼음도 붙이도록 해."

"하지만 시간이 30분도 남지 않았습니다."


이현과 이혜연 등은 그 소란을 지켜보고 있었다.

처음에 얼음이 들어왔을 때부터 굉장히 예쁜 조각품이라서 보고 있었다. 그러다가 조각상이 깨지면서 발생한 일련의 사태들로 인해 레스토랑은 정신없이 돌아가고 있었다.

지배인들이 이리저리 뛰어다니는 통에, 바닥에는 온통 얼음 조각들이 굴러다녔다.

문제를 일으킨 직원들은 창백한 얼굴로 어쩔 줄을 몰랐다. 눈물이 뚝뚝 흐르기도 했다.

안됐다는 듯이 그들을 보고 있던 이혜연이 무심코 말했다.

"오빠, 오빠 직업이 조각사라고 했잖아. 그러면 저 사람들에게 도움이 되지 않을까?"

전설의 달빛 조각사!

이현이 〈로열 로드〉를 하고 있다면서 잠시 설명을 해 준 적이 있었다.

그걸 이혜연은 잊지 않았던 것이다.

계산대 앞에 있던 직원들은 그 말을 놓치지 않았다.

"손님, 손님께서 조각사라고요? 그러면 제발 저희들을 조금 도와주세요."

"……."

이현은 아무 말도 하지 않았다.

그런데 어느 새에 이야기를 들은 직원들이나 총지배인까지 달려왔다.

그들은 처음에는 너무 어린 이현을 보고 미심쩍어 했다. 하지만 지금은 찬밥 더운밥 가릴 처지가 아니었다.

조각사란 직업은 현실에서도 쉽게 찾을 수 있는 직업이 아니다. 구하려고 한다면 못 구할 리야 없겠지만, 어떻게 30분 만에 이곳으로 데려온단 말인가.

총지배인이 사정했다.

"제발 저희들을 좀 도와주세요."

"얼음 조각을 복구할 수 있도록 부탁드립니다."

직원들.

정복을 입은 남성들과 여성들의 요구에 이현은 어쩔 수 없다는 듯이 수락했다.

남들이 일으킨 사고의 책임을 왜 그가 져야 한단 말인가!

그러나 지금은 여동생이 보고 있었다. 최소한 여동생의 앞에서 몰인정한 인간이 되고 싶진 않았다.

강 회장 내외는 정확히 30분 후에 도착했다. 비서와 수행원들과 함께였다.

완고한 고집이 느껴지는 노인인 강 회장과 그의 부인은 한복을 곱게 차려입고 왔다.

예약해 놓은 음식들이 깔끔하게 세팅되어 있고, 지배인들은 미소 띤 얼굴로 그들을 맞이했다.

"좋은 시간 되십시오."

자리에는 100개가 넘는 촛불들이 켜져 있었다.

"고맙네, 허허. 그보다도 주문한 것은?"

"예. 곧 도착할 것입니다."

강 회장은 오늘따라 유난히 기분이 좋았다. 그의 부인이 기뻐하고 있었기 때문이다.

40년간의 결혼 생활을 함께하면서 많은 우여곡절이 있었다. 오늘은 이 모든 일들을 기념하는 자리다.

강 회장이 자리에 앉으며 말했다.

"어서 준비해 주게. 지금 식사를 하면서 아내를 놀래 주고 싶어."

"예. 그러도록 하겠습니다."

지배인은 등 뒤로는 식은땀을 흘리면서도 얼굴에는 친절한 미소를 잃지 않았다.

종업원들이 하나씩 음식을 내오고, 밴드가 밝고 경쾌한 음악을 연주한다.

식사가 시작될 무렵, 강 회장은 은근슬쩍 웃으며 그의 부인에게 물었다.

"즐겁지 않소?"

"네, 즐거워요. 아주 분위기가 좋은 레스토랑이네요."

아내의 대답에 강 회장은 쑥스러운 듯이 머리를 긁적였다.

아무리 대기업을 거느린 오너라고 해도, 아내 앞에서는 청년 시절의 마음과 다를 바가 없다.

그는 40년간 행복한 결혼 생활을 보낸 것이야말로 기업 활동에 전념할 수 있었던 원동력이라고 믿고 있었다.

강 회장 부인의 얼굴이 은은한 붉은색으로 물들었다. 주름살로 가득한 얼굴인데도 웃음기가 떠올랐다.

"그런데 나이 들어서 이런 곳을 와 보니 어색하기만 해요."
"당신은 여전히 젊어. 앞으로 자주 오도록 하자고."

점점 분위기가 무르익어 가고 있었다.

'그런데 준비한 이벤트는 언제 시작하는 것이지? 아내를 깜짝 놀라게 만들어 주고 싶었는데…….'

강 회장은 비서에게 힐끗 눈치를 주었다.

이미 그에게 식사 시간 전에 조각상을 테이블 앞에 놔두라고 지시했었다. 젊은 시절 아내의 모습을 앞에 두고 식사를 하고 싶었기 때문이다.

그런데 아직도 조각상은 앞에 없었다.

'뭘 하느라 늦어지고 있는 거야?'

점점 시간이 지났다.

간단한 수프를 비롯한 전채 요리가 끝나고, 본격적인 음식들이 나온다.

그때에야 얼음이 나왔다.

사람의 키보다 훨씬 큰 얼음 덩어리!

전혀 조각되어 있지 않은 사각형의 얼음 그 자체였다.
 종업원들은 강 회장 내외가 식사를 하는 테이블 바로 앞에까지 얼음을 운반해 왔다.
 '뭐야, 이건.'
 강 회장의 얼굴이 불쾌하게 찌푸려졌다.
 그가 주문했던 것은 세계에서 이름난 조각사의 작품이었다. 무언가 일이 잘못된 것을 느낀 것이다.
 '무슨 사고가 벌어지지 않고서야.'
 테이블 아래에 있는 양탄자에 시선이 미쳤다.
 제법 치운다고 치운 모양이지만, 흥건하게 젖어 있는 양탄자.
 '설마… 얼음이 깨졌다?'
 강 회장은 화를 내며 일어나려고 했다.
 그때 이현이 나타났다. 그는 망치와 정을 비롯한 조각 도구를 들고 있었다.
 처음에는 얼음 조각상을 복구하려고 했다. 그런데 이미 충격이 전체로 퍼져서 균열이 가 있는 상태였다.
 조각상을 다시 똑바로 세울 수조차 없었다. 목이 떨어지고 얼굴도 파손이 심해서, 복구를 한다고 해도 도저히 원래의 모습을 되찾을 수 없었다.
 결국 레스토랑에서는 30분간 얼음을 준비하기 위해서 동분서주했고, 이것을 구해 왔다.
 전혀 조각되어 있지 않은 통짜 얼음이었다.

 이현은 조각 도구를 들고 얼음 앞에 섰다. 차가운 얼음 덩어리는 한기를 내뿜고 있었다.

조각사에게 재료는 무엇보다 소중한 작품의 기본이 되는 것이다.

이현은 장갑을 끼지 않은 손으로 얼음을 어루만졌다.

차가움이 전해진다.

도도하고, 깨지지 않은 거친 덩어리!

'별로 다르지 않아.'

모라타 지방에서 만들었던 얼음의 성질과 그다지 차이가 없었다.

'그렇다면 나도 할 수 있다.'

현실에서 조각상을 만드는 건 처음이다.

긴장된 순간이었다. 일을 하지 않겠다면 모르지만, 시작한 이상 최선을 다해야 한다.

깡! 깡! 깡!

이현은 정을 이용해서 조심스럽게 얼음 덩어리를 깎아 냈다.

과거 강 회장 부인이 얼마나 아름다웠는지는 알지 못한다. 당시의 사진을 갖고 있지도 않았고, 잠깐 본 조각상의 미묘한 얼굴을 기억할 수도 없었다.

눈매나 코의 높이에 따라 전체적인 인상이 확 바뀌기도 하는 게 여자의 얼굴이다. 그러니 대충 기억나는 대로 조각을 할 수는 없다.

이현은 강 회장 부인의 현재 모습을 조각하기 시작했다.

조각사는 대상에 대한 이해심을 가져야만 한다.

강 회장 부인은 과연 주름진 얼굴을 창피해할 것인가?

시간이 지나면서 나이가 든 모습이, 어디 나서기에 부끄러울까. 젊었을 때의 아름다움을 영원토록 간직하고 싶은데 그러지 못해서 슬플까.

이렇게 자신을 사랑해 주는 남편과 함께 40년을 살았다. 그런데 과거 처녀 적의 용모가 그리울까.

세월의 흐름에 따라 주름진 얼굴은 창피한 게 아니다.

40년간을 함께 살아온 남편에게 보내는 믿음과 애정.

늘 좋은 일만 있을 수는 없었다. 고난을 겪으면서 마음고생도 많았다. 그러면서도 아이들을 키워 내고, 사업이 어려울 때를 대비해서 억척스럽게 살아왔다.

고생도 했지만 보람도 있었으리라.

인생에서 제일 행복했던 건 40년 전의 예뻤던 시절이 아니다.

지금 이곳에서 함께 식사를 하며 부드러운 미소를 머금고 있는 할머니의 조각을 조금씩 완성해 갔다.

이현의 섬세한 손길이 움직일 때마다 깎여 가는 얼음 조각은, 많은 이들의 시선을 모았다. 레스토랑과 호텔의 직원들도 조마조마하면서 지켜보고 있었다.

조각사라고 해서 급한 마음에 일단은 일을 맡겼다. 그러나 그렇다고 해서 안심이 될 수는 없었던 것이다.

주변의 테이블에서는 이혜연과 함께 그녀의 친구들도 구경을 하고 있었다.

강 회장은 처음에는 화가 머리끝까지 치밀어 올랐다.

호텔 측의 미흡한 준비에 대해서 질타를 하려고 했다. 그런데 이현이 조각상을 즉석에서 깎기 시작하면서 잠시 참기로 했다.

화가 줄어든 게 아니었다.

그의 아내가 호기심 어린 눈길로 지켜보고 있었던 것이다.

가뜩이나 결혼 40주년 이벤트가 망가진 마당이니, 아내가 보고 싶어 한다면 그냥 놔두고 싶었다.

'어디 무슨 짓을 하나 보자. 그러나 형편없을 경우에는 각오해야 할 것이다.'

강 회장은 매우 불편한 마음으로 앉아 있었다. 그러나 조각상이 조금씩 만들어지면서, 그 불쾌하던 기분이 사르르 풀어졌다.

조각상은 아내의 현재를 그리고 있었다.

그녀의 행복한 마음을 보여 주고 있었다.

감탄할 수밖에 없는 작품이었다.

"여보."

강 회장은 아내의 손을 꼭 붙잡았다.

늙고 쭈글쭈글한 노인의 손이었지만, 언제나 잡아 왔던 익숙한 손이다.

'만약에 이 손이 없었더라면 나는 어떻게 살았을까.'

강 회장은 고개를 절레절레 저었다. 어떤 여자를 만났더라도 지금처럼 행복하지는 않았으리라.

나이 들면서 머리카락도 허옇게 세고 미모도 예전과는 비할 바가 아니다. 그래서 오랜만에 과거의 그녀가 얼마나 예뻤는지를 보여 주고 싶었지만, 이제는 아무 의미도 없었다.

오히려 그때보다 지금이 더욱 사랑스러운 것을 느꼈다.

강 회장과 그의 부인은 조각상이 완성될 때까지 끈질기게 기다렸다.

몇몇 손님들은 식사를 마치고도 돌아가려 하지 않고 조각상이 만들어지는 것을 봤다.

"여기 레몬주스입니다."

"과일을 좀 가져왔습니다. 편안하게 봐 주세요."

종업원들은 여러 간식거리들을 손님들에게 나누어 주었다. 그러면서 그들도 틈틈이 조각상에 시선을 던졌다.

"저런 게 조각품이구나."

"조각품이라면 그냥 예쁘게 깎아 놓는 장식품인 줄만 알았는데……."

조각술에 대해 문외한이던 그들마저 느껴지는 바가 있었다.

이현은 이마와 등에서 흥건히 땀을 흘리며 조각을 하고 있었다.

차가운 얼음을 조각하는데 땀이 난다. 얼음이 녹지 않게 하기 위해서 주변에는 드라이아이스로 온도를 낮추었는데도 땀이 절로 흘렀다. 그만큼 조각품을 만드는 데 심취한 것이다.

검술을 펼칠 때에만 열중하는 건 아니었다. 하나의 예술품을 만들기 위해서는 그 작품에 몰두해야 한다.

이현은 어느덧 조각품이 주는 느낌에 따라서 손을 움직이고 있었다.

머릿속으로 구상하고 기술을 이용하는 시기는 이미 지났다. 감정의 흐름에 따라, 마음이 움직이는 대로 조각상을 깎았다.

"놀라워."

"일을 맡겼던 그 조각사보다 나은 것 같아."

호텔의 직원들은 일전에 깨진 조각상을 보았지만, 지금 이현이 만드는 조각품이 그보다 훨씬 수준 높아 보였다.

조각술의 기법이나 섬세한 손길은 확실히 이현이 모자랄 수밖에 없었다. 아마도 수준의 차이가 몇 단계는 날 것이다.

조각의 세밀함에서도 비교할 바가 아니다.

실제로 조각품은 조금 투박하고, 완벽하지는 않은 느낌이었다. 그러나 이현이 만드는 조각품에는 마음이 가득 묻어 나오고 있었다.

좋은 조각품은 나름의 느낌이 전해진다.

대상이 가진 매력이나 감정이 전달됨으로써 형용하기 힘든 감회에 젖게 만든다.

작업을 맡았던 최고의 조각사는 단지 젊었을 때에 환하게 웃고 있는 여성의 사진을 보고 만들었을 뿐이다.

그는 당연히 명성에 걸맞게 최선을 다했다. 당시의 여인이 가진 매력을 듬뿍 실어서 조각상을 만들었다.

하지만 조각상을 만들면서 특별한 감정을 싣지는 않았다.

그의 실력이 모자란 게 아니라 먼 곳에서, 전혀 알지 못하는 사람의 조각품을 만들면 그럴 수밖에 없다.

반면에 이현은 강 회장의 부인 사랑과, 40년이라는 긴 시간, 할머니의 눈빛을 보며 조각품을 만들고 있었다.

그 감정에 취해서 신들린 듯이 조각술을 펼치고 있었다. 그 마음을 조각품에 담기 위해서.

조각사란 예술적인 직업이었다.

최고의 예술품은 있을지라도 최고의 조각사는 없었다.
그리고 마침내 조각품이 완성된 순간에, 레스토랑 안에서는 우레와 같은 박수소리가 울려 퍼졌다.
손님들과 호텔 직원들이 한마음으로 치는 감탄의 박수였다.
완고한 강 회장의 눈가에 눈물이 맺혔다.
40년간 그를 지켜보며, 사랑하면서 살아온 한 여인의 일생.
현재 제일 행복해하는 그녀가 얼음 조각상이 되어 눈앞에 있었던 것이다.

이현은 온몸이 땀에 흠뻑 젖어서 완전히 지쳐 있었다.
강 회장은 이현의 손을 덥석 잡았다.
"고맙네. 정말 멋진, 내 인생에서 최고로 멋진 조각품이네. 앞으로도 이 조각품보다 더 멋진 것을 볼 수는 없을 것이네."
강 회장은 활짝 웃고 있었다. 정말로 진심을 담아서 하는 말이었다.
그런데 이현이 고개를 저었다.
"제가 만든 조각품보다 훨씬 아름다우신 분이 옆에 계시지 않습니까?"
적당한 아부!
이현의 본능이 발동되기 시작한 것이다.
조각상을 완성하는 순간에 다시 본 정신이 돌아왔다.
'내가 지금 뭘 한 것이지?'
몇 시간 동안 고생을 해서 조각품을 만들었다.
차가운 얼음을 조각하는 바람에 손에서는 거의 감각이 느껴지지 않을 정도였다.

이곳이 〈로열 로드〉였다면 최소한 명작은 되어 줄 만한 작품을 만들었다.

스탯과 명성!

현실에서 조각술을 펼친 것은 처음이지만, 조각술 숙련도를 올릴 수 있는 기회를 놓친 것이다.

'아니야. 아직은 끝나지 않았다.'

이현은 눈치를 보았다.

강 회장은 한눈에 보아도 거물이었다. 수행 비서들만 여럿이고, 이런 큰 호텔의 지배인들이 눈치를 보는 것만 보아도 알 수 있다.

그런 강 회장의 기분이 조각품으로 인해서 좋다면? 절대 그냥 넘어갈 리가 없다!

이현의 말에 강 회장은 물론이고, 아내마저 웃음을 지었다.

그들 부부에게 기분 좋은 말을 들려준 이들은 참으로 많았다. 그런 그들의 아첨이 간사하게 느껴졌다면, 지금은 열심히 조각을 해 준 이현의 말이라 모든 것이 좋게 들렸다.

특히 강 회장의 기분이 더욱 좋았다.

본인을 칭찬하기보다도 아내를 칭찬하는 것이 더욱 그를 들뜨게 만들었다.

강 회장은 이현의 손을 더욱 힘주어 잡았다.

"정말 고맙네. 이렇게 나의 결혼기념일을 위해서 노력해 주다니 말일세."

강 회장은 이현에게 무척이나 감사했다. 하지만 이럴 때일수록 이현은 겸양의 말을 했다.

"아닙니다. 저는 그저 조각사로서 어르신의 부인을 조각해 보고 싶었을 뿐입니다. 제가 한 일은 아무것도 없습니다. 오히려 저에게 이런 기회를 주신 호텔 측과 회장님께 감사의 말을 드려야 합니다."

겸손은 최고의 미덕이라고 누가 말했던가. 진정한 겸손이 아닌, 오히려 자신의 공을 더욱 부추기기 위한 겸손!

상대방을 적당히 치켜세우면서 분위기를 화기애애하게 이끌어 가기 위한 발언들이었다.

그때 호텔의 총지배인이 나섰다.

"회장님, 이분은 본래 이번 일과는 아무런 관련이 없습니다. 실은 저희 레스토랑의 손님입니다."

"총지배인, 그게 무슨 소린가? 난 이 사람이 우리의 결혼기념일을 축하해 주기 위해서 온 줄 알았는데."

"그게… 사실은 원래 준비한 조각품에 약간의 사고가 있었습니다."

총지배인은 설치 과정에서 얼음 조각품이 바닥에 떨어져서 박살이 난 사연을 솔직히 말했다.

"이렇게 고마울 수가……."

강 회장은 채 말을 잇지 못했다.

하마터면 망칠 뻔했던 결혼기념일이 매우 큰 추억으로 남게 되었다.

그때 이현이 입을 열었다. 아주 절묘한 순간이었다.

"식사가 끝나셨다면, 이제 이 조각상을 그만 가져가도 되겠습니까?"

"그게 무슨 소린가?"

"여러분들에게는 그저 조각상일 뿐이지만, 저에게는 혼신의 힘을 다한 작품입니다. 이토록 만족한 작품도 흔치 않지요. 저의 작품이 쓰레기통에 버려지거나 무의미하게 사라지는 것을 참을 수 없으니, 제가 가져갔으면 합니다."

"그건……."

조각품의 미적 가치나, 실질적으로 예술 계통에서 일하는 이들이 얼마나 높은 평가를 내릴지는 미지수인 조각상이다.

하지만 강 회장 부부에게는 천금과도 바꿀 수 없는 보물이 되었다.

옆에서 아내가 강 회장의 옆구리를 쿡 찔렀다. 평소 조용한 성품인 그녀로서는 잘 하지 않는 행동이었다. 강 회장은 아내의 뜻을 바로 헤아릴 수 있었다.

'잘못하면 두고두고 구박을 당하겠구나.'

만약에 이 조각상을 그냥 놔두고 집에 가 버린다면, 그만큼 눈치 없는 일도 없었다.

강 회장은 고개를 저었다.

"아닐세. 우리에게도 이제 이 조각상은 무척이나 소중한 것이라고 할 수 있네. 오랫동안 소중히 보관하고 싶네. 이렇게 하지. 자네가 조각한 이 얼음 조각상을 내가 구입하겠네."

그러면서 강 회장은 지갑에서 1장의 수표를 꺼내서 건넸다. 물론 이현은 사양했다.

"돈을 원하고 한 일이 아닙니다. 두 분이 너무나도 잘 어울리셔서, 그리고 행복해 보여서 시작한 일이었습니다. 만약에 두 분이 서로를 보는 눈이 이렇게 정겹지 않았다면 중간에 그만두었을 것입니다. 어르신이 부럽습니다. 저도 나중에 어르신과 같은 가정을 꾸미는 게 꿈이 되었습니다."

심각한 어조의 겸양.

그러면서도 끝까지 아부 신공!

아부는 분위기와 시기가 제일 중요했다.

아내 앞에서 이토록 자신의 위신을 세워 주다니 감격스러울 뿐이다.

강 회장은 지갑에서 수표 1장을 더 꺼냈다.

"그러지 말고 받아 주게. 내 최소한의 성의라네."

"그렇지만 내키지 않는 것이… 정 그러시다면 조각상을 두 분께 선물로 그냥 드리겠습니다. 저도 기념으로 조각을 한 셈 치지요."

두 번째의 거절.

이것으로 체면을 차리는 것은 끝났다.

"난 그렇게 몰염치한 사람은 아니네. 돈을 대가라고 지불하는 게 아니라네. 이런 식으로라도 감사의 뜻을 표시하지 않는다면 어떻게 이 고마움을 표현할 수 있겠는가. 늙은이에게 빚을 지우지 말고 꼭 받아 주시게."

이현은 강 회장이 거듭 내미는 수표를, 어른이 주는 돈이라서 어쩔 수 없다는 듯이 받아 들었다. 그러면서도 수표에 적힌 동그라미의 개수는 정확히 확인했다.

돈을 받음과 동시에 확인한 액수.

수표는 500만 원짜리 2장이었다.

'역시 돈 냄새가 솔솔 나더라니……'

통 큰 회장답게 무려 1,000만 원이라는 거액을 아무렇지도 않게 내놓은 것이다.

그리고 강 회장은 아내와 함께 떠났다. 아마도 두 사람은 정말 즐거운 결혼기념일 저녁을 보냈을 것이다.

일을 마치고 나서 이현은 오랫동안 기다려 준 여동생에게 향했다.

"미안. 시간이 오래 걸렸지?"

"아냐, 오빠. 정말 좋은 구경이었어."

이혜연의 친구들도 모두 눈이 반짝반짝 빛났다. 감탄과 놀라움, 존경이 뒤섞인 눈빛이었다.

이현은 여동생을 데리고 다시 계산대로 향했다. 그곳에는 지배인들이 모여 있었다.

막 돈을 꺼내려는 이현에게, 총지배인은 손사래를 쳤다.

"아닙니다. 저희 호텔의 은인에게 어떻게 돈을 받을 수 있겠습니까? 조각술, 진심으로 잘 봤습니다. 별것 아니지만 나중에 찾아오시면 무료로 레스토랑과 호텔을 이용하시도록 해 드리겠습니다. 물론 동반하신 분도 무료입니다."

"그래도……"

"저희들의 성의입니다. 그냥 받아 주세요."

호텔 측에서는 강 회장과 같은 거물 손님을 놓치지 않게 되었으니, 이현에게 주는 약간의 보상은 조금도 아깝지 않았다.

강 회장이 화가 나서 호텔을 나가 버렸다면, 본인은 물론이고 그의 기업 사람들이 모두 호텔에 찾아오지 않게 된다.
 그러면 사실 호텔의 피해가 이만저만이 아닌 것이다.

✧･ﾟ: *✧･ﾟ:*

"하나, 둘!"
"검에 실린 힘이 약하다. 하체 운동 100회 실시!"
 정일훈은 도장에서 검술을 가르치는 중이었다.
 '〈로열 로드〉의 성과가 나쁘지 않군.'
 현대에 검을 들고 싸울 수 있는 기회는 흔치 않다. 특히나 도장에 있는 수련생들일 경우는 더욱 힘들었다.
 일반인들과는 확연히 차이가 있는 그들이, 목검이라도 휘두른다면 이건 보통 사건이 아닌 것이다.
 억울한 일, 올바르지 못한 일.
 힘을 가지고 있는 이들이 참기란 매우 힘들었다.
 실제로 수련생들 중에는 그런 식으로 사고를 치고, 조직 등으로 들어간 이들도 제법 되었다.
 '〈로열 로드〉가 나름대로의 분출구 역할을 하고 있어.'
 몬스터와 싸우고 또 강해지는 건, 단순한 수련생들에게 더할 나위 없이 즐거운 일이었다.
 일상적인 만족만이 아니라, 검술에서도 확연히 두드러진 변화가 보인다.
 사람을 상대로 대련에 익숙해진 검이 몬스터들과 싸우면서 다양하게 바뀌었다. 철저한 기본기를 바탕으로 임기응변에 능하게 되고, 생각지도 못한 틈을 유도해 내기도 한다.

사람들끼리 대련을 할 때에는 위험성 때문에라도 오랜 시간 싸우지 못한다. 그런데 〈로열 로드〉에서는 원 없이 마음껏 싸울 수 있었으니 수련생들에게는 최고의 조건인 것이다.

따르릉!

그때에 전화벨이 울렸다.

정일훈은 조용히 수화기를 들었다. 목소리도 낮게 깔았다.

"사범 정일훈입니다."

정일훈의 꿈은 예쁘고 착한 여자를 만나서 장가가는 일이다. 사범이라면 믿음직스럽고 든든해 보여서 여자들이 좋아한다는 생각도 가지고 있었다.

수화기 너머에서 들려온 음성은 그가 잘 아는 것이었다.

"형, 저 이현입니다."

"오, 그래! 무슨 일이냐?"

"제가 밥 한 끼 사려고 하는데요."

"그래?"

정일훈은 놀라움을 금치 못했다.

짠돌이 이현이 밥을 사다니, 상상도 못 할 일이지 않은가.

"도장으로 올 거냐? 중국집에 배달시킬까? 난 짬뽕 정도면 괜찮아. 군만두라도 하나 더 챙겨 주면 고맙고."

"아닙니다. 우리 외식을 하죠."

"그래? 그러면 어디로 나갈까."

"V호텔의 위치는 알고 계시죠?"

"호, 호텔?"

정일훈은 말을 더듬었다.
"위치는 알고 있지만, 거기는 무슨 일로?"
"V호텔로 오세요. 제가 밥 사겠습니다."
"그, 그래. 알았다!"
정일훈은 혹시라도 이현의 마음이 바뀌기 전에 서둘러 나갈 채비를 갖추려고 했다.
그런데 이현이 한마디를 더 하는 것이다.
"도장 식구들도 다 데려오세요. 정말 흔치 않은 기회니까요. <u>흐흐흐</u>."

정일훈은 수련생과 사범들을 총집합시켜서 호텔로 향했다. 조용히 바둑을 두고 있던 관장 안현도도 합류했다. 보통 때에는 있는 듯 없는 듯 하다가도, 먹는 일에는 귀신같이 끼어드는 안현도였다.
"호텔이라……."
"예, 호텔로 오라고 했습니다."
"뭐 맛있는 게 있으려나? 자주 가던 곳이라 입맛은 잘 맞겠다만."
"관장님, 그쪽이 아니라 이쪽인데요."
"……."
안현도와 사범들, 수련생들은 위풍당당하게 호텔로 걸어갔다. 기품을 지키기 위해서 한 발자국씩 느긋하게 걷는 걸음은 당연히 아니었다.
빠르고 경쾌하게!

거의 달리다시피 하며 걸어가는 수련생들.

1명의 낙오자도 없이 호텔로 들어갔다.

"이, 이게 무슨……."

경비들이 제지하려고 했지만, 이들은 바람처럼 달렸다. 이윽고 엘리베이터 앞에 도착했다. 하지만 엘리베이터는 사람으로 가득 차 있었다.

수련생들의 눈이 매서워졌다.

안현도는 여유롭게 말했다.

"얘들아, 요즘은 일부러라도 계단을 이용한다더구나."

"지당하신 말씀입니다."

안현도는 제자들을 이끌고 걸어서 20층에 있는 레스토랑에 도착했다.

거기에는 이현이 기다리고 있었다.

"어서 오세요, 스승님."

"그래. 배가 고프구나. 밥은 어디에 있느냐?"

"들어가셔서 드시면 됩니다."

"마음대로 먹어도 되느냐?"

"예. 전부 무료입니다."

"그것 참 마음에 드는구나."

레스토랑의 지배인과 종업원들은, 이현이 아는 사람을 데려올 테니 푸짐하게 한 상 차려 달라고 했을 때에 쉽게 승낙을 했다. 주방장은 할 수 있는 최고의 요리를 준비하고, 종업원들도 최선의 서비스를 다짐하며 기다리고 있던 중이었다.

그러나 문을 열고 안현도와 사범들, 수련생들이 들어오자 종업원들의 얼굴은 잿빛이 되었다.

무려 500명이 넘는 인원이 아닌가!

그들은 테이블을 전부 차지하고 신나게 음식을 먹어 댔다.

"여, 여기 와인이 나왔습니다. 부르고뉴 지방의 99년 빈티지로……."

벌컥벌컥!

종업원들이 글라스에 와인을 따르기가 무섭게 막걸리 마시듯이 펑펑 마셔 댔다.

"이거 맛있다. 한 잔 더요!"

"……."

"여기 고기볶음 50인분 더!"

"음식이 감질나게 왜 이렇게 늦게 나와!"

"우리 배 터지게 먹어 보자. 모두 공짜다, 공짜!"

한창 검술 훈련으로 허기가 졌던 수련생들과 사범들은 아예 허리띠를 풀어 놓고 거침없이 먹고 마셨다.

그때 안현도가 자리에서 일어났다.

"모두들 들어라. 우리는 무예를 수련하는 사람으로서, 과식은 그리 좋지 않다."

종업원들과 지배인들은 희망 어린 눈으로 안현도를 보았다. 그러나 이어지는 말에 더욱 좌절할 수밖에 없었다.

"1인당 10인분씩만 먹자."

"옛, 스승님!"

500명이 10인분씩!

1인분에 7,000원짜리 고기 뷔페에 온 사람들처럼 마음껏 음식을 먹은 그들 덕에, 레스토랑의 모든 식자재는 동나 버리고 말았다.

"꺼억! 이제 좀 배가 부르네."

"맛있게 잘 먹었다."

정신없이 요리를 하고 서빙을 하던 종업원들은 완전히 허탈해져서, 어서 수련생들이 나가 주기만을 바랐다.

그런데 그들은 여전히 1명도 빠짐없이 자리에 앉아 있는 것이었다.

'대체 왜?'

최종범이 머쓱한 얼굴로 물었다.

"근데 후식은 언제 나오나요?"

옆에서 마상범도 한마디 했다.

"매일매일 이렇게 먹을 수 있으면 좋을 텐데."

"……."

※※※

영화를 보고 레스토랑에서 식사를 하는, 거의 처음 있는 바깥나들이를 마치고 이현과 이혜연은 집에 들어왔다.

둘 모두 거의 기진맥진해 있었다.

'차라리 검을 5시간 동안 휘두르고 말겠다.'

이현은 고개를 절레절레 저었다.

남들은 잘도 놀고 돌아다니는데, 왜 이렇게 힘들단 말인가.

영화를 보는 일도 힘들고, 시내를 돌아다니는 것은 금방 지치게 만들었다.

 게다가 레스토랑에서는 조각도 했다. 얼음을 깎아 조각상을 만드는 일은 정말로 힘들었다. 잠깐도 한눈팔 수 없는 작업이었다.

 그러나 하루의 일과도 모두 마치고 이제는 집으로 돌아왔다.

"잘 자, 오빠."

"그래. 너도 잘 자라."

 동생이 잠자리에 들고 나서, 이현은 다시 외출복으로 갈아입었다. 평소라면 씻고 〈로열 로드〉에 접속했을 것이다. 하지만 오늘은 가 볼 곳이 있었다.

 심야 버스를 타고 병원으로 향한 이현은, 야간 근무를 하는 담당 간호사를 찾아 물었다.

"할머니는요?"

"주무시고 계세요. 암세포 때문에 통증을 완화하기 위한 약을 드셔서, 지금 들어가셔도 환자 분이 깨어나긴 힘들 거예요."

"그래도 들어가 보겠습니다."

 이현은 병실 문을 열고 안으로 들어갔다.

 작은 병실. 침상 위에 누워 곤히 잠든 할머니가 보였다. 몸에는 각종 의료 장비들이 붙어 있었다.

 이현은 옆에 있는 의자에 앉아 할머니의 손을 잡았다.

"기쁜 소식이 있어서 왔습니다."

"……."

 할머니는 옅은 숨소리를 내며 잠이 들어 있었다.

 심장 박동 등을 체크하는 기기들도 그대로 일정한 패턴을 그리고 있었다.

약의 효과 때문에 아마도 7시간은 그대로 잠에 빠져들어 깨어나지 못하리라.

"오늘 혜연이가 한국 대학교의 면접을 봤어요. 솔직히 약간의 사고가 있어서 합격할지 아니면 떨어질지는 모르지만, 어쨌든 좋은 일이지요?"

"……."

"벌써 19살이 되었습니다. 그날로부터 14년이 지났습니다. 제 등에 업혀서 부모님이 어디 있냐고 묻던 그 애가 이제 어엿한 숙녀가 되었습니다."

이현은 잠이 든 할머니에게 계속 말을 걸었다.

"그동안 참 많은 일들이 있었지만, 이제는 정말 즐겁게 살았으면 좋겠습니다. 그땐 많이 힘들었죠. 당장 먹을 것도 없어서, 할머니는 한 사람의 입이라도 줄이기 위해 혜연이를 포기하자고 하셨죠. 그래서 고아원에 보내려고 하셨습니다."

옛날 일이었지만, 여동생은 고아원에 갈 뻔했던 적이 있었다. 이현은 그때 사흘간 밥을 먹지 않고 시위하면서 여동생을 고아원에 보내는 것을 반대했다.

"할머니는 저더러 후회하실 거라고 했죠. 그리고 실제로 밥도 먹기 힘들어 끼니를 거를 때도 참 많았습니다. 할머니는 늘 제가 양보만 한다고 혜연이를 미워하셨습니다. 혜연이 때문에 제가 학교도 제대로 다니지 못한다고… 혜연이만 없다면 제가 훨씬 행복했을 거라고 입버릇처럼 말씀하셨습니다."

할머니는 여동생을 미워했다. 여동생 때문에 이현이 고생을 한다면서 매번 야단을 쳤다. 별것 아닌 일로 심하게 잔소리를 하기도 했다.

여동생이 한때 방황을 했던 것도 이유가 있었다.

"저는 후회하지 않습니다. 그때로 돌아가도 같은 선택을 했을 겁니다. 우리는 한 가족이니까요."

잠든 할머니는 대답할 수 없었지만, 이현은 훨씬 마음이 편해졌다.

10년 넘게 가슴에 빚이 되어 있던 말을 모두 했다.

집으로 돌아온 이현은 몸을 씻고 캡슐 안으로 들어갔다. 그리고 〈로열 로드〉에 접속했다.

유로키나 산맥 다크 엘프의 성!

무너진 성벽이 복구되고, 오크들이 물자를 옮겨 오고 있었다. 리치 샤이어가 이끄는 불사의 군단과의 전쟁을 준비하는 것이었다.

위드는 접속을 종료했을 때처럼 인간의 모습으로 다크 엘프의 성에 나타났다. 온 사방이 공사판이었다.

"취이익!"

"취칫. 일을 열심히 하는 오크들은 착한 오크다."

"그쪽의 돌을 더 높이 쌓자!"

"얼마나 높이 쌓나? 췩!"

"높이, 높이! 취치치칫. 하늘까지 닿도록!"

오크들은 무식하게 큰 바위들을 날랐다. 여럿이서 바위를 잔뜩 들고 와서 탑처럼 쌓아 올리는 것이었다.

와르르르!

"취에엑!"

"꽤엑. 오크 살려!"

그러나 비대하게 쌓아 올린 바위 탑들은 무너지기 일쑤였고, 오크들은 그 밑에 깔려서 신음을 했다.

다크 엘프들은 오크들과 조금 달랐다. 나름대로 지성이란 것이 있는 만큼 그들은 머리를 굴렸다.

"오크들이 열심히 일을 한다."

"우리는 놀아도 되겠군."

"우리들은 엘프다. 힘이 없지."

"당연히 그렇다."

농땡이를 열심히 피우는 다크 엘프들.

위드가 잠시 자리를 비운 새 복구 작업은 개판 5분 전으로 치달아 있었다.

돌무더기가 여기저기 질서 없이 흩어져 있고, 전투를 위해 모아 온 물자들도 곳곳에 쌓인 채 방치되어 있다.

성의 파괴된 부분들에서는 오크들이 난장판을 피웠다.

짐승들을 잡아 와서 다크 엘프와 함께 구워먹는 것이었다.

다크 엘프들은 구운 요리에 소금을 뿌렸다.

일반 엘프들은 살아 있는 생명을 죽여서 만든 고기를 먹지 않는다.

그러나 다크 엘프들에게는 그러한 규율이 없었다.

애초에 타락한 엘프들의 피부가 검게 변해 다크 엘프가 되었다는 것을 감안한다면, 엘프치고는 어지간히 야만적인 종족인 것이다.

"이것이 소금의 위력이다, 미개한 오크들."

"과연… 취이잇. 이렇게 소금을 뿌려 먹으니 더 맛있다."

오크와 다크 엘프들은 언데드와 싸운다는 명목으로 극적인 화해를 이루었다. 함께 술을 마시며 고기를 구워 먹는다.

워낙에 많은 오크들과 다크 엘프들이 모여 있기에 성안은 시장통이나 다름이 없었다.

'이런 무식하고 게으른 놈들을 데리고 불사의 군단과 싸워야 하다니…….'

위드의 뒷골이 심하게 아파 왔다.

"대장님! 저희들이 맡은 바 임무를 완수하였습니다."

그때에 나타난 부란과 베커, 호스람, 데일! 왕실 기사들과 사제들까지.

'그래도 이놈들이 있으니 최소한의 희망이라도 가질 수 있는 건가? 만약에 이 퀘스트에 실패하더라도 이 녀석들만 무사히 로자임 왕국으로 돌려보내면 왕실 공헌도를 획득할 수 있다. 공헌도로 아이템을 얻을 수 있는 것이지!'

공헌도는 곧 돈과 연결이 된다.

위드에게는 무엇보다 소중한 병사들이었다.

그런데 부란이 말했다.

"말씀하신 대로 마을 인근에 있던 저희들의 보급품을 모두 이곳으로 옮겼습니다."

"잘했다."

언제 봐도 믿음직스러운 부란이었다.

처음으로 함께했던 리트바르 마굴에서도 베커와 함께 위험한 정찰대 임무를 수행했다.

믿고 신뢰하는 부란!

그런데 그 부란이 가리킨 곳에는 보급품이 거의 없었다.

아니, 있기는 있다. 병사들이 착용하는 병장기와 화살, 단검, 철퇴. 이런 종류의 무기들은 많았다.

다만 정작 중요한 술병들이 모조리 사라진 것이었다.

절망의 평원에 도착한 이후로, 위드는 유로키나 산맥을 마음껏 헤맸다.

그러면서 채집한 각종 산열매들! 뱀과 귀한 약초들!

양질의 재료들만 활용해 담근 술은 둘이 먹다가 하나가 죽어도 모를 꿀맛 그 자체였다. 아니, 어쩌면 더 먹기 위해서 다른 1명을 죽이려고 들지도 모른다.

새벽의 맑은 이슬을 모아서 빚어낸 각종 술들.

위드가 만든 술병이 몽땅 사라진 것이다.

"내 술병들이 어디로 갔지? 아직 옮겨 오지 않은 거겠지. 아마 그렇겠지?"

"그게……."

부란은 주저하면서 오크들을 가리켰다.

"저놈들이 전부 마시고 있습니다. 말리려고는 했는데……."

그러자 위드의 머릿속을 스쳐 지나가는 생각.

절망의 평원에 술이 있을 리 없다. 오크들이 술을 만들 수 있을 리가 만무했다. 고로 오크들이 마시고 있는 술은 위드의 것이다.
"맛있다. 취익!"
"킁킁! 이게 무슨 냄새야."
영롱하고 맑은 술이 오크의 주둥이로 마구 흘러 들어가고 있었다.
"커헉!"
위드는 생살이 찢어지는 듯한 고통에 피를 토하고 싶었다.
어떻게 담근 술이던가.
한 병씩 빚을 때마다 위드는 기원했다.
'부디 성공해서 많은 돈을 벌게 해 다오.'
술을 담가서 팔면 상당한 돈을 벌 수 있다.
몇 개월간 제대로 숙성시켰으니 그 맛과 효과는 두말하면 잔소리이리라.
짬짬이 위드가 빚어낸 술들이 이제는 수백 병에 이르렀다.
사냥을 통해 얻은 귀한 아이템이야 따로 보관을 하였지만, 술의 경우에는 미처 다 넣을 곳이 없어서 병사들을 통해 관리를 하도록 지시했다.
그 결과가 이것이었다.
"이럴 수가……."
위드는 망연자실했다.
그러는 동안에도 오크들은 빠르게 술을 마시고 있었다. 병 입구에서 찰랑거리던 진한 푸른색 술들이 밑바닥을 보인다.
텅 빈 술병들이 주위에 아무렇게나 굴러다니고 있었다.

술이 모조리 사라졌다. 돈이 날아갔다.

"아아아!"

안타까움에 탄식하는 위드!

오크들과 다크 엘프들은 육포까지도 뜯고 있었다.

그 육포들 역시 위드가 만든 것이었다.

이미 말리기에도 때가 늦어서, 술이 남아 있는 병도 거의 없고 육포들이 담긴 바구니도 텅텅 비었다.

'술이나 음식은 다시 만들면 된다.'

그래도 위드는 희망을 가졌다.

아무튼 병사들이 있다.

비록 술이나 전투를 위한 보급품들은 제법 잃어버렸다고 해도 충성스러운 병사들은 잃어버리지 않았다.

"죄, 죄송합니다. 오크들이 억지로… 딸꾹!"

상황을 설명하던 중, 부란이 심하게 딸꾹질을 한다.

그때야 위드는 병사들을 제대로 살펴보았다.

다리는 비틀거리고, 얼굴은 붉게 달아올라 있다.

과도한 음주로 인한 현상이었다.

"이건……!"

그제야 모든 상황이 생생하게 그려졌다.

부란과 베커 들은 명령대로 전투 물자를 옮기던 도중에 술병들을 발견하게 되었으리라.

"술이다."

"어떻게 하지?"

"뭘 어떻게 해. 지금은 대장님이 없잖아."

믿을 놈 하나 없다 203

"꿀꺽! 맛있겠다."

"한 모금 정도는 괜찮겠지?"

"이렇게나 많은데……."

"어서 마시자!"

고양이에게 생선을 맡긴다는 말처럼, 토리도와 싸울 때 단단히 술맛을 알게 된 병사들이다.

그래도 병사들은 처음에는 정말 딱 한 모금만 마시려고 했다.

"입에 쫙쫙 붙는구나."

"아! 너무 맛있다."

한 모금이 한 병이 되고, 한 수레가 되는 것은 금방이었다.

일을 저지른 병사들은 취기에 정신이 오락가락했지만, 그 와중에도 위드에 대한 두려움은 남아 있었다.

"이것, 오크들이 마신 걸로 하자."

"오크들에게 줘 버리자."

그렇게 밑천을 드러내 버린, 애지중지 담근 술들!

"정말 이런 것들을 데리고 불사의 군단과 싸워야 하다니……."

위드는 한숨이 나왔다.

※

인터넷에서는 난리가 나고 있었다.

아침과 낮이 되면서 〈로열 로드〉의 홈페이지에 접속하는 인원이 대폭 늘어났다.

그들은 언제나처럼 명예의 전당에 접속해 보고는 완전히 매료되어 버린 것이다.

> —오크의 정체를 밝혀 봅시다.
> —대체 폴리모프를 할 수 있는 도구나 마법은 무엇이 있을까요?
> —마법사 연합에서 나왔습니다. 네크로맨서로의 전직이 언제쯤 풀리게 될지 알 수 있겠습니까?
> —이미 전직을 했던 사람들도 네크로맨서가 될 수 있나요?

마법사들에게는 절박한 일이었다.

새로운 직업이 열리게 되면, 그것은 곧 새로운 마법을 익힐 수 있다는 뜻. 마법사에게는 마법만큼 소중한 것이 없기에, 그들은 어떻게든 정보를 원했다.

마법사들은 〈로열 로드〉를 운영하는 유니콘 사에 무수히 많은 문의를 올렸다.

> —퀘스트의 진행에 대해서 알려 주시면 안 될까요.
> —어떻게 어떤 식으로 해야 이런 직업 의뢰를 받을 수 있죠?
> —네크로맨서의 직업과 특성을 공개해 주세요.

그러나 유니콘 사의 답변은 간단했다.

> 유저에 의해서 진행되는 퀘스트는 본사라고 해도 함부로 열람하고 공개할 수 없습니다.
> 네크로맨서의 특성은 직업이 열리게 되면 알 수 있습니다.
> 만약 퀘스트가 실패한다면 직업은 공개되지 않습니다.

유니콘 사는 개인 정보 보호라는 명분으로 일체의 진행 상황들을 드러내지 않았다.

그러자 더욱 안달이 난 유저들은 각종 사이트를 습격했다.

KMC미디어, CTS미디어, 온 방송국, 디지털 미디어, LK게임.

국내외의 게임을 주로 방송하는 방송사들에 열화와 같은 시청자 의견을 써낸 것이었다.

KMC미디어에서는 제작자 회의를 열었다.

젊은 일선 기획자들이나 PD들이 참여해서 자유롭게 의견을 개진하고, 방송 아이템이나 편성에 대해 이야기를 나누는 시간이었다.

그런데 오늘은 특별한 일이 발생했다.

방송국장이 직접 회의에 참가한 것이다.

"게시판이 난리입니다. 강 부장, 무슨 일이 벌어지고 있는 겁니까?"

국장은 시청자들의 반응을 살피기 위해 KMC미디어의 홈페이지에 접속했다. 그리고 수만 건의 게시물들을 보았다.

하나같이 어떤 퀘스트에 대해서 방송을 해 달란 의견이었다.

"명예의 전당에 새로운 동영상이 하나 올라왔습니다."

"그래요? 대체 무슨 동영상이기에 이 난장판이 벌어졌지요?"

방송국을 최초로 오픈하고 나서, 동시간대에 시청률 1위가 되었을 때에도 이런 사단은 일어나지 않았다.

강 부장은 곤혹스러운 듯이 자신의 대머리를 쓰다듬으며 대답했다.

"퀘스트 같습니다."

"무슨 퀘스트요? 겨우 퀘스트가 이렇게 많은 사람들을 들뜨게 만들었다니 어이가 없군요."

국장이 고개를 갸웃할 때에, 젊은 연출자가 자리에서 일어났다.

"저희들도 지금 그 내용을 다루려고 하던 참이었습니다. 준비해 둔 동영상이 있으니 국장님도 보시죠."

"그럴까요?"

회의실에는 각종 영상을 볼 수 있는 최첨단 기자재들이 설치되어 있었다. 전 방향 입체 사운드 장치나, 전면의 벽 전체에 나오는 영상들.

방송국의 회의실이니 당연한 설비들이었다.

동영상이 흘러나오는 동안, 국장과 부장을 비롯하여 각 기획자들은 입을 열 수가 없었다.

한참 만에 국장이 말했다.

"이것, 꼭 우리가 잡아야 됩니다."

"물론입니다, 국장님."

강 부장이나 기획자들도 모두 동감이었다.

눈앞의 오크들과의 전투만 고려한 것이 아니었다.

오크로의 변신이나 신비한 퀘스트.

미지의 지역에서의 모험.

이러한 모든 것들을 감안한다면 단지 한 번의 방송만으로 끝낼 일이 아니다.

강 부장이 조심스럽게 말했다.

"그런데 다른 방송국들에서 가만히 있지 않을 것 같습니다만. 아마도 여러 곳에서 계약 제의를 할 것 같습니다."

"어렵다는 뜻인가요?"

"아닙니다. 다만 다른 방송국들과 경쟁을 해야 하니 그만큼 계약 조건을 높여 줘야지요."

문제는 언제나 돈이었다.

"우리는 많은 돈을 쓸 수는 없습니다."

국장의 말에 좌중에는 무거운 침묵이 돌았다.

KMC미디어는 처음부터 자본이 두터운 회사는 아니었다.

아직 신생 방송국으로서 수입이 생길 때마다 적극적으로 투자를 하고 있으니, 시청률이 높다고 해도 여유 자금이 많지는 않았다.

강 부장이 조심스럽게 운을 뗐다.

"국장님, 올해 우리 방송사의 재무 사정이 그렇게까지 나쁘진 않은 걸로 알고 있습니다만… 꾸준히 흑자도 내고 있는 걸로 아는데요."

"계약할 돈이 없는 건 아니겠지만, 그렇다고 해도 타 방송사를 압도할 정도로 파격적인 계약금을 걸면서까지 데려오진 못합니다."

국장의 말에 기획자들은 금세 의기소침해졌.

열심히 의욕을 가지고 일을 하려고 해도, 당장 눈에 보이는 현실이 발목을 잡았다.

작은 방송사로서 여기저기 돈 들어갈 곳이 많다 보니 늘 예산에 얽매여 사는 것이었다.

KMC미디어의 사훈.

돈 적게 들여도 재미만 있으면 된다!

필사적인 생존을 위한 방법이었다.

기획자들은 한숨을 쉬었다.

'그래도 더 성장하기 위해서는 투자도 필요한 건데······.'

'이렇게 큰 이슈가 된 사건들은 늘 CTS미디어에 뺏기기만 하다니.'

그런데 국장이 미소를 지었다.

"그러나 좋은 계약을 제시할 수는 있을 것입니다."

"예?"

"인센티브 계약. 파격적인 계약금은 주지 못하더라도, 흥행에 성공한다면 실적에 따라서 광고 수익금을 분배해 줄 수있다는 겁니다."

현재 〈로열 로드〉의 시청률은 연일 최고치를 갱신하고 있다.

〈로열 로드〉의 이용자들이 갈수록 늘어나면서 방송국 시청률도 연달아 상승하는 것이었다. 그러면서 광고 판매 단가도 오르고 수입 또한 갈수록 늘어나고 있다.

"5% 이상 시청률이 상승한다면 일정 비율만큼의 광고 수익금을 분배해 줄 수 있을 겁니다. 방송만이 아니라, 이 퀘스트와 관련된 프로그램을 홈페이지에서 다운로드받을 경우에 내는 돈은 계약에 따라 분배해 준다고 하면 잡을 수 있겠지요?"

KMC미디어는 아직 규모가 작은 방송국이기에 가능한 방법이었다.

강 부장은 이마의 땀을 닦으며 말했다.

"반드시 계약을 따 보겠습니다, 국장님."

---

 명예의 전당에 올려놓은 동영상을 보는 사람이 많을수록 유니콘 사에서 홍보비 명목으로 받게 되는 현찰도 늘어난다.
 지금까지 아이템만을 팔아 돈을 벌던 이현에게 그러한 방식은 생소한 것이었다.
 "사람만 많이 봐 준다면 거의 거저 돈을 버는 것이나 다름이 없는데… 역시 편집을 해서 올렸어야 하나."
 늦었지만 이제라도 편집 프로그램을 구입해야 할지 이현이 주저하고 있을 때에 유니콘 본사의 홍보부도 만만치 않은 난리가 나 있었다.
 "설마 그 유저가 이런 퀘스트를 하고 있었을 줄이야."
 "대단하군요."
 장윤수 팀장을 비롯한 홍보부의 요인들은 전략 운영실에서 나온 사람들과 함께 동영상을 보았다.
 〈로열 로드〉를 원활하게 홍보하기 위해서 게임 내용을 숙지하는 것은 필수였다.
 전략 운영실에서는 어떠한 직접적인 업무도 하지 않는다.
 각 퀘스트들에 대한 내용들을 이해하고, 전체적인 배경 스토리들을 공부한다.
 각 왕국들의 역사!
 도시의 발전도와, 중요 인물들의 배경.

유저들의 성장.

이런 것들을 바탕으로 향후 베르사 대륙의 향방이 어디로 흘러갈지를 전망하는 것이 전략 운영실의 업무였다.

"벌써 이렇게까지 퀘스트를 진행하다니, 매우 빠른 속도입니다."

"문제는 없을까요?"

"괜찮습니다. 전체적인 밑그림에서 볼 때 바르칸의 등장은 겨우 스토리의 2할 정도에 불과하니까요. 아직 바르칸까지 퀘스트가 이어진 것도 아니고요. 다만……."

"다만?"

"이것으로 언데드의 세력이 창궐한다면 게임 내의 상황이 조금 바뀔 수도 있을 것 같군요. 지금까지는 왕국에 있는 기존 세력들로부터 힘의 축이 조금씩 유저들에게 넘어가던 시기였습니다."

NPC들이 차지하고 있던 유명한 성이나 요새들, 마을을 비롯한 광산이나 사업장들의 소유권이 바뀌고 있었다.

유저들이나 길드들이 힘을 합쳐서 공성전을 통해 소유권을 빼앗거나 아니면 공헌도를 높여서 차지하는 식이었다.

왕국의 수도나 수도 인근의 대도시 등은 아직 유저들의 손에 넘어가지 않았지만 중앙 대륙의 상당수 성들은 이미 유저들에 의해 운영되고 있었다.

"그런데 그게 바르칸의 퀘스트와 무슨 관련이 있지요?"

장윤수 팀장이라고 해서 게임 스토리를 잘 아는 건 아니기 때문에, 궁금하다는 듯이 물었다.

전략 운영실에서 나온 손일강 실장은 활짝 웃었다.

"아주 재밌게 된 거죠. 바르칸이 완전히 부활하고 언데드세력이 힘을 받는다면, 이 양상이 많이 달라질 수 있을 것입니다. 언데드들은 생명체를 증오합니다."

"그야 그렇죠."

"일반 마을이나 성들이 언데드로부터 공격을 받게 되겠지요. 시체들이 많아지는 공성전을 벌일 때에도 언데드들이 일어날 수 있습니다. 수비와 공격 양쪽 모두를 증오하며 활약을 하게 될 것입니다. 적을 제압하는 것만이 아니라 언데드에 의한 반격도 염두에 두어야 한다는 얘깁니다."

"만에 하나의 경우, 언데드가 마을이나 성을 차지할 수도 있습니까?"

"충분히 가능한 얘기입니다. 언데드들도 베르사 대륙을 구성하는 집단 중의 하나이니까요. 언데드가 차지한 왕국은 각종 몬스터들이 들끓고 치안이 사라지겠죠. 이것을 정화할 수 있다면 유저들에게는 큰 공헌도를 세울 수 있는 기회도 될 겁니다."

"위기와 동시에 기회가 찾아오는군요."

"예. 물론 스토리상으로 개척되지 않은 북부 대륙의 왕국들은 이미 언데드의 손아귀에 떨어져 있습니다만… 아무튼 앞으로 전체적인 난이도가 상승하게 될 테고, 언데드들을 자주 보게 되겠군요."

## 카리취의 질주!

하벤 왕국의 수도 아렌 성의 어느 선술집.

더러운 인상을 가진 볼크가 안으로 들어섰다. 그러자 동전을 가지고 놀던 종업원이 입구에서 질문을 던졌다.

"용건은?"

"휴식."

"5쿠퍼다. 편히 쉬어라."

일반적인 선술집과는 분위기가 달랐다.

우선 종업원이 반말을 사용하며, 용건을 따로 분류해서 고객들을 대한다.

볼크는 선술집 안을 둘러보다가 대충 빈자리에 앉았다. 음료는 기본으로 나오는 과일 주스를 마셨다.

남들은 5쿠퍼짜리 음료를 마시는 이들을 초보라고 생각할지도 모른다. 그러나 볼크는 무려 레벨이 367이나 되는 초고레벨의 유저였다.

볼크뿐만이 아니다.

선술집에 있는 유저들의 레벨은 평균적으로 300이 넘는다. 각 길드, 혹은 성을 가진 세력이라고 해도 레벨 300이 넘는 이들이 그리 많지 않은 것을 감안한다면 이곳이 정말 독특한 장소인 것이다.

다크 게이머 연합에서 지정한 선술집!

바로 다크 게이머들이 휴식을 취하는 장소였다.

쪼오옥.

볼크는 과일 주스를 소중히 아껴서 마셨다.

달콤한 이 맛. 온몸의 피로를 씻어 내 주는 것만 같다.

주변에도 그처럼 바로 앞에 놓인 음식과 음료를 찔끔찔끔 아껴서 먹는 이들이 많았다.

다크 게이머에게 캐릭터가 소유한 돈은 바로 자본이나 다름이 없었다. 그러므로 한 푼도 허투루 쓰지 못한다.

일부 다크 게이머들은 레벨이 높아진 이후로 흥청망청하기도 했다. 그러나 그들의 말로는 한결같이 좋지 못했다.

"바랑 기병대가 반란군에 가입했다는군."

"라옴 마을이 몬스터의 습격을 받았어. 용병들을 구하고 있다고 해."

선술집 내에서 다크 게이머들은 종종 최신 정보를 교류하곤 했다.

"청부가 있어. 109개의 피의 제단 퀘스트를 안내해 주는 사람에게 3,000골드를 준다는군. 해 볼 텐가?"

"인원수는?"

"갓 레벨 190이 된 이들 다섯."

"5,000골드 이상이면 고려해 본다고 전해."

선술집은 청부를 주고받는 역할도 맡아서 했다.

유저들은 특수한 경로를 통해 다크 게이머들에게 청부를 한다. 다크 게이머들은 필요에 따라 이러한 청부를 받아들이거나 아니면 거절했다.

베르사 대륙의 지하 경제를 움직이는 이들!

공전의 히트를 치면서, 〈로열 로드〉는 전 세계적으로 즐기는 게임이 되었다.

다크 게이머의 숫자 역시 최소한 20만에 달한다.

모래알처럼 흩어져 있고, 돈과 아이템이 있는 곳에만 나타나는 다크 게이머들이다.

따로따로 뿔뿔이 행동하지만 그 저력만큼은 어느 곳에도 뒤지지 않는 곳.

'이곳은 여전히 변함이 없군.'

볼크는 편안하게 휴식을 취하고 있었다.

그는 한때의 아름다운 과거를 떠올렸다.

사랑하는 여자가 있었다. 그녀를 위해서 게임을 시작했다. 그녀와 함께 수많은 전투를 치렀다. 정이 많이 들었고 그녀가 없는 인생은 살 수가 없을 정도였다.

그리고 마침내 그녀에게 고백하는 날!

로자임 왕국에서 만난 조각가에게 꽃다발을 만들어 달라고 부탁을 했다.

나무로 만든 생생한 꽃다발의 효과는 최고였고, 그녀는 곧 볼크와 결혼식을 올렸다.
 인생이 좋았던 것은 바로 이때까지였다.
 그녀나 볼크나 모두 〈로열 로드〉에 1년 이상 푹 빠져 있었다.
 사실은 서로에게 빠져서 함께 돌아다니느라 거의 사회생활을 하지 않았다.
 직장에서도 잘리고 새로 취직을 하기도 난감한 상황!
 부부가 할 수 있는 것은 〈로열 로드〉뿐이었다.
 "여보, 우리 돈 많이 법시다."
 "아이템 많이 주워 와요!"
 "당신도!"
 완전한 부부 다크 게이머의 탄생이었다.
 아내는 성직자의 수행 퀘스트를 하느라 바빠서 볼크 혼자 돌아다니면서 사냥과 퀘스트를 하고 있었던 것이다.
 "실례합니다. 직업과 레벨이 어떻게 되십니까?"
 볼크 혼자서 앉아 있자, 다크 게이머들 몇 명이 다가왔다.
 동료를 구하는 이들!
 혼자서 하기 힘든 사냥을 할 때에는 이곳에서 동료를 찾을 수 있다.
 물론 수익 배분이나 역할 분담은 철저해야 했다.
 만약에 자신의 몫을 다하지 못하거나 무리한 욕심을 부려 남의 것을 가로챈다면, 다크 게이머 연합에 기록이 된다.
 심한 경우에는 척살령이 떨어지는데, 그러면 모든 다크 게이머들이 적으로 돌변한다.
 볼크는 부드러운 미소를 띠며 말했다.

"지금은 먼 곳에서 돌아와서 혼자 있고 싶습니다."

"아, 그러시군요."

몇몇 제의를 하던 이들이 사과와 함께 물러섰다.

다크 게이머들에게는 이곳 선술집이 유일한 안식처다. 평화롭게 쉴 수 있는 하나의 장소. 그런 만큼 타인의 휴식을 방해하지 않는 것이 규칙이었다.

덜컥.

볼크가 한동안 쉬고 있는데 선술집의 문이 활짝 열렸다. 그리고 1명의 유저가 나타났다.

그는 다크 게이머가 아니었다. 구분하는 법은 상당히 단순했다. 복장만 봐도 알 수 있었다. 대체로 다크 게이머들은 효율을 가장 중요시하고, 동시에 남들의 눈에 잘 띄는 화려한 장비를 입지 않는 편이었으니까.

종업원이 그에게 물었다.

"용건은?"

"비밀."

"……."

가끔 이런 이들이 있다.

세상의 비밀이란 비밀은 혼자 다 짊어진 것처럼 행동하는 이들.

새로 선술집 안에 들어온 이는 여러 테이블을 오가면서 다크 게이머들과 귓속말을 나누었다.

몇몇 다크 게이머들은 곧바로 고개를 저었다.

다른 이들은 고개를 끄덕여서 승낙의 표시를 드러냈지만, 남자는 추가로 몇 마디를 물어본 후에 고개를 저었다.

그런데 거절당한 이들은 조금의 불만도 표시하지 않았다. 오히려 그 남자를, 대단하다는 듯이 존경 어린 눈으로 보는 것이었다.

'무슨 일이기에 그러지?'

그 남자는 얌전히 앉아 있는 볼크에게도 다가왔다.

"난이도 A급 비전 퀘스트. 할 마음이 있나?"

"……."

볼크는 잠시 침묵했다.

난이도 A의 퀘스트라면 현재 나오는 것 중 최고가 아닌가.

다크 게이머들이 거절을 당한 것도 이해가 갔다.

"웬만해서는 힘들 텐데."

"우리 길드에서 자체적으로 인원을 준비했다. 모자란 인원만 용병으로 구한다."

"길드?"

"진홍의날개."

현재 베르사 대륙 서열 10위 안에 드는 길드.

요새와 성을 7개나 소유하고 있는, 중앙 대륙의 터줏대감과도 같은 길드였다.

'그렇다면 승산은 있겠군.'

볼크는 구미가 당겼다.

혼자서 하던 사냥에도 질리던 참이었다.

"제한 레벨은?"

"350 정도면 되겠지."

"……."

"고민하기 전에, 자격은 되나?"

"충분히."

"잘됐군. 기본 보수는 2만 골드다. 임무 도중 죽었을 경우의 배상금은 5만. 유적 탐험이 20일 이상 진행될 경우에는 하루에 2,000골드씩 더 주지."

"조건이 너무 좋은데……."

"대신 유적에서 발굴한 아이템의 소유권은 모두 우리 쪽에 있다. 퀘스트의 진행과 필요한 물자 등을 전부 우리가 충당하고 있으니 무리한 얘기는 아닐 거라 본다. 또한 너희들의 목숨은 알아서 챙겨야 된다."

한마디로 죽거나 살거나 상관없는 방패막이로 쓰겠다는 소리였다.

'스콜피온 왕의 유적이라…….'

보상이나 모험에 구미가 당겼던 볼크는 참여하기로 결심했다.

---

페일과 메이린!

커플은 눈부신 활약을 벌였다.

"급소 쏘기!"

동시에 몬스터의 심장과 인중을 노리는 화살 공격!

궁수와 레인저의 합동 공격 후에는 이리엔의 신성 마법이 뒤를 따랐다.

"신성한 빛으로 악의 무리에게 올바른 세상을 보여 주세요. 세인트 블라인드!"

이리엔의 손에서 흰빛이 나와 몬스터의 눈에 전해졌다.

그녀의 신성 마법은 사실 잔인하기 짝이 없었다.

몬스터의 눈을 환한 빛으로 막아 버리는 것이다. 그러면 눈이 멀어서 제대로 대응하지 못하는 것은 당연한 노릇.

쿠에에엑!

두 발로 걸어 다니는 올챙이 비슷한 몬스터가 괴로워했다.

세인트 블라인드는 약간의 대미지도 준다.

악의 속성을 가진 몬스터에게만 사용할 수 있다는 제약을 가지고 있지만, 마나 소비도 적고 대미지도 주는 데다 눈을 멀게 만들어 공격하기 쉽게 해 주는 좋은 마법이었다.

이리엔이 레벨 200을 넘기고 사제로 전직한 다음에 얻은 스킬이다.

"거침없이 타오르는 불길이여, 몽땅 태워 버려랏. 파이어 필드!"

로뮤나도 만만치 않았다.

광역 화염계 마법!

정령의 호수 지하에는 조금이라도 물과 관련된 몬스터들이 많이 나온다.

이들에게 불의 속성을 가진 마법은 상극이었다.

몸의 수분을 말려서 큰 대미지를 주는 것이다.

화염 계열을 전문적으로 익힌 로뮤나에게 정령의 호수는 최고의 사냥터였다.

"내 강철 주먹 맛 좀 봐랏!"

수르카는 드디어 권사의 꿈이라고 할 수 있는 스킬을 배웠다.

마나를 모아서 떨어져 있는 적을 때릴 수 있는 스킬!

마나 소모가 많고, 궁수들처럼 먼 거리까지 피해를 주지는 못한다. 그래도 열 걸음 안까지는 고스란히 대미지를 주었다.

그리고 화령과 제피, 마판!

이들 중에서 화령은 파티에서 특히 환영을 받았다.

이리엔이나 로뮤나, 수르카, 메이런은 모두 여자다 보니 본래부터 죽이 잘 맞았다.

사냥을 하고 쉴 때나 몬스터가 나오기를 기다리는 동안에는 할 일이 없다!

여자들은 대화를 나누었다.

"어제 제가 했던 방송 이야기를 해 드릴까요?"

미주알고주알.

메이런은 그녀가 진행한 방송 이야기를 장장 3시간에 걸쳐서 했다. 실제 방송 시간은 1시간이었는데, 여러 준비 과정의 이야기나 연예인들을 만났던 일들을 죄다 늘어놓는 것이다.

그것으로 끝이냐면 아니다.

아직 시작도 안 했다.

"저는 동아리에서 봉사 활동을 나가거든요."

"우리 학교에서는……."

로뮤나와 이리엔은 여대생답게 동아리 이야기나 학과에 대한 이야기를 한다. 겨우 1년 다니고 휴학을 했는데 무슨 할 얘기가 그렇게 많은지 끝도 없었다.

수르카는 여고생이지만 여러 다양한 취미, 독서나 프라모델 수집, 패션 등에 관심이 많았다.

평소에도 만만치 않은 수다를 떨던 그녀들에 화령은 곧바로 적응했다. 밀라노, 베니스, 로마, 런던, 뉴욕 등 전 세계를 돌아다닌 경험을 이야기하면서 좌중을 순식간에 이끌어 가게 된 것이다.

다섯 여자들은 극심한 수다로 완전한 화합을 이루었다.

화령은 춤으로 적들을 공략한다. 그러나 제피는 언제나 몬스터와 싸우는 최전방에 서야 했다.

낚시꾼의 막강한 생명력으로 적의 공격을 방어해 냈다.

파티에 방어를 전담하는 기사나 워리어가 없어서, 낚시꾼인 제피가 그 역할을 맡게 된 것이다.

제일 힘든 일을 맡게 된 제피!

그는 무지막지한 생명력으로 적들의 분노에 찬 공격을 막아 내야 했다.

"제피 님은 참 든든해요."

"낚시꾼이 이렇게 전투를 잘할 줄은 몰랐어요."

"낚시만 하셨다기에 처음에는 굉장히 약할 줄 알았는데, 엄청나요!"

은근히 아부하는 동료들!

처음의 여리고 순수하던 그들은 없었다.

위드를 알고 난 이후로 그들은 변했다.

칭찬과 아부!

위드에게서 배운 기술은 오늘도 가공할 위력을 발휘했다. 소위 세상 사는 법을 익힌 셈이다.

그 와중에도 마판의 존재감은 언제나 미약했다. 전투를 할 때면 있는지 없는지 구분을 하기 힘들 정도로.

그러나 전투가 끝나면 곧장 튀어나와서 잡템들을 계산했다.

마판은 검치 들과 일행들의 잡템을 도맡아 처리하면서 큰 상인으로 거듭나는 중이었다.

※

다크 엘프의 성채.

위드가 다시 접속한 이상, 그 지휘력은 다크 엘프들이나 오크들에게 영향을 미쳤다.

통솔력!

한 부대나 군대를 다스릴 수 있는 이 능력은, 오랫동안 자리를 비울수록 조금씩 감소한다.

위드는 임시지만 불사의 군단과 싸우기 위해 오크와 다크 엘프들에게 명령을 내릴 수 있었다. 그리고 위드의 통솔력은 거의 짝을 찾아보기 힘들 정도로 높은 편이었다.

"놀, 지, 말, 고, 모, 두, 일, 해, 라!"

> 사자후 스킬을 사용하였습니다.
> 스킬의 영향 범위에 있는 모든 아군의 사기가 200% 상승합니다. 존재하는 모든 혼란 상태가 해제됩니다. 5분간 통솔력이 205% 추가 적용됩니다.

"취익! 일하자, 일."

"일을 해야 된다. 취췻."

일부는 부족으로 돌아갔다고 해도, 10만이 넘는 오크들이 남아 있었다.

이들은 일제히 자리에서 일어나 성벽을 쌓고, 다시금 물자들을 운반했다.

부대를 지휘하는 능력에는 통솔력 외에도 각기 선호하는 능력치들을 반영했다.

오크들의 경우에는 투지와 카리스마가 뛰어난 이를 좋아했다. 타고난 호전성 때문에 전투에서 물러서지 않는 이를 따르는 것이다. 위드의 투지는 그렇지 않아도 높은 편이기에, 오크들을 부리는 데에는 무리가 없었다.

다크 엘프의 경우에는 조금 더 까다로워서, 지식, 지혜, 자연과의 친화도, 매력, 예술 들을 골고루 반영했다.

"우리를 다스릴 정도로 똑똑하진 않지만 불과 대지를 상당히 이해할 줄 아는 인간이군."

"떨어지는 낙엽이 전하는 이야기를 알고 있나? 예술성이 있어 보이는군. 그렇다면 너의 명령에 따르도록 하겠다."

요리와 약초학을 익히면서 부가적으로 얻은 능력이 자연과의 친화력이었다.

높은 예술 스탯과 친화도 덕분에 다크 엘프들을 지휘할 수 있었다.

다크 엘프들은 마법 함정들을 만들고, 인라지 마법을 써서 순식간에 성 주변에 나무들이 자라게 만들었다. 울창한 가지들이 사방으로 뻗어 나가고, 나무줄기는 굵게 자랐다.

일부 나무들에는 가시가 달려 있다. 천연 성벽의 역할을 해 주는 나무들이었다.

어떤 나무들에는 주렁주렁 열매들도 달렸다. 오크들이 먹어 치우는 식량이 엄청나므로 보급의 역할도 할 수 있을 것이리라.

뱀파이어 토리도와 데스 나이트 반 호크는 큰 줄기만 잡아 주고 알아서 활동하도록 했다.

이들은 이른바 대장 몬스터들이다.

각자 부하를 거느릴 수 있고 혈족을 구성할 수 있다.

토리도에게는 사라졌던 진혈의 뱀파이어 족을 부활시키라는 명령을 내렸다.

데스 나이트 반 호크는, 부하들을 다시금 모아서 데스 나이트 부대를 완성하도록 했다.

이에는 이!

이쪽도 강력한 언데드 군단을 거느리는 것이다.

모두들 불사의 군단과의 전쟁을 열심히 준비할 때에, 위드는 오크들이 쌓아 놓은 바위 탑으로 향했다.

그리고 바위들을 조각했다.

다크 엘프들!

정령술을 펼치는 다크 엘프들의 형상을 즉석에서 조각했다. 그의 머릿속에는 불의 정령 카사를 다루며 오크들을 불태우던 다크 엘프들의 위풍당당한 모습이 그대로 남아 있었다.

위드의 손길은 과감하고 거침이 없었다.

조각품이 완성되어 가자 주변에 다크 엘프들이 하나둘 모여들었다.

"인간이 우리를 조각해 주고 있다."

"사람들은 우리를 싫어하는 줄 알았는데, 애정이 담긴 조각품을 만들어 주다니."

띠링!

> **걸작! 종족 다크 엘프 상을 완성하였습니다!**
> 명인이라고 불러도 부족함이 없는 조각사의 작품! 전투를 좋아하고 야만적인 다크 엘프들은 가끔 세상에 존재를 드러낸다. 이들의 정령술은 패도적이라고 할 만큼 공격적이라 일반 엘프들과는 비교가 된다.
> **예술적 가치**: 120
> **옵션**: 다크 엘프 상을 바라본 이들은 생명력과 마나 회복 속도가 하루 동안 3% 증가한다. 이동속도 25% 상승. 달리기를 할 때에는 추가적으로 5% 더 빨라진다. 힘 10 감소. 민첩 20 증가. 지력 10 증가. 지혜 10 증가. 시야가 1.5배로 확장되고, 정령술의 스킬이 한 단계 높아진다. 다른 조각품과 중복으로 적용되지 않는다.
> **지금까지 완성한 걸작의 숫자**: 7

조각술 스킬의 숙련도가 향상되었습니다.

명성이 41 올랐습니다.

지구력이 1 상승하였습니다.

지력이 1 상승하였습니다.

인내력이 3 상승하였습니다.

이제 걸작은 쉽게 만들 수 있었지만, 명성이나 스탯은 잘 오르지 않았다.

조각품으로 올리는 스탯은 우선 경지에 따라 달라진다.

명성이 낮을 때에 명작이나 걸작을 만들면 명성이 대폭 늘어난다. 스킬이 부족할 때에 조각술에 대한 애정을 가지고 세심하게 만들면 스탯을 많이 늘려 준다.

인내력이나 지구력 들은 거대한 동상을 몇날 며칠 밤을 새워서 만들 때에 많이 늘어나는 스탯이었다.

그런데 하루 정도 고생해서 만든 조각품에는 별달리 스탯이 붙지 않았다.

그렇다고 해도 지구력이나 인내력이 이런 식으로 늘어나는 것은 조각사만의 특권이라고 볼 수 있었다.

"스킬 확인. 조각술!"

**중급 조각술 9 (28%)**
조각을 할 수 있다. 아름다운 조각품은 고가에 팔리기도 한다. 여자의 환심을 사기에 좋다.

조각술이 중급 9레벨에 도달한 지도 한참이나 시간이 흘렀다. 하지만 전투와 퀘스트에 전념하느라 숙련도가 거의 오르지 않았다.

오크로 전투를 하면서 조각 검술을 간간이 써 준 덕에 그나마 이 정도의 숙련도를 유지하는 것이었다.

"좋아. 조각품을 몇 개 더 만들어야겠군."

위드는 그 외에 오크들의 흉상들도 조각했다. 글레이브를 난

폭하게 휘두르는 모습이었다.

그러자 오크들의 투지와 용맹을 상승시켜 주는 걸작 조각품이 나왔다.

이젠 웬만한 조각품들은 실패하는 일이 없었다.

KMC미디어의 강 부장은 초조하기 짝이 없었다.

명예의 전당에 동영상이 공개된 지도 벌써 사흘째!

"반드시 우리와 계약을 해야 하는데……."

오늘로 강 부장은 동영상을 올린 이에게 계약을 제의하는 메일을 다섯 통째 보냈다.

물론 KMC미디어의 대표 명의로 보냈다.

퀘스트와 전투 영상의 독점적인 공개.

하지만 아직 아무런 대답이 없었다.

"대체 메일 확인은 안 하는 건가? 싫으면 싫다고 답장을 보내 줘야 할 것 아냐, 젠장!"

강 부장은 분통을 터트렸다.

유니콘 사의 개인 정보 보호는 매우 엄격한 탓에, 연락처나 주소지는 방송국의 요청이라고 해도 알려 주지 않는다. 그러므로 어찌 되었든 메일로만 연락을 취해야 하는데 상대가 메일을 열어 보지조차 않는 것이었다.

"〈로열 로드〉의 시간을 감안하면 이제 앞으로 4일 후면 퀘스트가 시작되고 말 텐데……."

강 부장은 촉박한 시간 때문에 안절부절못하고 있었다.

벌써 KMC미디어 측에 요청하는 시청자들의 의견이 10만 건을 넘었다.

한국 날짜로 5일 후에 벌어질 대규모 퀘스트.

생중계까지는 아니더라도 거기에 맞춰서 방송을 하고 싶은데 전혀 연락도 받지 않고 있으니 속이 까맣게 타들어 갈 수밖에 없었다.

아침 일찍 여동생을 학교로 보내고 잠깐 남은 여유 시간.

이현은 컴퓨터를 켜고 인터넷에 접속했다. 먼저 둘러본 곳은 아이템 거래 사이트였다.

**당신을 다크 게이머 연합으로 초대합니다**

여전히 다크 게이머 연합에서는 집요한 초대장을 보내온다. 이미 가입한 것을 모르는 모양이었다.

이현은 초대장을 바로 삭제해 버리고 아이템의 시세로 눈길을 돌렸다.

"어디… 시세가 제법 올라갔나?"

절망의 평원에 있으면서 야금야금 모아 놓은 짐들이, 무게를 8할이나 줄여 주는 마법 배낭 7개에 가득 찼다.

대다수는 팔지 못한 장비들이었다.

유배자의 마을에서 거래하기에는 가격을 제대로 안 쳐 주고, 실제 현금으로 판매할 정도로 좋은 아이템은 구매자가 안 나타난다.

아이템을 팔아 현금을 벌기 위해서는 경매 게시 글을 올리고 낙찰이 되어야 한다.

그런데 그보다 더 중요한 게 물건의 인수였다. 누구도 절망의 평원까지 와서 아이템을 사 갈 수는 없는 것이다.

그렇기에 큰 성 주변에서 사냥을 하는 다크 게이머들도 많았다.

아이템이 나오면 언제나 판매할 수 있도록 고객들의 근처에서 사냥을 하는 것이다. 그러나 그런 식으로 해서는 좋은 아이템을 줍기 힘들었다.

'다크 게이머를 하려면 어쩔 수 없이 모험을 해야 한다.'

큰 성 부근의 던전들은 이미 유저들로 인해 북적거리고 있고, 몬스터들도 많지 않다.

사냥을 위해서는 좀 더 멀리 나갈 필요가 있다.

그래서 대체로 사람들이 많은 도시 근처에 있는 다크 게이머들은 사실 중수, 혹은 하수들이다. 어떤 아이템 하나 주워서 판매하면 그것을 두고두고 자랑하는 이들!

아이템 거래 자체가 이제는 합법화되고 양지로 올라왔기 때문에 일반인들 가운데에도 자신에게 쓸모없는 물건들을 판매하는 경우가 많다. 그런 만큼 아이템의 구매와 매각이 활발하게 이루어지지만, 실질적으로 고가의 아이템은 거의 거래되지 않았다.

주로 많이 사용하는 도검류로, 초보나 중하수들이 쓰는 무기들이 제일 많이 거래되는 형편이었다.

이들은 엄밀히 말해서 다크 게이머라고 보기는 힘들었다.

진정한 다크 게이머들은 사람들이 많은 곳에서 일부러 모습을 드러내 놓고 활동하는 경우가 드물다.

〈로열 로드〉에서는 최초로 깬 퀘스트나, 혹은 처음 진입한 사냥터에서 경험치와 보상을 많이 받을 수 있다.

미발견 지역과 퀘스트.

목숨을 걸고 들어가서 아이템을 노린다.

다크 게이머들이야말로 돈과 모험을 쫓는 이들이었다.

그런 이유로 인해 괜찮은 아이템은 가끔씩 모아서 판매하지만, 그때의 수익금이 진짜 짭짤한 것이다.

게임 시간으로 절망의 평원에서 보낸 몇 개월간, 이현은 아이템을 상당히 많이 모을 수 있었다.

그런데 눈앞의 퀘스트가 바빠서 아직도 처분을 하지 못하는 것이다.

"나중에 비싸게 팔려야 될 텐데……."

경매 글을 올리진 않았더라도 아이템의 시세는 대충 정해져 있었다.

글레이브가 15만 원.

오크의 방어구들은 5만 원에서 10만 원.

엘프의 의복들은 40만 원을 넘는 정도였다.

다른 이들도 많이 판매하는 물건들은 거의 정해진 가격대가 형성되어 있다고 해도 과언이 아니다.

이현이 올려놓은 물건들은 위드라는 명성 때문에 가격이 더 뛰었다.
　지난번에도 시세로 약 300만 원 정도 되는 아가사의 검이 350만 원에 팔렸다.
　500원, 501원, 502원……
　1원씩 올라가던 경매 글은 쉽게 끝이 나지 않아, 시세인 300만 원을 넘어서고도 계속 가격이 올라가서 끝내 350만 원에 마감이 된 것이다.
　하지만 늘 그런 행운을 기대할 수는 없었다.
　"정상적인 가격으로는 총 650만 원 정도인가."
　이현은 씁쓸한 표정을 지었다.
　절망의 평원에서 사냥을 한 지 3달, 퀘스트를 끝내기 전에는 텔레포트 게이트를 사용할 수 없어서 무작정 장비들을 모아 놓기만 했다.
　그 아이템의 가격이 전부 합쳐 650만 원이라면, 그리 만족스러운 것은 아니었다.
　"1달에 200만 원을 조금 넘는 수입. 이 정도로는 부족해. 내년이면 혜연이가 대학을 가야 되는데……."
　대학에 들어가면 학비나 옷값, 교잿값 등으로 얼마나 많은 돈이 들어갈지 모를 일이었다.
　"역시 유로키나 산맥에서는 돈이 잘 벌리지 않는군."
　나름대로 레벨도 올리고 명성도 많이 늘렸지만 아이템 획득은 별로였다.
　돈을 만들기 위해서는 적당한 가격에 팔 만한 아이템들을 많이 획득해야 하는데, 줍는 것들이 대부분 오크나 다크 엘프의 장비였으니 시세가 높지 않았다.

"이번 퀘스트만 마치고 가능한 한 빨리 절망의 평원을 떠야겠군."

이현은 경매 글을 잠시 훑어보았다.

〈마법의 대륙〉의 그 위드라는 사실이 밝혀지면서, 예전에 올려놓은 경매 글에는 여전히 수천 개씩의 댓글들이 달라붙고 있었다.

> ㄴ 실망입니다. 어디서 잠수를 타고 계신 겁니까? 가끔 소식이라도 알려 주세요.
> ㄴ 프레야의 성기사단에 가입하시고 원정을 다녀오셨어요? 북부에 새로운 퀘스트들이 많이 생기고 있다던데요.
> ㄴ 성기사단에 대해서 알려 주세요. 어떻게 가입을 해야 하나요?

지난번 아가사의 검을 매각한 이후, 다들 이현이 프레야의 기사가 된 줄로 착각하고 있었다.

"헤레인의 잔이나 파고의 왕관을 되찾아 오던 퀘스트도 명예의 전당에 등록하면 괜찮겠군."

이현은 경매 글에 달린 댓글들을 보며 중얼거렸다.

프레야의 성물을 반환하는 퀘스트는 NPC들의 입소문을 통해 모르는 사람이 없을 정도로 유명해졌다. 그런 만큼, 그 퀘스트를 올린다면 명예의 전당에서 상당한 조회 수를 차지할 수 있을 거라는 느낌이 들었다.

"돈. 돈이 역시 최고지. 흐흐흐."

음침하게 웃는 이현.

오크 카리취의 행세를 하면서 비열한 웃음과 이기적인 입꼬리 흘리기가 매우 익숙해지고 말았다.

"크흐흐흐."

모니터를 보며 웃는 그에게서는, 돈에 대한 숨길 수 없는 탐욕이 묻어 나왔다.

잠시 후 이현은 〈로열 로드〉의 홈페이지에 접속해서 명예의 전당에 들어갔다.

조회 수는 이미 1,500만을 넘었다.

댓글들도 수십만에 달했다.

어떻게 이런 퀘스트를 얻었느냐는 물음에서부터, 캐릭터의 직업이나 레벨을 물어보는 댓글까지 다양했다.

기대 이상의 뜨거운 반응이었다.

이현은 그저 약간의 조회 수라도 얻어서 부업이라도 될 정도의 수입만 거두면 만족이었다.

그런데 그가 보기에도 이런 조회 수는 정말로 흔치 않았다.

"괜찮네."

그러나 여전히 큰 기대는 갖지 않았다.

길이가 19시간이 넘을 정도로 긴 동영상인 만큼 한 번에 다 못 보고 중복해서 본 조회 수들도 다수 있으리라.

"어쨌든 돈은 받아 봐야 아는 거니까. 얼마나 받게 될지 나중에 알 수 있겠지."

이현은 댓글들을 잠시 보다가 컴퓨터 창을 닫아 버렸다.

메일함을 열어 볼까도 했지만, 그만두었다.

메일 역시 만 통이 넘게 쌓여 있었던 것이다.

퀘스트에 대한 질문이나 노하우를 알려 달라는 메일들. 각 길드에 대한 가입 의뢰나 한 번만 사냥에 데리고 다녀 달라는 요청 메일들까지, 셀 수가 없을 정도였다.

메일함을 열어 읽는 동안에도 수십 통씩 쌓일 지경이었으니 무슨 말이 더 필요하겠는가.

이현은 메일함을 아예 열어 보지도 않고 자리에서 일어났다.

우지끈! 쿵쾅!

다크 엘프의 성에서는 전투준비가 한창이었다.

성은 하루가 다르게 보수 공사가 마무리되고 추가적인 확장을 거듭한다.

오크들이 쌓는 성벽은 네 겹, 다섯 겹이 되었고, 산의 아래에서부터 장벽이 겹겹이 쳐졌다.

산 전체를 전투를 위한 요새로 만드는 작업이었다.

일부 떠나갔던 오크들은 부족들을 데리고 다시 돌아왔다.

오크의 장점이 무엇인가.

무서울 정도의 번식력에 있다!

40만의 오크들 중에서 전투로 죽은 이들이 6만 정도나 되었지만, 돌아올 때에는 50만으로 숫자가 불어나 있었다.

오크 장로나 오크 로드들은 위드에게 말했다.

"취익, 취익! 다른 오크들에게도 말했다. 때려도 안 죽는 놈들. 취췻! 그놈들과 싸우기 위해 더 온다. 많이 온다. 우리 오크들!"

 오크들이 전하는 말에 따르면 거의 100만에 가까운 오크들이 결전의 날에 모인다고 한다.

 다크 엘프들도 부족들을 소환했다.

 유로키나 산맥에 흩어져 사는 소수 부족들.

 다크 엘프의 경우에는 워낙에 은밀한 탓에 뛰어난 암살자들이 많다. 체력은 낮아도 암습에 능한 암살자들은 큰 도움이 되리라.

 약한 로자임 왕국의 병사들은 제쳐 놓더라도 네크로맨서들, 뱀파이어 로드 토리도까지 있으니 이쪽 전력도 만만치는 않다.

 그럼에도 위드는 확신이 서지 않았다.

 불사의 군단의 강점!

 그것은 죽여도 죽여도 끝이 없다는 점이다.

 이들을 완전히 죽이기 위해서는 신성 마법으로 정화하거나, 아니면 아예 되살아나지 못하게 잿더미로 만들어 버려야 한다.

 그러지 않는다면 금방 다시 살아나고, 오히려 죽은 아군까지 적이 되어 버린다.

 다크 엘프와 오크 100만 마리가 전부 언데드가 되어서 일어난다면 그것은 완전히 퀘스트 실패였다.

 사실상 그렇게까지 상황이 악화된다면 이 불사의 군단의 위력은 웬만해서는 감당하기 힘들 정도로 커지고 만다.

 언데드의 특성상, 일정 규모를 넘어가면 그 숫자를 줄이기가 매우 힘들어지는 것이다.

 "사제들은 나를 따라와라."

위드는 사제들과 함께 산을 내려왔다.

그가 성채를 떠나는 것을 본 네크로맨서들이 뛰쳐나왔다.

"그대여, 우리의 약속을 잊었는가? 불사의 군단을 물리쳐 주겠다는 그대의 말을 우리는 믿고 있다네."

위드가 도망칠까 봐 걱정하는 것이었다.

평소에 얼마나 신뢰를 주지 못하였으면 그런 걱정을 하나 싶었지만, 위드는 사실 지금이라도 발을 빼고 싶었다. 그러나 그러지 못하는 점이 안타까울 뿐이었다.

"전투를 위해서는 준비해야 할 것이 많습니다."

"알겠네. 그러나 반드시 돌아와야 할 것이네."

"알고 있습니다."

위드는 간신히 네크로맨서들을 떼 놓고 절망의 평원에 있는 동굴로 향했다.

텔레포트 게이트가 있는 동굴 속!

"사제들은 텔레포트 게이트를 작동시켜라."

"예."

두터운 신앙심을 가진 사제들은 마나를 모아서 텔레포트 게이트를 가동시켰다.

위드는 곧 빛과 함께 사라졌다.

"170레벨 바드가 파티 구합니다."

"원숭이 숲으로 사냥 함께 가실 분!"

"빙정의 갑옷 세트 팝니다. 더울 때 입으면 시원해요."

"조각사가 파티 구합니다. 제발 파티 가입 좀 시켜 주세요. 은혜는 잊지 않을게요."

파앗!

소므렌 자유도시.

위드가 나타난 곳은 사람들이 장사를 벌이는 한복판이었다.

'여전히 사람들이 우글거리는군.'

예전과 다른 점이라면 가끔씩 조각사나 화가, 도공처럼 생산직 캐릭터들이 눈에 띈다는 것이었다.

위드가 만든 피라미드를 보고 시작을 한 모양이었다.

아무래도 그렇게 거창한 물건을 사람들과 함께 만드는 것은 짜릿한 일이었으니까.

예술가라고 천시받던 이들이 대거 늘었다. 하지만 그들의 대다수는 곧 게임을 접어야 했다.

조각사라고 해서 딱히 좋은 점도 없다.

우선 초반에 사냥이 너무나도 힘들다.

위드는 수련소에서 올린 스탯과 스킬 덕분에 다소 편하게 사냥을 했지만, 다른 조각사들은 약할 수밖에 없다.

또한 지금도 딱히 달빛 조각사라는 직업 자체가 검사보다 아주 강하다는 생각은 하지 않았다.

그저 조각품을 만들면서 조금씩 스탯을 늘린다. 전투와 직접적으로 관련이 있진 않더라도 인내력, 지구력과 같은 스탯들은 점점 빛을 발하니까.

그러면서 손재주 스킬을 크게 키워서 다른 직업들의 생산 스킬도 중급까지 올렸다. 요리 스킬은 이제 중급 5레벨이고, 낚시는 중급 1레벨, 대장일과 재봉은 중급 2레벨이었다.

이 정도로 독하게 노가다를 하지 않을 거라면 조각사라는 직업은 이도저도 아닌 직업이 된다. 혹시라도 정말 예술품을 만들고 싶어서 선택한 것이라면 또 모르겠지만.

그러한 이유로 인해서 각 길드에서 전략적으로 키워 주는 배부른 조각사들을 제외한 대다수가 여전히 고난의 길을 걷고 있었다.

위드는 열심히 파티를 구하는 조각사에게 다가갔다.

아직 어린 소년이었다.

울상을 짓고 간절하게 파티를 구하고 있었다.

위드는 소년을 보는 순간 눈물이 핑 돌았다. 과거에 고생했던 기억이 한꺼번에 떠오른 것이다.

"수고가 많구나."

진심이 어린 한마디에, 소년은 고개를 들었다.

"형도 조각사예요?"

위드는 크게 고개를 끄덕였다.

"열심히 조각품을 만들다 보면 빛을 보는 날도 있을 거야."

"저 벌써 열흘 동안 조각품만 만들었어요. 나뭇조각만 봐도 신물이 올라올 정도예요. 여우나 토끼도 수천 개씩 만들었는데, 더 이상 얼마나 노가다를 해야 되는데요?"

조각사에 대한 정보가 많이 공개되어 있지 않아서 소년도 위드와 같은 시행착오를 겪고 있었다.

그나마 소년처럼 조각사로서 열심히 노력을 한 경우도 흔치 않은 편.

위드는 자신이 깨달은 조각사의 성장법을 아낌없이 알려 주었다.

"한번 만든 건 가능한 한 자주 만들지 마라. 그리고 열흘 정도로는 모자라. 착각하지 마. 예술은 노가다다. 노가다를 열심히 한다면 남부럽지 않게 성장할 수 있을 거야. 힘내라."

"엉엉!"

소년은 끝내 서럽게 울고 말았다.

"조각사가 정말 하기 싫어요."

"나도 그 마음 이해한다."

과거에 이곳에서 여러 종류의 장사를 하기도 했던 위드는, 누가 알아볼까 봐 조용히 얼굴을 가리고 프레야의 교단으로 향했다.

교단 앞에는 헌금을 하고 축복을 받기 위해서 길게 늘어서 있는 줄이 보였다.

"새치기하지 마세요!"

"줄 좀 똑바로 서요."

몰려 있는 유저들로 인해서 신전은 여전히 인산인해를 이루었다.

위드도 조용히 뒤에 줄을 서려고 했다. 그런데 위드가 다가서자, 교단을 지키던 경비병들이 창을 들고 달려 나왔다.

"어라?"

"죄를 지은 사람인가?"

주변의 사람들이 동요하기 시작했다.

경비병들은 웬만한 일에는 꿈쩍도 안 하는 경우가 보통이었으니까.

허겁지겁 다가온 경비병이 위드에게 말했다.

"오셨군요. 이쪽으로 오시지요."

명성이 높아지고, 프레야 교단에 공헌도를 많이 쌓은 덕분에 경비병들도 알아볼 정도가 된 것이다.

위드는 경비병과 함께 대신관을 만나러 갔다.

## 탈로크의 갑옷

 대신관이 있는 곳 주변에는 성기사들과 고위 사제들이 도열해 있었다.

 위드는 그들의 앞에 가서 한쪽 무릎을 꿇었다.

 "임무에 대해서 보고할 것이 있어서 왔습니다."

 "절망의 평원에 있는 유배자들은 우리의 깊은 우환거리가 아닐 수 없소. 그대에게 주어진 막중한 의무를 끝냈는가?"

 대신관이 질문을 던졌다.

 위드는 그들에게 다크 엘프의 성에 있는 네크로맨서들에 대한 이야기를 해 주었다.

 "오! 그런 일이 있었군. 그런 사연이 있었다면 그대의 선택은 올바른 것이었네."

 대신관은 위드가 네크로맨서들을 처치하지 않은 것을 이해해 주었다.

 "그 어떤 말로도, 우리의 부탁을 받아 먼 곳까지 가서 고생을 하는 자네에 대한 감사를 표현할 수 없네. 프레야 여신님께서 그대에게 은총을 내리실 것이야."

대신관은 위드의 머리를 가볍게 어루만져 주었다.

**절망의 평원에 사는 유배자들 퀘스트 완료**
네크로맨서들은 긍지와 자존심을 버리지 않았다. 어둠의 힘에 이끌려서 인성을 잃어버린 바르칸과 리치 샤이어는 더 이상 네크로맨서의 존경의 대상이 아니다. 불사의 군단과 싸우며 그릇된 일을 바로잡으려는 용기는 교단의 사제들까지도 감탄하게 만들었다.

명성이 1,800 올랐습니다.

프레야 교단과의 우호도가 42가 되었습니다.

프레야 교단의 공적치가 1,900 상승했습니다.
교단의 공적치는 종교 상태 창을 통해 확인할 수 있습니다.

프레야 교단의 공적치: 7,202
종교 단체와의 공적치는 마물을 퇴치하는 것과, 관련된 퀘스트를 완수하는 것으로 상승한다.

신앙이 60 상승하였습니다.

레벨이 올랐습니다.

> 레벨이 올랐습니다.

> 레벨이 올랐습니다.

3개의 레벨과 상당한 양의 공적치!

위드의 레벨도 거의 300에 육박하고 있는 만큼, 예전처럼 레벨이 한꺼번에 오르는 일은 없다. 그렇다고 해도 상당한 양의 경험치를 획득하였다.

위드는 고개를 더욱 깊이 숙였다.

경험치야 어쨌든 당연히 받는 것이었고, 중요한 것은 아이템이었으니까.

대신관이 말했다.

"그대의 공은 이제 우리 교단의 모든 재산을 털어 주어도 모자랄 것이네."

참으려고 했지만, 저절로 입가에 미소가 그려지는 것을 어찌할 수 없었다.

'절망의 평원까지 가서 생고생을 했는데 그쯤은 해 줘야지!'

대신관의 말은 아직 끝나지 않았다.

"다만 우리 교단은 너무 가난하고, 가진 보물이 그리 많지 않네. 그러므로 어떤 물건을 받고 싶은지 말해 주면 좋겠군."

프레야 교단의 부는 상상을 초월한다.

베르사 대륙의 요지마다 신전이 세워져 있다. 각 신전들은 넓은 농토와 광산들을 보유하고 있고, 또 신자들이 기부하는 돈은 또 얼마던가.

포션을 판매하고 축복을 내려 주면서 받는 헌금도 만만치 않은 액수였다.

성기사들이나 사제들은 사냥을 통해 획득한 골드에 따라 일정한 액수를 매번 바쳐야 했다.

그런 돈더미 위에 올라앉은 프레야 교단에 돈과 보물이 없다는 것은 말이 안 되는 것이다.

'무엇을 받아야 하나!'

위드는 순간 고민에 빠져들고 말았다.

사냥을 위해서는 공격력이 뛰어난 검이 제일 중요하다. 하지만 로자임 왕국에서 받은 로트의 검이 있었다.

게다가 교단에서 나오는 무기류들은 보통 대부분 공격력이 빈약하다.

일전에 프레야 교단에서 받은 아가사의 검만 해도 신성력을 발휘하는 특수한 능력이 있지만, 검 자체의 공격력은 약한 편이지 않았던가.

'역시 방어력이 좋은 갑옷을 선택해야 하나.'

교단의 갑옷.

각종 신성 마법들이 영구적으로 깃들어서 뛰어난 방어력을 자랑한다.

위드야 무식할 정도로 몬스터에게 두들겨 맞으면서 인내력을 키워서 방어력이 뛰어난 편이지만 다른 이들은 그렇지 않다. 최대한 안 맞고 싸우려고 하고, 또한 갈수록 몬스터의 공격력이 강해지다 보니 좋은 갑옷을 구하려고 한다. 검과 함께 방어구는 언제나 가격이 높은 아이템 중의 하나였다.

위드는 생각을 정리한 후에 입을 열었다.

"적들로부터 제 몸을 지킬 수 있는 갑옷을 원합니다."

"그대가 원하는 것을 지급해 줄 것이오."

대신관이 탈로크의 갑옷을 가져오도록 지시했다.

'탈로크의 갑옷?'

위드는 열심히 머리를 굴려 보았다.

그의 머릿속에는 실로 수많은 아이템 정보들이 들어 있었다. 각종 돈 되는 아이템들은 거의 다 외우고 있고, 웬만한 아이템들의 이름도 최소한 한 번씩은 들어 보았다.

그런 위드에게도 탈로크의 갑옷은 생소한 것이었다.

잠시 후, 성기사들이 붉은 모포로 받친 갑옷을 들고 왔다.

새하얀 갑옷에는 은은한 광채가 어려 있었다. 게다가 붉은 수실로 프레야의 문양이 박음질되어 있다.

그 갑옷을 보는 순간 위드의 눈이 번쩍! 크게 뜨였다.

'비싸 보인다!'

아직 아이템의 정보를 확인하지는 않았다. 그러나 모양이나 광택이 보통이 아니다.

저런 것을 입고 광장을 돌아다닌다면 대번에 사람들의 관심을 받게 될 정도였다.

자고로 아이템의 가격에는 희소성이나 생김새가 크게 작용한다. 고급품이라면 고급품에 맞는 품위가 존재해야 한다. 그래야 더 많은 값을 받을 수 있다.

일단 외관만으로는 완벽한 합격점이었다.

"그대의 공로에 보답하는 의미로 탈로크의 갑옷을 내리겠네.

소중히 써 주시기 바라네."

"몬스터와 싸우기 위해 필요한 것이었습니다. 프레야 교단에서 제게 내린 은혜를 잊지 않고, 이 갑옷을 제 몸처럼 아끼겠습니다."

적당한 필요성을 이야기하며 아부를 떤다!

위드는 두 팔로 냉큼 갑옷을 받아 들었다. 묵직한 무게가 느껴졌다.

"감정!"

---

**탈로크의 믿음 갑옷**

라호만 탄광에서 나온 미스릴로 만들어진 갑옷. 대륙의 이름난 드워프 대장장이 탈로크가 프레야 교단에 은혜를 갚기 위해 만들었다. 굉장한 방어력을 자랑하고, 무게가 가벼워서 활동하기 편하다. 착용자에게 멈추지 않는 투지와 고귀한 인성을 부여해 준다. 대신관의 하사품. 단 하나밖에 존재하지 않는다.

내구력: 150/150
방어력: 85
제한: 레벨 350. 힘 600.
옵션: 신앙 +100. 명성 +300. 힘 +40. 민첩 +30. 매력 +25. 투지 +40. 마나의 최대치를 15% 늘려 준다. 마법 피해 10% 감소. 혼란과 공포 마법에 대한 면역. 드워프들의 호감을 얻는다. 라호만 탄광에서 나온 미스릴의 속성에 따라서 지하에서는 검게 변한다.

---

아이템의 정보를 확인하는 순간 위드의 입이 떡 벌어졌다. 그 벌어진 입은 한동안 다물어지지 않았다.

유니크급 아이템!

다양하게 붙은 옵션이나 방어력은 거의 최고 수준이었다.

여기에 대장장이 스킬로 방어구 닦기를 쓴다면 20% 정도의 방어력 상승효과가 있다. 그렇다면 방어력이 100을 넘게 되는 것이다.

'대박이다!'

레벨이 낮아서 아직 입을 수 없다는 점만 뺀다면 아주 훌륭한 아이템이었다.

위드는 재빨리 탈로크의 갑옷을 챙기고 나서 말했다.

아직 그가 프레야의 교단에 온 용건은 끝나지 않았다.

"대신관님! 리치 샤이어와 불사의 군단, 그들의 전력은 막강합니다. 저의 노력으로 다크 엘프와 오크들이 힘을 합해 막기로 하였지만 아직 부족하다고 할 수 있습니다. 그러니 프레야의 교단에 정식으로 성기사단 파병을 요청합니다."

원군 요청!

굳이 로자임 왕국으로 돌아온 것은 혹시라도 프레야 교단의 힘을 빌릴 수 있지 않을까 하는 기대 때문이었다.

네크로맨서 바라볼의 말에 따르면 그들의 군세는 실로 막강하다. 바르칸이 이끌지 않아 위력이 약화되었다고는 하나, 레벨 300이 넘는 둠 나이트가 5,000이 넘는다.

둠 스카우트, 둠 위자드, 둠 서번트!

각종 고위 몬스터들이 즐비하고, 리빙 데드 아처, 구울, 좀비, 망령, 해골, 온갖 언데드들을 이끌고 있다.

대신관은 안타까운 얼굴로 말했다.

"그러한 일이라면 응당 많은 힘이 필요하겠지. 그러나 우리 교단에는 지금 그러한 무력이 없네. 그대가 구한 모라타 지방을 안정화하는 데에 모든 힘을 기울이고 있는 실정일세. 아무리 불사의 군단을 막는 일이 중차대하다고 해도, 어느 하나를 버리는 선택을 할 수는 없네."

원군 요청은 이런 식으로 거절을 당하고 말았다. 성기사나 사제들이 충분하지 않다는 데에는 어쩔 수 없었다.

그러나 대신관은 그냥 위드를 돌려보내지 않았다.

"절망의 평원에서 기필코 불사의 군단을 막을 수 있겠는가?"

"최선을 다할 것입니다."

"그렇다면 우리 교단의 성물인 헤레인의 잔을 빌려주도록 하겠네."

헤레인의 잔.

위드가 최초로 프레야 교단과 인연을 맺을 수 있도록 해 준 보물이었다.

물을 잔에 담아 두기만 해도 성수로 변하는 성물.

"원래대로라면 성직에 종사하는 이들만 다룰 수 있지만, 그대는 우리 프레야 교단의 은인. 여신의 은총이 있다면 헤레인의 잔을 쓸 수 있을 것일세. 그리고 그대가 해 주어야 할 막중한 일들이 아주 많아. 현재 처리하고 있는 바쁜 임무들을 마치면 언제든 교단으로 찾아오시게."

위드는 헤레인의 잔을 받아 든 후 텔레포트 게이트를 타고 절망의 평원으로 향했다.

소므렌 자유도시의 프레야 교단에는 여전히 축복을 받고자

하는 유저들이 줄지어 길게 늘어서 있었다.

"좀 전에 경비병이 데려간 사람은 누굴까?"

"입구를 지키는 말단 경비병이 모셔 갈 정도라면 공헌도나 영향력이 꽤 큰 인물일 거야."

"교단에 큰돈을 기부한 사람일지도 모르지."

"에이, 그건 아닐걸. 입고 있던 허름한 옷들을 보면, 거지에 가까웠잖아."

"그건 그래."

줄을 서서 기다리느라 지루했던 사람들은 잡담을 늘어놓았다. 그러다가 경비병들이 다시 나오자 긴장했다. 경비병들이 이렇게 자주 나오는 일도 드물었던 것이다.

그런데 경비병들이 이런 말을 하는 것이 아닌가.

"자네들은 위드라는 모험가를 알고 있나? 이제는 알아 둬야 할 것 같아. 이번에 절망의 평원으로 떠나서 네크로맨서들을 올바른 길로 이끌었다고 하지 않던가."

"탐욕스럽고 더러운 오크들과, 자기밖에 모르는 다크 엘프들을 뚫고 네크로맨서들을 만나신 거지."

"그분은 아무나 할 수 없는 자비심으로 네크로맨서들을 살려 주어, 더욱 큰일을 하도록 이끄셨다."

"위드 님은 이제 우리 교단의 큰 은인이 되셨지."

경비병의 대화를 가만히 듣고 있던 사람들은 깜짝 놀랐다.

경비병들이 하는 말을 가만히 들으니, 무언가가 떠올랐던 것이다.

"명예의 전당이다. 명예의 전당에서 봤던 퀘스트가 지금 보고됐다!"

"프레야 교단의 퀘스트였어."

"그러면 방금 전에 우리 앞을 지나갔던 사람이 바로……."

"그 퀘스트를 진행한 사람이야."

"그런데 이름이 위드잖아."

"설마 동명이인?"

"설마가 아니야. 불사의 군단과의 전쟁, 진혈의 뱀파이어족을 물리치는 것에 이은 연계 퀘스트다!"

"위드! 〈마법의 대륙〉의 그 위드다!"

사람들은 난리 법석을 피웠다.

다른 이들은 모르더라도, 게임을 하는 이들에게 위드라는 이름은 전설이었다.

그 위드가 프레야 교단에서 진혈의 뱀파이어족을 퇴치한 사건을 사람들은 기억하고 있었다.

"그런데 방금 전 그 사람의 얼굴을 기억하는 사람?"

"나는 몰라."

"누구 얼굴 본 사람이 없는 거야?"

"너무 순식간에 지나가 버렸으니……."

"워낙 평범한 옷차림이기도 했고."

"기다리자. 위드가 나올 때까지 진을 치고 기다리자!"

소므렌 자유도시의 주민들과 병사들, 사제들이 일제히 위드의 이야기를 퍼트렸다.

소문이 퍼져 나가면서 프레야의 교단 앞에는 어마어마한 인파의 장사진이 쳐졌다.

그러나 위드는 이미 텔레포트 게이트를 타고 절망의 평원으로 떠나 버린 후였다.

---

성수는 언데드에게 치명적인 효과를 보인다.

그 성수를 무한히 만들어 낼 수 있는 헤레인의 잔을 임대 형식으로 빌렸지만, 이것만으로는 불사의 군단을 막을 수 있다는 확신이 서지 않았다.

"적을 약화시킬 수는 있다. 그러나 이걸로 이길 수는 없어."

위드는 냉정한 판단을 내렸다.

언데드들을 잡는 데에는 최고의 직업이라고 할 수 있는 성기사들이 없었다. 사제들도 겨우 100명으로는 너무나도 모자랐다. 마나가 부족해서, 오크들에게 축복을 전부 걸어 주기도 힘들 것이다.

사제나 성기사들이 없다면 언데드를 물리치기란 거의 불가능에 가깝다.

"역시 무기가 필요해. 오크나 다크 엘프들을 무장시킬 만한 무기가 있어야 돼."

난이도 A급의 퀘스트인 만큼 적당히 해서는 안 될 것이다.

오크들이 들고 있는 글레이브나 다크 엘프들의 화살은 언데드에게 그리 효과적이지 않다.

하지만 이것은 그야말로 금단의 과실이나 다름이 없는 일이다. 엄청난 돈이 나가는 일인 만큼 답을 알고도 실행하기가 힘들었다.

"은! 그래도 역시 은으로 만든 무기가 필요해!"

사악한 것을 물리치는 은!

다크 엘프나 오크들이 은으로 만든 무기로 무장한다면 아군의 전력은 2배 이상으로 늘어나는 것이나 다름없다.

하지만 만약 은 무기까지 샀는데 퀘스트에 실패한다면 위드는 빈털터리 신세가 되는 것이다.

"이래서 퀘스트를 포기하고 싶었는데……."

위드는 눈물을 머금고 결심했다.

"투자다. 위험을 감수해야 더 큰 이득이 돌아오는 법이지."

위드는 마판에게 귓속말을 보냈다.

> —마판 님, 지금 자리에 계십니까?

언제나 접속해 있는 폐인 상인!

마판에게 귓속말을 보내자마자 대답이 전해져 왔다.

> —예. 골라! 골라! 어떤 물품이든 싸게 삽니다. 원하시는 물건은 저렴하게 구매 대행해 드립니다. 잡템도 다 사요! 손님, 무슨 일로 연락을 주셨습니까? 마판 상회를 찾아 주셔서 고맙습니다. 친절하게 모시겠습니다.

눈물 어린 상인의 고행 길!

여전히 잡템을 구매하고, 물품들을 파는 일에 여념이 없는 마판이었다.

실상 어느 정도 규모의 상단까지 운영하면서 꽤나 돈을 만질 수도 있다. 대부분의 상인들은 그러한 길로 빠지는 경우가 많앉다. 그런데 마판은 끈질기게 상인 기술에 전념했다. 위드를 쫓아다니고 검치 들에게 아부를 하면서 열심히 상인의 길을 걸었다.

'자본은 나를 떠날 수 있어도, 기술은 나를 배신하지 않는다!'

기술 하나 익히면 평생 편하게 산다는 신념 아래 상인 스킬의 향상을 위해 노력하는 마판.
그런데 그새 마판에게도 많은 발전이 있었던 듯싶었다.
흥얼거리는 말투에는 상인의 억양이 배어 나올 정도였던 것이다.

—앗! 위드 님입니까?

마판은 곧바로 다시 귓속말을 보냈다.
귓속말을 보낸 사람이 위드인 줄 알고 놀라서 뒤늦게 다시 말을 걸어온 것이었다.

—예, 저 위드입니다.
—아직도 살아 계셨군요. 흑흑.

마판은 다짜고짜 눈물을 쏟아 냈다.
동료들은 이번에야말로 위드가 죽을 줄로 알았다.
절망의 평원에서는 아직까지 아무도 살아서 돌아온 적이 없다고 알려져 있다. 게다가 난이도 B급의 의뢰까지 안고 떠난 위드였으니 이제는 죽을 줄로 안 것이다.

마판은 위드가 죽는다는 데에 200골드를 걸었다.

그런데 페일이나 다른 일행들은 전부 생존한다는 데에 돈을 걸었다. 잡초 같은 생명력으로 어떻게든 살 것이라고 확고한 믿음을 가졌던 것.

마판은 돈을 잃었지만 금방 웃으며 귓속말을 했다.

—아무튼 살아 계셔서 다행입니다. 페일 님도 많이 걱정했어요. 수르카 님이나 로뮤나, 이리엔, 화령, 제피 님도 위드 님의 얘기를 자주 하고 있죠.
—지금 다들 모여 있습니까?
—예. 저만 빼고요. 정령의 호수에서 사냥을 하고 있는데, 이곳의 경험치가 꽤 짭짤한 편이라서요.

위드가 없는 사이에 일행들도 사냥을 하고 있었다.

—검치 님은 어찌 지내죠?
—아! 그분들은 각자 무사 수행을 하신다고 로자임 왕국을 떠났습니다. 위대한 모험가가 되기 위하여 뿔뿔이 흩어지시던 그분들의 마지막 모습은 일품이었죠.
—무사 수행이라… 재미있겠군요.

사고뭉치들의 여행!

검치 들이 어마어마하고, 상상도 못 할 기행들을 벌이게 될 것임을 위드는 어렵지 않게 짐작할 수 있었다.

마판이 웃으며 말을 전해 왔다.

—아무튼 절망의 평원에서도 잘 지내시는 것 같으니 다행이네요. 그곳의 퀘스트는 잘 해결하고 계시지요?
—그럭저럭요. 그런데 퀘스트의 진행을 위해서 은으로 된 무기를 좀 구매했으면 합니다. 은화살과 제련할 수 있는 순은이 많이 필요해서요.

— 아, 대장간에 가면 재료로 쓰는 은을 살 수 있을 것 같네요. 은화살도 어렵지는 않고요.

로자임 왕국처럼 변방의 큰 성들은 기본적으로 무기 재료 등을 많이 비축해 두고 있다.

— 그러면 찾아서 구매를 좀 해 주세요.
— 예. 페일 님이 좀비를 만나면 은화살을 자주 쓰시던데, 언데드 몬스터와 전투라도 치르실 모양이죠? 얼마나 사 드릴까요? 위드 님은 원래 사냥을 한번 하면 단단히 준비하고 가시는 분이니 한 5,000개, 아니면 1만 개 정도면 되겠습니까?

재료의 질에 따라서 조금씩 차이는 있지만, 은화살 1개는 보통 2실버 정도였다.

일반인에게는 상상하기 힘든 물량이었지만, 위드는 그만큼 사냥을 무식할 정도로 하니 마판이 지레짐작하여 많이 부른 것이었다.

한편으로는 속으로 넉넉히 200골드 정도면 되겠다고 계산까지 마쳤다.

그러나 위드의 말은 그의 상상을 초월했다.

— 은화살 200만 개. 그리고 은으로 만든 제일 싼 제련 재료들을 많이 구매해 주십시오. 최소한 5만 개 정도의 무기에 은을 씌울 수 있도록요.

마판에게서 한동안 대답이 들려오지 않았다.
열심히 계산을 하기에 바쁜 모양이었다.
100실버가 모여서 1골드가 된다.

개당 2실버인 은화살 200만 개라면 4만 골드!

무기의 경우에는 은으로 씌우는 데에 아무리 싼 재료를 쓰더라도 최소한 60실버는 필요했다. 제일 싸구려 은을 아주 조금만 입힌다고 해도 5만 개의 무기라면 무려 3만 골드가 드는 것이다.

—그, 그렇게 많은 양을……
—구할 수 있습니까?
—은화살 200만 개. 무기 5만 개에 씌울 만큼의 순은. 대체 무슨 일이 벌어지고 있기에… 알겠습니다. 당장 움직이도록 하죠!

마판에게 무기 재료 구입 대행을 맡긴 후, 위드는 그에 대해서는 조금도 걱정하지 않았다.

상점에서 판매하는 재료의 물량은 한계가 있지만, 지금까지 위드를 보고 배운 마판은 중요한 교훈을 얻었다.

시작부터 안 되는 일은 없다.
안 되면 되게 하라.
노력하고 생각하라. 돈은 절대 그냥 들어오지 않는다.
남들보다 일찍 일어나야 한 푼이라도 더 번다.
미래에 벌 수 있는 돈보다 지금 더 벌어야 한다.

물량을 채우기 위해서는 로자임 왕국의 여러 대장간에 아침마다 가서 은을 구매하고, 사냥을 통해 얻은 유저들로부터 은 붙이를 사야 했다.

언데드 몬스터에게 치명적인 효력을 발휘하는 은화살과 순은이지만, 뒤집어서 본다면 언데드를 사냥하지 않는 이들에게는 별로 필요하지 않은 물건이었다. 중앙 대륙만큼 사람이 많지 않은 로자임 왕국인지라, 굳이 묘지 등을 찾아다니는 이들은 드물었다.

부지런한 성격에 구매 스킬이 남다른 이상, 어렵지 않게 물량을 조달할 수 있을 것이다.

'내 전 재산 75,000골드가 팍 줄어 버리겠구나.'

위드는 생돈이 날아가는 아픔에 탄식을 하고 싶었다.

주문한 무기 재료들을 구입한다면 최소한 7만 골드 이상은 써야 했다.

그러나 안타까움도 잠시!

위드는 금세 의욕을 회복했다.

"그래, 돈! 돈이야 있다가도 없고, 없다가도 생기는 것이지!"

돈을 써야 하는 고통이 아무렇지도 않은 게 아니었다.

오히려 너무나도 큰 충격 때문이었다.

위드는 눈물을 줄줄 흘리며 애써 돈에 대해서는 잊으려고 했다.

친구가 넘어져서 무르팍이 깨졌을 때에도 나지 않던 눈물! 그런데 그저 아는 사람이 땅을 샀을 때에는 펑펑 쏟아지던 바로 그 눈물이었다.

"하지만 이것으로도 모자라!"

위드는 아직도 부족했다. 목이 말랐다.

절망의 평원에는 하나의 세력이 더 있었다.

유배자의 마을.

절망의 평원 곳곳에 흩어져 있지만, 다크 엘프와 오크들만으로는 모자라다. 인간인 그들이 가세해야 전투가 훨씬 편해질 것이다.

"은으로 만든 무기를 가져와야 되니까 로자임 왕국에도 다녀와야 해."

위드는 자하브의 조각칼을 꺼냈다.

이윽고 단단하고 갈라짐이 없는 좋은 재질의 바위를 고른 위드는 그 앞에 서서 잠시 생각했다.

"아무래도 달리는 데에는 치타가 제격이겠지?"

날렵한 치타!

치타로 변신해서 달린다면 절망의 평원을 금방 지날 수 있을 것이다. 이미 지도도 가지고 있으니까.

샤샤샤!

위드는 매우 재빠른 솜씨로 바위를 가르며 치타를 조각하기 시작했다.

몸통은 가늘고 길게 만들고, 제일 중요한 4개의 다리는 말처럼 길쭉길쭉하게 했다.

"다리가 길어야 빨리 달릴 수 있을 거야."

꼭 키가 크다고 달리기를 잘하는 것은 아니지만, 그래도 아이들보다는 어른들이 훨씬 더 잘 달리지 않던가!

띠링!

**명작! 네발짐승상을 완성하였습니다!**

위대함에 가까워지는 조각사! 그의 명성은 대륙 널리 퍼져 있을 정도이다. 예술이란 꼭 정형화될 필요는 없는 것! 한때 확실한 무엇만이 예술 작품으로 느껴지던 시대도 있었다. 그러나 예술의 발달에 따라 다양한 시도들이 전개되었다. 추상적인 느낌에 따라 만든 것들도, 아주 안목이 뛰어난 이들에게는 더없는 작품으로 여겨지기도 한다.

예술적 가치: 3,100.

옵션: 네발짐승상을 본 이들은 생명력과 마나 회복 속도가 하루 동안 25% 증가한다. 이동속도 20% 상승. 전 스탯 10 상승. 이 조각상을 볼 때마다, 확정되지 않은 9가지 특성이 랜덤하게 적용된다. 짐승의 포효 발동. 다른 조각품과 중복으로 적용되지 않는다.

지금까지 완성한 명작의 숫자: 4

---

조각술 스킬의 숙련도가 향상되었습니다.

---

명성이 320 올랐습니다.

---

예술 스탯이 6 상승하였습니다.

---

인내가 3 상승하였습니다.

---

지구력이 2 상승하였습니다.

---

네발짐승상의 소유권은 위드 님에게 있습니다.
향후 이 조각상에 생명을 부여할 수 있다면 그는 위드 님에게 충성을 바치게 될 것입니다.

달빛 조각사

> 명작 조각품을 만든 대가로 전 스탯이 1씩 추가로 상승합니다.

추상적인! 예술의 발달에 따라!

한마디로 위드가 만든 짐승상은 볼품없었다.

치타상을 만들려고 하였지만, 실제로는 말처럼 다리가 길고 몸통도 길쭉한 알 수 없는 짐승이 되었다. 머리는 치타인데 몸은 거의 낙타에 가깝다고 할까.

소 뒷걸음질 치다가 개구리 잡은 격. 대충 만들었는데 일부러 만들려고 해도 쉽지 않은 명작이 나온 것이다.

그 덕분에 숙련도가 12%나 올라 조각술이 9레벨 43%가 되었다.

"아무튼 명작이니 됐지."

위드는 크게 만족했다.

스스로 뛰어난 조각가라고 자부했다면 작품에 집착했을지도 모른다. 그러나 위드는 젯밥에 더 관심이 많았다.

자고로 예술이란 이래야 되는 것이다.

어쩌면 역사란 당시에 살아 본 자신이 아니면 모르는 것. 피카소가 꼭 추상화를 그리고 싶어서 그랬는지 누가 아는가. 위대한 음악가가 실수로 만든 음악이 세기의 명곡이 될 수도 있는 것이다.

예술이란 해석하기 나름이고, 관점에 따라 다른 것이었다.

"지금 이 작품이 이래도 한 100년 뒤에는 상당히 뛰어난 작품으로 인정을 받을 수도 있는 거지. 100년으로 안 되면 한 300년… 아니, 1만 년쯤 뒤에라도."

대충 자기 합리화를 끝낸 위드는 스킬을 사용했다.

"조각 변신술!"

> 조각 변신술을 사용합니다.

위드의 몸이 털로 뒤덮이고, 팔과 다리가 가늘고 길어졌다.

곧 2개의 팔과 2개의 다리를 가진 인간이 아니라, 네발로 달리는 낙타 비슷한 동물로 변신을 마쳤다.

> 조각술에 대한 무한한 애정은, 그 조각품과 조각사를 서로 닮게 만듭니다. 몸의 형태가 바뀌면서 현재 착용하고 있는 장비들의 상당수를 쓸 수 없게 되었습니다. 가죽으로 된, 특수 제작한 옷을 입을 수 있습니다. 종족이나 형태에 따라 필요한 장비를 새로 구하십시오.
> 조각 변신술의 영향으로 민첩과 인내력이 증가합니다. 카리스마와 통솔력이 최저 수준으로 하락합니다. 예술 스탯이 절반으로 줄어듭니다. 지구력이 대폭 상승합니다.
> 조각 변신술이 풀릴 때까지 유효합니다.

네발짐승이 된 만큼 지구력도 대폭 늘었다.

"좋아. 유배자의 마을까지 달리는 거다."

위드는 땅바닥에 엎드려서 질주를 시작하려고 했다.

"네발 뛰기!"

> **네발 뛰기**
> 이동 계열 스킬. 체력과 마나를 소모하여, 두 발로 달리는 것보다 약 60%의 속도를 더 낼 수 있다. 바람을 정면으로 받고 달릴 때에는 체력의 소모가 30% 추가로 늘어난다. 바람을 등지고 달릴 때에는 20%의 속도가 추가로 늘어난다. 험준한 산악 지형에서는 스킬의 사용이 불가능하며, 초원이나 평원에서는 추가로 80%의 이동속도가 가산된다.

과거에 다론의 조각술을 배우면서, 조각품에 대한 이해를 할 때 얻었던 스킬이 있었다.

처음에는 과연 쓸모가 있을까 싶었던 스킬.

위드의 앞발이 앞으로 움직였다.

그러자 뒷발이 금세 따라온다.

다다다다닥!

네발을 모두 이용해 가공할 속도로 달리는 위드!

한 걸음씩 내디딜 때마다 평원의 풍경이 휙휙 빠르게 지나갔다.

보통 인간이라면 네발로 달리는 것에는 익숙하지 않을 수밖에 없다. 앞발이 나감과 동시에 뒷발이 나가고, 어떤 때에는 앞발을 움직여야 한다는 사실 자체도 잊어버린다.

왼쪽 앞발과 뒷발, 오른쪽 앞발과 뒷발.

앞발과 뒷발이 같이 나아가니 무척 우스꽝스럽게 기우뚱거린다.

네발 달린 짐승들이 걸을 때에는 의외로 복잡하다.

왼쪽 앞발이 먼저 성큼 가고, 오른쪽 뒷발이, 오른쪽 앞발이, 왼쪽 뒷발이 움직여야 한다.

적절한 간격과 균형, 힘의 분산이 이루어지지 않는다면 날렵한 동작이 나올 수 없었다.

그러나 위드는 사슴과 말 등의 행동을 열심히 따라 하면서 네발 달리기 스킬을 몸으로 습득하고 있었던 것.

다다다닥.

가공할 속도로 질주하는 위드.

처음에는 모든 것이 잘되어 가는 듯했다. 하지만 곧 크나큰 문제점이 보였다.

"이럴 수가……."

미처 계산하지 못한 시행착오가 있었다.

위드는 다 큰 인간이었다.

엎드려서 걸음마를 하듯이 네발로 달리기!

빠른 속도로 달리고는 있지만, 걸음마로 몇날 며칠을 달릴 생각을 하니 아득하기만 하다.

"노가다면 안 될 게 없어!"

처음에는 그런 생각도 해 봤다. 독하게 달리면 되지 않겠는가!

그런데 목이 너무나도 아팠다.

속도가 빠른 만큼 고개를 바짝 들고 정면을 주시하며 달려야 한다.

어디 그뿐이던가. 오래 달리니 발바닥도 너무나 아프다.

> 날카로운 돌멩이를 밟아 생명력이 3 하락합니다.
> 금속 조각을 밟아 생명력이 10 하락합니다.

여기까지의 부작용도 그럭저럭 참을 수 있었다.

대장장이 스킬을 이용해서 말굽이라도 만들면 충격이 조금은 줄어들 테니까.

문제는 체력이었다.

치타나 말, 그 어떤 동물이든 지구력이 그렇게 뛰어나지는 않다. 속도는 굉장히 빠르지만 최고 속력이 유지되는 시간은 매우 짧다. 나머지는 빈둥거리면서 물이나 마시고 어슬렁거리는 것이다.

> 체력이 떨어져서 달릴 수 없습니다.

겨우 10분!

전속력을 내서 달린 시간이었다.

나머지는 네발로 천천히 어슬렁거리면서 움직여야 했다.

걸을 때마다 엉덩이가 흔들거리고, 숨이 가빠 왔다.

도저히 안 되겠는지, 위드는 마침내 자리에 멈춰 섰다.

"헉헉! 이건 정말 사람이 할 짓이 아니야."

절망의 평원을 네발로 달려서 가로지르겠다는 것은 답답하기 짝이 없는 일이었다. 그때그때는 빠르더라도 체력이 떨어졌을 때에는 답이 안 나온다.

"조각 변신술 해제!"

위드는 조각 변신술을 해제하고 다시금 조각품을 만들었다.

타조처럼 두 발로 달리는 동물!

그런 건 아예 시도조차 하지 않았다.

이번에 만드는 대상은 무난한 오크의 형태였다.

다만 기존에 만들었던 오크 카리취의 몸이 일반 오크들보다 훨씬 비대하고 근육질로 이루어져 있다면, 이번에는 깡마른 오크를 조각했다.

피죽도 못 먹고 자란 것처럼 비쩍 마른 몰골에, 꼭 필요한 근육만이 붙어 있다.

몸무게를 최대한 줄이고 키도 적당히 작게 만들었다.

작은 고추가 맵다는 말처럼 조각을 했다.

물론 인상만은 오크 카리취 그대로였다. 얼굴만 봐도 하루 종일 기분이 상하고, 눈빛이 마주치는 순간 세상을 다 때려 부수고 싶다.

 위드에게는 지상에서 가장 못생긴 오크를 만드는 재능이 있었다.

 띠링!

> **걸작! 작은 괴물 오크 상을 완성하였습니다!**
> 위대한 조각사의 고뇌 어린 작품! 번뇌와 좌절감을 듬뿍 담아 만든 세기의 역작! 있어서는 안 될 흉물이지만, 음울한 분위기가 느껴지는 것이 어딘가 숨겨진 비밀이 있는 듯도 하다.
> **예술적 가치: 1**
> **옵션:** 이 조각상을 바라본 이들은 생명력과 마나 회복 속도가 하루 동안 5% 증가한다. 이동속도 18% 상승. 지력 20 하락. 매력 100 하락. 힘 10 증가. 민첩 5 증가. 우는 아이의 울음을 그치게 만들 수 있다. 담력이 낮은 이들은 이 조각상을 바라보는 것만으로도 심하게 위축된다. 다른 조각품과 중복으로 적용되지 않는다.
> **지금까지 완성한 걸작의 숫자: 9**

 명성이 80 올랐습니다.

 지구력이 2 상승하였습니다.

 지력이 1 상승하였습니다.

 투지가 1 상승하였습니다.

조각품이 완성되자 위드는 곧바로 스킬을 시전했다.

"조각 변신술!"

키가 작아지고 얼굴이 작은 오크 카리취로 변한다.

털이 길게 자라고 몸이 비쩍 말랐다.

> 몸의 형태가 바뀌면서 현재 착용하고 있는 장비들을 상당수 쓸 수 없게 되었습니다. 철판 갑옷을 입을 수 있습니다. 종족이나 형태에 따라 필요한 장비를 새로 구하십시오.
> 조각 변신술의 영향으로 민첩과 인내력이 증가합니다. 지력과 지혜가 최저 수준으로 하락합니다. 예술 스탯이 절반으로 줄어듭니다. 지구력이 대폭 상승합니다.
> 조각 변신술이 풀릴 때까지 유효합니다.

"취이익!"

작은 오크 카리취!

역시나 단순한 것이 제일 좋다.

예술적인 가치 따위는 없어도, 무식한 것이 편하다.

위드는 뒤뚱뒤뚱, 절망의 평원을 열심히 달리기 시작했다.

## 과거의 인연

베르사 대륙의 역사에서는 사라진 제왕.

벨소스 라 데우스 3세.

진홍의날개 길드에서는 왕국의 역사서를 통해서 그 단서를 발견했다.

"숨겨진 뭔가 있는 것 같아요."

"어디 한번 조사해 보자."

길드는 그 단서를 기초로 조사에 착수했다.

역사를 잘 아는 NPC들을 찾아다니고, 관련자들을 통해 증언을 모았다.

큰 기대는 하지 않았지만 자료와 증언, 퀘스트는 점점 높은 곳까지 올라가고 있었다. 나중에는 마센 왕국의 백작에게까지 향했다.

상당히 인색하고 음모와 술수가 뛰어나다는 평가를 받는 그레스 백작은 몰래 임무를 내렸다.

"벨소스 왕에게는 많은 보물이 있었다고 한다. 그중에서도 검은 뿔피리는 무엇과도 바꿀 수 없는 보물이었다고 하지. 그것을 입수해서 내게 주면 섭섭하게 대하진 않을 것이야. 다만 이 일을 누구도 알 수 없게 처리해 주게."

띠링!

### 돌아오는 왕의 그림자
광대한 영역을 지배했던 패왕은 므소스 계곡 아래에 잠들어 있다. 한때 절대적인 권력을 가졌던 그의 무덤에는 금과 은이 산더미처럼 쌓여 있고, 보검과 마법 아이템들이 가득하다. 그러나 왕의 유적은 외인의 접근을 원치 않으리라. 그곳에서 뿔피리를 가져와 그레스 백작에게 넘기면 큰 보상을 받을 수 있을 것이다.
난이도: A
보상: 유적의 보물.
제한: 유적 내에서는 마법 사용 불가능.

어지간한 퀘스트는 NPC와의 대화나 사냥을 통해 나타나는 경우가 대다수였다. 어떤 몬스터를 잡아 오면, 그 몬스터를 잡아 줘서 고맙다고 돈이나 아이템을 준다. 어떤 물품의 운송 의뢰나 호위 임무, 마굴을 평정하라는 임무 등도 있었다.

이게 가장 간단한 퀘스트의 전형이라면, 진홍의날개는 직접 조사를 통해서 숨겨진 퀘스트를 발견한 것이었다.

"찾았다! 왕의 유적이다!"

난이도 A급 의뢰!

유적이 있는 장소와 내부 지도까지 습득할 수 있었다.

진홍의날개는 기뻐하면서도 그 비밀이 퍼져 나가지 않도록 입단속에 힘썼다.

"헤르메스 길드. 거기에 바드레이가 있다고 해도 우리 길드가 이 퀘스트만 성공한다면 세력을 역전시킬 수 있어!"

길드장 테로스가 확신에 차서 소리쳤다.

우후죽순 난립하던 길드들이 어느 정도 정리가 되고, 이제 큰 세력 아래에 모인다.

난세의 기운이 다가오고 있었다.

각 거대 길드가 세력을 규합하기 위해서 총력전을 펼치는 중이었다. 이럴 때에 길드의 명예를 크게 높일 만한 퀘스트를 찾은 것이다.

진홍의날개는 고레벨 유저들을 모두 소환했다. 레벨 330 이상의 유저들만 무려 200명이 넘는다. 용병으로 다크 게이머들도 데려왔다. 최소한 레벨 350 이상으로 50명을 섭외했다.

고레벨 250여 명의 유저들!

이들이 죽기라도 한다면 진홍의날개의 전력 6할 이상이 일거에 사라지는 것이다.

최소한 베르사 대륙의 시간으로 4일간은 접속을 하지 못한다. 그럴 때에 타 세력에서 성을 차지하기 위해 전쟁을 일으킨다면 속수무책으로 당할 수밖에 없다.

그런 만큼 진홍의날개는 최대한 비밀을 유지하는 데 주의를 했다.

고레벨 유저들을 불러들일 때에는 단순한 친목 대회라고 했으며, 유적의 위치도 비밀 장소에 도착해서야 알려 주었다.

"우린 이 유적을 파헤칠 것이다. 다들 알고 있겠지만 이 퀘스트는 난이도 A급이다. 죽는 이들이 없도록 각별히 조심하자. 1

명이라도 죽는다면 그건 우리 길드 전체의 큰 손실이다. 게일."

"예, 길드장."

"선두의 수색대를 이끌어라."

"옛! 맡겨 주십시오."

테로스는 게일에게 중요한 수색 임무를 맡겼다.

수색대는 도둑을 위주로 해서 함정을 해제하고 몬스터를 찾아내는 작업을 한다.

"본대는 내가 이끌겠다."

테로스는 길드원들을 데리고 유적의 탐험에 나섰다. 레벨의 고저를 따지지 않고 성직자들 100여 명이 후방 부대에 배속되어 있었다.

전사들은 약할 경우 전투에 도움이 안 되지만, 치료 부대는 다소 수준이 뒤떨어지더라도 위급할 때에 도움이 된다.

"조심해라."

"절대 하나도 놓치지 마!"

유적의 내부에는 위험한 마수 몬스터들이 들끓고, 강력한 함정들도 나타났다.

레벨 300이 넘는 전사 계열 직업이 손도 못 써 보고 죽을 정도로 위력이 강한 함정들이 몇 미터마다 설치되어 있었다. 일반적인 던전에 이 정도로 함정이 많다면, 다들 들어오기를 꺼릴 것이다.

몬스터들의 수준도 매우 높아서, 처리하기 까다로운 마수들이 다수 등장했다.

다크 게이머들의 상당수가 함정에 빠져 죽고, 길드원들도 30

명 넘게 사망했다.

"여기서 포기할 수는 없다. 다소의 희생은 있지만 계속 전진하자."

그러나 진홍의날개 길드에서는 막대한 희생을 무릅쓰고 유적의 중심부를 향해 계속해서 나아갔다.

다크 게이머들은 돌아가려고 했지만, 계약에 묶여서 빠져나갈 수가 없었다. 죽음 수당을 2배로 올려 주는 대가로 유적을 계속 개척하기로 했다.

그러나 정작 유적의 내부로 들어갔을 때 진홍의날개 길드는 당황하지 않을 수가 없었다.

왕의 유적에는 입구가 별도로 있었던 것이다.

붉은 스콜피온이 새겨진 입구!

입구 앞에는 제단이 하나 만들어져 있고, 문에는 고대 문자가 쓰여 있었다.

"이 문자를 해석할 수 있는 사람이 있는가?"

테로스의 말에 마법사들과 성직자들이 나섰다.

마법사들은 고대어를, 성직자들은 신성 문자를 해석할 수 있다. 그 외의 더욱 다양한 문자들은 모험가나 언어학자들이 이해할 수 있다.

다행스럽게도 진홍의날개에서 최고의 마법사인 사브론이 아는 문자였다.

"바론 문자로군요."

"마법사의 문자와는 뭐가 다르지?"

"원칙적으로 뿌리는 룬어에 두고 있습니다. 그런데 마법사들보다는 주술사들이 썼다는 문자입니다."

"주술사라면 역사적으로 엄청나게 배척을 받았잖은가."

"맞습니다. 그래서 약간씩 변형되어 있고, 암호화하기 위해 일부의 글자들이 바뀌어 있죠. 혹시나 해서 그 문자를 배워 두었는데 이처럼 쓸모가 있군요."

"어서 읽어 보게."

사브론은 신중하게 고대의 문자를 해석했다.

> 벨소스 왕의 유적을 깨우기 위해서는 존경심이 필요하다. 왕이 사랑했던 스콜피온의 조각품 7개를 가져와야만 입구가 열리리라.

돌아보니 제단 위에는 붉은색 원석들 7개가 놓여 있었다.

"조각품?"

진홍의날개 길드원들은 당황하고 말았다.

테로스는 즉각 길드 채널을 통해 전체 메시지를 날렸다.

유적의 내부와 외부를 지키고 있는 전사들, 각 왕국과 대륙 전체에 퍼져 있는 길드원들이 볼 수 있는 메시지였다.

—조각사다. 스콜피온을 조각할 수 있는 조각사를 찾아라!

로자임 왕국의 세라보그 성.

일부 유저들이 동쪽 성문을 통해 나가고 있었다.
"와! 굉장하다."
"플루토 님을 비롯해서 하이신스 님까지……."
"원정대장은 오베론 님이야."
"오늘도 절망의 평원으로 진출하는구나."
성 근처에서 사냥을 하던 유저들은 감탄을 금치 못했다.
마물 퇴치를 위한 원정대!
지속적으로 유저들의 숫자가 늘어나고 레벨이 높아진 결과, 자신감이 생겨 드디어 절망의 평원 탐험에 나선 것.
"부럽다. 우린 언제쯤 저렇게 사냥을 해 보나."
"됐어. 사냥해서 레벨이나 올리자. 저기에 속하려면 최소한 레벨이 250은 넘어야 돼."
"250! 중앙 대륙에는 꽤 많지만, 순수하게 우리 왕국에서 시작한 사람이라면 1%도 안 되는 소수잖아."
"그러니까 고수지."
원정대는 유저들의 부러움을 한껏 받으면서 성문을 나왔다.
척척척!
발걸음까지 딱딱 맞춰서 걸었다.
수많은 유저들의 존경과 추앙을 받으면서 말이다.

세라보그 성에서 출발한 원정대는 곧 동쪽 국경에 다다랐다.
"여기서부터는 조심해야 됩니다."
원정대장의 말에 대원들은 무겁게 고개를 끄덕였다.
성벽을 넘으면 본격적으로 몬스터들이 많아지는 지역이다.

"세라보그 성에서 충분히 확인을 해 보셨겠지만, 마지막으로 개인 보급품이나 무기들을 점검해 보세요."

원정대장은 먼저 자신의 무기부터 점검을 해 봤다.

대체로 대장은 통솔력이 뛰어난 워리어가 맡는 게 정석이었다.

통솔력이 뛰어난 이 밑에 있으면 경험치도 소량이나마 더 획득하고, 또 개인의 능력들도 조금씩 상승한다.

절망의 평원에서 하는 사냥은 매우 난이도가 높은 만큼 오베론이라는 유명한 워리어가 대장을 맡았다.

"이상 없습니다."

"준비 끝났어요."

"어서 가죠!"

마지막 확인 후에 원정대는 조심스럽게 진군했다.

로자임 왕국의 국경에는 장벽이 만들어져 있었다. 절망의 평원으로부터 몬스터의 진입을 막기 위한 방어벽.

"와! 이런 곳이 있을 줄이야."

"멋진 장관이로군요."

절망의 평원 원정대에 처음 속한 이들이 감탄을 터트렸다.

그러나 오베론이나 플루토, 하이신스 들은 슬쩍 웃을 뿐이었다.

"좀 더 가다 보면 이보다 더한 절경들도 많이 보시게 될 겁니다. 벌써부터 놀라지 마세요."

원정대에서도 관록이 있는 이들 세 사람은 절망의 평원에서의 사냥만 다섯 번째가 넘었다.

원정대는 국경을 넘어 절망의 평원을 향하여 천천히 걸었다.

그런데 국경을 넘은 지 얼마 되지도 않아 대규모 몬스터의 무리와 조우했다.

영혼 없는 늑대들.

레벨은 200 이하였지만 수백 마리로 이루어진 무리로, 위험하기 짝이 없는 몬스터였다.

"선공을 취합시다. 마법사 부대, 공격!"

"파이어 볼트!"

"윈드 커터!"

"치료의 손길!"

30명으로 이루어진 원정대는 곧바로 마법을 시전했다.

늑대들이 있는 곳에서 얼음과 불꽃이 작렬한다.

"크아아아!"

오베론의 고함 소리!

사자후와는 조금 다르게 생명력이나 체력을 올려 주는 함성이었다.

"더 다가오기 전에 칩시다!"

오베론을 비롯한 워리어와 팔라딘들은 메이스를 휘두르며 늑대들에게 달려들었다.

"독이 있습니다. 물리지 않도록 조심하세요!"

"언제 어디서 몬스터들이 튀어나올지 모르니 각자 생명력과 마나 관리는 철저히 해 주셔야 됩니다. 죽더라도 그것은 본인의 책임입니다."

싸우는 도중에도 원정대원들은 서로 주의를 주었다.

자신들이 알아낸 몬스터의 특성을 공유하면서 전투를 이끌었다.

아무리 국경 너머의 몬스터라고 해도, 원정대원들은 각자 왕국에서 한가락씩 하는 이들이었다.

"어딜 감히!"

"너희들에게 죽을 정도라면 오지도 않았어!"

마법사들은 보란 듯이 마법을 난사하고, 전투 계열 직업들은 철퇴와 검으로 늑대들을 내리찍었다. 사제들은 치료의 손길을 마구 퍼부었다.

깨갱 깽! 낑낑낑!

숫자가 줄어든 늑대들은 꼬리를 말았다.

대다수의 늑대들이 죽고, 일부는 멀리 평원으로 달려 도망쳤다.

"이야! 이겼다!"

"그래도 절망의 평원의 몬스터라 그런지 쉽지 않군요."

"모두들 수고하셨습니다. 그러면 잠시 쉬죠."

신나게 늑대들을 잡은 후, 원정대는 마나를 회복하기 위해 자리에 앉았다.

늑대를 잡아 떨어진 돈이나 장비들은 대충 알아서 나눠 가졌다.

"가죽은 어떻게 할까요?"

"고기나 늑대의 이빨 같은 것들은요?"

처음 원정대에 참여한 사람들이 질문을 했지만, 대부분은 아이템에 관심도 갖지 않았다.

"주워 봐야 짐만 됩니다."

"잡템이나 가죽류는 돈도 얼마 안 돼요. 뭐, 필요하신 분 있으시면 집으시고요."

오베론의 말에 사람들은 잡템들을 그대로 버려두었다.

"뭐, 주워 봐야 배낭만 차지하니까."

"귀찮게 무거운 거 들 필요 없지."

늑대의 가죽이나 이빨, 고기들은 너저분하게 평원에 널린 채 방치되었다.

원정대는 잠시 휴식을 취한 후에 또 다른 사냥을 하기 위해 움직였다.

"다들 조심합시다!"

"1명도 죽지 않도록 하죠."

원정대가 100미터쯤 움직였을 때였다.

멀리 절망의 평원 쪽에서부터 하나의 점이 나타났다.

조금씩 커지는 점! 그것은 매우 빠른 속도로 원정대를 향해 다가오고 있었다.

맨 처음에 그 이상한 형체를 발견한 것은 시력이 뛰어난 궁수들이었다.

"몬스터다!"

"몬스터가 다가오고 있습니다. 모두 전투대형으로!"

긴장을 풀지 않고 있던 원정대원들은 일사불란하게 전투를 준비했다.

마법사는 주문을 외우고 궁수들은 시위에 화살을 걸었다. 도둑들은 단검을 쥐고 슬쩍 몸을 감추었다. 암습을 준비하는 것이었다.

그런데 조금씩 커지던 점이 이윽고 형체를 알아볼 수 있을 정도가 되었다.

"뭐야, 오크잖아!"

"무지 마른 오크네."

피골이 앙상하게 마른 오크가 헉헉대며 달려오고 있었다.

옷차림은 누더기나 다름이 없고 갑옷 위에는 먼지가 두껍게 쌓여 있다.

다다닥!

"취익!"

다다닥!

"취익!"

세 발자국에 정확히 한 번씩 콧소리를 내면서 말이다.

오크는 등에 몇 개나 되는 큰 배낭도 메고 있었다.

"이 근처에는 오크가 나온 적이 없는데……."

"저 오크는 어디서 왔을까요?"

"그리고 짐들은 다 뭐죠?"

이사라도 하는 것처럼 배낭을 메고 여행을 다니는 오크라니!

원정대원들은 그런 것을 들어 본 적도 없었다.

오베론과 원정대원들이 어이없어 할 때에, 오크가 그들을 힐끗 쳐다보았다.

완전히 피곤에 전 눈동자.

썩은 동태의 눈빛이 이러하리라.

"취이익!"

그러고는 귀찮다는 듯이 원정대를 멀찍이 돌아서 달렸다.

영문은 알 수 없었지만, 원정대원들은 그 모습에서 왠지 연민을 느꼈다. 달리는 걸음, 내딛는 한 발자국이 천 근이라도 되는 것처럼 힘들게 보였던 것이다.

　그러던 오크의 눈이 유달리 반짝인 것은 바로 원정대가 버려 놓은 잡템들을 보았을 때!

　오크는 잡템들이 있는 곳으로 달려와 몸을 날려 때굴때굴 굴렀다.

"뭘 하는 걸까요?"

"정말 이상한 오크네."

"미친 오크인 것 같아요."

　원정대원들이 무심코 보고 있을 때에 신기한 일이 벌어졌다.

　오크가 구르고 지나간 곳의 잡템들이 눈 깜짝할 새에 사라진 것이다. 오크는 오른손으로는 늑대의 이빨과 가죽들을, 왼손으로는 살코기들을 챙겼다.

3실버!

　잡초들 사이에 떨어진 은화 3개를 보는 오크의 눈빛은 열흘간 굶은 승냥이의 그것과도 같았다.

"취이익!"

　3실버를 주운 오크는 만족스럽게 웃으며 계속 달렸다.

　오크가 향하는 곳은 로자임 왕국의 방향이었다.

"이제 거의 도착했군."

오크의 정체는 바로 위드였다.

위드는 깡마른 오크 카리취로 변신해서 열심히 달려 절망의 평원을 횡단하였다.

위드가 제일 먼저 방문한 곳은 유로키나 산맥에서 가까운 유배자의 마을이었다.

위드의 설득에, 그곳의 주민들은 불사의 군단과의 전쟁에 참여하기로 했다.

"오크는 싫지만, 불사의 군단이 침략한다면 아무도 살아남지 못하겠지. 우리가 일구고 있는 땅을 빼앗기지 않기 위해서라도 우리는 싸울 것일세."

유배자의 마을에서는 최대한 많은 전사와 대장장이를 모아서 유로키나 산맥으로 보내기로 했다.

다른 유배자의 마을들도 사정은 그리 다르지 않았다. 대부분 불사의 군단과의 전쟁에 참여하기로 했다.

이처럼 그들을 설득하는 자체는 어렵지 않았지만, 문제는 이동이었다.

절망의 평원 각 지역에 흩어져 있는 유배자의 마을을 일일이 방문해야 하는 것이다.

'힘들어 죽겠다.'

노가다로 단련된 위드조차도 엄청난 스트레스를 받을 정도의 일이었다.

맨몸으로 최대한 무게를 줄이고 달려도 힘든데, 깡마른 오크 카리취의 조각상은 조각 변신술을 위해서 반드시 필요한 것이니 어디에 버릴 수도 없다.

게다가 배낭의 무게가 등을 짓누르고, 다리는 자신의 몸이 아닌 것만 같다.

처음 며칠간은 그나마 조금 괜찮았다.

체력도 정상이었고 평원을 달리는 것도 재미가 있었다.

절대로 건드려서는 안 될 위험한 몬스터들!

그 몬스터들을 멀리서 피해 가는 것도 나름대로 스릴이 넘치는 일이었다.

절망의 평원이 10대 위험 지역 중에 하나로 선정된 것은 정보가 부족한 탓이 크다.

평원의 어느 곳에서 고레벨 몬스터들이 나오는지 아는 이들이 거의 없었다.

그런데 위드에게는 절망의 평원의 지도가 있다.

평원에 퍼져 있는 유배자의 마을과 몬스터들 그리고 결정적으로 들어가서는 안 될 위험 지역에 대한 정보까지 세밀하게 적혀 있는 지도!

이 지도를 보며 감당할 수 없는 몬스터 서식지는 피해서 달렸으니 그리 심하게 위험하지도 않았던 것이다.

영역을 벗어나서 제멋대로 활개 치며 돌아다니는 떠돌이 몬스터만 조심한다면 대체로 안전하게 이동할 수 있다.

평원이 위험하다는 것은, 멋모르고 들어와서 강한 몬스터들에게 도륙당한 이들이 퍼트린 말들이었다.

하지만 일단 길은 알고 있다고 해도, 위드는 시간에 쫓기는 몸이었다.

20일 내로 돌아가야 했으니 최대한 먼 거리를 빠르게 움직여야 했다.

어느 정도 체력이 있을 때에는 큰 체력 소모를 무릅쓰고 네발로 달렸다.

네발로 질풍처럼 내달리는 깡마른 오크 카리취!

몬스터를 최대한 피하기 위해서 24시간 주위에 신경을 곤두세우고 있어야 했다.

음식도 달리면서 먹을 정도였다.

그러면서 과도하게 체력을 소모했더니 병에 걸리고 말았다.

> 과로하였습니다.
> 오랜 시간에 걸쳐 지나친 체력을 소진하였으므로 온몸에 힘이 빠집니다. 체력이 저하되고, 힘과 민첩이 하락합니다. 충분한 휴식을 권해 드립니다. 만약 휴식을 취하지 않을 때에는 과로사할 수도 있습니다..

감기에 이어서 과로까지!

평원에서 저무는 해를 바라보며 쓸쓸하게 쓰러져서 죽는다면 얼마나 비참할 것인가.

아마 달리기로 과로사한 최초의 사람이 될지도 몰랐다.

그러나 위드는 이 메시지를 보고 화가 났다.

'그동안은 내가 최선을 다하지 않았구나!'

나름대로 노가다 정신으로 열심히 살아왔다고 생각했다!

그런데 이제야 이런 메시지를 보다니! 지금까지의 나태한 삶, 어중간하게 노력했던 생활을 반성하지 않을 수 없었다.

그러나 그러한 의욕은 머릿속에 남아 있을 뿐.

쏴아아아!

비가 내렸다.

하늘에 구멍이라도 뚫린 것처럼 폭우가 쏟아졌다.
절망의 평원 전역에서 쏟아져 내리는 장대비!
메마른 대지가 수분을 머금었다.
웃자란 풀들이 싱그러움을 발산했다.
그때까지만 해도 위드에게도 장관이었다.
장대비 속을 달리면서 그간의 열기를 식혀 주는 좋은 효과를 내기도 했던 것!
그러나 비가 그치지를 않았다.
쏴아아! 쏴아아! 쏴아아아아아!
무려 사흘 밤낮으로 내리는 비였다.
대지 위에 물웅덩이가 생기고 심지어는 급류가 만들어지기도 한다.
엄청나게 불어난 물이 강물처럼 흘러가고 있었다.
위드는 물에 휩쓸려 가지 않기 위해 안간힘을 다해야 했다.
누구 도와 달라고 할 사람도 없다.
평원에서 오로지 혼자만 있었으니 도움을 청할 곳도, 숨을 곳도 없다.
땅은 진창으로 바뀌고, 힘든 발걸음을 옮기는 위드!
본래 〈로열 로드〉에서의 기후 변화는 매우 지독하다.
그렇기 때문에 각종 정보 사이트에서는 기후에 대해서 토론을 벌일 정도였다. 하지만 위드가 다니는 곳은 아직 제대로 된 탐험이 이루어지지 않은 영역.
지도만 들고 있을 뿐이지 어떠한 자료도 없었다.
"겨울… 싫다! 취이이익. 여름도… 진짜 싫어! 그냥 봄과 가을이 최고다."

위드는 수없이 넘어지고 일어서기를 반복하며 걸었다.

그렇게 비를 맞으면서 걷자 몸에서 힘이 빠지고 열이 났다. 이때 충분히 휴식을 취해야 했지만, 이 메시지를 무시했다.

'과로쯤이야 아무것도 아니지.'

위드는 더 열심히 달렸다.

시간이 촉박했으니 더욱 서둘러야 했다.

그러면서 몸을 함부로 대했더니 금방 결과가 나왔다.

달리는 속도가 느려지고 배낭이 점점 무겁게 느껴진다.

눈 밑에는 시커먼 다크 서클이 생기고, 얼굴빛은 파리하게 변했다.

> 중증 과로에 걸렸습니다.
> 체력의 회복이 중단되고, 생명력이 조금씩 하락합니다. 과로사를 막기 위해서는 반드시 휴식을 취해 주어야 합니다.

절망의 평원 한가운데에서 과로사를 하다니! 절대로 있을 수 없는 일이었다.

위드는 약초를 씹었다. 체력 회복에 좋은 약초를 먹으면서 억지로 피곤한 몸을 이끌었다.

과로로 힘겨운 몸을 이끌면서 달려와 겨우 로자임 왕국에 6일 만에 도착을 했다.

세라보그 성이 눈에 들어온 것은 정확히 7일 만이었다.

"조각 변신술 해제!"

위드는 오크 상태를 해제한 채로 잠시 성 앞에 무릎을 꿇고

앉았다.

살아서 돌아온 것이 기적과도 같았다.

절망의 평원을 횡단하는 건 그만큼 위험한 일이었다.

몬스터를 피해서 오는 게 위험한 게 아니라, 과로로 죽지 않는 것이.

위드는 성문 앞에 한참이나 멍하니 앉아 있었다.

온몸에 힘이 풀려서 일어날 수도 없을 정도였다.

주변을 지나던 유저들! 특히 여성 유저들은 위드를 그냥 지나치지 못했다.

"힘내세요."

"열심히 사세요, 아저씨. 절대 삶의 희망을 버리면 안 돼요!"

"……."

굴욕!

남들은 거지가 아니라고 고래고래 고함을 칠지도 모른다. 그러나 위드는 조용히 동전을 챙겼다.

'3실버 14쿠퍼 벌었군.'

중학교에 다닐 때에는 정말 먹을 것이 없었다.

정부에서 매달 조금씩 나오는 돈으로는 여동생을 입히고 배불리 먹이기에도 벅찬 시절이었다. 그때는 쓰레기까진 아니더라도, 근처 편의점에서 유통기한이 지난 음식들을 얻어먹어야 했다. 그런 기억이 있는 위드에게 돈은 언제나 가치 있는 것이었다.

"끄응!"

위드는 간신히 정신을 수습하고 자리에서 일어났다.

너무나도 지쳤다.

〈로열 로드〉의 가상현실 시스템이 이토록 제대로 만들어졌을 줄이야.

육체적인 것뿐만이 아니라 정신적으로도 상당히 피로했다.

7일간 묵묵히 달리기만 하다니, 웬만큼 정상적인 인간이라면 버티기 힘든 기간이었다. 만약 네발 뛰기 스킬을 사용하지 않았더라면 더 많은 시간이 걸렸으리라.

위드는 고개를 절레절레 저으며 자리에서 일어났다.

이제는 성안으로 들어가야 할 때였다.

※※※

위드는 마판과의 약속 장소인 중앙 분수대로 향했다.

로자임 왕국의 유저들은 이전보다 확실히 늘어나 있었다. 이제는 중앙 대륙과 비교해도 그다지 사람이 없다고 말할 수 없을 정도가 되었다.

특히 변경의 국가 중에서도 로자임 왕국의 인구 증가율은 경이로울 정도였다.

신규로 시작하는 유저들의 상당수가 로자임 왕국을 선택했기 때문이다.

물론 여기에는 사자 괴물 상의 효과가 컸다.

명작 사자 괴물 상은 여러 회복 능력을 비롯해서 능력치를 상승시켜 준다. 성문 근처에서 간단한 몬스터를 사냥하는 이들에게 이 사자 괴물 상의 효과는 말할 필요도 없는 것!

게다가 로자임 왕국에는 아직 미개척 지역도 많고 한창 모험이 강조되고 있으니, 이곳에서 시작하는 유저들이 더욱 늘어나는 것이다.

물론 그리 오래갈 것 같진 않았다.

'다른 왕국이나 제국에도 조각가나 화가, 예술가들이 나타난다면 유저들은 다시 분산되겠지.'

사자 괴물 상으로 인하여 조각사라는 직업을 선택하는 사람들이 많이 늘었다. 예술과 관련된 직업들이 다시금 관심을 받게 되었다.

이들이 다른 왕국에서 명작이나 걸작을 만들면 로자임 왕국만의 이점이 사라진다. 그때가 되면 초보자들은 다시 분산될 것이고, 예술을 바탕으로 한 직업들도 정착될 것이다.

"위드 님! 여기입니다."

이런저런 생각을 하며 걷는 사이, 중앙 분수대에 도착한 모양이었다.

마판이 기다리고 있다가 손을 흔들었다.

"와! 정말 오랜만이네요. 여기 주문하신 물건들을 모아 왔습니다."

마판은 뛰어난 상인답게 모든 준비를 마쳐 놓고 있었다.

"은화살 200만 개. 은으로 된 제련 재료도 충분히 구했습니다. 6만 개 정도의 무기에 은도금을 할 수 있을 거 같습니다."

무려 10대 분량의 마차에 적재된 장비들.

"이래저래 싸게 사들여서 구매에 쓴 돈이 65,000골드입니다. 7만 골드로 계약을 했지만 원금 정도만 주셔도 되는데요.

이 금액은 외상으로 할까요?"

그러면서 마판은 슬슬 눈치를 보았다.

사실 위드 덕분에 직접 얻은 소득도 크지만, 페일 등의 파티와 검치 들을 알게 되어 수입이 상당히 늘었다. 이번에도 구매를 하면서 거래 스킬이 상당히 늘어나지 않았던가.

그런 만큼 거금의 구매에 대해서 어느 정도의 할인이나 분할 상환 요청도 받아 줄 작정이었다. 그동안의 친분이 있으니 본전만 쳐도 불만이 없었다.

그런데 위드는 고개를 저었다.

"7만 골드. 전액 현금으로 지불하겠습니다."

"헉! 정말요?"

위드야 물론 알부자였다. 충분히 7만 골드를 낼 수 있다. 하지만 마판은 더욱 그럴수록 불안해졌다.

대체 왜 이러는가!

위드가 이런 일을 할 때에는 이유가 있기 때문이었다.

아니나 다를까, 위드는 한마디를 더했다.

"다만 착불로, 물건 수령지에서 전액을 드리도록 하죠."

"……."

마판은 크게 한숨을 쉬었다.

그나마도 다행이라고 할 수 있다.

어차피 마차 10대 분량의 물건들을 위드가 직접 옮기진 못할 테니까. 어느 정도는 예상을 하고 있었던 것이다.

"그럼 어디로 보내 드릴까요?"

"절망의 평원."

"……."
"유로키나 산맥."
"……."
"10일 내로 보내 주셔야 됩니다."
"커헉!"
마판은 끝내 피를 토하고 말았다.

마판은 절대로 절망의 평원으로는 가지 않겠다고 버텼지만, 위드가 준 지도에 혹해서 가기로 했다.
절망의 평원 지도!
이것이 있다면 안전한 지역만 거쳐서 가면 되니 그리 위험하진 않을 것이다.
'잘됐어! 유배자의 마을이라니, 더 큰 상인으로 발돋움할 수 있는 기회다.'
아직 다른 상인들이 찾지 않는 마을들과의 거래를 시작한다면 많은 돈을 벌어들일 수 있으리라.
명성과 돈. 양쪽 모두 얻을 수 있는 기회였다.
"서둘러야겠군요."
마판은 허겁지겁 보급을 마치고 절망의 평원으로 향했다.
위드는 따로 길을 가기로 했다.
텔레포트 게이트에는 무게 제한이 걸려 있지만, 큰 짐을 들고 있지 않은 혼자라면 곧장 절망의 평원까지 날아갈 수 있다.

그러나 다시금 절망의 평원을 횡단하면서 남아 있는 유배자의 마을을 방문해야 했던 것이다.

위드는 볼일을 조금 보고 마구간을 들러서 말을 1마리 구입한 뒤에 성문으로 향했다.

✦

파아앗!

빛과 함께 포탈을 타고, 붉은 옷차림을 한 미녀와 대머리의 수도승이 도착했다.

"여기에 조각가가 나타났다고?"

"그런 소문이야, 일단은. 일부러 사람을 풀어놓은 보람이 있었네."

"귀찮군, 조각품 하나 사기도. 우리들이 하찮은 조각품 따위를 사려고 로자임 왕국까지 왔다면 아무도 믿지 않을걸. 그 빌어먹을 퀘스트만 아니었어도. 젠장!"

"후훗. 이제 막바지잖아. 유적의 내부에만 들어가면 우리가 얻고자 하는 걸 얻을 거야."

프시케와 마커는 대로를 활보했다.

최고급 벨벳으로 만들어진 붉은 로브로 육감적인 몸을 감싸고 있는 프시케와, 거대한 도를 들고 다니는 마커.

그들의 특색 있는 복장에, 사람들의 시선이 집중되었다.

"설마… 저 사람들……."

"적염의 마녀와 도광이다."

"저들이 로자임 왕국에는 왜 나타난 거지?"

여기저기에서 놀라 외치는 소리.

그만큼 그들이 유명인이라는 뜻이리라.

프시케와 마커는 익숙한 듯, 주변인들에게는 전혀 신경을 쓰지 않고 있었다.

압도적인 힘과 박력이, 일부러 보여 주려고 하지 않아도 울룩불룩한 근육으로 나타난다. 머리마저 근육으로 이루어져서 전혀 고민이나 생각 따위를 하지 않을 것 같은 마커였지만 잊지 못하는 일들도 있었다.

"프시케, 예전에 우리가 했던 게임 말이야."

"응?"

"그때의 그는 지금 무엇을 하고 있을까."

"마커, 네가 말하는 사람이라면 역시 위드밖에 없겠지."

"그래. 나에게 유일하게 굴욕감과 패배감을 맛보게 만들었던 놈."

"내게도 마찬가지였어."

현재 〈로열 로드〉를 플레이하는 고수들 중에는 한때 〈마법의 대륙〉 유저들이 많았다.

〈마법의 대륙〉에서는 수많은 강자들이 위드를 찾았다.

아직 파헤치지 않은 비밀들이 위드에 의해 개척되고, 가장 강한 사냥터에서 혼자 사냥을 하는 그의 명성이 널리 퍼져 나갔을 무렵이다.

마커와 프시케도 열심히 위드의 뒤를 따라다녔던 이들이다.

그들은 멀리서 그의 사냥을 지켜봤다.

우스운 이야기지만, 위드는 목숨을 걸고 싸우는 것 같았다.

던전의 진입로에서부터 모든 몬스터들을 죽이고 들어간다. 강한 몬스터들을 죽이기 위해서 수단과 방법을 가리지 않는다.

그의 추종자들은 위드가 남겨 놓은 흔적들을 보며 전율했다.

검을 휘두르면 하나의 생명이 명멸한다.

당시의 위드는 정말로 무서웠다.

싸우고 투쟁하고 쟁취한다.

그래서 다들 위드를 흑기사라고 불렀다.

어느새 프시케와 마커는 동쪽 성문 근처에 도착했다.

"정보에 의하면 조각가가 있는 곳이 이 근처라고 했는데……."

"바로 저기 있네."

프시케가 손가락으로 가리킨 곳에서는 위드가 말을 타고 떠나려고 하는 중이었다.


위드는 말을 잘 쓰다듬었다.

절망의 평원에서 올 때에는 그렇게 고생을 했지만, 돌아갈 때에는 말을 타고 갈 수 있다.

물론 절망의 평원에도 야생마들이 뛰어놀았다.

기사나 용병!

이런 직업들은 어디서든 야생마를 잡아서 길들일 수 있다.

승마술을 이용한다면 같은 말이라도 매우 빠른 속도로 달리게 하는 게 가능했다.

그러나 조각사에게는 말과 관련된 스킬이 따로 없었다.

참고로 드루이드들은 스피릿 오브 울프. 달리는 속도를 빠르게 하는 마법을 시전할 수 있고, 바드는 노래로 더 빨리 움직일 수 있다. 그러나 조각사는…….

'오로지 노가다의 직업이지.'

위드는 절망의 평원을 달리면서 이제야말로 조각사란 직업에 대해 진정한 이해를 할 수 있을 것만 같았다.

"이랴! 어디 가 보자!"

위드가 애지중지 말을 몰고 나가는데, 길을 막는 두 사람이 있었다.

프시케와 마커.

적염의 마녀와 도광.

프시케가 입을 열었다.

"혹시 조각사가 맞나요?"

"제 직업이 맞지만, 무슨 용건이라도 있습니까?"

위드는 번거로운 일은 질색이었고, 지금은 시간도 없었다.

프시케가 활짝 웃으며 말했다.

"맞게 찾아온 것 같네요. 피라미드를 조각하셨죠. 혹시 전갈 모양의 조각품도 파나요, 젊은 아저씨?"

"글쎄요. 예전에 저의 조각품을 사 주신 분인 것 같은데, 미안하지만 기념품은 이제 더 이상 만들어 드리지 않습니다."

기껏해야 몇 실버 벌기 위해서 시간을 쓸 수는 없었다.

공돈이라면 사양하지 않는 위드였지만, 그 시간에 직접 사냥을 하는 편이 돈을 더 많이 획득할 수 있었다.

"저희들이 아주 급한 사정이 있어서 그래요. 꼭 필요해서 그러는데, 만들어 주시면 안 될까요?"

"안 됩니다. 다른 조각사를 찾아보시죠."

위드는 딱 잘라 거절했다.

아예 더 이상 그에 대해서는 말하고 싶지도 않은 듯한 태도였다.

그런데 프시케가 작은 보석을 내밀었다.

"다른 조각사라면 저희도 많이 알아보고 왔어요. 아마도 그쪽 분은 최소한 중급 조각술을 익히고 계실 테죠. 이건 조각술 스킬이 중급에 올라야만 깎을 수 있는 조각품이에요."

일이 더더욱 번거로워지고 있었다.

"제 스킬의 수준이 낮아서 곤란합니다. 시간도 없고요."

"어려운 줄은 알지만 부탁드려요. 다 알고 왔으니, 저희가 원하는 대로 만들어 주신다면 이 보석을 드릴게요."

반짝반짝 빛을 내는 붉은색 루비!

보석 거래를 해 본 경험이 있기에 위드는 시세에 아주 밝은 편이었다.

'판다면 최소한 400골드는 받겠구나. 주인만 잘 만나면 500골드에도 팔 수 있는 보석이다.'

그렇지 않아도 7만 골드나 되는 거액이 나가서 속이 쓰리던 상황!

약간이나마 보충할 수 있겠다는 생각에 위드는 곧바로 말에서 내렸다.

"조금만 시간을 주시면 만들 수 있습니다. 꼭 저에게 맡겨 주세요!"

프시케와 마커는 조금 어이없다는 얼굴을 했다.

보석을 보여 주자마자 완전히 돌변하는 사람이라니! 그러나 위드에게는 매우 당연한 일이었다.

"그럼 7개만 만들어 주면 좋겠네요. 지금 바로 가능하죠?"

"헛. 7개나요?"

"왜요, 좀 많은가요?"

프시케가 살짝 걱정스러운 눈으로 묻자, 위드는 슬픈 눈빛을 했다.

"아시다시피 저는 예술가입니다. 예술을 진심으로 사랑하기에 험난한 조각사라는 직업을 선택할 수 있었지요. 다 똑같은 전갈을 만들더라도, 독창적인 느낌이나 기법을 가미하기 위해서는 많은 정성이 필요한 법이랍니다."

위드의 눈빛은 맑고 깨끗했다.

마치 도를 닦는 사람처럼, 평생을 예술에 바친 사람과도 같은 눈빛이었다.

한 푼이라도 더 받기 위한 아부와 필요할 때마다 나오는 예술가 정신!

이것이야말로 가난한 조각사의 삶을 그나마 윤택하게 만들어 주는 것이었다.

"아! 제가 생각이 짧았네요. 그러면 전갈을 만들어 주시는 수고비로 보석을 1개 더 드리죠. 이 재료를 가지고 만들어 주실 수 있겠죠?"

프시케는 7개의 붉은 원석을 건네주었다. 그 순간 그녀는 주위의 시선에 무척 신경을 쓰고 있었다.

옆에서 도광은 칼자루에 손을 올렸다. 수상쩍은 움직임이라도 보인다면 즉시 위드를 베어 버릴 참이었다.

위드는 받아 든 원석을 잠시 살펴보았다.

'이걸 깎으려면 중급 조각술이 필요하지. 내게는 자하브의 조각칼이 있으니까 그 전에라도 가능했겠지만.'

초급 조각술일 때에는 상당히 까다로워서 건드리기도 힘든 원석이었다.

"옛, 손님. 잠시만 기다려 주십시오. 생생하게 살아 있는 듯한 전갈을 만들어 드리겠습니다."

위드는 오랜만에 재신이 강림했다고 기뻐하면서 작업을 시작했다.

프시케와 마커의 영향인지, 주변에는 다른 사람들이 다가오지도 않았다.

"그런데 마커."

"왜, 프시케?"

"그도 지금 이 게임을 하고 있지 않을까? 위드 말이야."

위드?

열심히 조각품을 깎고 있는 위드의 손이 잠깐 멈칫했다. 그러나 곧 익숙하게 다시 조각을 한다.

이 넓은 세상에 꼭 자신의 이야기란 법은 없는 것이다. 단지 이름만 같은 다른 사람일 수도 있으니까.

"음. 그럴 수도 있지. 〈마법의 대륙〉의 계정을 팔았다고 들었으니 어쩌면 이 게임을 하고 있을지도 모르겠어. 인터넷상의 소문으로는, 그가 이 게임을 하고 있을 뿐 아니라 프레야 교단의 성기사가 되었다는군. 그대로 믿을 수는 없지만 말이야."

"개과천선이라도 한 것인가? 거치적거리는 것은 닥치는 대로 치워 버렸던 그 흑기사가."

위드의 손이 잠깐 또다시 떨렸다. 그리고 슬며시 고개를 들어 두 사람의 얼굴을 보았다.

마커가 나직하게 말을 이었다.

"그를 꼭 한번 만나 보고 싶었는데……."

"알고 있어, 마커. 네가 2년 전에 이 게임을 시작할 때 마지막까지 망설였던 이유가 그와의 승부를 마무리 짓지 못했기 때문이라는 것을."

"최고로 꼽히는 그를 한 번은 꺾어 보고 싶었지."

"〈마법의 대륙〉을 했던 사람들이라면 모두 마찬가지 심정이었을 거야."

"절대적인 전장의 카리스마 위드. 그를 내 발아래에 두고 싶었지. 하고 있다면 그를 만나고 싶군. 아니, 꼭 만나게 될 거야. 대륙은 넓지만 만날 사람들은 반드시 만나게 되어 있으니."

"만나면 어떻게 할 건데?"

"반갑게 인사를 나누어야지. 그를 만나면 아주 반가울 테니까."

"호호호!"

프시케가 교소를 터트린다.

"나와 생각이 같네. 나 역시 그를 만나게 된다면, 반갑게 인사를 나누고 싶어."

"최소한 천 번 정도는 죽여 줘야지."

위드의 조각하는 손길이 매우 빨라졌다. 거의 눈에 보이지도 않을 정도로 조각칼을 놀리는 그의 모습은, 거의 자하브가 현신한 것만 같았다.

"조각사님, 천천히 하셔도 되는데……."

"아닙니다."

위드는 최대한 빠른 속도로 조각품을 완성해서 프시케에게 보여 주었다.

"아주 잘 만드셨네요."

프시케는 전갈 조각품을 모두 받아 잘 챙긴 후에 보석을 내고 셈을 치렀다.

"이제 드디어 그곳에 들어가게 되는군."

"그래. 어서 가도록 하자."

볼일을 마친 마커와 프시케가 돌아서서 걸어간다.

그들이 멀어지고 나자 위드는 나직이 한숨을 쉬었다.

'휴우! 역시 〈마법의 대륙〉을 했다는 이야기는 아무에게도 하지 말아야겠다.'

당시의 높았던 명성만큼이나 위드에게 원한을 품고 있는 인물도 한둘이 아니리라. 어쨌거나 덤벼드는 자들은 인정사정 봐 주지 않고 죽여 주었으니.

마커와 프시케도 그때 이름을 몇 번 들어 보긴 했다. 하지만 가상현실을 통해 실물과 같은 얼굴을 보는 건 처음이었다.

## 기묘한 동행

 로자임 왕국의 용무를 마치고 다시 절망의 평원을 횡단하는 위드!

 이번에는 말을 타고 있었다.

 갈색 말.

 갈기에는 윤기가 좔좔 흐르고 날렵한 발목과 근육질의 몸을 가진, 가격은 비싼 편이 아니지만 널리 애용되는 말이었다.

 괜히 겉멋만 든 사람들이 백마나 흑마를 이용하는 법이다.

 위드는 철저하게 자린고비 정신을 발휘해서 갈색 말을 구입했다.

 "좋아. 달리자. 어서 달리는 거야!"

 따가닥! 따가닥!

 경쾌한 소리를 내며 말이 질주한다.

 말은 평원에서 그 이동 능력이 최대로 발휘된다.

 산악 지형이나 늪지에서는 거의 효과를 보기 힘들지만, 지금은 질풍처럼 달리고 있었다.

"과연 돈값을 하는군."

위드는 이래서 사람들이 말을 사서 타는구나 생각했다.

돈은 쓴 만큼 돌아온다!

그렇기에 위드는 생각했다.

"역시 과감한 투자만이 살길이야."

겨우 3골드짜리 갈색 말을 사고도 후회하지 않기 위해서 끊임없이 잘했다고 생각하는 것!

이것이야말로 위드의 자린고비 정신의 결정체였다.

과연 말은 걷거나 달리는 것과는 비할 바 없이 빨랐다.

단 하루 만에 국경에 도착하고, 이틀째부터는 절망의 평원을 달렸다.

평원에서부터 위드는 말을 특이하게 움직였다.

동서남북 어디로도 탁 트인 평원에서, 일부러 남동쪽으로 5시간쯤 말을 몰았다. 그러다가 어느 시점부터는 다시 북동쪽으로 말을 몰았다.

결국 동쪽으로 나아가고는 있지만, 지그재그로 움직이면서 쓸데없는 시간을 낭비한 것이다.

그렇게 몇 시간을 나아가자 절망의 평원에서 사냥을 하는 원정대를 만났다.

오베론을 비롯하여 지친 원정대원들이 둥글게 앉아서 쉬고 있었다.

그들은 잔뜩 경계심을 키우고 있던 도중에, 말을 타고 달려오는 위드를 보았다.

"세상에……."

"이곳에 오는 사람이 있다니!"

오베론 들은 모두들 놀랄 수밖에 없었다.

절망의 평원에 들어오고 난 이후 그들은 끊임없이 몬스터와 전투를 치렀다.

다들 로자임 왕국에서는 한가락씩 한다고 뻐기면서 전투의 치열함을 경험해 보고 싶다 했지만, 절망의 평원에서는 그 말이 속으로 쏙 들어갔다.

엄청나게 강한 몬스터들!

어비스 나이트, 스톰 캐스터, 베놈 로드, 다크 랜서, 나이트 로드!

레벨 350이 넘는 몬스터들이 절망의 평원에 널려 있었다.

어디 그뿐인가.

평원에 있는 괴수들이나 맹수들!

함정을 파고 숨어 있는 기습형 몬스터, 흡혈 식물들.

가끔씩은 레벨 400대가 넘는 놈들도 출몰한다.

오만 가지 위험이 도사리는 지역이었다.

그런 곳에서 사냥을 하고 있는 만큼 원정대의 눈빛은 하루 만에 거무죽죽하게 죽어 있었다.

오베론 들은 위드를 보며 눈을 크게 떴다.

"위험합니다. 이곳은 절망의 평원인데… 지금이라도 어서 말을 돌려서 돌아가십시오! 원한다면 우리들이 안전한 곳까지 데려다주겠습니다."

오베론은 상당히 예의가 바르고 매너가 좋았다. 몬스터의 공격을 받으며 타인을 지켜 주는 워리어는, 대체로 듬직한 성품을 가진 이들이 택하는 직업이다.

그러나 위드는 성격이 그다지 좋지 못했다. 사실 아주 나쁜 편에 속한다고 할 수 있었다.

위드는 그대로 말을 타고 원정대가 있는 곳을 지나쳐 버렸다.

완전한 무시였다.

물론 그들이 회수하지 않은 잡템과 가죽들!

그것은 말을 타고서도 몸을 굽혀서 모조리 집어 갔다.

두 다리로 안장에 몸을 지탱하고 허리가 끊어지도록 수그리는 위드.

'반드시 집어야 돼!'

돈에 대한 이글거리는 욕망!

위드는 잡템들을 주우면서 그대로 말을 타고 평원을 내달렸다.

"어? 그냥 가 버리네."

"목숨이 아깝지 않은 걸까요?"

원정대원들은 위드를 보며 다들 의아해했다.

"뭐, 죽는 법도 가지가지니까."

"이런 식으로 여행이나 모험을 즐기는 사람도 1~2명쯤은 있겠죠."

그러나 오베론이나 플루토 등의 의견은 조금 달랐다.

그저 죽으러 가는 것으로 보기에는 위드의 행동이 다소 미심쩍었던 것이다.

오베론의 머릿속에 스쳐 가는 생각.

처음 절망의 평원에 진입해서 혼을 잃어버린 늑대를 사냥하였을 때에도 오크 1마리가 지나가면서 잡템을 주워 갔다.
 "설마……."
 마침 플루토도 오베론을 보고 있었다.
 "그 오크가!"
 "진짜로 유저였나?"
 "유저라면 역시……."
 "오크 유저라면 지금 떠오르는 건 1명밖에 없죠."
 그때에는 다른 원정대원들도 두 사람이 무슨 이야기를 하는지 알아차렸다.
 그들 역시 〈로열 로드〉에 푹 빠져 사는 사람들이었으니까.
 "명예의 전당!"
 "동영상에 나온 오크다!"
 "전혀 다른 몸매라서 몰랐던 거야! 저 더러운 인상을 보니 확실해."
 "그렇게 추악하고 야비하게 생긴 오크는 없으니까!"
 "퀘스트 장소가 바로 절망의 평원이었다!"

 ※

 위드는 말을 타고 달리면서도 기분이 썩 좋지 않았다.
 이곳까지 오는 내내 원정대원의 흔적이 평원에 널려 있었다.
 그들이 줍지 않고 버린 각종 잡템들.
 눈에 보이는 곳에 있었지만 위드는 주우러 갈 수가 없었다.
 혼자서는 감히 가기 힘들 정도로 위험한 몬스터들이 있는 영역이었기에!

실상 원정대원들은 절망의 평원에서도 몬스터가 가장 많은 곳으로 들어서고 있었다.

본래 평원은 아무것도 없는 듯 보이지만 그렇지 않다.

각 몬스터마다 영역이 있어서, 그곳을 침범하면 그들의 공격을 받는다.

흡사 미로처럼 복잡하게 얽힌 몬스터들의 영역.

위드의 경우에는 지도를 가지고 있으니 교묘하게 피해서 그 경계선으로 움직일 수 있었다. 그러다 보니 말을 모는 데에도 복잡하게 이리저리 경로를 구성해야 했지만 말이다.

평원을 달린 지 꼬박 하루가 지났을 때부터는 말의 입에서 거품이 흘러나왔다.

말도 과로를 한 것이다.

오크 카리취의 조각상이 든 배낭까지 옆구리에 달고 있었으니, 말은 더더욱 빨리 지쳤다.

보통 주인이라면 수고했다고 갈기라도 쓰다듬어 주고, 당근이라도 하나 먹일지 모른다. 물론 넉넉한 휴식도 주었으리라.

"더 달려. 넌 할 수 있어. 달리기 위해 태어난 종족이 자신의 한계조차 확인하지 않는다는 건 너무 슬픈 일이 아니겠니?"

퍼벅!

히히힝!

위드는 말에 사정없이 박차를 가했다. 그러자 말은 조금 더 힘을 내서 달렸다. 실로 죽을힘을 다하는 것이었다.

그러나 얼마 지나지 않아서 말은 또 기진맥진했다.

"고생이 많다. 조금만 더 가면 돼. 도착하면 편히 쉬자."

그 말을 믿고 말은 더 열심히 달렸다.

위드의 카리스마, 통솔력, 지휘 능력이 가엾은 말에게도 영향을 미친 것이다. 강력한 신뢰에 바탕하여, 말은 어서 목적지에 도착하기 위해서 달렸다.

그러나 한참을 달려도 위드는 쉬게 해 주지 않았다.

"조금만 더 가자."

말은 달렸다.

"거의 다 왔어."

말은 쉬지도 못하고 계속 달렸다.

"이젠 조금만 가면 돼."

악독 주인의 정도를 넘어서서 가히 벼룩의 간까지 빼먹을 수준!

혹사당한 말은 발을 절뚝이다가 힘없이 쓰러졌다.

말을 오래 타기 위해서는 지칠 때마다 휴식을 취하게 만들고, 먹이도 주고 돌봐야 한다. 그런데 위드는 말에게 충분한 휴식을 줄 정도로 시간이 넉넉하지 않았으니, 마른 수건을 쥐어짜 내듯이 최대한 탄 것이었다.

"이제 넌 자유다. 네가 가고 싶은 곳이면 어디든 가도 돼. 잘 살아라."

위드는 잠시 말을 다독여 주고는 배낭에서 무언가를 꺼냈다.

깡마른 오크 카리취의 조각상이었다.

말이 다시 체력을 찾을 때까지 기다릴 수가 없으니 다시 오크로 변신해서 달리려는 것이었다.

"조각 변신술!"

·˖✦·

로자임 왕국까지 오는 데에 7일.

말을 죽어라 혹사시킨 덕분에 체력의 소모 없이 상당히 먼 거리를 올 수 있었다.

"취이익! 취익!"

오크로 변신하여 열심히 달리는 위드.

그럼에도 시간은 넉넉하지 않았다.

로자임 왕국으로 갈 때에는 중앙 쪽에 있는 유배자의 마을을 방문했고, 이번에는 변방 지역의 마을들을 거쳐 가야 했다.

돌아가는 거리 때문에 최소한 12일은 달려야 했다.

"그래도 아직 퀘스트까지는 15일이 남아 있으니까."

이대로라면 무난하게 유로키나 산맥으로 돌아갈 수 있을 듯싶다.

그렇게 평원을 열심히 달리는데, 문득 저 앞 언덕 위에 누군가가 서 있는 것이 보였다. 위드를 정면으로 보고 있는 게 아니라 등지고 서 있어서 뒷모습밖에는 보이지 않았다.

"인간? 유저가 올 리는 없고… 마을 주민인가 보군. 쳇!"

유배자의 마을은 절망의 평원 곳곳에 자리를 잡고 흩어져 있다.

마을 주민들은 몬스터들이 가득한 이곳에서 사냥이나 농사를 하며 살아가고 있었으니, 그들을 발견한다고 해도 이상한 일이 아니다.

"취이익. 근처에 마을이 있었나?"

위드는 별생각 없이 지나치려고 했다.

점점 다가갈수록, 그 사람의 뒷모습이 눈에 들어왔다.

가냘픈 등.

허리까지 길게 늘어뜨린 머리카락.

'여자로군.'

비록 뒷모습에 불과하지만 참 아름답다는 느낌이 들었다.

언덕 위에 서서 황혼을 바라보는 여인.

어쩌면 소녀일지도 몰랐다.

그러나 그것뿐!

다다다다닥!

열심히 달리는 위드!

조금씩 여인이 가까워지고는 있지만 별로 개의치 않았다.

일정 거리 이상 접근하지 않은 채로 그대로 지나가려고 했던 것!

여인이 있는 곳은 언덕 위였다.

위드도 언덕을 넘어가야 했다.

아주 가까운 거리는 아니라서 상관은 없지만, 어쨌든 언덕을 오르고 있었다.

그런데 조금씩 언덕을 오르면서 이상한 광경을 보았다.

전면에 황소를 닮은 거대한 전사가 달려들고 있었다.

쿵쿵쿵!

'평원의 사냥꾼!'

절망의 평원에 주로 출몰하는 사냥꾼.

평원의 전 지역에 걸쳐서 활동하며, 따로 고정된 영역권이 없다. 살아 있는 인간을 사냥하고, 몬스터도 눈에 띄는 대로 죽인다.

바바리안이 저주를 받아 변한 것이라고 전해지는 이 몬스터의 레벨은 320 정도.

기본적인 생명력이 높고, 검을 부딪칠 때마다 상대의 체력을 빼앗아 간다.

그런 이유로 굉장히 상대하기 까다로운 몬스터였다.

위드도 목숨을 걸고 싸워야 하는 상대였다.

'젠장, 검 갈기나 방어구 닦기를 하나도 써 놓지 않았는데!'

열심히 달려오고만 있었으니 제대로 전투준비를 갖추었을 리가 없다.

유용한 생산 스킬을 미리 써 놓고 싸우는 것과 그러지 않은 것과는 차이가 컸다.

평지에서 만났더라면 미리 알고 저 멀리 돌아갔거나 피했을 텐데, 하필이면 언덕을 올라오느라 시야에 보이지 않았던 것이었다.

그런데 평원의 사냥꾼은 위드를 노리는 것이 아니었다.

앞서서 언덕에 있던 여인!

그녀를 노리고 뛰어오고 있었다.

'잘됐다. 이 시간에 어서 도망을… 아니야. 피할 수 없다.'

위드는 그 틈을 타서 자리를 피할까도 생각했지만, 평원의 사냥꾼은 집요한 면이 있다.

목표물을 끝까지 추적한다.

내내 달려오느라 지쳐 있는 위드로서는 체력이 떨어져 있어서 도망칠 수가 없었다.

시간이 지날수록 어려운 싸움이 될 테니 그럴 바에야 속전속결이 나았다.

위드의 머리가 재빨리 회전했다.

상대에게는 큰 빈틈이 있었다.

'저 여자를 칠 때에 허점을 공격한다.'

사냥꾼이 여인을 향해 큰 창을 휘둘렀다.

위드는 그 틈을 타서 글레이브를 뽑아 들어 높이 치켜들었다. 최대한 힘을 집중하여 사냥꾼에게 큰 타격을 입히려는 것이었다.

여기까지는 위드의 계산대로였다. 그런데 여인은 그대로 당하지 않았다.

어느새 여인이 검을 뽑아 들었다.

눈부신 빛과 함께 뽑혀 나온 검.

그 검이 폭사하듯이 쏘아져 나가 수십 개의 검광으로 변해서 사냥꾼을 난도질했다.

놀라운 스킬. 엄청난 쾌검이었다.

겁도 없이 덤벼들던 사냥꾼은 대번에 생명력을 전부 잃고 절명했다. 그리고 여인이 천천히 뒤를 돌아보았다.

그녀와 눈이 마주치는 순간, 위드는 정말로 깜짝 놀라고 말았다.

그녀의 얼굴을 알고 있었다.

너무나도 잘 아는 얼굴!

그녀는 바로 서윤이었던 것이다.

"취, 취익!"

위드는 글레이브를 머리 위로 든 채로 굳어 버렸다.

겉보기에는 완전히 흉악하게 생긴 깡마른 오크가 그녀를 덮치기 직전의 상황이었다.

❋

로자임 왕국을 떠난 서윤은 먼 길을 떠나 절망의 평원까지 왔다.

광전사.

모든 종류의 무기와 격투술에 능하며 전투 시간이 길어질수록 진가가 드러나는 직업. 쉽게 지치지 않고 피를 볼수록 힘과 생명력이 늘어난다.

즉 전투가 오래 지속될수록 강해지는 특이한 직업이었다.

서윤은 자신의 직업처럼, 미친 듯한 전투를 벌였다.

절망의 평원에서는 아예 낮과 밤이 따로 없었다.

해가 떠 있을 때에는 일부러 몬스터를 찾아다녔고, 밤에는 더욱 강한 몬스터들이 그녀의 냄새를 맡고 모여들었다.

전투, 전투, 전투!

그녀가 지나간 곳에는 몬스터의 시체만이 남았다.

가끔은 길을 잃고 몬스터의 소굴로 들어가는 바람에 죽기도 했다. 〈로열 로드〉가 열리고 난 이후로 지금까지 오로지 전투만 해 온 그녀였지만 끝도 없는 몬스터의 합공에는 감당이 되지 않았던 것.

그러나 그녀는 다시 살아나면 또다시 전투를 했다.

천천히 몬스터들을 유인하고 하나씩 처리하면서 싸웠다.

그래도 반드시 죽을 수밖에 없는 무모한 전투는 가능하면 하지 않았다.

죽어서 레벨이나 스킬 숙련도가 떨어지는 것은 그녀에게 별달리 아쉽지도 않았다. 애초에 레벨이나 스킬 숙련도 같은 것은 무시한 채로 싸우고 있는 그녀였기 때문에.

다만 죽게 되면 24시간 동안 다시 접속을 하지 못한다. 그러므로 최대한 죽지 않으려고 애썼다.

마음속에 진 응어리를 풀어 버리기 위한 전투!

그저 몬스터를 상대로 싸우고 싸울 뿐인 그녀의 눈이 차가운 빛을 발했다.

'적이야.'

서윤의 눈이 한기를 품고 가까이 다가온 오크를 보았다.

그녀는 전투를 치르면서 긴장을 늦추었던 적이 없었다.

그녀의 손이 검을 잡았다.

───

서윤.

위드는 그녀를 보는 순간 몸이 딱 굳어 버렸다.

예쁘다. 과거에도 이미 보았지만 다시 보니 정말 눈을 어디로 두어야 할지 모를 정도의 아름다움이었다.

'인간이 이렇게 예쁠 수 있다니…….'

얼굴에서 광채가 일어나는 듯했다. 오밀조밀하게 모여 있는 눈과 코와 입이 한없는 매력을 발산한다.

서윤을 이처럼 아주 가까운 곳에서 다시 보게 된 순간, 위드는 절망감을 느꼈다.

그동안 만들었던 조각품들. 그것들은 실제 그녀의 외모에 훨씬 미치지 못했던 것이다.

가능하다면 하루 종일이라도 서윤의 얼굴을 이렇게 가깝게 보고 싶었다. 절대로 질릴 일은 없을 것이다.

그러나 지금은 그럴 때가 아니다. 한시라도 빨리 도망쳐야 했다.

지금까지 지은 죄가 한둘이 아니다.

다시는 만날 일이 없을 거라 믿고 그녀를 모델로 삼아 만든 조각상이 셀 수도 없을 지경이지 않은가!

평원의 사냥꾼을 일격에 보내 버린 것처럼 허락도 없이 조각상을 만든 게 들키면 위드도 그 신세가 되지 말란 법이 없다.

아무리 위드가 강해졌다고 해도, 처음 만났을 때부터 서윤은 고레벨이었다.

당시에 그녀가 착용하고 있던 아이템들은 모두 300 초반의 물건들.

1년 넘게 시간이 흐른 지금까지 사냥을 해 왔다면 굉장히 높은 레벨이 되어 있으리라.

'큰일이다.'

기묘한 동행 313

게다가 누가 보아도 지금은 아주 묘했다.

오크가 여인을 덮치려는 상황이었다.

위드는 침을 꿀꺽 삼켰다. 물론 입이 있으니 말을 해서 변명을 할 수도 있다.

"취, 취이익!"

그런데 급하니까 말이 안 나오는 오크의 육체!

"취취췻!"

"취췩."

"취이이이잇!"

말을 하려고 할 때마다 위드는 열심히 서윤에게 침만 튀기고 있었다.

화악!

서윤의 몸에서 뚜렷한 어떤 기운이 밀려든다.

살갗을 저미는 듯한 느낌.

저릿저릿한 압박감과 위축되는 몸.

그것은 바로 살기였다.

## 그녀의 조각상

위드는 불현듯, 신분을 밝힌다고 해도 죽을지 모른다는 생각이 들었다.

설사 자신이 위드라고 밝힌다고 치자!

그래도 저 사악하고 차가운 서윤이 살기를 거두고 살려 준다는 보장이 없다.

아름다운 장미에는 가시가 있는 법.

그녀는 살인자였다.

처음 만났을 때 이미 살인자의 표시를 달고 있었다.

〈로열 로드〉에서 최초로 만난 살인자.

'절망의 평원에서, 다시는 볼 일이 없을 것 같던 사람을 만나다니.'

교관의 통나무집에서 바비큐 파티를 할 때에 단 한 번 만나 봤다. 첫인상은 아름답지만, 차가워서 말 한마디 붙이기도 힘든 그런 사람이었다.

그러나 조각술을 펼치면서 그녀의 얼굴을 수도 없이 형상화했다.

절대로 잊을 수 없는 얼굴.

시간이 흘러도 여전히 그대로 머릿속에 남아 있다.

그리고 그 후에는 상상 속에서 더욱 다양한 얼굴 표정들을 연구하게 되었다.

서윤의 외모!

그것은 어떤 연예인보다도 아름다웠다.

"취익!"

위드는 당당하게 눈을 부릅떴다. 그러면서 서윤을 강하게 노려봤다.

상대가 살인자라면 인간이라는 것을 밝힌다고 해도 살려 주지 않을지도 모른다. 아니, 오히려 잘됐다고 덤빌지도 모른다.

'이길 수 있을까?'

악으로 깡으로 싸운다고 해도 레벨이 깡패고, 아이템이 연장이다.

딱 보니까 레벨이 거의 70쯤은 차이가 나고, 아이템의 차이는 그 이상이다.

'몇 달 전에 바드레이가 370이었지. 바드레이야 지금쯤이면 적어도 390은 되었을 테고, 이 여자는 그보다 약간은 낮을 거야. 그래도 거의 최고 수준의 고수!'

위드는 웬만큼 레벨이 높은 이들은 무서워하지 않았다.

부족한 전투 능력은 스탯과 조각술, 생산 스킬로 보완한다!

〈로열 로드〉에서 돈을 벌려고 하는 위드에게 최대의 적은 살인자들이다.

이들은 강도나 다름이 없다.

베르사 대륙에서 선량하게 모험을 하고 착실히 아이템을 모으려는 위드를 죽이고 아이템을 강탈하는 악독한 이들!

그러나 뒤치기 4인조와도 싸워서 이긴 적이 있었던 만큼, 살인자들을 겁냈던 적은 없었다.

그러나 서윤만큼은 꽤나 까다로운 상대였다.

저쪽도 수련관을 통과했으니 스탯에서의 우위를 자랑할 수 없다.

아무리 위드가 열심히 전투를 하며 고생을 했다고 해도, 레벨 차이가 심한 이상 스킬의 숙련도도 하늘과 땅 차이이리라.

갈수록 레벨을 올리기 힘들어지는 만큼, 고수가 될수록 스킬 차이는 더욱 심한 것이다.

게다가 설상가상으로 지금은 위드의 숨겨진 힘이라고 할 수 있는 검 갈기, 방어구 닦기의 스킬을 하나도 쓰지 못한 상황이었다.

또한 전투 계열 직업일 경우에는 더욱 상위의 스킬을 얻었을 지도 모른다.

어떤 면으로 보나 불리한 상황!

위드는 그럴수록 더욱 눈에 힘을 주었다.

일단 뭔가 있는 척해 보이자! 강한 척을 하자!

그다음에는 기회를 봐서 최대한 빨리 도망을 치자! 즉 36계 줄행랑의 계획을 세우고 허세를 부리는 것이었다.

그런데 서윤이 알아서 검을 거두었다. 그러고는 자신의 갈

길을 간다.

위드로서는 당연히 알 길이 없었다.

몬스터와 수없이 싸워 온 서윤이었지만, 먼저 덤비지 않은 적을 공격한 적은 없음을!

위드의 눈빛을 보고 살기가 느껴지지 않자 검을 거두고 갈 길을 가는 것이었다.

위드도 멍하니 있다가 정신이 번쩍 들었다.

'여기서 이럴 시간이 없다.'

유로키나 산맥을 향하여 다시 달리기 시작했다.

그런데 서윤도 움직이고 있었다. 공교롭게도 그들의 방향은 같았다.

위드와 서윤은 그날 이후로 우연치 않게 한 번 더 만났다.

이틀간 꼬박 달렸더니 서윤이 먼저 도착해 있었던 것이다.

처음에는 그게 무척이나 이해가 가지 않았지만, 사정을 알고 나니 별일도 아니었다.

위드의 경우에는 몬스터의 영역이나 숲, 산과 같은 장소를 최대한 피해서 달린다.

유배자의 마을도 방문해야 했다.

당연히 길도 복잡하고, 더 먼 거리를 달려야 했다.

그에 비해서 서윤은 한 방향으로 걷는다. 몬스터가 나오면 싸우고 경험치와 돈까지 획득한다. 굳이 달리지 않더라도 빨리 이동할 수가 있었다.

"취, 취익!"

위드는 억울했다.

그토록 죽어라 달렸는데도 겨우 비슷한 거리밖에 오지 못하다니!

그것도 서윤은 사냥을 하면서 실속도 상당히 챙기고 있는데, 그는 오로지 달리기만 했던 것이다.

때마침 둘이 만난 장소는 유노프 협곡이었다.

이곳에서부터는 어쩔 수 없이 함께 가야 했다.

서윤은 졸래졸래 쫓아오는 오크에게는 전혀 신경을 쓰지 않고 자신의 길만을 걸었다.

유노프 협곡!

절망의 평원 북쪽에 있는 협곡이었다.

이 쌍둥이 산이야말로 일종의 관문과도 같은 곳이다.

절망의 평원의 북부와 동부를 빠르게 이동할 수 있는 관문!

이곳을 통하지 않는다면 엄청나게 먼 거리를 돌아가야 했다. 아니면 산을 넘어야 하는데, 산등성이로 이동을 한다면 2배는 더 힘든 길을 가야 한다.

"시간 때문이라도 그럴 수는 없지. 취익!"

위드는 유노프 협곡으로 가기로 했다.

서윤의 뒤를 따라가는 것이라 아무래도 신경이 쓰이지만, 어느 정도 거리를 유지한다면 그리 위험하진 않으리라.

문제는 몬스터였다.

이 협곡에는 예티라는 거인 몬스터가 있다.

특이하게도 예티는 추운 지방에 주로 산다.

몸이 흰 털로 덮여 있고, 빙한 계열의 공격에 강한 내성을 가졌다.

이 몬스터의 레벨은 대략 340 정도!

본래는 쌍둥이 산에서 살았지만 쫓겨나서 협곡에 서식하게 되었다고 한다.

평원에서 사냥을 원활하게 하기 위해서는 이 예티라는 몬스터를 넘어야만 하는 것이다.

"어쩔 수 없다. 췩! 예티를 뚫고 가는 수밖에."

어느 정도 각오는 하고 왔다.

그런데 앞서 가는 서윤이 검광을 번뜩이면 예티들이 추풍낙엽처럼 떨어지고 만다.

"과연 강하군."

절망의 평원을 달리면서 웬만한 몬스터들은 죄다 피해 갔지만, 유노프 협곡만큼은 돌아갈 수가 없어 위드로서도 예티들과의 전투를 각오하고 있었다.

목숨을 건 전투!

각종 생산 스킬들을 최대한 적용하고 싸우면 힘들게 예티를 이길 정도는 되었다.

전투 시에 생명력을 최저까지 떨어뜨리는 위드 특유의 방식을 동원하지 않아도 아슬아슬하게 이길 수 있었다.

그런데 서윤은 상당히 쉽게 사냥을 했다. 파괴력 강한 스킬들을 응용하면서 가볍게 예티를 요리하고 있었다.

레벨이 더 높으니 비슷한 몬스터를 더 쉽게 잡는 것이야 당연한 일.

위드가 중점적으로 본 것은 검술이었다.

〈로열 로드〉는 가상현실 게임이다. 아무리 능력치가 높더라도 다루는 이가 미숙하다면 실력을 충분히 발휘하지 못한다.

흔히 선택하는 직업인 권사와 검사의 싸움이 좋은 예였다.

검을 든 이는 어떻게든 간격을 유지하고 싸우려 한다. 권사는 한 발자국이라도 더 다가가서 거리를 좁히려고 한다.

레벨과 스킬의 숙련도가 같다고 할 때에는 싸우는 방식이나 임기응변 등에 따라 천차만별의 결과가 나올 수 있다.

몸을 움직이는 법을 제대로 알고 있지 않다면, 레벨에 상관없이 약한 몬스터에게 죽을 수도 있는 것이다.

물론 그 레벨이 될 때까지 스스로 사냥을 해서 올린 것이라면 스킬의 조화는 어느 정도 이루어졌다고 봐야 한다.

그럼에도 제대로 된 싸움꾼, 혹은 위드처럼 본격적으로 검술을 배운 이를 만나면 여지없이 깨지는 경우가 많다.

스스로 가지고 있는 능력을 얼마나 활용할 수 있는지도 또 다른 실력 중의 하나였다.

'제법이군.'

서윤의 검술!

위드처럼 체계적이지는 않았다.

위드의 검술은 딱히 흠을 잡기 어려울 정도였다.

모든 부위의 근육들을 적절히 활용하며 힘을 집중시키고, 공격과 방어를 일체화한다.

가끔씩 미쳐서 날뛸 때에는 아예 공격 일변도라서 많은 허점을 노출시키지만, 무지막지한 공격으로 방어의 효과까지 얻을 수 있는 복잡하고 어려운 검술이었다.

서윤은 많이 달랐다.

수비와 공격을 함께 생각하지 않았다. 적의 허점이 보이면 공격하고, 적이 공격하면 방어한다.

즉흥적으로 움직이거나 아니면 무수한 경험에 바탕해서 휘두르는 검이다. 당연히 그 경험들은 몬스터들과 싸우면서 쌓았을 테고, 그로 인해 한계가 있을 수밖에 없다.

그런데 서윤은 부드러웠다.

마치 춤을 추듯이 부드러운 몸. 유연하고 섬세하다. 여자들만이 펼칠 수 있는 검술을 구사하고 있었다.

위드는 사이사이 서윤의 표정을 곧잘 살폈다.

'사냥을 즐기고 있을 거야!'

말 한마디 없이 오만한 서윤은 당연히 아무렇지도 않다는 얼굴로 검을 휘두르고 있으리라.

이런 하찮은 몬스터들 따위는 적수가 되지 않는다는 자신감!

굳게 다문 입매, 차가운 눈빛.

그런데 위드는 무언가 상상과는 다름을 느꼈다.

무표정한 얼굴. 차갑고 예쁜 얼굴 속에는 슬픔이 깃들어 있었다. 가슴 아파하고 있었다.

첫 만남에서는 몰랐지만, 조각을 해 보면서 그녀의 마음에 대해서 많은 생각을 하게 되었다.

사람에 대한 이해가 넓어지면서 이제야 눈에 들어오는 감정들이었다.

'왜 슬퍼하는 거지?'

위드는 조금 더 지켜보았다.

여전히 약간은 사심이 담겨 있었다. 아무래도 이렇게 가까이에서 서윤을 볼 기회는 흔한 것이 아니다. 이만큼 예쁜 여자를 본 적도 없지만, 그녀를 조각해서 한 번도 실패한 적이 없었다.

그렇게 좀 더 지켜보고 나서 위드는 한 가지 사실을 더 알게 되었다.

서윤은 절대로 얼굴을 공격하지 않았다.

예티는 2미터가 넘는 거구다. 서윤의 키는 167 정도로, 아무래도 예티보다는 약간 작다.

그러나 그녀는 검을 들고 있었다. 얼굴이나 머리를 공격하는 것이 조금도 어렵지 않다.

위드의 경우에는 얼굴이나 머리를 곧잘 공격했다. 방어가 취약한 급소이기 때문에, 큰 피해를 줄 수 있다.

그런데 서윤은 얼굴에 검을 휘두르지 않는다. 심지어는 얼굴을 잘 쳐다보지도 않았다.

눈부신 쾌검, 그리고 강한 스킬로 빨리 적을 죽이는 데에 몰두할 뿐이었다.

'표정을 안 보려는 것인가? 고통스러워하는 몬스터의 일그러진 얼굴을… 설마, 그건 아니겠지.'


위드는 서윤의 뒤를 쫓아다니면서 몇몇 예티들과 싸웠다. 주로 뒤에서 다가오는 적들을 맡았다.

"취익. 이 경험치들!"

예티의 가죽은 상등품으로, 고가에 팔린다. 흰 털북숭이 동물이다 보니 희귀하다는 이유도 있지만, 그 가죽옷을 입으면 아주 따뜻하기 때문이었다.

"취치치칫!"

'이것들만 잘 주우면 감기와는 영원히 이별이다. 가죽으로 옷을 만들어 돈을 벌어야지.'

위드는 열심히 사냥을 하며 가죽들을 수집했다.

"……."

서윤은 자신만의 싸움을 하면서 위드를 찾지 않았다. 철저한 무관심이었다.

가끔 뒤를 돌아볼 때에도, 그저 위드가 어디쯤 있나 확인하는 정도였다.

서윤은 한마디도 하지 않았지만, 위드는 당연히 그럴 것이라 생각했다.

예전에도 말을 들어 본 적이 없었다.

오크 카리취의 모습을 하고 있었으니 더더욱 말을 건넬 리는 없으리라.

무시무시한 서윤의 뒤를 쫓고 있으니 당연히 겁이 나지 않을 수 없다.

다만 한 가지, 절대로 서윤이 그를 해치지는 않을 거라는 믿음이 생겨났다.

서윤은 자신과 상관없는 일에는 철저하게 무관심하며, 겉보기와는 달리 그렇게 냉정한 성격은 아니었다.

얼굴을 공격하지 않는 것이나 새끼를 가진 예티는 일부러도 피해 가는 모습을 보면서 그 점을 확신할 수 있었다.

'그러면 살인자였던 건 어떻게 된 거지? 그리고 굳이 저렇게 차가운 표정을 지으면서 돌아다닐 필요는 없을 텐데.'

궁금한 것은 어쩔 수 없지만, 위드도 남의 일에는 그리 간섭하고 싶지 않았던 만큼 자신의 몫에 해당하는 예티들만 사냥했다.

가죽을 챙기고, 돈을 줍고, 아이템을 획득하고!

그러면서 열심히 유노프 협곡을 이동했다.

협곡에서는 주변의 다른 길로 빠질 수가 없다 보니, 한번 들어서면 어쩔 수 없이 끝까지 가야 했다.

통과하는 데 걸리는 시간은 약 4일.

서윤은 식사 때마다 보리 빵을 꺼내서 먹었다.

오래되어 딱딱한 검은 빵!

로자임 왕국에서 샀음 직한 그런 빵이었다. 돌덩어리를 씹는 것처럼 맛도 없고, 단지 포만감만 채우는 용도이리라.

위드는 그런 서윤을 존경했다.

'역시 생활비를 줄이려면 음식비부터 아껴야 돼. 저런 절약 정신이 있어야 돈을 더 많이 벌 수 있어. 자본이 힘이다. 돈은 벌수록 쌓아 두어야 계속 남는 거야.'

그러나 굳이 위드도 보리 빵을 먹을 필요는 없었다.

요리 스킬 덕분에 어디서든 음식 조달이 가능했다. 약간의 조미룟값만 쓴다면 거의 헐값에 식사를 할 수 있었다.

현실에서도 쓸 수 있는 것이 요리이기 때문에, 또한 각종 능력을 강화할 수 있기에 요리를 배운 건 맞다. 하지만 한 푼이라도 더 아끼자는 목적도 있었다.

그녀의 조각상

위드는 불을 피워 사냥을 통해 얻은 예티의 고기를 나무 꼬챙이에 꽂아 구웠다. 고기를 골고루 돌려 가며 구우면서 소금도 뿌렸다.

지글지글.

간단한 요리지만 구수한 향기를 풍기며 익었다.

"취익!"

고기가 익자 위드는 양손으로 잡고 뜯어 먹었다.

오크 카리취의 모습 그대로!

앙상한 오크가 고기를 열심히 뜯고 있었다.

> 포만감이 상승하고 있습니다.
> 체력이 40% 늘어납니다. 생명력이 15% 상승합니다. 괴력을 지닌 예티의 고기를 먹음으로써 일정 시간 동안 힘이 증가합니다.

중급 요리사의 솜씨!

남들은 한 그릇을 만들어도 정성과 기교를 가득 부리면서 한다. 그만큼 제대로 만든 요리가 스킬의 숙련도를 올려 주는 것이다.

위드의 경우에는 노가다로 수많은 요리를 해 왔던 만큼 남다른 기술이 있었다.

간단한 요리도 맛있게 만드는 법.

고기를 제대로 골고루 익혀서 먹는 법.

위드가 만든 고기 요리는 단순히 구웠을 뿐이지만, 그래서 더욱 맛이 있었다. 스탯도 상당히 늘려 준다.

"……."

그렇게 열심히 고기를 뜯어 먹던 위드는 무심코 서윤을 보았다. 보리 빵을 금방 먹고 혹시라도 이동을 하고 있지 않을까 싶어서 살펴본 것이다.

협곡에는 위험한 예티들이 있는 만큼, 그리 마음이 맞지 않는 상대라도 여행 동무가 있는 편이 나으니까.

그런데 서윤은 물끄러미 위드를 보고 있었다. 정확히 그녀의 시선이 머무른 것은 고기였다.

향긋한 냄새를 풀풀 풍기면서 위드의 입으로 들어가고 있는 예티의 고기!

"취익!"

위드는 곧바로 예티의 고기를 서윤에게 넘겨주었다.

법은 멀고 칼은 가깝다.

어차피 고기야 예티를 사냥하면 계속 얻을 수 있고, 나무를 때서 굽는 것이니 돈이 들지도 않았다.

그때부터 서윤은 식사 때마다 물끄러미 그를 보았고, 위드는 조용히 고기를 구웠다. 여행을 하는 동안 서윤의 전속 요리사가 된 것이다.

실로 간악한 일이 아닐 수 없었다.

'나처럼 마른 오크까지 등쳐 먹으려고 하다니… 역시 살인자는 어디가 달라도 다르군.'

꽃무늬

유노프 협곡을 통과하는 내내, 위드와 서윤은 아무 말도 없이 길을 걸었다.

요리를 해서 나누어 먹고, 체력이 떨어지면 적당히 눈치를 봐 가며 휴식을 취한다.

평원을 달리는 것이 아니라 예티를 사냥하면서부터는 적절히 체력 관리도 해 주어야 했다.

처음에는 한 100미터는 떨어져서 움직였지만, 그 거리는 시간이 흐를수록 점점 좁혀졌다.

전투를 할 때에는 위드가 먼저 50미터까지 다가갔다. 혹시라도 예티들이 한꺼번에 공격을 가한다면 위험할 수 있으니까 기왕이면 서윤과 가까운 곳에서 싸우려는 것이었다.

그러다가 식사를 할 때에는 30미터 정도로 좁혀졌다.

이 거리도 그리 가까운 편은 아니다.

예티의 고기를 건네줄 때만 근처까지 다가가고, 식사는 한참이나 떨어진 곳에서 했다. 각자 안전한 곳에서 주위를 경계하면서 음식을 먹는 것이다.

그렇게 지내다 보니 휴식을 취할 때에는 20미터 거리까지도 가까워졌다.

이때부터는 전투도 그 정도의 거리를 두고 각자 나눠서 했다.

위드에게는 서윤을 살피기 가장 적절한 거리였다.

"……."

전투를 마친 서윤이 잠시 서 있다가 하프 플레이트 아머를 벗었다.

상반신을 덮고 있는 튼튼한 갑옷!

위드가 몇 번이나 눈독을 들이고 있던 비싸 보이는 갑옷이다. 하프 플레이트 아머의 안에는 사슬을 이어 만든 체인 메일을 입고 있었다.

갑옷 속의 갑옷이다.

'역시 전투 계열 직업이군.'

위드는 부러움을 감추지 않았다.

기사나 혹은 전투 계열의 직업들은, 입을 수 있는 갑옷의 종류도 다양하고 많다. 체인 메일 안에도, 가죽으로 되어 가벼운 레더 아머나 천을 덧대어 만든 갬버슨 아머를 입을 수 있는 것이다.

세 가지 종류의 갑옷을 겹쳐 입는 셈이므로 막대한 방어력을 자랑하게 된다.

단점이라면, 무거운 갑옷 때문에 많은 스탯을 힘에 투자해야 한다는 것이다. 힘이 모자라면 쉽게 지칠뿐더러 민첩이 줄어들게 된다.

위드의 경우에도, 대장장이 기술이 중급에 오르면서 어떤 갑옷이든 제한 없이 입을 수는 있게 되었다.

하지만 따로 힘이나 민첩을 늘려 주고 갑옷을 입는 스탯이 없어서, 기사들처럼 세 벌씩 겹쳐 입을 수는 없었다. 무리해서 입으면 방어력은 좋아지겠지만, 그만큼 공격력이 약해질 수도 있다.

이런 생각을 하며 새삼 아쉬움에 눈물짓는 위드 앞에서, 하프 플레이트 아머를 벗어 든 서윤은 가만히 갑옷을 바라보고 있었다.

'수리할 때가 되었나?'

그렇지 않아도 갑옷은 여기저기 금이 가고, 부서진 부분이 많았다.

"취익!"

위드는 조용히 다가가서 갑옷을 붙잡았다. 당연히 아무 생각 없이 저지른 짓이다.

본래 함께 다니는 이들의 갑옷을 수리해 주면서 살아오지 않았던가.

그런데 갑옷을 잡는 순간, 서윤에게서 날카로운 살기가 뻗어 나왔다.

"취, 취익!"

감히 날치기를 하려는 파렴치한 오크로 낙인찍힌 것!

살기 위해, 위드는 갑옷을 최대한 빨리 수리해서 서윤에게 돌려주었다.

서윤은 멀쩡해져서 돌아온 갑옷을 보며 고개를 갸우뚱했다. 최대 내구력이 늘어나 있고, 깨진 부위들이 완전히 새것처럼 깨끗하게 변했다.

그러자 서윤은 체인 갑옷도 벗어 주었다.

위드는 체인 갑옷도 수리를 해 주고, 그 후로는 레더 아머도 수선을 해 주었다.

레더 아머를 벗었을 때에는, 서윤의 옷차림이 많이 가벼워졌다.

그때에는 위드도 사실 남자인지라 조금 눈길이 갔지만, 감히 대놓고 볼 수는 없었다.

목숨은 아까웠으니까.

이후부터 위드는 수리와 요리를 전담하는 오크가 되어 서윤과 함께 길을 걸었다.

실상 위드 정도 되는 요리나 수리 스킬이라면, 지능지수가 낮은 오크에게서는 거의 찾아보기 힘들다. 엘프나 드워프, 혹은 호빗 중에는 중급 요리나 중급 수리를 익힌 이가 나올 수도 있지만 오크로서는 정말 '절대로' 없다고 해도 무방한 것이다.

그러나 서윤은 그다지 의구심을 갖지 않는 듯했다.

아주 특이한 오크라는 정도?

혹은 전혀 다른 이에 대해서 궁금해하지 않았다.

위드도 굳이 인간임을, 정확히는 자신을 밝힐 필요는 없으므로 그대로 알리지 않고 길을 걸었다.

그런데 그녀가 로그아웃을 할 때에는 할 일이 없었다.

서윤은 현실 시간으로 4시간에 한 번 정도씩 일정하게 로그아웃을 했다. 아마도 식사를 하거나 휴식을 취하는 것 같았다.

이렇게 한번 나가면 2시간 정도를 들어오지 않았다.

위드의 경우 밥은 최대한 빨리 때우고 있는데 말이다.

그나마 잠도 불사의 군단과의 전쟁을 위하여 희생을 하는 중이었다. 매일 2시간씩도 자지 않고 거의 철야를 하고 있었다.

"혼자서 협곡을 지나기에는 다소 무리이니 이 시간을 어떻게든 활용해야겠군."

위드는 그날그날 조각술을 펼쳤다.

서윤이 없는 동안 혼자서 앞서서 걷는다면 조금 일찍 도착할 수는 있지만, 오히려 죽을 위험도 높아진다.

예티들은 때때로 두셋 이상이 한꺼번에 다니는 만큼, 마음을 놓을 수가 없다.

만약 죽기라도 한다면 24시간 동안 접속 불가!

그러면 베르사 대륙의 시간으로 4일쯤 날리는 셈이었다.

안전한 길이 가장 빠른 길이다. 자칫하다가는 크게 돌아가야 할 수도 있기에, 위드는 무리해서 욕심을 부리진 않았다.

"역시 시간을 때우는 데에는 조각술만 한 게 없어."

위드가 만들어 본 조각품의 종류도 이제는 수도 없이 다양해졌다. 각종 몬스터를 비롯하여 성, 풍경, 사람, 용, 심지어는 왕의 무덤을 위하여 스핑크스까지 만들어 보았다.

그런데도 이번에 만드는 것은 역시 서윤이었다.

"가까이에서 본 느낌들을 조각하도록 하자."

처음에 만든 서윤의 조각품은 다분히 살기가 넘쳐흘렀다.

적과 싸우는 냉정한 면모!

검을 휘두르는 여전사를 조각했다.

띠링!

**걸작! 미녀 검사 상을 완성하였습니다!**
그의 손을 거치고 나면 모든 것이 작품이 된다! 황량한 평원에서 만들어진 미모의 여인. 그러나 차가운 그녀의 얼굴에는 적을 향한 분노가 깃들어 있다.
예술적 가치: 260
옵션: 미녀 검사 상을 바라본 이들은 생명력과 마나 회복 속도가 하루 동안 4% 증가한다. 이동속도 5% 상승. 힘 10 증가. 민첩 10 증가. 지력 3 증가. 지혜 3 증가. 검술 스킬을 쓰면 적에게 10%의 추가적인 피해를 입힌다. 남성의 경우 투지가 상승한다. 다른 조각품과 중복으로 적용되지 않는다.
지금까지 완성한 걸작의 숫자: 10

조각술 스킬의 숙련도가 향상되었습니다.

명성이 19 올랐습니다.

지구력이 2 상승하였습니다.

예술이 1 상승하였습니다.

인내력이 3 상승하였습니다.

조각술 스킬의 숙련도 향상!

위드는 작품을 만들자마자 곧바로 확인부터 했다.

"스킬 확인. 조각술!"

**중급 조각술 9 (46%)**
조각을 할 수 있다. 아름다운 조각품은 고가에 팔리기도 한다. 여자의 환심을 사기에 좋다.

걸작을 만들었는데도 숙련도는 고작 3% 정도밖에 늘어나지 않았다.

"실패작이군. 걸작 중에서는 잘못 만든 거야. 어디서 실수를 한 걸까?"

걸작을 만드는 것은, 그냥 대충 조각술을 좀 펼치고 성공하는 게 아니다. 작은 조각품을 만들더라도 심혈을 기울여야 했다.

전투야 설렁설렁 하더라도 이길 수 있지만, 조각술은 자칫

방심하다가는 명성이 떨어지는 실패작이 나오게 된다.

그러므로 사소한 조각품 하나를 만들더라도 실패하지 않기 위해 30분 이상 공들여야 하고, 지금처럼 작정하고 작품을 조각하려고 한다면 게임 시간으로 한나절은 족히 걸렸다. 아주 세밀한 부분에도 정성을 쏟고, 작품에 대한 이해를 담아야 하기 때문에 시간이 많이 걸리는 것이다.

빙룡 상이나 피라미드처럼 크기가 크다면 일주일 이상 걸리는 경우도 있다.

"내가 뭔가를 잘못 생각하고 있었던 걸까?"

위드는 그때부터 서윤이 없는 시간 동안 그녀의 조각품을 만들었다.

냉정하고 차분한 검사의 모습!

걸작이 되어 숙련도가 4% 늘어났다.

"조각품에 대한 이해가 모자란 건가? 왜 이 정도밖에 숙련도가 늘어나지 않지?"

그다음 날도 위드는 조각품을 만들었다.

이번에는 그녀의 환상적인 아름다움을 담았다.

세상에서 찾아보기 힘든 극치의 미!

노을을 바라보며 하염없는 상념에 잠긴 그녀의 자태를 그려 냈다.

그윽하고 촉촉한 눈빛, 오뚝한 콧날, 슬픈 눈망울.

무언가를 한없이 그리워하는 여인을 조각해 냈다.

"이, 이건 힘들다!"

위드는 조각품을 만들면서 처음으로 큰 어려움을 느꼈다.

손놀림이 익숙해지고 난 이후부터는 조각술 스킬의 효과 덕분에 어느 정도 쉽게 생각하고 있던 게 사실이었다. 그런데 조각술이란, 알면 알수록 더욱 거대한 벽이 느껴졌다.

"이 정도로 어렵다니……."

몇 번이나 서윤을 조각해 봤건만, 그녀를 조각하는 일이 다시금 어려워진다.

그녀를 옆에서 지켜보고 알아 갈수록, 그리고 그녀의 매력을 담아서 표현하고자 할수록 또 다른 힘겨움이 있었던 것이다.

코의 높이가 조금만 달라져도, 혹은 눈초리가 처져도 전체적인 인상이 바뀐다.

조각품을 만들면서 위드는 서윤이 정말로 예쁘다는 사실을 알 수 있었다.

지상에서 가장 아름다운 여인의 조각품!

이번에는 명작으로 완성되어서 숙련도가 13% 늘었다.

실상 조각술의 숙련도는 날이 갈수록 상승 폭이 둔화되고 있었다. 특히 큰 과정을 넘어설 때에는, 특별한 무언가를 만들지 않는다면 그 관문을 넘어가기 힘들다.

초급에서 중급이야 듀라한을 조각하는 정도로 되었지만, 고급이 되려면 뛰어난 작품을 만들어야 하는 것이다.

"역시 걸작으로는 고급 조각술에 오르기 힘들어. 지금 숙련도는 63%. 앞으로 명작을 3~4개는 만들어야 되는데……."

위드는 그때부터 서윤의 일거수일투족을 좀 더 철저히 지켜보았다.

그녀의 조각상 335

전투를 할 때만이 아니라 평상시, 음식을 먹을 때에나 잠시 앉아 있을 때의 자세까지도 꼼꼼히 살폈다.
조각사로서 그의 눈썰미는 남다른 것이었다.
못생긴 오크에게 염탐을 당하고 있는 서윤!
평상시의 그녀였다면 사람과 이렇게 가까이에서 여행을 한다는 건 상상도 할 수 없는 일이다. 사람들을 보는 것마저도 힘들어서 한적한 곳을 찾았던 그녀이기 때문이다.
집요하게 그녀를 쫓아다니던 남자들로 인해 원치 않은 싸움도 많았다. 말을 하지 않으면서 오해와 불신이 생기고, 그러면서 살인자가 되었다.
만일 위드가 남자라는 걸 알았다면 불편해서 함께하지 못했으리라.
오크! 오크였기에 서윤은 마음 놓고 있을 수 있었다. 평상시 사람들이 없을 때의 자신의 모습을 보여 주었다.
몬스터가 나타나면 싸우고, 따뜻한 햇살이 비치는 곳에서 잠든다. 여전히 무표정하지만 촉촉한 눈빛으로 떨어지는 낙엽을 보기도 했다.
계곡 물이 흐르는 것을 하염없이 바라보기도 했다.
다소곳하게 앉아 있는 그녀.
그녀가 갑자기 머리에 꽃을 꽂았다.
본인도 모르게 한 일이었다.
그때 위드는 숨이 막혀서 죽을 뻔했다!
"……."
아름다워서! 그리고 너무나도 당혹스러워서!

살인자로서 무섭기만 한 서윤이었는데, 이처럼 여린 면이 있을 줄은 몰랐다.

그러다가 주변에 지나가는 다람쥐 가족을 보았다.

조금 큰 다람쥐 2마리와 새끼 다람쥐 1마리.

서윤은 자신의 양 무릎을 끌어안고 슬픈 눈으로 동물들을 보았다.

"그래, 이거야!"

위드는 다시금 조각에 대한 열정에 불타올랐다.

어쩌면 지금까지 큰 착오가 있었는지도 모른다.

"조각술이란 쉽게 단정 지어서는 안 되는 거야. 어느 한 사람을 안다는 것도 그렇게 단편적인 모습만 봐서는 안 되는 거지."

조각품을 만들면서 그 이면에 대해서 알게 되었다.

서윤의 다양한 표정을 연구하면서 여러 다른 모습들이 있을 수도 있다는 것을 생각해 보았다.

"그녀가 주는 느낌을 조각하자. 차가운 모습, 살기에 찬 모습, 어느 한 기분에 취하거나 예쁜 외모에만 신경 쓸 것이 아니야. 뭘 만들어야 할지에 대한 고민보다는, 그냥 마음이 움직이는 대로 조각을 해 보자. 내가 느끼고 보는 서윤을 있는 그대로 조각해 보는 거야."

위드의 조각칼이 바삐 움직였다.

외모만을 조각하는 것은 그나마 쉬운 일에 속하지만, 이목구비의 조화와 그녀만의 느낌을 완성하는 일은 어렵다.

지금까지 알았던 서윤을 모조리 잊어버리고, 그녀가 전해 주는 마음을 조각했다.

그녀의 조각상

서윤이 다람쥐 부부를 애틋하게 바라보는 풍경.

아름다운 미녀가 주인공인 조각품이 아니라, 인간적인 느낌을 그려 냈다. 그런데 서윤만을 조각하는 것은 왠지 모르게 허전했다.

그녀 주변의 장소가 너무나도 황량한 것이다.

느낌을 최대한 살리기 위해서는 주변도 약간은 손을 봐야 할 필요성이 있다.

"그녀도 여자니까 아무래도 꽃을 조각해 주면 좋을 거야."

위드는 우선 서윤이 머리에 꽂았던 꽃을 세밀하게 조각했다. 그런 다음에는 주위의 바위들을 대상으로 작업을 개시했다.

조각상 주변에 만발한 꽃들을 조각하려는 것이었다. 그런데 일이 커지면서 서윤이 접속할 때까지는 도저히 시간을 맞추기가 힘들어졌다.

"포기할 수도 없고… 여기서 멈출 수도 없다."

내친김에 조각칼을 계속 움직였다. 그런데 서윤은 그다음 날 내내 접속을 하지 않았다.

"잠을 자는 것이구나."

위드는 지금이 현실에서 밤 시간인 것을 알았다.

어차피 유노프 협곡도 이제 거의 끝 지점에 도달했으니, 서윤이 없더라도 혼자서 가기에는 무리가 없다.

그가 불사의 군단과 전투를 벌일 유로키나 산맥은 협곡에서도 한참 안쪽!

그저 무작정, 정처 없이 떠도는 서윤과는 이것으로 이별이 될 가능성이 높다.

"아직 접속을 하려면 시간이 꽤 남아 있군. 지금까지 쓴 시간이 아까워서라도 최고의 조각품을 만들어 봐야겠다."

위드는 마음을 편히 먹고 조각칼을 움직였다.

새마을 갱생 병원의 차은희 박사.

그녀는 아침부터 서윤의 몸 상태를 점검하고 있었다.

"요즘 너무 무리하는 거 아니니? 〈로열 로드〉도 좀 쉬어 가면서 하도록 해."

"……."

서윤은 한마디도 하지 않았다.

그러나 차은희 박사는 알고 있었다. 그녀가 자신의 말을 따르게 될 것임을.

대답이 없으니 전혀 받아들이지 않는 것처럼 보이기도 한다. 그러나 자신을 아껴 주는 사람의 말을 거스르지는 않는 서윤이었다.

다만 자신을 표현하지 않을 뿐.

좋아하고 싫어하고, 그러한 감정을 전혀 내색하지 않았다.

'말을 잃어버린 데에는 심리 치료도 별로 효과가 없고, 이제 슬슬 다른 방법을 찾아봐야 할까?'

차은희 박사는 고민에 빠져들었다.

〈로열 로드〉가 주는 심리적인 안정 효과는 현실을 도피하고 싶은 이에게 적당했다.

환희와 유쾌함, 유희!

삶의 즐거움을 알게 해 준 다음에, 현실에서도 조금씩 바꾸어 가려고 했다.

행복해지고 싶어 한다면 마음의 병은 회복기에 들어간 것이다. 괴롭고 슬프기만 한 기억들을 잊고 다시 시작할 수 있다.

그런데 〈로열 로드〉에서도 답답하게 지내고 있을 뿐, 아직 가시적인 성과가 없었다.

'역시 강제로라도 치료를 개시해야 할까? 서윤이처럼 내면의 의지가 강하고 밖으로 나오기 두려워하는 사람은 스스로 떨치고 나오는 게 제일 좋아. 약이나 최면술 등으로 정신을 치료하려고 하면 역효과가 발생할지도 모르는데.'

정신과 의사로서 제일 두려운 것은 환자가 점점 폐쇄적으로 변하는 것이다.

서윤은 이미 그러한 길을 걷고 있었다.

'표현하려고 하지 않으니, 마음의 병이 어느 정도인지 감을 잡기도 어렵다. 그나마 원래 착하고 순수하던 애라서 극단적인 형태로 나타나지는 않아 안심이지만, 불안하기도 해. 도무지 말을 하지 않으니까.'

그러는 사이에 어느덧 식사 시간이 되어 서윤은 거실로 향했다.

서윤이 머무르고 있는 병실은 새마을 갱생 정신병원에서도 최고급의 특실인 만큼, 당연히 식사를 하는 장소가 따로 있었던 것이다.

병실의 특성을 완전히 무시할 수는 없어 환자가 아플 경우에는 음식을 가져오기도 했지만, 서윤은 거실로 나가서 식사를 했다.

"어디, 그사이에 무슨 일이 있었는지 볼까?"

차은희 박사는 캡슐의 영상을 재생했다.

서윤의 〈로열 로드〉 플레이 동영상!

언제나 몬스터만 사냥하기에 기대했던 심리 치료 효과가 나타나진 않았지만, 그래도 지켜보는 맛은 있었다.

서윤은 레벨이 높아질수록 더욱 강한 몬스터들이 우글거리는 곳으로 향했다.

인간을 저주하고 증오하는 온갖 몬스터들이 덤벼들고, 서윤은 그 안에서 최선을 다해 싸운다.

광전사는 싸우는 시간이 길어질수록 더 강해진다. 그렇기에 서윤은 몬스터들이 전멸하기 전까지 물러나지 않았다.

피가 난무하고 각종 아이템이 즐비한 현장!

모든 것을 잊어버리고 화끈하게 싸우는 서윤은 광전사. 혹은 전장의 여신과도 같았다.

그야말로 스트레스 해소는 확실하게 되는 것이다.

이런 전투 신을 볼 때마다 차은희도 〈로열 로드〉가 하고 싶어졌다.

"역시 서윤이 레벨이 높긴 높네. 절망의 평원에서 사냥도 다 하고."

차은희는 몇 번이나 감탄했다.

그녀라면 꼼짝도 못하고 죽었을 긴박한 상황에서도, 서윤은 곧잘 전투를 승리로 이끌었다.

단순히 레벨이 높아서만은 아니었다.
 수없이 많은 전투를 하면서 몸으로 익힌 경험과 생존 본능, 전투법이 있기 때문이었다.
 "밥을 먹고 오기 전에 조금 빨리 돌려 봐야지."
 차은희는 동영상의 속도를 빠르게 했다.
 서윤은 절망의 평원을 이동하고 간간이 나오는 몬스터만 잡고 있었다.
 단조로운 이동.
 그런데 평상시와는 다른 일이 벌어졌다.
 두두두두!
 서윤이 휴식을 취하는데 평원의 사냥꾼이 달려온 것이었다. 게다가 뒤에서는 못생긴 오크 1마리가 접근하고 있었다.
 "저런… 협공을 당해서 서윤이가 위험했구나."
 그러나 차은희는 조금도 걱정하지 않았다.
 이때 죽었다면 훨씬 빨리 로그아웃했을 테니까.
 그런데 그다음에 이어진 상황은, 황당하기 짝이 없는 것이었다.
 절망의 사냥꾼을 죽이고, 오크와 눈이 마주쳤다. 둘은 한동안 서로를 바라보더니, 서윤이 먼저 검을 거두었다.
 그때까지만 해도 그러려니 했다.
 서윤은 굳이 덤비지 않는 몬스터를 일부로 죽일 정도로 잔인한 성격은 아니니까.
 그런데 오크와는 그 후에도 한 번 더 만났다.
 그러더니 나중엔 함께 사냥을 하고 요리를 해서 고기도 나누어 주는 게 아닌가. 수리도 해 주고 손빨래도 한다.

혼자 다니기 좋아하는 서윤인 만큼 누군가와 함께한다는 일은 절대로 있을 수 없지만, 상대가 오크라서 의외로 편하게 다니는 모양이었다.

"저번에 수련소의 교관과도 그럭저럭 친하게 지냈지. 오크나 몬스터들과는 잘 어울리는 건가. 오크라니 참 좋네. 부하처럼 데리고 다니면서 여러 가지 일도 맡길 수 있고, 나도 저런 오크나 1마리 구해 볼까? 아니, 잠깐만!"

이 순간, 차은희는 절대 냉정할 수 없었다.

"오크! 저게 무슨 오크야? 인간이잖아. 유저야!"

전투가 끝나면 아이템을 줍고, 약초를 몸에 바르고, 붕대를 감는 오크?

찾아보면 있을 수도 있다. 베르사 대륙에서는 가능하다.

마법에 걸린 고블린이나, 혹은 특수한 보스 몬스터들의 경우에는 뛰어난 인공지능을 가지고 있다.

그러나 심리학을 전공한 차은희는 사소한 부분까지도 주의 깊게 보았다.

몸짓이나 눈빛, 태도의 변화.

전투를 할 때의 심리 변화.

어떤 대상에 대한 과도한 집착!

"설마……."

차은희는 벼락이라도 맞은 듯이 몸을 떨었다.

명예의 전당에서 봤던 그 동영상!

그녀는 확신했다. 이 오크가 바로 그 동영상의 오크임을.

"저렇게 돈을 밝히는 오크가 둘일 리가 없잖아!"
 차은희는 가슴이 탁 막혀 오는 것만 같았다.
 서윤이 그 오크 유저와 함께 사냥을 하는 건 물론 대단하다. 하지만 그보다, 그녀 또한 〈로열 로드〉의 마니아였다.
 "전투가 이제 2일도 남지 않았는데 대체 여기서 뭘 하고 있는 거야!"
 차은희는 버럭 소리를 질렀다.

※※※

 주변에 활짝 피어난 꽃들.
 바위와 돌을 이용해서 세밀하게 가공한 꽃들은 실제 모습과 거의 차이가 없었다.
 나비가 날아다니고 싱그러운 향기가 물씬 풍기는 그런 꽃밭!
 그러나 돌을 이용해서 조각한 꽃밭이기에 색이 달랐다.
 회색 바위, 흰 바위, 검은 바위.
 무늬가 있거나 층층이 다른 돌을 이용해 만든 꽃도 있었다.
 그렇게 돌로 만들어진 꽃밭이 기묘한 분위기를 자아냈다.
 꽃밭에서 열심히 조각술을 펼치고 있는 위드.
 "그런데 이건 뭔가 이상한데……."
 조각품이 완성되어 갈수록, 서윤의 애틋한 눈빛은 막 울음이 쏟아질 것만 같은 표정으로 그려졌다. 절대로 울 것 같지 않은 그녀인데…….
 위드가 느낀 감정에 따르다 보니 그렇게 만들어진 것이다.

하지만 이건 너무 우울하다.

예쁜 그녀가 눈물을 흘리려고 하니 주위의 꽃들도 죽어 버리는 기분이다. 위드마저도 기분이 울적해지려고 했다.

"그냥 웃게 만들자. 눈은 이미 조각해 버렸지만 나머지는 웃게 만들자! 현재와 내가 바라는 형상 모두를 하나의 조각상에 함께 넣는 것이다."

위드는 전체적인 인상과 표정을 완성했다.

눈물을 흘리지만 환하게 웃고 있는 서윤의 조각상!

띠링!

완성되는 순간 위드의 눈앞에 메시지 창이 떴다.

> 만든 조각품의 이름을 정해 주십시오.

"이름을 정하라고?"

지금까지는 이런 적이 없었다.

위드는 고개를 갸웃하면서도 말했다.

"서윤."

> 〈서윤〉이 맞습니까?

"그렇다."

> **대작! 〈서윤〉상을 완성하였습니다!**
> 관점에 따라 전혀 다른 모습을 보여 주는 신비의 조각상. 앰비발렌트. 양면적인 감정을 가진 조각상은 궁극의 경지에 도전하려고 하는 재능 넘치는 젊은 조각사의 손에 의해서 완성되었다.

그녀의 조각상

예술적 가치: 8,700
옵션: 〈서윤〉상을 본 이들은 생명력과 마나 회복 속도가 하루 동안 40% 증가한다. 이동속도 20% 상승. 전 스탯 30 상승. 두 가지 속성이 30% 상승한다. 하루 동안 공격에 특수한 대지의 공격력이 부여된다. 조각상에서 특수한 향기가 나서 상처가 빨리 치유된다. 특정인에게 양도할 경우, 모든 부분에서 20%의 추가적인 효과를 보인다. 단 이 경우 다른 이들에게는 효과가 60% 감소한다. 다른 조각품과 중복으로 적용되지 않는다.
지금까지 완성한 대작의 숫자: 1

조각품에 대한 이해 스킬의 레벨이 1 상승하였습니다.

고급 손재주 스킬의 레벨이 2가 되었습니다.
도구나 손을 이용하는 능력이 추가로 8% 증가하며, 다양한 분야에 걸쳐서 영향을 주게 됩니다.

명성이 1,680 올랐습니다.

예술 스탯이 65 상승하였습니다.

인내가 7 상승하였습니다.

지구력이 4 상승하였습니다.

매력이 40 상승하였습니다.

〈서윤〉상의 소유권은 위드 님에게 있습니다.
조각상에 생명을 부여할 수 있다면 위드 님에게 충성을 바치게 될 것입니다.

대작 조각품을 만든 대가로 전 스탯이 3씩 추가로 상승합니다.

대작 조각품!

위드가 상상한 그 이상의 작품이 만들어진 것이다.

"대박이다!"

고대로부터 전해 내려오는 수많은 예술품들! 그중에서도 여자를 그리고 조각한 것들이 가장 많은 것은, 아마도 여자 자체가 그만큼 복잡하고 아름답다는 뜻이리라.

그런데 대작 조각품을 만든 것으로 끝나지 않았다.

지금까지 가지고 있던 조각술의 숙련도가 마침내 한 단계의 벽을 넘었다.

중급 조각술 스킬의 레벨이 10이 되어 고급 조각술 스킬로 변화합니다.
존재하는 모든 재질을 깎아 내거나 무늬를 새길 수 있습니다.

직업 스킬 조각술이 고급이 되었습니다.
직업 전설의 달빛 조각사에 대한 영향으로 현재 보유하고 있는 스킬과 스탯에 변화를 줍니다.

조각 검술 스킬의 효과가 30% 추가로 증가합니다.
조각 검술에 부가적인 능력이 부여되었습니다. 조각 검술의 마나 소비량이 절반으로 줄어듭니다.

조각술이 다른 생산 스킬에 연계됩니다.
대장장이 스킬과 연계되어 청동이나 철 조각품을 만들 수 있게 됩니다. 형틀에 쇳물을 부어 만드는 방식으로 만들어진 조각품들은, 단단하고 오랜 수명을 가지게 될 것입니다.
요리 스킬과의 연계로, 만드는 요리들이 훨씬 생동감 있고 맛있어집니다. 자유로운 음식의 표현은 예술적인 아름다움을 보여 주게 될 것입니다.
재봉 스킬과의 연계로, 만들어진 옷들에 다양한 장식들을 붙여 넣을 수 있습니다. 일반적이지 않은 옷들을 제작할 수 있게 됩니다.
전 스탯이 20포인트씩 늘어납니다.

명성이 600 올랐습니다.

예술 스탯이 20 상승하였습니다.

특수 조각사 마스터 스킬, 달빛 조각술을 배울 수 있습니다.
달빛 조각술은 고급 조각술을 기반으로 합니다. 걸작, 명작, 대작의 다음 등급으로 숨겨진 예술 작품을 조각할 수 있습니다.
달빛 조각품! 대자연을 이용한 조각으로, 적과 싸우고 동료를 지킬 수 있습니다. 고독하고 그윽한 정취를 가져 예술가와 사랑하는 연인이 좋아할 것입니다.
달빛 조각술에 대한 힌트는 예술가 길드로부터 얻으십시오.

중급 조각술이 마침내 고급으로 진화했다.

"으하하하하!"

위드는 통쾌한 웃음을 터트렸다.

조각사로서, 조각술 스킬이 고급에 달한 것보다 즐거운 일이 어디에 있을 것인가.

대장일처럼 다소 대중적인 생산 스킬은 이미 고급을 익힌 이가 나왔을지도 모르지만, 최소한 조각사로서는 최초였다.

베르사 대륙에서 유일무이한 최고의 조각사!

"역시 내가 조각사의 길을 걸은 것은 후회하지 않을 선택이었어!"

위드는 세상을 다 가진 듯이 굴었다. 그러나 금방 정신이 들었다.

"여기서 이럴 때가 아니지."

언제 서윤이 돌아올지 모른다.

대작 조각품은 멀리서도 눈에 띌 정도로 특수한 광채가 어린다. 조각술이 주는 특별한 효과였다.

그녀가 돌아온다면 그녀를 조각한 자신이 발각될지도 몰랐다.

지금까지 얼마나 많이 그녀를 조각했던가.

그 사실들이 전부 탄로 난다면 서윤은 위드를 가만두지 않으리라.

"어, 어서 튀자!"

위드는 조각품을 내버려두고 열심히 도망쳤다.

대작 조각품을 만들고, 조각술이 고급에 오른 위대한 조각사!

그러나 몰래 도망쳐야 하는 신세였다.

※ ※ ※

서윤은 베르사 대륙의 시간으로 늦은 밤에 접속을 했다. 그녀는 나타난 순간부터 의식적으로 주위를 둘러보았다.

오크!

어느덧 며칠을 함께하면서 익숙해진 오크였다.

가끔 밥도 해 주고 수리도 해 주는 등, 여러모로 쓸모가 많았다.

그런데 아무리 살펴봐도 오크는 더 이상 보이지 않았다.

'떠났구나.'

오크와 함께 있었다고 해서 마음을 나누었다는 것은 아니다. 그러나 빈자리가 유독 컸다.

이제 그녀는 다시 혼자가 된 것이다.

서윤은 천천히 갑옷과 검을 뽑아 든 뒤에 떠나려고 했다.

유노프 협곡을 빠져나가서 몬스터가 있는 곳으로 가고자 했다. 그런데 향기를 맡았다.

"……?"

서윤은 향기에 이끌려 발걸음을 옮겼다.

그곳에는 꽃밭이 펼쳐져 있었다. 그리고 그 한가운데에 놓여 있는 조각상.

미소를 띤 조각상이 눈물을 흘리고 있었다. 그런데 그 조각상은 그녀를 꼭 빼닮았다.

"……."

너무나도 생소한 광경에, 서윤은 한참 동안 멍하니 서 있었다.

'울고… 있다? 내가?'

거울을 보는 것만 같았다.

너무나도 흡사하게 생긴 그녀가, 눈물을 흘리고 있었다.

'이건 내가 아니야. 나는 울어 본 적이 없어. 적어도 내 기억에는…….'

눈물을 흘려 본 지가 언제인지, 까마득하기만 했다.

서윤은 강해지고 싶었다.

어릴 때부터 슬픈 일이 있으면 가슴에 묻었다. 고통과 아픔을 외면한 것이다.

타인과 말을 하지 않고, 아무런 교류도 나누지 않으면 혼자만의 세상에서 안전할 수 있다.

눈물을 흘릴 필요도 없다.

아픔을 내색하면 모든 게 산산조각 나서 무너질 것 같았다.

그러면서 한없이 담담한 날들이 이어졌다.

어제, 오늘 그리고 내일.

누구에게도 마음을 열지 않는 그녀의 시간들이었다.

어느덧 말을 하는 걸 두려워하게 되고, 누군가와 친해지는 걸 무서워한다. 타인과 한마디 말도 나누지 않으면서 자신을 감추려고만 했다.

자신이 사랑받고 있지 않다는 현실을 지우려고 누구에게도 마음을 주려 하지 않았다.

다가오는 이들을 불신하고 의심하면서 살아왔다.

그렇게 잊고 살면 슬프지 않을 수 있었다.

기쁘지도 않고, 딱히 감정적이 될 필요도 없는 시간들.

그런데 조각상이 눈물을 흘리고 있는 것을 보니 한없이 슬퍼졌다.

가슴이 비명을 질러 대고, 무덤덤하게 스쳐 보냈던 시간들이 한꺼번에 떠올랐다.

"……."

서윤은 자신의 얼굴에 손을 대어 보았다. 하염없는 눈물이 흐르고 있었다.

※

〈로열 로드〉 홈페이지의 명예의 전당!
시간이 지날수록 한층 가열된 초조와 긴장감이 흘렀다.

―불사의 군단과의 전쟁 날짜가 다가오고 있어요.
―과연 그 오크는 퀘스트를 완수할 수 있을까요? 난이도가 무려 A급인데요.
―그 얼굴을 좀 보세요. 흉악하잖아요. 무슨 일이 생겨도 깰 겁니다.
―완수하겠죠. 완수해야 됩니다. 왜냐하면 전 마법사거든요.
―저도 마법사입니다. 괜히 어려운 흑마법사 계열을 선택해서 고생만 진탕 하고 있었는데, 꼭 네크로맨서가 되고 싶습니다.
―네크로맨서에 대한 정보 좀 알려 주세요.
―좀 느긋하게 기다려 보세요.
―혹시 새로운 소식을 알고 계신 분이 없나요?

불을 지펴 놓기라도 한 것처럼 활활 타오르는 게시판!
그곳에서는 수많은 논쟁과 이야기들이 불거져 나왔다. 몇 분 만에 새로운 게시 글이 수백 개씩 작성될 정도였다.
수십만 명이 게시판을 들락거리면서 수시로 글을 작성하고 읽는다. 그리고 혹시라도 명예의 전당에 동영상을 올려놓은 '그'에 대한 소식이라도 들을까 싶어서 몇 분 간격으로 계속 찾아왔다.
마법사들의 경우에는 자신들과 무관한 일도 아니었기에 더욱 촉각을 곤두세우고 있었다.

―아아, 어서 결과를 알고 싶어요. 마법사라면 모두들 제 마음과 같겠죠?
―전 결과도 궁금하지만, 과정도 못지않게 보고 싶군요. 불사의 군단과의 대규모 전쟁! 이것은 일반적인 공성전과는 차원이 다를 거예요.
―그동안의 공성전이 꽤 시시하기는 했죠. 대부분 너무 빨리 끝났잖아요. 일방적인 경우도 많았고요.
―전사들의 돌격! 그리고 상대방 대표의 암살. 제일 편한 길이지만 보는 입장에서는 시시하죠.
―확실히 어느 한쪽이 힘의 우위를 가지고 있을 때만 전투가 벌어지기도 했고요.

공성전에 대한 불만이 쏟아져 나왔다.

어느 정도 세력이 있는 측에서, 막 터전을 잡고 힘을 키워 가려는 곳을 쳐서 빼앗는다!

상당수의 전쟁은 확실히 이길 수 있는 경우에만 진행이 되었다.

―어서 동영상을 보고 싶어요.
―아직도 각 방송사의 방송 예정표에 안 뜬 건가요?
―어느 방송사에서 방송을 하게 될지……. 명예의 전당에 올라올 때까지 기다려야 하는 건 아니겠죠?
―설마요.
―그런데 방송사들은 대체 지금 뭘 하고 있는 거죠?

그때 게시판에 새로운 소식들이 떴다.

―여러분! 소므렌 자유도시에서 위드라는 유저가 퀘스트를 완수했습니다. 놀라지 마십시오. 이 위드는 바로 〈마법의 대륙〉을 했던 위드입니다.
―〈마법의 대륙〉의 위드요?

―그가 〈로열 로드〉를 한다는 말은 들어 봤는데, 프레야의 성기사라면서요.
―예, 그런 줄로만 알았죠. 그런데 이번에 그가 해결한 의뢰가 네크로맨서의 퇴치 퀘스트였다고 합니다.
―진혈의 뱀파이어족을 퇴치하고 파고의 왕관을 되찾는 것에 이은 연계 퀘스트!
―그러면 그 오크의 정체는…….
―위드입니다. 위드가 오크가 되어서 불사의 군단과 싸우는 것입니다!

그 순간, 명예의 전당의 글들은 폭주를 했다.

몇 분 만에 수백, 수천 건들의 글이 올라온다.

〈마법의 대륙〉이 가진 위력.

한때 가장 인기 있었던 이 게임은 이미 그 자리를 넘겨주었지만, 당시의 추억을 간직하고 있는 사람들은 헤아릴 수 없을 정도다.

―그가 〈마법의 대륙〉에서 보여 준 카리스마를 누구도 잊지 못할 것입니다.
―폭풍처럼 몬스터를 휩쓸던 흑기사.
―각 스킬의 조합, 운용, 끊이지 않는 전투, 지형지물의 이용, 타협하지 않는 정신. 위드는 모든 게이머들의 우상과도 같은 사람입니다.
―영원히 깨어지지 않을 관문들이 모두 위드에 의해서 한때의 전설로만 남게 되었죠.

〈마법의 대륙〉을 했던 이들의 찬양 글이 계속해서 올라왔다.

몇몇은 의문을 던지기도 했다.

―위드가 누군데요?
―위드가 그렇게 대단한 사람이에요?

달빛 조각사

―위드를 모르다니, 2년 전부터 〈로열 로드〉를 하신 모양이군요. 적어도 〈마법의 대륙〉의 유저라면 다들 압니다. 위드가 어떤 기록을 세웠는지.
―저는 예전에 위드의 뒤를 따라다닌 적이 있습니다. 그때의 이야기를 들려드리죠. 당시 그는 로젠다의 폐허로 들어갔죠. 지옥의 파수꾼 켈베로스가 장악하고 있는 지역이었습니다. 그곳에서 그는 사냥을 했습니다. 어마어마한 일이었죠.
―레벨이 높다면 가능한 일이잖아요?
―예, 그렇긴 합니다. 하지만 그 전까지는 누구도 그곳에서 사냥을 하지 못했습니다. 위드가 최초로 그곳에서 사냥을 한 겁니다. 〈마법의 대륙〉 유저들이라면 경악을 금치 못할 일이었죠. 그래서 저는 그가 사냥하는 것을 따라다니면서 구경을 했습니다. 모든 몬스터를 악착같이 죽이고, 조금의 허점도 보이지 않는 철저한 전투. 싸움이 시작되면서 그는 야수로 돌변한 듯이 몬스터를 휩쓸어 갔습니다. 그런데 이게 다가 아닙니다.
―뭐가 남았는데요?
―놀라면 안 됩니다. 그는 무려 200시간 연속으로 사냥을 했던 겁니다.
―200시간!

〈로열 로드〉를 하면서 어느 정도 노가다에 도가 튼 인물들은 셀 수도 없이 많았다. 스스로 게임을 잘한다고 자부하는 이들도 많다. 일단 사냥을 시작하면 밥 먹는 것도 잊어버릴 정도로 게임에 푹 빠졌던 경험을 누구나 한 번쯤은 가지고 있으리라.

하지만 위드가 200시간 동안 사냥을 한 것은 그야말로 전설이었다.

그 외에도 속속 정보들이 올라왔다.

―저희들은 절망의 평원에서 사냥을 하던 사람들입니다. 중앙 대륙 사람들이 보기에는 그리 강하지 않더라도, 로자임 왕국에서는 꽤 유명한 편이죠. 저희들은 절망의 평원에서 깡마른 오크를 만났습니다.

그녀의 조각상 355

> —오크 카리취! 몸매는 말랐지만 얼굴과 인상은 똑같았습니다.
> —불사의 군단과의 전쟁은 바로 절망의 평원에서 진행되는 것이었습니다.

명예의 전당에 오는 거의 모든 유저들이 초조하게 기다리고 있었다.

처음에는 이 정도까지는 아니었다. 그런데 아직까지 아무 소식도 전해지지 않은 게 더욱 궁금증을 자극했다.

오히려 누가 모든 걸 확실히 밝혀 놓았더라면 이 정도는 아니었으리라.

KMC미디어의 간판 프로그램인 〈베르사 대륙 이야기〉.

오늘도 신혜민과 오주완이 입담을 과시하면서 발 빠르게 정보들을 알려 주었다.

"현재 미스릴의 가격이 오르고 있습니다. 미스릴 광산을 보유하고 있는 해적 길드에서는 가격을 20% 올리기로 결정하여 많은 원성을 받고 있습니다."

"무기를 강화하는 법! 현재까지 나온 강화석들의 효과는 그리 크지 않았습니다. 하지만 알고 계세요? 중급 대장장이가 있다면 공격력이 크게 강해질 수도 있음을."

"루튼 왕국과 토르 왕국 사이의 새로운 무역로가 개척되었습니다. 잃어버린 숲을 통과하는 길인데요, 붉은 늑대 길드가 이곳에 출몰하는 강력한 몬스터를 소탕하고 길을 만들었습니다. 이곳을 통과하고자 하는 상단들은, 교역 이득의 1할에 해당하는 세금을 내면 이용하실 수 있겠습니다."

"교역 수입의 1할이라고 해도 단축되는 시간을 감안하면 많은 유저들이 이용하겠군요."

"바로 그 점입니다. 당분간 붉은 늑대 길드에서는 많은 수입을 거둘 것으로 보입니다. 해당 길드에 가입하려고 하는 유저들도 많이 늘었다고 합니다."

〈베르사 대륙 이야기〉.

처음에는 각 몬스터의 정보나 사냥터 이야기, 유저들이 택할 수 있는 직업 정도만 소개하면 되었다.

그런데 시간이 흐를수록 정치와 사회, 경제 분야에 대한 이야기들도 많이 나왔다. 각 세력들이 경쟁을 하면서부터, 베르사 대륙의 역학 구도가 복잡해진 것이다.

그 때문에 2부에서는 각계의 전문가들이 참여했다.

오늘 〈베르사 대륙 이야기〉의 2부는 불사의 군단과의 전쟁 퀘스트였다.

"한마디로 난이도가 너무 높습니다. 많은 분들이 기대를 하고 계시겠지만, 퀘스트는 아마 실패하고 말 겁니다."

군사 전문가인 이용한이 자신 있게 말했다. 그는 나름대로 근거도 가지고 있었다.

"전쟁은 숫자 싸움이 아닙니다. 얼마나 많은 병사를 가지고 있느냐보다는, 그 병사들이 내 명령을 얼마나 잘 따라 주는지가 더 중요합니다. 오크나 다크 엘프. 인간도 아닌 다른 종족들을 데리고 불사의 군단과 싸운다는 것은 불가능한 일입니다."

이용한은 단정 지어서 말했다.

옆에 있던 한길섭도 비슷한 의견을 내놓았다. 그는 〈로열 로드〉의 서열 300위 안에 드는 랭커였다.

"맞습니다. 이종족들을 지휘하기 위해서는 통솔력이 필요한데, 그들을 데리고 과연 전투나 수행할 수 있을까요?"

"저도 같은 생각입니다. 오크나 다크 엘프를 데리고 불사의 군단과 싸우는 건 무모한 짓입니다. 저라면 이미 도망을 쳤을지도 모릅니다."

"한 개인이 진행하기는 어려운 규모의 퀘스트죠. 베르사 대륙 상위 50위 내에 있는 길드들은 이번 퀘스트에 어떤 도움 요청도 받지 못했습니다. 저희 붉은 용병 길드에서도 아무런 요구 사항도 받지 못했고요. 그러니 당연히 실패하고 말 겁니다."

"어쩌면 오크나 다크 엘프들이 전멸하고, 그들이 모두 언데드화되어서 다른 왕국을 침공하는 게 예정된 전개일지도 모르죠. 현재까지 추정된 바, 난이도 B급의 의뢰는 매우 강력한 특정 단체를 소탕하거나 이에 준하는 까다로운 관문을 넘어야 합니다. 그런데 난이도 A급은 실행 여하에 따라서 베르사 대륙의 전체적인 역학 구도가 바뀔 수도 있다는 것입니다."

"그러나 걱정하실 필요는 없습니다. 불사의 군단이 출현한다면 그곳에는 저희 붉은 용병 길드가 방어선을 칠 예정입니다."

퀘스트의 성공 여부에 대해서 토론회를 열기로 되어 있었는데, 모두가 반대 의견만을 이야기했다. 몇몇 고위 랭커들은 이를 자신의 길드를 홍보하는 장으로 쓰기도 했다.

신혜민은 인상을 찌푸렸다.

"모두들 기다리고 있는 퀘스트가 성공하지 않을 수도 있다는 뜻인가요?"

"성공요? 그 퀘스트는 이미 끝난 것일지도 모릅니다."

"바로 그렇습니다. 어쩌면 그는 퀘스트를 포기하고 이미 도망친 것 아닐까요?"

하나같이 실패를 말하는 전문가들.

그러나 그들은 곧 어마어마한 항의 글에 직면해야 했다.

인터넷상에서 위드를 아는 사람들! 또한 네크로맨서의 전직에 대해 기대를 품고 있는 이들로부터 원색적인 욕을 얻어먹어야 했던 것이다.

## 전의

위드는 유노프 협곡의 바위가 많은 곳으로 향했다.

중간에 설인을 닮은 몬스터 예티들이 덤벼들었지만, 그동안의 경험으로 적당히 처리하고 어렵지 않게 바위가 쌓인 곳으로 갈 수 있었다.

"재료는 충분하군."

위드는 계곡가에 쌓여 있는 바위들을 보며 만족스러운 미소를 지었다.

며칠에 걸친 서윤과의 동행!

그야말로 눈치를 보며, 이것저것 음식을 바치면서 비굴하게 지내야 했던 시간이었다. 하지만 그러면서 고급 조각술을 익히게 되었다.

최고의 미녀만큼 뛰어난 예술품도 없는 법!

서윤의 희고 미끈한 허벅지와 흑단 같은 머릿결, 날씬한 허리. 어디 그뿐인가. 가늘고 긴 목이나 뽀얀 쇄골이 있는 부위,

그 위로 더욱 올라가면 얼굴에서는 투명한 광채가 난다.

1년 내내 보더라도 질리지 않을 정도의 외모였다.

그녀 덕분에 명작만 몇 차례나 성공했던 그가 드디어 고급 조각술을 터득하게 되었다.

"스킬 확인! 조각품에 생명 부여!"

**조각품에 생명 부여**
황제 게이하르가 후인을 위해서 남긴 조각사의 알려지지 않은 기술.
제한: 고급 조각술을 익힌 상태에서만 사용할 수 있다.
스킬 요구량: 마나 5,000. 예술 스탯 10(영구적 소모). 레벨 2 하락.
주의 사항: 조각품들은 자존심이 강하다. 자신과 똑같이 닮은 조각품을 보았을 때는 적의를 가지고 싸우게 된다.

고급 조각술을 익힌 이후로 쓸 수 있게 된 기술!

한 번 사용할 때마다 예술 스탯은 10, 그리고 레벨은 2개나 떨어진다.

그런 만큼 자주 쓸 수는 없는 기술이라고 할 수 있었다.

하지만 꼭 필요할 때에 안 쓴다면 이는 없는 것과 다를 바가 없으리라.

"투자다, 투자! 승리를 하기 위해서는 필요해."

위드는 조각칼을 꺼내서 조각을 개시했다.

지금부터 그가 만들고자 하는 것은 생명을 부여할 수 있는 몬스터다.

"오크와 다크 엘프들. 직접 싸울 수 있는 병력은 충분하다. 그러니 특별히 도움이 될 만한 이들을 생성해야겠지."

위드는 우선 긴 날개와 뾰족한 발톱, 두툼한 배를 가지고 있는 와이번을 조각했다.

와이번은 굉장히 강한 몬스터다.

개별적인 레벨이 380이 넘고, 피부가 단단해서 웬만한 칼과 마법은 전혀 통하지 않는다. 하늘을 자유롭게 날아다니며, 그 속도는 지상에서 말을 달리는 것과는 비할 수 없이 빠르다.

물론 위드가 와이번의 형태를 한 조각품을 만든다고 해서 그 정도로 강한 녀석이 나오지는 않는다.

예술 스탯에 따라서 능력이 결정되는 것이니, 형태는 비슷해도 본래의 와이번과는 천지 차이인 것이다.

"시간이 없으니 대충 해야지."

와이번을 만들면서도, 위드는 눈물이 나올 것만 같았다.

조각품에 생명을 부여하게 되면 스탯이 사라지고 레벨이 하락한다. 당연히 걸작이나 명작 수준의 조각품 정도는 만들어 줘야 했다. 그런데 시간이 없어서 대충대충 하려니 가슴이 아파 왔다.

최고의 작품을 만들어도 모자란 판에 건성으로 일을 해야 하다니.

그러나 크기가 10미터도 넘는 와이번에 온갖 정성을 다 쏟는다면 이틀 밤을 새우더라도 성공하지 못할 수도 있다.

위드는 큰 윤곽만을 가지고 와이번을 조각해 냈다. 제대로 튀어나온 배와 쩍 벌어진 주둥이, 날카로운 발톱은 특별히 위협적으로 만들었다.

띠링!

**걸작! 창공의 와이번 상을 완성하였습니다!**

하늘의 제왕! 흉폭하고 거친 몬스터. 와이번은 짐승들의 정점에 서 있는 몬스터다. 말을 통째로 먹는 것을 좋아하고, 때로는 강에서 헤엄쳐 다니는 물고기를 사냥하기도 한다. 자존심도 높아서, 만약에 하늘을 날아다니는 와이번에게 화살이라도 쏜다면 즉시 죽음을 맛볼 수 있으리라. 이 조각상은 모든 이들에게 몬스터에 대한 두려움과 경각심을 심어 주게 될 것이다.

**예술적 가치**: 750

**옵션**: 창공의 와이번 상을 바라본 이들은 생명력과 마나 회복 속도가 하루 동안 10% 증가한다. 플라이 마법 시 이동속도 20% 상승. 힘 30 증가. 민첩 5 증가. 전 스탯 3 상승. 경각심이 생기면서 하루 동안 몬스터의 특별 능력의 효과가 감소한다. 조각상 인근에 공중 몬스터들이 접근하지 않는다. 다른 조각품과 중복으로 적용되지 않는다.

**지금까지 완성한 걸작의 숫자**: 12

조각술 스킬의 숙련도가 향상되었습니다.

명성이 6 올랐습니다.

지구력이 1 상승하였습니다.

카리스마가 1 상승하였습니다.

매력이 1 상승하였습니다.

고급 조각술을 익힌 덕분인지 그리 열심히 만들지 않았는데도 걸작이 나왔다. 대신에 그만큼 인정받는 조각사가 되었다는 뜻인지, 명성은 많이 오르지 않았다.

걸작만을 만들고도 유명인이 되던 시기는 지나고, 이제는 걸작을 만드는 것보다는 퀘스트나 사냥을 하는 편이 훨씬 명성을 모으기에 좋아졌다.

이제 명성을 원한다면 명작 정도 되는 조각품을 만들어야 한다는 뜻이다.

그 외에 늘어나는 스탯들도 그리 높진 않았다. 걸작을 만들어서 이 정도라면, 명작을 만들어서 얻는 스탯도 줄어들 거라고 봐야 하리라.

과거처럼 많은 스탯을 얻기 위해서는 대작, 혹은 그 이상의 작품이 될 것으로 보이는 달빛 조각품을 만들어야 한다.

명성이 높은 조각사란 현재에 안주할 수 없는 직업이다. 끊임없이 도전하고 더 나은 조각품을 만들고자 노력해야 한다.

"좋아. 이제 스킬을 써야겠군."

그나마 걸작이 나와 준 덕분에 아쉬움은 덜했다. 하지만 정작 위드는 스킬을 시전하려는 순간 주저했다.

어렵게 경험치를 모으고, 퀘스트를 완수하면서 간신히 299의 레벨을 만들었다.

조금만 경험치를 더 채운다면 300이 되는데 조각품에 생명을 부여한다면 2개의 레벨이 줄어들게 된다.

"그래도 어쩔 수 없지. 조각품에 생명 부여!"

위드는 와이번 조각상의 머리를 부드럽게 쓰다듬었다. 그러자 조각상에 작은 균열들이 생겨났다.

파사삭!

달걀을 깨고 병아리가 나오듯이, 조각상에서부터 튀어나온 와이번!

위드의 손에서 살아 있는 와이번이 탄생했다.

---

조각품에 생명을 부여하였습니다.
조각품의 능력은 현재 설정된 예술 스탯 790에 따라, 레벨에 맞춰 359로 변환됩니다. 하지만 하늘을 날 수 있는 날개를 가진 몬스터이기 때문에 페널티로 레벨의 10%가 줄어듭니다.
생명체에 두 가지의 속성이 부여됩니다. 조각품의 모양과 수준에 따라 부여되는 속성의 수준과 능력치가 다릅니다. 바람의 속성(100%), 화염의 속성(30%).
하늘을 날 때에 매우 빠른 속도를 낼 수 있으며, 화염 계열의 마법에 대해서 약간의 면역을 가집니다.
마나가 5,000 사용되었습니다.
예술 스탯이 10 영구적으로 줄어듭니다. 줄어든 스탯은 조각품 제작이나 다른 예술과 관련된 활동을 통해 보충할 수 있습니다.
레벨이 2 하락합니다. 레벨 하락에 따라서 가장 최근에 올린 스탯이 10 줄어듭니다. 줄어든 스탯은 레벨을 올리게 되면 다시 부여할 수 있습니다.
생명이 부여된 조각품을 소중히 다루어 주십시오. 목숨을 잃으면 다시 생명을 부여해야 합니다. 완전히 파괴되었을 경우에는 되살릴 수 없습니다.

---

조각사가 할 수 있는 하나의 기적!

생명을 가진 와이번이 만들어진 것이다.

"휴우, 성공한 것인가."

위드는 스스로 만든 창조물을 보았다.

조각품에 생명을 부여한다는 것은 보기에 대단히 좋은 스킬 같다.

예술 스탯에 따라서 능력이 결정되는 조각품들! 막강한 힘을 가지고 있는 조각품들이 생생하게 움직이면서 몬스터와 싸우는 것이다. 전투 능력이 다소 열악한 생산직 직업에게는 그야말로 꿈만 같은 스킬이었다.

대륙을 최초로 통일했다는 황제 게이하르 폰 아르펜! 조각술 마스터인 그가 창조해 낸 조각 기술!

하지만 당연히 장점만 있는 것은 아니다. 만만치 않은 부작용도 가지고 있었다.

소환술사, 혹은 정령사들도 무언가를 불러내서 전투를 이끌어 낼 수 있다는 점은 비슷하다. 그리고 이 경우에 소환물이나 정령들이 싸워서 얻은 경험치는 고스란히 주인에게 돌아간다.

하지만 조각품들은 얻은 경험치를 가지고 스스로 성장을 한다. 예술 스탯에 따라 태어난 많은 조각품들을 성장시킬수록, 조각사가 이끄는 전력도 강해지는 것이다.

일반적으로 조각품에 생명을 부여한 것들은, 동급의 소환물이나 정령들보다 좀 더 강하다. 숫자도 제한이 없다. 그렇지만 여기에는 결정적인 부작용이 있었으니, 정령이나 소환물이 죽거나 소멸되었을 경우다.

소환술사의 경우에는 소환물이 죽더라도, 자신이 익힌 스킬에 따라서 그대로 다시 소환할 수 있다.

전투 도중에 정령이 소멸되는 경우는 흔했다. 그래도 약간의 마나 소모 정도만 무릅쓴다면 얼마든지 다시 소환할 수 있으니, 그리 큰 피해는 아니다.

그런데 조각사의 경우에는 달랐다.

생명력에 현저히 심한 타격을 받게 되면 조각품은 생명을 잃어버린다. 산산이 흩어져 잔해가 되어 버린다면 되살릴 수도 없다.

레벨 2개와 예술 스탯을 소모해서 만든 조각품의 사망!

어떤 면에서는 거의 자기 자신의 죽음보다도 치명적인 것이다.

'함부로 쓸 기술은 아니야. 그렇지만 예술 스탯이 더 늘어난다면 쓸 만하겠군.'

예술 스탯이 아주 높은 조각사! 그렇지만 실질적으로 전투 능력은 없는 이가 사용한다면, 꽤 쓸 만할 것이다. 싸움을 못하는 조각사가, 희생을 통해서 대신 싸워 줄 수 있는 이를 만드는 것이니까.

위드가 보는 앞에서 와이번은 두 날개를 활짝 펼치며 기지개를 켰다. 머리통만도 무려 사람 1명만 했다.

크고 볼록한 배를 불쑥 내밀며 와이번이 처음으로 말을 건넸다.

"주인!"

충성스러운 한마디.

위드는 감격에 벅차올랐다.

"그래. 내가 너의 주인이다."

하지만 와이번은 매우 못마땅한 눈빛으로 자신의 몸을 훑어보더니 묻는 것이었다.

"나는 왜 이렇게 못생겼는가?"

"……."

"발로 조각했나?"

"……."

"이토록 형편없이 태어나다니 실망스럽다."

자존심 높은 조각품!

와이번은 자신의 육체에 만족하지 못하고 대단히 불쾌해하고 있었던 것이다.

하기야 워낙 몸집이 커서 제대로 조각을 하는 데에 많은 시간을 투자할 수 없기도 했다. 그래서 여기저기 제대로 손을 안 본 부분이 있다.

대충 완만하게 깎아 놓은 부분들.

와이번은 약간 미완성의, 투박한 조각품이 되었던 것이다.

"아무튼 너에게 생명을 주었으니 나는 너의 부모와 다름이 없다. 앞으로 나를 잘 따르도록 해라. 온몸이 부서지도록 충성을 다해야 한다."

위드는 산고의 고통을 이겨 낸 어머니의 심정이 이럴 것이라고 생각하며 말했다.

어쨌든 일단 생명을 부여한 이상, 대충 써먹을 작정은 아니었다. 본전을 뽑고도 남도록 철저하게 부려 먹을 것이다.

와이번도 지지 않고 한마디 했다.

"차라리 태어나게 하지나 말지."

"……."


굉장히 자존심 강하고 말을 듣지 않는 와이번이었지만, 곧 위드의 철저한 하수인이 되었다.

웬만큼 까다로운 사람이라고 해도 단번에 넘어가 버릴 것만 같은 사탕발림!

위드의 철저한 아부에 와이번의 자긍심이 최대로 높아진 것이다.

"잘 들어 봐. 각진 얼굴이야말로 네가 강하다는 뜻이지. 그렇게 생각하지 않아?"

"캬캬캬캬!"

단순한 와이번은, 위드에 의해 한껏 고무되었다.

"주인, 좋다. 역시 살 만한 세상인 것 같다."

"그래. 내가 너를 창조했다. 내 명령에 잘 따르도록 해."

"그래야겠다. 그런데 내 이름이 무엇인가?"

위드는 자신이 탄생시킨 와이번의 이름을 결정해야 했다.

"주인, 좋은 이름을 정해 다오."

와이번도 큰 기대를 하고 있었다. 아무래도 자존심 높은 조각품으로서, 명예와 긍지 높은 이름이 지어지길 바라는 모양이었다.

위드는 심사숙고 끝에 이름을 만들었다.

"와일이로 하자."

"뭔지 몰라도 어감이 좋다. 무슨 뜻인가?"

"그건 하늘에서 가장 멋진 놈이라는 뜻이다."

위드가 이렇게 말하자, 와이번은 날갯짓을 했다. 바람이 마구 일 정도로 거센 날갯짓을.

"대단히 마음에 든다."

"그래. 너를 위해서 만든 이름이다, 와일아."

순식간에 정겹게 말하는 위드!

"와일이라고 불러 줘서 고맙다. 그런데 주인!"

"왜?"

"나의 형제들, 다른 조각상들이 만들어지면 그들의 이름은 어찌할 것인가?"

위드는 회심의 이름을 말해 주었다. 와일이란 연속성까지 가진 이름이었으니까.

"와둘이."

"내 동생이 되는 것인가?"

"그래."

"그러면 그다음은?"

"와삼이."

"매우 마음에 든다."

와이번은 계속 날갯짓을 하며 좋아했다. 그때야 위드는 자신의 판단을 확신할 수 있었다.

'역시 새대가리였어!'

천공의 도시 라비아스에서 조인족들이 그러했듯이, 날개 달린 새들은 역시 대체로 멍청하다!

더군다나 이 녀석은 바위로 조각을 했지 않던가. 새 머리에, 돌 머리! 절대로 지능이 좋을 수가 없다.

"그럼 출발하자. 나를 태워라."

"알겠다, 주인."

위드는 와이번의 머리 위에 올라탔다.

파닥파닥.

몇 번 날갯짓을 한 후, 와이번은 가볍게 허공으로 떠올랐다. 유노프 협곡이 한눈에 내려다보일 정도로 높은 하늘!

까마득한 저 아래 작은 점으로 보이는 것은 대작 조각품과 꽃밭이었다. 그곳에는 서윤이 있었다. 가능한 한 숨긴다고 조각을 한 것인데, 결국 그녀에게 발견된 모양이었다.

'언제 다시 만나게 될지 모르겠군. 내가 본 가장 예쁜 여자인데 말이야.'

위드는 고개를 흔들었다.

저 조각품을 보고, 이제는 그녀를 조각한 게 자신이라는 것을 알게 되었을지도 모른다.

'다음번에 만날 때에는 더 조심해야겠어. 그땐 정말 나를 죽일지도 모르니까.'

위드는 와이번을 타고 미련 없이 유노프 협곡을 떠났다.

바람을 타고 하늘을 나는 와이번은 지상의 어떤 몬스터도 건드리지 못한다. 복잡한 지형과 몬스터의 영역을 단숨에 돌파하며 하늘을 날았다.

이미 유노프 협곡의 끝 자락 부근에 있었던 위드는, 금방 목적지인 유로키나 산맥에 도착할 수 있었다.

※ ※ ※

"……."

서윤은 웃으려고 했다. 조각상처럼 환한 미소를 짓고 싶었다. 지금까지와는 달리 눈물이 흐르지만 웃을 수 있다. 왠지 그런 기분이 들었던 것이다.

실룩실룩.

붉은 입술이 움직이고 있었다. 보조개가 파일 듯하였지만,

완전한 미소는 아니었다.

오히려 이상하게 인상을 쓴다고 여길 수도 있는 상황!

'웃는 것도 안 되는 거야?'

이번에는 얼굴을 찡그렸다. 뭐 하나 제대로 되는 것이 없었다. 여전히 말도 못하고, 웃지도 못한다.

그러나 그런 어색한 미소조차도 예쁘고, 찡그린 얼굴은 말할 것도 없었다.

새하얀 피부의 미소녀가 자신을 닮은 조각상과 함께 있으니 극도로 아름다운 한 폭의 그림과도 같았다.

유노프 협곡의 산과 절벽을 배경으로 한 소녀와 조각상의 그림!

서윤은 무언가 세상이 약간은 다르게 보이는 것 같았다.

실컷 울고 난 기분이 더없이 후련했다. 그녀를 둘러싼 분위기가, 아주 조금쯤은 달라져 있었다.

※

따가닥따가닥.

상인들이 물품을 운반하는 짐마차들이 이동을 하고 있었다. 마차들은 긴 여행 끝에 어느 번화한 성에 도착했다.

마부석에 앉아 있던 상인은 마차 지붕을 보며 말했다.

"무사님, 도착하였습니다."

"그렇습니까?"

마차 지붕 위에 누워 있던 남자가 벌떡 일어났다.

"여기가 프레인 왕국이로군."

넓은 어깨와 검게 그을린 얼굴.

단순하게 생긴 외모에, 짧게 자른 머리가 무식함을 더해 주고 있었다.

검사백사십구치!

무사 수행을 떠난 검사백사십구치가 프레인 왕국에 도착한 것이다.

사실 검사백사십구치의 레벨은 동료들보다도 유난히 낮은 편이었다. 아직도 레벨 200대 초반에 머무르고 있었는데, 거기에는 물론 다 이유가 있었다.

레벨 5때 숲으로 혼자 들어가서 사슴을 사냥했다. 그 목적은 단 하나!

"사슴 피가 그렇게 좋다지."

쇠로 된 빨대를 사슴의 목에 억지로 꽂으려고 하다가 죽기를 수차례!

누구에게 말할 수도 없는 아픔이었다.

"괜찮아. 무사는 검 한 자루만 있으면 되니까."

검사백사십구치는 힘차게 발걸음을 옮겼다.

지금도 허름한 옷 한 벌, 검 한 자루가 그의 전 재산이었다. 사냥을 하면서 번 돈은 모두 검을 바꾸거나 음식을 먹는 데에 투자를 한 것이다.

'검사에게는 검만 있으면 된다. 방어구는 거추장스럽기만 하지.'

검사백사십구치는 프레인 성의 이름난 전사들을 찾아다녔다.

검사, 기사, 워리어, 성기사.

무기만 다룰 수 있다면 직업은 가리지 않았다. 오직 자신보다 강한 자면 되었다.

"당신은 이 도시에서 꽤 강한 자라고 들었습니다. 승부를 청합니다."

도전을 받은 이들은 어이없어했다. 검사백사십구치의 허름한 복장을 보며 오히려 되물었다.

"지금 제정신이세요? 제 레벨은 280대입니다. 그쪽은 레벨도 낮고 제대로 된 장비도 없는 것 같은데요."

"괜찮습니다. 도전을 받아 주시겠습니까?"

도전을 받은 이들은 대부분 그리 크게 고민하지 않고 승낙했다. 일종의 여흥거리로 생각한 것이다.

"좋습니다. 그럼 나중에 후회나 하지 마세요."

"물론입니다."

검사백사십구치가 이번에 상대하는 자는 성기사였다.

성기사는 왠지 감이 좋지 않았다.

'대충 상대해도 되겠지만, 저런 차림으로 돌아다니는 사람에 대해서 어디서 들은 것도 같은데… 에라, 모르겠다. 그냥 제대로 싸워 주자.'

"홀리 쉴드!"

신성한 방패가 소환되었다. 성기사의 기본 스킬 중 하나였다.

"태양신의 가호! 전사의 축복!"

성기사는 육체 보호 마법과 전투력을 향상시키는 축복까지 사용했다. 위급한 순간에는 자체 치료를 하는 능력까지 사용을 할 작정이었다.

그래서 보통 사람들은 웬만하면 성기사와의 결투는 피하려고 한다. 피해를 보더라도 약간의 틈만 생겨나면 쌩쌩하게 회복을 할 수 있는 성기사는 꽤나 까다로운 존재였던 것이다.

"세인트 블레이드!"

성기사의 검이 흰빛을 내며 타올랐다. 검을 휘두를 때마다 신성한 불길이 일어났다. 마나의 소모를 아끼지 않고 광범위 공격을 사용하는 것이다.

"갑니다."

성기사가 검을 휘두르자, 일대가 흰 불에 의해 타올랐다.

검사백사십구치는 흰 불 사이로 뛰어들었다.

'광범위 스킬이다. 큰 마법일수록 빈틈은 있기 마련. 가장 약한 곳으로 달린다.'

검사백사십구치는 생명력의 하락을 무릅쓰고 불속을 달렸다. 그리고 성기사에게 다가가서 검을 날렸다.

"머리!"

성기사는 깜짝 놀라서 검을 들어 막았다. 그러자 스르륵, 막고 있는 검을 타고 뱀처럼 올라오는 상대의 공격!

"손목!"

이번에는 손목을 노리고 있었다.

성기사는 검을 강하게 뿌리쳤다. 그런데 검사백사십구치의 검은 다시금 다가온다.

성기사의 눈이 날카롭게 빛났다. 그도 수많은 전투를 해 보았다. 대체로 스킬의 강함에 의해서 승부가 결정 나는 싸움들.

애초에 레벨의 차이가 심하면 결투 자체가 성립이 되지 않는다. 그래도 레벨 280까지 오르는 동안에 어지간한 전투에는 단련이 되어 있었다.

'제법 하는데.'

성기사는 검을 가슴까지 끌어 모았다. 그러고는 있는 힘껏 방출시켰다.

"배쉬!"

검에 힘을 모아서 강하게 밀어 친다. 만만찮은 이 적의 공격을 아예 힘으로 꺾을 작정이었던 것이다.

검사백사십구치는 조금도 당황하지 않고 검을 변화시켰다. 상대방을 직선적으로 공격하던 검이, 발목과 허리의 움직임에 따라서 부드럽게 흘러갔다.

파악!

검은 성기사의 옆구리를 가볍게 베고 지나갔다. 미미한 생명력의 저하. 피해라고는 볼 수 없을 정도였다.

초반에 세인트 블레이드를 뚫고 들어온 검사백사십구치의 생명력이 20% 정도나 떨어진 반면에, 성기사가 입은 피해는 그야말로 가벼운 타격 정도에 불과했다. 방어구가 대부분의 공격력을 흡수한 덕분이었다.

그럼에도 이제 성기사에게서는 여유를 찾아볼 수 없었다.

구경을 하기 위해 주변에 모인 사람들이 웅성거렸다.

"저 사람……."

"저런 복장으로 강한 사람들만 찾아다니면서 도전을 하는 사람들이 있다고 들었는데."

"몬스터나 강자들을 오로지 검술로만 꺾으면서 다닌다는 자들."

"그 사람 중의 1명이다!"

이미 검치 들의 무사 수행은 베르사 대륙 전역에 파다하게 소문이 나 있었다.

검사백사십구치는 스킬도 약하고, 레벨도 낮다. 무예인이라고 해도 후반으로 갈수록 80개의 레벨 격차는 감당할 수 있는 것이 아니다. 게다가 변변한 아이템도 없어서 공격에 쉽게 취약함을 드러낸다.

검사백사십구치의 목적은 단 하나였다.

'나보다 더 강한 자와 싸운다. 그것뿐이다. 검이란 싸울수록 강해지는 것!'

먼저 판단하고 먼저 움직인다.

그럼에도 압도적인 레벨을 가진 상대에게 이기는 경우보다는 질 때가 훨씬 더 많았다. 스킬이나 마법의 위력은 무시할 수가 없었기 때문이다.

검사백사십구치의 상대는 사람만이 아니었다. 이름 모를 사냥터에서 몬스터와도 싸웠다.

지리나 몬스터의 종류에 대해서는 거의 알지 못했다. 만나면 일단 싸우고 그 후에 몸으로 판단한다.

검사백사십구치. 그뿐 아니라 다른 검치 들의 목표도 모두 단순히 높은 레벨이 아니었다. 더 강한 상대와 싸우면서 향상되는 집중력!

능력이 부족하기에 의존할 수 있는 것은 검술과 몸놀림뿐이었다.

 베르사 대륙을 헤매면서 강자와, 몬스터들과 싸우는 검사백사십구치. 검육치에서부터 검오백오치까지 모두 자신만의 검을 갈고닦고 있었다. 어려움에 처한 아이들과 여인을 도우며 무사 수행을 하는 것이다.

 그 덕에 과거처럼 레벨이 빠르게 증가하지는 않았지만, 전투와 관련된 다양한 경험들을 쌓고 있었다.

 검치와 검둘치, 검삼치, 검사치, 검오치는 세라보그 성에서 푸짐하게 음식을 차려 놓고 먹고 있었다.
"애들이 없으니 허전하구나."
 검치의 말에 검둘치가 빙긋 웃었다.
"그래도 이런 자유로움도 흔치 않잖습니까."
"암, 그렇지."
 검삼치도 한마디 거들었다.
"수련생 애들도 넓은 세상을 경험하면서 강해질 수 있을 것이라고 생각합니다."
 검사치와 검오치도 자신의 의견을 밝혔다.
"검이 강해지기 위해서는 자기 자신이 먼저 강해져야 됩니다. 경험과 투지가 있다면 검이 발전하는 것은 시간문제지요."
"부족함을 알아야 그 나머지를 채워 줄 수 있습니다. 먼저 가르쳐 주는 건 해답이 아닐 때가 많죠. 몸으로 겪으며 자신의 한계를 알게 된 수련생들은 더 많은 시도와 노력을 하게 될 겁니다."
"그렇지."

검치는 흡족해하면서 술과 음식을 먹었다.
"역시 무사 수행을 보내기로 한 판단은 현명한 것이었어."
"그렇습니다, 스승님."
검둘치도 빙긋 웃었다. 그러면서 그들은 눈앞에 그득한 음식들을 먹었다.
이 음식들은 전부 수련생들의 돈으로 주문한 것이었다.
무사 수행에는 돈이 필요하지 않다. 돈이 많을수록 진정한 수행과는 멀어진다.
바로 그러한 논리로 수련생들이 가지고 있던 돈을 모두 가로챈 것이다.

산맥에는 이미 오크나 다크 엘프들, 절망의 평원에서 사는 주민들이 모여 있었다.
바글바글하게 모여 있는 군웅들, 몬스터들!
불사의 군단과 싸우기 위해서 서로 다른 뜻을 가지고 있는 이들이 뭉쳤다.
"도망친 줄 알았다."
네크로맨서 바라볼이 위드를 향해 거드름을 피우며 말했다. 그러나 정작 위드가 인상을 쓰자, 그는 조용히 움츠러들었다.
뚱뚱하고 거만한 오크 카리취!
유로키나 산맥에 돌아와서는 조각 변신술을 통해 다시금 그 모습으로 바꾸었던 것이다.

흉하게 돋아난 이빨이나 사악하게 찢어진 눈매, 빗물을 그대로 머금을 것처럼 생긴 코!

사상 최악의 인상을 가진 오크 카리취의 모습에서는 절대적인 카리스마가 풍겼다.

위드가 물었다.

"불사의 군단은?"

"이제 이틀에서 사흘 정도 남았다. 리치 샤이어는 여기서 동쪽인 타호마칸 산의 지하에서 언데드 군단을 양성하고 있다. 이제 곧 준비가 끝나면 진군을 개시할 것이다. 대지를 짓밟고 모든 것을 죽음으로, 그들만의 영원한 삶으로 만들 언데드 군단의 진격이다."

불사의 군단이 진군한다는 동쪽의 산에는 지하로 연결된 큰 구덩이가 있었다. 그곳에서 불길한 붉은 기운이 솟아 나왔다.

어둡고 탁한 빛깔.

구덩이에서 흘러나오는 연기로 하늘 전체가 점점 검붉은 색으로 물들어 갔다.

대단한 장관이 아닐 수 없었다.

네크로맨서 바라볼이 설명했다.

"불사의 군단은 하늘이 완전히 붉게 변하면 진군을 개시한다. 샤이어의 마력이 점점 강해지고 있다."

그때에 위드의 귀에 들리는 음성이 있었다.

―위드 님! 저 지금 산맥 아래에 도착했습니다.

마판의 귓속말이었다.

로자임 왕국에서부터 은화살과, 제련용 은을 마차에 가득 싣고 온 그가 절망의 평원을 지나 벌써 도착한 것이다.

상인은 정말 부지런하지 않으면 택할 수 없는 직업이다. 물건을 싸게 구입하고 비싸게 판매하려면 많은 것이 필요하다. 각 지역의 시세를 꿰뚫고, 도시에 있는 주민들과 친밀도를 최대한 높여야 한다.

전투 계열 직업들은 던전이나 필드에서 사냥을 하면서 강해지지만, 상인은 여행과 만남을 중요시한다. 주민들과의 친밀도와 베르사 대륙에 흐르는 정보에 가장 민감한 부류가 상인들이었다. 어느 곳을 가더라도 상인들은 쉽게 받아들여지고, 존중을 받는다.

그 덕에 상인들은 별별 퀘스트를 다 받는다. 거리에서 잃어버린 리본을 찾아 달라는 것에서부터 책을 대신 읽어 달라는 의뢰, 가게를 잠깐 봐 달라는 퀘스트까지 해 볼 수 있다.

다양한 경험을 하며 정보를 입수하다 보면, 그중에서는 매우 중요한 의뢰도 나온다.

마을이나 성에 투자도 할 수 있다. 일종의 공헌도를 올리면 물건도 더 싸게 살 수 있고, 다른 이에게는 팔지 않는 특별한 물건도 구입할 수 있다.

큰돈을 벌어서 마을을 통째로 구입하는 것!

이것이야말로 마판의 꿈이었다.

―이제 어디로 가야 되죠? 마차로는 산맥을 넘기가 힘든데요.
―거기서 기다리세요. 곧 마중 나갈 이를 보내도록 하죠.

위드는 손가락으로 오크들을 가리켰다.
"너희들, 취익!"
"췻췻췻! 뭐든 시켜라."
"아래에 인간 있다. 마차에 있는 물건들도 함께 가져와라. 겁주지 말고, 잘 데려와. 취치치이익!"
"알겠다. 취칙!"
오크들은 군말 없이 내려갔다.

마판은 느긋하게 위드를 기다리고 있었다.
마차를 끌고 절망의 평원을 건너와서 마주한 유로키나 산맥! 나무로 가득 찬 울창한 삼림에는 수많은 새들이 지저귀고, 평원으로부터 불어오는 바람에는 생명력이 가득 담겨 있었다.
"오길 잘했구나!"
마판은 이곳의 경치에 흠뻑 취했다.
유로키나 산맥 앞에는 강이 하나 흐르고 있다. 맑은 강물에는 팔뚝만 한 물고기들이 살고, 평원에서는 사슴이나 기린과 같은 짐승들을 보는 것이 어렵지 않았다.
"산은 역시 최고야."
마판은 유로키나 산맥을 보면서 크게 만족했다.
상인인 그는 가능한 한 안전하게 닦인 길들 위주로 이동을 하기에, 산을 넘는 경우는 그리 많지 않았다. 굳이 떠올린다면 위드와 함께 중앙 대륙으로 건너갈 때의 바르크 산맥 정도!
그곳은 바위와 절벽이 많아 험난하기 짝이 없었다면, 유로키나 산맥은 크고 웅장했다. 나무들도 많고, 저 높은 정상 부근에는 흰 눈도 쌓여 있다.

바람이 조금은 쌀쌀하지만, 이 정도 기후라면 여행을 다니기에는 딱 좋다고 할 수 있다.

그런데 마판은 이 지형이 왠지 익숙하다고 느꼈다.

"내가 어디서 봤던가? 여긴 틀림없이 처음 왔는데……."

첩첩산중!

산과 산이 겹쳐 있는 절망의 평원 너머. 마판이 와 본 적이 있을 리 없다.

그런데도 이 지형을 볼 때마다 무언가가 떠오르는 것이다. 완전히 똑같진 않더라도, 산 정상에 쌓인 눈이나 자욱한 구름들이 그대로 빼닮아 있었다.

"대체 어디서 본 거지?"

그때 산맥을 타고 오크 1,000마리가 내려왔다. 험상궂은 오크들은 마판이 어찌 손을 쓰기도 전에 주위를 포위했다.

"취익! 마차, 짐. 다 내놔라."

오크의 말을 들으면서 마판은 머릿속이 밝아지는 느낌이었다. 가물가물하던 무엇이 구체화되었던 것이다.

"맞다! 명예의 전당! 명예의 전당에서 봤던 그 퀘스트의 산들과 비슷해."

마판의 가슴이 마구 설레었다. 하지만 주변에 있는 오크들은 그의 무력으로는 어찌할 수 없는 존재들.

오크들은 글레이브를 흔들며 물었다.

"무슨 헛소리냐. 취치치잇!"

"인간. 카리취가 데려오랬다. 취췩!"

오크들은 마판의 짐을 들고 산맥으로 올라갔다. 마판은 죄인처럼 오크들에 의해 질질 끌려가야만 했다.

겁에 질려서 오크들을 따라온 마판은 심장이 조마조마했다. 하지만 다크 엘프의 성채를 보면서부터는 웃음으로 입가가 찢어질 듯이 변했다.

'역시 틀림없어. 여기가 그곳이다.'

마판은 확신하면서 힘차게 산맥을 올라갔다.

정상에는 오크 카리취로 변신해 있는 위드가 있었다.

"수고하셨습니다, 마판 님. 취익!"

취익 소리가 이토록 달콤하게 들릴 수가 없다.

마판은 카리취의 모습을 하고 있는 이가 위드임을 알았다. 그가 아니고서야 자신에게 알은척을 할 수 없을 테니까.

"위드 님! 이건 대체……."

"자세한 이야기는, 췩! 나중에 시간이 있을 때에 하기로 하죠. 루실!"

위드는 유배자의 마을에서 만났던 대장장이 루실을 불렀다.

"취칫. 여기 있는 은, 전부 녹여서 무기에 씌워라."

"알겠다."

인간 대장장이들 수백 명이 달려들어서 마차에 있는 제련용 은 덩이들을 꺼냈다.

오크나 다크 엘프, 인간들이 가지고 있는 무기에 은 도금을 하게 되면, 언데드들에게 훨씬 큰 피해를 줄 수 있다.

하지만 거만한 다크 엘프들은 절대로 고분고분하게 넘어가지 않았다. 한마디씩 토를 달았다.

"겨우 은이라니."

"무슨 보검 정도를 기대한 건 아니지만, 최소한 미스릴 정도는 씌워 줘야 되는 것 아닌가?"

"은 따위의 저급한 것을 도금하고 싸워야 하다니 참으로 한심하군!"

위드가 전 재산을 탈탈 털어서 사 모은 제련용 은을 다크 엘프들은 싸구려라고 무시하는 것이다.

그나마 오크들은 순수하게 좋아했다.

"나의 무기가 강해진다. 취익!"

"번쩍번쩍 빛난다. 취이이잇!"

단순한 오크들이기에 은도금을 하는 것에도 매우 만족했다.

이때 위드는 불사의 군단과 싸울 전략을 급조해 냈다.

'다크 엘프들을 선봉으로, 오크들은 후방에 배치해야겠다.'

절대로 뛰어나지 않은 전략가의, 사적인 감정이 듬뿍 담긴 배치였다.

마판이 가져온 은화살은 다크 엘프들에게 곧바로 분배를 해 주었다. 물론 그들은 마법사이지만, 뛰어난 궁수이기도 했기 때문이다.

오크에게는 화살을 주더라도 조악한 활 때문에 제대로 된 위력을 기대할 수 없다. 따라서 은화살은 다크 엘프들만 사용하게 되었다.

무기까지 갖춰진다면 전쟁 준비는 막바지에 이른 셈이다.

오크와 다크 엘프들이 힘을 합쳐서 진행한 공사는 이제 거의 끝나 가고 있다.

 다크 엘프의 성 주변에 8개의 성벽이 완성되었다. 정면에는 땅을 깊이 파 놓기도 했다. 산이기에 고도차가 심해서, 공성전에 유리한 지형을 만들기는 그리 어렵지 않았던 것이다.

 다크 엘프들도 전부 모이고, 오크들도 바글거린다. 또한 잡혀 온 인간들도 모두 풀려나서, 성채들을 보강하는 데 투입되었다. 그 덕분에 성채는 굉장히 웅장하게 완성되었다. 아주 멋있고 거대할 정도로!

 산등성이를 따라서 축조된 성벽들은 광범위한 방어선을 구축하고 있었다.

 각 산 정상의 분화구에는 호수들이 있다. 여기에도 오크들이 투입되어 수문을 만들어 두었다. 미리 위드가 지시한 대로 공사를 거의 다 끝마쳐 놓은 것이었다.

 그런데 정작 가까이서 보면 허술하기 짝이 없다. 바위들이 제대로 맞물려 있지 않아서 금방이라도 허물어질 것만 같았다.

 무식한 오크들이나 게으른 다크 엘프들이 제대로 일을 처리할 리가 만무한 것이다.

"그래도 언데드들이 더 멍청하니까 괜찮겠지."

 위드는 어쩔 수 없는 부분은 포기하고, 자신이 할 수 있는 부분에 최선을 다하기로 했다.

 조각품에 생명 부여!

 와이번의 양산을 개시한 것이다.

 물론 1개를 만들 때마다 레벨이 2개씩 떨어지는 만큼 대량으로 만들지는 못한다. 100개를 한꺼번에 만들어 버리면 초보로 전락하게 될 수도 있다. 어차피 그렇게 만들 시간도 없지만 말이다.

"공짜는 없는 법. 난이도 A급의 퀘스트를 깨려면 나도 나름대로 투자를 해야지."

위드는 눈물을 머금고 조각품을 만들었다.

하나를 만들 때마다 2개씩 뚝뚝 떨어지는 레벨. 가슴이 아팠지만, 어쩔 수 없는 투자였다.

불사의 군단이 진격하기까지 남은 이틀의 시간 동안, 위드는 9개의 와이번을 더 조각하고 생명을 부여했다. 그로 인해 레벨은 279로 하락하고 말았다.

## 불사의 군단

"붉은 해가 저 검붉은 연기에 가려진다. 취익! 대지는 어둠에 잠기고, 새들은 노래하지 않는다. 칙칙!"

위드는 바위에 올라서서 자신이 생각하는 멋진 대사들을 중얼거렸다. 퀘스트가 끝나면 명예의 전당에 올리게 될 테니, 역시나 폼을 잡는 것이다.

위드의 뒤로는 오크들 100만과, 다크 엘프 13만 정도가 도열해 있었다.

사실 오크 100만이라고 해도 제대로 실감이 나지 않았다. 징글징글하게 많다는 느낌이 들 뿐이다. 3만, 5만을 넘어서 오크들은 끝도 없이 늘어서 있었다. 다 보이지도 않았다. 산에 나무보다 오크들이 더 많다!

피부가 새까만 다크 엘프들도 엄청나게 몰려들었다.

아마도 정상적인 감정을 가진 인간이라면 위축될 수밖에 없으리라. 산맥은 그야말로 몬스터로 바글바글한 것이다.

능선을 타고, 성벽을 방어선으로 해서 아래에서부터 정상까지 오크와 다크 엘프들이 지키고 있었다.

그 외에도 절망의 평원에 있는 마을에서 모여든 인간들. 로자임 왕국 병사와 기사, 프레야의 사제 들이 한곳에 모였다.

상당수가 몬스터라고 해도, 이토록 많은 이들로부터 관심을 받게 된 위드는 기분이 좋았다. 이에 흥이 난 위드는 바위 위에서 노래를 불렀다.

"죽어도 죽지 않는 불사의 군단. 취취취익! 누가 누가 이기나. 내가 내가 이기지. 취취췻! 언데드들은 사랑스럽지. 경험치, 경험치! 아이템! 아이템! 어서 빨리 나타나서, 취취칙!"

최악의 음치!

박자나 운율 감각 따위는 전혀 없는 위드는 랩을 하듯이 췩췩거렸다.

그의 노래에 다크 엘프나 오크들은 심히 괴로워했다.

"제발 누가 저 노래를 멈추게 해 줘!"

"오, 오크를 모욕하는 노래다. 취익!"

"우리 종족의 수치, 굴욕, 절망이다. 취칫!"

오크들이 분개할수록, 위드는 더욱 즐겁게 노래를 불렀다.

그때였다.

쿠르르릉!

산이 쩌렁쩌렁 울었다.

제대로 서 있을 수 없을 정도로 지면이 출렁거리고, 하늘의 검붉은 빛이 넓게 퍼져 나간다.

네크로맨서 바라볼이 말했다.

"이제 불사의 군단이 길고 깊은 잠에서 깨어났다. 저들에게 영원한 안식을 주지 못한다면 평화를 찾을 수는 없으리라. 삶과 죽음의 섭리를 지켜야 한다. 죽음이 안식이 되지 못한다면, 우리는 영원한 노예가 되고 말 것이다."

드디어 시작이었다.

위드는 노래를 멈추고, 정면을 주시했다.

저 멀리 있는 구덩이에서 좀비와 구울, 스켈레톤 들이 우르르 튀어나왔다. 줄을 이어서 계속 빠져나오는 언데드의 군대.

달그락달그락.

스켈레톤의 뼈마디가 부딪치는 소리가 규칙적으로 들리고, 좀비들의 몸에서는 푸른 연기가 퍼져 나왔다.

좀비들은 꽤나 강한 독을 가지고 있어서 제때에 해독을 해 주지 않으면 죽을 수도 있다.

쿵쿵쿵!

그리고 크기가 3미터는 되어 보이는 구울들이 대장 격으로 좀비와 스켈레톤들을 이끌었다. 날카로운 손톱과 이빨을 가졌으며, 육체적인 능력까지 뛰어난 구울!

"살아 있는 것들이 기다리고 있다."

"우리와 같이 만들어 주자."

"친구가 되는 거다."

물귀신 같은 말을 내뱉으며 구울은 언데드 군단을 지휘했다.

언데드의 군단은 매우 일사불란하게 움직이고 있었다.

스켈레톤들이 딱딱 정확하게 줄을 맞춰서 이동을 하고, 좀비들은 느리지만 차근차근 전진한다.

푸스스스.

언데드 군단 앞에 있는 나무와 풀들이 독기에 의해 시들고 말라 죽었다.

그에 비해서 오크나 다크 엘프들은 전혀 체계적으로 움직이지 않았다.

"어, 언데드들이다. 췩췩췩!"

"이 지독한 놈들. 취치이익!"

"어쩌지. 취익!"

"나쁜 냄새가 난다. 우리처럼 예민한 다크 엘프들에게는 매우 고통스러운 냄새야."

"나처럼 우아한 엘프가 저런 시체들과 싸워야 하다니 슬픈 일이야. 지금이라도 도망치고 싶어."

언데드 군단의 등장에 오크와 다크 엘프들은 혼란에 빠지고 말았다. 죽은 이들을 보면서 군대의 사기가 최하로 떨어진 것이다.

언데드 군대가 갖는 공포의 효과였다. 살아 있는 생명체들은 언데드 군단과 싸울 때에 제 능력을 다 발휘할 수가 없다.

상대적으로 더욱 약한 로자임 왕국 병사들은 완전히 공포에 질렸다.

"지, 집에 돌아가고 싶어."

"적들이 너무 많아."

"도저히 이길 수 없다."

부란과 베커, 호스람, 데일 들이 백부장답게 병사들을 다독였다.

"괜찮다. 고통은 한순간에 불과할 뿐이야."
"너희들을 알게 되어서 즐거웠다."
"죽어서 다시 만나자."
 병사들은 더욱 의기소침해졌다. 울음을 터트리는 병사도 있었다.
 로자임 왕국에서부터 각종 물품을 가져온 마판도 구경을 위해 이곳에 남았다.
"저게 불사의 군단!"
 마판은 머리카락 끝이 쭈뼛 서는 기분이었다.
 어마어마하게 많은 언데드의 군대가 파죽지세로 달려오고 있었다. 좀비는 느리지만 천천히, 스켈레톤은 뼈마디를 삐걱거리면서 거침없이!
 스켈레톤들이 들고 있는 녹슨 칼들이 이렇게 두렵게 느껴지기는 처음이었다.
 꿀꺽!
 마판의 목젖으로 마른침이 넘어갔다.
 '저걸 위드 님은 어떻게 막으려고…….'
 마판은 자신도 모르게 위를 올려다보았다. 그곳에는 듬직한 오크 카리취로 변신한 위드가 있었다.
 위드는 완전히 평온한 얼굴이었다. 아주 험악한 인상을 한 채로 느긋하게 있었다.
 '좀비나 스켈레톤, 구울 등이 10만 이상인가?'
 불사의 군대의 선봉들!
 위드는 매우 여유롭게 기다렸다.

몬스터들은 전혀 겁이 나는 대상이 아니었다. 그저 때려잡으면 되는 것일 뿐이다.

그러나 그것은 위드만의 생각일 뿐!

오크나 다크 엘프들은 완전히 공포에 질려 있었다.

위드는 스켈레톤들이 거의 벽에 다가왔을 때에야 명령을 내렸다.

"더러운 놈들. 취익! 씻지도 않고 오는군. 역겨운 냄새가 여기까지 풍기는 것 같다."

"……?"

오크들이나 다크 엘프들은 궁금했다. 위드는 대체 무슨 말을 하고 있는 것일까.

"언데드한테 죽으면 목욕도 못 한다. 때가 주룩주룩 흐르고, 머리카락은 몽땅 빠진다. 밥도 못 먹는다. 탐스럽게 볼록한 배가 굶주려서 완전히 홀쭉해질 것이다. 알아서들 싸워라!"

"취익취익!"

"언데드를 죽이자!"

유별나게 깔끔하게 구는 다크 엘프들, 식욕이 왕성한 오크들은 금방 정신을 차렸다. 글레이브를 뽑아 들고 언데드와의 전투를 개시한 것이다.

오크들은 방패로 막고, 글레이브를 휘둘렀다. 다크 엘프들은 투창을 꺼내 들고 스켈레톤들의 빈틈을 노렸다.

각 종족이 생존을 걸고 맞부딪치는 전투!

마판은 놀랄 수밖에 없었다.

위드의 한마디에 오크와 다크 엘프들이 사기를 회복하고 싸우는 것이었다.

'역시 위드 님이구나!'

그러나 사실 놀랄 일도 아니었다.

위드는 평상시에 먹을 것에 유별난 집착을 보이는 검치 들을 알고 있었기에 오크들을 다루기가 편한 것뿐이었다.

오크와 다크 엘프들은 맹렬히 싸웠다.

처음부터 유리한 높은 지형에서 좀비나 스켈레톤들을 상대하고 있었기에 그다지 고전을 하지는 않았다. 오크 몇 마리가 죽기도 했지만, 협공을 당해서 운이 없는 경우에 한해서였다.

좀비나 스켈레톤들은 일반적으로 나오는 같은 유의 몬스터들보다는 조금 강해도, 특별히 세진 않았다.

상당한 피해는 숫자가 얼마 되지 않는 구울들이 입히고 있었다.

"사, 삶을, 포기하라. 치, 친구가… 필요해."

구울들은 좀비들을 내던져서 독을 퍼트리고, 나무를 뽑아서 오크들을 강타했다.

그럴 때마다 오크들은 엄청난 생명력의 저하를 겪어야 했다. 일반 오크병들은 감히 구울과 맞싸울 수가 없었던 것이다.

그러나 위드의 지시에 따라 오크 투사들이 합공으로 덤벼들어서 구울을 제압했다.

오크들의 무서운 숫자!

불사의 군단을 압도하는 규모로 좀비, 스켈레톤들과 싸워서 이기고 있었다. 약간의 피해가 있다고는 해도, 거의 무시해도 될 수준이었다.

구울의 주특기는 시체를 먹고 몸을 회복시키고, 더 강해지는 것이다. 그러나 주변에 죽는 오크나 다크 엘프들이 거의 없어 그 특기도 제대로 발휘할 수 없었다.

로자임 왕국 병사들도 열심히 활약했다. 위드의 편애 속에서 사제들의 축복과 집중적인 치료를 받으며 좀비나 스켈레톤들을 사냥했다.

구울이 근처에 오면 왕실 기사들이 상대하면서, 병사들이 죽지 않게 보살폈다.

"부란, 베커, 호스람, 데일! 병사들을 데리고 진입해라. 사제들은 병사들을 집중해서 치료하라."

위드는 잔당을 소탕하는 데에 로자임 왕국 병사들을 적극 활용했다. 왕실 기사들이 안전을 지키는 가운데, 어지간한 좀비나 스켈레톤들은 병사들의 몫으로 남겨 두었다.

3시간 정도의 전투 끝에 기세등등했던 언데드의 군단은 거의 힘을 잃고 지리멸렬했다. 여전히 전투는 지속되고 있었지만, 이제 승기는 거의 오크들에게 넘어온 상태였다.

"우와아!"

마판은 열렬히 박수를 쳤다.

"대단합니다! 언데드 군단과 오크들의 전투! 역시나 기다린 보람이 있었네요."

후회가 남지 않을 대규모 전투!

가장 좋은 자리에서 최고로 멋진 장면을 보았다.

하지만 위드의 긴장은, 전투 전과 비교하여 조금도 풀어지지 않았다.

'매번 이런 식이었어. 이렇게 쉽게 풀리고 나면 꼭 뒤통수를 맞더군!'

위드는 쉴 새 없이 명령을 내렸다.

전투에 참여한 오크들과 다크 엘프들을 뒤로 물리고 휴식을 취하도록 했다. 상처가 심한 오크들은 본진이라고 할 수 있는 위드가 있는 장소까지 데려오도록 했다.

"붕대 감기!"

파라라락!

위드의 손에서 붕대가 미친 듯이 풀렸다. 오크들의 부상 부위에 간단한 지혈 약초를 바르고 붕대를 단단히 감아 주었다.

고급 3레벨에 이른 위드의 신기에 가까운 붕대 감기 기술이 오크들의 상처를 막아 주고, 생명력의 회복을 돕는다. 당장 죽을 정도만 아니면, 웬만큼 큰 상처는 붕대 감기로 전부 해결이 가능한 수준이었다.

위드는 사냥을 하면서, 그만큼 많이 맞으면서 붕대를 감아 왔다.

마나를 채우기 위해 휴식이 필요할 때에는 반드시라고 해도 좋을 정도로 일부러 맞았다. 인내력 스탯을 향상시켜서 방어력을 강화하기 위해서!

그 덕택에 인내력과 붕대 감기 스킬은 최고 수준이었다.

"고맙다. 취췩!"

위드는 오크들을 살려서, 최대한 피해 없는 전투를 이끌었다. 체력도 안배해서 오크들을 몇 개의 부대로 나눠 하나의 부대가 무리해서 오래 싸우지 않도록 했다.

위드가 만들어 준 음식을 먹고, 붕대를 감고, 충분한 휴식을 취하면서 싸우는 오크들.

"역시 체력 회복에는 음식이지. 모두 먹고 싸워라. 취칫!"

"고맙다. 카리취!"

다크 엘프들에게는 풀죽을 쑤어서 주었다. 엘프들의 특성상 풀을 좋아하기에 별다른 무리는 없었다.

육식을 좋아하는 오크들에게는 고깃국을 먹였다.

오크들은 국에 손가락을 넣고 저었다. 그런데 아무리 살펴봐도 고기는 없었다.

"카리취. 카리취!"

"왜 부르냐, 굴취."

"이거 고깃국 맞나. 췻."

"맞다. 취칙."

"취익. 근데 왜, 왜 고기가 하나도 없나."

토끼가 수영을 하고 지나간 것 같은 허전한 고깃국! 하지만 저 식성 좋은 오크들을 먹이려면 고기가 웬만큼 많아서는 엄두도 낼 수 없다.

오크들은 겨우 포만감을 채울 정도의 음식을 먹으면서 싸워야 했다.

위드는 그야말로 정신이 하나도 없었다. 몬스터와 싸우는 부대를 특성에 맞게 지휘하고, 사망하는 오크들이 나오지 않도록 잘 살폈다. 그리고 붕대를 감아 주고 음식까지 즉석에서 조리하고 있으니, 손이 10개라도 바쁠 지경이었다.

"스킬. 마인드 핸드!"

위드는 비장의 스킬까지 시전했다.

손재주가 고급이 되면서 터득한 마인드 핸드. 전설의 장인의 손을 이용해서 붕대를 감고 요리를 했던 것이다.

드디어 기세등등하게 나왔던 좀비와 스켈레톤, 구울들은 모두 땅에 쓰러졌다.

은도금을 한 글레이브가 언데드 몬스터들을 회생 불가능으로 만들었다.

"수고했네. 불사의 군단을 물리쳤군."

네크로맨서 바라볼이 축하의 말을 던질 때에도 위드는 방심하지 않았다.

'절대로 이 정도에서 끝날 리가 없어!'

통솔력과 투지, 카리스마가 없으면 오크나 다크 엘프들에게 아무런 명령도 내리지 못한다.

또한 전황 전체를 살피는 넓은 시야. 멀리서 전투 장면만을 보고도 어느 쪽이 불리한지를 판단하고, 전력을 추가하거나 축소시킬 수 있는 이는 흔치 않았다.

위드가 지휘를 했고, 각종 생산 스킬들로 인해서 오크나 다크 엘프들의 전투력이 보완되었다. 그럼에도 이 정도의 난이도라면 진혈의 뱀파이어족 처리보다 오히려 조금 쉬울 지경이다.

'이대로 끝은 아닐 거야.'

위드는 명령을 내렸다.

"취이익! 오크들, 다크 엘프들은 성벽 뒤로 철수한다. 혹시 모를 다음의 전투에 대비하라."

"췩췩. 전투는 끝났다!"

"우리가 이겼다!"

하지만 승리로 들떠 있는 오크들은 말을 들으려고 하지 않았다. 다크 엘프들도 마찬가지.

글레이브를 휘두르며 승리의 기쁨을 만끽하는 오크, 온갖 폼을 잡으며 좋아하는 다크 엘프들.

각 오크 부족을 이끄는 오크 로드들부터 제대로 말을 듣지 않았으니 다른 이들도 흥청망청 기뻐하는 것이었다.

"위드 님, 축하드립니다."

마판도 기뻐하고 있었다.

이처럼 모두의 긴장이 풀릴 때에 위드의 경계심은 더욱 커지고 있었다.

위드가 고함을 질렀다.

"모두 어서 성벽 뒤로 돌아와! 취치치칙!"

> 사자후 스킬을 사용하였습니다.
> 스킬의 영향 범위에 있는 모든 아군의 사기가 200% 상승합니다. 존재하는 모든 혼란 상태가 해제됩니다. 5분간 통솔력이 220% 추가 적용됩니다.

"며, 명령이다!"

"위대한 권위가 담겨 있는 음성이다."

"어서 돌아가자."

위드의 통솔력이 강화되면서, 오크와 다크 엘프들은 곧바로 성벽 뒤로 돌아왔다. 통솔력의 강화에 따라 절대적인 명령으로 받아들인 것이다.

그때 불사의 군단이 나왔던 구덩이에서 몬스터들이 우수수 뛰쳐나왔다.

긴 낫을 들고 있는 하급 사신. 리퍼!

비명을 지르는 악령, 벤시!

온몸을 붕대로 감고 있는 미라, 머미!

구울이나 스켈레톤, 그 외에 유로키나 산맥에 있는 짐승류 언데드 몬스터까지!

쿠헬헬헬.

"살아 있는 것들을 죽이자."

"너희들의 목숨을 거두겠다."

끼야아아악!

언데드 몬스터들의 대대적인 기습이었다.

개별적인 능력으로 따지더라도 좀비나 스켈레톤들과는 비할 수 없다.

구울과 스켈레톤 워리어들도 상당수 있었지만, 숫자를 채우는 정도였다. 방금 전에 보스 역할을 하던 구울이 약한 축에 들었다.

"이럴 수가!"

마판은 망연자실했다.

구덩이에서 느닷없이 튀어나온 언데드 군단의 대공세. 엄청난 규모의 무리가 마치 발광이라도 하듯이 달려오고 있었던 것이다.

조금 전의 전투는 그저 어린애들 장난이라고 하는 것처럼, 이번의 군대가 보여 주는 위압감은 보통이 아니었다.

만약에 오크나 다크 엘프들이 승리에 희희낙락해서 그 자리에 머물렀더라면 큰 피해를 입었을 것이다.

수 시간에 걸친 전투를 압도적으로 이기고 난 직후였다. 마음이 조금쯤은 풀어졌을 만도 하다. 그런데 약간의 방심도 없이 모든 상황에 대비할 수 있는 지휘관이 몇 명이나 되겠는가.

'과연 위드 님이다!'

마판은 진심으로 감탄했지만, 위드는 전혀 다른 생각을 하고 있었다.

'역시 이 더러운 놈의 재수!'

뭘 하든 깔끔하게, 제대로 풀렸던 적이 없다.

직업에서부터 시작하여 어떤 곳에서도 남들처럼 멋지고 편하게 살 수 있었던 적이 없었다.

어쩔 수 없이 달빛 조각사가 된 것까지야 이젠 인정을 한다. 그러나 조각사로서의 인생도 그리 순탄치 않았다.

가진 예술적인 능력이 없다 보니 오로지 노가다!

기왕이면 크고 거창한 것을 만들자!

예쁜 여자라면 필히 조각을 해 보자!

그런 이유로 인해 대작을 만들고도, 대상으로 했던 서윤에게 발각당하지 않기 위해 도망쳐야 했던 것이다.

자랑스럽고 떳떳하게, 멋들어진 인생을 살아 본 적이 없는 위드로서는 이렇게 쉽게 이겼다는 게 믿기지 않았다. 그래서 혹시나 하며 군대를 안전한 곳으로 물렸던 덕에 언데드 군단의 기습에 별다른 피해를 입지 않을 수 있었다.

"오크들은 전열을 정비해라."

"취익! 알겠다."

잠깐 동안 지속되는 사자후의 효과 덕분에, 오크 로드들은 위드의 명령을 잘 들었다.

오크 로드들은 정해진 위치에서 방어진을 편성했다. 성벽 위에 상당수의 오크들이 배치되고, 성벽 뒤에도 오크들이 우글거렸다.

"죽여라!"

"우리와 죽음을 함께하자!"

끼에에에호호!

벤시들의 비명 소리는 상대방을 절망에 빠뜨리는 효과가 있다.

"아, 안 되겠어."

"우리는 너무나도 약해."

"저들의 친구가 되고 싶어. 이젠 그만 죽고 싶어."

심약한 다크 엘프들은 금방 우는소리를 했다. 오크들도 글레이브를 내려놓으려고 했다.

위드는 대기하고 있던 사제들에게 명령했다.

"준비했던 축복을 개시해라."

"예! 알겠습니다, 위드 님."

네크로맨서들을 처리하기 위해 로자임 왕국에 있는 프레야의 신전에서 온 사제들 50명! 그들이 오크들을 축복해 주었다.

절망과 혼란의 힘을 이겨 내고 싸울 수 있는 노래를 불렀다.

오오! 아름다우신 프레야 여신님! 당신의 고운 손으로 나의 머리를 쓰다듬어 주시니, 그 은혜가 한없이 깊어라

아름다운 여신이여, 오늘 밤 저물어 가는 하늘을 보며 그대의 얼굴

을 기억하니

제가 그대를 사랑하게 된 계기는 한눈에 반해 버렸기 때문

영원히 변치 않을 사랑을 당신에게 바칩니다


사제들은 지난번의 퀘스트를 통해 조금씩 능력치가 상승했다. 레벨은 크게 오르지 않았지만, 프레야 교단의 공헌도가 늘어나면서 찬송가를 부를 수 있게 된 것이다.

프레야 교단의 찬송가는 남자가 여자에게 불러 주는 사랑의 노래와 다를 바가 없었다.

아무튼 효과는 막강한 편이라 오크와 다크 엘프들은 금방 절망을 회복하고 전투를 개시했다.

성벽 앞에는 지형의 고저차를 극대화하기 위해 큰 도랑을 파 놓았다.

훨씬 유리한 지점에서 싸우는 오크와 다크 엘프들.

유배자의 마을에서 온 인간들도 전투에 큰 도움이 됐다. 대장장이들은 은화살을 만들고, 글레이브에 은도금을 했다. 그리고 사냥꾼들은 산에 온갖 함정들을 파 놓았다.

구울과 머미들은 성벽 아래에서 자신들의 몸에 밀려 허우적거리면서 많은 피해를 입어야 했다.

끼에효효효!

반면에 벤시들과 몇몇의 스펙터, 유령체의 몬스터들은 성벽을 그대로 통과했다. 일부는 오크들의 몸에 빙의를 하고, 하늘을 날아다니며 산성의 액체를 뿌려 대었다.

좀 전의 싸움과는 비할 바가 없는 대규모의 전투였다.

마판은 이번에도 툭 튀어나온 바위 위에 있는 위드를 보았다. 지금 그가 서 있는 장소는 유로키나 산맥에 있는 높은 산에서도 특히 주변을 잘 살필 수 있는 곳이었다.

지휘하기에는 최적의 장소다.

마판은 상당한 위기가 찾아왔는데도 위드의 표정이 여전히 변함없음을 보고 고개를 끄덕였다.

'역시 위드 님의 포부에 비한다면 이 정도의 위기쯤은 아무것도 아닌 거야.'

마판은 또다시 감탄했다. 그러면서 더욱 열심히 위드의 뒤를 쫓아다녀야겠다는 마음을 굳혔다.

실제로 위드는 아주 태연하게 오크와 다크 엘프들을 지휘하고 있었다. 성벽이 무너질 위기에 처해도, 오크들이 벤시나 스펙터들에게 죽임을 당해도 그는 얼굴빛 하나 변하지 않았다.

'내가 죽는 것도 아닌데 무슨 상관이야.'

철저하게 이기적인 위드!

오크나 다크 엘프의 죽음 따위는 진심으로 아무렇지도 않았다. 오히려 불사의 군단이 떨어뜨릴 아이템이 위드의 평정심을 더욱 깨뜨릴 수 있을 것이다. 코앞에서 몇 만 원짜리 아이템을 놓치고 만다면 광분할지도 모른다.

지금도 전체적인 전투를 지휘하느라 직접 일선에서 싸우면서 아이템을 챙기지는 못하고 있었다. 그런 아픔이 있었으니 오크나 다크 엘프의 죽음에는 개의치 않고 명령을 내렸다.

"오른쪽으로 조금 더 많은 병력 투입. 성벽이 무너지기 전에 인간들은 가서 보수하라. 오크들은 구울과 머미를, 마법과 정령술을 가진 다크 엘프들이 유령체들을 전담한다."

위드는 냉철하게 상황을 분석하고 지휘할 수 있었다. 그러나 사자후의 효과가 사라지고 난 이후부터는, 지휘가 완전하게 먹혀들지 않았다.

제멋대로 구는 오크 로드들 때문이었다.

각 오크 부족을 이끄는 로드들이 움직이면, 그와 관련된 부족들은 그곳에 완전히 집중을 하게 된다. 그렇기 때문에 명령이 느리게 전달되거나, 아예 먹히지 않았다.

위드는 그런 쪽은 적당히 포기했다. 매번 사자후를 쓰면 마나의 소모가 장난이 아니다. 그리고 오크 로드의 권위를 무시한다면 오크들의 불만을 살 수도 있다. 그렇기에 조금쯤은 눈감아 주는 것이다.

실제로 사소한 국지전까지 모두 신경을 쓴다면, 원활한 지휘를 할 수가 없다.

전투가 길어지면서 오크나 다크 엘프들의 체력은 저하될 수밖에 없다. 이들을 위해 고깃국을 끓이고, 풀죽을 만드는 데에도 충분히 바빴던 것이다.

전투를 지휘하랴, 음식을 만들랴, 위급한 오크들에게 붕대를 감아 주랴 정신이 하나도 없었다.

위드는 숨 가쁘게 명령을 내렸다.

"오크들은 유령들 무시! 눈앞의 전투에만 집중! 다크 엘프들! 유령들을 우선해서 공격! 마법을 사용해라. 취취칫!"

유령체는 위드의 명령에 따라 다크 엘프들이 전담했다. 아무리 은도금한 무기가 있다고 해도 오크들로서는 잡기가 어렵다.

다크 엘프의 정령술과 마법이 본격적으로 발휘되었다.

"파이어 스피어!"

"플레어!"

"엘리멘탈 쇼크!"

성벽을 뚫고 날아온 벤쉬나 유령들은, 기다리고 있던 다크 엘프들의 집중포화를 받아야 했다.

화염의 창, 화염의 불길, 원소 충격.

오크들처럼 다크 엘프들 중에서도 좀 더 강한 이들은 정신계 착란 마법에서부터 원소 공격으로는 범위 마법까지 쓸 수 있었다.

이들의 마법이 여지없이 유령들에게 작렬했다.

쿠르르릉! 쾅쾅!

구울과 머미들이 거세게 성벽을 두들겼으나, 오크들은 완강히 버텼다.

성벽의 높이만 해도 10미터가 넘는다.

유리한 지형을 이용하여 글레이브를 찔러 대는 오크들은 용맹했다. 오크들은 그러면서도 언데드를 향해 사정없이 욕설을 퍼붓고 있었다.

"덤벼 봐라. 췻!"

"치취칙. 이 무식한 놈들!"

"악취가 풍기는데, 씻기는 하는 거냐. 치칙?"

"우리 고결한 오크들과 싸우기에는 멀었다. 취취칙!"

다크 엘프와 잠시 함께 지냈다고, 어느새 오크들도 깔끔하게 구는 척하고 있었다. 하지만 불사의 군단은 이 정도로 무너지지 않았다.

성벽 위에서 열심히 싸우던 오크는 갑작스러운 기습을 받았다. 옆에서 싸우던 동료 오크가 그의 목을 조른 것이다.

"췬춋. 왜?"

"같이 죽자. 죽음의 길. 안식의 길. 영원한 생명을 찾아 동료가 되어 줘!"

각 유령체들이 오크들에 빙의되었다. 눈동자가 새하얗게 변하고, 전신에서 독성을 흘리는 오크들이 몸으로 부딪쳐 온다.

성벽 위에 있던 오크들이 갑자기 동족들을 공격하면서부터, 전투는 혼란에 빠졌다. 오크들은 머미와 구울 외에도 동족과의 싸움을 해야 했다.

전방에서부터 상당수 성벽들이 그대로 점거당하기 시작했다.

위드는 냉정하게 상황을 주시하고 있었다.

"오크들은 무기를 들지 않은 이들을 공격하라!"

유령체들에 빙의된 오크들은 글레이브를 떨어뜨렸다. 은으로 도금이 된 무기는 언데드로서 꺼림칙한 것이었기 때문이다.

각 오크들은 무기를 버린 이들을 집중적으로 공략했다.

이미 유령들에 의해서 빙의된 오크들이 점거한 성벽들에는, 다크 엘프들의 마법이 집중적으로 퍼부어졌다. 화염이 성벽을 녹이고, 커다란 얼음 덩어리가 빙의된 오크들 위로 떨어진다.

유령체들은 어디로 피하지도 못하고 공격을 받아 소멸했다.

유령체들과 오크, 다크 엘프의 혈투!

위드는 적극적으로, 성벽을 방어선으로 이용했다. 적들의 세력이 강한 쪽에서는 전략적인 후퇴를 하기도 했다. 방대한 전선의 규모 때문에, 의도적으로 8개의 성벽을 두고 언데드들에게 허락한 부분도 있었다.

적들이 강한 구역은 방어 위주로, 적들이 허점을 보이는 곳에는 가차 없이 오크 투사와 오크 워리어들을 투입했다.

성벽을 사이에 두고 몇 차례의 공방전을 펼치며 야금야금 적들의 세력을 깎아먹었다. 피해를 최소화하면서 적들의 주력을 깎아먹는 방식이었다.

마판은 위드의 지휘를 보며 몇 차례나 감탄해야 했다.

"역시 대단하시구나."

새삼 위드를 따라다니기로 한 게 현명한 선택이었다는 판단이 들었다.

전투의 상황을 한눈에 보고 파악하기란 쉽지가 않다. 그런데 위드는 여러 가지의 일을 동시에 하며 매우 효율적으로 언데드와의 전투를 이끄는 것이다.

전장 전체를 굽어 살피는 시야와 발군의 판단.

위드에게서 명장의 기질을 느낀 마판이었다.

그러나 실제로는 조금은 달랐다.

결과는 비슷하더라도 마판이 느끼는 것과는 차이가 있었다. 거의 하늘과 땅의 수준이었다.

위드는 언데드 몬스터와 수없이 싸워 본 경험을 가지고 있었다. 그러므로 유독 언데드들에 대해서는 빠삭하다.

대다수의 전투에서, 생명력이 최저치까지 떨어지도록 힘겹게 싸워 왔다. 몬스터의 상황을 제대로 파악할 수 없다면 불가능한 일이었다.

언데드들의 행동이나, 오크들의 움직임을 대충 보기만 해도 어느 쪽이 밀리는지를 알 수 있었다.

더불어 마음에 들지 않을 때에 나오는 엄청난 잔소리!

"이 멍청한 오크, 둔하고 느린 놈들아! 췩. 취취취취칙! 빨리 빨리 움직이지 못해! 취취췩! 동료들이 죽어 나가잖아. 어서 달려가서 가서 처도와! 췩췩. 그리고 이 새까만 다크 엘프들아, 지금 눈 감고 잠들었냐? 조는 거야? 벌써 지쳤어? 취이익. 너희들도 오크 수준밖에 안 돼? 응? 그 정도 나약한 몸으로 뭘 할 수 있겠어. 췻췻췻. 차라리 오크한테 형이라고 부르고 지켜 달라고 애원이라도 하지그래? 췩!"

가공하다고밖에 표현할 수 없는 잔소리였다.

위드는 이처럼 잔소리와 호통으로 오크들을 지휘했다. 그러던 와중에 언데드의 군단이 하나의 성벽을 장악하고 넘어왔다.

실제로는 전략적인 후퇴가 있었다. 언데드의 군단은 기세등등하게 넘어왔지만, 그것이 실수였다. 위드의 노림수에 넘어간 것이다.

의도적으로 한 곳을 비워서 언데드의 진입을 허용한다. 그런 후에 좌우, 그리고 위에서부터 삼면 합공을 하는 것이었다.

"췻췻췻! 적을 죽여라."

"취잇. 나 포르취가 놈들을 잡겠다."

오크 투사들, 오크 워리어 부대가 적을 공격하기 위해 달려갔다. 막 성벽을 넘고 좋아하던 언데드들은 완전히 둘러싸일 위기에 처했다.

그때 위드의 눈이 빛을 발했다.

"오크 부대, 퇴각! 언데드를 고립시키려던 부대는 산개해서 도주하라!"

일부의 성벽을 언데드에게 넘겨주면서까지 얻은 기회였는데, 오크 부대를 그대로 뒤로 물렸다. 게다가 이 명령을 내리는 데에는 사자후까지 사용하는 것이 아닌가.

그 광경을 보며 마판은 새삼 존경심이 들었다.

'내가 보기에는 절호의 기회였는데도 싸우지 않으시는구나.'

상황에 따른 유기적인 전술 응용!

계획을 세우기는 쉽지만, 그 계획을 즉석에서 변경하거나 포기하기란 더욱 힘이 든다.

승리를 위해 무리하게 욕심을 내지 않는다. 적을 잡을 수 있는 유리한 환경을 스스로 포기하는 것은 대범하지 않고서야 불가능한 일이었다.

'역시 위드 님이야.'

위드는 산개해서 도주하는 오크들을 보았다. 그들의 뒤를 언데드 부대들이 바짝 쫓고 있었다.

"휴우, 큰일 날 뻔했네."

전투 중에 간발의 차로 발견한 약초밭. 그곳에는 노란 잎을 가진 약초들이 다수 서식하고 있었다.

붉은 잎을 가진 약초는 생명력에, 푸른 잎은 마나 회복에 도움이 된다는 것이 정설이었다. 실제로 대부분의 약초들은 이 공식을 따른다.

그런데 검은색, 흰색, 보라색, 노란색 등 다른 색깔을 가진 약초들도 많았다. 여기서 검은색은 주로 흑마법의 시약으로 쓴다. 흰색은 백마법의 시약으로, 마법사들이 가공할 수 있다. 보라색은 독을 만드는 용도로.

그런데 노란색 약초만은 베르사 대륙의 초창기에 사람들의 관심을 받지 못했다. 제일 흔하게 널리 퍼져 있는 약초이기도 했고, 복용을 해도 이렇다 할 약효가 없었던 것이다.

위급한 상황에 아껴 두었던 노란색 약초를 씹어 먹고 죽은 이들이 한둘이 아니다.

그래서 노란색 약초는 개도 집어 가지 않는다는 소문이 났다. 당연히 매매하는 사람들도 없었다.

그러던 어느 날, 〈로열 로드〉와 관련된 프로그램에서 하나의 정보가 공개되었다.

노란 약초가 정력에 좋다!

그날 이후로 사람들은 보이는 족족 노란색 약초를 수집했다. 약초들은 뿌리째 뽑혀 나가고, 부르는 게 곧 값이 되었다.

약초 중에서도 가장 비싼 약초!

노란색 약초가 베르사 대륙에서 자취를 감춘 것은 한순간이었다. 완전히 씨가 마른 것이다.

그 후부터는 웬만해서는 노란색 약초를 발견하기 힘들었는데, 이곳에 무더기로 자라고 있었다. 계획대로 전투를 벌였다간 아까운 약초들이 못 쓰게 될 수도 있다.

약초를 캐기 위해서 군대를 후퇴시킨다.

잔소리와 짜증, 사심에 의한 전술 운용!

그럼에도 오크와 다크 엘프들에 의해서 전황은 유리하게 굳어 가고 있었다. 하지만 위드는 여전히 방심하지 않았다.

'내 더러운 재수! 이렇게 간단히 끝나진 않을 거야.'

───※───

 페일 일행은 정령의 호수 지하 던전에서 열심히 물고기를 잡고 있었다.
 지긋지긋한 물고기.
 썩은 눈동자를 뒤룩 굴려서, 페일을 노려본 다음에 도망을 간다. 그러면 제피의 낚싯대가 날아가고, 페일과 메이런의 화살이 쏘아졌다.
 페일, 수르카, 이리엔, 로뮤나, 화령, 제피, 메이런. 7명은 확실한 그들만의 파티 플레이를 익혀서 사냥을 하고 있었다. 그러면서 일행의 레벨들도 270에서 280 정도로 상당히 올랐다.
 조용히, 다른 데에 시간을 쓰지 않고 열심히 레벨 업에만 전념한 것이다. 하지만 이제는 물고기만 보아도 신물이 올라올 것 같았다.
 로뮤나가 아쉽다는 듯이 말했다.
 "하암! 네크로맨서 전직은 언제나 가능해지려나."
 그녀는 은근히 네크로맨서를 점찍고 있었다. 화려한 화염 계열 마법을 익혔지만, 적성에는 그다지 맞지 않았다.
 싸울 때는 좋아도, 마나의 소모가 너무나 극심하다. 그래서 잠깐 동안 즐거운 이후에는 한참을 쉬어야만 했다.
 그에 비해서 네크로맨서는 휴식이 거의 필요하지 않다! 공격 계열 마법은 조금 약해도, 언데드들을 일으켜서 싸울 수 있다.

수많은 언데드 군단을 통솔하는 강력한 네크로맨서야말로 그녀의 꿈이었던 것이다.

지상의 많은 언데드를 일으켜서 도시를 초토화시키는 꿈!

물론 그 정도가 되려면 레벨을 굉장히 높이 올려야겠지만, 로뮤나는 포기하지 않았다.

짜릿하고, 즐겁게.

애초에 마법사를 택한 이유가 그것인 것이다.

"하아!"

로뮤나는 크게 한숨을 쉬었다.

〈로열 로드〉프로그램의 진행자인 메이런이 있다면 물어볼 테지만, 최근에는 그녀가 방송 진행 때문에 바빠서 당분간 오지 못한다고 한다. 그러므로 이래저래 수다 떨 사람도 없었다.

로뮤나가 푸념하듯이 말했다.

"심심해. 위드 님은 언제 오시려나. 만날 정령의 호수에서만 사냥하니까 조금씩 지루해. 여기만큼 경험치를 많이 주는 곳이 없긴 하지만."

"맞아요. 슬슬 오실 때가 되지 않았어요?"

화령도 꽤나 궁금했다.

절망의 평원에서 무슨 퀘스트를 한다고 들어서, 그걸로 내기도 했다. 마판의 말에 의하면 무사히 완수했다는데 아직도 로자임 왕국에 돌아오지 않은 것이다.

"위드 님이 없으니까 어째 영 심심하네요."

위드와 같이 있을 때에는 무슨 일을 하든 흥미진진했다. 열심히 피라미드를 만들고, 미개척지에서의 사냥을 함께한다. 긴장과 스릴 속에서 무언가를 해낸다는 성취감이 상당했던 것이다.

음식과 조각술을 비롯한 각종 생산 스킬들을 보는 것 또한 그들의 다른 즐거움이었다.

"이상하게 마판 님도 요즘 연락이 없고… 제가 마판 님한테 한번 귓속말을 해 보죠."

결국 페일이 나서서 마판에게 말을 걸기로 했다.

> ─저 페일입니다. 안녕하셨습니까?

마판의 대답은 몇 분 후에야 간신히 흘러나왔다.

> ─예? 저한테 말하셨습니까? 예, 예예! 그런데 방금 뭘 물어보셨지요?
> ─저 페일입니다. 안녕히 지내셨냐고요.
> ─예. 저는 굉장히 안녕합니다.

페일은 곤혹스러웠다.

언제 말을 건네도 친근하고 활달하던 마판이, 무언가에 홀린 듯했다.

> ─지금 대화하실 수 있어요?
> ─예. 대, 대화를 할 수 있지요. 암요.

페일은 고개를 갸웃하면서도 계속 말을 걸었다.

> ─어디 마을에서 장사하고 있어요? 심심하면 일행 데리고 놀러 갈게요. 마판 님도 레벨 올리셔야죠.
> ─아닙니다. 지금은 장사를 하는 게 아니라… 꾸에에엑!

돼지의 멱을 따는 것만 같은 소리!

한참 만에 마판이 다시 귓속말을 보내왔다.

> ―장사는 당분간 폐업입니다. 방금 스펙터가 오크들을 집단 현혹시켜서 잠깐 놀랐습니다.
> ―예에? 스펙터요?
> ―카아! 정말 놀랄 수밖에 없는 전투입니다.

페일은 고개를 절레절레 저었다. 마판의 이야기를 도무지 알아들을 수가 없었던 것이다.

> ―스펙터와의 전투라니, 지금 무슨 말씀을 하시는 겁니까?
> ―위드 님과 함께 있단 말입니다!
> ―위드 님과 함께 계시다고요? 언제 만나셨는데요?
> ―며칠 전입니다. 전 그냥 물품 운송 의뢰인 줄 알았는데 말이죠. 으라라라라! 죄송합니다. 금방 성벽 하나가 빙의된 오크 떼에게 장악당했습니다. 너무 놀라서… 아무튼 위드 님이 전투를 하고 있습니다.
> ―전투요?
> ―전투요! 유로키나 산맥의 전투.
> ―그게 무슨… 유로키나 산맥이 어디에 있는 거죠?
> ―저 지금 절망의 평원에 있습니다. 여기 와서 위드 님의 전투를 지켜보고 있어요.
> ―그런데 오크들은 대체 무슨……?
> ―오크 말입니다! 오크, 오크! 명예의 전당의 그 못생긴 오크! 그게 바로 위드 님이었습니다.
> ―케엑!

페일은 깜짝 놀랐다.

난이도 B급의 퀘스트를 받고 위드가 절망의 평원으로 떠날 때에, 그들은 그리 많은 것을 묻지 않았다. 호기심은 있었지만,

어려운 의뢰를 수행하기 위해 떠나는 위드에게 세세하게 물어보는 게 실례라고 생각한 것이다.

그런데 그게 네크로맨서를 퇴치하는 것이고, 이어서 불사의 군단과 싸우는 것이었다니!

페일은 곧바로 궁금해하는 일행에게 그 사실을 알려 줬다.

"뭐라고요?"

"위드 님이 그 뚱뚱한 오크?"

"위드 님은 조각사잖아요. 그런데 어떻게 그런 퀘스트를 할 수가 있죠?"

던전 안에서 사냥에만 전념하느라 일행은 최근의 소문에는 어두웠다. 그래서 제일 가까운 이가 했던 일들을 마지막까지 모르고 있었다.

"일단 어딘지 물어봐요!"

"지금 어떻게 되었다고 해요? 오크들, 다크 엘프들은 말 잘 들어요? 오크 로드 굴취가 제일 건장하고 멋있게 생겼던데."

수르카와 화령의 극성, 거기에 평소에는 냉소적이고 쌀쌀맞던 로뮤나까지 가세했다.

"네크로맨서! 네크로맨서 전직이 언제부터 가능한 건데요?"

네크로맨서로의 전직은 마법사들에게는 사활이 걸린 일이다. 로뮤나가 잔뜩 흥분한 채 물어보는 것도 무리가 아니다.

일행이 저마다 한마디씩 떠드는 바람에, 페일은 정신이 하나도 없었다.

결국 페일은 일행의 의견을 무시한 채, 마판에게 자기가 궁금한 것만 물어보기 시작했다.

> ─ 불사의 군단과의 전투는 어떻게 되고 있죠?
> ─ 막 좀비와 구울들을 물리치고, 유령들과의 전투가 끝나 가고 있습니다. 벌써 10시간째입니다. 환상적인 전투에요! 이런 대규모 혈전을 보게 될 줄은 몰랐습니다. 정말 여기까지 온 보람이 있습니다.
> ─ 이제 슬슬 끝나 가나요?
> ─ 예. 위드 님이 지휘하는 오크의 대군이 이길 것 같습니다. 그런데 솔직히 아직은 잘 모르겠습니다. 위드 님의 표정이 좋지 못하시거든요.
> ─ 왜요?
> ─ 글쎄요. 아까도 표정이 저렇게 굳어 계시던데… 아무튼 이대로라면, 몇 시간 후면 유령체들을 상대로 승리를 거둘 수 있을 듯합니다.

거기까지 이야기를 들은 페일은 문득 가 보고 싶다는 생각이 들었다. 그때 잘근잘근 손톱을 깨물고 있던 로뮤나가 말했다.

"페일, 우리도 가자!"

"우리도?"

"그래. 말을 사서 달리는 거야!"

빠른 말로, 그것도 여러 필 사서 체력이 떨어질 때마다 갈아타며 달린다고 해도 족히 며칠은 걸릴 거리였다. 하지만 페일과 일행은 모두 한마음이 되었다.

"그래, 우리도 가 보자!"

"그 오크들을 구경하러 가는 거야."

"와! 여행이다!"

끼에헤에호효호!

밴쉬의 울부짖는 소리를 끝으로, 언데드의 군대는 전멸했다. 8개의 성벽 중에서 3개가 장악당하고, 오크들도 23만 정도가 목숨을 잃었다.

적들에게 빙의당한 오크들도 처리하느라, 상당한 시간이 걸릴 수밖에 없었다.

위드는 전투 중간 중간 오크들이 휴식을 취하도록 배려해 줬다. 생명력 회복과 체력 소모를 방지하기 위한 조치였다.

다크 엘프들도 마나를 아끼도록 명상의 시간을 주었다.

모든 군대를 최대한의 전력으로 유지한다!

전투가 개시된 지도 꽤 많은 시간이 흘렀지만, 다크 엘프나 오크들은 여전히 쌩쌩했다.

어설픈 풋내기 지휘관들은 그저 적과 아군의 전력만을 계산한다. 전투의 승리를 위한 단순한 공식을 세우는 것이다.

하지만 위드의 경우에는 차이가 있었다. 산전수전 다 겪어 봤으니 오크들의 피로도까지 감안을 해 주고 있었다. 심각한 노가다의 경험으로 부하들을 편하게 배려해 주는 것이었다.

위드는 긴장감을 거두지 않았다.

'아직이다. 지금까지의 전투는 그렇게 어렵지 않았어.'

적절한 지휘가 아니었더라면 오크들은 초반에 삼분의 일 이상 죽었을지도 모른다. 그랬더라면 전투도 어떻게 되었을지 몰랐다.

죽은 오크들이 모두 언데드가 되어 일어나는 사태가 벌어졌다면 전황은 극도로 불리해졌을 것이다.

방어에 커다란 도움이 되어 준 성벽이 없었다면, 다크 엘프들의 마법도 이만큼이나 제대로 쓰이기란 힘들었으리라.

머미와 구울들이 굉장한 힘을 바탕으로 성벽을 뚫고 본진으로 난입하고, 유령체들이 마구 빙의를 한다면 완전한 대혼전에 접어들기 때문이다.

그럼에도 위드는 마음의 끈을 놓을 수 없었다.

'내가 이렇게 간단히 퀘스트를 성공할 리가 없지. 이렇게 쉽게 공헌도나 아이템을 얻을 수 있을 리가 없어!'

절대적인 불신.

지독히도 따르지 않았던 운이 갑자기 생겨나서 쉽게 의뢰를 해결하기를 기대할 수는 없다. 고생 끝에 낙이 온다는 말처럼, 어려워야만 더 큰 소득을 거둘 수 있는 법.

조각품도 거칠고 척박한 땅에서 걸작이나 명작이 더욱 잘 나오지 않던가.

위드는 더 대단한 적들이 나타나 주기를 바랐다.

"오라, 죽은 자들이여. 모두 덤벼라. 취잇. 너희들에게 진정한 죽음을, 살아 있는 이들의 힘을, 스스로 깨닫지 못한 공포와 절망이 얼마나 거대한 것인지를 가르쳐 주겠다. 크르렁!"

> 사자후 스킬을 사용하였습니다.
> 스킬의 영향 범위에 있는 모든 아군의 사기가 200% 상승합니다. 존재하는 모든 혼란 상태가 해제됩니다. 5분간 통솔력이 220% 추가 적용됩니다.

광량한 사자후였다.

전장을 한눈에 굽어볼 수 있는 바위 위에서, 위드는 두 팔을 활짝 펼치고 포효했다.

그의 포효가 골짜기와 산에 메아리쳤다. 나무 위에 앉아 깃을 고르고 있던 새들이 일제히 하늘로 날아올랐다.
"츠와! 챠와!"
"추챠챠챠!"
　오크들이 호응하듯이 글레이브로 땅을 두들기며 고함을 쳤다. 시작은 위드에서부터였지만 곧 엄청난 위세로 변해 이 자리에 모여 있는 오크들에게 퍼졌다.
　다크 엘프들도 그들만의 노래를 불렀다.
　그다지 한 것이 없는 로자임 왕국의 병사들, 부란과 베커, 호스람, 데일 들도 안전한 후방에서 호기로 칼을 빼어 들었다.
　그때였다.
　잠잠하던 구덩이에서 다시 우수수 언데드 몬스터들이 튀어나왔다.
　큰 덩치에, 전신이 뼈로 되어 있는 기사들!
　유로키나 산맥의 흉험한 자이언트 몬스터들!
　갑옷과 검을 착용한 기사들은 오래전에 존재했던 각 왕국과 교단의 성기사복을 입고 있었다. 과거 불사의 군단과 싸웠던 이들이 언데드가 되어서 되살아난 것이다.
　자이언트 몬스터들 또한, 독자적으로 돌아다니는 매우 강력한 괴수들이었다. 산맥에 있는 이들이 언데드 몬스터로 변해서 오크들을 공격하는 것이다.
　위드도 그들을 사냥해 본 경험이 있었기에 얼마나 강한지 알았다.
　1마리를 사냥하기 위해서는 무려 100마리 이상의 오크들이 동원되어야 한다. 죽지 않는 언데드가 되었으니 더욱 까다로워졌으리라.

1만의 고대 병사와 5,000의 자이언트 몬스터!

그런데 이들로 끝이 아니었다.

거대 코뿔소를 탄 마녀들이 나타났다. 과거 바르칸이 전 대륙을 죽음의 대지로 만들려고 할 때에 불사의 군단의 한 축을 담당했던 세르파의 마녀들.

흑마법과 정령술, 저주에 능통한 이들이 나타난 것이다.

마녀들이 무려 3,000!

말이 씨가 된다고 했다.

위드가 덤비라고 말하기를 기다렸다는 듯이 나타나서, 곧바로 진격을 해 왔다.

쿠르르릉!

거대 코뿔소가 내딛는 걸음에 땅이 마구 흔들렸다.

크게 자란 나무들이 코뿔소에 의해 뽑히고 부러졌다. 자이언트 몬스터들도 진격을 하고, 고대 병사들은 그 수를 헤아리기 힘들 정도였다.

리치 샤이어가 이끄는 불사의 군단의 진면목.

진정한 정예 군단의 등장이었다.

리치 샤이어

불사의 군단의 위용은 끔찍할 정도였다.

개별적으로도 매우 강한 몬스터들이 집단을 이루어 산을 타고 점점 위쪽으로 올라온다. 오크와 다크 엘프들의 얼굴은 완전히 창백하게 변했다.

일부 오크들은 무기를 버리고 도망을 치기도 했다.

"우에엑!"

마판도 기겁을 했다. 불사의 군단이 이 정도로 강력할 줄이야!

"쿠에! 쿠에!"

"다 죽여랏! 동료로 만들자. 호호호!"

세르파의 마녀들이 교소를 터트렸다.

고대 병사들과 자이언트 몬스터들이 거침없이 돌격했다. 서로의 몸을 밟고 성벽을 타고 올라왔다.

절체절명의 위기 상황!

하지만 마판은 위드를 보고는 오히려 안심했다.

위드에게서는 생기가 흘러나왔다. 지금까지는 조금 지루했지만, 본격적인 전투에 앞서서 바쁘게 지휘를 내려야 했다. 그런데 이제야말로 제대로 된 위력을 보여 줄 차례라고 생각하니, 오히려 전율이 흐르고 있었다.

자고로 센 놈을 꺾을수록 더 재밌는 법이다.

좀비나 유령체들보다 숫자상으로는 훨씬 적지만, 개개가 고위 몬스터들. 이런 강력한 몬스터들이 이 정도로 모여 있었던 적은 단 한 번도 없으리라.

척.

위드가 손을 들었다.

"이제 시작이다. 다크 엘프들은 사격 준비!"

전투가 시작된 이후로 높은 산등성이에서 대기하고 있던 다크 엘프들 5만 정도가 시위에 화살을 걸었다. 그리고 비스듬히 하늘을 겨누어 활을 들었다.

"발사하라!"

슈슈슈슈슈슉!

전투가 개시된 이래 최초의 화살 공격이었다.

무수히 많은 화살들이 하늘을 뒤덮었다. 반짝반짝 빛이 나는 화살촉, 아껴 두었던 5만 개의 은화살이 일시에 쏘아졌다.

"위…험하다. 좋지 않은… 기운이 느껴진다."

"마, 막아라."

고대 병사들은 머리 위로 녹슨 방패를 들어 올렸다.

아주 오래된 유물, 100년도 더 되어서 이제는 툭 건드리기만 해도 부서질 것만 같은 방패였다. 그러나 그 방패마저 없는 병사들은 두 팔을 교차해서 막아야 했다.

"아우아우!"

여기저기서 은화살을 맞은 고대 병사들이 고통의 신음을 흘렸다. 그런데 어느 한 고대 병사는 몰래 웃었다.

"키키키키!"

그의 체구는 유난히 큰 편이었다. 뼈다귀 사이의 간격도 넓다. 그 덕에, 은화살들이 운 좋게도 뼈다귀 사이를 통과하면서 아무런 피해도 입지 않았다.

"키키!"

고대 병사는 즐거움에 턱뼈를 크게 벌리며 웃었다.

"이차 사격 준비. 발사!"

위드의 명령에 의해서 두 번째로 화살의 비가 내렸다.

고대 병사는 이번에도 두 팔을 교차해서 막으며 뻥 뚫린 뼈 사이로 하늘을 올려다봤다. 무수히 많은 은빛 점들이 지상으로 빠르게 내리꽂히고 있었다.

"꾸에엑!"

고통스러운 비명을 지르는 고대 병사들.

언데드들에게는 죽음의 빛이었다.

파바바박!

은화살들은 고대 병사들의 몸을 고슴도치처럼 만들었다. 단단한 뼈다귀도 소용이 없었다. 은화살은 언데드에게 치명적인 위력을 발휘하고, 상처의 복구를 막는 효과를 가지고 있었다.

"발사, 발사, 발사!"

속사로 쉬지 않고 화살들이 쏟아졌다.

높은 산에서부터 아름다운 수만 개의 화살들이 하늘을 날아 언데드들이 있는 곳에 꽂히고 있었다.

"굉장합니다, 위드 님!"

마판이 감탄을 하는데도, 위드의 기분은 전혀 좋지 않았다.

'저게 얼마인데…….'

한 번 쏠 때마다 가슴이 미어지는 것만 같다. 소모되는 돈을 감안한다면 생살을 찢는 듯한 아픔이었다.

고대 병사들이나 언데드들은 상당한 피해를 입었지만, 그대로 주저앉지는 않았다. 세르파의 마녀들의 통솔하에 계속 진군했다.

이 정도로 굴복한다면 불사의 군단이 아닌 것이다.

"물 부대, 출격하라!"

위드가 준비해 둔 비장의 세 번째 무기!

첫 번째는 오크들이 들고 있는 은으로 도금된 글레이브였다. 두 번째는 200만 개의 은화살이고, 세 번째는 와이번을 이용하는 것이었다.

까아아악!

찢어지는 울음소리와 함께 산 뒤쪽에서 와이번들이 날아올랐다. 그 위에 타고 있는 로자임 왕국 병사들은 각자 커다란 물 부대를 하나씩 들고 있었다.

쏴아아!

하늘에서 비처럼 쏟아지는 물. 그러나 그것은 보통의 물이 아닌 성수였다.

물을 성수로 바꿀 수 있는 헤레인의 잔을 이용한 것이었다.

유노프 협곡을 건넌 서윤은 유배자의 마을로 들어갔다.

"……."

인기척 하나 없이, 마을은 텅 비어 있었다. 오크와의 전투를 위하여 사람들이 모두 이동한 탓이었다.

서윤은 그곳에서 하루 동안 휴식을 취하고, 발걸음이 닿는 대로 걸었다.

울창한 삼림과 삐쭉 솟은 봉우리.

그녀의 발걸음은 자연스럽게 유로키나 산맥으로 향했다.

몬스터가 있는 장소라면 어디든 좋았다.

절망의 평원은 위험한 몬스터들이 많지만, 너무 넓어서 돌아다니며 사냥을 해야 했다.

그런데 유로키나 산맥의 깊은 곳으로 들어가는 서윤의 정면에, 언데드와 싸우고 있는 오크들이 나타났다. 코뿔소를 타고 마법과 주술을 펼치는 세르파의 마녀들도 있었다.

'강할 것 같아.'

서윤은 싸우고 싶었다. 그런데 여기에는 몬스터들이 너무나도 많았다. 그저 많다고 해서 두려운 것은 아니지만, 소란이 심했다.

하늘에는 와이번들이 날아다니고, 성수들이 마구 흩뿌려진다. 오크들의 고함 소리와, 불사의 군단이 증오의 말들을 퍼붓는 소리로 가득했다.

'여긴 싫어.'

조용한 것을 좋아하는 서윤은 귀를 막고 그 자리를 떠나 산맥의 더욱 깊은 곳으로 발걸음을 옮겼다.

※

챙챙!

슈슈슉.

"우캬캬!"

"취잇!"

상극이라고 할 수 있는 성수를 뒤집어쓴 언데드들!

와이번 부대는 끊임없이 성수를 뿌려 대고, 성벽에서는 은화살들이 쏘아진다.

언데드의 군대는 진격하는 와중에 막대한 피해를 입어야만 했다. 성수에 의해 온몸이 푸른 화염에 휩싸이고, 그대로 땅바닥에 쓰러져 불타오른다.

"녹지 않는 얼음, 차가움의 결정, 느리고 부서지는 힘. 아이스 인챈트!"

"멈추지 않는 바람, 예리한 숨결, 상대를 가르는 힘. 윈드 인챈트!"

"꺼지지 않는 불꽃, 맺히는 화염, 뜨거운 힘. 파이어 인챈트!"

활을 들지 않은 다크 엘프들은 오크들의 무기에 임시 강화 마법을 부여했다. 바라볼을 비롯한 네크로맨서들도 마법을 사용했다.

"피야, 끓어라. 이성을 잃고 날뛰는 자의 힘을 보여 다오. 블러드 러스트!"

"쿠와아악!"

오크들이 광분했다. 잠시 동안 엄청난 힘을 부여하는 대신에 후유증이 심각한 마법, 네크로맨서의 마법을 받아들인 것이었다.

블러드 러스트에 걸린 오크들의 눈은 붉게 충혈되었다. 근육이 팽창하고 힘줄이 솟았다.

"취아악!"

성벽을 타고 오르려는 고대 병사들을 향해 용맹무쌍하게 글레이브를 휘둘렀다. 자이언트 몬스터들에게도 달라붙었다.

1마리의 몬스터에 수백 마리의 오크들이 덤벼든다.

전술적인 움직임 따윈 전혀 없었다.

성수가 준 대미지에서 미처 회복되지 않았을 때에 전면 공격을 감행한 결단이었다.

교단마다 모시는 신에 따라 특성이 조금씩 다르다.

전투 신을 모시는 곳의 성수는 상처 치유에 좋고, 힘을 강화시킨다. 예술과 풍요를 사랑하는 프레야 교단의 성수는 언데드를 제압하는 능력이 뛰어난 편이었다.

뿌우우!

거대 코뿔소는 정면으로 돌진하며 오크들을 발로 걷어차고 짓밟았다.

쿠우우웅! 쿠우웅!

코뿔소가 달리면 주변이 지진이라도 난 것처럼 흔들렸다. 오크들은 그 넙적하고 큰 다리를 피해서 몸을 굴렸다.

"막아!"

성벽을 지키던 오크들의 얼굴이 사색으로 변했다. 거대 코뿔소들이 성벽을 향해서 그대로 달려오고 있었던 것!

체구가 15미터도 넘는 코뿔소가 전력으로 달려서 들이받는다면, 단단한 성벽이라도 충분히 무너질 수 있다.

"쏴라!"

"눈을 노려!"

다크 엘프들이 화살을 쏘았지만, 대다수는 코뿔소 근처에서 힘을 잃고 떨어졌다. 코뿔소의 등에 탄 세르파의 마녀들이 방어 마법을 펼친 탓이었다.

위드도 그 광경을 보았다.

전력으로 달려오는 코뿔소에 의해 오크들이 막대한 피해를 입고 있었다.

몇백 마리 정도는 죽어도 티도 안 나는 게 오크지만, 심한 피해를 입었을 경우에는 전체적인 사기가 낮아진다.

"다크 엘프들, 인라지 마법을 써라. 나무를 소환해라."

위드의 명령에 따라서 다크 엘프들이 마법을 시전했다.

"인라지!"

"서몬 트리!"

주변에서 우거진 나무들이 벌떡 일어났다. 깊고 긴 뿌리를 다리처럼 들어서 걸어 다니며, 나뭇가지로 고대 병사들을 격타한다.

그리고 가지를 교차해서 코뿔소를 붙들었다. 인라지 마법으로 크게 자란 수풀들이 코뿔소의 다리와 몸을 칭칭 묶었다.

크어어어!

코뿔소는 굉음을 흘리며 안간힘을 썼다.

다크 엘프들은 끊임없이 식물들을 이용해 코뿔소를 막고, 세르파의 마녀들에게 마법을 퍼부었다.

다른 쪽에서는 고대 병사들이 가차 없이 검과 도끼들을 휘두르고 있었다. 무기가 휘둘릴 때마다 오크들이 목숨을 잃는다. 그러나 1마리의 오크가 죽고 나면 2마리, 3마리의 오크들이 달라붙었다. 산은 싸우기 위해서 내려오는 오크들로 온통 우글거렸다.

이때 사냥꾼들이 나섰다.

"우리도 할 일이 생겼군."

"저 코뿔소를 잡겠다."

강해지지 않으면 생존할 수 없는 절망의 평원에서 살아남은 이들!

피와 죽음을 가까이하면서 몬스터를 잡아 온 사냥꾼들!

대장장이들은 오크들의 무기를 수선하는 곳에 동원되었지만, 용기 있는 사냥꾼들은 자신들이 투입될 때만 기다리고 있었다.

위드는 이 순간, 기꺼이 그들을 투입했다.

"저 마녀들을 잡아라. 마을의 평화와 안전을 위해 불사의 군단과 싸워라."

"알았다."

사냥꾼들은 각자 무기를 챙겨 들고 아래로 뛰어 내려갔다. 서넛이 한 조가 되어, 식물과 나무를 타고 코뿔소 위로 뛰어올랐다.

용감하게 세르파의 마녀들에게 창을 던지는 사냥꾼들!

대형 궁을 들고 있는 사냥꾼들은 코뿔소의 눈을 노리기도 했다.

인간, 다크 엘프, 오크, 네크로맨서!

모든 전력을 투입해서 불사의 군단과 싸운다!

성수와 은화살 공격에 취약해진 이때가 기회라고 본 것이다.

그런데 오크 투사들은 조금 나았지만, 다수를 차지하고 있는 오크 정찰병이나 오크 병사들은 고대 병사들에게 맥없이 일방적인 도륙을 당했다.

오크들이 전방을 막아 주고 있을 때, 다크 엘프들은 연방 시위를 튕기고 있었다. 은화살이 오크들이 교전하고 있는 머리 위를 날았다.

끄어어어!

고대 병사들에게도, 세르파의 마녀가 타고 있던 코뿔소에도 화살이 수백 발씩 날아가 꽂혔다.

쿠우우웅!

이윽고 한계를 넘어선 코뿔소는 둔중한 소리를 내며 땅에 쓰러졌다. 생명력이 유별나게 약한 세르파의 마녀들은 코뿔소에 깔려서 맥없이 죽었다. 그러나 살아남은 마녀들은 시체가 생길 때마다 정신없이 마법을 외웠다.

"죽음에서부터 태어나는 새로운 생명, 죽음에 물들고, 죽음을 행하고, 죽음을 집행하는 우리의 동료가 되어 일어나라. 라이즈 데드!"

죽었던 오크들이 언데드가 되어서 일어났다. 고대 병사와의 전투 속에서 죽은 오크들 수만 마리가 금세 언데드로 변화했다. 적들이 더욱 늘어난 것이다.

"공격해라. 언데드로 변한 놈들은 무시하고, 불사의 군단을 우선적으로 공격해!"

위드는 어쩔 수 없는 희생은 감수하기로 했다. 선택과 집중에 의한 것이었다.

죽은 오크나 다크 엘프들이 언데드로 계속 변한다면 절대로 이길 수 없다. 싸우면 싸울수록 적의 규모가 늘어나는 것이다. 저쪽은 언데드라서 끊임없이 되살아날 수 있지만, 이쪽은 그렇지 않다.

그러나 대신에 최초에 등장했던 불사의 군단은 약해지고 있었다.

고대 병사들은 성수와 은화살에 의해 큰 타격을 받았다. 성수는 언데드를 부식시키고, 그들의 힘을 약하게 만든다. 자이언트 몬스터들도 마찬가지였다.

진정한 주력이라고 할 수 있는 불사의 군단은 심대한 피해를 입고 있는 것이었다.

"콜 데스 나이트, 콜 뱀파이어 로드!"

데스 나이트 반 호크!

뱀파이어 로드 토리도!

위드는 둘을 소환했다.

데스 나이트야 언제든지 소환해서 동료로 싸울 수 있다.

하지만 뱀파이어 로드는 자주 불러내어 써먹기는 곤란하다.

힘을 소모할 때마다 피를 필요로 하니 그다지 좋지 않은 것이다. 피를 제공하지 않으면 갈수록 약해지고, 체력 등을 보충하지 못한다.

흡혈이 뱀파이어의 장점이면서 약점이기도 했다. 그러니 싱싱하고 마르지 않는 피가 필요했다.

"불렀는가, 주인."

"너희들의 적이다. 가서 싸워라."

위드가 손가락으로 언데드 군단을 가리켰다.

"어둠에서 깨어난 기사. 명령을 받들겠다."

데스 나이트는 날카롭게 갈린 칼을 들었다. 그런 다음에 자이언트 몬스터들을 향해 돌격했다.

충실한 기사.

위드에게 죽도록 두들겨 맞은 이후부터 절대적으로 명령을 수행하는 데스 나이트였다.

"피가 흐르지 않는 곳에는 관심이 없지만, 저 마녀들은 아직 살아 있군. 그러나 나의 취향은 아니다."

토리도도 검은 망토를 펄럭이며 한마디 했다. 그는 태생이 뱀파이어이기 때문인지 유독 여자를 밝히고, 특히 소녀를 좋아했다.

"가자!"

토리도가 휘하의 뱀파이어들을 데리고 전장으로 뛰어들었다.

100이나 되는 진혈의 뱀파이어족!

과거 1,000마리를 헤아렸으나, 지금은 그 십분의 일에 불과했다. 그리고 태어난 지 얼마 안 된 뱀파이어들은 아직 한참이나 약했다.

유독 강한 생명력이나 특기 등 종족적인 특성을 제외하고 레벨로만 따진다면, 120 정도에 불과한 수준이었다.

뱀파이어들도 시간이 지나면서, 사냥을 하면서 성장하는 것이다.

그러므로 진혈의 뱀파이어들은 명성에 걸맞지 않게 세르파의 마녀들이 아닌 자이언트 몬스터들을 향해 달려들었다.

"안개화!"

"죽음의 손!"

오크들과 비슷하거나 더 약한 뱀파이어들이었지만, 생명력이 강했다. 그들은 몬스터들을 손톱으로 할퀴고 각종 흑마법을 이용하면서 싸웠다.

토리도는 그중에서도 가장 큰 활약을 했다. 가볍게 수인을 맺자 폭풍이 일어났다.

"블레이드 토네이도!"

성기사들까지 날려 버렸던 그 기술이 재현된 것이다.

거구의 자이언트 몬스터들과 고대 병사들은 소용돌이에 휘말려 추풍낙엽처럼 떨어졌다. 그리고 순식간에 오크와 다크 엘프들에 의해 도륙당했다.

"스톤 커즈!"

토리도와 눈이 마주친 몬스터들은 그대로 돌로 변했다. 그의 특기인 석화 저주를 쓴 것이었다.

토리도는 몬스터들과 세르파의 마녀들을 집중 견제했다. 마녀들이 토리도에 의해 묶이자, 더 이상 언데드들도 늘어나지 않았다.

그사이에 오크와 다크 엘프들은 열심히 불사의 군단에 피해를 입혔다.

그런데 위드는 눈을 찌푸렸다.

'썩 좋지 않아.'

토리도는 뱀파이어다. 강한 생명력과 방대한 마나를 가지고 있지만, 큰 기술을 시전할 때마다 마나 소모가 컸다. 이대로라면 금방 지칠 테고, 레벨 400에 이르는 능력도 발휘하지 못하게 된다.

위드는 자신이 서 있는 바위 아래를 내려다봤다. 마판이 흥분으로 두 주먹을 불끈 쥐고 전투를 구경하고 있었다.

"마판 님."

"예?"

"전투를 확실하게 구경할 수 있는 좋은 자리를 안내해 드릴까요?"

"정말요? 그야 물론 좋… 아니, 잠깐만요!"

마판은 불현듯 불길한 예감이 들었다. 경험상 위드가 이렇게 호의를 베풀 때에는 틀림없이 이유가 있었다.

그래도 혹시나 하는 생각이 들었다.

'설마 뭐, 나쁜 일이야 하겠어? 좋은 자리를 구해 준다는데. 그래도 물어보자.'

마판이 미심쩍은 듯한 얼굴로 물었다.

"혹시 돈 내야 되는 자리입니까?"

위드라면 충분히 자릿값도 받아먹을 수 있다!

서로에 대해서 잘 이해하고 있으니 물은 것이었다.

"아니요. 공짜입니다."

"공짜!"

공짜를 좋아하는 것은 마판도 별다를 바가 없다.

"공짜라면 솔깃하긴 한데, 안 좋은 점도 있겠죠?"

"예, 상당히 위험합니다. 죽을 수도 있고요."

어차피 불사의 군단과의 전투에서 패한다면 죽어야 한다. 이미 전투 구경을 하면서부터 목숨을 걸고 있으니, 마판은 아쉬울 것이 없었다.

"예. 그러면 그 좋은 자리에서 보고 싶습니다. 거기가 어딘데요?"

"바로 저깁니다."

위드가 가리킨 곳은 바로 토리도의 옆이었다.

"그게 무슨……."

"자, 갑니다!"

어찌할 사이도 없이, 마판의 몸이 허공에 붕 떴다. 와이번이 내려와서 그의 두 다리를 잡고 날아오른 것이다.

"우와아아악!"

마판은 비명을 질렀다. 바로 아래쪽에 오크들의 머리통이 수없이 보였다.

그들이 세우고 있는 글레이브!

옆으로는 화살들이 날아다니고, 다크 엘프들이 사용한 마법들이 지나간다. 화염이 스쳐 지나가면서 마판의 얼굴이 화끈 달아올랐다.

"휴우, 간신히 살았다."

마법은 아슬아슬하게 그를 지나쳤고, 겨우 한숨을 돌릴 수 있었다.

"와, 대단하다!"

마판은 두 눈 가득 들어온 정경에 입을 쩌억 벌렸다.

여기저기서 불꽃이 치솟았다. 마법이 작렬하고, 고대 병사들과 오크들이 싸우고 있었다.

"전망이 정말 좋긴 하구나."

마판은 위드에게 조금 감사했다.

두 발이 와이번에게 잡혀서 거꾸로 매달려 있으니 어쨌거나 상당히 위태롭긴 했지만, 싸움 구경도 약간의 스릴이 있어야 재밌는 법이다.

와이번과 함께 하늘을 날아다니면서 원하는 곳의 전투를 볼 수 있으니 과연 좋은 자리였다.

그런데 정작 왜 와이번의 발에 잡혀서 날고 있는지에 대해서는 아무 생각이 없었다.

여기까지 생각을 하기에는 무리였던 것.

그 의문은 곧 해결되었다.

휘릭!

와이번이 미련 없이 그를 허공에서 내동댕이친 것이다.

"으아아아악! 사람 살려!"

마판은 지상을 향해 추락하기 시작했다. 그것도 하필이면 세르파의 마녀들과 뱀파이어 토리도가 싸우는 한복판으로!

얼굴이 다크 엘프처럼 시커멓고, 머리카락이 있어야 할 부분에 각종 구슬들이 박혀 있는 마녀들!

게다가 으스스한 기운까지 내뿜고 있었다.

"키헤헤헬!"

마판은 공포에 질렸다.

지상으로 떨어지는 것도 두렵고, 마녀들에게 잡히는 것도 만만치 않게 무섭다. 마녀들에게 잡힌다면 온갖 저주에 걸릴 것이고, 코뿔소에게 밟혀 죽을지도 모른다.

그러나 그때에 위드가 사자후를 이용해서 외쳤다.

"토리도! 마판 님을 잡아라!"

"그대의 부탁을 들어주지."

토리도가 땅을 박차고 뛰어올라 마판을 잡아챘다. 추락하던 무게에 의해 조금 위태로웠지만, 망토를 펄럭이면서 안전하게 착지했다.

"끄엑!"

마판은 속이 뒤집히는 것만 같았다.

'그래도 살았다.'

그러면서 슬쩍 실눈을 떴다.

바로 앞에 창백한 얼굴을 하고 있는 토리도가 있었다.

레벨 400이 넘는 보스급 몬스터, 뱀파이어 로드 토리도!

감히 마판으로서는 사냥할 엄두도 낼 수 없는 몬스터였다.

토리도가 땅에 내려앉자마자, 주변의 고대 병사들이 인정사정없이 달려들었다. 그리고 마판이 한 번도 경험해 보지 못한 전투가 벌어졌다.

'으으!'

심약한 상인인 마판. 이가 딱딱 부딪쳤다.

주변에는 몽땅 적이고 몬스터였다. 언데드들로 발 디딜 틈이 없었다.

마판은 살아남기 위해서 토리도를 꼭 붙잡았다.

자이언트 몬스터나 고대 병사, 세르파의 마녀들이 마판의 바로 앞에서 죽어 나갔다. 그야말로 직접 전투에 참여하는 것만큼이나 구경하기에는 최고의 위치였다.

"이야호!"

마판은 금세 환호를 했다.

이런 전투에 푹 빠져 보고 싶었다.

죽음이 대수인가! 이렇게 직접 전투를 경험해 본다면 죽어도 여한이 없으리라.

그때 위드가 토리도에게 하는 말이 들렸다.

"아껴 먹어라! 그리고 안 죽도록 잘 보호해야 된다!"

처음에 마판은 그 말이 무슨 뜻인지 몰랐다.

'뭘 아껴 먹으라는 거지?'

하지만 곧 그 의미를 깨달을 수 있었다.

쭈우욱!

무언가가 목덜미를 뚫고 들어오는 섬뜩한 느낌!

토리도가 그의 목덜미에 송곳니를 꽂고 피를 빨아 먹는 것이었다.

생명력과 마나가 소모될 때마다 즉석에서 채울 수 있는 도시락!

위드가 마판에게 전투 구경을 시켜 준 이유였다.

네크로맨서들은 세르파의 마녀들에게 맞서. 언데드를 생성하는 흑마법을 시전했다. 마녀들이 오크나 다크 엘프의 시체들을 이용하기 전에 먼저 언데드로 만드는 것이다.

사제들은 쉬지 않고 축복을 펼치고, 화살들이 하늘을 가른다.

일부 다크 엘프들은 결사 조를 만들었다.

그들의 임무는 이미 쏘았던 은화살을 회수하는 것!

은화살을 되찾아서 엘프들에게 화살을 공급하는 것이 그들의 임무였다.

"고귀한 우리들이 이토록 하찮은 임무를 해야 하다니 믿을 수 없다."

물론 일을 하면서도 투덜거리는 것을 잊지 않았다.

은화살과 성수는 불사의 군단의 힘을 약화시키는 데에 큰 역할을 한다. 성수를 뒤집어쓴 고대 병사들은 본래 실력의 절반도 제대로 내지 못했고, 은화살은 그들을 안식으로 이끌었다.

"카리취, 은화살이 다 떨어졌다."

하지만 결국 그 방법도 한계에 달했다. 최대한 아껴서 쓴다고 했지만, 은화살이 바닥나는 것은 금방이었다.

위드는 명령을 내렸다.

"그럼 불화살을 쏴라. 취익!"

"불이 날 텐데."

"상관없다. 췻."

"알겠다."

다크 엘프들은 자연을 보호하고 생명을 아끼는 것과는 거리가 멀었다. 그것은 일반 엘프들이나 하는 일이고, 다크 엘프들은 싸움을 좋아하고 욕심이 많다.

"불화살을 쏘자."

"오오오!"

다크 엘프들은 이제 시위에 불화살을 걸어서 적진을 향해 쏘았다. 일부는 고대 병사들에게 적중되었지만, 상당수는 주변의 풀숲이나 나무 위로 떨어졌다.

화르르륵!

번져 나가는 불길들.

울창한 삼림을 불태우면서 화염이 번지고 있었다.

자연 파괴!

방화!

대자연을 그대로 파괴해 버리는 무모함, 과단성!

미리부터 산 아래쪽에 쌓아 놓았던 장작들이 활활 타올랐다. 군데군데 나무를 잘라서 공터를 만들어 놓았기에 큰 산불이 되지는 않았지만, 여기저기가 불길에 휩싸이는 것은 금방이었다.

고대 병사들은 어쩔 수 없이 한곳에 뭉쳐야 했다. 억지로 성벽을 돌파하려고 했으나, 오크들은 필사적으로 막았다.

그러면서 고립된 그들을 목표로 하여 하늘에서 퍼부어지는 성수의 위력!

고대 병사의 몸에 성수들이 뿌려졌다. 뼈와 육신이 부식되어 간다.

주위의 풀이나 나무에도 성수들이 골고루 뿌려졌다. 풍요를 상징하는 여신 프레야의 권능이 부여된 성수는 이들 식물들을 쑥쑥 자라게 만들었다.

성장한 풀들이 고대 병사들의 다리를 붙들고, 나무들이 가지를 휘둘러서 자이언트 몬스터들을 타격했다.

이번에도 오크들의 막대한 피해를 불러왔지만, 불사의 군단은 점점 붕괴되어 갔다.

약화된 고대 병사들은 도륙당했고, 자이언트 몬스터들도 오크들에 둘러싸여서 난타당하고 있었다. 세르파의 마녀들은 토리도와 다크 엘프들이 마법으로 전담했다.

그때 불사의 군단이 나왔던 구덩이에서, 로브를 걸친 스켈레톤이 떠올랐다.

이마에 붉은 보석이 박혀 있는 해골 몬스터!

리치 샤이어의 등장이었다.

"지상을 암흑으로 물들여야 한다. 불사의 군단이여, 진격하라. 살아 있는 것들을 죽여라. 너희들의 동료를 만들어 주겠다!"

샤이어의 포효가 거침없이 울려 퍼졌다.

━━━━━━

위드는 리치 샤이어가 나타나자마자, 그의 몸뚱이 위아래를 매우 빠른 속도로 훑어보았다. 소위 말하는 견적을 뽑는 것이었다.

작은 날개가 달린 푸른 신발, 검은색 윤기가 흐르는 망토, 고대의 문양이 그려져 있는 회색 로브! 손가락에는 보석 반지가 몇 개나 끼워져 있고, 머리에는 금으로 된 왕관을 썼다. 한 손에는 마법책을, 다른 한 손에는 흰 지팡이를 들었다.

언데드라고는 믿을 수 없을 정도로 화려한 차림새였다.

꿀꺽!

위드는 군침을 삼켰다.

맛있는 음식을 본 것처럼 갈증이 일었다.

'저건 쿠르달의 신발. 이동속도를 늘려 줌과 동시에 민첩성을 크게 향상시켜 주지. 저 회색 로브는 이제까지 딱 한 번 나왔다는 바인의 마법 로브. 공격 마법에 특화되었다는 로브다.'

다른 장비들은 어떤 것인지 알 수도 없었다.

확실한 것은 리치 샤이어가 입고 나온 만큼 좋은 옵션이 달린 고가의 장비라는 것이다.

'볼 것도 없이 저 녀석을 홀랑 벗겨 놓으면 최소 수천만 원이다! 저 중에 하나만이라도 반드시 챙겨야 된다.'

현재 착용하고 있는 아이템이라고 해도, 죽어서 반드시 떨어뜨리라는 법은 없다. 퀘스트와 관련된 물품이야 주겠지만, 그 외의 장비들은 운이 좋아야만 얻을 수 있다.

위드는 전군에 명령을 내렸다.

"우리의 마지막 사냥감이 나타났다, 취익. 전면 공격 개시! 오크들은 최후의 공격을 준비하라!"

성벽을 사이에 두고 자이언트 몬스터나 고대 병사들과 전투를 벌이던 오크들! 그들이 완전한 공격대형으로 나섰다.

"영차! 영차!"

"성벽을 밀어. 취치칙!"

허술하게 쌓아 놓았던 성벽!

오크들은 다 함께 힘을 모아 성벽을 떠밀었다. 미리 정해 놓은 위드의 작전 명령대로였다.

불사의 군단과 싸우다가 도저히 이길 희망이 보이지 않거나, 아니면 마지막 순간에만 쓰기 위한 작전을 실행하는 것이다.

오크들은 두 손으로 힘껏 성벽을 밀어붙였다. 넓적한 가슴과 흉한 얼굴을 붙이고 사력을 다해서 전진했다.

성벽이 밀리면서 조금씩 산 밑으로 기울어졌다. 그러다가 어느 순간, 마침내 오크들의 손을 떠나 그대로 무너졌다.

콰르르르르릉!

바윗돌들이 미리 파 놓은 도랑을 채웠다. 그러고도 남은 바위들은 경사가 심한 산 아래로 굴러갔다.

때를 맞춰서 연속적으로 무너지는 성벽들!

바위들이 튀어 오르면서 아래로 굴러간다.

몇몇 오크들도 미처 피하지 못하거나 균형을 잃고 쓰러져서, 바위와 함께 아래로 굴러가고 있었다.

엄청난 산사태가 벌어지면서 얼마 남지 않은 불사의 군단을 덮쳤다.

"저 리치를 죽여라!"

오크들은 불사의 군단의 잔존 병력과, 지상을 암흑으로 물들이겠다는 원대한 포부를 가진 리치 샤이어를 향해 돌격했다. 다크 엘프들은 마법을 퍼붓고, 네크로맨서들은 견제를 했다.

"커프스 익스플로젼!"

샤이어가 언데드를 일으킬 수 없도록 시체들을 사전에 터트려 버리는 것이었다.

철저한 협공!

정의로움, 정당한 승부 따위와는 당연히 거리가 멀었다.

리치 샤이어가 아무리 강력하다고 해도 다크 엘프들과 사제들, 뱀파이어 토리도의 공격을 동시에 받는다면 피해를 입을 수밖에 없다.

"비겁하다! 너도 사내라면 나와 일대일로 승부하자!"

샤이어가 노여움에 찬 음성을 터트렸지만, 위드는 무시할 뿐이었다. 리치와 정의를 논할 이유도 없고, 괜히 편한 길을 놔두고 어려운 길로 갈 필요도 없다.

혼자서 다수와 싸우는 건 미련한 일일 뿐이다. 압도적인 다수로 1명을 패는 게 훨씬 더 즐겁지 않던가!

샤이어는 시키지도 않았는데 괜히 혼자서 뒤늦게 나타나서 죽도록 맞는 것이었다.

"자신의 무거움을 알아라. 그래비티."

샤이어는 중력 계열의 광범위 마법을 쓰면서 분전했다.

하늘을 날아다니며 성수를 퍼붓던 와이번들이 그 마법에 휘말려 바닥으로 추락했다. 로자임 왕국 병사들을 태운 채 땅에 떨어진 와이번들은 그대로 목숨을 잃었다.

샤이어는 마법으로 와이번 4기를 격추시키고, 6,000 정도의 오크들을 잡았다. 다크 엘프들도 3,000 정도가 죽었다.

토리도나 네크로맨서, 다크 엘프, 사제들의 견제를 뚫으면서 이 정도의 위력을 발휘하는 리치의 능력은 경악을 금치 못할 정도였다.

샤이어가 마법을 외울 때마다, 폭발이 일어나고 오크들이 수십 마리씩 죽었다. 힘을 빼 놓기 위해서 차륜전을 펼치고는 있었으나, 워낙에 강해서 큰 피해를 입는 것이다.

로자임 왕국의 병사들은 아예 상대도 되지 않아서 피신을 시켜야 할 정도였다.

병사들은 로자임 왕실의 공헌도와 관련이 있고, 와이번들은 레벨과 예술 스탯을 희생하여 만든 것들이다.

"와이번 부대는 더 높이 날아라. 토리도, 철저히 놈을 괴롭히고, 다크 엘프 부대는 마법을 퍼부어!"

성수의 힘 덕분에 그나마 샤이어가 약화되고 있었다.

본래 생명력을 라이프 베슬에 봉인한 리치는 신성력의 힘이 아니라면 절대로 죽지 않는다. 성수를 퍼붓고 사제들이 신성 마법을 써서 약점을 만들고 있는 것이었다.

"데몬 스피어!"

샤이어는 흑색의 창을 불러와서 손끝으로 조종해 내던졌다.

"크아악!"

사제들을 꿰뚫고 지나가는 창!

"왕실 기사와 데스 나이트, 오크들은 사제를 보호하라."

프레야의 사제들은 생명 줄과도 같았다.

위드는 사제들을 최대한 보호하면서, 와이번을 이용해 성수를 뿌려 댔다.

샤이어에게도 조금씩 피해가 누적되고 있었다. 계속해서 마법을 쓰며 발광하고 있었지만, 점차로 그 위력이 약화되는 것이다.

비록 위드는 안전했다고 해도, 리치 샤이어를 잡는 데에 투자한 비용이 만만치 않았다.

그래도 이제 장시간의 전투 끝에 샤이어의 생명력과 마나가 최저치로 줄어들었다.

"크으으! 너희들이 감히!"

샤이어가 분노에 찬 음성을 터트렸다.

이제는 하늘도 날지 못하고, 마법도 쓰지 못했다. 간단한 마법도 시전할 수 없을 정도로 마나가 고갈된 것이다. 생명력도 거의 상해서 해골에 금이 갈 정도!

그러나 샤이어는 순순히 죽지 않았다.

"토리도! 반 호크! 너희들이 바르칸 님께 했던 충성의 맹세를 잊은 것이냐?"

"우리는 새 주인을 찾았다."

"바르칸 님은 너희들을 기다리고 계신다. 오라. 나와 함께 바르칸 님을 모시고, 이 땅을 우리들의 것으로 만들자."

상황이 위급해지자 뱀파이어 로드와 데스 나이트를 유혹하는 것이었다.

"그럴 수는 없다."

데스 나이트는 딱 잘라서 거절을 했지만, 뱀파이어 로드 토리도는 마음의 동요를 보였다.

"그래도 이미 변절했던 나를 받아 주실까?"

"바르칸 님께서는 우리들의 희망이시지. 넓은 관용과 포용력을 보여 주실 것이다."

"그러면……"

"그래. 나와 뜻을 함께하자. 살아 있는 이들을 죽이자. 거추장스러운 생명을 거두어 주는 것이야."

갈등에 휩싸인 토리도는 더 이상 샤이어를 공격하지 않고 머뭇거렸다. 자칫하면 적의 편으로 넘어가 버릴 상황!

레벨 400이 넘는 뱀파이어 로드가 상대편으로 넘어가 버린다면 일은 매우 심각해질 수 있다.

여기는 살아 있는 오크나 다크 엘프들 천국이니, 흡혈을 통해 생명력과 마나를 끊임없이 보충할 수 있다. 뱀파이어 로드 토리도의 변절은 그만큼 위험한 것이었다.

"공격해라!"

위드는 다크 엘프들에게 명령을 내렸다.

생명력이 얼마 남지 않는 샤이어에게 마법이 퍼부어졌다.

지축을 흔드는 엄청난 폭발!

그런데도 샤이어는 끈질기게 살아 있었다.

해골에 균열이 가고, 몸에는 불이 붙었다. 거기에 팔까지 부러진 상태에서도, 리치는 괴물 같은 생명력을 보여 주었다.

위드는 전광석화처럼 달렸다.

"네발 뛰기!"

질풍처럼 달릴 수 있는 최고의 달리기 스킬!

단기간에 체력의 소모가 심하고 모양이 좀 안 났지만, 가릴 처지가 아니었다.

위드는 오크들 사이를 뚫고 그대로 달렸다. 그리고 뛰어올랐다.

전면에 샤이어가 서 있었다.

리치로 변한 이후로 몸이 5미터에 육박하도록 커져서, 빗나갈 염려는 전혀 하지 않아도 좋았다.

위드는 검을 뽑아서 푹 찔렀다.

"소드 카이저!"

오크 상태로 변해서는 마나의 부족으로 인해, 생명력까지 고갈되는 최후의 초식!

리치 샤이어의 목숨이 경각에 처했을 때를 노려 할 수 있는 최고의 공격을 한 것이다.

"이놈이!"

회심의 공격이 적중했는데도 아직 샤이어는 죽지 않았다.

위드가 최고의 초식을 쓰면, 예티 정도는 거의 한 방에 보낼 수도 있었다. 물론 그만큼 마나 소모가 막대하지만, 자이언트 몬스터라고 해도 생명력에 막대한 손실을 입는다.

그런데도 샤이어를 없애는 데에는 모자랐다.

검은 연기 같은 기운이 몸에서 빠져나가고 있었지만, 만신창이의 몰골을 하고서도 움직였다.

"아이스 오브!"

마지막 마나를 쥐어짠 것인지, 샤이어의 뼈로 된 손아귀에서 얼음의 결정체들이 만들어졌다. 그의 가슴에 검을 박고 있는 위드를 향해 공격을 날릴 것은 의심할 여지가 없으리라.

위드는 소리쳤다.

"다크 엘프들, 나를 무시하고 공격해라!"

이리 죽나 저리 죽나 이판사판이다.

이미 재차 마법을 준비하고 있던 다크 엘프들이 마법을 날렸다. 사방에서 수백, 수천 개의 마법이 날아온다.

 마법들은 샤이어와 위드가 있는 장소를 완전히 초토화시켜 버렸다.

> 얼음 계열의 마법 공격을 받았습니다.
> 몸이 결빙됩니다. 이동속도와 움직임이 저하됩니다.

> 몸이 불타고 있습니다.
> 빨리 화염을 제거하지 않으면 지속적인 피해를 입습니다.

> 전격 계열의 공격에 의해서 육체가 일시적으로 마비됩니다.

> 심각한 부상을 당하였습니다.

 전투 불능 상태!

 마법은 위드와 샤이어를 동시에 난타했다. 위드는 리치와 딱 달라붙어 있어서 피할 수도 없었다.

 마법의 특수 효과들이 메시지 창에 가득 뜨고, 그보다 먼저 위드의 생명력이 걷잡을 수 없이 바닥을 향해 추락했다.

 온몸이 마법에 의해 난타당하고 있을 때에, 샤이어의 몸이 빛에 휩싸여서 사라졌다.

> 레벨이 올랐습니다.

> 레벨이 올랐습니다.

> 레벨이 올랐습니다.

> 레벨이 올랐……

 위드는 거의 짐승 같은 본능으로 샤이어가 있던 장소로 손을 뻗었다. 무언가를 잡는 듯한 느낌이 있었지만, 이를 확인하기도 전에 메시지 창이 떴다.

> 생명력의 저하로 사망하였습니다.
> 24시간 동안 로그인이 불가능합니다. 죽음으로 인해 레벨과 스킬의 숙련도가 하락합니다.

> 내구력의 저하로 인해 부츠와 모자가 파손되었습니다.
> 파손된 물품들은 수리할 수 없습니다.

## 퀘스트

"으아아악!"

캡슐에서 나온 이현은 괴로움에 몸부림을 쳤다. 하필이면 그 순간에 죽을 게 뭐란 말인가.

난이도가 있는 만큼 죽음은 각오해 두었다. 따라서 목숨이 아까운 건 아니었지만, 최소한 어떤 아이템을 주운 건지는 확인해 봐야 했다.

"분명히 좋은 걸 떨궜을 텐데!"

보스급 몬스터.

거기에 리치 샤이어 정도 되는 이름을 가진 몬스터라면 잘 나타나지도 않는다. 발견한다고 해도, 발견한 이들에게는 재앙이 되는 그런 몬스터인 것이다.

그런 몬스터를 잡고서도 어떤 아이템이 떨어졌는지 확인조차 하지 못했다.

"로브 정도 주웠다면 대박인데."

이현은 초조하게 방 안을 서성였다.

바인의 마법 로브.

한 번밖에 나온 적이 없고, 거래가 등도 공개되지 않은 물건이다. 경매 사이트에 올라온 것이 아니라, 다크 게이머 연합이라는 경로를 통해서 구매자가 나타난 물건이었던 것이다.

특별한 물건들은 어차피 경매 사이트에 올린다고 해도 살 수 있는 사람이 많지 않다. 그러므로 진짜 비싼 물건들은 다크 게이머 연합 내부에서 처분되는 경우가 허다했다.

"로브. 로브. 로브!"

이현은 제발 로브를 획득하였기를 바랐다.

"틀림없이 뭔가 잡는 느낌이 나긴 했는데… 후우."

그러면서 깊은 한숨을 내쉬었다.

지금까지 게임을 하면서 어디 쉽고 편안하게 일이 잘 풀린 적이 있었던가. 아무리 대규모의 공격을 받았다고 해도, 수리 스킬을 이용해서 내구도를 최상으로 올려놓은 부츠와 모자가 파괴된 것도 재수가 없었음을 상징하는 것이나 다름없었다.

"로브가 아니라도 좋다. 신발! 그래, 쿠르달의 신발이라도 나쁘진 않아."

조금씩 기대치가 낮아지고 있었다.

사실 리치 샤이어가 떨어뜨리는 물건이라고 해서 꼭 그놈이 입고 있던 물건이라는 보장은 없다. 잡템이라는 말이 괜히 나온 것이 아닌 것이다. 또한 주웠다고 해도 자신이 죽으면서 잃어버렸을 수도 있다.

"퀘스트도 어찌 된 건지 궁금하고……."

이현은 한숨을 쉬었다.

알 수 있는 것이 하나도 없었다. 그가 죽고 나서 불사의 군단과의 전쟁이 어찌 종결되었는지, 퀘스트의 성공과 실패도 확실히 드러나지 않은 상황이었다. 모든 것은 직접 접속해서 확인해 봐야만 알 수 있는 것이다.

"어쩔 수 없지. 그럼 조금 쉬어 볼까."

이현은 하루 동안 초조하게 기다리느니, 아예 마음을 편하게 갖기로 했다. 어차피 어떤 수를 쓰더라도 시간이 되기 전에는 결과를 알 수 없다.

그동안 촉박하게 퀘스트를 준비하느라 제대로 잠을 자지 못해 졸음이 쏟아지고 있었다. 차라리 마음 편하게 잠이라도 자는 것이 낫다.

명예의 전당에 오른 오크의 퀘스트! 그 대규모 전쟁의 결과를 기다리는 사람들로 사이트는 아우성이었다.

수많은 글들이 올라오고 있었다.

> ─왜 아직도 동영상이 안 올라온 겁니까!
> ─저번에 동영상이 올라왔던 시간을 보면, 지금쯤이면 퀘스트를 진행했을 텐데요.
> ─아아, 결과가 궁금해요.

처음에는 부푼 희망을 가지고 있는 사람들이 많았다.

〈마법의 대륙〉 출신들은 위드의 전투를 본다는 것만으로도 흥분했다.

20년간 최고의 게임으로 군림했던 〈마법의 대륙〉. 그곳에서 지존의 위치에 올랐던 유저가 싸우는 것을 볼 수 있다!

마법사들은 드디어 네크로맨서로 전직할 수 있다는 꿈에 부풀었다.

대규모 전투 구경만이 아니라, 난이도 A급 퀘스트에 대해 흥미를 가진 이들도 많았다. 보통 난이도 C급이라고 해도, 해냈을 경우의 성취감이 보통이 아니다. 그런데 A급의 퀘스트는 과연 어떤 것일지에 대한 호기심이 컸던 것이다.

명예의 전당은 그로 인해서 수백만 명이 접속을 하고 기다리고 있었다. 동영상이 올라오면 가장 빨리 보기 위해서 기다리는 인원들이었다.

그런데 오크의 대규모 퀘스트는 진행되지 않은 채로, 다른 이들의 관심을 끌 만한 이벤트가 벌어졌다.

진홍의날개 길드.

베르사 대륙에서도 열 손가락 안에 꼽히는 명문 길드다. 그곳의 수장인 테로스가 특별한 동영상을 공개한 것이다.

동영상의 길이는 단 5분!

전투나 퀘스트를 공개하는 것치고는 지나치게 시간이 짧았다. 그래도 테로스의 이름값이 있었기에 사람들은 그 동영상을 보기 시작했다.

오크들의 대규모 전투를 구경하려면 어차피 기다려야 했기에 짧은 동영상을 보는 데에는 별로 무리도 없었다.

동영상에서는 어떤 유적 안으로 사람들이 들어가고 있었다.

"바바리안 워리어, 플라인 님이다."

"공포의 암살자 데인도 있어!"

"적염의 마녀, 도광도 있다!"

진홍의날개 길드에 속한 최고의 유저들이 뭉쳤다.

성기사, 성직자, 도둑, 마법사, 탐험가, 어쌔신, 바드, 워리어, 소환술사, 주술사, 레인저.

사람들이 쉽게 선택하는 대중적인 직업들 외에도, 생명력을 축소시키는 대신에 마력을 늘린 마녀! 도에 미쳐서, 1개의 도를 가지고 싸우며 후퇴라고는 모르는 미친 도인, 도광! 몬스터에 의해 점령된 성채에 거주하며 달이 지는 밤마다 몬스터를 암살한다는 데인!

여러 특별한 직업과 명성을 가진 이들도 있었다.

진홍의날개 길드는 대륙 전체에 명성이 퍼져 있고, 많은 길드원들을 보유했다.

평상시에는 얼굴도 보기 힘든 이들이 모여서 유적 안으로 들어가고 있었다. 이것만으로도 유저들이 흥분하기에 충분했다.

거기에 불을 지르는 듯한 테로스의 한마디.

붉은 광택이 흐르는 갑옷을 입고 있는 테로스는 특유의 차가운 목소리로 말했다.

―드디어 스콜피온 왕의 무덤인가. 우리는 실낱같은 단서를 추적해서 여기까지 왔다.

테로스가 말을 하는 와중에도 길드원들은 유적 안으로 들어가고 있었다.

테로스는 잠시 공백기를 가졌다가, 다시 입을 열었다.

―우리에게 어떠한 험한 길, 난관이 있더라도 반드시 극복해 낼 것이다. 이번 일에 나는 목숨을 걸었다. 포기하지 않는 자만이 쟁취할 수 있다. 가자, 난이도 A급의 퀘스트로. 스콜피온 왕의 무덤. 내가 너를 깨고 말리라.

또 다른 난이도 A의 퀘스트!

사람들을 열광하게 만들기에 충분한 사건이었다.

테로스는 한마디의 말을 남기고, 그 자신도 길드원들을 따라 유적 안으로 들어갔다.

―포기하지 않는 용기와, 영광을 보아라. 우리들의 싸움을, 흘리는 피를, 그리고 고귀한 승리를 지금부터 보도록 해라.

그곳에서 동영상은 끝이 났다.

의미를 알 수 없는 말이었다.

난이도 A급의 퀘스트에서 알쏭달쏭한 말을 남기고 사라진 것이다. 그러나 그 의문은 곧 밝혀졌다.

명예의 전당에 동영상이 올라오고 10분 후부터, CTS미디어에서 진홍의날개 길드가 하는 퀘스트를 방송한다는 것이었다. 그것도 따로 편집된 영상이 아니라, 현재 진홍의날개가 유적을 탐험하고 있는 것을 그대로 방송해 주는 것이라고 한다.

※※※

'그럭저럭 잘되고 있군.'

테로스는 회심의 미소를 지었다.

유적의 탐험은 실제로 얼마 전에 이루어진 바가 있었다. 내부의 석실로 향하는 문 앞까지, 길드원들의 희생을 바탕으로 진출하는 데에 성공했다. 그런데 마지막 제단에 바칠 제물이 없어서 발길을 돌려야 했다.

'이번에야말로 퀘스트를 완수하고 말리라.'

테로스는 길드원들을 이끌고 유적을 조사했다. 물론 조사하는 척이었다.

어쌔신과 도둑들이 길을 열고, 방패를 치켜든 워리어와 성기사들이 위험에 대비한다.

"크아악!"

"함정이다. 조심해!"

진홍의날개 길드는 유적에 설치된 함정들을 파훼하고, 위험한 몬스터들과 싸웠다. 버거운 몬스터들. 길드원들의 일부가 죽음으로 로그아웃이 되기도 했다.

"더 힘을 내라. 진짜 위기는 찾아오지도 않았다."

"괜찮아. 이런 정도로 우리 진홍의날개를 막진 못한다."

"우리가 뿌려 온 피들이 거룩한 성과를 거둘 수 있게 만들어 줄 것이다."

"우리에게는 죽은 동료들만큼의 무게가 걸려 있어. 여기서 포기하지 마라!"

바람잡이로 나선 고위 레벨 유저들이 여기저기서 외쳤다.

이번에 테로스가 동원한 것은 진홍의날개에서 상위권에 속하는 유저 무려 1,000명!

지난번의 탐험대보다 4배나 증가한 인원이었다. 그만큼 전체적인 수준은 조금 떨어질 수밖에 없었다. 그래도 레벨 310이 넘는 이들 중에서 최대한 동원한 것이다.

'이 기회를 놓쳐서는 안 돼.'

테로스는 이번 퀘스트를 최고의 홍보 기회로 삼기로 했다.

방송사와 연계된 것은 양측 모두에게 이득이었다. CTS미디어에서는 이슈가 될 만한 소재로 시청률을 올릴 수 있고, 길드에서는 돈과 명성을 함께 얻는다.

힘겨운 모험을 하는 것을 실시간으로 방송하면, 길드에 대한 호감도가 크게 높아질 것이다. 또 어려운 퀘스트를 격파해 나가면서, 대중에게 강력한 길드로서의 이미지를 각인시킬 수 있다.

'이번 퀘스트만 잘 넘기면 길드가 세력을 늘릴 수 있을 거야. 우선은 규모를 키우고, 자금을 모으자. 신입 유저들이 더 크게 성장한다면 현재 최강이라고 일컫는 헤르메스 길드도 잡을 수 있다. 우리의 핏빛 날개가 대륙을 뒤덮는 것이다.'

테로스는 가슴을 활짝 폈다.

그의 원대한 포부가 이루어지려 하고 있었다.

"으아악!"

"좀 더 힘을 내! 성직자들은 어서 부상당한 동료들을 치료하라!"

진홍의날개 길드원들은 열심히 길을 뚫었다.

테로스는 약간의 희생도 감수하면서, 의도적으로 새로 탐험대에 속한 이들에게 위험을 알려 주지 않았다.

이미 통과했던 길을 다시 격파해 나가는 것은 조금도 흥미롭지 않다. 실제로는 지난번 탐험에서 이미 많은 부분 진척되었지만, 의도적으로 모르는 척 고난을 겪는 연출을 하는 것이다.

길드원들은 열심히 힘든 연기를 했다.

 알고서도 당하기도 하고, 길을 뚫는 데 일부러 전력을 약간 부족하게 투입해서 죽기도 했다. 물론 죽은 이들에게는 먼저 상당한 보상을 약속한 후였다.

 "내가 죽어도, 탐험은 꼭 계속돼야 해."

 "그래. 우리들만 믿어라."

 테로스는 일부러 길드원들을 데리고 점점 유적의 깊은 곳으로 향했다.

 길드원들의 후방, 용병으로 참여한 다크 게이머들은 냉소를 지을 뿐이었다.

 "쓸데없는 짓을 잘하는군."

 "괜히 사람을 늘려 봐야 피해만 커질 텐데."

 "저런 게 다 삶의 지혜라니까. 어지간히 약삭빠르지 않고서는 못할 일이야."

 "우리한테는 상관없지. 정해진 일당만 받으면 되니까. 그래도 싸울 수 없다는 건 불만스럽군."

 다크 게이머들은 구시렁거리면서 뒤를 따랐다.


 진홍의날개 길드는 몇 번을 헤맨 끝에 제단에 도착했다. 유적의 내부, 벨소스 왕의 무덤으로 들어가는 입구였다.

 "드디어 도착했다."

 테로스는 흥분으로 몸을 떨었다.

 그들이 받은 퀘스트는 벨소스 왕의 뿔피리를 가져오는 것이었다. 하지만 무덤 내부에는 다른 보검이나 마법 아이템들이 가득하다고 한다.

테로스는 주위를 둘러보았다.

1,000여 명이 들어왔는데, 지금은 650명 정도만이 남아 있다. 이곳까지 오면서 거의 350명이나 죽은 것이다.

지난번 탐험을 할 때에는 최정예로만 꾸려서 왔었다. 그때에도 입구 부근에서만 45명이, 제단에 올 때까지는 130명 정도가 죽었다.

이번에는 규모는 커졌어도 약한 사람이 많아서 피해가 큰 것이었다. 그러나 난이도 A급의 퀘스트를 하면서 이 정도의 피해는 감수하고 있었던 만큼, 다들 표정에는 변화가 없었다.

"그럼 시작하자. 모두들 준비하라."

테로스는 제단 위에 7개의 스콜피온 조각을 올려놓았다. 그 순간 붉은 스콜피온이 그려진 거대한 문이 육중한 굉음을 내며 열리기 시작했다.

쿠구궁!

길드원들은 바싹 긴장한 채로 무기를 들었다. 유적 내에서는 마법의 사용이 불가능하기에, 육체적인 힘을 내는 이들이 주력이었다.

열린 문 안에는 몬스터들이 가득했다.

사악하게 생긴 마수들!

일반적인 몬스터 도감에도 나오지 않는 마수들투성이였다.

"괴물들이다."

"모두 전투준비!"

"목숨을 걸고 싸우자."

"여기까지 와서 돌아갈 수는 없다!"

테로스는 휘하의 길드원들을 통솔해서 전투에 임했다.

다크 게이머들도 놀고 있을 수만은 없었다. 둥글게 원을 그려서 성직자들을 안쪽에 포진시키고, 바깥에는 전투 직업들이 자리를 지켰다.

재빠른 진형 구축이었지만, 그사이에 마수들이 달려왔다.

크허허헝!

마수들의 울부짖음.

놈들의 사나운 공격에, 탐험대 중에서는 목숨을 잃는 이들이 속출했다.

원형진을 편성하는 것보다 좁은 문을 지켰더라면 훨씬 나은 결과를 얻을 수 있었을 텐데, 평소에 하던 대로 한 탓에 큰 피해를 입어야만 했다.

그러나 진홍의날개 길드는 여기에 전력을 투입한 탓에 성기사들, 워리어들, 검사들이 전열의 선두에서 전투를 이끌었다.

"이겼다!"

겨우 전투를 이겨 내고 남은 이들은 480명 정도!

이곳에서 또 많은 이들이 죽었지만, 승리를 일구어 낸 것이다.

"들어가자."

테로스는 서둘러서 안쪽으로 들어갔다. 열린 문 안에서부터 광채가 번쩍이고 있었던 것이다.

마수들이 있던 공간에 들어간 탐험대는, 입을 쩌억 벌리고 말았다.

"이야아!"

"보물이다."

문의 안쪽에는 거대한 황금 스콜피온 상이 있고, 주변에는 금은보화가 산더미처럼 쌓여 있었다.

"못해도 50만 골드는 넘겠다."

"50만 골드? 100만 골드도 족히 되겠어."

그러나 탐험대를 흥분하게 만든 것은 돈만이 아니었다.

여기저기 널려 있는 아이템들. 광채를 뿌려 대는 아이템들이 가득 쌓여 있었던 것이다.

테로스는 황금 스콜피온 상 앞에 놓여 있는 뿔피리를 쉽게 발견할 수 있었다.

"이것이다."

테로스가 뿔피리를 들어 올렸다. 그들의 임무는 그레스 백작에게 이 뿔피리를 가져다주는 것이었다.

'이걸로 퀘스트는 성공이다.'

조금은 힘들었지만 목표를 무사히 획득했다.

테로스에게는 밝은 미래가 보이는 것 같았다.

지금 이 순간은 CTS미디어를 통해 생중계가 되고 있었다. 못해도 수백만, 어쩌면 수천만이 넘는 이들이 이 장면을 함께 보고 있다.

최초로 난이도 A급의 퀘스트를 깬 이 순간은, 그들에게 잊지 못할 장면으로 각인될 것이다. 매스컴과 동영상으로 수없이 반복되면서 영광스러운 모습이 남을 것이다.

진홍의날개가 욱일승천하는 것은 시간문제였다.

그때, 새하얀 검신을 가지고 있는 검이 테로스의 눈에 띄었다. 검 자루에는 화염 무늬의 형상이 음각되어 있었다.

여기에는 무수한 보물들이 있지만, 그중에서도 무언가 품격이 달라 보이는 물건이었다.

'저건 유니크다. 어쩌면 벨소스 왕이 쓰던 검일지도 몰라.'

테로스의 눈가에 탐욕의 빛이 스쳤다.

검사라면 누구나 더 좋은 검에 욕심을 낼 수밖에 없다. 방어보다는 공격을 위주로 하고, 자신이 줄 수 있는 최대 대미지를 향상시키는 것이야말로 자랑거리가 아니던가.

어떤 검을 쥐느냐에 따라서 공격력이 크게 차이 난다. 당연히 명검과 일반 검을 단순 비교할 수는 없는 노릇이고, 몬스터의 특성에 맞춰 어떤 검을 쓰느냐에 따라서도 달라졌다. 화염 계열 속성의 몬스터에게는 빙 계열을, 어둠 속성의 몬스터를 상대할 때에는 신성 계열의 무기를 주로 쓴다.

그래서 검사들은 최소한 서너 자루의 명검들을 소유하려고 하는 게 보통이었다.

'진홍의날개가 베르사 대륙 위로 날아오른다면, 나에게도 좋은 검이 필요하겠지. 내 명성을 더욱 크게 높여 줄, 권위가 담긴 검이.'

테로스는 조용히 검을 주시하고 있었다. 길드의 수장으로서도 명검을 소유하고 싶었다.

그 자체로 예술품으로 보일 정도로 아름다운 검. 다소 권위적인 그에게 딱 걸맞은 품격을 갖춘 검이었다.

그때 길드원들도 검과 테로스를 보았다.

"테로스 님, 어서 취하시지요."

"가장 큰 고생을 하셨으니 검 정도는 테로스 님이 가져도 괜찮을 것입니다."

테로스의 친위대라고 할 수 있는 이들이 부추기는 것이었다.

그러다가 문득 그들은 검 아래에 있는 푯말을 발견했다.

워낙에 검이 주는 느낌이 강렬하여 한참이나 후에 보게 된 것이다.

"여기 뭐라고 글이 쓰여 있습니다!"

사브론이 문자를 해독했다.

검을 가져가시오.

"검을 가져가라고 합니다."

"검을 가지라고?"

겉으로는 시큰둥한 표정을 지었지만, 테로스는 무척이나 기뻤다. 그리고 검을 향해 손을 뻗었다.

만약에 위드였다면 여기서 최소한 다섯 번은 의심을 해 보았으리라!

일이 술술 잘 풀린다 싶을 때에는 그 배경을 의심해 봐야 한다.

난이도 A급의 퀘스트치고는 너무나 쉽게 이곳까지 왔다. 사실 위험한 전투도 몇 번 없었다.

위드처럼 부대를 지휘하여 싸우는 전투라면 공적이 분산된다. 그런데 오크나 다크 엘프 등의 힘도 없이, 이들은 온전히 스스로의 실력으로 이곳까지 왔다.

적이 너무나 약했다. 불사의 군단과는 비교조차 할 수 없을 정도였다. 게다가 검을 가져가라고 하지 않는가!

테로스가 막 검을 쥐었을 때였다.

번쩍!

보물이 있는 장소가 황금빛으로 가득 찼다.

"이게 무슨 일이지?"

"주변이 밝아졌어."

영문을 몰라 하던 사람들.

그들은 시선을 올려 보고 나서야 그 근원을 알았다.

황금 스콜피온이 눈을 떴던 것이다.

―감히 불의 대제였던 벨소스 왕의 신물을 탐하다니, 용서받지 못할 자들이로다. 불의 재앙이 너희들 모두를 뒤덮으리라.

화르륵!

검을 쥐고 있는 테로스의 몸에 불이 붙었다. 완전히 재로 변해서 목숨을 잃는 것은 한순간이었다. 그리고 탐험대에도 재앙이 찾아왔다.

불의 정령!

셀 수도 없이 많은 불의 정령들이 나타나서 그들을 공격한 것이다.

전열이 흐트러져 있던 탐험대는 제대로 대응도 하지 못한 채 쓰러져 갔다.

차례차례 재가 되어 사라지는 탐험대를 보며 황금 스콜피온이 말했다.

―어리석은 인간들! 벨소스 왕의 노여움을 샀으니 불의 저주가 세상에 내리게 될 것이다.

CTS미디어를 통해 수많은 사람들이 그들의 모험을 보고 있었다.

진홍의날개 길드의 위명이 추락하는 순간이었다. 마지막 순간에 욕심을 부렸던 게 패인이었다.

처음에는 황금 스콜피온 상이 말하는 내용을 다들 제대로 이해하지 못했다. 퀘스트에 실패한 것으로 끝인 줄로만 알았다.

그런데 〈로열 로드〉에 접속했던 사람들이 마구 글을 올리기 시작했다.

—대륙이 더워졌습니다.
—햇볕이 갑자기 뜨거워졌어요.
—온도가 최소한 5도는 높아진 것 같습니다.

벨소스 왕의 저주!

그것은 무더위를 찾아오게 만드는 것이었다.

사시사철 살기 좋았던 중앙 대륙은 찜통더위가 가득한 장소로 변하고 말았다.

불의 기운이 강성해지면서, 불의 정령을 다루는 이들에게는 좋았지만 그것도 잠시였다. 불의 정령을 좋아한다고 해도, 등줄기에 땀이 흐르는 더위까지는 아니었던 것이다.

새벽의 차가운 공기를 마시며 동료들과 함께 사냥을 떠나던 정겨움을 다신 느낄 수 없게 되었다.

유저들의 엄청난 원성!

사람들의 비난은 이 사태를 초래한 진홍의날개로 향했다.

진홍의날개 길드원들은, 자신이 소속된 세력이 난이도 A급 퀘스트를 한다는 데 대해 자부심이 가득했었다. 그런데 이제는 차마 길드의 마크를 들고는 어디에도 다닐 수 없게 되었다.

상점에서 상인들이 물건을 팔아 주지 않고, 사냥 파티에서도 거부당한다.

길드원들은 속속 이탈하고, 동맹 길드들도 등을 돌렸다.

명망 높던 길드 하나가 몰락하는 것은 한순간이었다.

　　　　　　　　　※

이현은 남는 시간 동안 세수를 하고 오랜만에 목욕도 했다.

"역시 여름이 좋아."

겨울에는 목욕을 하기가 상당히 힘들다.

우선 온수를 쓰면 보일러비가 많이 나오지 않던가. 매달 부과되는 공과금을 줄이지 않고서는 절대로 부자가 되지 못한다.

그에 비해서 여름은 참 좋다. 시원한 물로 목욕을 해도 때가 잘 밀렸다.

이현은 몸을 씻고 나서 아이템 거래 사이트에 접속해서, 소유하고 있던 물품들을 몇 가지 등록했다.

오크 로드 굴취의 글레이브, 엘프의 머리띠, 특별한 독을 해독할 수 있는 희귀한 약초들, 여러 잡템들.

절망의 평원과 유로키나 산맥에서 구했던 아이템들을 판매하기 위해서 올린 것이었다. 광석이나 가죽들도 많이 입수했지만 그것들은 경매에 등록하지 않았다.

　재봉이나 대장일 스킬이 있으니 직접 가공해서 아이템으로 만들어서 팔 작정이었다. 검이나 옷을 만든다면 구매자를 구하기도 쉬우니까.

　돈을 벌기 위해서 다양한 생산 스킬들을 익히는 것은 필수였다.

　충분한 휴식을 취하고, 여동생도 학교에 보냈다.

　거의 하루 종일 〈로열 로드〉를 탐험하던 이현에게 24시간이란 제한은 한없이 길게 느껴졌다.

　경험치나 아이템을 획득하기 위한 짜릿한 손맛!

"이제 슬슬 가 볼까?"

　이현은 정확히 24시간을 채우고 〈로열 로드〉에 접속했다.


　KMC미디어의 강 부장은 위드와 연락을 하기 위해서 열심히 노력하고 있었다. 메일도 수십 통이나 보내 보았고, 전화를 바란다는 쪽지도 남겼다.

　그런데 상대방은 한 통의 메일도, 단 한 장의 쪽지도 수신 확인을 하지 않았다.

"젠장, 제발 메일 좀 읽어 보란 말이야!"

　강 부장은 보기 드문 끈기의 사나이였다. 그는 할 수 있는 모든 방법을 찾아보고 있었다.

　그러던 차에 아이템 거래 사이트에 위드라고 밝혀진 이가 물건을 등록했다.

"이거다. 바로 이거야!"

다크 엘프나 오크들의 무기, 자이언트 몬스터의 가죽류들도 포함되어 있었다.

더 이상은 의심할 여지가 없다.

강 부장은 즉시 올라온 물품에 입찰했다. 그가 써넣은 금액은 무려 3,000만 원.

미노타우로스의 발톱이라는 잡템에 입찰한 금액이었다.

위드가 다시 나타난 곳은 유배자의 마을이었다.

죽음을 경험했으니 가까운 인간 마을에서 되살아난 것이다. 마을에는 어린아이들이 뛰어놀고, 사람들이 분주하게 오간다. 바삐 움직이는 사람들의 표정에는 활기가 돌고 있었다.

사냥꾼 코쿤도 방패를 손질하고 있었다.

"여어, 위드. 자네가 왔군."

"불사의 군단과의 전쟁은 어떻게 되었습니까?"

"우리가 이겼지. 그놈의 리치가 죽고 나서."

"그리고요?"

"전투가 끝나고 우리들은 돌아왔다. 그동안 노예 생활을 하던 주민들도 함께 돌아와서, 마을의 규모가 조금 커졌지. 이제 우리 인간들과 오크들이 서로 싸우지 않고 지낼 수 있을지. 일시적인 평화에 불과하겠지. 참, 오크들이 자기네 영웅 카리취가 없어졌다고 찾고 있더군. 네크로맨서들도 자네를 기다리고 있어. 자신들이 세상에 나설 때가 되었다면서 빨리 와 주기를 바란다네."

사냥꾼 코쿤의 말을 통해서 퀘스트는 성공했음을 알 수가 있었다.

"알겠습니다. 그들에게 가 봐야겠군요."

"그럼 수고하게. 참, 우리 마을을 지키는 데 도움을 주어서 고맙네. 앞으로 우리 절망의 평원에 있는 마을들에서는 자네에게 최대한 편의를 봐주게 될 거야. 사실 그래 봐야 대단한 것은 없지만, 어디서든 환영을 받게 될 걸세."

그러면서 코쿤은 다시 방패를 손질하기 시작했다.

위드는 네크로맨서를 만나러 가기 전에 우선 자신의 상태부터 살피기로 했다.

"스탯 창!"

---

캐릭터 이름: 위드
성향: 자유로움           레벨: 286
직업: 전설의 달빛 조각사!   칭호: 뛰어난 손재주를 가진 장인

명성: 13,645      생명력: 19,230      마나: 9,760
힘: 715+65        민첩: 575+65        체력: 134+65
지혜: 136+65      지력: 154+65        투지: 323+65
지구력: 180+65    인내력: 374+65      예술: 447+145
카리스마: 212+65  통솔력: 492+65      행운: 5+65
신앙: 96+435      매력: 39+65         공격력: 2,211
방어력: 640
마법 저항: 불 13%  물 15%  대지 25%  흑마법: 50%

레벨이 7개나 올라 있었다.

직접 리치 샤이어의 목숨을 끊어 놓은 것은 아니라고 해도, 위드는 상당히 결정적인 역할을 했다. 그 덕에 레벨이 한꺼번에 올랐다. 그 후에 죽어서 하락했다고 해도 286이나 되었다.

하지만 레벨 외에 떨어진 것들이 너무나도 많았다.

2차 전직을 한 전투 계열 직업들은 힘이나 민첩, 혹은 지혜 등이 비약적으로 상승한다.

조각사에게는 그러한 혜택이 없으나, 손재주가 있다.

조각술은 예술이나 생산 계열의 기본이 되는 학문이었다. 가장 빠르게 발전하는 손재주를 이용해 다양한 생산 스킬들을 골고루 익혀 놓는다면 다방면에 재주를 부릴 수 있게 된다.

그로 인해서 육체와 정신, 지구력 등이 골고루 발전할 수 있다. 충분한 시간만 투자한다면 같은 레벨에서는 상대해 낼 적수가 없을 만큼 강해진다. 그러나 역시 조각사의 단점은 숙련도였다.

한 번씩 죽을 때마다, 어렵게 올려놓은 각종 생산 스킬들이 하락했다.

고급 조각술이 13%, 요리가 10%. 손재주가 16%.

재봉이나 대장일, 약초, 낚시, 검 갈기, 방어구 닦기, 붕대 감기, 다림질.

이런 다양한 스킬들이 5%에서 7%까지 하락했다.

레벨로 따지자면 두세 단계 정도가 떨어진 아픔이었다.

"으으."

위드는 안타까움에 몸을 떨었다.

노가다를 해 가며 어떻게 올려놓은 스킬들인데 떨어진다는 말인가!

그러나 정작 이제는 정말로 중요한 것을 확인해 봐야 할 순간이 왔다.

리치 샤이어를 잡고 얻은 아이템!

그것을 살펴봐야 하는 것이다.

위드는 아무 말 없이 배낭에 손을 넣어 가진 것을 꺼내 놓았다.

지팡이 하나!

보석 하나!

마법책 하나!

어떤 순간에도 아이템을 취할 수 있는 손놀림이 아니고서야 불가능한 일.

위드도 죽음으로 인해 물건 몇 개를 잃어버려야 했다.

대장장이가 쓰는 소형 화로와, 재봉에 사용하는 실과 바늘 정도. 값으로 따져도 그리 크지 않은 손실이었다.

"바인의 로브는 일단 없군. 마법책이야 퀘스트 아이템일 테지만……."

여전히 불안했다.

개수가 많다고 해도 쓸모없는 것들이라면 헛수고를 한 셈이 되어 버린다.

"감정!"

위드는 우선 마음의 안정을 취하기 위해 마법책부터 확인해 보기로 했다.

띠링!

> **바르칸이 직접 저술한 네크로맨서의 마법서**
> 흑마법의 두 번째로 어려운 학문인 언데드의 제조에 대해 적혀 있는 마법서. 기초 수준에서부터 고급 단계에 이르기까지 언데드에 대한 모든 제조법이 적혀 있다. 천재적인 마법사 바르칸 데모프가 직접 저술하여, 이해하기는 어렵지 않다. 다만 언데드를 생성하고 다루는 데에는 막대한 마나가 필요하므로 함부로 사용할 수는 없을 것 같다.
> 내구력: 30/30
> 제한: 직업 마법사. 레벨 300. 지혜 500. 마나 8,000. 네크로맨서로의 전직이 가능하다.
> 옵션: 흑마법에 대한 저항력 +25. 언데드를 제조하는 능력 +2. 지성을 갖춘 보스 언데드를 만들 수 있다. 언데드의 생명력이 향상되며, 신성력에 대한 저항력이 생긴다.

언데드를 제조하고 양성하는 데에는 최고의 아이템이라고 할 수 있는 물건이었다.

'이걸 처분한다면 꽤 큰돈을 받겠어.'

위드는 마법서를 잘 챙겼다. 당장은 팔기 힘들고, 네크로맨서를 택하는 마법사들이 많아질수록 가치가 커질 물건이다.

실상 지금은 초기라서 네크로맨서에 대한 관심이 지대하다. 그러나 정작 네크로맨서의 직업을 선택할 사람은 그리 많지 않으리라.

선택할 수 없을 때에야 장점만 보이는 법이지만, 할 수 있게 되면 단점이 더 부각되기 때문이다.

네크로맨서들은 기본적으로 신성력에 의한 축복이나 치료를 받지 못한다. 이것은 의외로 중요한 문제라서, 생명력이 낮은 마법사들은 죽을 확률이 서너 배쯤 높아지게 된다.

죽은 몬스터를 언데드로 만들어 유지하는 데에도 많은 마나가 들어가니 웬만한 마법사는 고르지 못하는 직업이다.

사실상 네크로맨서들은 여러 부작용 때문에 파티 플레이에도 걸맞지 않다.

다수의 언데드를 거느린 마법사.

대부분의 사냥을 언데드들이 해 버릴 테니, 안전하긴 하겠지만 그만큼 경험치 등을 습득하기에는 장애가 되는 것이다.

네크로맨서의 인기도 줄어들고, 결국은 마법사들 중에서도 정말 자신의 길이라고 생각한 사람들만이 선택하게 되리라.

그다음, 위드는 천천히 심호흡을 하고 지팡이를 확인했다.

"감정!"

---

**성자의 지팡이**

위대한 성자 고리안이 다리의 힘이 풀릴 때마다 사용하였다는 지팡이. 가볍고 튼튼한 엘프목으로 만들어졌지만, 두껍게 때가 타서 무늬를 전혀 알아볼 수 없게 변했다. 생명의 힘이 깃들어 있다.

내구력: 90/90

공격력: 15~20

제한: 성직 계열의 직업. 단 범죄자나 흑마법사들도 사용할 수 있다.

옵션: 성직자가 사용할 경우 신앙 +150. 매력 +30. 지구력 +20. 험난한 지형에서의 체력 소모 감소. 기부나 적선을 할 때의 명성 +30% 상승. 헌신이나 희생 마법의 사용 가능. 악인의 손에 들어가면, 추가적으로 나쁜 힘을 상승시킨다.

* 헌신: 자신의 생명력과 마나를 1%를 남기고 전부 소모. 파티원 전원에게 한 단계 높은 축복과 가호 마법 시전.

* 희생: 자신의 생명을 바쳐서 주변에 있는 최대 50명 이하의 사람들을 완전한 상태로 회복시킨다.

가장 큰 기대를 했던 지팡이!

"역시!"

위드의 입에서 안타까운 한숨이 나오게 하기에 충분한 물건이었다.

"도무지 이걸 어디다 팔란 말이야!"

네크로맨서들이 차고 있는 뼈 지팡이보다도 못한 무기가 나온 것이다.

감정을 하기 전에는 성직자들이 쓰기에 좋은 무기 같았다.

힘이 약한 성직자들은 대체로 메이스류의 무기를 잘 쓰지 못한다. 지팡이나, 신앙심을 올려 주는 조금 큰 성물을 들고 다니는 게 보통이었다.

그런데 누가 이 지팡이를 쓰겠는가!

검이라면 공격력이 강해지지만, 이 지팡이는 가지고 있어 봐야 순전히 남 좋은 일만 시키는 것이다.

이 세상에 헌신이나 희생 따위란 있을 수 없다는 철저한 개인주의에 의한 가치관!

위드는 땅을 치고 후회했다.

"차라리 줍지나 말 것을."

그렇다고 해서 버릴 마음은 추호도 없었다.

구태여 성직자에게 팔 필요는 없다. 나쁜 힘도 상승시켜 준다고 하니 악인에게 팔면 된다.

"도구는 도구일 뿐이지. 칼이 죄를 짓는 게 아니라, 마음씨가 중요한 거야."

마지막에 살펴본 보석은 일종의 강화석이었다. 무기나 금속으로 된 방어구를 만들 때에 넣어 주면 그 능력을 향상시켜 주는 재료 아이템!

1등급의 강화석이었다.

대장장이 기술은 다양한 가죽류를 다소 쉽게 구할 수 있는 재봉과는 재료에서 수준 차이가 크다. 고귀한 금속은 부르는 게 값이고, 이것을 제련하는 데에도 많은 노력을 필요로 한다.

"이걸로 간신히 적자는 면했구나."

위드는 어느 정도 마음을 놓았다.

레벨 20개와 예술 스탯 100개, 가진 돈 7만 골드를 전부 투자해서 완수한 퀘스트였다.

다른 이들이 사냥을 하는 동안에 이 퀘스트에만 전념했으니 어느 정도의 성과는 있어야만 했다.

"퀘스트를 보고한다면 무언가 더 나오겠지."

위드는 마을에서 망태기를 사서 유로키나 산맥으로 향했다.

널려 있는 잔해와 파헤쳐진 땅!

오크와 다크 엘프, 인간들이 싸운 흔적이 도처에 널려 있었다.

코뿔소의 뿔이나, 세르파의 마녀들의 장비들은 존재하지 않았다.

베르사 대륙의 시간으로 위드가 사라졌던 시간이 나흘 정도나 되었으니, 탐욕스러운 오크들이 이미 처리했을 것이다.

"그래도 다행이야."

위드는 망태기에 약초들을 담았다. 정력에 좋은 약초들이니 고가에 팔릴 것이다.

"한 푼이라도 더 건져야 된다."

위드는 눈에 불을 켜고 약초들을 찾았다.

깊은 산에 숨어 곱게 잘 자라고 있던 약초들을 뽑아내는 손길에는, 인정 따위는 추호도 남아 있지 않았다.

파바바박!

손날을 세워 약초 주변의 흙을 마구 파낸다. 그리고 약초를 흙과 함께 빼낸 다음에 곱게 턴다. 뿌리 한 조각도 잃지 않기 위한 철저하게 숙련된 손놀림이었다.

과거라면 이 정도까진 아니었으리라!

돈 되는 약초이니 반드시 캐려고 했겠지만, 그래도 조금쯤은 느긋해질 수 있었다. 그러나 현재 위드는 퀘스트 때문에 가진 돈을 거의 다 써 버린 신세였다.

"돈. 돈. 돈."

위드는 부지런히 약초를 캐서 담았다.

배낭에는 술병들이 가득했다.

유로키나 산맥에 와서 열심히 담근 술.

로자임 왕국 병사들과 오크들이 마셔 버린 이후로 새로 담근 것이었다. 산열매로 빚은 술에, 헤레인의 잔을 이용해 성수를 가득 담았다.

교단의 성물까지 써먹는 철저한 사리사욕!

성수로 담근 술은 매우 달콤하고 향과 맛이 있으며, 목을 넘어가는 느낌이 아주 뜨겁다.

퀘스트만 진행하였더라면 이런 짭짤한 부수입을 챙기지 못했겠지만, 각종 생산 기술들은 어떤 환경에서도 부업을 하게 만들어 줬다.

"역시 조각사는 부업이 없으면 굶어 죽기 딱 좋은 직업이지. 조각품은 만들기도 어렵지만 잘 팔리지도 않으니까."

이처럼 열심히 약초를 캐고 있을 때였다.

―위드 님!

마판의 귓속말이 전해져 왔다. 아마도 지금쯤이면 위드가 다시 살아나지 않았을까 해서 귓속말을 보내 본 것이리라.

―예, 말씀하세요.
―드디어 접속하셨군요! 지금 어디십니까?
―리치와 싸웠던 장소에 있습니다.
―아, 잘됐군요. 금방 그쪽으로 가겠습니다. 일행도 그 근처라고 하던데.
―일행요?
―페일 님들이 절망의 평원을 달려서 왔습니다. 위드 님을 만나기 위해서요. 조금 후면 거기에 도착할 겁니다. 저도 곧 그쪽으로 가겠습니다.

위드는 감격에 벅차올랐다.

'역시 내가 세상을 잘못 살지는 않았어.'

얼굴을 보기 위해 평원을 횡단하여 올 정도의 우정과 의리가 있는 일행!

※ ※ ※

"휴, 힘들다."

페일은 이마에 흐르는 땀을 닦았다.

불사의 군단과의 전투를 보고 싶었지만, 뒤늦게라도 말을 바꿔 타면서 쉬지 않고 달려왔다. 성직자인 이리엔이 지친 말에 축복과 체력 회복을 걸어 준 덕분에 이곳까지 달릴 수 있었다.

이리엔은 힘겨운 미소를 지었다.

"정말 동영상에 나와 있는 것과 똑같아요. 온 보람이 있네요."

"여기가 로자임 왕국의 동쪽이로군요. 탐험가들의 발길도 닿지 못하던 땅."

"우리들이 거의 최초라고 볼 수 있을 거예요."

로자임 왕국을 떠나 보질 못했던 로뮤나나 수르카가 느끼는 감동은 대단한 것이었다.

자유로움 속에서 자신을 찾는다. 베르사 대륙의 다양한 문물을 보면서 자기 자신을 느끼는 것이다.

처음에 〈로열 로드〉가 열렸을 때, 많은 이들이 걱정을 했다. 갈수록 게임에 빠져 드는 사람들이 늘어나는데, 여기에 불을 지르는 것은 아닌가 하는 우려에서였다.

특히나 어린 나이부터 게임을 시작하여, 소심하고 편협한 사람으로 성장하는 것은 큰 문제가 아닐 수 없었다.

그러나 〈로열 로드〉는 그런 부분에 있어서는 우려를 불식시키기에 충분했다.

평상시 접해 볼 수 없는 문화를 가지고 있는 대륙에서, 다양한 국가를 경험해 본다. 넓은 대지를 달리면서 웅심을 키울 수도 있었다. 나약한 사람이 아니라, 뜨거운 가슴을 가진 인간이 된다. 동료와 함께 싸우면서 든든한 우정도 쌓을 수 있었다.

수르카가 말했다.

"헤헤, 위드 님한테 요리를 해 달라고 해야지."

화령도 웃으면서 고개를 끄덕였다.

"맛있는 요리를 만들어 달라고 해야죠."

뒤에서 따라오던 검치도 한마디를 했다.

"우리는 술을 마시고 싶어."

"한잔해야지요, 스승님."

검둘치가 재빨리 맞장구를 쳤다.

어느새 일행을 따라온, 검치와 검둘치를 비롯하여 검오치까지!

검치와 검둘치, 검삼치, 검사치, 검오치 들은 각자 흩어져서 무사 수행을 하기로 했다. 그러다가 위드를 만나러 간다는 소식을 듣고 따라나선 것이다.

술과 음식을 위해서!

"위드 님!"

"저희들이 왔어요!"

약초를 캐고 있던 위드가 산 아래쪽을 내려다보자, 한 떼의 무리들이 달려오고 있었다.

황폐화된 산을 뛰어오르고 있는 무리들!

페일, 수르카, 이리엔, 로뮤나, 화령, 제피!

거기에 예상치 못한 손님인 검치 들도 보였다.

위드는 반갑게 그들과 해후했다. 나눌 이야깃거리는 많고도 많았다. 어떤 식으로 불사의 군단과 싸웠는지, 그동안 어떤 준비를 했는지를 이야기하는 것이다.

평원을 달려오면서 중간에 참지 못하고 이미 마판에게 한 차례씩 들은 일행이었지만, 당사자에게 직접 듣는 것과는 또 느낌이 다르다.

마판도 어느새 달려와서 함께 이야기를 듣고 있었다.

"에, 그러니까……."

위드는 느긋하게 약초를 캐며 설명을 했다.

불사의 군단에 대한 흥미진진한 이야기를 들으며, 페일 들도 모험을 한 것만 같았다. 새삼 직접 옆에서 구경한 마판이 부러워지는 순간이었다.

"그래서 퀘스트는 성공하셨나요?"

페일이 조심스럽게 물었다.

이것만큼은 마판도 확실히는 알지 못했다. 리치 샤이어와 위드가 함께 죽는 것까지만 봐서 퀘스트의 결과는 몰랐다.

리치 샤이어를 조금이라도 먼저 죽이고 죽었다면 성공했겠지만, 그게 아니라면 실패였으니까.

"그게……."

위드는 한없이 우울한 표정을 지었다.

쓸쓸함, 고독!

깊은 안타까움을 온몸으로 표현하는 것이다.

사랑하는 여자 친구에게 실연을 당한 남자라고 해도 이렇게 슬퍼 보이지는 않으리라.

"제가 괜한 것을 물어본 것 같습니다."

페일이 사과의 말을 할 때였다.

위드가 약초를 뽑기 위해 땅을 파며 말했다.

"아이템이······."

"예?"

"리치 샤이어에게서 값비싼 아이템이 거의 안 나왔습니다."

"커억!"

난이도 A급의 퀘스트를 해결하고도 좋은 아이템을 건지지 못했다고 슬퍼하는 남자!

'역시 위드 님은 변함이 없어.'

화령은 활짝 미소를 지었다.

동료를 만난 이 순간에도 한 푼이라도 더 벌기 위해 부지런히 약초를 따는 저 손길. 저것이야말로 위드의 철저한 마음가짐이었다.

여기서 어떻게 변하더라도 저런 모습만은 평생 바뀌지 않으리라.

페일이나 제피 들도 얼른 약초밭에 뛰어들었다.

"위드 님, 저희들이 돕겠습니다."

그러나 위드는 의젓하게 고개를 젓는 것이었다.

"아닙니다. 제 일인데 여러분을 고생시킬 수야 없지요."

"그래도······."

"그냥 저쪽에 앉아서 편안히 구경해 주세요."

평상시의 위드라면 절대로 하지 않을 말이다. 언제부터 위드가 다른 사람을 부려 먹지 않게 되었단 말인가!

페일 들은 의아했지만, 구태여 억지로 끼기도 뭣해서 대충 바위에 걸터앉았다.

그래도 이리엔이나 화령, 수르카 들은 옷소매를 걷었으나, 위드가 아예 앞을 가로막았다.

"이건 제 일이니까 제가 끝내도록 해 주세요."

견물생심!

남자들보다 오히려 여자들을 더욱 걱정하는 위드였다.

정력을 보강시켜 주는 약초라면 여자들이 더 탐내는 법.

"휴우."

"바람이 참 찹니다, 스승님."

"옆구리가 허전하구나."

정력 보강 약초 따위는 도무지 쓸 곳이 없는 검치 들만이 쓸쓸하게 앉아 있었다.

이윽고 약초를 다 캔 위드는 허리를 폈다.

"휴, 다 끝났군요. 그럼, 오랫동안 기다려 주셨으니 특별히 약초 토끼탕을 만들어 드리겠습니다."

"와아!"

위드가 요리를 만들어 준다는 말에 일행은 환호를 올렸다.

"어험!"

검치가 보란 듯이 헛기침을 했다.

"어째 목이 칼칼하구나."

검둘치가 재빨리 덧붙였다.

"약초 토끼탕이라면 뭔가 얼큰할 거 같구나. 먹다 보면 딱 한 잔 생각이 날 것도 같은데. 위드야."

"예. 사실 사형에게 드리려고 좋은 술을 담가 놓았습니다."

"그랬느냐?"

기왕에 줄 것이라면 기분 좋게, 최대한 베푼다는 느낌을 줘야 하는 법!

"저쪽에 계곡이 있습니다. 거기서 요리도 하고, 술도 마시죠."

"그래 주겠느냐? 그런데 괜히 그쪽까지 갈 필요가 있을까?"

"모르시는 말씀. 이 술은 시원하게 마셔야 제 맛이 나는 것입니다. 본래 술은 온도에 따라서 그 맛과 향이 크게 달라지는 법이지요. 그리고 분위기 있는 계곡에서 한잔한다면 얼마나 여유롭고 좋습니까?"

"그래?"

검치 들은 그저 술만 마실 수 있다면 좋을 뿐이었다.

위드는 일행을 데리고 계곡으로 향했다. 전투가 벌어져서 황폐화된 장소와는 거리가 멀어서, 맑은 냇물이 흐르고 물고기들이 헤엄을 치고 있었다.

"그러면 슬슬 제 요리 솜씨를 발휘해 볼까요? 참, 이 술은 우선 계곡 물에 담가 두도록 하지요."

"허허, 그렇게 하거라."

위드는 일행이 보는 앞에서 술병을 꺼내 계곡 물에 담갔다. 그러고는 약초들을 조금 꺼내고, 미리 재워 둔 토끼 고기와 조미료를 넣고 탕을 끓였다.

지친 몸을 챙겨 주는 약선 요리!

"좋구나!"

"정말 맛있어요."

위드가 만든 음식은 엄청난 인기를 끌었다.

토끼 고기는 금방 사라지고, 서로 국물 한 수저라도 더 뜨기 위해서 난리였다. 검치 들의 왕성한 식욕을 알고 있는 페일 들 또한 조금도 지지 않고 숟가락을 놀렸던 것이다.

위드는 그들을 위해 넉넉하게 요리를 만들어 주었다.

물론 공짜라고는 추호도 생각하지 않았다.

'가는 게 있으면 오는 것도 있는 법. 즉 먹였으니 나중에 무언가를 뜯어내야지.'

돼지를 기를 때, 정말로 돼지가 예뻐서 밥을 주는 이가 몇이나 되겠는가. 다 바라는 게 있는 것이다.

"슬슬 목이 타는구나."

검치가 술을 꺼내 놓으라고 은근히 눈치를 주었다.

꿀꺽!

마른침을 삼키는 이들이 한둘이 아니었다.

검치 들만이 아니라 다들 위드가 주는 술을 맛보고 싶어 하는 것이었다.

"자, 여러분께 제가 한 잔씩 따라 드리겠습니다."

위드는 간단히 조각칼을 꺼내, 주변의 나무로 잔을 만들었다. 그리고 그 잔을 나누어 주고 술을 따라 주었다.

또로롱!

맑은 옥빛 술이 잔을 가득 채운다. 누구나 마셔 보지 않고서는 견딜 수 없을 정도로 그윽한 정취가 일었다.

검치 들은 잔을 들어 마셔 보고 나서 탄성을 터트렸다.

"캬아! 좋구나."

시원한 술이 목구멍에서는 화끈하게 변한다.

몸을 보하고 기분이 좋아지는 제대로 된 술.

"이런 술이라면 정말 천금이 아깝지 않겠구나."

검치가 그렇게 말했고, 마판도 동감이었다.

"이렇게 좋은 술이라면 공짜로 마시기가 미안한데요. 웬만한 노력으로는 담그기 힘드셨을 것 같은데. 거기에 위드 님, 퀘스트 하느라 돈 다 쓰셨잖아요."

"매번 신세 지기도 죄송하니 이 술은 저희들이 사겠습니다. 제가 우선 두 병 사죠."

저번에도 술을 마셔 보았던 페일이 솔선해서 나섰다.

"그래. 우리들이 살 테니 어서 술을 내오거라."

검치 들도 이제는 초보가 아니라서 술값 정도는 충분히 낼 수 있는 처지가 됐다. 위드가 드디어 돈을 받고 술을 팔 수 있게 된 것이다.

그러면서도 겸양의 말은 잊지 않았다.

"꼭 그러지 않으셔도 되는데."

"아니다. 네가 만든 술을 우리가 사 주지 않으면 누가 사겠느냐? 섭섭한 소리 그만 하고 어서 술이나 얼마든지 가져오거라."

"예, 알겠습니다."

위드는 그때부터 열심히 술을 날랐다.

계곡 물에서 차갑게 만든 술을, 검치나 다른 일행이 마시기 좋게 따라 주는 것이었다.

이리엔과 로뮤나가 자리에서 일어나서 도와주려고 했다.

"위드 님, 저희가 할게요."

"아닙니다. 술은 어떻게 따르느냐에 따라서 맛이 달라지는 법. 제가 만든 술이니 제가 가장 맛있는 때를 압니다. 좋은 술이니 제가 따르도록 해 주세요."

 나름대로 이유를 내세우면서 위드는 술을 가져오는 것을 계속 전담했다.

 검치 들과 일행은 조금씩 취기가 돌아 고주망태가 되어 갔다.

 그때부터 위드는 열심히 술에 물을 타기 시작했다. 일부러 술의 온도를 이야기하면서 계곡까지 온 이유가 바로 이것이었던 것이다.

## 죽음을 거부할 수 있는 힘

거나한 술자리를 마치고, 위드는 일행과 함께 오크 마을로 향했다. 그러면서 다시금 육중한 몸뚱이를 가진 악독한 오크 카리취의 형상으로 변신했다.

"꺄아, 너무 귀여워!"

"이게 그 오크구나!"

"이 팔뚝 좀 봐. 두꺼워."

사람의 취향이란 알 수 없는 것.

화령과 수르카는 카리취의 모습을 보며 너무나도 좋아했다.

틀어진 큰 코에, 입 밖으로 튀어나온 누런 이빨.

이기심으로 가득한 눈매!

지나치게 떡 벌어지고, 불룩하게 튀어나온 똥배!

이건 도저히 인간이나, 유사인종으로 보고 좋아하는 것이 아니었다. 너무 못생기다 보니 아예 괴물 취급을 하며 즐거워하고 있었다.

위드는 어렵지 않게 오크들의 마을을 찾았다.

거의 몇 달간 퀘스트를 위하여 지내 왔고, 오크들과 함께 유로키나 산맥을 뛰어다니면서 사냥했으니 모를 수가 없었다.

"취칙! 500만 골드에 좀비 이빨 판다. 취치익. 좀 사 가라."

"고대 병사가 쓰던 다 썩은 검. 추익! 2,000만 골드에 판다."

"차면 저주 붙는 팔찌 있다. 싸게 800만 골드만 받는다. 취익."

불사의 군단과의 전투를 승리로 이끌고 난 이후로, 여러 아이템을 얻은 오크들은 황당한 가격으로 물건을 팔고 있었다. 한 건이라도 올리기 위한 가격 후려치기!

어떤 오크들은 본격적으로 위드에게 말을 걸었다.

"좋은 물건 있다. 사 가라. 췩."

"관심 없다. 취익."

보통은 이 정도로 포기했지만, 몇몇 오크들은 집요했다.

"이거 사려고 왔지, 카리취? 얼마까지 알아봤나. 최대한 맞춰 주겠다."

적극적으로 호객 행위를 하는 오크들!

"그럼 둘러보고 다시 와라. 취익!"

위드가 쳐다보지도 않는데도, 자기들끼리 알아서 말을 한다. 보통과는 다른 오크 마을만의 특징이었다.

어떤 오크들은 알은체를 했다.

"카리취. 카리취."

"왜 그러나. 취칫."

위드는 심드렁하게 대꾸해 줬다.

"저 인간들은 뭐냐. 췻."

"내 포로들이다. 취익."

따라서 마을로 들어온 일행에 대해서는 대충 둘러대는 것으로 충분했다.

애초에 지능이 떨어지는 오크들이었기에 복잡한 생각 따위는 하지도 않는 것이다.

"아, 그러냐. 축하한다. 취치치칫. 살이 야들야들한 게, 삶으면 맛있겠군. 언제 먹을 거지?"

오크 병사들은 군침을 흘리며 화령이나 이리엔, 로뮤나를 보았다. 체구가 작은 수르카는 아예 먹을 생각도 하지 않았다.

졸지에 오크들의 먹잇감이 된 그녀들은 웃음을 그치지 않고 있었다.

이런 상황이 너무나도 흥미진진했던 것이다.

위드는 익숙하게 오크들을 대했다.

"나중에 먹을 거다. 취익!"

"그래? 나도 끼워 주라. 취이잇."

"2골드 내라. 치칙."

"돈 없다. 대신 좀비 눈알 80개는 안 되겠나. 췩."

좀비 눈알은 일종의 잡템으로, 5실버 정도 하는 물건이었다.

"된다. 취익."

"늘 그랬듯이 팔은 내 거다. 취칙."

"알았다. 남겨 두겠다. 취익!"

하지만 위드와 오크들 간에 오가는 본격적인 이야기를 들으며, 화령과 이리엔 들의 얼굴빛은 파리하게 변했다. 왠지 정말로 팔아먹고도 남을 듯했던 것!

죽음을 거부할 수 있는 힘 491

위드는 일행을 데리고 오크 장로가 사는 집으로 들어갔다.

나무를 대충 잘라서 덧대어 만든 집으로, 비가 오면 빗물이 줄줄 새고 밤에는 별이 보이는 집이었다.

"카리취, 왔구나."

오크 장로는 부드러운 눈으로 위드를 맞이했다.

"장로, 부탁한 의뢰를 수행하고 돌아왔다. 취익."

"그래. 이번에 카리취 너의 공은 잊을 수가 없다. 다크 엘프에게 밀리던 오크들. 우리들이 다시금 유로키나 산맥의 지배자임을 증명할 수 있었다. 취치치칙!"

띠링!

### 오크 종족의 번영 퀘스트 완료

위대한 오크들은 희생을 마다하지 않는다. 번식력이 뛰어난 오크들은 삶보다는 죽음에 더 큰 의미를 둔다. 어떤 적과 싸워서 죽느냐. 전투를 숭상하는 오크들에게는 강한 적과 싸우는 것이 최대의 영광이다.
불사의 군단과의 전투에서 승리함으로 인하여, 다크 엘프들은 오크들이 산맥의 지배자임을 깨닫게 되었다. 몬스터와, 험난한 지형과 투쟁하며 살고 있는 오크들의 영광은 오래도록 남을 것이다.

명성이 230 올랐습니다.

오크들과의 우호도가 19가 되었습니다.

오크 마을의 공적치가 950 상승했습니다.
오크 마을의 공적치는 지역 상태창을 통해 확인할 수 있습니다.

오크 마을의 공적치: 2,790

레벨이 올랐습니다.

레벨이 올랐습니다.

레벨이 올랐습니다.

 오크 종족의 번영 퀘스트를 완수하면서 레벨을 3개 올릴 수 있었다.
 오크 장로는 말을 이었다.
 "그럼 약속한 물건을 주겠다. 췻!"
 퀘스트의 보상 아이템!
 오크들의 마을에서는 퀘스트를 무사히 해결했을 경우에 보석이나 광석으로 대가를 지급한다.
 '비싼 보석을 받을 수 있으면 좋겠군.'
 보석을 직접 가공해서 판다면 그것이 모두 돈이다.
 위드는 상당한 기대를 가졌다. 그런데 오크 장로가 들고 나온 것은 흑색 덩어리였다.
 "취칙. 오래전에 발견한 광석이다. 우리를 토벌하기 위해서 왔던 이가 쓰던 갑옷의 일부다. 취익. 좋은 물건 같지만 어떻게 손볼 수가 없어서 대장간에 그대로 넣어 두었던 거다. 가져가서 알아서 써라."

흑색 덩어리!

처음에 위드는 그것이 무엇인지 알지 못했다.

광물의 원석도 아니고, 그렇다고 해서 장비도 아니다.

한참을 살펴본 바로는 미약하나마 방어구의 흔적이 발견되었다.

장갑과 부츠, 어깨에 대는 견갑과 허리에 매는 요대도 있었다. 재질로는 미스릴이 상당히 함유된 것이었다.

그것을 용광로에 집어넣어서 지금까지 녹였다. 그런데 다 녹지 않아서 덩어리째로 굳은 것이다.

'미스릴이라. 이걸 제대로 다루려면 천생 예술가들의 도시로 가야겠군.'

달빛 조각술에 대한 힌트를 얻기 위해서도 예술가의 도시에 방문해야 했다.

예술가의 도시 로디움!

여기에는 예술가들과 생산직들의 길드가 모여 있다.

"그럼 이만 가 보겠다, 장로. 췻."

위드가 보상품을 챙기고 나가려고 할 때였다.

시키지도 않았는데 장로가 엉뚱한 이야기를 했다.

"이제 우리 오크들의 긍지는 하늘을 찌른다. 췻췻. 오만한 다크 엘프의 콧대를 눌러 주었을 뿐만 아니라, 유로키나 산맥의 주인이 우리라는 사실도 알리게 됐다. 취이잇. 우리에게는 더 많은 도전과 힘든 길이 함께하겠지만, 마지막 순간까지 살아남는 종족은 오크가 될 것이다."

띠링!

> 오크가 베르사 대륙에 존재를 드러내었습니다.
> 포악하고 이기심 많은 종족! 하지만 솔직하고 꾸밈이 없기도 합니다. 오크들은 다수가 가질 수 있는 규모의 힘을 자랑합니다. 압도적인 세력과 규모! 육체적인 능력이 부각된 오크들은 체력적으로 강하게 성장하면 바바리안과도 겨룰 수 있습니다. 〈로열 로드〉의 초기 시작 시에 종족 오크를 선택할 수 있게 되었습니다.

종족의 번영 퀘스트.

새로 시작하는 유저가 오크를 선택할 수 있게 된 것이었다.

'앞으로 유로키나 산맥이 바빠지겠군.'

위드에게는 얼마 후의 모습이 훤하게 그려졌다.

새로운 직업이나 종족이 열리면, 호기심 때문에 많은 사람들이 우선적으로 선택해 본다.

오크 마을에 새로운 유저들이 생겨나리라.

오크의 모습을 하고, 오크들처럼 취익거리는 유저들!

좀 흉악하고 이기적인 오크들과 함께 사냥을 하면서 산맥을 뛰어다닐 것이다. 파격적으로 비싼 가격 덕분에 상거래는 그리 발전하지 않을 테지만, 많은 기회를 얻을 수 있다.

유로키나 산맥의 드넓은 사냥터!

우글거리는 고위 몬스터들!

오크를 택한 이들은 다크 엘프나 유배자의 마을에도 오고 가면서 조금씩 성장하게 될 것이다. 이것은 인간을 택한 이들은 결코 얻지 못할 소중한 경험이 되리라.

위드는 오크 장로를 향해 가볍게 고개를 숙여 보인 후에 마을을 나왔다.

위드는 이번에는 일행과 함께 다크 엘프의 성으로 들어갔다. 네크로맨서 바라볼에게 보고를 하기 위함이었다.

"대장님!"

다크 엘프의 성에는 로자임 왕국의 병사들이 있었다.

여전히 건재한 왕실 기사들과 백부장들.

부란, 베커, 호스람!

위드는 데일이 빠진 것을 발견했다.

"부란, 데일은 어디에 있지?"

"데, 데일은… 흐흑!"

호스람과 부란이 펑펑 울음을 터뜨렸다. 병사들도 침울한 얼굴이었다.

베커가 눈물을 참으며 보고했다.

"데일은 리치 놈의 마법에 휘말려서 와이번과 함께 추락하였습니다."

"그런 일이!"

위드의 눈시울도 따라서 붉어졌다.

진한 슬픔, 안타까움, 후회, 괴로움, 아픔!

이 모든 감정들이 물밀듯이 밀려왔던 것이다.

위드는 슬픈 얼굴로 호스람의 옆자리를 보았다. 저곳에 언제나 데일이 있었다.

백부장으로 승급한 이후로 더욱 든든하게 자리를 잡고 있었던 데일. 창을 주력 무기로 다루던 그였다.

'데일아.'

위드가 크게 상심을 하며 슬퍼하는 모습에, 로자임 왕국 병사들의 친밀도는 더욱 높아졌다.

"역시 우리의 대장님이다."

"리트바르 마굴에서부터 쭉 우리들을 키워 주셨던 분."

"대장님을 믿고 따르기로 한 데에는 조금이라도 후회가 있을 수 없어."

호스람과 부란, 베커의 친밀도와 충성도는 최상이 되었다. 다른 일반 로자임 왕국 병사들이나 왕실 기사에게도 위드의 권위는 절대적이 되었다.

따르던 부하의 죽음에 이토록 슬퍼할 수 있는 지휘관이란 흔치 않다. 높은 카리스마와 통솔력, 거기에 불사의 군단 퀘스트를 함께 마치면서 위드의 능력에 대해서 병사들은 깊이 신뢰하게 되었다.

일행도 위드에 대해서 그동안 잘못 알고 있었다고 판단할 정도였다.

페일은 반성했다.

'돈만 밝히는 분인 줄 알았더니… 이렇게 여린 면이 있으셨구나.'

수르카나 이리엔도 페일과 비슷했다.

'함께했던 병사의 죽음에 저토록 애도할 정도로 정이 많은 위드 님이었어.'

'왕국 병사라고 할지라도 함부로 쓰지 않고 소중히 대해 주시는구나.'

말없이 서 있는 화령이나 로뮤나의 눈가에도 따라서 눈물이 맺히려고 할 정도였다. 믿고 따르던 부하를 잃은 위드의 아픔이 전해져 왔던 것이다.

세상을 잃어버린 것처럼 낙심하고 있는 위드를 보자면 그런 감정을 가질 수밖에 없으리라.

하지만 실상은 조금 달랐다.

위드가 슬퍼하고 있는 것은 다른 부분이었다.

'내 공헌도!'

로자임 왕국의 병사들을 무사히 살려서 돌려보내면 소모했던 공헌도가 보충된다. 크게 성장시켜서 돌려보낸다면 오히려 공헌도를 더 얻을 수도 있다.

공헌도는 곧 돈과 아이템으로 직결된다.

그런데 백부장인 데일의 죽음은 그만큼의 공헌도를 잃어버린 셈이니 안타깝고 후회될 수밖에 없는 것이다.

위드는 여전히 아픈 눈으로 로자임 왕국의 병사들을 보았다.

"데일 외에 죽은 이들은?"

"옛, 병사들 중에서도 25명가량이 목숨을 잃었습니다. 하지만 사악한 리치와 싸우다가 죽었으니 그들에게도 영광일 것입니다."

"아니야. 죽은 이들은 영원히 나의 마음속에 남아 있을 것이다. 우리는 그들을 절대로 잊지 말아야 한다."

"알겠습니다, 대장님."

불사의 군단 퀘스트를 하면서 병사들이 이것밖에 죽지 않았다는 것은 거의 기적에 가까웠다. 사제들의 치유력을 집중시키고 안전한 임무에만 돌렸다고 해도, 생각보다 많은 이들이 살아남은 것이다.

　부란, 베커, 호스람 등 백부장들은 레벨도 많이 올라 있었다. 공을 세우기 좋은 임무에만 내돌린 덕분에 레벨이 70개 정도씩이나 올랐다. 지금 로자임 왕국에 돌아가면 기사가 될 수도 있을 것이다.

　평범한 병사가 기사까지 오르는 것은 거의 전례가 없는 일이리라.

　왕실 기사들도 레벨이 최소한 10개에서 20개 정도씩은 늘어난 모습이었다.

　로자임 왕국 병사들과의 반가운 만남을 마치고, 위드는 이제 네크로맨서들을 만나기 위해 흑색의 신전으로 가려고 했다.

　일행도 그곳까지 따라가려다가 잠시 걸음을 멈췄다.

　주변에 걸어 다니는, 까만 피부를 가진 다크 엘프들과 성채가 호기심을 크게 자극했던 것이다.

　"위드 님, 저희들은 성을 돌아다니면서 구경을 좀 할게요."

　로뮤나의 말에 위드는 고개를 끄덕여서 수락했다. 따로 퀘스트를 보고하는 자리까지 함께 가야 하는 것은 아니니까.

　"예, 그렇게 하세요. 퀘스트를 보고하고 나와서 만나도록 하죠."

　위드는 혼자서 흑색의 신전 안으로 들어갔다.

　흑색의 신전 지하!

　여전히 로브를 쓰고 우중충한 얼굴을 하고 있는 네크로맨서들이 위드를 기다리고 있었다.

바라볼이 뼈 지팡이를 흔들며 말했다.

"그대가 오기를 기다렸다. 불사의 군단과 싸울 때 발휘한 그대의 놀라운 지휘 능력은 길이 남을 것이야."

"아닙니다. 제가 세운 공은 미약합니다."

위드는 공손하게 대답했다.

실제로 본인 스스로도 그리 대단한 일을 했다고는 여기지 않았다. 만일 혼자서 불사의 군단과 싸웠다면 바위에 계란 치기였을 것이다.

오크와 다크 엘프들의 특성을 최대한 살려서 그들에게 투자를 했다. 그 덕에 이길 수 있었으니 그리 큰일이라고는 생각하지 않은 것이다.

"그대의 투쟁심 덕분에 불사의 군단을 이길 수 있었고, 샤이어도 영원한 안식에 빠져들었다. 지옥에 가서도 야망을 불태울지 모르지만, 이제 이 대륙에서 샤이어를 보게 될 일은 없을 것이야. 불사의 군단이 사라진 것은 모두 그대의 공이네."

띠링!

### 샤이어가 이끄는 불사의 군단 퀘스트 완료

어둠의 힘을 이끌어 내어 세상을 죽음으로 뒤덮으려던 샤이어는 다시는 돌아오지 못할 길을 떠났다. 베르사 대륙을 혼란에 빠뜨렸던 샤이어가 죽음으로써 세상은 한결 안전해질 것으로 믿고 있지만, 어둠의 무리는 어디선가 끝없는 전쟁을 일으키려 할 것이다.

명성이 2,750 올랐습니다.

> 네크로맨서들과의 친밀도가 올랐습니다.

> 레벨이 올랐습니다.

> 레벨이 올랐습니다.

> 레벨이 올랐……

 레벨이 올랐다는 메시지가 한꺼번에 펼쳐졌다. 무려 17개의 레벨이 단번에 오른 것이었다.

 어느 정도 고수가 되면 퀘스트로 받는 경험치에는 한계가 있다. 그만큼 난이도 A의 퀘스트가 주는 경험치가 크다는 뜻이었다.

 위드의 레벨은 대번에 300의 고지를 넘어서 306이 되었다.

 '먼 길을 돌아왔군.'

 와이번을 만드느라 떨어진 레벨을 감안한다면, 아직은 그리 대단할 것도 없었다.

 바라볼은 비쩍 마른 손을 들었다.

 "우리 네크로맨서들을 대표해서 그대에게 보상을 내리겠다."

 위드는 절대로 거부하고 싶지 않았다. 난이도 A급의 퀘스트니까 보상 아이템도 어마어마한 것을 받게 될 것이다.

 리치 샤이어를 잡고 나온 네크로맨서들의 마법책은 그 시작에 불과한 것이다.

 '적어도 유니크! 아니면 레어로 3~4개는 받아야 한다.'

프레야 교단의 예를 들더라도 아가사의 검 정도는 받을 수 있을 것으로 기대되었다.

바라볼은 말했다.

"그런데 미안하게도 우리들은 가진 재산도 보물도 전혀 없다네."

"……."

"은둔자로서 떳떳하게 세상을 다닐 수 없었으니, 아무것도 모아 놓을 수가 없었지."

"그래도 최소한 아껴 놓은 보물 하나쯤은 있을 것 아닙니까?"

"수백 년을 어렵게 음지에서 살다 보니 모두 치분하였네. 우리 네크로맨서들의 보물은 다 어디론가 뿔뿔이 흩어져서 찾기 힘들게 되었지."

"……."

너무나도 일리가 있는 말이었다.

위드가 보기에도, 바라볼의 행세는 구질구질했다. 빨지도 않은 것 같은 로브며, 부츠 같은 것은 헐어서 발가락이 훤히 드러나 보일 지경.

네크로맨서들은 거지들이나 다름이 없었다.

위드를 절망하게 만들기에 충분한 일이었다. 하지만 바라볼은 고개를 저었다.

"그렇게 낙심하지 말게. 그래도 자네에게 줄 것이 있으니."

"무엇입니까?"

"나 네크로맨서의 수장 바라볼은 어려울 때에 우리를 도와준 친구에게 특별한 선물을 하려고 하니, 이것은 오로지 네크로맨서들만이 줄 수 있는 권능!"

바라볼은 엄숙하게 분위기를 잡았다.

띠링!

> 바라볼이 네크로맨서의 상위 직업인 블러드 네크로맨서의 직업 스킬, 죽음을 거부할 수 있는 힘을 전수하려고 합니다.
> 스킬을 익힐 경우 생명력 500 증가, 마나 1,000 증가. 모든 스탯이 3 늘어납니다. 받아들이겠습니까?

눈앞에 메시지 창이 떠올랐다.

위드는 그리 크게 고민하지 않았다.

'난이도 A급 퀘스트를 한 보상이다. 나쁜 것은 아니겠지.'

스탯의 증가와 생명력, 마나의 증가를 보니 대단한 스킬일 거라고 짐작되었다.

마법사의 상위 전직 직업 네크로맨서!

거기서도 2차로 전직을 해야 얻는 블러드 네크로맨서의 직업 스킬인 만큼 얻어서 나쁠 것이 없다고 본 것이다.

"받아들이겠습니다."

"잘 선택하였네."

> 죽음을 거부할 수 있는 힘을 받아들였습니다.
> 생명력이 500 증가하였습니다. 마나가 1,000 증가했습니다. 모든 스탯이 3 늘어납니다.

파지지직!

위드의 손등에 데스 나이트의 형상이 그려졌다.

"스킬 설명. 죽음을 거부할 수 있는 힘."

**죽음을 거부할 수 있는 힘 초급 1 (0%)**
블러드 네크로맨서의 특수 스킬. 자동으로 발동된다. 삶과 죽음의 갈림길에서 안식을 피하고 적에게 응분의 대가를 치르게 만들어 준다. 생명력이 다 소진되었을 때에 발동, 즉시 언데드로 되살아나서 전투를 지속할 수 있다.
언데드 상태에서는 현재의 2배에 달하는 생명력과 마나를 얻는다. 밤이 지나면 인간으로 돌아오게 된다. 언데드 상태에서도 지나친 타격을 받아 생명력을 모두 소모하게 되면 레벨과 숙련도가 하락하고 24시간 동안 접속 불가능.
되살아나는 언데드는 레벨과 스킬의 숙련도에 따라서 달라진다. 언데드의 특성을 이용할 수 있다. 한 번이라도 사냥해 본 언데드로만 살아날 수 있다. 저주 마법과 흑마법에 대해 완전 면역. 신성력에 취약. 성직자의 치료나 축복 불가능.
언데드로 변할 때에도 죽음에 대한 페널티로 경험치와 레벨, 숙련도의 하락은 정상적으로 이루어진다.

'전투를 하다가 생명력이 떨어지면 죽지. 그러나 죽음을 거부하고 언데드가 되어서 계속 싸울 수 있게 되는 것이로군.'

위드는 꽤나 쓸 만한 스킬이라고 생각했다.

죽을 정도로 부상이 심해서 언데드로 변하게 되면 레벨이나 숙련도는 그대로 떨어진다. 그럼에도 언데드로 변신하면, 아이템을 잃을 가능성은 훨씬 줄어들게 된다.

체력과 생명력이 2배씩 늘어나고, 언데드의 특성에 따른 공격도 가능하다. 무엇보다 죽음을 겪더라도 지속적으로 플레이를 할 수 있다는 게 장점이었다.

'24시간 동안 손가락만 빨면서 기다리지 않아도 되니까.'

위드는 다크 게이머로, 사냥과 퀘스트를 통해서 돈을 벌고 있다.

죽게 되면 실질적으로 경험치와 아이템의 손실은 물론이고, 하루 동안 〈로열 로드〉를 전혀 하지 못하게 된다.

일일 휴업이나 다름없는 신세가 되어 버리는 것이다.

다만 장점만 있는 게 아니라 만만치 않은 부작용도 함께 존재했다. 언데드로 되살아나더라도 도저히 이길 수 없는 적에게는 의미가 없다. 오히려 두 번 죽게 되니 더욱 큰 손해만 입게 되는 것이다.

바라볼이 말했다.

"우리 네크로맨서들은 그동안 많은 고생을 겪었지. 그러나 이제 오해가 풀리게 될 테니, 정식으로 제자들을 받아들이면서 흑마법을 발전시킬 수 있을 것이야."

"성공하시기를 빕니다."

"억지스러운 우리들의 부탁에 많은 고생을 하였네. 그 보답으로 한 가지 사실을 알려 주지. 베르사 대륙은 과연 평화롭다고 생각하는가?"

"예?"

"알려지지 않은 어둠 깊은 곳에서 자신들만의 악을 구축한 이들이 있지. 엠비뉴 교단. 거기서 인정받는 12인의 교주들."

"교주?"

"프레야 교단이나 루의 교단, 발할라의 신전과는 다르게 음지에 숨어 있는 집단. 악신을 신봉하며 암흑으로 세상을 물들이려는 자들이다. 그들 중 열두 번째의 교주가 바스린 땅에 웅크리고 있어. 낮에는 평화로우나 밤이 되면 광신도들이 축제를 펼치는 곳. 성과 마을 전체가 그들의 손아귀에 떨어졌지."

> 엠비뉴 교단에 대한 정보를 습득하였습니다.
> 바스린에 대한 정보를 습득하였습니다.

'바스린이라.'

아직 알려지지 않은 지역이라서 크게 도움이 될 만한 정보는 아닌 듯싶었다.

위드는 바라볼에게 인사를 하고 흑색의 신전을 나왔다.

중앙 대륙 사람들은 원망 섞인 눈으로 하늘을 올려다보았다.

구름 한 점 없는 맑은 날씨!

햇볕이 너무나도 뜨거웠다.

"덥다, 더워."

"젠장. 비라도 내리면 시원할 텐데."

며칠째 비도 한 방울 내리지 않았다. 달구어진 대지에서는 아지랑이가 피어오를 정도였다.

대기의 온도가 크게 올라가면서 화염 마법은 더욱 강해졌다. 최소한 20% 이상의 부가 효과를 보이는 것이다. 본래 환경이나 주변의 여건에 따라 마법의 위력도 달라진다.

하지만 그것은 마법사들의 입지만 더욱 약화시키는 결과를 낳았다.

"화염 계열만 전공한 레벨 272 마법사입니다. 파티 가입시켜 주실 분?"

"안 그래도 더워 죽겠는데, 무슨 화염 마법이야. 누구 통구이 될 일 있어?"

화염 계열 마법사들이 박대를 당하는 것이다. 그러면서 빙계 마법을 익힌 마법사들이 각광을 받았다. 위력은 조금 약하더라도, 시원한 맛에 여기저기 빙계 마법사들을 부르는 곳이 많아졌다.

찌는 듯한 더위!

등줄기에 흐르는 땀!

가만히 있어도 체력이 저하되고, 조금만 전투를 해도 쉽게 지친다. 그러나 의외로 짜증을 내며 베르사 대륙을 떠나는 사람들은 거의 없었다.

오히려 더 많은 사람들이 베르사 대륙을 탐험하고, 전투를 즐겼다.

뭐든 쉽게만 맞춰지는 세상은 재미가 없다.

역동적으로 변해 가는 땅.

어려움을 극복하고 개척하는 즐거움이 있었던 것이다.

기후야 원래 변덕스러운 게 베르사 대륙의 특징이었으니 그리 놀랄 일도 아니었다.

"이게 벨소스 왕의 저주라면, 분명히 풀 방법도 있을 것이다."

"찾아라! 그 방법을 남들보다 빨리 알아내야 한다."

"더위를 물리칠 수 있다면 어마어마한 명성을 얻을 수 있을 거야."

진홍의날개가 사람들로부터 완전히 외면받고 몰락한 것을 본 다른 길드들은 경쟁적으로 나서고 있었다.

한편으로는 사람들도 조금씩 더위에 적응을 하게 되었다. 왕국이나 성내에서는 분수대 주변에 머무르게 되었다. 사냥이나 모험을 떠날 때에는 차가운 물통을 구입했다. 시원한 물을 마시거나 몸에 뿌리면서 이동하는 것이다. 그러면 더위를 조금이나마 잊을 수 있었다.

사냥터도 지상이 아닌 지하로 뚫린 던전이나 마굴이 큰 인기를 끌게 되었다. 서늘한 던전 내부에서 사냥을 하고자 하는 사람들이 많아지면서부터, 사냥터를 두고 다투는 일들도 잦았다.

일부 유저들은 온도가 낮은 북쪽으로 올라가기도 했다. 추위로 견디기 힘들던 땅이, 이제는 상대적으로 시원한 곳으로 변해 버린 것이다.

벨소스 왕의 저주는 베르사 대륙에 많은 영향을 끼치고 있었다.

"파티도 구할 수 없고……."

화염 계열을 전문적으로 익힌 로제로는 분수대 앞에 앉아 주위를 둘러보았다. 사람들이 파티를 구해 사냥을 하러 떠나고 있었다.

"불만큼 효과적인 공격 마법도 없는데. 빠르지, 강력하지, 범위 공격 마법 많지."

혼자서 사냥하는 마법사들은 많지 않다. 낮은 생명력과 방어력 때문이다. 그것을 극복한 마법사들도 있지만, 대다수는 파티에 얹혀서 다니기 마련이었다.

"이번 기회에 전직이라도 해 볼까, 빙계 마법으로? 네크로맨서가 되려고 억지로 기다리고 있었는데, 완전한 전직은 아니더라도 빙계 마법도 배워 봐야지. 화계와는 상극이라서 배우기가 쉽지 않겠지만 숙련도를 조금만 올리면 파티에 가입 정도는……."

그때였다. 근처에 있던 마을 주민 NPC가 입을 열어서 말하는 것이다.

"로제로 님, 소문 들으셨어요?"

"예?"

로제로는 주민들과 친분이 조금 있었다.

"위드라는 놀라운 모험가의 이야기. 증오심으로 가득한 리치 샤이어가 불사의 군단을 이끌고 나왔다고 하는데, 위드 님이 이를 막았다는 소문이에요."

"위, 위드 님이 말입니까?"

"네. 그가 불사의 군단에게 영원한 휴식을 주었다고 하네요. 리치 샤이어도 목숨을 잃고, 다시는 사악한 음모를 꾸미지 못할 거예요. 죽어서도 편히 쉬지 못하던 기사들, 성기사들이 이제는 편안하게 눈을 감을 수 있겠죠?"

이제까지 아무런 소식이 없어서 실패한 줄로만 알고 있었던 퀘스트!

불사의 군단이 패망했다는 소식이 들려온 것이다.

"위드다! 위드가 퀘스트를 해결했다."

"리치 샤이어가 죽었다!"

"네크로, 네크로맨서의 직업을 선택할 수 있게 되었어!"

분수대 여기저기에서 고함 소리가 터져 나왔다. 로제로가 있는 발트 성만이 아니라, 중앙 대륙 전역에서 비슷한 소란이 일고 있었다.

〈베르사 대륙 이야기〉.

신혜민은 오늘도 방송을 진행하는 중이었다.

"네, 그러면 르완드 마을에서 일어난 몬스터의 침입은 이걸로 끝났음을 알려 드립니다. 르완드 마을에서 생활하고 계시던 분들은 다시 마을로 들어가 보셔도 됩니다."

오주완이 익숙하게 그녀의 말을 받아 주었다.

"참 다행스러운 일입니다. 많은 용병들이 열심히 활약한 결과 몬스터들을 무사히 퇴치할 수 있었다고 하지요? 위기는 곧 기회! 용병으로 참전해서 마을 자경대와 함께 싸우신 분들은 좋은 경험을 하신 거죠. 마을이 조금 황폐화되었지만, 공을 세우신 분들 모두 축하드립니다."

오주완이나 신혜민 모두 눈 밑이 검었다.

요즘 들어서 베르사 대륙에 갖가지 사건 사고들이 한꺼번에 터졌다. 그 덕에 쉬지도 못하고 철야에, 연장 방송을 하고 있는 것이다.

'페일 님이랑 같이 여행도 못 가고.'

신혜민은 가슴이 아파 왔다.

이 방송 때문에 며칠째 〈로열 로드〉에 접속도 하지 못하고 있었다. 그 탓에 연인인 페일과도 만나지 못하는 것은 말할 필요도 없는 것!

'아아, 페일 님은 다른 분들과 함께 절망의 평원 너머로 여행을 갔을 텐데.'

그녀도 꼭 따라가고 싶었지만, 시간이 없었다. 다행히 오늘 방송만 마치면 사흘간 휴가를 받게 된다.

'더 힘내서 방송해야지.'

진행자로서의 슬픔.

신혜민은 자신의 감정은 일단 접어 두고, 생글생글 웃는 얼굴로 방송을 진행했다.

"이제 요즘 들어서 찾아온 무더위에 대한 이야기를 하지 않을 수 없는데요, 진홍의날개 길드가 그 책임으로 인해서 마침내 해산을 했다고요?"

"예, 그렇습니다. 사실 이 정도로 파급효과가 크리라고는 누구도 미처 생각지 못한 일이겠습니다."

"진홍의날개 길드는 그만큼 탄탄한 전력을 자랑하고 있었으니까요."

"베르사 대륙 서열 10위 내의 길드가 도박으로 일구어 낸 것은 아닐 테니까요. 가지고 있는 성이 7개에, 마을이 25개나 되는 거대 길드였습니다. 길드원을 제외하고도 유사시에 동원할 수 있는 병력이 15만이나 될 정도였지요. 탄탄한 자금줄과 명예를 동시에 거머쥐고 있던 길드의 몰락과 해산은, 그래서 더욱 의외였습니다."

"어쩔 수 없는 일이었다는 소리가 있어요."

"혜민 씨의 말대로입니다. 동맹 길드가 모두 등을 돌렸고, 휘하 길드원들의 심리적인 이탈이 컸죠. 명분을 얻은 다른 길드들은 이 기회를 놓치지 않고 연합해서 공격을 해 오고… 강화된 성벽과 궁수들 수만! 테로스가 지휘하는 전력은 막강했지만 사기의 추락을 막을 수 없었던 것 같습니다. 아군은 분열하는 반면에 갈수록 적들은 강성해지고 있었고요. 이래저래 진홍의 날개에서는 더 견디지 못하고 해산이라는 최후의 수단을 택할 수밖에 없었다고 합니다."

"가슴 아픈 일이네요."

"그러나 길드장 테로스는 데인, 도광, 프시케 등 길드에서 중추적인 역할을 하던 유저들과 함께 다시금 재기를 노리고 있다고 하니 두고 볼 일이지요. 아마 이대로 완전히 사라지진 않을 것입니다."

"참! 여러 길드들이 무더위에 대한 해결 방법들을 찾고 있다고요, 오주완 씨?"

"현재 본격적으로 나선 길드들이 적지 않습니다. 더위를 물리칠 수 있는 특수한 퀘스트나 보물을 찾는 것이지요. 벨소스 왕의 유적이 남부의 뜨거운 사막지대에 있었으니, 역으로 추운 북부에서 흔적을 찾으려고 하고 있습니다."

"북부라면 굉장한 모험의 대륙이잖아요."

"신화와 전설이 상존하는 곳이죠. 매우 강한 몬스터들이 무리 지어 다니며 마을을 침략하는 일들이 빈번하게 이루어지고, 상상조차 할 수 없는 보스 몬스터들도 있다고 합니다. 지금까지는 아주 소수의 고레벨 유저들만이 파티를 이루어서 사냥을 하고 개척하던 곳입니다. 그곳 몬스터의 수준은 경악스러운 정도라고 합니다."

"놀랍네요. 그러면 드디어 북부가 개척되는 것인가요?"

"지켜봐야 할 일이겠습니다만, 가능성이 높습니다. 어느 때보다 많은 사람들이 북부에 관심을 가지고 있다고 합니다."

추위로 인하여 북부에는 사람들이 많지 않았다. 그러던 곳에 모험가들의 발길이 끊이지 않게 되었다.

신혜민의 눈이 빛났다.

'나중에 페일 님과 북쪽으로 여행해 보면 재미있을 것 같아.'

신혜민은 은근히 말했다.

"북부가 따뜻해졌다고 하니 많은 사람들이 가 볼 것 같아요. 여행을 하기에도 좋나요?"

그러자 오주완은 어이없다는 듯한 표정을 지었다.

"신혜민 씨, 아직 그 정도는 아닙니다. 북부의 추위는 상상을 초월할 정도라서요. 어느 선까지는 괜찮겠지만, 일정 수준을 지나면 땅이 온통 얼음으로 뒤덮여 있을 지경입니다. 북쪽 왕국들은 동토의 대지 위에 있거든요. 모험가들은 그런 곳을 뒤지면서 흔적을 찾고 있습니다. 그렇지만 소수의 모험가들이 할 수 있는 일에는 한계가 있어서, 금방 가시적인 성과가 나오기는 어려울 것 같습니다."

"대단한 일이네요."

그 이후에도 신혜민은 잡다한 소식들을 전해 주었다. 그것으로 〈베르사 대륙 이야기〉 1부가 끝이 나고, 연속으로 2부가 진행되었다.

2부는 각계의 전문가들과 함께 진행하는 코너였다.

몇 가지 중요 사안에서만 나오던 전문가들이 이제는 매번 고정 출연을 하고 있었다.

이용한이 자신 있게 말했다.

"불사의 군단 퀘스트는 확실히 실패한 것 같습니다. 성공했다면 지금까지 아무런 소식이 없을 리가 없으니까요."

"이미 예상을 하고 있었으니 놀랄 필요도 없습니다."

전문가들은 자신 있게 의견을 밝히고 있었다. 시청자들에게 많은 비판을 받았던 만큼, 실패를 더욱 강조하는 모습이었다.

신혜민이 조심스럽게 말했다.

"그래도 아직은 성공의 가능성이 남아 있지 않을까요?"

"불가능합니다. 혜민 씨는 레벨이 낮아서 모르시겠지만, 그렇게 난이도가 높은 퀘스트는 쉽게 할 수 있는 게 아닙니다."

"레벨을 좀 더 올리면 저희들 말이 이해가 될 겁니다. 저희도 한때는 신혜민 씨처럼 생각하던 시절이 있었죠."

"로자임 왕국에 붉은 용병 길드가 파견되었습니다. 여러분, 안심하십시오. 불사의 군단이 쳐들어온다면 저희들이 막겠습니다."

신혜민은 공연히 끼어들어서 본전도 찾지 못하고 면박만 당했다.

위드의 정체에 대해서, 신혜민은 페일에게 전해 들어 알고 있었다. 사적인 관계를 이용하고 싶지 않아서 회사에 밝히지 않고 있을 뿐이었다.

신혜민의 얼굴이 조금씩 찌푸려졌다.

무시를 당하고도 기분 좋을 사람은 없다. 구태여 이번의 경우만이 아니라, 전문가라면서 공공연히 그녀의 말을 무시하곤 했던 것이다.

조금씩 쌓여 온 것들이 부글부글 끓고 있었다. 그러던 차에 그녀의 헤드폰으로 어떤 메시지가 전해졌다.

활짝!

신혜민은 방송용이 아닌 진짜 웃음을 지었다.

"여러분께 알려 드릴 내용이 있어요. 시청자 분들께서도 많이 궁금해하고 계시는 불사의 군단 퀘스트에 대한 결과가 나왔습니다."

"……?"

"실패한 것이 아니었나요?"

전문가들이 고개를 갸웃할 때에, 신혜민은 또박또박 말했다.

"리치 샤이어가 제거되고, 불사의 군단은 안식을 얻었다고 합니다."

"그럴 리가!"

전문가들은 자리를 떨치고 일어났다. 그들의 상식으로는 일어날 수 없는 일이 벌어진 것이다.

"말도 안 돼! 그 정보는 확실한 겁니까?"

"베르사 대륙의 주민들이 이야기를 하고 있다네요. 참, 로자임 왕국에 있는 붉은 용병 길드요."

"네?"

"할 일이 없어졌으니 돌아오셔야겠어요."

"……."

## 세상 속으로

 위드가 흑색의 신전에 보고를 하러 간 사이에, 일행은 장터를 돌아다녔다.
 "여기가 시장입니다."
 안내는 마판이 맡아서 했다. 며칠간 다크 엘프의 성에서 지내면서 대충이나마 지리를 파악하고 있었기 때문이다.
 위드가 전투를 준비하면서 오크와 인간으로 가득했던 성이, 이제는 평온을 되찾고 정상적으로 돌아갔다.
 많은 다크 엘프들이 상점을 차리고 있었다.
 "우리 엘프들이 기른 열매 팔아요."
 "상처에 바르는 약초 사세요."
 까만 피부에 흑진주처럼 반짝이는 눈동자!
 다크 엘프들은 키가 그리 크진 않았다. 대신 탄력 있는 몸매에서는 건강미가 넘쳤다.
 "참 신기해요. 마판 님은 여기저기 돌아다니시니 엘프들도 많이 보셨겠어요."

수르카가 물었지만, 마판은 멋쩍은 듯이 머리만 긁적였다.

"실은 그렇게 많이 만나 보진 못했습니다."

"그러면요?"

"다크 엘프는 저도 이번에 처음 봤고요, 우드 엘프와 하프 엘프들은 저번에 화령 님과 중앙 대륙에서 상거래를 할 때에 봤죠."

"우드 엘프들은 어떻게 달라요?"

수르카의 질문은 일행의 마음을 그대로 대변하는 것이었다.

페일, 이리엔, 로뮤나는 로자임 왕국을 거의 벗어나 보질 못했고, 검치 들은 이런 유에 대해서는 일자무식이었던 것이다.

"하프 엘프는 귀가 뾰족하고 긴 것 외에는 인간과 별로 다르지 않습니다. 인간과 엘프가 반씩 섞인 종족이거든요. 우드 엘프는 깊은 숲에서 사는데, 전투력이 뛰어나죠. 마법은 좀 약한 편입니다."

"다른 엘프들도 있어요?"

"그레이 엘프나 하이 엘프, 나이트 엘프, 쉐도우 엘프… 엘프들의 종류도 참 많습니다."

마판은 수르카에게, 아는 한도 내에서 엘프에 대한 설명을 열심히 해 주었다.

검치가 검삼치의 옆구리를 쿡 찔렀다.

"삼치야."

"예, 스승님."

"네가 〈로열 로드〉를 좀 안다지?"

"그렇습니다, 스승님!"

검삼치는 씩씩하게 대답을 했다. 어느새 그는 검치 들 사이에서는 〈로열 로드〉 전문가처럼 행세하고 있었다.

"근데 엘프가 뭐냐?"

"에, 엘프 말씀이십니까?"

"그래."

"엘프라……."

"혹시 모르는 것은 아니지?"

검치나 검둘치 등의 눈에 불신이 담기자, 검삼치는 손을 휘저었다.

"당연히 알고 있지요. 엘프는 마을입니다."

"마을?"

"우드 마을, 다크 마을, 하프 마을. 알고 보면 참 단순하지요? 그러니까 여긴 다크 마을이라 피부가 까만 겁니다."

묘하게 일리가 있는 말에 검치는 고개를 끄덕였다.

"오호, 그런 거였구나. 역시 검삼치 넌 똑똑해."

"과찬이십니다, 스승님!"

일행은 장터를 오가면서 물품을 구입했다.

약초류와 간단한 기념품들이었다. 저렴하고 질 좋은 약초들을 다수 구할 수 있었던 것이다.

일행은 구경하는 재미에 흠뻑 빠졌다.

잡화점이나 교역소에는 신기한 물품들이 많았고, 까만색 피부를 자랑하며 걸어 다니는 다크 엘프들은 굉장히 신비로운 존재였다.

높은 산의 정상에 위치한 성에서 주변의 풍경을 보는 즐거움도 그만이었다.

 성벽 위에 올라서면 세상이 발아래에 펼쳐져 있다. 바람을 따라 흘러가는 구름들, 푸른 녹음이 무성한 산들이 빼어난 자태를 자랑했다. 까마득해 보이는 절벽이며, 세찬 바람이 너무나도 시원했다.

 이리엔은 처음 하는 나들이에, 입가에 미소를 달고 살았다.

 "역시 돌아다니는 보람이 있네요."

 "그러게요. 자주 돌아다녀야겠습니다."

 제피도 공감하고 있었다.

 강을 따라 낚시만 하던 그였기에, 산에 와 보는 것은 처음이다. 이렇게 높고 좋은 산에 와서 유람을 즐기니 후련한 기분이 들었다.

 "자, 그럼 무기점으로 안내해 드리겠습니다."

 마판은 일행을 데리고 무기점으로 향했다. 무기점은 성문 근처에 있었다.

 "안녕하세요."

 마판은 허리를 숙여서 인사를 했지만, 다크 엘프는 고개만 까딱할 뿐이었다.

 "또 왔나?"

 거만한 다크 엘프 노인!

 장사를 하는 다크 엘프마저도 특유의 오만함을 갖추고 있었다. 손님이 오거나 말거나 전혀 신경을 쓰지 않았다.

 마판이 공손하게 말했다.

"가게를 좀 둘러봐도 되겠습니까?"
"마음대로 해."
일행은 저마다에게 맞는 무기들을 우선 구경했다.
오크 마을에는 변변한 상점도 없었지만, 여기에는 별 희한한 물건들이 많았다.
제피는 낚싯대를 찾았다. 엘프들이 기른 나무는 낭창낭창한 탄력과 강성을 자랑한다. 그래서 낚시를 하기에는 그만이었다.
"이거 얼마입니까?"
"8,000골드야. 살려면 사고, 안 살 거면 내려놔."
값도 비싸지 않은 편이었다.
제피는 두말하지 않고 값을 지불했다.
"와! 돈 많으신가 봐요."
이리엔이 말했을 때에 제피는 멋쩍게 씨익 웃었다.
"가진 건 돈밖에……."
"……."
순식간에 일행의 공적이 되어 버린 제피!
대충 무기점을 둘러본 일행은 다른 곳으로 가기 위해서 문을 나서려고 했다. 그런데 다크 엘프가 페일을 보며 혀를 끌끌 차는 것이었다.
"자넨 궁수인가?"
"예. 그렇습니다만 어르신, 하실 말씀이라도 있으십니까?"
"가진 재능에 비해서 활을 너무 안 좋은 것을 쓰는구만. 엘프들이라면 그런 활은 창피해서도 못 쓸 거야."
페일의 얼굴이 확 붉어졌다.

사실 그가 가진 활은 상당히 오래 쓴 것으로, 바꿀 때가 되긴 했다.

"여기에 활이 많으니까 사려면 사도록 해. 좀 싼 것도 있으니."

무기점에 가장 많은 품목이 단검과 활이었다. 단검들은 진열장에 들어가 있고, 활은 벽에 가득 걸려 있었다.

아무래도 다크 엘프의 성이다 보니 엘프들이 주로 쓰는 무기류를 판매하는 것이리라.

레벨 200대가 쓰는 활이 다수를 차지하지만, 그 이상의 활들도 아주 많았다. 쓸 만해 보이는 레어나 유니크 급 활들이, 감히 가격을 물을 수도 없는 맵시를 뽐내고 있었다.

페일은 그나마 만만해 보이는 일반 활을 택했다.

하늘색의 고풍스러운 장식이 달린 활.

레어나 유니크가 아니라서 옵션은 거의 달려 있지 않지만 사정거리가 길고, 연사에 용이한 엘프의 활이었다.

"이건 얼마입니까?"

"25,000골드."

"제가 가진 돈이 24,000골드뿐인데……."

"안 살 거면 나가게."

위드에게서 배운, 값을 절약하는 방법은 이빨도 먹히지 않았다. 까다로운 다크 엘프들은 인간에 대한 호감도가 그리 높지 않았던 것!

'25,000골드라면 거의 전 재산인데.'

상당한 고민 끝에 결국 페일은 활을 구입했다.

지금보다 더 좋은 무기를 쓰고 싶은 것은 검사나 궁수나 다르지 않다. 어떤 면에 있어서는 궁수들의 무기 경쟁이 더욱 치열한 편이었다. 좋은 활을 쓰면 사정거리가 훨씬 늘어나서 확연히 차이가 나기 때문이었다.

"후후후."

페일은 새로 장만한 활이 마음에 드는지 연방 웃음을 터트렸다.

그때 수르카가 상점 주인을 보며 말했다.

"근데 참 귀엽게 생겼다. 노인이 아니라 꼭 오빠 같아."

"수르카야!"

로뮤나가 놀라서 소리쳤다. 이 까다로운 다크 엘프가 혹시화라도 내지 않을까 경계하는 것이었다.

다크 엘프의 성은 어떤 면에서 본다면 중립지대나 다름이 없다. 인간의 성과는 달리, 다크 엘프들과의 친밀도가 낮다면 공격을 받을 수도 있는 곳이다.

그런데 그런 우려가 무색하게, 다크 엘프 노인은 부끄러운 듯 수줍게 웃었다.

"소녀여, 정말로 그렇게 생각하나? 내가 그렇게 젊어 보인단 말이지?"

"네. 전혀 나이 들어 보이지 않으시고 참 귀여우세요, 다크 엘프님."

"소녀도 아주 귀엽군. 내 이름은 그랑벨이라네. 그랑벨이라고 불러 주면 좋겠군."

"제 이름은 수르카예요, 그랑벨 님."

제피와 화령의 입이 떡 벌어져서 닫히질 않았다. 먼저 이름을 알려 준다는 것은, 어느 정도 친분 관계가 형성된 이후에나 가능한 것이다.

귀엽고 젊어 보이는 것을 좋아하는 다크 엘프!

우연치 않게 수르카가 한 말이, 제대로 친밀도를 형성시켜버린 것이었다.

로뮤나의 주먹이 부르르 떨렸다.

나이 먹은 다크 엘프가 귀여운 척을 하는 것이야 그렇다고 치자. 보는 관점에 따라서 다르기야 하겠지만 충분히 귀여우니까.

그런데 맨손으로 몬스터를 때려잡는 수르카까지 덩달아 귀여운 척을 하고 있다니!

"수르카 너……."

"쉬잇!"

참다 못한 로뮤나가 수르카를 부르려는데, 마판이 서둘러 제지했다.

"지금이 중요한 순간입니다. 그러니 그냥 놔두세요."

"네?"

"다크 엘프와 친밀도를 형성시킨 것이니까요."

여러 왕국을 돌아다니며 상거래를 한 마판은 친밀도의 중요성에 대해서는 누구보다 잘 알았다.

마을 주민과의 친밀도가 올라가면 서로 간의 진지한 대화가 가능해진다. 어떤 요구나 부탁도 할 수 있고, 퀘스트나 정보를 얻는 것도 가능했다.

마판은 위드가 이곳 유로키나 산맥의 다크 엘프와 오크 들을 지휘하고 있다는 말을 들었을 때에 큰 기대를 했다. 위드를 통해 절망의 평원이나, 이곳의 퀘스트에 대한 정보를 얻을 수 있기를 바랐기 때문이다. 그런데 예상외로 별 소득이 없었다.

오크들은 단순 무식해서 아는 게 없었다. 그들이 가진 정보는 사냥터에 대한 것뿐이었다. 어디에 얼마나 강한 몬스터가 나온다는 정도. 그것도 철저히 오크의 기준이었다.

오크 투사가 가서 죽었던 장소. 오크 대장이 부하 100마리를 끌고 갔다가 혼자 살아남았던 장소.

매사가 이런 식이니 상인인 마판에게는 그다지 도움이 되지 않았다.

게다가 오크들은 인간을 별로 좋아하지 않아, 기본적인 대화도 나누기가 힘들었다. 거기에 뇌물이나 먹을 것은 어찌나 좋아하는지, 마판의 생돈만 깨졌다.

그런 상황은 다크 엘프들도 별로 다르지 않았다. 그들은 오만하고 까다로워서 인간과의 대화를 꺼렸다. 상점을 이용하거나 기본적인 이야기를 나눌 수는 있지만, 그것이 한계였다.

그리고 다크 엘프들은 위드도 상당히 싫어했다. 고귀한 자신들을 부려 먹은 아주 나쁜 오크로 보고 있었던 것이다.

마판은 다크 엘프의 성에서 이제까지 거의 고립되어 지냈다. 일행이 온다고 했을 때에 얼마나 기뻤는지 모른다. 절망의 평원의 길을 상세히 안내해 주면서 기다린 까닭이 있었다.

기대를 저버리지 않고 그랑벨이라는 다크 엘프가 말했다.

"우리 성에서 동쪽으로 좀 가다 보면 여기서도 높은 산이 나와. 호롬 산은 정말 멋진 산이지. 적당히 사냥할 만한 몬스터도 많고, 지형은 험한 편이지만 경치만큼은 최고야. 모르긴 해도 그런 높은 산을 오른다면 이름을 날릴 수 있겠지? 조금 힘들겠지만 호롬 산을 걸어서 올라간 이야기를 해 준다면 자네들이 깜짝 놀랄 만한 사냥터에 대한 정보를 주지."

위드가 흑색의 신전에서의 일을 마치고 나왔을 때, 일행은 다들 흥분해 있었다.
"무슨 일입니까?"
"그게……."
마판이 나서서 무기점에서 있었던 일을 얘기했다.
"높은 산이라. 그곳에 오르면 명성을 얻을 수 있다고요?"
위드도 사실 지금까지는 불사의 군단과 싸우느라 다크 엘프들과 이야기를 나누지 못했다. 이 주변은 워낙에 돈이 안 되어서 구태여 꼭 할 필요성도 느끼지 못했지만 말이다.
"우리 호롬 산에 오르죠!"
페일이 강력하게 주장했다.
이리엔이나 로뮤나도, 너무 돌아다니지 않아서 명성이 낮았다. 그들에게는 이번 일이 명성을 올릴 수 있는 좋은 기회였다.
위드는 다른 일행을 둘러보았다.
"모두들 호롬 산에 오르는 것을 찬성하십니까?"
"산이라. 강에서 오래 지냈으니 산에서 시간을 좀 보내는 것도 괜찮을 것 같습니다. 형님."
제피가 은근히 넉살 좋게 말하고, 화령도 흥미롭다는 듯이 웃고 있었다.

"산책 삼아 가 봐요. 산들바람이 불고 수풀이 우거진 산에 오르는 거잖아요!"

검치도 뒷짐을 진 채로 한마디를 했다.

"나도 재밌을 거 같구나."

검둘치도 말했다.

"산에서 고기를 구워 먹는 것도 각별한 맛이 있을 것 같고, 기분 전환 겸 다녀오는 것도 괜찮겠지."

검삼치나 검사치, 검오치도 비슷한 의견이었다. 모험을 별로 해 본 적이 없는 그들로서는, 호롬 산에 올라가 보는 것이 상당히 흥미로울 것 같았다. 꽤 높은 산이라고 하니 올라가서 주변의 풍경도 둘러볼 수 있을 것이다.

다크 엘프의 성에 온 일행은 산에 흠뻑 취해 있었다. 거기에 무기점 주인이 등산을 하라는 이야기를 하자 완전히 빠져 버린 것이다.

'어딘가 불안한데.'

위드는 어쩐지 일행이 이번 일을 너무나도 쉽게 생각한다고 느꼈다.

'뭐, 그래도 설마 별일이야 없겠지.'

다들 찬성하는데 혼자 반대하는 것도 이상하다. 더군다나 딱히 그럴 이유도 없었다.

명성이란 높을수록 유리한 점이 많다. 모험가 신분으로 어느 왕국이나 마을에 가더라도 쉽게 인정을 받을 수 있고, 퀘스트도 쉽게 얻을 수 있다.

위드도 명성이 전혀 없었다면 다크 엘프나 오크들을 지휘할 때 장애가 많았을 것이다.

위드는 고개를 끄덕였다.

"그럼 호롬 산에 한번 가 보도록 하지요. 다만 다들 피곤한 것 같으니, 좀 쉬었다가 다시 모이는 게 어떻겠습니까?"

페일이나 다들, 말을 타고 절망의 평원을 달려오느라 지친 상태였다. 여태까지 제대로 잠도 자지 못했다. 억지로 졸음을 참고 있었던 것이다.

화령이 서둘러 동의했다.

"그게 좋겠네요. 우리 모두 푹 자고 다시 모여요."

"그러면 그럴까요?"

페일도 말했고, 일행은 한숨 푹 자고 나서 12시간 후에 모이기로 했다.

성격 급한 검치 들부터 접속을 종료하고, 위드도 곧 로그아웃했다.

✦✦✦

캡슐에서 나와서 이현이 한 것은 가계부 정리였다. 한 푼이라도 더 아끼기 위해서는 수입과 지출 내역을 꼼꼼하게 정리할 필요성이 있었다.

"이번 달 수익은……."

가계부를 쓰는 이현의 손이 부르르 떨렸다. 아무래도 이번에 획득한 아이템들이 마음에 들지 않았다.

리치 샤이어 정도라면, 레벨이 못해도 470 정도는 되리라.

그런 보스급 몬스터를 잡았는데 아이템을 3개밖에 못 얻었다.

그나마도 마법책은 원래 얻을 수 있는 물품이었으니 실제로 획득한 물품은 딱 2개다.

강화석 1개와, 그다지 쓸모가 없어 보이는 지팡이 하나.

"강화석은 처분하기 아까우니 제쳐 두기로 하고, 결국 팔아먹을 건 지팡이 하나밖에 없군."

강화석도 팔려고 마음먹으면 충분히 팔 수는 있다. 아마 경매 사이트에 올리기만 한다면 사려는 사람들이 줄을 설 것이다. 그 강화석을 구입해서, 다른 대장장이에게 맡겨 가공하려는 이들!

그럴 바에야 직접 아이템에 강화까지 해서 파는 게 더 이득이었다. 스킬의 숙련도도 올릴 수 있고 가격도 더 높게 받을 수 있을 테니까.

그렇다고는 해도 기대한 것에 훨씬 못 미치는 수입이었다.

"우선 지팡이만 팔아 볼까?"

이현은 경매 글을 쓰기 위해 아이템 경매 사이트에 접속했다.

지팡이라고 해도 큰돈이 될 것 같지는 않았다. 괜히 희생이나 헌신 따위의 옵션이 붙은 물품을 사려는 성직자는 없을 것이다. 그런 기능이 붙은 지팡이를 가지고 있다는 사실이 알려진다면, 필요할 때에 사용해야 하니까.

"그런데 아까 올렸던 아이템들은 가격이 얼마나 되었지?"

큰 기대는 하지 않고, 이현은 올려놓은 물건들의 가격을 살폈다. 1원씩 올리는 악질 구매자들 때문에 아예 초반의 가격은 포기한 것이다.

사실 경매라고 해서 꼭 정해진 기일까지 가란 법은 없다. 사전에 목표 가격을 정해 놓는다면, 그 가격을 초과하는 즉시 구매가 이루어진다. 대체로 적당한 목표 가격을 정해 놓는다면 1시간 만에 물건이 팔리는 경우도 많다.

그렇지만 한 푼이라도 더 벌기 위해서, 이현은 목표 가격을 정하지 않았다. 그 덕에 1원씩 가격을 올리면서 노는 이들이 아주 많았다.

"지금쯤이면 그래도 5,000원은 넘겠지?"

다분히 현실적인 생각을 하며 이현은 아이템의 가격들을 살폈다.

글레이브나 엘프의 머리띠들은 1만 원 대를 조금 넘고 있었다. 애초에 글레이브는 구매자가 그리 많지 않을 테니 비싼 가격을 바랄 수 없다. 엘프의 머리띠 정도가 잘 팔리는 물품으로, 최소 30만 원 이상은 받을 수 있을 것으로 예측됐다.

그런데 유독 눈에 들어오는 것은 잡템 하나였다.

미노타우로스의 발톱: 입찰 횟수 6회. 가격 30,000,000

"이게 뭐야."

이현이 입에서 어이없다는 듯한 말이 나왔다.

경매에서 장난 입찰은 이루어질 수 없다. 물품을 입찰할 때 최소한 10%에 달하는 금액을 보증금으로 등록해야 하기 때문이다.

"그래도 3,000만 원이라니."

어처구니는 없었지만, 이현은 일단 재빨리 즉시 낙찰을 선택했다. 3,000만 원을 적은 구매자에게 물건을 판매하기로 결정한 것이다.

만약에 상대가 구매를 하지 않는다고 해도 10%에 해당하는 300만 원은 얻을 수 있으니 망설임이란 있을 수 없었다.

"300만 원이라."

이현은 서둘러 가계부에 부가적인 수입을 잡았다.

그런데 판매 확정을 누른 지 1분도 되지 않았을 때였다.

띠리링!

전화벨 소리가 요란하게 울렸다.

이현은 혹시나 해서 불안하게 수화기를 들었다.

'설마 실수였다고 경매를 취소해 달라고 하진 않겠지.'

어쩌면 그런 전화일지도 모른다.

이현은 조마조마한 마음으로 수화기에 대고 말했다.

"여보세요."

―아, 방금 경매에 낙찰받은 사람입니다. 미노타우로스의 발톱을 아이템 사이트에 올려놓으셨죠?

수화기에서 들려온 목소리에는 조급함이 섞여 있었다.

이현의 눈앞이 캄캄해졌다.

'역시나!'

구매를 포기하기 위해서 아예 경매 자체를 취소해 달라는 부탁을 하려는 것이란 생각이 들었다.

이현은 목소리를 깔며 대답했다.

"무슨 말씀을 하시는 건지. 그런 사람 여기 안 삽니다!"

순간적인 이현의 재치! 이 정도 말하면 물러나야 했지만, 상대방은 호락호락하지 않았다.

―〈로열 로드〉를 하고 계시지 않습니까?

"예? 무슨 로드요?"

―〈로열 로드〉. 캐릭터 이름 위드를 쓰시는 분이 아닌가요?

이현은 퉁명스럽게 대답했다.

"그런 사람 모릅니다."

―틀림없이 이 번호가 맞는데.

"무슨 용건인지 모르겠지만 바빠서 이만 끊겠습니다."

―자, 잠깐만요! 아이템 거래의 신용도도 높고, 몇 번이나 거래를 한 것으로 나와 있으니 이 번호가 틀릴 리가 없습니다.

"……."

상대방은 근거를 대며 이야기를 하고 있었다.

이현은 대답할 말이 떠오르지 않아서 잠깐 머뭇거렸다.

―지금 그분에게 매우 시급하게 드릴 말씀이 있어서 그렇습니다. 본인이 아니라면, 그분과 이야기할 수 있게라도 주선해 주세요. 참, 마음이 급하다 보니 제 소개를 잊었군요. 저는 KMC미디어 기획부장 강한섭입니다.

"KMC미디어요?"

아마도 〈로열 로드〉를 하는 사람 중에는 모르는 이가 없으리라. 그만큼 인기도가 높은 방송사였던 것이다.

―캐릭터 이름 위드를 쓰시는 분에게 꼭 드릴 말씀이 있어서 그렇습니다. 그분께 연락을 취해 주실 수 있을까요?

재차 해 오는 부탁에, 이현의 마음이 흔들렸다.

'경매를 취소시켜 달라는 말 같진 않은데.'

눈치를 보니 무언가 중요한 용건이 있는 것만 같았다. 이현은 잠시 갈등했지만, 결론을 내렸다.

"제가 이현. 〈로열 로드〉의 캐릭터 위드를 쓰는 사람입니다."

―아, 그러시군요. 그런데 좀 전에는 왜?

"……."

―참, 그게 중요한 게 아니지요. 제가 긴히 드릴 말씀이 있습니다.

"말씀하세요."

―이렇게 전화로 이야기할 내용이 아닌데, 시간이 되신다면 저희 방송국으로 찾아오실 수 있겠습니까?

이현은 주저하지 않고 대답했다.

"곤란합니다."

―예?

"여기서 거기까지는 차비가 꽤 많이 나와서요. 버스를 세 번이나 갈아타야 되거든요."

도움도 안 되는 일에 교통비까지 쓸 수는 없다.

이현의 말에 상대방은 어이가 없는지 잠시 대답을 하지 않았다. 하지만 곧 음성이 전해졌다.

―그러면… 주소를 말씀해 주시면 제가 그곳으로 차를 보내 드리겠습니다. 그 차를 타고 오실 수는 있겠습니까?

"그건 가능합니다."

―그럼 잠시 후에 뵙겠습니다.

## 들어온 돈, 나가야 할 돈

KMC미디어에서는 약속대로 곧바로 차량을 수배해서 보냈다. 기사가 딸린 외제 차였다. 이현은 아주 공손하게 두 손으로 문을 열고 차에 탑승했다.

난생처음 타 보는 외제 차였던 것이다.

방송국에 도착해 차에서 내릴 때에도, 혹시 생채기라도 생기지 않을까 조심해서 문을 닫았다.

강 부장은 입구에 나와 기다리고 있었다.

"반갑습니다. 제가 강한섭입니다."

"이현입니다."

대머리 중년인 강 부장은 이현을 보고 눈을 빛냈다.

'생각보다 많이 어린데?'

명예의 전당 동영상에서는 굉장한 호쾌함과 박력이 느껴졌다. 최소한 30대 중반에서 후반 정도의 나이일 것이라고 염두에 두었는데, 상대는 예상외로 20대 초반 정도의 청년이었다.

강 부장은 따로 내색하지 않고 이현을 인도했다.

"그럼 기획실로 가면서 이야기를 나누죠. 이쪽입니다."

"예."

강 부장은 방송국 안으로 걸어 들어가면서 많은 이야기를 해 주었다. KMC미디어의 탄생과 현재 방송 점유율, 그들이 꿈꾸는 게임과 방송의 융화에 대한 것이었다.

게임을 하는 사람들이 늘어날수록, 필요로 하는 정보도 더욱 많아진다. 〈로열 로드〉가 이만큼 성공할 수 있었던 이유 중 하나가 바로 넓은 대륙에, 수만 가지가 넘는 직업들이 다양하게 분화되어 있기 때문이었다.

이런 정보들은 인터넷에서만 구할 수는 없다.

소수의 희귀한 직업을 택한 이들은 자신의 노력으로 얻어 낸 정보를 웬만하면 공유하려 하지 않는다. 직업을 구하는 방법부터 숨겨져 있어서, 애초에 택할 수 있는 사람도 거의 없다.

결국 흔하디흔한 직업들만 넘쳐 나고, 사람들은 유명한 직업에만 매달리게 될 것이다.

여기서 방송은 취재와 보상을 통해 여러 가지 새로운 유망 직업들을 발굴해 낼 수 있다.

직업뿐만이 아니다.

광활한 베르사 대륙에서 아직 개척되지 않은 지역을 공개하고, 특정한 보상을 주는 퀘스트들을 소개할 수 있다. 그럼으로써 〈로열 로드〉가 더욱 다양한 즐거움을 갖추는 데에 일조한다는 것이었다.

강 부장은 신념을 담아 말했다.

"방송이 없다면 유저들은 자신의 길밖에 모를 것입니다. 그건 전체적으로 봐도 좋지 않지요. 혼자서 일구어 낸 대단한 성과가 있다면 이를 알림으로써 2차, 3차적인 이용자들이 함께 즐길 수 있습니다. 〈로열 로드〉와 방송은 이미 떼려야 뗄 수 없는 관계가 되었습니다."

강 부장이 말하는 새로운 방송의 역할이나 개념들에 대해서, 이현은 머릿속에 전혀 담아 두지 않았다. 그저 급증하는 시청자들이 있으며, 이들의 방송에 대한 충성도는 매우 높다는 것만이 남았다.

결국 단 하나의 결론에 도달할 수 있었다.

'방송이 돈이 된다는 이야기군.'

사람이 모이는 곳에 돈도 생긴다.

〈로열 로드〉와 관련된 방송 프로그램은 국내외 할 것 없이 인기를 끌고 있었다.

방송뿐만이 아니다. 영화나 만화, 소설, 캐릭터 산업에 이르기까지 〈로열 로드〉는 방대한 영역을 구축하며 돈과 관련이 많았다. 이현이 아이템을 판매하면서 돈을 버는 것도 그 일부분에 속하는 것이다.

"여기가 기획실입니다."

강 부장은 이현을 자신의 방으로 안내했다.

기획실에서도 별도로 나뉘어 있는 부장실로 가는 동안, 기획실의 사원들이 이현을 보고 신기하다는 듯이 눈을 빛냈다. 캐릭터 이름 위드의 주인공이 그들이 짐작하던 것보다 어렸기 때문이었다. 그것도 많이.

부장실에는 손님을 맞이할 수 있는 푹신한 소파가 준비되어 있었다.

이현이 앉고, 맞은편에는 강 부장과 사원들이 앉았다.

강 부장은 바로 몇 가지 질문을 던지기 시작했다.

"이현 님, 실례가 아니라면… 혹시 레벨이 어떻게 되십니까?"

"꼭 말해야 되나요?"

"말씀하지 않으셔도 됩니다. 그렇지만 말씀해 주시면 저희들이 참고하기에 좋습니다."

"그럼 말하죠. 306입니다."

"306이라고요?"

강 부장이나 기획실 직원들의 눈에는 경악이 떠올랐다.

"정말 306입니까? 정 레벨을 밝히고 싶지 않다면 그냥 비공개로 하셔도 좋습니다."

"306이 맞는데요. 이번에 퀘스트를 완료하면서 레벨이 조금 많이 올랐거든요. 총 20개 정도."

"그럴 수가!"

"무슨 문제라도 있나요?"

"아닙니다. 그냥 좀 놀랍군요."

강 부장과 기획실 직원들은 어이가 없었다.

KMC미디어에 근무하면서 고레벨 유저들을 많이 보아 왔다. 대다수가 370이 넘는, 수준 높은 유저들!

그런데 지금 난이도 A급의 퀘스트를 완료한 이현의 레벨이 겨우 306이라 하니 놀라지 않을 수가 없었다.

'아니지. 퀘스트를 보고하기 전에는 지금보다 레벨이 더 낮

앉을 테니 그걸 감안한다면……!'

강 부장과 기획실 직원들은 머리를 흔들었다. 복잡한 계산을 떠올리기에는 상황이 너무나도 황당무계하기만 했다.

'아무리 오크나 다크 엘프들을 지휘해서 깨는 퀘스트였다고 해도 정말 터무니없군.'

강 부장은 잠시 물을 한 잔 마시고 다시 말했다.

"아무튼 좋습니다. 그러면 이제 직업을 물어볼 수 있을까요?"

"직업은……."

이현은 말끝을 흐렸다. 왠지 전설의 달빛 조각사라는 직업을 밝히기가 창피했던 것!

그것을 보고 강 부장이나 기획실 직원들은 완전히 오해했다.

'아, 굉장히 좋은 직업을 가지고 있구나.'

'그래! 직업 때문이었어! 직업이 좋아서 그렇게 퀘스트를 받을 수 있었던 거야.'

'모험가일까? 모험가겠지. 퀘스트에 대해서는 타고난 감각을 가지고 있는 모험가일 거야.'

바로 그 순간, 주저하던 이현이 마침내 입을 열었다.

"조각사입니다."

"네?"

"제 직업은 달빛 조각사입니다."

"……."

부장실에는 침묵이 감돌았다.

조각사라니!

모두가 존재조차 잊고 있었던 예술 계열의 직업을 가지고 그런 퀘스트를 깰 수 있단 말인가?

강 부장은 나오지 않는 웃음을 억지로 지었다.

"좋군요. 조각사라는 훌륭한 직업을 갖고 계시다니요. 요즘 들어서 〈로열 로드〉에 생산직이나 예술 계열의 직업들이 부각되고 있지요."

"저도 그렇게 생각합니다. 조각사라는 직업은 정말로 멋진 것 같습니다."

남들에게 밝히기는 아직 낯간지럽고 창피했다. 그래도 스스로 조각사라는 직업 때문에 능력이 부족하다고는 생각하지 않았다.

다양한 성장법.

그냥 사냥만 하자면 전투 계열 직업보다 약해도, 여러 생산 직업들을 익히면서 조각사로서 생존법을 터득한 것이다. 전투와 직접적인 관련은 없어도 남들보다 더 높은 스탯을 보유할 수 있는 것도 장점이었다.

지구력 스탯들이 높아짐에 따라 웬만해선 지치지 않아 오랫동안 싸울 수 있으니까.

강 부장은 무언가 떠올랐다는 듯이 말했다.

"아! 그러고 보니 얼마 전에 로자임 왕국에서 어떤 파렴치한 조각가가 유저들의 노동력을 착취했다고 합니다. 피라미드를 만든다면서 잔인하게도 풀죽으로 부려 먹은 일이죠."

"그런 일이 다 있었습니까? 세상 참 별일도 다 있군요."

이현은 놀랐다는 듯이 혀를 내둘렀다.

"예. 그 덕분에 시청률이 꽤나 오르기도 했지요. 참, 〈로열 로드〉를 한 지는 얼마나 되셨습니까?"

"1년이 조금 지났습니다."

"……."

이번의 침묵은 조금 더 길었다.

〈로열 로드〉가 열린 지도 2년 반 정도가 지났다. 현재 고수층에 있는 사람들은 대다수가 초창기에 시작한 이들이다.

'1년 조금 넘는 시간 동안 난이도 A급 퀘스트를 깰 수 있을 정도로 성장했단 말인가?'

'1년 만에 레벨 300을 넘길 수 있는 게 어디 사람이야?'

강 부장이나 기획실 직원들이나, 이젠 이현에 대해서 나름대로 판단을 내리고 있었다.

'대단한 허풍쟁이로군.'

'허세가 심한 녀석인 것 같아.'

'나이가 어리니 그럴 수도 있겠지.'

하루에 꼬박 18시간에서 20시간씩 플레이를 했던 과거를 모르니 빚어지는 오해였다.

이현의 성장법은 정작 알고도 그대로 행하기가 쉽지 않다. 다소의 시간이 걸리더라도 그 레벨 대에서는 최고의 능력을 보이도록 성장시키는 방법.

조각사만이 할 수 있는 것이기도 했거니와, 웬만한 인내력으로는 엄두도 내지 못할 수준이다.

1달 내내 재봉만 하고, 1달 내내 대장일을 하고, 3달 동안 낚시를 한다.

번갈아 가면서 지루함을 참아 낼 수 있는 능력!

몬스터를 사냥할 때에도 쉬는 시간이 없다. 아니, 쉬는 시간에도 조각품을 깎는 작업을 한다. 이런 노가다 정신이 없고서야 불가능한 업적이었다.

강 부장은 몇 가지 사소한 질문을 더 던진 뒤에, 본격적인 용건을 꺼냈다.

"실은 이현 님을 이처럼 방송국까지 모신 이유는, 저희들과 계약을 했으면 하는 바람에서입니다."

"계약요?"

"짐작하시는 대로, 방송 계약이죠."

"방송 계약이라. 구체적으로 어떤 내용입니까?"

"이번에 오크족과 관련된, 그리고 불사의 군단을 퇴치하는 퀘스트를 하신 것이 맞지요?"

이현은 고개를 끄덕였다.

"알고 계신 그대로입니다."

연락 온 곳이 방송국이라는 말을 들었을 때부터 어느 정도 알려졌을 것으로 추측은 하고 있었다. 레벨과 직업을 꼬치꼬치 캐물을 때에는 거의 확신했기에 굳이 숨기지 않은 것이다.

강 부장은 반색을 했다.

"명예의 전당에 올려놓으신 동영상을 봤습니다. 충분히 사람들을 매료시킬 수 있는 퀘스트를 하고 계시더군요. 그 퀘스트를 저희 방송국에서 방송할 수 있도록 해 주시겠습니까? 참고로 말씀드리자면 수익 배분은 평상시 저희 방송사의 시청률을 기본으로 합니다. 이현 님의 퀘스트가 나온 방송편의 시청률이 높게 나오는 만큼, 거기에 맞는 금액을 가산해서 드립니다."

"만약에 시청률이 낮다면요?"

"그럴 리야 없을 것으로 보이지만, 그래도 기본적인 금액은 드릴 것입니다."

곰곰이 생각을 해 보았지만, 나쁠 것은 없었다. 명예의 전당에서 공개하는 것보다야 방송사에서 받을 수 있는 돈이 훨씬 많을 테니까.

"좋습니다. 하겠습니다."

"잘됐군요. 그리고 혹시 저희 방송국과 전속 계약을 하실 의향이 있으신지요."

"전속 계약이라면 뭐가 다른 거죠? 따로 제가 방송에 출연을 해야 되는 건가요? 시청률을 위해서? 미녀 가수들과 수다도 떨고, 혹은 미팅 프로그램에도 나가야 되는 겁니까?"

이현의 말에 부장실에 모여 있던 이들의 얼굴에 어이없는 기색이 떠올랐다.

'거울도 안 보나.'

'소녀 팬들을 끌고 다니는 연예인들이 널린 마당에…….'

'시청률을 위해서라니!'

강 부장은 수건으로 이마에 흐르는 땀을 닦았다.

"그런 건 아닙니다. 직접 방송에 나와서 하실 일은 하나도 없습니다. 이현 님께서는 퀘스트를 하고 계시죠? 그리고 앞으로도 할 예정이시고요."

"그렇습니다."

"전속 계약이라는 건 우리들과 이현 님이 계약을 맺고, 우리 방송국에서 이현 님이 진행하시는 퀘스트들을 방송할 수 있게 되는 겁니다."

"아, 그런 거였군요."

이현은 다행스럽다는 듯이 미소를 지었다.

매번 일이 있을 때마다 방송국에 나와서 억지로 웃고 즐기는 모습을 보여 주는 것은 정말로 고역이라고 생각했던 것이다. 하지만 강 부장이나 기획실 직원들은 더욱 안도의 한숨을 내쉬고 있었다.

'휴우, 착각이었구나.'

'정말 다행이다.'

'왠지 한 고비를 넘긴 것 같군.'

강 부장이 서류를 꺼냈다.

"계약서입니다. 이 서류에 사인을 하시면 이현 님이 하시는 퀘스트들은 저희 방송사에서 방송을 할 수 있게 됩니다. 알아두셔야 할 것은, 모든 퀘스트를 방송하실 필요는 없습니다. 그리고 필요하다면 방송 시기를 조절할 수도 있습니다."

"어째서 그렇죠?"

"공개되어서는 곤란한, 중요한 퀘스트가 있을 겁니다. 혹은 도중에 공개되어 버리면 진행하기 곤란한 퀘스트. 그런 것들은 방송국에서 시기를 조절해 줍니다."

"시청률이 중요할 텐데요."

"꼭 이현 님을 위해서 하는 것만은 아닙니다. 아시다시피 방송국은 기업이니까요. 무사히 퀘스트가 완수되어야 양측 모두에게 이득이 될 수 있을 테니 일부러 공개를 미루거나 하지 않는 경우도 생길 겁니다. 큰 보상을 주는 퀘스트들도, 필요하다면 이현 님의 이익에 따라 공개하지 않을 수도 있습니다."

"그런 점은 나쁘지 않군요."

"자세한 사항은 계약서에 있으니 한번 쭉 읽어 보시면 될 겁니다. 그리고 궁금한 점은 저에게 물어보십시오."

이현은 계약서를 찬찬히 읽어 보았다.

최소한 난이도 B급 이상의 퀘스트이거나 희귀한 퀘스트, 숨겨진 퀘스트를 시작으로 해서 알려지지 않은 정보를 방송사에 보낼 수 있다. 방송사에서는 이러한 정보들을 기반으로 방송을 한다. 그리고 방송에서 차지하는 비중과 시청률에 따라 과감한 인센티브를 지급하는 것이다.

'괜찮군.'

현재까지는 아이템 획득에만 집중하고 있었다. 아무리 좋은 퀘스트가 떠도 좋은 아이템이 나오지 않는다면 무용지물.

복잡한 연계 퀘스트는, 얻더라도 시간이 많이 걸려 하지 못하는 경우도 있다. 그런데 이런 퀘스트를 통해서도 돈을 벌 수 있게 된 것이다.

"계약하겠습니다."

"그러면 그곳에 기본적인 인적 사항을 적고 서명을 해 주시면 됩니다."

이현은 계약서를 작성했다.

이현을 방송국 밖까지 배웅하고 나서, 강 부장은 기획실로 돌아왔다. 직원들이 이구동성으로 말했다.

"부장님."

"왜?"

"사소하다면 사소한 문제가 있습니다."

"뭔데?"

직원들은 이현이 작성한 계약서를 보여 주었다. 최고의 악필로, 도무지 알아보기 힘든 글씨체였다.

강 부장이 눈을 가늘게 떴다.

"이건 도무지 사람의 글씨라고 보기 어렵군."

"제 눈에도 그렇습니다."

아무튼 본인이 직접 계약서를 작성한 이상, 계약은 성립되었다고 할 수 있다.

며칠간 명예의 전당과 아이템 거래 사이트를 정신없이 들락거리면서 확인하던 강 부장은 녹초가 되어 의자에 앉았다.

"그래도 이젠 홀가분하게 되었어."

"축하드립니다, 부장님."

기획실 직원들도 마음이 편해졌다.

눈코 뜰 새 없을 정도로 바쁘게 일하는 그들이지만, 이러한 작은 성취감이라도 없다면 직장 생활을 할 수 없었으리라.

"부장님, 언제쯤 영상을 보내올까요?"

"1시간쯤? 집에 도착하면 그 정도 될 거야. 방송국까지 오는 데 그 정도 시간이 걸렸으니 가는 데에도 비슷하겠지."

"빨리 왔으면 좋겠습니다."

기획실 사람들은 이현이 보내올 동영상을 기다리고 있었다.

이현이 집에 도착하는 대로 자신의 퀘스트 플레이 영상을 보내 온다고 했던 것이다.

때마침 점심시간이 다가오고 있어서, 강 부장이나 기획실 직원들이나 모두 하던 일을 놔두고 동영상이 오기만을 기다렸다.

이윽고 컴퓨터를 살피던 직원 1명이 외쳤다.

"왔습니다!"

"그래?"

강 부장은 반색을 했다. 기획실 직원들도 덩달아 기뻐했다.

"그러면 메인 화면으로 재생시켜 보게."

"알겠습니다."

직원이 컴퓨터를 조종해서 기획실에 있는 스크린에 동영상을 띄우는 사이, 강 부장은 출출함을 느꼈다.

"그런데 우리, 식사를 해야지?"

"부장님, 보면서 먹으면 안 될까요?"

직원들은 이현의 동영상이 매우 보고 싶은 눈치였다. 강 부장도 실은 불사의 군단 퀘스트가 어떻게 진행되었는지 궁금하던 참이었다.

"그래? 그러면 배달을 시키지."

"예, 바로 주문하겠습니다."

강 부장은 직원들과 함께 자리에 앉았다.

막 스크린을 통해서 동영상을 보려고 할 때였다.

문이 열리더니 방송국의 국장이 들어왔다.

"강 부장, 그 계약 성사시켰다면서요?"

이현이 왔었다는 소식을 듣고 온 것이었다.

강 부장은 서둘러 자리에서 일어났다.

"예, 잘 진행되었습니다."

"방송 편성은 언제쯤으로 할 예정이지요?"

"음향이나 영상을 방송에 맞게 편집할 시간이 필요하겠지만, 그리 늦추지는 않으려고 합니다."

"최대한 빨리 하도록 하세요. 이런 일은 시간을 끌수록 좋지 않습니다."

"네, 국장님 말씀대로 하겠습니다."

강 부장은 즉시 허리를 숙였다. 직장인으로서의 철저한 삶의 자세였다.

"그런데 강 부장, 무슨 급한 일이라도 있습니까? 점심시간에 식사도 하지 않고서 직원들과 모여 있다니요."

"사실 그 동영상을 지금 받았습니다. 그래서 부하 직원들과 식사를 하면서 함께 보려고 합니다."

"그래요?"

국장은 슬그머니 회가 동했다. 다크 엘프와 오크들의 전투를 매우 흥미롭게 보았던 그인지라, 이번의 영상도 꼭 보고 싶었다.

"강 부장, 저도 함께 볼 수 있겠습니까?"

"국장님이 함께 봐 주신다면 영광입니다."

"이럴 게 아니라, PD들도 부르도록 하죠. 저번 회의에 참여했던 이들 중에 바쁜 일이 있는 사람들을 제외하고는 모두 회의실에서 이걸 보도록 합시다."

국장의 의견에 반대하는 사람은 아무도 없었다. 기획실에서 작은 스크린으로 보는 것보다, 각종 음향 설비와 첨단 스크린이 갖춰진 회의실에서 보는 편이 훨씬 나았으니까.

국장과 강 부장, 기획실 직원들은 식사를 주문하고 회의실에 앉았다. PD들도 저마다 자리에 앉아서 동영상이 나오기만을 기다렸다.

곧 회의실의 화면이 어두워지더니, 영상과 함께 사운드가 울려 퍼졌다. 공간감이 확실하게 느껴지는 입체 사운드.

─붉은 해가 저 검붉은 연기에 가려진다. 취익! 대지는 어둠에 잠기고, 새들은 노래하지 않는다. 췩췩!

못생긴 오크 카리취가 나타났다.

"오오오오!"

"카리취야!"

여직원들이 작은 목소리로 환호했다.

못생기고 사납게 생긴 카리취의 은근한 인기. 부리부리한 눈빛과 호쾌하면서도 종잡을 수 없는 행동이 매력적이라고 난리였다. 어느새 카리취를 좋아하는 여자들이 사방에 퍼져 있었던 것이다.

국장은 흐뭇하게 웃었다.

'직원들 사이에서도 카리취의 인기가 좋으니, 역시 계약하기를 잘했군.'

방송국 직원들은 웬만한 걸 봐서는 재미있어 하지 않는다. 나름대로의 면역력이 생겨났기 때문이다. 직원들이 좋아할 정도라면 시청자들 사이에서의 인기는 두말할 나위 없으리라.

"강 부장."

"예, 국장님."

"이 동영상의 길이가 어떻게 되지요?"

국장은 카리취가 노래하는 것을 보며 물었다. 강 부장은 잠시 확인해 보고 나서 작은 목소리로 대답했다.

"21시간입니다."

"……."

"또 편집을 하지 않은 것 같습니다. 원본 동영상을 그대로 보내온 모양인데요. 어떻게 할까요, 중요 부분만 재생하도록 할까요? 아니면 속도를 좀 더 빠르게 해서 재생할까요?"

"일단은 그냥 보도록 합시다."

구덩이에서부터 음울한 검붉은 빛이 뿜어져 나와 하늘을 덮고 있었다.

무언가 일어날 듯한 분위기!

쿠콰콰콰!

좀비와 구울, 스켈레톤들이 구덩이에서 무더기로 튀어나왔다.

"꺄악!"

여직원들의 비명 소리다. 언데드의 살벌한 모습을 보고 놀라서 지르는 비명이었으나, 정작 눈은 있는 대로 크게 뜬 채 화면을 보고 있었다. 그저 반사적으로 비명을 지를 뿐, 입가에는 흥미로운 미소가 가득했다.

불사의 군단과 오크, 다크 엘프와의 전투가 진행되면서 국장과 강 부장은 몇 번이나 주먹을 불끈 쥐었다.

그들의 눈에 비친 8개의 성벽은 전혀 견고해 보이지 않았다. 겨우 성벽에 의지해서 아슬아슬한 전투를 하고 있는 것이 참으로 긴장되었던 것이다.

그때쯤에 식당에서 주문한 도시락이 나왔다.

그러나 도시락에 손을 대는 이들은 단 1명도 없었다. 동영상을 보느라 완전히 정신이 팔렸던 것이다.

스켈레톤이나 좀비, 구울과의 전투는 단지 시작에 불과했다. 2차, 3차로 이어진 불사의 군단의 대습격!

은화살 수만 발이 쏘아질 때는 여기저기서 탄성이 나왔다.

"저게 다 얼마야!"

"굉장한 부자였구나!"

착각에 빠지게 만들 만한 일이었다.

와이번들이 하늘을 날아다니며 성수를 뿌려 대고, 카리취의 명령에 따라 다크 엘프들이 목숨을 돌보지 않고 싸울 때에는 땀으로 손바닥이 흥건하게 젖었다.

오크들의 용맹함은 말할 것도 없었다. 고대 병사들이나 자이언트 몬스터들과 맞붙어서 싸우는 오크들!

수없이 난자당하고 살육되는 가운데, 네크로맨서들이 활약한다. 비록 상대방 마녀들은 제대로 위력을 보여 주지 못했어도, 네크로맨서 바라볼이나 그의 동료들은 언데드들을 일으켜 세우고 있었다.

그리고 마침내 나타난 리치 샤이어!

리치의 위력은 과연 발군이었다. 광범위 마법을 속사포처럼 쏴 대는데, 일대가 완전히 초토화되었다.

오크들이나 다크 엘프들은 무수히 죽어 나가면서도 끈질기게 덤벼들었다.

뱀파이어나 데스 나이트도 활약을 했다.

굉장한 차륜전이었다.

불나방처럼 덤벼드는 적들을 상대로 리치 샤이어는 절대적인 위력을 보여 주었다. 레벨 400대가 훨씬 넘는 보스 몬스터다운 위용.

수없이 많은 적들을 상대로 포효하는 리치 샤이어!

대규모 마법들이 난무했다.

와이번들이 목숨을 걸고 성수를 뿌리기도 했다.

엄청난 위력을 보여 주던 리치 샤이어가 서서히 약화되어간다.

뱀파이어 로드를 유혹하는 리치 샤이어.

때만 노리고 있던 오크 카리취가 돌격을 했다. 틀림없이 한계에 달한 상황일 텐데도, 샤이어는 카리취의 전력을 다한 일격에 죽지 않았다. 마지막은 다크 엘프의 마법이 그 지역을 초토화시키는 것으로 끝이 났다.

국장은 자신도 모르게 중얼거렸다.

"성공일까? 실패일까?"

강 부장이 대신 대답했다.

"성공했을 겁니다. 퀘스트가 보고되었으니까요."

"그렇군."

국장은 주위를 둘러보았다.

벽에 걸린 시계가 오전 9시를 가리키고 있었다. 밤을 꼬박 지새우고 이 동영상을 본 것이었다.

그런 탓에 다들 눈이 붉게 충혈되어 있었다.

중간에 피치 못해 화장실을 가긴 했다. 그러나 화장실에서도 일을 빨리 보기 위해 서둘렀다. 학창 시절 때 이후로는 몇십 년

만에 처음 있는 일이었다.
 국장과 강 부장 들은 어제 시켜 놓았던 도시락을 열었다.
 이미 식어 버린 도시락을 먹으며 그들은 이야기를 나누었다.
 "강 부장, 방송 스케줄이 어떻게 됩니까?"
 "오늘은 몇 가지 중요한 일정들이 잡혀 있습니다."
 "취소시킬 수 있는 것은?"
 "최대한 알아보겠습니다."
 강 부장은 국장의 마음을 헤아렸다.
 최대한 빨리 이 동영상을 방송해야 한다는 데에 공감하고 있었던 것!
 국장이 덧붙였다.
 "다른 방송 프로그램에서 잠깐 소개하는 정도로 해서는 안 됩니다."
 "예. 특집 프로그램을 별도로 편성하겠습니다."
 "최대한 빨리요."
 그런데 강 부장이 아쉽다는 듯이 말했다.
 "저도 그러고 싶지만, 저녁 전에 방송하는 건 무리입니다. 음향이나 화면을 방송에 맞게 어느 정도는 조절해야 될 테니까요. 절대적으로 시간이 모자랍니다. 대신에 저녁 시간 이후에 밤새워서 틀어 주는 것도 괜찮을 것 같습니다."
 "편집은 최소로 하도록 하세요. 시간 분량을 많이 줄일 필요는 없습니다. 정 안 되면, 방송으로는 일부만 보여 주고 방송국 홈페이지에서 나머지를 전부 공개하도록 하세요."
 "그럴 작정입니다. 가능한 한 원본대로 방송을 하는 편이 좋다고 생각합니다."

"지루할 시간이 없을 겁니다."

국장과 강 부장은 만족스럽게 웃을 수 있었다.

---

이현은 매우 기쁜 마음으로 가계부를 작성하고 있었다.

"공돈이다. 예산에 넣지도 않은 돈이 굴러들어 왔어!"

방송국의 인센티브 계약!

시청률에 따라서 받는 돈은 크게 달라질 수밖에 없다. 그럼에도 방송사에서는 미노타우로스의 발톱에 입찰한 금액을 전속 계약금으로 주기로 했다.

"그래도 더 벌어야 해. 아직 한참이나 모자라니까."

할머니의 병원비, 생활비는 당분간 걱정하지 않아도 되겠지만 여동생의 장래가 문제였다.

매년 오르는 대학교 학비는 1년에 1,000만 원이 넘었다. 그러므로 4년간의 학비 4,000만 원!

그 외에 학생회비도 내야 하고, 교잿값도 만만치 않다.

이것이 순전히 학교에 바치는 돈이라면, 그 외에 써야 하는 돈도 많았다. MT나 대학 축제 때에는 별도로 돈이 들 것이다. 동아리에 가입해도 돈이 든다. 대학생으로서의 기본적인 품위를 유지하기 위해서 옷도 구입해야 하고, 화장품도 사야 된다.

남들에게 없이 산다는 느낌을 주지 않기 위해서, 더욱 좋은 것을 입혀야 했다.

친구를 만나도 돈이 들고, 지식과 교양을 쌓기 위해 학원이라도 다닌다면 그것도 죄다 돈이었다.

"이 돈이면 컴퓨터도 사 줄 수 있겠어."

매우 작은 휴대용 컴퓨터.

이현이 쓰고 있는 것과는 다르게, 손목시계만큼 작은 컴퓨터가 있다. 학교 수업을 위해서나, 여러 취미 생활을 위해서나 많이 가지고 있는 컴퓨터였다.

이것의 가격은 천차만별이었다. 정말 좋은 것은 억을 넘고, 싼 것도 최소한 500만 원은 된다. 대학 생활을 위해서는 반드시 필요한 물품이었다.

"그걸로도 끝이 아니지."

취직을 위해서 학원을 다닐 수도 있다. 요즘처럼 취직하기 힘든 세상에 대학교만 졸업하고 바로 취직하기를 바라는 것은 사치였다. 능력을 개발하는 데 드는 비용은 조금도 아깝지 않았다.

"못 배우면 돈도 못 버는 세상이니까."

이현은 가슴 아픈 과거를 회상했다.

남들보다 어리고, 배운 것이 없어서 당했던 설움은 잊을 수 없었다. 재봉 공장에서 실밥 따는 일을 하면서도 수없이 잔소리를 들었다. 아무리 열심히 일을 해도, 조금만 실수를 하면 무능하다는 소리를 들었다.

각종 잔심부름도 해야 했고, 밤늦게까지 일해도 야근 수당조차 받을 수 없었다.

오히려 정해진 월급도 안 주기 일쑤였던 것!

공사판에서도 일 못하는 녀석이라고 욕을 얻어먹으면서 적은 돈을 받으며 일할 때, 제아무리 이현이라도 눈물이 흘러나왔다.
 착취라고밖에 표현할 수 없지만 비일비재하게 일어나고 있는 일이었다. 노동부에 신고도 할 수 없는 처지를 교묘하게 이용해 먹는 악덕 사장들이 많았던 것이다.
 만약 노동부에 제소를 했다면 그동안 일했던 월급은 받을 수 있었을 것이다. 하지만 그때부터는 노동부의 블랙리스트에 올라서, 새로운 직장을 구할 수가 없다.
 그런 열악한 환경에서 돈을 벌어 보았던 만큼 정상적인 기업, 기왕이면 번듯한 기업에 여동생을 취직시키고 싶었다.
 "학교생활을 제대로 하려면 남들이 하는 건 다 해 봐야 해. 휴대용 컴퓨터는 당연히 가지고 있어야지."
 이현은, 오늘 번 돈은 여동생의 장래를 위해서 꿍쳐 두기로 했다. 대학생이 되면 살 것도 많고 해야 될 것도 많다. 그럴 때를 위한 비상금으로 남겨 두기로 한 것이다.
 "참, 오늘은 할머니 병문안을 가야 되는 날이군."
 이현은 가계부를 정리하고 주섬주섬 자리에서 일어났다.
 퀘스트를 하느라 도장에도 나가지 못하고, 병문안도 못 갔다. 하지만 오늘은 할머니 병문안을 가기로 약속한 날이었다.
 이현의 할머니는 이혜연과 같이 있었다.
 "이게 정말 대학교에 합격했다는 통지서냐? 거짓말하는 거 아니지?"
 "아이참! 제가 왜 할머니에게 거짓말을 하겠어요. 거기 이름이 적혀 있잖아요."

"그래도 믿어지지가 않아서 그렇지."

할머니는 한국 대학교에서 합격 통지서를 받아 보고는 놀람을 감출 수 없었다.

이현의 대학교 합격!

상상도 못 하던 일이 벌어지고 만 것이다.

설마 했던 일이 현실로 닥치자 기쁘고 놀란 것은 이혜연도 마찬가지였다.

'어떻게 면접까지는 보게 했지만……'

진짜 합격을 하게 될 줄은 몰랐다.

하지만 이혜연은 마냥 기뻐할 일만은 아니라고 여겼다.

'이 사실을 오빠가 알게 되면 큰일이야.'

속였다는 사실로 화내는 것은 괜찮다. 문제는 단돈 100원에도 부르르 떠는 이현이 대학교에 진학할 턱이 없다는 사실이었다.

그때 할머니가 빙긋 웃었다.

"그리 복잡하게 생각할 일이 아니다, 아가야."

"네?"

"내게 다 생각이 있으니 걱정하지 말거라."

"그럼 할머니만 믿을게요."

이현이 할머니의 병실에 들어갔을 때, 이혜연은 고개를 푹 숙이고 있었다. 할머니는 무언가 막 말을 내뱉다가 멈추는 모습이었다.

이현은 빠르게 다가갔다.

"할머니, 무슨 일이에요?"

"너는 알 것 없다."

할머니의 태도에서, 이현은 무언가 심상치 않은 기운을 느꼈다. 게다가 그가 온 것을 보고도 여동생은 그대로 고개를 숙이고 있었다.

"혜연이를 또 야단치셨어요? 얘가 이제 제대로 마음을 잡고 공부를 하고 있어요. 예전처럼 나쁜 애들과 어울려 놀거나 하지 않습니다."

"그게 아니다."

"그러면 무슨 일로……."

"대학은 꼭 가야 한다지 뭐냐."

할머니의 말에 이현은 맥이 탁 풀렸다.

"또 그 말씀을 하셨어요?"

"그래. 우리처럼 없는 살림에 무슨 대학을 간다고! 너도 고등학교를 중퇴하고 돈을 벌고 있지 않으냐."

"할머니도 참! 검정고시에 합격했으니 이제 전 고등학교를 졸업한 거나 다름이 없잖아요."

이현이 살살 부드러운 말로 돌려 봤지만, 할머니는 꿈쩍도 하지 않았다.

"그래도 네가 고생하고 있는데, 어떻게 그 돈을 쓸 수가 있어? 가장이라고 할 수 있는 네가 어렵게 번 돈을 쓸데없이 대학이나 다니면서 쓸 수는 없다."

"대학은 쓸데없는 곳이 아니에요, 할머니. 배울 수 있을 때 조금이라도 더 배우는 것이 나중을 위해서라도 좋습니다."

"현아, 넌 동생을 너무 감싸고돌아서 탈이야. 만약 네 경우라도 그렇게 대학을 가야 한다고 생각을 했겠니?"

이현은 이런 때 밀려서는 안 된다고 생각했다. 그래서 즉시 고개를 끄덕였다.

"물론이지요. 저도 대학은 꼭 가야 된다고 생각합니다."

"정말?"

"그렇습니다."

이제 뜸이 거의 다 들어서 밥이 되기 직전이다.

할머니와 이혜연의 눈이 마주쳤다. 그런데 이혜연이 고개를 살짝 저었다.

'조금 부족해요.'

이현을 확실하게 옭아매려면 이 정도로는 안 된다. 할 때 제대로 해야 한다. 빠져나갈 구멍을 놔두어서는 안 되었다.

할머니가 잠시 말을 멈추었다.

어떤 수단을 쓸지 고민하는 기색이었다.

이현이 아부와 처세술에 능하지만, 할머니의 경지를 따라오기에는 한참 부족했다.

시장에서 물건을 수십 년간 팔아 온 관록과 안목은 그냥 생기지 않는다. 사람을 대하는 데에는 경험 많은 할머니를 당해낼 수 없었다.

할머니는 완고하고 고집스러운 얼굴로 말했다.

"그러면 네 여동생이 대학이나 합격한 다음에 이번 일에 대해서 다시 이야기를 해 보자꾸나. 아니야, 네 여동생의 일인데 너에게 말할 필요는 없지. 대학에 합격하거든, 내가 혜연이가 잘 알아듣도록 설명하마."

"할머니!"

이현은 깜짝 놀랐다.

여동생이 대학에 합격해도 할머니가 정면에서 반대를 하겠다는 소리로 들렸던 것이다.

"왜 그러세요. 혜연이가 대학을 간다면 좋은 일 아닙니까."

"정말 좋은 일이라고 생각하느냐?"

"그럼요. 대학을 다녀서 교양도 쌓고 학문도 배우고 그래야지요."

"그래도 돈이 아깝지 않으냐."

"돈이 조금 든다고 해서 포기할 수는 없는 일입니다. 대학에서 열심히 공부를 한다면 그만큼의 이득은 거둘 수 있을 테니까요."

"그러면 너도 합격만 할 수 있다면 대학을 꼭 다니고 싶겠구나."

"그것이……."

이현은 무언가 말이 이상하게 돌아간다는 것을 알았다. 느낌이 상당히 좋지 않았지만, 물러설 수는 없었다.

'뭐, 별일이야 있겠어?'

이현은 당연하다는 듯이 대답했다.

"그럼요. 대학에 합격할 수만 있다면 저도 다니고 싶을 겁니다. 그래서 더 여동생을 대학에 보내고 싶어 하는 거고요. 혜연이는 공부에 재능이 있습니다. 시험을 볼 때마다 성적도 빠르게 올라가고 있고요."

"그렇구나. 너도 기회만 된다면 대학을 가야겠구나. 그런데 만약 네가 대학을 가지 않는다면 말이 안 되겠구나."

"네?"

할머니가 만족스러운 미소를 머금었다. 그리고 통지서를 한 장 내밀었다.

"한국 대학교에서 온 합격 서류다."

"이것이 정말……!"

이현의 손이 마구 떨렸다.

한국 대학교의 입학 허가증!

'혜연이가 드디어 한국 대학교에 합격했구나!'

기쁨과 감격으로 이루 형언하기 힘든 기분이었다.

할머니가 말했다.

"현아, 한국 대학교의 합격을 축하한다. 내년부터는 너도 대학생이 되겠구나."

⁂

각 방송국의 시청자 게시판은, 불사의 군단 동영상을 보고 싶다는 사람들로 인해서 여전히 난리였다. 퀘스트가 성공했다는 사실이 전해졌는데도 왜 아직까지 공개가 되지 않느냐고 성화인 것이다.

KMC미디어 측에서는 별도의 홍보 수단을 사용하지 않았다. 그럼에도 불사의 군단 퀘스트를 계약했다는 소문이 파다하게 났다. 국장과 부장을 비롯해서 직원들이 하루 밤낮 동안 보았다는 사실이 어느샌가 퍼져 나간 것이었다.

―빨리 동영상을 보여 주세요.
―왜 아직도 방송을 하지 않나요?

시청자들의 성화가 지나쳐서 게시판이 마비될 지경이었다.

KMC미디어에서는 최대한 빨리 작업을 진행시켰다. 그런데 원래 1시간짜리 방송 분량을 편집하는 것도, 생방송이 아닌 한 며칠은 걸리는 작업이다.

어쩔 수 없이 PD들은 결단을 내려야 했다.

"그냥 방송하자."

"알아서 보면 되겠지."

사실 그들이 꼭 작업을 해야 할 필요성은 없었다.

원래 보는 데에는 아무 지장이 없었고, 다만 특별한 장면에서 자막이나 설명들을 해 주어야 했다. 그런데 그런 일체의 작업들을 포기해 버린 것이다.

"될 대로 될 거야."

"그래도 재미없다고 하는 사람은 없을 테니까."

그들도 무척이나 재미있게 보았다. 조금의 아쉬움도 느끼지 못할 정도였다. 시청자들도 재미있게 볼 거라고 생각하고 즉시 방송을 개시했다.

아무런 예고도 없이 실행하는 방송이었다.

언제쯤 작업이 끝날지는 참여한 이들도 몰랐으니, 예정 시간이 있었을 리가 없다.

갑자기 시작된 방송. 그럼에도 사람들은 어떻게 알았는지 보기 시작했다. 인터넷에 이 사실이 퍼지는 것도 금방이었다.

시청률이 폭발적으로 증가하고 있었다. 그리고 방송이 끝났을 때에는, 평상시 시청률의 2배 이상이 나왔다.

그러면서 다시 시청자 게시판이 마비되었다.

> ―처음부터 못 봤습니다. 재방송해 주세요.
> ―이거 언제쯤 다시 볼 수 있을까요?

방송사 관계자들은 회심에 찬 미소를 지었다.

이번 일로 인해서 KMC미디어는 돈으로 환산하기 힘든 인지도를 쌓게 되었다. 더불어서 오크 카리취로 출현했던 위드에 대한 추가적인 정보들을 원하는 사람들이 대단히 많았다.

※※※

"내가 대학을 가게 되다니."

이현은 고민에 빠졌다. 이런 일이 생기리라고는 꿈에도 몰랐다. 무슨 놈의 대학이 게임을 잘하는 것으로 입학이 가능하단 말인가.

"이거 혹시 사기꾼 집단 아냐? 입학생을 마구 늘려서 등록금을 받아 장사하려는 파렴치한 놈들은 아닐까?"

얼마 전까지는 장래성 밝은 최고의 대학이, 이제는 다단계 업체만도 못한 평가를 받았다. 사실 이현의 입장에서는 별로 다를 바도 없었다. 돈을 뜯어 가는 곳이라면 다 비슷한 것이다.

"돈이 들어갈 구석은 알아서 찾아 나오는구나."

아무리 세상을 한탄해도 변하는 것은 없다.

이미 할머니 앞에서 대학은 꼭 가야 한다고 말을 했다. 여동생까지 그 이야기를 들었다.

 이제 와 이현이 대학 진학을 포기한다면, 여동생도 대학을 가지 않겠노라고 선언했다. 돈 때문에 이현이 대학을 못 갈 정도라면 자신이 가는 것도 의미가 없다는 것이다.

 고등학교 3학년. 가장 중요한 시기에 여동생의 머리를 복잡하게 만들 수는 없었다.

 이현은 어쩔 수 없이 타협을 했다.


 "대학에 합격했다고 해서 꼭 가야 되는 건 아닙니다. 그렇지만 제가 입학을 포기한다면 혜연이도 공부를 안 한다고 하니, 이렇게 하죠. 혜연이가 대학에 합격하는 것은 물론이고 장학금까지 받을 수 있다면 저도 그 대학을 가겠습니다. 아니면 저도 더는 양보 못 합니다."


 물러설 수 있는 최후의 보루였다.

 그것으로 이혜연과 할머니를 설득시켰다. 물론 어느 정도는 실리를 생각해서 한 말이다.

 '장학금을 목표로 공부하면 합격은 충분히 할 수 있을 거야.'

 이혜연도 자신을 닮아 꽤나 독한 구석이 있었다. 한다면 하는 아이라서, 장학금을 받기 위해 공부를 한다면 최소한 대학교 합격은 문제가 아니리라. 지금의 성적이라면 실제로 장학금을 받을 확률도 굉장히 높았다. 이변이 없다면 장학금을 받게 될 것이다.

'가만! 그러고 보니 혜연이가 공부를 열심히 하는 건 좋지만, 그러면 나도 내년부터 대학교를 다녀야 하잖아?'

입학 날짜까지는 1년도 채 남지 않았다. 불과 7개월 정도 후면 대학교에 입학해야 하니, 시간이 그리 많다고 볼 수 없다.

이현의 얼굴이 굳었다.

청춘의 낭만이 흘러넘치는 대학 생활!

이런 환상 따위는 애초에 접어 둔 지 오래였다.

"나이 먹어서 동생들과 다녀야겠군."

이현의 나이는 22살이다. 내년에는 23살이 된다.

이래저래 대학 생활을 하려면 많은 돈이 든다. 벌써부터 걱정이 되기 시작했다. 대학 동기라는 것들이 다들 나이가 어리다면 큰일이 아닐 수 없다. 대학교 식당의 밥값은 무척 싸지만, 징그러운 동기들이 밥이라도 사 달라고 매달리면 골치가 아플 수밖에 없는 것이다.

"나이를 속여야겠군."

이현은 기필코 정상적인 나이에 대학에 간 사람인 척 흉내를 내기로 했다.

## 죽음의 산행

 위드가 접속했을 때, 부지런한 마판과 페일, 이리엔은 이미 접속 중이었다. 로뮤나, 수르카, 화령이나 제피, 검치 들도 금방 접속을 했다.
 "그럼 이제 우린 뭘 할까요?"
 페일이 위드의 얼굴을 보았다. 위드는 별다르게 할 말이 없었기에 일반적인 이야기를 했다.
 "여행에 필요한 준비물들을 사서 호롬 산으로 가도록 하죠. 그 외에 필요한 게 뭐가 있을까요?"
 "간식! 간식거리를 듬뿍 사자꾸나."
 검치가 의견을 냈고, 그것은 곧 만장일치로 통과되었다. 이리엔과 수르카는 위드의 요리 솜씨가 너무나도 그리웠다.
 "위드 님이 요리를 해 주신 지도 오래되었잖아요."
 "맞아요. 위드 님이 해 주시는 맛있는 요리를 먹고 싶어요."
 "아무래도 산에서 먹는 고기 맛은 일품이지 않겠습니까?"

제피가 입맛을 다셨다. 그러자 검삼치가 제피의 어깨를 두들겼다.
"허허, 자네가 고기 맛을 좀 아는 거 같군."
"그럼요. 고기란 집에서 혼자 먹는 것보다 이렇게 탁 트인 곳에서 먹어야 제 맛이 아니겠습니까?"
"맞아, 맞아! 그렇지!"
제피와 검치 들은 먹는 것으로 의기투합했다.
낚시꾼 출신의 제피! 사실 낚시꾼은 어느 정도 게으르지 않으면 할 수 없는 직업이다. 한자리에 진득하게 앉아서 낚시를 즐기며, 생선 요리나 해 먹어야 했던 것!
제피는 위드가 해 주었던 요리들을 하나도 빠짐없이 기억하고 있었다.
위드는 일행의 적극적인 의견을 따르기로 했다.
"그러면 간단히 조미료나 요리 도구를 사 가도록 하죠."
"제가 안내하겠습니다."
마판은 다크 엘프의 성의 상점들을 정확히 기억하고 있었다. 상인으로서는 필수불가결한 기술이었다.
위드는 마판과 함께 다크 엘프의 성을 한 바퀴 돌았다. 주로 향신료나 조미료들만 구입하는 정도였다. 식료품은 한두 번 먹을 정도로만 적당히 샀다.
"어차피 고기야 그곳에서 구하면 되니까 대충 사자꾸나. 고기는 신선한 게 좋아."
검치의 의견이었다. 위드도 상점에서 돈을 주고 음식 재료를 사는 경우는 많지 않았다.

"그러면 그렇게 할까요?"

위드와 일행은 가벼운 소풍을 하는 기분으로 다크 엘프의 성을 나왔다.

"자, 그럼 갑시다."

"와아, 등산이다!"

"가자! 가서 고기나 구워 먹자!"

일행은 신바람을 내며 호롬 산이 있다는 방향으로 향했다.

산을 타고 움직이는 것은 무척이나 유쾌했다. 산들바람이 시원하게 불어오고, 꽃들이 여기저기에 피어 있다. 나비가 날아다니고, 새들이 지저귄다.

"진짜 놀러 온 기분이네요."

화령은 매우 즐거워했다. 이렇게 산속에서 거니는 기분이 일품이었다.

나무들 사이로 난 길을 조심스럽게 걸으면서, 앞사람을 따라간다. 도란도란 이야기를 나누면서 이동을 하니 참 즐거운 추억이 될 것 같았다.

다른 사람들도 마찬가지의 감정을 느끼고 있었다.

'이렇게 평화로운 곳이 있다니.'

'그동안 레벨을 올리느라 너무 삭막하게 살아왔구나.'

'가끔은 이런 여유도 있어야지.'

'산책을 하면서 명성도 얻고 정보도 얻고, 그리 나쁘지 않네.'

그러다가 땅바닥에 깊게 파여 있는 구덩이를 보며 수르카가 감탄했다.

"와! 신기하네요! 어떻게 이런 산에 이렇게 큰 구덩이가 있을 수 있을까요?"

위드는 아무렇지도 않게 대답했다.

"몬스터들의 발자국입니다."

"이, 이게 발자국이라고요?"

"예."

조금 더 가니 일대의 나무들이 마구 쓰러져 있었다.

"자연의 신비네요. 태풍이라도 왔었나 봐요."

위드는 힐끗 보고 상황을 파악했다. 익숙한 지형이었다.

"몬스터들이 싸웠나 보군요."

"몬스터들이 싸워요?"

"피해 정도를 보아하니 이곳 기준으로 중급 정도 되는 몬스터들의 싸움이었던 것 같습니다."

"딸꾹!"

일행은 그제야 사태의 심각성을 조금이나마 눈치를 챘다.

'우리가 있는 곳은 유로키나 산행이다.'

로자임 왕국은 비교적 안전한 곳이었다. 적어도 길을 가다가 객사하는 경우는 적다. 하지만 유로키나 산맥에서는 목숨을 걸고 다녀야 한다.

"제가 정찰을 하겠습니다."

페일이 먼저 나서고, 제피나 수르카도 주변 경계에 들어갔다. 몬스터가 나타날 경우 최고의 전력을 발휘하기 위해서였다. 검치 들도 검을 뽑아 들었다.

위드는 굳이 그럴 필요까지는 없다고 생각했지만, 일행을 말리지는 않았다. 다크 엘프들과 오크들의 영역 근처에는 센 몬스터들이 살지 않는다. 강한 몬스터들은 산맥의 아주 깊고 외진 곳에 주로 나타나는 편이었다.

특히 붉은 숲이나 협곡 부근이 정말 위험한 몬스터들로 가득한 장소였다.

오크들과 함께 사냥을 하면서, 위드는 유로키나 산맥에 대해서는 속속들이 알게 되었다. 안 가 본 곳도 굉장히 많지만 최소한 지명이나 상주하는 몬스터의 종류에 대해서는 인지하고 있었다.

'호롬 산에는 예티가 산다고 했지. 예티라면 저번에도 상대를 해 보았으니까.'

오크 장로는 호롬 산에 대해서도 한 번 이야기를 하긴 했다. 지형이 조금 험난할 뿐, 몬스터들은 많지 않다고 했다.

'그래, 예티들은 별게 아니니까.'

위드는 이미 호롬 산에 대한 정보를 입수했기에 마음 편하게 움직일 수 있었다.

호롬 산은 신기한 나무와 돌덩이들이 많아서 금세 찾을 수 있었다.

가벼운 산책 겸 움직인 일행!

그들이 인식하고 있던 호롬 산은 만만한 동네 뒷산쯤이었다. 그런데 실제로 보니 그 높이가 그야말로 장난이 아니었다. 고개를 한껏 젖혔지만, 꼭대기가 보이지를 않았다. 구름에 완전히 가려져 있었다.

"꽤 높네요."

경사도 이만저만이 아니었다. 거의 계단을 오르는 것처럼 올라가야 할 정도다. 나무보다는 바위가 많은 그런 산인 것이다.

"와! 저기 올라가면 경치가 멋지겠어요."

화령의 말에 일행은 다들 공감했다.

'오르는 동안에도 경치를 계속 볼 수 있겠군.'

'햇볕은 뜨겁지만 바람도 선선하고, 산행을 하기에는 딱 좋은 날씨야.'

일행은 산을 오르기 시작했다.

산에 들어선 지도 어언 2시간째!

아직은 몬스터들도 보이지 않고, 단조롭게 걸어 오르는 일을 반복할 뿐이었다.

검치가 지루한 듯이 기지개를 켜며 말했다.

"위드야."

"예."

"이쯤 왔으니 좀 먹고 가는 게 어떻겠느냐? 정상에서 먹으려고 했지만……."

"그럴까요?"

위드는 주변을 둘러보았다. 일행 모두 허기가 지는지, 말이 나오자마자 자리에 털썩 주저앉는다.

"그럼 여기서 먹고 가죠."

"이리엔 님, 화령 님. 고기 구울 준비를 해 주세요. 마판 님은 장작을 좀 모아 주시고, 제피 님은 그릇을 나눠 주세요. 페일 님은 불을 피워 주시면 좋겠네요."

"넷!"

식사 준비를 하기 위해 일행은 부지런히 움직였다.

모닥불이 만들어지고, 그릇과 다크 엘프의 성에서 사 온 고기들이 차려지는 것은 금방이었다.

수르카가 뭔가 아쉽다는 듯이 말했다.

"그런데 고기만 먹나요?"

"아닙니다. 산에까지 왔으면 얼큰한 면을 먹어야죠!"

"면요? 여기서 면을 구할 수 있어요?"

"조금만 기다려 보세요. 금방 만들어 보겠습니다."

위드는 냄비에 산나물과 고기를 조금 집어넣고 팔팔 끓였다. 육수를 우려내는 것이다.

거기에 밀가루를 반죽해서 사정없이 두들겼다.

타타탁!

밀가루를 내치는 위드의 손길!

물에 섞인 밀가루가 마구 반죽이 되고 있었다. 반죽이 어느 정도 완성되자, 빙글빙글 돌리며 면발을 길게 늘였다.

수타면을 만든 것이다.

고급 손재주로 완성한 면발은, 쫄깃하고 감칠맛이 넘쳐난다. 위드는 보글보글 끓는 탕에 수타면을 넣고 잠깐 더 끓였다.

"자, 완전히 익기 전에 드세요."

"와! 맛있겠다."

수르카가 재빨리 수저를 넣으려고 할 때였다. 검치 들은 아예 그릇째로 집어넣어 탕을 떠 담았다.

"역시 최고야."

"산에서는 라면을 끓여 먹어야지."

"암요! 산에서 불을 피워 고기 구워 먹고, 라면 끓여 먹는 것보다 즐거운 게 어디 있겠습니까."

"얼큰하구나. 시원해!"

절정에 이르는 인기를 자랑하는 위드의 음식!

자고로 산에서는 고기구이와 얼큰한 국물을 가진 라면이 제격인 것이다.

"쩝쩝, 그런데 스승님."

"왜 그러느냐, 검둘치야."

"이러다가 식량을 다 먹어 버리겠습니다."

보리 빵을 남김없이 먹어 버리고 쫄쫄 굶었던 검치 들에게, 음식의 잔량은 늘 민감한 것일 수밖에 없었다.

"괜찮다. 위드가 있지 않느냐."

"그렇군요."

"걱정하지 말고 먹자."

"옙! 스승님!"

검치 들은 남김없이 음식들을 먹어 치웠다.

다른 일행도 평상시보다 두세 배 많은 음식을 먹었다. 소풍을 나왔다는 기분에, 더 많은 식사를 한 것이다.

"잘 먹었다. 끄윽!"

일행은 배를 가득 채우고 포만감에 젖었다.

"그럼 슬슬 다시 올라가 볼까?"

검치가 힘이 나는지 앞장을 섰다.

이때까지만 해도 위드나 일행이나, 별로 긴장감을 갖진 않았다. 그래 봐야 산이었다. 차근차근 오르면 곧 꼭대기에 도착할 것만 같았다.

 문득 일대에 자욱한 안개가 끼었다. 어느새 구름이 가득한 지역까지 올라온 것이다.

 "촉촉하네요."

 화령이 두 팔을 활짝 벌렸다.

 "시원하군요."

 제피도 이마를 닦았다. 땀이 흐르는 것이 아니라 습도가 높아서 물기가 많았다.

 "차갑고 맑은 물이라. 여기에 메이런이 함께 왔으면 좋았을 텐데."

 페일이 아쉽다는 듯이 말했다.

 안개 지역은 신비로운 느낌까지 자아내고 있었다. 연인과 함께 왔다면 다시없는 최고의 추억이 되었으리라.

 구름 지대를 통과하자, 다시금 주변이 맑아졌다.

 위드는 슬그머니 정상 쪽을 바라보았다.

 "이제 거의 다 올라왔을… 커헉!"

 다들 이제는 어느 정도 정상 부근에 다다랐을 줄로 짐작했다. 그런데 아무리 고개를 올려도 꼭대기가 보이지 않았다.

 구름으로 덮여서 보이지 않는 부분!

 그 위로 어마어마한 높이의 산이 절경을 드러낸 것이었다.

 지금까지 올라온 것은 빙산의 일각이라고밖에 할 수 없을 정도였다. 그리고 눈이 쌓인 지역에는 예티들이 있다.

 깎아지른 듯한 절벽!

 발 디딜 곳도 마땅치 않은 가파른 경사!

그나마 만만한 중앙 부근의 길가에는 예티들이 다수 살고 있다. 예티들을 뚫지 않고서는 더 올라갈 수가 없는 것이다.

'그래서 이곳까지는 몬스터를 볼 수 없었군.'

흰 털을 가진 거인 몬스터 예티는 이미 상대해 본 적이 있었기에 마음이 놓였다.

"여기서부터는 싸울 준비를 하죠."

위드는 일행의 무기와 갑옷들을 전부 받았다.

검 갈기, 방어구 닦기, 다림질.

생산 스킬로 능력을 강화시켜 주었다. 음식은 이미 배부르게 먹었기에, 힘이나 체력은 잔뜩 올라가 있는 상태였다.

"그럼 이리엔 님은 골고루 축복을 걸어 주시고, 페일 님이 화살로 유인합니다. 일단 전투가 벌어지면, 다른 분들은 각자 자신의 역할에 따라 행동해 주세요."

이윽고 벌어진 전투!

페일이 쏜 화살에 맞은 예티 3마리가 아래로 굴러떨어지듯이 내려왔다.

크워어!

쿠릉쿠릉!

레벨 340의 몬스터 예티!

서윤과 다니면서 사냥을 했던 적이 있지만, 그놈들과는 달랐다.

캬오캬오!

흰 털북숭이 예티의 공격을, 위드는 검을 들어 막았다. 그러자 뼈를 에는 한기가 전해져 왔다.

> 몸이 결빙됩니다.
> 힘이 감소하고 공격 속도와 이동속도가 느려집니다. 추가적인 결빙이 가능하며, 감기에 걸릴 확률이 높아집니다. 심한 경우 얼어 죽을 수 있습니다.

 고레벨의 몬스터답게 예티는 추위를 전달하는 특수 능력을 가지고 있었다. 이곳이야말로 진짜 예티의 고향! 따뜻한 기후가 아니라, 호롬 산의 추운 고지대에 있는 이놈들은 본신의 능력을 마음껏 발휘했다.

 쩌저적!

 예티의 앞발에 부딪친 위드의 검에 얼음이 얼었다.

 "예티의 앞발을 조심하세요!"

 위드가 굳이 외치지 않더라도, 이미 일행은 충분히 곤경을 겪고 있었다.

 예티의 공격이 적중될 때마다 엄청난 추위가 느껴졌던 것이다. 이런 결빙 공격은 즉각적으로 생명력을 깎는 피해보다도, 힘과 속도를 느리게 만드는 효과가 더 무서웠다.

 "에취!"

 "왜 이렇게 추운 거야."

 "그래도 시원한데요."

 한기를 느낀 검치 들은 오히려 무척이나 반가워했다.

 베르사 대륙에 폭염이 찾아왔기에, 절망의 평원을 건너오면서 푹푹 찌는 날씨를 견뎌야 했다. 땀을 뻘뻘 흘리면서 달려왔는데 이렇게 시원한 공격을 받다니 기분이 좋았던 것이다.

 히죽!

검삼치와 검오치의 눈이 마주쳤다. 둘은 오랜 세월에 걸친 교감으로, 서로의 의중을 파악할 수 있었다.

'내가 앞.'

'그럼 제가 뒤를 맡죠.'

검삼치와 검오치는 1마리의 예티를 전담했다.

1명이 앞으로 뛰어나가고, 다른 1명은 후방을 맡았다. 검삼치가 죽을힘을 다해서 예티의 앞발을 피하는 사이에, 검오치가 신나게 등을 공격하는 것이다.

거의 목숨을 걸고 하는 싸움 방법!

예티가 거대한 체구로 후려치는 앞발을, 검삼치는 바로 정면에서 몸을 움직여서 피하고 있었다. 어쩔 수 없는 공격은 검을 이용해서 비스듬히 받아치는 방법으로, 피해를 최소한 줄였다.

누군가 본다면 놀랄 수밖에 없으리라.

검삼치는 거구의 예티의 공격을 바늘 하나 정도의 간격을 두고 피하고 있었던 것!

한 대라도 제대로 맞으면 즉사할 수도 있는 공격을 피하며 아슬아슬한 줄타기를 보여 주고 있었다.

그러면서도 검삼치는 맞을 때마다 환호성을 질렀다.

"이야! 이거 정말 시원한데."

웬만한 고통 따위에는 아주 면역이 되어 버린 검삼치!

〈로열 로드〉에서도 직접 공격받을 경우에는 고통을 느낀다. 다른 여러 감각 중에서 고통만은 20% 이하로만 느껴지도록 최대치가 설정되어 있지만, 그것도 꽤나 얼얼하거나 아프다.

그런데 실전에서 워낙 많이 맞고 자란 검삼치인지라 이 정도의 고통은 웃으면서 넘겨 버렸다.

검오치는 열심히 예티의 등을 공략하고 있었다.

"베기, 베기, 찌르기!"

치명적인 급소들만을 노렸다.

등의 척추가 있는 부분과 정수리 부근!

검오치는 신이 나서 검을 휘둘렀다. 삽질을 하면서 키워 놓은 힘은 더욱 강력한 공격으로 변했다.

"재미있겠구나."

"우리도 패자!"

그 모습을 보고 있던 검둘치와 검사치도 예티의 등 뒤로 돌아갔다.

검삼치가 원망스럽게 외쳤다.

"도와주려면 앞에서 도와줘야 할 거 아닙니까!"

"미안. 뒤에서 패는 게 더 재밌을 거 같다."

"형님이 잘하고 계시니 도와 드릴 필요가 없을 것 같아서요. 이 괴물 정도는 충분히 이길 수 있잖습니까."

"그야 그렇지."

검둘치, 검사치, 검오치는 예티의 등을 맹렬하게 공격했다. 분노한 예티가 목표를 바꾸어서 뒤를 돌아보려고 할 때에는, 잽싸게 따라서 반 바퀴를 돌았다.

검삼치는 수비에서 공격으로 전환해서 예티의 시선을 끌었다. 그러면서 조금씩 생명력이 저하되고 있었다. 검과 발목도 서서히 얼어붙어 갔다. 막더라도 그 피해가 상당 부분 전해지고 있었던 것이다.

이리엔의 축복과 가호, 그리고 위드가 방어구 닦기 스킬을 미리 써 주지 않았더라면 진작 목숨을 잃어버렸을 것이다.

검삼치가 먼저 죽느냐, 예티가 먼저 죽느냐의 싸움!

검둘치와 검사치, 검오치의 무식한 힘과 치명적인 부위만 연거푸 노리는 공격에 의해서 예티는 끝내 생명력이 다했다.

쿠우웅!

둔중한 몸이 땅에 쓰러졌다.

"우워어! 이겼다!"

검삼치는 얼음이 낀 검을 높이 들었다. 발목과 허벅지까지 얼음이 얼어서 땅바닥에 붙어 있는 채였다.

그들이 1마리의 예티를 잡을 때, 위드도 검치와 함께 사냥을 했다. 이들도 검삼치와 상당히 비슷한 전략을 썼다.

"제가 앞을 맡겠습니다."

"음, 그렇게 하도록 해라."

위드의 인내력은 400이 가뿐히 넘는다. 타의 추종을 불허하는 인내력이었다. 거기에 여러 방어구들도, 예티의 공격의 피해를 그럭저럭 줄여 줄 수 있는 수준은 되었다.

이미 여러 차례 싸워 봤기에 예티의 공격 방식들에도 대단히 익숙했고, 서윤과 있을 때에는 위태롭긴 했지만 혼자서도 1마리 정도는 잡아 본 경험이 많았다. 냉기만 조심한다면 이곳에서도 잡지 못할 상대는 아니다.

위드가 정면에서 싸우고 있는 기회를 노려서 검치는 예티의 정수리만을 정확히 타격했다.

쓸데없는 공격을 여러 번 하기보다는 힘을 응집시켜서, 예티가 위드에게 무리한 공격을 할 때마다 정수리를 공격해서 흐름을 끊어 주었다.

위드도 방어와 함께 반격을 해서 그 둘은 무난히 1마리를 잡을 수 있었다.

나머지 1마리는 제피가 방어를 전담하고, 페일과 로뮤나, 화령, 수르카가 열심히 때렸다.

예티의 특성상 궁수나 권사의 공격에는 그리 큰 피해를 입지 않는다. 화령의 공격력도 썩 좋은 편은 아니었다. 그렇기에 생각보다 시간이 걸렸다.

하지만 차근차근 예티의 생명력을 깎아 내서 마침내 잡을 수 있었다.

예티 3마리가 모두 쓰러지자 수르카가 주먹을 불끈 쥐었다.
"이겼다!"
어렵게 잡은 몬스터!
다들 힘을 합치지 않았다면 불가능한 사냥이었다.
마판은 고개를 저었다.
'역시 난 상인이 어울려. 전투는 조금만 해야지.'
예티와 싸우는 것을 보며 기가 질릴 수밖에 없었다.
예티 3마리는 일행이 한꺼번에 감당하기에는 벅찬 수였다.

놈들이 한꺼번에 몰려다니며 한 사람을 공격한다면, 위드라고 하더라도 굉장히 위험할 수밖에 없다. 이리엔이 열심히 치료를 해 주더라도 속전속결, 위드의 생명력이 다 떨어지기 전에 예티들을 사냥하기란 어렵다.

만일 그중 일부가 중간에 위드가 아닌 다른 이를 노린다면,

생명력이 낮은 페일이나 화령은 금방 죽어 버릴 것이다.

그런데 검삼치와 위드, 제피가 나서서 각자 1마리씩, 3마리를 분산시켰다. 강한 몬스터라서 나누어서 잡은 것이다. 이런 빠른 판단력과 순발력, 전투 능력은 누구나 갖고 있는 것은 아니다. 철저하게 서로 마음이 맞지 않는다면 불가능한 일.

직업과 레벨만이 아니라 이러한 긴급 상황에서의 임기응변이야말로 파티의 역량을 잘 보여 주는 것이다.

"경험치가 장난이 아니네요."

이리엔이 캐릭터 정보 창을 확인해 보고는 미소를 지었다. 사냥하기 힘들었던 만큼, 예티는 막대한 경험치를 주었던 것이다. 죽은 예티에게서는 알 수 없는 씨앗 몇 개와 잡철 조금, 대형 몽둥이를 획득할 수 있었다.

잡템들은 우선 마판이 배낭에 넣었다.

"자, 그럼 다음 예티를 불러오겠습니다."

페일이 나서려고 할 때에, 위드가 이를 잠시 만류했다.

"페일 님, 잠깐만요. 먼저 해야 될 일이 있습니다."

"해야 할 일요?"

"전리품을 확실히 챙겨야죠."

위드는 조각칼을 꺼냈다.

사각사각!

그리고 예티의 사체에서 가죽과 고기를 추려 냈다. 거기에 뼈까지 따로 분류해서 모아 두었다. 가죽이나 고기는 일정한 확률로 드랍이 된다. 하지만 재봉이나 요리 스킬이 중급 이상 오른다면 사체에서 이를 추려 낼 수 있다.

얻어 낼 수 있는 양은 각 스킬의 숙련도에 따라 차이가 나고, 아이템이나 손재주와도 관련이 있다.

"고기, 뼈는 이유를 알겠는데 가죽은 왜 모으는 거예요?"

화령이 위드 옆에 쪼그려 앉아서 물었다.

위드는 조각칼을 쥔 손을 멈추지 않은 채로 대답했다.

"이 호름 산은 무척이나 춥군요. 혹시라도 쓸모가 있을지 몰라서 모아 두려고 합니다. 그리고 푹 우려낸 뼈다귀는 원기 회복에는 그만이죠."

뼈와 고기, 가죽까지 추려 내는 위드!

단 1마리를 잡아도, 예티는 버릴 곳이 한 군데도 없다. 큰 예티가 철저하게 분해되는 것은 아주 순식간이었다.

위드는 예티들을 사냥할 때마다 가죽을 따로 분류했다.

스릴과 긴장감이 넘치는 사냥!

까딱 조그마한 실수라도 하는 날에는 예티들에 의해 파티가 전멸될 수도 있는 위기가 찾아온다.

그렇기에 일행은 사냥에 집중할 수밖에 없었다.

페일이 최대한 주의해서 예티들을 끌고 왔지만, 가끔 4마리, 5마리가 동시에 덤벼들 때도 있었다. 그럴 때는 화령이 나섰다. 그녀의 특기인 상대방을 혼란에 빠뜨려서 재우는 기술을 쓰는 것이다.

"매혹의 춤!"

엄청난 육탄 공세!

목숨을 잃는 것을 무릅쓰고 예티들 앞에서 부비부비를 하고 있었다.

검치가 눈을 빛냈다.

"젊은 아가씨가 대단하군. 움직임이 아주 유연해."

검둘치도 말했다.

"스승님도 그렇게 생각하셨습니까? 발목과 허리의 움직임이 보통이 아니군요."

"맞아. 대단히 멋진 춤이군. 사전에 많이 맞춰 본 것 같아. 하루 이틀 배워서 될 것이 아니야."

화령의 움직임은 그대로 검치에 의해서 분석되고 있었다. 몸을 쓰는 것이라면 누구에게도 뒤지지 않는 검치!

그러나 그들의 집중은 10초를 넘기지 못했다.

화령의 춤을 보던 검치 들의 입이 점점 벌어지더니 마침내 침을 줄줄 흘렸다.

"헤에."

"죽인다!"

전투에는 관심도 두지 않고, 오로지 화령의 춤에만 집중하는 검치 들!

그로 인해서 일행에게 큰 위기가 찾아올 뻔하였으나, 다행히 그 순간 화령의 춤이 끝났다.

부비부비를 당한 예티들은 얼굴이 붉어진 채로 잠에 빠져들어 있었다.

"크허험!"

검치 들은 잠들지 않은 예티들에게 돌격했다.

검치야 특별히 나서지 않고 적당히 하는 정도였지만, 노총각인 검둘치, 검삼치, 검사치, 검오치의 검에는 이른바 사정이 없었다.

"나의 검에 죽는 것을 영광으로 알아라."

"나도 결혼 좀 해 보자!"

"많이도 안 바란다. 저 아가씨는 아니더라도, 저 아가씨 친구라도 어떻게 한 번만!"

검둘치, 검삼치, 검사치, 검오치의 투혼 속에서 일행은 예티를 무사히 사냥할 수 있었다.

위드가 가죽과 고기를 추려 낼 때에 검둘치와 검삼치, 검오치가 페일에게 다가갔다.

"페일 님."

"네, 넷!"

페일은 정신이 바짝 들었다.

검둘치와 검삼치 등은 얼굴만 보아서는 범죄자이고, 근육들까지 감안하면 흉악범이다. 평상시에는 온순하고 어딘가 모자라 보이는 사람들이지만, 지금은 눈빛이 달랐다.

앞을 가로막는 철벽이 있다면 그것을 단숨에 깨부술 정도의 투지와 기세가 있는 사람들이다. 극한의 수련을 거치면서 정상인들을 압도하는 무언가를 가지고 있었다.

그런 검둘치와 검삼치 등이 경직된 얼굴로 다가와서 말을 거는 것이다.

검오치의 얼굴에 홍조가 어렸다.

"다음에도 예티를 5마리씩 불러와 주실 수 있을까요?"

검삼치는 화령을 보며 몸을 비비 꼬았다.

"6마리도 괜찮습니다."

검둘치는 수줍은 듯이 자신의 얼굴을 두 손으로 감싸 쥐었다.

"아니, 7마리라도. 꼭 화령 님의 춤을 다시 보고 싶어서가 아니라……."

"……."

호롬 산에 높이 올라갈수록 일행은 엄청난 추위를 느끼고 있었다.

땅에는 흙이 아니라 온통 눈이 덮여서 무릎까지 푹푹 빠졌다. 칼날 같은 바람이 불어와서 옷깃을 파고들었다.

"바람이 차가워요."

수르카가 몸을 덜덜 떨었다.

"한기가 이렇게 거세게 몰아치다니."

페일도 몸을 잔뜩 웅크리며 걷고 있었다.

더워진 베르사 대륙과는 차원이 다른 추위! 그대로 서 있으면 얼음이 되어 버릴 것 같은 한기였다.

예티들은 이런 추위 속에서 더욱 강해졌다.

이젠 페일이 3마리씩의 예티를 끌고 오더라도, 화령이 2마리를 잠들게 하고 1마리씩 안전하게 잡았다.

"이놈의 추위."

"어서 빨리 더운 곳으로 가고 싶어요."

일행은 점점 추위에 지쳐 가고 있었다.

검치가 산의 봉우리를 올려다보았다. 상당히 먼 길을 걸어왔는데도 아직 정상이 보이지 않는다. 갈수록 추워지고 길도 험해지기만 했다.

"산이 이렇게 높다니 대단하구나."

검치가 지구상에서 여행한 산들도 꽤 많은 편이었다. 검을 갈고닦는 이들 중에는 일부러 심산유곡에 틀어박혀 있는 자들이 적지 않았기 때문.

수행과 비무를 위하여 험한 산에 은거한 이들을 찾아다녔던 경험을 가진 검치에게도, 호롬 산은 만만치 않은 곳이었다.

추위를 심하게 느끼면 체력과 생명력이 떨어진다. 심한 경우 전투와 직접적인 관련이 있는 힘과 민첩도 하락했다.

"에취!"

수르카가 기침을 했다.

드디어 감기의 초기 증상이었다.

> 감기에 걸렸습니다.
> 신체 능력이 20% 저하됩니다. 스킬의 효과가 30% 감소합니다. 감기는 다른 합병증을 유발할 수 있습니다. 생명력과 마나의 최대치가 감소합니다. 전투 스킬을 사용할 시, 감기로 인해서 실패할 가능성이 있습니다.

"여름 감기는 개도 안 걸린다는데. 훌쩍!"

수르카는 재채기를 하면서 심히 괴로워했다.

더 이상의 행군은 무리였다.

추위로 인해서 예티들도 상당히 버거웠고, 다들 감기에 걸리게 되면 전투 능력을 잃어버리기 때문이었다.

그때 위드가 바늘과 실을 꺼내고 작업에 들어갔다.

미리 챙겨 놓은 예티의 가죽을 자르고 이어 붙여서 옷을 만드는 것이었다.

"디자인은 같은 건 필요 없어요. 그냥 따뜻하게만 만들어 주세요."

남달리 노출 많은 옷을 즐겨하던 화령의 부탁이었다. 이리엔이나 로뮤나도 그저 따뜻한 옷을 원했다.

"조금만 기다리세요."

위드는 우선 수르카가 입을 옷부터 제작했다.

예티의 가죽은 엄청나게 크고 질기다. 가죽 1장의 무게도 상당히 나갈뿐더러, 너무 두껍고 딱딱해서 옷감으로는 적절하지 않다.

재봉을 위해서는 좀 더 가볍고 고급스러운 천이 좋다. 따라서 차라리 사슴이나 토끼 가죽으로 만드는 옷의 능력이나 옵션이 훨씬 좋다.

이런 투박한 짐승 가죽으로 좋은 옷을 만들기에는 아직 위드의 재봉 스킬이 부족했던 것이다.

'그래도 따뜻하면 되는 거지.'

위드는 예티의 가죽을 이용해서 기본적인 디자인의 옷을 만들었다. 그리고 거기에 가죽을 세 겹으로 덧대어, 튼튼하고 외부의 추위가 전해지지 않게 두껍게 만들었다.

거의 완성된 옷에는 예티의 털을 따로 모아 붙였다. 북극에서나 입을 법한 흰 털옷을 만든 것이다.

'추위에는 털옷이 좋은 법이지.'

위드는 옷을 완성시켰다.

띠링!

> **예티의 가죽으로 만든 옷**
> 두꺼운 예티의 가죽을 잘라서 붙인 옷. 대단히 섬세한 손길로 제작된 옷이다. 바람이 새지 않아 외부의 추위와 한기를 막을 수 있도록 되어 있다. 옷에 붙은 흰 털은 온도를 유지시켜 주는 데 도움이 된다.
> 내구력: 60/60
> 방어력: 25
> 제한: 레벨 150. 힘 600.
> 옵션: 냉기에 대한 저항력 40%. 옷을 입은 상태에서는 예티들이 적대감을 가진다. 무게로 인한 활동력 저하. 민첩 80 감소.

 방어력이나 옵션 등을 본다면 그다지 쓸모가 없는 옷이지만, 보온만큼은 최고였다.

 위드는 예티의 가죽으로 모자와 부츠, 장갑도 만들어서 일행에게 나눠 주었다.

 "고맙습니다, 위드 님!"

 수르카가 꾸벅 고개를 숙였다. 이리엔이나 화령도 활짝 웃는 얼굴로 감사의 인사를 했다.

 "와! 정말 고마워요. 이제 살 것 같아요."

 "아닙니다. 당연한 것을요."

 위드는 겸양의 말을 하고 있었지만, 속마음은 전혀 달랐다.

 모라타 지방에서 이미 추위에 처절한 시달려 보았던 그였다. 찬바람이 몰아치는 곳에서 감기에 걸리고, 낮아진 기온 때문에 밤에 생고생을 했다. 빙설의 폭풍이 불어 닥칠 때에는 끙끙 앓아야 할 정도였던 것!

 조각상의 도움으로 간신히 추위를 이겨 냈기에 망정이지, 그

때에는 재봉 스킬도 없었으니 몇 번을 얼어 죽었을지 몰랐다.

혹시 얼어 죽지 않았다고 하더라도 몸이 정상이 아닌 상태에서는 뱀파이어들과의 전투에서 이길 수 없었을 것이다.

그렇게 이미 경험을 해 보았으니 호롬 산을 딱 오르는 순간 점점 추위가 심해질 것을 직감했다.

만약 그때에 바로 옷을 만들어 주었다면 일행은 추위를 확실하게 느끼지 못했으리라.

처절하고 매서운 추위! 차가운 바람이 가져오는 추위의 공포에 시달리지도 않았으리라!

위드는 일부러 옷을 만들어 주지 않았다.

일행은 재봉 스킬로 만든 옷이 얼마나 따뜻한지를 모른다. 산의 초입을 오를 때에 옷을 만들어 주었더라면 그저 당연하게 받았으리라.

조금이라도 불편했다면, 곧바로 부족한 재봉 솜씨를 탓했을 수도 있다.

배고플 때 먹는 밥이 맛있듯이, 사람은 없어 봐야 고마운 줄을 아는 것이다.

"잘 입을게요."

위드는 일행에게 골고루 옷을 한 벌씩 제작해 주었다.

예티의 가죽으로 만든 옷을 입은 검삼치와 검사치는 굉장히 신기해했다.

"이 옷을 입으니 전혀 춥지 않군."

"정말 따뜻합니다, 스승님!"

흰 털옷을 입은 검치 들!

위드를 포함한 일행도 모두 흰 털옷을 입었다. 두꺼운 털옷 때문에 언뜻 보기에는 흰곰처럼 변한 이들이었다.

몸이 따뜻해지자 검치의 발걸음에도 힘이 실렸다.

"그럼 어서 올라가 보자꾸나."

검둘치가 활기차게 대답했다.

"스승님, 그러면 우리 누가 먼저 올라가나 시합을 할까요?"

"좋다. 시작이다."

검치 들은 열심히 산을 달려 올라갔다. 이제 주변에 예티가 없었기에 가능한 일이었다.

위드와 일행이 잠시 머뭇거리는 사이에, 검치 들은 한참이나 위로 올라갔다.

검오치가 문득 산 아래를 내려다보았다.

'구름으로 덮여 있는 세상.'

바람의 움직임에 따라서 구름이 흘러가는 것이 보인다.

다크 엘프의 성보다도 훨씬 높은 곳에 올라와 있기에, 그 변화가 한눈에 들어왔다. 구름이 없는 저 먼 곳에는 푸른 대지가 펼쳐져 있기도 했다.

검오치의 가슴이 호연지기로 가득 찼다. 그리하여 자신도 모르는 새, 얼떨결에 입을 크게 벌리고 외쳤다.

"야호! 내가 왔다!"

산에 올라와서 큰 소리로 내지르는 함성!

야야야야!

호호호호호!

크게 메아리가 치고 있었다.

검오치는 무척이나 마음에 들어 했다. 그런데 메아리 소리가 점점 커져만 갔다.

그러더니…….

쿠르르르르르릉!

우지끈! 쾅쾅!

또한 무언가가 쓸려 내려오는 듯한 굉음도 들렸다.

소리가 나는 산 정상 쪽을 돌아본 검오치의 얼굴에서 핏기가 가셨다.

저 먼 곳에서부터 쌓여 있던 눈이 허물어지고 있었다. 허물어진 눈들은 아래로 굴러 내려오며 더욱 규모를 키워 갔다. 어마어마한 양의 눈! 눈사태가 일어난 것이다.

위드와 페일 들은 재빨리 바위 뒤로 숨어서 피했다.

땅이 우르르 떨리고, 눈이 무지막지한 위력으로 그들을 덮쳤다.

한참 후에 눈사태가 끝났을 때, 검치 들은 찾을 수 없었다. 눈사태에 휩말려서 목숨을 잃은 것이다.

※

위드와 남은 일행은, 불가피하게 그곳에 머무르면서 예티들을 사냥했다.

호롬 산은 추위 때문에 사냥하기에 좋은 장소는 아니었지만, 검치 들이 다시 돌아올 때를 기다리고 있었던 것이다.

다른 이들은 의리 때문에 정상을 밟지 않고 기다린다고 하였지만, 위드의 생각은 조금 달랐다.

'사람 하나 살리는 셈 치고…….'

만약에 그들끼리만 정상에 갔다 온다면, 이 사태의 원흉이라고 할 수 있는 검오치는 무수한 구박을 당하리라.

위드는 부지런히 예티를 사냥하면서 시간을 보냈다.

검치 들이 없었기에 사냥은 더욱 힘들어졌지만, 그만큼 보람도 있었다.

호롬 산을 오른 이후 위드를 제외한 다른 이들의 레벨이 모두 2개나 3개씩 뛰어오른 것이다.

위드도 대략 30% 정도의 경험치를 채울 수 있었다. 306이나 되는 레벨에서부터는 경험치를 모으기가 굉장히 힘들어진다. 그나마도 열심히 사냥을 하고 일행의 파티 플레이가 원활한 탓에 기대했던 것보다 많은 경험치를 모을 수 있었다.

게다가 위드의 경우에는 뱀파이어 토리도가 가져가는 경험치도 만만치 않았기에 레벨 업이 더딜 수밖에 없었다.

'데스 나이트처럼 이놈도 어서 떨쳐 버려야 하는데.'

뱀파이어 토리도!

남들은 유용한 부하가 생겼다고 좋아할지도 모르지만, 조각술의 비기인 생명 부여를 쓸 수 있게 된 지금은 다르다. 구태여 지속적으로 경험치를 나누어 주면서 부릴 필요가 없다.

더구나 뱀파이어 로드는 살아 있는 생명체의 피를 지속적으로 공급해 줘야 하기에 함부로 부를 수도 없었다.

그래도 이들을 완전히 포기하지 않는 것은 위드의 감각이었다.

'틀림없이 어떤 퀘스트와 관련이 있다.'

파고의 왕관과 헤레인의 잔, 불사의 군단에 이어진 연계 퀘스트!

그 정점에 무엇이 있을지는 몰라도, 뱀파이어 로드나 데스 나이트와 관련이 있을 것이라는 직감 때문이었다.

검치 들은 베르사 대륙의 시간으로 딱 엿새 만에 나타났다.

정확히 24시간의 로그인 제한이 풀린 후에 접속했지만, 이곳까지 다시 올라오느라 들인 시간 때문이었다.

검오치는 완전히 풀이 죽어서 고개를 푹 숙이고 있었다.

"죄송합니다. 저 때문에 시간을 지체하게 되었습니다."

그러면서 기다려 준 일행을 향해 허리를 숙였다. 그러자 화령이 검오치의 손을 따뜻하게 잡아 주었다.

"괜찮아요. 너무 미안해하지 않으셔도 돼요. 그런데 참 남자답네요."

"예?"

"사나이다운 사과라고요. 자신이 한 일에 대해서 솔직하게 사과하는 모습이 멋있어요."

"화령 님."

검오치의 눈이 붉게 충혈되었다.

화려한 외모와 완벽한 몸매를 가진 화령의 칭찬을 받다니, 스스로 믿을 수가 없었다.

화령은 그들에게 있어서 감히 말도 걸지 못할 정도로 아름다웠던 것.

검둘치가 재빨리 허리를 숙였다.

"죄송합니다. 제가 식성이 좋아서 지금까지 여러분보다 많은 양을 먹었습니다."

검삼치는 아예 엎드려서 절을 했다.

"진심으로 사과드립니다. 그동안 식사를 준비할 때마다 게으름을 피웠습니다."

열심히 남자다운 사과를 보여 주는 검둘치와 검삼치!

나이 어린 페일이나 제피의 눈초리가 좋을 리가 없다는 것은 알고 있었지만, 그들에게도 절박했다.

'여자와 도대체 언제 손을 잡아 봤는지도 까마득하다.'

'목검이 여자의 손과 감촉이 비슷하던가? 저번에 잡아 봤던 관장님의 검 손잡이가 얼추 비슷했던 것 같기도 한데.'

필사적으로 사과를 하면서 혹시라도 화령이 그들의 손도 잡아 주지 않을까 기다리고 있었다.

화령이 아니라도 좋았다. 이리엔이나 로뮤나, 누구라도 환영이었다.

그러나 화령이나 다른 일행은 어이가 없어서 망연자실 보고만 있었다. 남자다운 검둘치와 검삼치가 저럴 줄은 몰랐다는 얼굴이었다.

거기에다가 눈치만 보고 있던 검사치는 주변의 바위 위로 올라가서 고함을 질렀다.

"야아아아아호!"


검둘치, 검삼치, 검사치의 추태를 뒤로하고 위드와 일행은 다시 산을 올라갔다.

산사태로 인해서 눈이 많이 휩쓸려 나간 덕분에 흙이 조금

드러났다.

얼어붙은 흙 사이로 피어난 극한지 식물들!

위드는 열심히 식물들을 파내서 음식의 재료로 삼았다. 예티의 고기만 연속으로 먹으니 입이 질려 버렸던 것이다.

그나마 정상으로 올라갈수록 예티들도 찾아보기가 쉽지 않았다. 아마도 지나치게 험난한 지형에서는 예티들도 살지 못하는 듯싶었다.

일행이 알고 있는 것은 그저 이곳이 높은 산이라는 사실뿐이었다.

유로키나 산맥까지 온 기념으로 오르려는 산. 그 이상도 이하도 아니다.

그런데 정작 오르면 오를수록 한계를 느끼게 해 주었다.

대자연이라는 광활함 속의 한 인간!

세차게 불어와서 몸이 날아갈 것만 같은 바람을 견디어 내야 했다.

체력이 거의 다 소진된 상황에서도 억지로 한 걸음씩을 떼어 놓았다.

발이 밟고 있는 곳은 산이었지만, 조금만 고개를 돌리면 세상이 그대로 펼쳐졌다. 그리고 마침내 정상을 밟을 수 있었다.

띠링!

---

**유로키나 산맥에서도 가장 높고 험난한 호롬 산!**
**호롬 산의 정상에 최초로 올랐습니다!**
혜택: 명성 150 증가. 대지와의 친화도 1% 상승. 행운 3 상승.

정상은 약간 평평한 분지에 몇 개의 큰 바위가 있는 것이 전부였다.

일행은 모두 분지 위에 드러누웠다.

"으아아아!"

"아이고, 아파라!"

체력이 거의 다 떨어진 상태에서 억지로 참아 가면서 산을 올라온 탓에, 다리가 욱신욱신 쑤셨다.

고소공포증이 있는 수르카는 주위의 도움이 없었더라면 오르지도 못할 뻔했다.

그래도 산에 오르고 나니 성취감 때문에 불만을 표시하는 사람은 아무도 없었다.

페일이 말했다.

"명성이 올랐네요."

수르카도 확인해 보고는 고개를 끄덕였다.

"상당히 많은 양이에요."

전투 계열의 직업들은 명성을 올리기가 그리 쉽지 않다. 아주 강한 몬스터를 잡거나, 퀘스트를 하는 방법뿐이었다.

그런데 남들이 이미 다 한 퀘스트는 명성을 별로 올려 주지 않는다. 그러므로 퀘스트에 의존해서 올리는 명성에는 한계가 있을 수밖에 없었다.

페일이 기진맥진해서 말했다.

"처음에는 명성을 위해서 올라온 산이지만, 확실히 오르기를 잘했다는 생각입니다. 참으로 값진 경험을 해 본 것 같아요."

굳이 입 밖으로 소리를 내어 말하진 않았지만 일행 모두 페일의 말에 공감하고 있었다.

위드와 일행은 한참을 휴식하다가 자리에서 일어났다. 그러고는 봉우리 위에서 경치를 감상했다.

유로키나 산맥의 많은 산들이 발아래에 펼쳐져 있었다.

구름과 산, 저 멀리 보이는 평야까지도 흘러가는 자연의 일부분일 뿐이다.

"정말 굉장하네요."

화령의 눈가가 감동으로 붉어졌다.

자연이 빚어내는 장관에 기분이 들떴다.

베르사 대륙의 변덕스러운 기후와 풍토!

하지만 그것을 비난할 수 없는 이유는 이런 위대한 광경을 볼 수 있기 때문이리라.

직접 걸어서 올라왔기 때문에 그 감동의 여운이 더 진할 것이었다.

검치가 검을 뽑아 들었다. 그러고는 옆의 바위에 낙서를 개시했다.

검치 다녀간다!

검둘치나 검삼치, 검사치, 검오치도 빠지지 않고 그 바위에 낙서를 했다. 새로운 곳을 방문할 때마다 낙서를 하는 것은 대한민국 국민의 전통인 것이다.

"재미있겠네요."

"우리도 할까요?"

페일이나 수르카도 웃으면서 하나씩 글귀를 남겼다.

　메이런, 보고 싶다. 다음에는 우리 둘이 꼭 같이 오자.
　수르카도 왔다 가요!

　일행은 정상에서 한참의 시간을 보내다가 아쉬운 마음을 뒤로하고 산을 내려오기 시작했다.
　오르기는 힘들었지만 내려오는 것은 그와 비교할 수 없을 만큼 쉬운 편이었다. 일행은 그렇게 산사태가 일어난 곳 근처까지 내려와, 1명씩 휴식을 위해서 로그아웃을 했다.
　다들 호롬 산을 오르느라 정신적으로 많이 피곤한 상태였던 것이다.

　쐐애애애액!
　칼날 같은 바람이 부는 호롬 산의 정상!
　위드는 두껍게 만든 예티의 가죽옷을 입고 다시 올라왔다. 그에게는 목적이 있었다.
　'조각품이란 자연과 어우러졌을 때 그 가치가 더욱 높아지지.'
　무릇 예술이란 어떤 암울한 곳에서도 꽃피는 법이다.
　호롬 산의 정상은 심한 바람과 추위로 인해서 마음대로 숨을 쉬기도 어려울 정도였다. 하지만 그런 부분만 조금 극복한다면, 세상에 둘도 없을 정도의 경치를 자랑한다.
　위드는 자하브의 조각칼을 꺼냈다.
　'이런 곳에 조각품을 세운다면 최소한 명작 이상은 나올 수

있을 거야.'

위드는 봉우리에 있는 큰 바위로 다가갔다.

지금은 밤. 밤하늘에는 셀 수도 없이 많은 별들이 빛을 내고 있었다. 그 미약한 빛에 의존해서 조각을 하려는 것이었다.

횃불을 피우기에는 바람이 너무 심했다. 그러나 사실상 어둠보다도 더 큰 장애는 추위와 거센 바람이었다.

몸이 날릴 것만 같은 바람을 이기고 조각술을 펼쳐야 하는 어려움이 있었던 것이다.

다행히 어떤 조각품을 만들어야 할지에 대해서는 너무나도 확실했다.

'서윤을 만든다면 확실히 명작 정도는 자신이 있다.'

그러나 위드는, 이번에는 서윤을 만들지 않기로 했다.

직접 서윤을 만나 보고 미안한 마음에 개과천선했을 리는 추호도 없다. 꼬리가 길면 밟힐까 봐 두려운 것도 아니다.

그저 지금은 다른 조각상을 만들고 싶을 뿐이었다.

"할머니, 혜연이 그리고 나. 우리 가족의 조각상을 만들자."

한 번도 만들어 보지 못했다고 해도, 마음속에는 늘 남아 있었다.

조각술의 스킬이 어느 정도 경지에 오르기 전까지는 만들지 않겠다고 다짐했던 가족의 조각상.

위드는 바위를 깎아서 조각상을 만들기 시작했다.

과거에 부모님이 돌아가시고 난 이후에는 삶이 정말로 힘들었다. 어린 여동생을 키우는 데에는 돈이 든다. 아무리 없이 살아도, 아이를 키우려면 각종 주사도 맞혀야 하고 약도 먹여야 된다.

빛도 잘 들지 않고 공기도 눅눅한 지하 단칸방에서 살던 시절, 그때에는 무조건 높은 집에서 사는 게 소원이었다.

"여기는 아주 높은 곳이니까. 해가 뜨고 지는 것을 매일 볼 수 있지."

나이만큼의 세월을 조각상에 담기란 대단히 어렵다. 그러므로 위드는 자신이 아는 만큼만 담기로 했다.

손에 있는 주름 하나하나에 담긴 시름과 아픔들.

위드는 직접 겪은 일들을 회상하면서 조각칼을 움직였다.

할머니의 눈가에 맺힌 세월의 흔적들을 만들 때에는 잠시 조각칼을 쉬어야 했다. 감정이 격해져서 차마 조각을 할 수가 없었던 것이다.

"그래도 더 늦어지기 전에 해야지."

위드는 조각칼을 부지런히 움직였다.

밤새도록 조각상을 깎다 보니 어느 순간 태양이 떠올랐다.

저 멀리서부터 떠오르는 해.

햇빛이 비추면서 조각상과 그 주변이 환해졌다.

자욱하던 안개가 사라지면서 별로 가득하던 어두운 밤하늘이 밝게 변하는 모습은, 또 하나의 자연의 신비였다.

하지만 조각상에만 집중하고 있는 위드는 일출을 볼 겨를이 없었다.

와이번들을 만들 때는 시간에 쫓기던 신세이다 보니 따로 공을 들일 수 없었다. 그러니 이것이 실질적으로 고급 조각술을 터득한 다음에 완성하는 최초의 조각상이나 마찬가지였다.

'일출을 본다고 해서 한 푼이라도 나오는 것이 아니니까.'
완벽하게 메마른 감수성!
위드는 열심히 조각상을 깎는 데에만 집중했다. 시간의 흐름도 잊어버릴 정도였다.
바위를 조각할 때에는 나뭇조각과는 달리 특별히 많은 시간이 필요했다.
조각칼을 움직일 때마다 돌 파편이 깎여 나가는 것을 보며 조각술에 대해 많은 생각을 한다. 무엇을 만들어야 하는지, 무엇을 남겨야 하는지에 대해서 마음을 잡아 나가는 것이다.
할머니의 조각상은 형태와 세밀한 부분까지 쉬지 않고 그대로 만들어졌다.
기교나 세밀한 조각술의 표현법에 대해서는 생각하지 않았다. 어차피 그런 것은 전문적인 조각사들에 비해서 훨씬 모자랄 수밖에 없다.
위드는 그저 마음을 담기로 했다. 조각술을 펼치면서 느껴지는 마음. 완벽한 무언가를 창조해 내기보다는 자신의 마음이 움직이는 대로 조각술을 펼쳤다.
〈로열 로드〉의 조각사!
조각사 같은 예술 계열의 직업은 일반적인 생산직 직업들과는 다르다.
대장장이는 철광석을 화로에 넣어 쇳물을 만들고 형틀에 부어 무기나 방어구를 만든다.
요리사는 어느 정도 요리법을 알아야 하지만, 요리 스킬의 경지가 오르다 보면 재료만 보고도 대충 최적의 요리와 요리를 하는 방법들을 떠올릴 수 있다.

재봉사의 경우에도, 기본적인 가위질이나 바느질 솜씨만 있다면 옷을 제작하는 게 그렇게 어렵지 않다.

하지만 예술 계열의 직업들은 직접 손을 움직여야 했다.

높은 스킬만을 가지고 있다고 해서 명작이나 대작들을 펑펑 쏟아 낸다면 얼마나 허무할 것인가. 이것이야말로 예술을 모독하는 것이다.

화가라면 그림을 그려서 작품을 만들어야 하고, 조각사는 조각품을 직접 깎아야 한다.

위드의 경우에는 초보 시절, 전투를 쉬는 동안에는 거의 언제나 나뭇조각을 깎았다. 하루에 수십 개씩 나뭇조각을 깎으면서 기초적인 조각술을 스스로 습득했다.

토끼나 여우, 세라보그 성에서 대중적으로 판매하던 조각품들도 만들었지만, 기본적으로 한 번씩 본 물건들이나 몬스터, 나무들을 제작하면서 경험을 쌓아 온 것이다.

그렇기 때문에 화가나 조각사 따위의 예술 계열 직업을 선택하는 이들은 더욱 드물었다.

사각사각.

이제 할머니의 조각상은 얼굴과 몸을 비롯한 대부분이 완성되었다. 양쪽 손 부분은 일부러 바위와 단절시키지 않고 그대로 남겨 두었다.

바로 여동생의 조각상과 이어서 만들기 위함이었다.

'여기서부터는 티끌만 한 실수도 해서는 안 된다.'

위드는 할머니의 조각상에 이어서 여동생의 조각상을 만들기 시작했다.

사진으로 본 얼굴이 아닌, 마음으로 떠올리는 가족의 형상!

굶주림과 허기는 대충 예티의 고기 말린 것을 뜯으면서 채웠다. 작업을 할 때에는 먹는 것에 신경을 쓸 겨를이 없었던 것이다.

조각품을 만들 때에는 하나의 감성을 그대로 유지하는 것이 중요했다.

다른 무엇도 아닌 가족의 조각상을 만드는 것이었기에 위드는 혼신의 노력을 다했다.

서로 손을 단단히 맞잡은 채로 이어진 조각상. 복장은 할머니와 같이 고운 드레스로 설정했다.

재봉 스킬을 익히면서 많은 옷을 만들어 본 덕분에, 드레스를 함께 조각하는 것은 그리 어려운 일이 아니었다.

완성된 여동생의 조각상은 할머니의 조각상과 함께 은은한 광채를 발산하고 있었다.

고급 조각술의 효과!

고급 조각술을 터득한 이후로 만든 조각상들은 특유의 색감이나 광채가 살아난다. 주변의 기후나 온도의 변화에 따라서, 같은 재질의 조각상이라고 해도 약간씩 차이가 있었다.

위드는 이제 할머니의 다른 한쪽 손 부분에 있는 바위를 조각했다. 자기 자신의 조각상을 만들기 위함이었다.

너그럽고, 곱게 늙으신 할머니와 어여쁜 여동생!

거기에 위드 스스로의 조각상!

하지만 자신의 조각상을 만들 때에는 뭔가 마음에 들지 않았다.

'내 눈이 원래 이렇게 작은 편은 아니지.'

위드는 조각상의 눈을 상당히 크게 했다.

'사실 코도 좀 더 오뚝한 편이고, 이마도 약간 보기 좋게 넓은 편이던가? 그래, 맞아. 키도 사실 훨씬 크지!'

위드는 딱 대한민국의 평균 키에, 평범한 외모를 가지고 있었다. 그런데 조각상을 제작하면서는 사심이 잔뜩 들어갔다.

전체적인 구도나 이미지 자체를 꽃미남으로 설정한 것이다. 거의 연예인 수준의 꽃미남!

"그래. 이게 바로 나라니깐! 나랑 똑같이 생겼군. 흐흐흐."

위드는 다 만들어진 자신의 조각상을 보며 흡족한 듯이 웃었다.

띠링!

조각상이 완성되는 순간, 위드의 눈앞에 메시지 창이 떴다.

> 만든 조각품의 이름을 정해 주십시오.

뭔가 조짐이 좋았다. 지난번에 서윤의 조각품을 만들 때에도 미리 이름을 정하라고 물어보았던 것.

다 만들어진 조각품의 이름을 정하는 것이야말로 조각사의 최고의 영예라고 할 수 있다.

위드는 잠시 고민한 끝에 말했다.

"화목한 가족."

> 〈화목한 가족〉이 맞습니까?

"맞아."

> **대작! 〈화목한 가족〉상을 완성하였습니다!**
> 세상의 지붕이라고 할 수 있는 호롬 산의 정상! 어마어마한 높이 위에 영광스러운 조각사의 작품이 더해지게 되었다. 섬세하고, 예술성이 넘치며, 창조적인 조각사의 작품은 모든 역경을 뚫고 완성되어 더욱 가치를 빛내게 되리라.
> **예술적 가치**: 9,400
> **옵션**: 〈화목한 가족〉상을 본 이들은 생명력과 마나 회복 속도가 하루 동안 30% 증가. 조각상 근처에서 휴식 시, 체력과 생명력이 매우 빠른 속도로 회복. 험난한 지형에서 체력 소모가 줄어든다. 추위에 대한 내성 50% 상승. 빙계 마법에 대한 특별 저항력. 전 스탯 25 상승. 세 가지 속성 24% 상승. 하루에 한 번씩 조각상을 향해 작은 기원을 올릴 수 있다. 기초적인 가호와 축복의 효과가 더해진다. 다른 조각품과 중복으로 적용되지 않는다.
> **지금까지 완성한 대작의 숫자**: 2

조각술 스킬의 숙련도가 향상되었습니다.

조각품에 대한 이해의 스킬 레벨이 1 상승하였습니다.

고급 손재주 스킬의 레벨이 3이 되었습니다.
도구나 손을 이용하는 능력이 추가로 8% 증가하며, 다양한 분야에 걸쳐서 영향을 주게 됩니다.

명성이 410 올랐습니다.

고급 조각술의 경지에 오른 이후부터는 바위나 나무 등 기초적인 소재를 이용한 조각품으로 인한 명성은 일정 수준 이상 크게 증가하지 않습니다.

예술 스탯이 34 상승하였습니다.

인내가 9 상승하였습니다.

지구력이 4 상승하였습니다.

〈화목한 가족〉상의 소유권은 위드 님에게 있습니다.
조각상에 생명을 부여할 수 있다면 위드 님에게 충성을 바치게 될 것입니다.

대작 조각품을 만든 대가로 전 스탯이 3씩 추가로 상승합니다.

"으하하하하!"

위드는 기쁜 웃음을 터트렸다. 호롬 산의 정상에서 마음껏 웃었다.

"대작이다!"

달빛 조각술을 아직 터득하지 못한 마당에, 만들 수 있는 최고의 작품을 만들어 낸 것이다. 가족의 조각상을 만들어 낸 것이 대작이 되어 더욱 기분이 좋았다.

다만 아쉬운 점은 대작임에도 불구하고 생명을 부여하기는 곤란하단 것이었다.

실제로는 3개의 조각상이 하나처럼 손을 잡고 이어져 있어서 생명체로 만들었을 때에는 효율이 떨어지게 된다.

하지만 어차피 생명을 부여할 조각상은 아니었다. 조각상에 생명을 부여하는 것은, 그 조각상의 본질적인 가치를 퇴색시키게 된다. 이 조각품은 정말 기념을 위해서 만든 것이다.

'해가 뜨고 지는 것을, 구름이 흘러가고 비가 내리는 것을 보면서 산과 함께 이대로 남아 있기를.'

⁂

화령은 평상시보다 일찍 접속해서 다른 일행을 기다리고 있었다. 그러던 차에 다시금 호롬 산의 정상이 그리워졌다.

"다녀올까? 완전히 내려오면 다시 찾아오기 힘들 테니까."

화령은 혼자서 산을 올랐다.

산사태가 난 곳에서 정상까지는 그리 멀지 않았다. 이미 한 번 정상까지 가 본 경험이 있었던 만큼, 훨씬 수월하게 오를 수 있었다.

그리고 정상에 도착한 화령은, 이전에는 없던 조각상을 발견할 수 있었다.

"와, 예쁘다!"

화령은 진심으로 감탄하고 말았다.

호롬 산의 정상에 고즈넉하게 서 있는 조각상.

마치 세상의 가장 높은 곳에서 주변을 따뜻함으로 감싸고 있는 것만 같다. 거기에 빛과 어울려서 신비로움마저 더하고 있었다. 고급 조각술의 효과가 여지없는 위력을 보이고 있었던 것이다.

평범한 바위로 만든 조각상이 보석을 빚어낸 것 같은 아름다움을 뽐내고 있었다.

"굉장하네."

화령은 이 조각상을 만든 사람이 위드일 거라고 짐작할 수 있었다.

"이게 진짜 조각상이구나."

사기에 가까운 피라미드 제작과 스핑크스 외에, 위드가 만들어 낸 조각상을 제대로 보는 것은 처음이었다.

"조각품이란 참 대단하네."

화령은 조각상을 천천히 구경했다.

할머니와 여동생의 조각상은 생동감이 넘쳐흐르고 있었다.

"남자도 참 잘생겼다."

화령은 훤칠한 키의 남자 조각상을 보며 눈을 빛냈다.

연예인들을 많이 봐 온 그녀로서도 상당히 괜찮다는 평가를 내릴 정도의 외모를 가진 조각상이었다. 물론 그런 조각상을 보면서 위드를 연상할 수는 전혀 없었지만.

## 영광의 홀 원정대

 중앙 대륙의 길드들은 치열한 정보전을 펼치고 있었다.
 스콜피온 왕의 경우와는 반대로 대륙의 온도를 낮출 수 있는 퀘스트를 찾기 위해서였다.
 마법사나 현자, 귀족들을 만나고, 도서관에 있는 전설과 신화를 다룬 고서적들을 찾아냈다.
 그러던 중 바바리안의 부락에서 힌트를 구할 수 있었다.
 "대륙의 북부에 에데른이라는 사라진 마을이 있지. 그 마을에 있는 제단에 무언가를 바쳤더니 더위가 사라졌다는 전설이 전해져 내려오고 있어. 자세한 내용은 에데른을 찾아서 알아보도록 하게나."
 사라진 마을 에데른!
 역사서에는 칼데스 왕국의 영토로 기록되어 있는 곳이었다.
 칼데스 왕국은 추운 북부에서도 한참이나 더 올라가야 하는, 그야말로 동토의 대지다. 그리고 에데른 마을은 지도상에도 나와 있지 않았다.

"어쨌든 알아냈으니 됐군."

각 길드의 수장들에게는 목표가 생겼다.

추운 북부의 대륙을 탐험하고, 마을 에데른을 찾아라!

진홍의날개 길드가 한순간에 몰락하는 것을 보았던 만큼, 퀘스트를 해결할 수 있다면 그 이상의 명성을 얻는 것도 금방이었다.

한편으로는 다른 생각도 들었다.

'이번 계기를 잘 이용한다면 남들보다 먼저 북부를 개척할 수 있겠군.'

'북부에 있는 많은 퀘스트들. 그것을 입수하고 사냥터를 차지한다면 우리 길드의 영향력을 확대할 수 있다.'

'길드를 확장하기에는 더없이 좋은 기회!'

중앙 대륙에 있는 길드들의 이권 다툼은 가히 점입가경이라고 할 수 있었다.

성이나 요새를 두고 수시로 쟁탈전이 벌어지고, 사소한 사냥터 문제로도 전쟁이 터진다.

그런데 그 힘을 북부 탐험으로 돌릴 수 있게 된 것이다.

남들이 안 하면 모를까, 몇몇 선두 길드들이 북부 탐험에 나서자 이제는 웬만한 길드들은 모두 북부로의 모험을 하지 않을 수 없게 되었다.

바야흐로 북부 개척의 시대가 열린 것이다.


다크 게이머들의 선술집.

진홍의날개 길드의 의뢰를 받아 고위 레벨 유저들이 다수 참여한 퀘스트는 실패로 돌아갔다.

그 후로 한동안은 침체되었지만 다시금 생기가 돌았다.

여러 길드들이 북부 탐험을 위한 의뢰를 하러 찾아왔던 것이다.

단순히 레벨이 높고 직업이 좋다고 전투에 도움이 되는 건 아니다. 경험이 많고 자신의 능력을 잘 발휘할 줄 알아야 한다.

다크 게이머들은 어떠한 전투에서도 끈질기게 살아남고, 본신의 능력을 다 사용할 줄 안다. 그러면서도 책임감이 강해서 길드들이 경쟁적으로 영입을 하고 있었다.

"그러게 내가 뭐라고 했어요! 아무 곳이나 따라가지 말라고 했잖아요."

"크으. 난 괜찮을 줄 알았지."

"괜히 난이도 높은 퀘스트에 따라가서 죽기만 하고, 사람들의 원성만 사고."

"알았어. 알았으니까 그만해."

볼크는 아내인 데어린의 말에 고개를 들 수 없었다.

난이도 A급 퀘스트를 한다면서 진홍의날개 길드를 따라가서 목숨을 잃은 실수!

운이 나빠서인지 레벨도 2개나 떨어지고, 각종 숙련도도 상당히 하락했다.

몸이 재산인 다크 게이머에게는 큰 피해가 아닐 수 없었다.

볼크가 그래도 변명하듯이 말했다.

"아무튼 돈은 벌어 왔잖아. 이래저래 번 돈을 다 합치면 11만 골드나 돼."

"그래도 당신 목숨값만큼은 아니잖아요. 그런 곳에서 죽었다고 생각하니 마음이 아파요."

"당신……!"

볼크의 눈동자가 감격으로 흔들렸다.

"역시 내 생각을 해 주는 건 당신뿐이야."

"여보도 참."

볼크와 데어린은 다정하게 손을 붙잡았다. 그러다가 문득 생각난 듯이 데어린이 말했다.

"참, 장비는 잃어버린 거 없죠?"

"물론이지. 상점에서 구입한 싸구려들을 착용하고 갔어. 위험한 곳이니까 그 정도의 대비는 해 두었지."

"잘했어요."

다크 게이머들은 죽을 확률이 높은 퀘스트를 받을 때에는 별도의 장비를 착용했다. 잃어버려도 그리 큰 후회가 없는 물품들만 사용하는 것이다.

다크 게이머에게 몸과 장비들은 자산이었으니 당연한 선택이었다.

그렇게 볼크와 데어린이 이야기를 하며 쉬고 있을 때, 다가오는 남자가 있었다.

"의뢰를 하고 싶어서 왔습니다. 가능할까요?"

정중한 남자의 말에, 볼크는 고개를 끄덕였다.

"일단 말씀해 보세요. 하지만 의뢰를 받을지 말지는 들어 보고 판단합니다."

"당연한 말씀이지요. 저는 차가운장미 길드에서 나왔습니다. 우리 길드에서는 이번 기회에 북부 대륙 탐험을 하려고 합니다. 자격 제한은 최소 레벨 320 이상. 기본 보수는 4만 골드."

"보수가 상당히 후한 편이군요."

남자는 그 말에 고소를 머금었다.

"예. 요즘 들어 다크 게이머 분들의 시세가 꽤 올랐지요. 에데른 마을을 발견하거나, 중요한 퀘스트를 진행하게 된다면 거기에 맞춰 추가적인 금전적인 보상을 약속드리겠습니다."

"하지만 실례되는 말일지도 모르겠는데, 차가운장미 길드의 역량만으로 북부 대륙 탐험은 무리가 아닐까요?"

차가운장미 길드는 중앙 대륙에서 40위권 정도의 중견 길드다. 성을 4개나 소유했지만, 노른자위 땅이라고 할 수는 없는 외진 곳에 위치해 있었다.

그래도 호쾌한 사내로 알려진 드워프 워리어 오베론이 길드의 수장으로 있어서 평판은 나쁘지 않은 길드 중의 하나였다.

볼크의 우려 섞인 말도, 남자는 당연하다는 듯이 받아들였다.

"물론 우리들만으로는 부족합니다. 그래서 동맹 길드들의 조력도 받고, 일반인들 중에서도 우리와 함께하려는 사람들과 같이 가려고 합니다. 다른 이들이 열심히 정보나 수집하고 있을 때에 남들보다 빨리 움직여서 길드 차원에서는 최초로 북부 대륙을 탐험하는 것이지요."

"그러면 대규모 인원이 되겠네요."

"맞습니다. 그래서 이번 기회에 북부 마을이나 왕국들도 탐험해 보려고 합니다. 북부의 마을들은 제대로 탐사되지 않은 곳이 많으니까요. 어떻습니까, 한번 참여해 보시겠습니까?"

데어린이 볼크의 옆구리를 쿡 찔렀다.

이만하면 나쁜 조건은 아니었던 것이다. 보통 다크 게이머들은 목숨을 아낀다는 세상의 편견이 있었지만, 실은 더욱 위험한 곳을 혼자서라도 찾아다닌다.

남들보다 앞서야 하기 때문에 더 열심히 모험을 하고 있었던 것이다.

북부 대륙의 개척!

새로운 사냥터와 퀘스트는 다크 게이머들에게 구미가 당기는 일이 아닐 수 없었다.

볼크와 데어린은 의뢰를 받아들이기로 했다.

위드와 일행은 호롬 산을 내려와서 다크 엘프의 성으로 돌아갔다. 들고 있던 잡템들을 처분하고 호롬 산을 올라갔다는 보고를 하기 위해서였다.

다크 엘프 그랑벨은 수르카의 경험담을 매우 기분 좋게 들었다.

"정말 호롬 산의 정상까지 오를 수 있었다니, 뛰어난 모험가들이었군. 그러면 좋은 사냥터에 대해서 안내를 해 주지. 카라카의 숲이라는 이름을 알고 있는가?"

"모르겠는데요."

"여기서 하루 정도 거리야. 거기에는 자네들의 수준에 맞는 몬스터들이 많이 나오는 편이지. 사냥감도 많고, 여러모로 좋은 곳이야. 그곳의 보스 몬스터인 킹 스네이크를 잡아 온다면 정말 굉장한 곳을 출입할 수 있도록 해 주겠네."

"굉장한 곳요?"

"자네들, 불사의 군단이라고 들어 봤나?"

그랑벨은 목소리를 낮춰서 이야기했다.

조각 변신술을 해제하고 오크 카리취의 형태를 하고 있지 않은 위드였기에, 그랑벨은 전혀 인지를 하지 못한 것이다.

"불사의 군단이라면 엄청 강한 놈들이잖아요."

수르카가 위드의 눈치를 보며 대답했다. 위드도 자신과 관련된 일이 나와서 관심을 가지고 들었다.

그랑벨은 무척이나 자랑스럽다는 듯이 말했다.

"불사의 군단은 아주 강했지만, 우리 다크 엘프에는 미치지 못했지. 정령술이나 마법, 궁술! 도대체 어떤 것에서 과연 우리 엘프들을 따라올 수 있단 말인가!"

"네, 그렇지요."

"혼란을 일으켰던 불사의 군단은 사라졌지만, 리치 샤이어가 머물렀던 던전은 그대로 남아 있지. 그곳에는 혹시라도 리치 샤이어가 남겨 놓은 보물들이 있을지도 모르겠어."

"보물요?"

"확실한 것은 아니지. 그래도 꽤 쓸 만한 것들이 있지 않을까? 지금은 다크 엘프 전사들이 그 던전의 입구를 지키고 있다네."

불사의 군단이 튀어나온 구덩이!

그랑벨은 바로 그곳에서의 사냥에 대해 말하고 있었다.

위드와 일행은 로자임 왕국의 병사들과 프레야의 사제들을 데리고 우선 카라카의 숲으로 향했다.

그랑벨의 말마따나, 매우 다양한 짐승들과 유로키나 산맥의 몬스터들이 수시로 나타났다. 위드에게는 이제 익숙한 몬스터들이라고 할 수 있었다.

위드는 일행과 로자임 왕국 병사들을 데리고 그곳에서 사냥을 하며 레벨을 1개 올렸다.

병사들이나 일행과의 레벨 차이는 조금 났지만, 그리 큰 문제는 아니었다.

어떤 경우에라도 그 레벨에서는 가장 강하기 위해 먼 길을 돌아온 위드였다. 여러 생산 스킬들을 이용해서 병사들을 강화시켜서, 사냥에 한몫하도록 만든 것이었다.

그런데 며칠이 지나자 부란과 베커, 호스람이 다가와서 말했다.

"대장님, 저희들은 고향이 그립습니다."

"저희들은 왕국군 소속입니다. 너무 오랜 시간 군대를 떠나 있을 수는 없는 입장입니다."

아무리 위드와의 친밀도가 높다고 해도, 왕국에 소속된 병사들을 무한정 잡아 둘 수는 없다. 불사의 군단 퀘스트를 마쳤으니, 이제 그들이 왕국으로 돌아가고 싶어 하는 것도 당연하다.

프레야의 사제들 역시 교단을 그리워하고 있었다.

'공헌도를 더 채울 수 없는 것은 유감이지만 어쩔 수 없겠군.'

위드는 사제들, 병사들과 함께 절망의 평원 텔레포트 게이트가 있는 동굴로 향했다. 일행은 카라카의 숲에서 계속 사냥을 하기로 했다.

"세라보그 성으로 이동한다."

사제들에 의해서 텔레포트 게이트가 작동됐다.

빛이 동굴 안을 가득 덮은 후에, 그 자리에 남아 있는 것은 아무것도 없었다.

※※※

로자임 왕국으로 돌아간 위드는 병사들, 사제들과 함께 중앙 분수대 근처에서 한꺼번에 나타났다. 그것은 필연적으로 사람들의 이목을 끌게 되었다.

"왕국 병사들을 가득 데리고 나타났어. 왕실 기사들도 있다."

"어디서 온 사람들이지?"

"프레야의 사제들도 있네."

"뭐야, 무슨 퀘스트를 하고 있는 걸까?"

사람들의 이목을 집중시키게 된 위드였지만, 번거로운 일들은 벌어지지 않았다.

왕실에서 즉시 기사들과 경비병들이 나왔던 것이다.

"폐하께서 기다리고 계십니다."

위드는 기사들의 안내를 받으며 왕궁으로 향했다. 그리고 집무실에서 바로 국왕을 만나 볼 수 있었다.

과거 로자임 왕국의 국왕은 시오데른이었다. 하지만 이제 왕이 바뀌었다.

시오데른의 첫 번째 아들 윈스터 대공이 국왕의 자리에 오른 것이다.

"자네가 선왕 폐하의 무덤을 만들어 준 조각사 위드로군."

윈스터 국왕의 눈빛은 매우 날카로웠다. 집무실에는 귀족들과 기사들이 다수 자리 잡고 있었다.

윈스터 국왕은 호전적이라는 평가를 받고 있었다. 부국강병을 도모하며, 숙적 브렌트 왕국을 벌레 보듯이 한다.

사실 이러한 내용들도 몇 차례에 걸쳐서 입수된 정보였다. 다크 게이머 연합에서 수집한 자료들 중에 있어서, 위드는 이미 참고삼아 읽어 보았다.

새로 등극한 로자임 왕국의 국왕을 직접 알현하는 것은 위드가 최초였던 것이다.

위드는 가볍게 한쪽 무릎을 꿇었다.

"예, 그렇습니다."

"그대가 세운 왕실에 대한 공적으로 우리 왕국의 병사를 빌려 갔다고 들었다. 맞는가?"

"맞습니다."

"그런데 아주 오랜 기간 동안 우리 병사들을 데리고 있었더군. 개인적인 용무로 병사들과 왕실 기사들을 밖으로 내돌리다니, 납득할 만한 이유가 있었는가?"

윈스터 국왕은 깔보는 눈빛으로 위드를 보았다.

군사력을 최고로 알고 있는 국왕이었다. 몬스터 토벌이나 국경을 확장시키는 데에는 관심이 많다. 하지만 조각사에 대한 호감도는 적을 수밖에 없었다.

그때 위드는 윈스터 국왕에 대한 모든 판단을 끝냈다.

'역시 그랬군.'

어딜 가든 박대당하고 서러움을 겪는 인생은 너무나도 익숙했다. 이제는 이 상황을 주도적으로 이용하며 역전시키는 법도 잘 알고 있었다.

위드는 자리에서 일어나며 말했다.

"폐하의 병사들과 함께, 로자임 왕국에 큰 해가 될지도 모를 불사의 군단과 싸울 수 있어서 영광이었습니다."

위드는 그 말을 하고 떠나가려고 했다. 다 작전이었다.

일부러 열심히 말해 주려고 하면 듣는 데에도 흥미가 사라지는 법이다. 듣는 쪽이 관심을 기울이도록 유도해야 한다.

윈스터 국왕이 물었다.

"무슨 일이 있었던가?"

"별로 대단치는 않은 일이었습니다. 리치 샤이어와 불사의 군단이 대륙에 해악을 끼치려는 것을 막았을 뿐입니다."

"그런 일이 있었는가? 자세히 말해 보도록 하라."

위드는 국왕 앞에서 로자임 왕국의 병사들을 데리고 불사의 군단과 싸운 이야기를 했다.

목숨을 돌보지 않고 싸웠던 병사들의 뛰어난 활약을 생생하게 전해 주었다.

사실 불사의 군단과의 전투에 있어서 주력은 어디까지나 오크와 다크 엘프들이었다.

그런데 위드의 말을 듣고 있다 보면, 모든 것을 그와 로자임 왕국의 병사들이 처리한 듯했다.

살살 아부하고, 병사들을 칭찬하고, 결국은 이 모든 것이 로자임 왕국의 왕실 덕분이라며 공을 돌렸다.
　하다못해 마을 주민과의 친밀도도 매우 중요한 마당에, 국왕과의 친밀도는 말할 필요도 없다. 위드는 병사들과 같이 싸웠다는 이야기를 하면서 윈스터 국왕과의 친밀도를 제법 올릴 수 있었다.
　위드에 대한 윈스터 국왕의 평가도 달라져 있었다.
　"알고 보니 자네는 대단한 모험가였군."
　"아닙니다, 폐하."
　"나 또한 도전과 모험을 즐기는 사람을 좋아한다. 가까이에 함께 있으면서 오랜 시간 말벗이라도 하고 싶군. 우리 로자임 왕실의 일을 하고 싶은 생각이 있는가?"
　띠링!

> 국왕 윈스터 로자임의 권유를 받았습니다.
> 직업 '왕국 조각사'로 취직이 가능합니다. 취직하게 되면 왕실에서 머무르며 많은 귀족들과 왕족들을 만나 볼 수 있습니다. 300명의 병사들을 거느릴 수 있습니다. 왕실에 개인의 방이 제공됩니다. 원한다면 왕실 기사 훈련을 받을 수 있으며, 매달 2,000골드의 월급이 기본적으로 지급됩니다. 조각품을 만들 때마다 추가적인 금액을 얻을 수도 있습니다. 다만 왕실 조각사로 취직한 기간에 만든 조각품들은 모두 왕실의 소유가 됩니다. 지금 취직하겠습니까?

　왕실 조각사로의 취직.
　왕족이나 귀족들을 자주 만나 볼 수 있어서, 그들이 주는 퀘스트를 받기가 훨씬 쉬워진다. 더불어서 부하들도 상당히 거느릴 수 있고, 공적치를 쌓기에도 좋다.

공적치를 높게 쌓으면 마을이나 성을 하사받을 수도 있다.

명성과 공적치를 쌓기 위해서 왕국에 거액을 기부하는 사람이 한둘이 아닌 것이다.

하지만 위드는 예의를 잃지 않고 사양의 말을 했다.

"죄송합니다, 폐하."

"왜 그러는가."

"왕국에 소속되기에는 조각사로서의 실력이 모자랍니다. 그리고 저는 아직 더 많은 모험을 해 보고 싶습니다."

조각사로서 귀족이나 왕족들에게도 퀘스트를 받을 수는 있다. 하지만 기껏해야 어떤 조각품을 만들어 달라는 의뢰 정도에 국한되는 것이 보통이다.

그런 퀘스트에서는 조각술의 숙련도를 많이 얻을 수 없다. 자유롭게 떠돌며, 무엇에든 구애받지 않는 것이야말로 조각술을 향상시키는 지름길이었던 것이다.

"그런가. 그러면 할 수 없지. 맡길 만한 일이 많이 있는데. 마음이 바뀌면 언제든지 찾아오도록 하게나."

"예, 알겠습니다. 그리고 안타깝게도 백부장 데일은 혼전의 와중에 전사하였습니다. 그를 비롯한 몇몇 병사들이 다시는 돌아올 수 없는 곳으로 떠났지만, 그들의 의기 덕분에 우리는 이길 수 있었습니다. 왕국 병사들의 뛰어남은 역사에 남을 것입니다."

"백부장 데일의 죽음은 나 또한 슬프다. 하지만 이 일로 인하여 다른 병사들이 강해질 수 있었으니 왕국 주민들은 더더욱 안전해진 것이다. 모험가 위드여, 그대가 우리 로자임 왕국을 위해서 애쓴 일은 잊지 않겠다."

> 왕실 기사들과 왕국 병사들을 로자임 왕국 소속으로 돌려보냈습니다.
> 병사들의 성장에 따라 왕실 공적치를 3,705 획득하였습니다.

이것으로 위드의 왕실에서의 일은 대충 마무리가 지어졌다.

'공적치는 놔두면 다시 쓸 일이 있겠지.'

위드는 왕궁을 나와서 프레야의 교단으로 향했다. 이제 교단의 가드들은 더 이상 위드를 저지하지 않았다.

위드는 곧바로 고위 신관들을 만날 수 있었다.

"불사의 군단을 물리치신 것을 축하드립니다."

그들은 경건한 자세로 위드에게 인사를 했다. 교단의 공헌도나 명성이 이 정도로 높아졌다는 뜻이리라.

적어도 로자임 왕국에서는 현재의 위드보다 명성이 뛰어난 이가 없을 테니까 말이다.

위드는 품에서 헤레인의 잔을 꺼냈다.

"여기 교단의 성물을 반환하겠습니다."

"잘 받았습니다. 그리고 대신관님께서 맡기실 일이 있다고 하니 언제든지 소므렌으로 가 보십시오."

"시간이 되면 가 보겠습니다."

사실 성수를 무한 제조할 수 있는 헤레인의 잔은, 돌려주기 아까운 것이었다. 하지만 함부로 쓸 수 없는 물건이기도 했다.

헤레인의 잔에서 나온 성수를 사적인 용도로 쓰는 순간, 신앙심이 하락하게 된다. 실제로 성수로 술을 담그자 신앙심이 무려 4나 떨어졌던 것이다.

'그럼 프레야의 교단에서의 볼일도 끝이 났군.'

헤레인의 잔을 교단에 반환한 위드는 텔레포트 게이트 앞에 섰다.

다음의 그의 목적지는 예술가의 도시 로디움이었다.

베르사 대륙에서 가장 찬란한 문화를 꽃피우고 있는 곳.

생산직들과 예술 계열 직업의 고향과도 같은 도시.

위드는 상상했다.

'재능을 가진 예술가들이 기량을 갈고닦고 있겠지. 거리에는 악사들이 넘쳐 나고, 훌륭한 공연들이 벌어지고 있을 거야.'

아름다운 음악이 흐르고, 예술을 토론하는 이들로 인해서 불야성을 이루는 도시.

위드가 짐작하는 로디움의 모습이었다.

"이동 로디움."

프레야의 사제들에 의해 작동된 텔레포트 게이트는 순식간에 위드를 집어삼켰다.

로디움의 중앙 광장!

위드가 빛과 함께 나타나는 순간, 주변에 있던 인파가 즉각적으로 반응했다.

"사람이다!"

"누군가가 텔레포트로 우리 도시에 왔어!"

매우 절박하며 간절한 음성이었다.

위드는 재빨리 주위를 돌아보았다. 그러자 광장에 모여 있는 많은 이들의 모습이 보였다.

'도시에 무슨 일이라도 있는 건가?'

위드가 그런 의문을 가지고 있을 때였다.

광장에 있던 사람들이 우르르 달려들었다. 로자임 왕국 병사들이나 프레야의 사제들을 데리고 세라보그 성에서 온 것 못지 않은 반응이었다.

사납게 달려온 그들은 위드의 앞에서 고개를 숙였다. 그러면서 재빨리 두 손을 내밀었다.

"제발 부탁드립니다."

"한 푼만 주세요!"

"배가 고파서, 크흑! 여자 친구를 굶기고 있습니다."

예술가들의 도시 로디움!

그것의 정체는 사상 최악의 빈민들로 우글거리는 도시였던 것이다.

"돈 좀 주세요."

"10쿠퍼만 주시면 평생의 은인으로 모시겠습니다."

"사람 한 번 살리는 셈치고 도와주세요!"

"저는 많이도 안 바랍니다. 그냥 먹다 남긴 빵 한 조각만이라도 던져 주세요."

위드의 주변은 어느덧 1,000명을 헤아리는 사람들로 들썩이고 있었다. 그러는 동안에도 광장에는 새로운 사람들이 텔레포트를 통해서 나타나고 있었다.

위드는 재빨리 행동했다.

새로 나타난 사람들에게 다가가서 땅에 닿을 정도로 머리를 숙인 것이다.

"동전 1개만 주세요. 부탁드립니다. 조금만 도와주시면 정말 세상 열심히 살아 보겠습니다. 불쌍한 녀석 한 번만 도와주세요."

적어도 1년 정도는 빛도 못 보고 지낸 것 같은 표정!

애절함이 뚝뚝 묻어 나오는 음성!

굶주림에 몸부림을 치며 바라는 구걸의 진수!

## 로디움

 예술가들의 도시 로디움은 구걸을 하는 이들로 가득했다. 광장에서부터 각 성문에 이르기까지 한 푼만 달라는 사람들이 널려 있는 것이다.
 "한 푼만 줍쇼! 참, 자네 이번에 물감 색은 어떻게 정했나?"
 "글쎄. 나만의 색깔을 새로 만들어서 쓰려고 했는데, 자네도 알다시피 물감값이 만만치 않잖아."
 "그렇지. 자네 정도라면 웬만한 물감은 쓰기 어렵지."
 "어쩔 수 없이 다시 기초적인 원색 계열로 해야 될 것 같아."
 예술을 논하는 거지들!
 도시 로디움의 어디서나 볼 수 있는 익숙한 풍경이었다.
 그 거지들이 지금은 심각한 부러움을 느끼고 있었다. 텔레포트 게이트를 타고 나타난 위드라는 거지 때문이다.
 처음에는 다들 구걸을 하기 위해 그에게 달려들었다. 그런데 역으로 그의 구걸 실력을 보며 감탄을 금치 못했다.

"허어."

위드는 망연자실하게 앉아서 하늘을 올려다보고 있었다. 따갑게 내리쬐는 태양을 바라볼 뿐, 아무것도 하지 않았다.

예티의 흰 털옷을 입고 이 더운 날씨에 그대로!

그가 있는 광장 한복판은 유독 사람이 몰리는 곳이었다.

"……."

위드는 하늘을 보며 우울한 표정을 지을 뿐이었다.

절망과 탄식, 아픔, 좌절, 회한!

이런 감정들을 보여 주면서 그저 앉아 있었다.

쨍그랑!

"힘내세요."

"조금만 더 지나면 좋은 날도 있겠지요."

"무슨 일이 있었는지 모르지만… 삶이 그렇게 척박한 것만은 아닙니다."

"이 돈으로 옷이라도 좀… 그 털옷은 너무 더워 보이네요."

위드는 한마디 말도 없었다.

지나가던 여행객들은 그저 스스로 상상을 할 뿐이었다.

'굉장히 불행한 일을 겪은 사람인가 봐.'

'어쩌면 저렇게 애절한 눈으로 하늘을 올려다볼 수 있을까.'

'마음이 다 아프네.'

그리고 알아서 돈을 던져 주고 지나갔다.

마음으로 돈을 끌어들이는 경지!

하지만 이 순간에 위드가 무슨 생각을 하고 있었는지를 안다면 모두들 좌절하고 말 것이다.

'대학교에 합격하고 말다니… 앞으로 비싼 등록금을 내고 다녀야 한다는 거잖아! 책값은 또 얼마나 비싼데. 있을 수 없는 일이야. 정말 있어서는 안 될 일이 벌어지고 말았어.'

남들은 다들 원하는 대학교 합격. 그것을 떠올리면서 슬퍼하고 있었던 것이다.

그 얼굴이 어찌나 가련하고 청승맞아 보이던지, 위드는 다른 예술가들로부터도 질시를 받지 않았다.

가스톤과 파보는 화가와 건축가라는 직업을 가지고 있었다. 그들이 위드를 딱하게 보고는 다가왔다.

"자네, 아직 젊은 사람이 그렇게 낙담하지 말게."

위드는 오로지 한숨만 쉬고 있을 뿐이었다.

파보가 혀를 끌끌 차며 물어 온다.

"힘을 내게. 세상은 넓어. 여자에게 차였는가?"

도리도리.

위드는 고개를 저었다.

차마 대학교에 합격했다는 말을 할 수가 없었다. 너무나도 슬픈 일. 입 밖으로 내뱉는 순간에 눈물이 쏟아질 것만 같았다.

가스톤과 파보는 더 큰일이 있다고 생각할 수밖에 없었다.

"아무리 그렇다고 해도 이렇게 좌절해서는 안 되지."

그러면서 파보가 한 걸음 더 다가왔다. 이제 손만 뻗으면 위드의 앞에 수북하게 쌓여 있는 동전들을 주울 수 있는 거리였다.

샤샤샥!

괴로운 표정을 짓고 있던 위드는 눈 깜짝할 사이에 앞에 있던 동전들을 품 안에 넣었다. 누가 미리부터 보고 있었다고 해도 잘 알아채지 못할 정도의 움직임.

아무리 슬프더라도 돈에 대한 애착으로부터는 벗어날 수 없었다.

'가뜩이나 돈이 없는데, 이런 푼돈이라도 챙겨야지.'

금화 1개와 은화 여러 개. 나머지는 모두 동전인 쿠퍼들이었다.

그런데 그 금액이 무려 1골드 40실버나 된다.

이쯤 되면 동전이라고 해도 무시 못 할 액수.

현재의 위드에게 있어 그리 큰돈은 아니지만, 로디움의 가난한 예술가들에게는 적은 돈이 아니었다.

파보는 더욱 다가와서 위드의 어깨를 두들겼다.

"허어, 정말 궁했나 보군. 그런데 밥도 안 먹고 계속 이렇게 앉아만 있을 건가?"

위드도 그러고 싶은 마음은 추호도 없었다. 다만 주변을 둘러싸고 있는 거지 떼들 때문에 고립되어 있을 뿐이다.

말을 듣고 보니 상당히 배가 고파 왔다.

"내가 맛있는 식당을 알고 있는데, 같이 갈 텐가?"

"음식값이 얼마입니까?"

위드는 날카롭게 질문을 했다.

"대충 20쿠퍼면 먹을 만할 걸세."

20쿠퍼면 보리빵 7개 정도의 금액이다. 하지만 제대로 된 식사를 먹는다면 포만감을 더욱 채울 수 있다.

'이쯤이면 충분하겠지.'

위드는 목적을 달성했다는 듯이 자리에서 일어났다.

"식당으로 가죠."

처음 텔레포트 게이트를 타고 도시에 온 그에게, 많은 거지 떼들이 달라붙었다. 하지만 무사히 모두를 물리쳐 낸 것이다.

광장의 거지들은 위드가 떠나는데도 아무런 반응을 보이지 않았다. 오히려 무척이나 반가워하고 있었다.

'거지들에게도 내 돈을 빼앗기지 않았어. 오히려 1골드도 넘게 벌었다.'

애초에 몇 푼 던져 주었으면 되었을 것을, 돈을 지켜 내고야 만 것이다.

이 뿌듯함, 자부심!

이제 위드에게 구걸을 하려는 예술가는 아무도 없을 것이다.

"이쪽으로 오게. 여기 싸고 맛있는 식당이 있어. 나만 따라오면 맛있는 것을 먹여 주지."

가스톤과 파보는 위드를 복잡한 골목길에 있는 식당으로 이끌었다.

광장에서는 한참을 걸어야 하는 거리였다.

'제법 맛있을지도 모르겠군.'

보통 대로변에 있는 식당보다는, 골목 안쪽의 작은 식당들이 가격도 훨씬 싸고 맛있다. 아는 사람만 아는 그런 식당들이 마치 보물처럼 숨어 있는 것이다.

도시의 토박이들만 알 수 있는 식당!

위드는 작은 식당에 앉아 가스톤과 파보와 함께 음식을 들었다.

가격이 싼 만큼 메뉴는 간단한 수프에 샐러드, 빵 정도였다.

그러나 좋은 품질의 곡물로 만든 빵은 말랑말랑하고 감칠맛이 있었다.

"맛있군요."

위드는 음식을 먹으며 만족했다.

직접 빵을 만들 수도 있지만, 그만큼 재료와 시간을 들여야 한다. 이 정도 정성이 들어간 빵이라면 돈이 아깝지 않았다.

파보도 싱긋 웃었다.

"맛있지. 게다가 이런 싼값에 파는 식당도 많진 않으니까."

그 점에서만큼은 위드도 동감이었다.

그 때문에서인지 골목 안쪽에 위치했음에도 불구하고 식당 내부에는 손님이 꽤나 많았다.

위드는 그릇을 깨끗하게 비웠다.

"덕분에 싸게 잘 먹었습니다."

"이제 뭘 하려고 하는가?"

파보가 관심을 가지고 있다는 듯이 물어보았다.

"도시를 둘러봐야지요."

"관광객처럼 보이지는 않는데."

로디움에 오는 관광객들은 굉장히 많았다. 일부러 대륙을 돌아다니면서 성과 도시들을 구경하는 것이 유행처럼 번지고 있기도 했다.

하지만 관광객이라면 다짜고짜 구걸부터 하려 들지는 않을 터였다.

"직업과 관련된 스킬을 알아보기 위해서 왔습니다."

"그러면 자네의 직업이……."

"조각사입니다."

"어려운 직업을 택했군."

가스톤과 파보는 딱하다는 듯이 위드를 보았다. 동시에 구걸을 한 것도 이해할 수 있었다. 여행가로서 도시에 온 게 아니라 조각사였다면, 어디서 시작했든지 힘들었을 것이라는 생각에서였다.

가스톤이 말했다.

"예술 계통에서는 조각사처럼 기초적인 직업일수록 더욱 어려운 법이지. 기술적인 손놀림도 필요하고, 마음먹은 대로 작품을 만들지도 못하니까. 이곳 로디움이라고 해도 예술 계열의 직업을 택한 이들은 그리 많지 않아. 대체로 생산 계열의 직업들을 가지고 있지. 세상에는 어떤 위대한 조각사도 있는 모양이지만 말이야."

"위대한 조각사요?"

"남들이 다 외면한 조각사를 택해서 열정과 노력으로 극복한 사람이라더군."

"그런 사람이 있다니 대단하군요. 이곳 로디움에 있다면, 만나 볼 수 있을까요?"

"그는 로자임 왕국에 있다는데, 무려 피라미드와 스핑크스를 만들었다지 않는가. 웬만한 조각사라면 상상도 못 할 물건이야. 그 외에도 대륙 곳곳에 그가 만든 조각품들이 숨겨져 있다고 하지. 천공의 도시 라비아스에서도 아마 그의 작품인 것으로 추측되는 조각품들이 발견되었어. 그의 조각술 스킬은 최소한 중급 7레벨 이상. 그의 조각품을 보면 굉장한 능력이 부여되는 모양이야."

"……."

위드는 자신의 이야기가 이토록 많이 퍼져 있다는 데 대해서 약간은 놀랐다. 모험가 위드로는 상당히 알려져 있지만, 조각사로서는 그다지 알려져 있지 않은 탓이었다.

'하기야 예술가들 사이에서는 이쪽이 더 유명할 수도 있겠지.'

위드는 자리에서 일어섰다.

"이제 가려는가?"

"예."

"그럼, 다음에 기회가 있으면 또 보도록 하세. 혹시라도 나중에 많이 성장한 후에, 좋은 그림을 사거나 집을 짓고 싶다면 우리에게 연락하도록 하게나."

가스톤과 파보가 손을 흔들어 주었다.

---

예술가들의 도시 로디움.

가난한 이들이 들끓고 있는 곳이었지만, 도시에는 아름다움과 낭만이 존재했다.

주변의 경관과 완벽하게 어울리는 훌륭한 양식의 건축물들. 길거리 여기저기에도 섬세한 기교로 만들어진 예술품들부터 조악한 것들까지 다양하게 장식되어 있었다.

도시 전체가 빛과 화려한 색채로 가득했다.

거리에서는 또 젊은 예술가들이 그림을 그리거나 조각품을 만든다. 어떤 이들은 음악을 연주하고, 즉석에서 공연을 하기도 했다.

수많은 여행객들이 방문을 하고, 그보다 더 많은 예술가들이 꿈을 키워 가는 도시인 것이다.

다만 도시의 경제력이 약하다 보니, 멋지게 지어지긴 했으나 보수가 제대로 이루어지지 않아서 쉽게 낡아 가고 있는 모습이었다.

오죽하면 로디움은 아무도 관심을 가지지 않아 영주조차 없는 도시라고 불리겠는가!

대륙의 각 성과 마을들의 영주 자리가 치열한 쟁탈전을 벌이고 있을 때에도 로디움만큼은 평화롭기 짝이 없었다.

어떤 도시든 필수불가결한 요소가 바로 돈이다. 시민을 늘리고, 농경지를 확대하고 기술력을 키우고, 교역품을 증가시키는 모두가 예산이 필요한 일이다.

그런데 로디움에서는 다른 도시들처럼 무기나 방어구들이 활발히 팔리지 않는다. 근처에 좋은 사냥터가 있어서 사냥을 하러 오는 사람들이 많은 것도 아니었다.

괜히 차지하고 있어 봐야 손해만 볼 자리에 욕심을 낼 사람은 없는 것이다.

"역시 예술은 돈이 되지 않아."

위드의 신념이 더욱 굳어지는 순간이었다.

대장장이나 재봉, 인챈트의 직업을 선택한 이들도 힘들다고 아우성이었지만, 예술 계열에 비하면 백배쯤은 편한 직업이라는 생각이 들 정도였다.

위드는 천천히 로디움을 한 바퀴 돌았다.

오, 당신은 나의 태양. 나의 축복. 나의 연인!
영원히 당신과 함께!

젊은 바드들이 공연장에서 노래를 하고 있었다.
로디움에는 유독 바드들이 많다.
바드는 사냥터에서 부대의 사기를 올리고, 전투력을 향상시킨다. 부수입으로는 이런 식으로 공연을 해서 관중으로부터도 돈을 얻어 낼 수 있었다. 즉 구걸을 하지 않아도 된다는 것만으로도 굉장한 이점이 있는 것이다.
어디에 내던져 놓더라도 먹고는 살 직업!
그런 이유로 인해서 로디움에서 가장 존중받는 직업도 바드였다.
그다음에 존경받는 직업은 세공사다.
세공사들은 각종 귀금속들을 아름답게 세공할 수 있다.
조각사도 경지가 오르면 어느 정도 보석을 세공할 수 있지만, 전문 분야인 세공사들은 차원이 다른 실력을 자랑했다. 금이나 은, 진주, 비취, 에메랄드, 사파이어 같은 귀금속들을 세공해서 가치를 더욱 높이는 것이다.
세공사라는 직업은 조각사보다 좀 더 전문화되고 특성화되었다고 할 수 있다.
"확실히 예술가들의 도시답군."
위드는 로디움을 돌아다니면서 많은 예술 작품들을 감상했다.

다른 도시에서는 찾아보기도 힘든 예술가들의 길드가 모여 있고, 생산직 계열의 길드들도 존재한다. 많진 않아도 기본적인 전투 계열 길드도 자리는 잡고 있었다.
　이 로디움에 존재하는 길드의 개수만 해도 무려 300여 개!
　예술과 생산, 전투 계열의 길드들이 아우러져 있었기 때문에 가능한 것이었다. 거의 온갖 잡다한 직업들이 다 모여 있다고 해도 과언이 아니었다.
　위드는 길드들이 있는 거리에서 발길을 멈췄다.
　"그럼 어디서부터 정보를 조사해 볼까?"
　달빛 조각술에 대한 힌트는 예술가 길드에서 얻으라고 했다. 로디움의 주민들이나 길드장들과 친해질 필요성이 생긴 것이다.
　상대방의 마음을 빼앗는 아부와 칭찬!
　인생의 동반자처럼 느껴지는 거침없는 비난!
　이러한 화려한 기술을 가진 위드에게는 그리 어려운 일도 아니었다.
　"그보다 먼저 해야 할 일이 있었는데… 역시 스킬부터 배우는 편이 좋겠지."
　위드는 예술가들의 길드를 돌기 전에 근처에 있는 워리어 길드로 들어갔다.

　로디움이라고 해서 일반 전투 계열 유저들이 아예 없는 것은 아니다.
　워리어 부라마스는 특이하게도 로디움에서 시작한 유저였

다. 여행을 좋아하는 그에게는 역사와 문화가 상존하는 로디움이 무척 매력적으로 느껴졌던 것이다.

초반에 그 선택은 매우 효과를 발휘했다.

풍부한 사냥감!

예술가들이 바쁘게 스킬을 향상시키고 있을 때에, 부라마스는 도시 성벽 너머에서 쉽게 사냥감을 찾을 수 있었다.

보통 다른 도시에서 토끼나 여우는 없어서 쟁탈전이 벌어질 정도의 동물들이다. 그러나 로디움에서는 사방에서 노니는 이런 동물들을 잡으면서, 부라마스는 빠르게 성장했다.

몇 명 되지 않는 전투 계열 직업들끼리 똘똘 뭉쳐서 다닌 덕분에 단단한 결속력도 가지고 있었다.

'로디움 출신 중에 나보다 뛰어난 워리어는 없어.'

부라마스에게는 스스로 로디움 최고의 워리어라는 자부심이 생겨났다.

그가 워리어 길드에서 새로 익힌 스킬을 연습하고 있을 때였다. 길드로 다가오는 사람이 있었다.

"오, 자네는 이 로디움에 방문한 워리어인가?"

워리어들끼리는 직업적으로 친했다. 서로 위험할 때에 상대방을 보호해 주는 역할을 할 수 있는 만큼, 파티에 몇 명이 있더라도 좋은 직업인 것이다.

막 길드에 들어온 위드는 고개를 흔들었다.

"전 워리어가 아닙니다."

"그러면 우리 길드에는 뭐 하러 왔는데?"

"스킬을 익히러 왔습니다. 별다른 용건이 없다면 이만."

위드는 부라마스를 지나쳐서 길드의 수련소로 들어갔다.

'대체 우리 길드에서 뭘 하려는 거지?'

부라마스는 호기심에, 그 뒤를 쫓아갔다.

위드는 수련소의 교관 앞에 서 있었다.

교관이 퉁명스럽게 말했다.

"무슨 용건으로 왔지?"

단순하고 책임감이 강한 워리어들은 예술을 하는 이들을 싫어한다. 교관은 위드에게서 불쾌한 예술가의 기질을 보고 싸늘하게 대하는 것이다.

위드는 아무 말 없이 예티의 가죽옷을 벗어서 배낭에 넣었다. 대륙은 이미 충분히 더운 만큼, 더 이상 가죽옷을 입을 필요는 없었다. 그런 후에는 상체를 덮고 있던 갑옷도 벗었다.

"날 때려 주십시오."

"뭐라고?"

"동료들을 지키기 위해 저의 의지를 시험하고 싶습니다."

부라마스의 눈이 번쩍 뜨였다. 이것은 워리어들이 새로운 스킬을 익힐 때의 약속된 문구가 아닌가!

'틀림없이 워리어의 스킬 습득인데. 이상하네.'

교관은 몽둥이를 들었다.

"감히 나약한 예술가가 그런 오만 방자한 발언을 하다니. 그 말 후회하지 않기를 바란다."

교관은 몽둥이로 위드의 가슴을 힘껏 내리쳤다.

퍼억!

무시무시한 위력으로 휘둘린 몽둥이! 하지만 위드는 꿈쩍도 하지 않았다.

"이 정도로는 안 되는가 보군. 그러면 다시 한 번 때리겠다."

교관이 이번에는 더 강하게 몽둥이를 휘둘렀다.

퍼어어억!

그런데 이번에도 위드의 얼굴에는 조금의 변화도 없었다.

"아무래도 내가 잘못 생각하고 있었던 모양이군."

교관의 태도가 조금 공손해지고, 몽둥이를 들고 있는 팔에 더욱 힘이 들어갔다. 팔뚝에서 힘줄이 솟아났다.

"참기 힘들면 말을 하게. 억지로 버티면 죽을 수도 있으니."

"전 괜찮습니다."

"그러면 계속하겠네."

퍼버버벅!

교관은 갈수록 세게 몽둥이질을 했다. 그런데도 위드는 태연하게 받아들였다.

교관의 숨소리가 점점 거칠어지고, 마침내 몽둥이가 찌지직 소리를 내며 부러졌다.

"헉헉! 굉장하군, 자네."

교관이 숨을 헐떡이며 말했다.

"혹시 맞을 때에 눈을 감은 적이 있는가? 이건 비밀리에 전해져 내려오는 것이지만, 눈을 감으면 아픔이 덜해진다더군. 그게 더 큰 매질에서도 견딜 수 있는 힘이 된다고 해."

띠링!

맷집 스탯이 생성되었습니다.

**맷집**
잘 맞는 능력. 많이 두들겨 맞은 몸은 내성이 생겨서 훨씬 강한 매질에도 견딜 수 있다. 한 가지 일을 꾸준히 해도 오르는 인내력과는 달리 오로지 맞는 것으로 성장하며, 생명력을 증가시켜 주는 데 기여한다.

눈 질끈 감기 스킬을 익혔습니다.

**눈 질끈 감기 1 (0%)**
공격을 당하는 순간에 눈을 감음으로써 피해를 최소화시킨다. 스킬의 레벨이 1단계 오를 때마다 3%씩의 피해와 고통을 감소시킨다. 다만 전투 중에 함부로 눈을 감을 경우에는 더 큰 위험에 빠질 수 있으니 주의해야 한다.

새로운 스탯과 스킬!

하지만 눈 질끈 감기는 굉장히 위험한 수단이기도 했다.

적의 무기가 날아오는 순간에 눈을 감는다. 초보자들이 자주 하는 실수지만, 정확한 타격 순간에 눈을 감아서 피해를 분산시켜야 한다.

몬스터의 연속된 공격에 취약해질뿐더러 자칫하다가는 반격을 못 하거나 위험한 부위를 노출시킬 수도 있는 노릇이었다.

위드는 다시 갑옷을 입었다.

"잘 배웠습니다. 평소에 워리어라는 직업을 존경하고 있었습니다. 동료들을 지켜 주고, 몬스터와의 전투 시 최전방에서 싸울 수 있으니까요. 든든한 남자가 되어서, 다시 기회가 된다면 돌아오겠습니다."

"나야말로 동료를 지켜 줄 수 있는 훌륭한 남자를 가르칠 수 있어서 영광이었네. 언제든지 찾아오도록 하게."

위드는 교관에게 고개를 숙여 보인 후에 수련소를 나가기 위해 발길을 돌렸다.

그때 부라마스는 입을 떠억 벌리고 있었다.

'말도 안 돼!'

방금 위드가 배운 스킬은 인내력이 무려 400을 넘어야 익힐 수 있는 것이다. 때문에 아직 부라마스도 배우지 못했다.

애초에 인내력 자체가 그렇게 쉽게 오르는 스탯이 아니다. 몬스터에게 심하게 맞아 위험한 지경에 처해야만 찔끔찔끔 오르게 된다. 하지만 몬스터에게 맞는 경우가 어디 그렇게 흔하던가!

'그런 위험한 전투는 잘 하지 않지.'

대부분 워리어는 혼자 다니지 않는다.

파티 사냥을 주로 하기 때문에 여간해서는 그렇게까지 많이 맞을 일이 없다.

워리어가 한 대 맞을 때에, 파티의 전투 인원이 적어도 서너 대를 때린다. 훨씬 덜 맞고 몬스터를 잡는 것이다. 그런 만큼 레벨이 높다고 해도 인내력은 잘 오르지 않는다.

게다가 인내력이 상승할 때는 정말로 한계 상황에 이르렀을 때였다.

몬스터의 공격력이 자신의 방어력을 훨씬 초과해서 많은 대미지를 입었을 때! 인내력은 생명력이 거의 바닥 수준에 이르렀을 때에 잘 상승한다.

 맷집은 많이 맞는 만큼 오르지만, 인내력은 말 그대로 참아 내는 힘이라서 올리기가 까다로웠다.

 최고의 전투 감각을 가지고 일부러 몬스터에게 맞아 주면서 자신의 생명력을 조절할 수 있어야 된다.

 한 대만 더 맞아도 죽을 정도의 상황!

 몬스터의 공격력이란 딱히 정해진 게 아니다. 제대로 맞으면 큰 피해를 입기도 하고, 빗나가면 거의 피해가 없기도 하다. 이런 공격들을 맞아 가면서 정확하게 생명력을 최저치까지 유도할 수 있어야 했다.

 대체로 정상급 워리어들도 인내력을 250 이상 올리지 못한 것을 감안한다면, 도무지 이해할 수가 없었다.

 부라마스는 어처구니가 없어서 물었다.

 "대체 당신의 직업이 뭡니까?"

 위드는 대답해 주었다.

 "조각사요."

 "……."

 부라마스는 할 말을 잃어버렸다.

※

 차가운장미 길드에서는 백방으로 손을 써서 사람을 모으고 있었다.

 "원정대에 참여할 사람이 필요해!"

"어떤 위험이 도사리고 있을지 모르니, 이대로는 안 된다."

차가운장미 길드의 유저들, 동맹 길드에서도 원정대에 참여하겠다고 밝혀 왔다.

고레벨 유저들만 400여 명. 원정대가 출발하는 날에는 다크 게이머들도 30명 합류시키기로 했다. 중견 길드치고는 굉장히 무리한 것이다.

중앙 대륙에서만 언제까지나 치고받고 싸우는 것은 지겨웠기에, 이번 기회에 북부의 모험을 위하여 많은 투자를 하는 것이다.

그럼에도 차가운장미 길드의 수장인 오베론은 미진함을 느꼈다.

"북부 탐험은 남들보다 먼저 시작하는 편이 좋아. 하지만 무의미한 희생을 늘릴 필요는 없어."

모험대 차원의 북부 탐험은 이루어지고 있지만, 길드 차원의 대규모 원정대 파견은 처음이었다. 여러모로 길드의 명운이 걸린 모험이라고 할 수 있다.

오베론은 철저한 준비를 하고 싶었다.

"각 분야에서 최고들만 모집하는 거야."

모험가, 어쌔신, 도둑, 지도 제작사, 레인저. 탐험을 하는 데 있어서 최고들을 섭외했다. 그 외에도 필요한 직업들은 많다.

"성직자! 우리들이 저주나 큰 부상을 당했을 때 치료해 줄 사람이 있어야겠지. 음식을 해 줄 요리사도 필요할 테고, 무기를 수리해 줄 대장장이도 최소한 3명은 되어야 한다. 물품을 수송할 상인도 있으면 좋겠지."

길드 차원의 대규모 탐험대였기에 준비할 것이 한둘이 아니었다.

북부의 마을이나 성에 들어갔을 때 어떤 위기와 모험이 기다리고 있을지 모르기에 최선을 다해야 한다.

아마 다른 길드들도 오베론과 비슷한 생각을 하고 있기에 아직 출발을 하지 못하고 있으리라. 길드 차원에서 북부 탐험에 나서는 것은 그만큼 큰 모험이었다.

원정대가 준비를 마치고 출정을 하기 전까지, 오베론과 차가운장미 길드에서는 사람을 섭외하느라 여념이 없었다.

그렇게 필요한 인재들을 모으던 중에 길드의 수석 마법사인 드룸이 말했다.

"오베론 대장."

"응. 왜?"

"로디움에서도 사람들을 좀 데려가죠."

"예술의 도시? 그곳에서는 왜?"

오베론은 의아해서 물었다. 로디움에는 뛰어난 전사나 모험가가 없었던 탓이다.

북부 원정대가 결성된다는 소문이 퍼지면서, 안 그래도 여기저기서 원정대에 참여시켜 달라는 요청들이 쇄도하고 있었다. 원정대의 규모가 커지면 좋지만, 아무나 무한정 받아들일 수만도 없다. 명성이 높거나 실력이 검증된 유저들만 선별해서 발탁을 하고 있는 상황이었다.

"로디움에는 예술가들, 그리고 생산직 계열들이 있지 않습니까."

"그야 그렇지."

"그들의 전공을 살리는 겁니다. 모험을 하는 중에 폭풍이라도 만난다면 원정대의 체력이 급속도로 저하될 겁니다. 그럴 때에 건축가가 있다면, 휴식을 취할 수 있는 집을 지어 줄 수 있지 않겠습니까?"

드럼의 말에는 상당히 일리가 있었다.

"그건 괜찮은 계획 같군. 건축가의 합류라. 미처 생각을 못 해 봤었어."

오베론도 찬성의 뜻을 표시하자, 드럼은 더욱 신이 났다.

"바드들은 사실 그렇게까지 쓸모는 없지만, 악기를 연주하면서 긴 여행의 피로를 씻어 주는 역할을 합니다. 댄서들도 비슷한 역할을 해 줄 수 있죠. 그리고 어느 정도 인원이 모인다면, 이들의 춤과 노래는 전체적으로 봤을 때 큰 효과를 발휘할 것입니다."

바드로 인한 능력치 상승효과가 10%만 된다고 해도, 수백 명이 모인 상태에서는 큰 위력을 발휘한다. 거기에 댄서나 다른 직종들까지 합류한다면 상당한 전력이 상승되는 셈이었다.

기존의 공성전에서는 바드나 댄서들이 크게 인정을 받지 못했다. 암살자들의 대단한 활약 덕분에 생명력이 약한 그들은 초반에 다 죽어 버린 것이다.

바드나 댄서의 결정적인 단점!

노래를 하거나 춤을 추던 당사자가 사망하면, 그것으로 인해 올랐던 능력치들이 더욱 크게 하락한다는 점에 있었다. 그래서 공성전에서는 인정을 받지 못했으나, 대규모 탐험이라면 이야기가 달라질 것 같았다.

오베론은 턱을 매만지며 중얼거렸다.

"확실히 구미가 당기는 제안이로군."

"그렇습니다, 대장. 거기에 다른 예술가들도 있다면 상당히 괜찮을 겁니다. 그들의 효과가 당장 크게 부각되는 것은 아니더라도, 사람들이 많다 보면 어떤 식으로든 긍정적일 테니까요. 모험에 도움이 되는 사람들이 있다면 최대한 받아들여야 됩니다."

"좋아. 어차피 로디움이라면 북부로 떠나면서 거쳐야 할 장소이니, 그때 같이 데리고 가도록 하자."

위드는 워리어 길드에서 스킬을 배우고 나서 생산직과 예술가 길드가 모여 있는 곳으로 향했다.

"우선 관련이 있는 곳부터 뒤져 봐야겠지."

일단 부딪쳐 보기로 했다.

달빛 조각술에 대한 힌트가 이곳 어딘가에 있을 것이다.

위드가 먼저 찾은 곳은 조각사 길드였다. 많은 사람들이 분주하게 길드로 들어가고 나오고 있었다.

'저곳부터 찾아보면 되겠군.'

그러나 조각사 길드로 들어가려고 하자, 경비병들이 창을 교차해서 앞을 막았다.

"로디움의 예술가가 아니라면 우리 길드에는 들어갈 수 없소. 들어가고 싶다면 도시의 예술가로 등록을 하고 오시오."

"예술가로 등록을 하려면 어떻게 해야 합니까?"

"예술가 조합에 가야지. 조합은 왼쪽 길 끝에 있소."

위드는 어쩔 수 없이 예술가 조합부터 먼저 찾아야 했다. 예술가 조합은 으리으리하게 지어진 3층 건물이었다.

'돈도 없으면서 건물만 화려하군.'

위드는 문을 열고 안으로 들어갔다. 중년인 5명이 간단한 일을 보고 있었다.

"오랜만의 손님이로군. 그래, 무엇을 도와 드리면 되겠소이까?"

"예술가로 등록을 하고 싶습니다."

위드의 말에 중년인은 너털웃음을 지었다.

"우리 로디움 출신들은 따로 등록을 안 해도 되는데, 어디 다른 나라에서 오신 분인 것 같군. 그래, 어디서 오셨소?"

"로자임 왕국에서 왔습니다."

"흠, 꽤 먼 곳이지. 그렇게 먼 곳까지 예술이 퍼져 있다니 놀랍지 그지없군. 우리 로디움에 대해서 설명을 해 주겠소. 예술과 문화의 도시 로디움! 모름지기 사람이라면 예술과 더불어서 살아야 인생이 깊어지는 것이지. 척박하고 메마른 정서가 삶을 피폐하게 만드는 것이야. 우리 로디움에는 많은 예술품들이 있고, 하나같이 아름답고 고풍스러운 멋을 간직하고 있다오."

위드는 고개를 끄덕여 주었다. 직접 눈으로 본 사실이다. 로디움의 거리나 집에 장식된 예술품들은 모두 어지간한 정성으로 만들어진 것들이 아니다.

일반 도로에 그런 수준의 예술품들이 있을 정도이니, 이곳에 있는 저택이나 예술품들을 따로 모아 놓은 예술관 등의 수준은 매우 높을 것이다.
　로자임 왕국에서 왕성까지 들어가 본 위드였지만, 일단 이곳만큼 많은 숫자의 예술품들을 본 적은 없었다.
　많은 예술품들을 볼 수 있으니 예술가들에게는 천국이라고 할 만한 도시였다.
　게다가 이곳 로디움에는 의뢰가 많이 들어온다. 어느 정도 명성만 된다면, 미술품이나 조각품을 만들어 달라는 의뢰를 쉽게 받을 수 있다.
　중년인의 로디움 자랑은 끝이 없었다.
　"석양이 저무는 시간의 로디움을 보았소? 정말 아름답기 그지없는 장면이지. 많은 관광객들이 이것을 보기 위하여 로디움에 찾아온다오. 마음을 풍요롭게 만들 수 있는 예술! 예술의 도시 로디움에 온 것을 다시 한 번 환영하오."
　하지만 위드에게는 그다지 감흥이 없었다.
　예술품보다 조금 더 많은 거지들! 아마 그 거지들만 안 보았더라도 중년인의 설명이 그럴듯하게 먹혀들었겠지만, 이미 확실하게 겪어 본 것이다.
　돈이 없는 도시!
　그로 인해서 주인도 없는 도시 로디움.
　위드에게는 철저히 관심 밖이었다.
　다만 이 로디움에도 장점은 있다. 미술품이나 조각품 거래가 매우 활발하게 이루어진다. 그러므로 평소에 만든 조각품들을 이곳 로디움에서는 약간 더 비싼 값에 팔 수 있었다.

예술가들에 대한 각종 퀘스트도 활발하다. 상업의 발전도는 낮아도 문화의 번영도가 대단히 높기 때문에, 예술에 대한 의뢰들이 많았다. 예술가들이 이곳을 떠나지 못하는 데에는 이유가 있는 것이다.

"이 훌륭한 도시 로디움에서 예술가로 등록하는 법을 알고 싶습니다."

"음, 그것을 알려 줘야지. 다른 왕국 사람이 예술가로 등록을 하려면, 특정한 자격 요건을 갖추면 되오."

"무엇을 해야 합니까?"

"예술품을 만드는 거지. 로디움의 거리나 성벽, 어느 장소든 좋소. 이곳에서 예술품을 하나만 만들면 되오. 우리 로디움에 대한 애정을 담은 예술품을 완성시켜 준다면 우리들은 진심으로 환영할 것이오. 그대는 조각사인 것 같은데, 그러면 조각품을 만들어 주면 될 것이오."

띠링!

---

**로디움의 예술가**

조각사들은 자신이 만든 조각품으로 노력과 열정을 증명한다. 예술의 도시 로디움에서 활동할 자격을 얻고 싶다면 자신의 조각품을 만들어라.

난이도: 정해지지 않음.

제한: 자신의 수준에 맞는 조각품을 만들어야 한다. 그러지 않을 경우에는 명성이 대폭 하락하거나, 로디움에서의 활동이 제한된다.

---

로디움에 예술가로 등록하기 위해서는 도시에 조각품을 만들어야 한다는 것이다. 그것도 조각가의 수준에 맞는 작품을!

도처에 조각품이 널린 이유를 그제야 알 수 있었다.

위드에게 웬만한 조각품을 만드는 것쯤은 이제 쉬운 일이었다. 하지만 수준에 맞는 조각품이라면 최소한 명작이나 대작 정도는 만들어야 했다.

"조각품을 만들겠습니다."

퀘스트를 수락하였습니다.

TO BE CONTINUED